G. S. JENNSEN

Transszendenz

Aurora Erwacht Band 3

First edition

ISBN: 978-1-957352-39-8

This book was professionally typeset on Reedsy.
Find out more at reedsy.com

Dafür, dass du mich inspiriert, mir das Träumen beigebracht und mich in deinen Welten leben ließest. Im Laufe der Jahre habe ich mehr von dir vergessen, als ich in Erinnerung habe, aber danke, dass du meine Jugend zu einem magischen Ort gemacht hast.

Philip K. Dick Douglas Adams Greg Bear Stephen King *Sara Douglass* Peter F. Hamilton Raymond E. Feist Elizabeth Haydon Tom Clancy **Carl Sagan** Terry Brooks Terry Goodkind **Robert Ludlum** *Dean Koontz* Ragnar Tornquist Arthur C. Clarke John Sandford Jonathan Kellerman *Michael Crichton* **Roberta Williams** *Joss Whedon* Ian Irvine Robin Cook Carolyn Keene

Isaac Asimov

Frank Herbert

C.S. Lewis Dan Simmons Jane Jensen Greg Egan Mark Jacobs **Robert A. Heinlein** Vernor Vinge Ben Bova *J.R.R. Tolkien* Kim Stanley Robinson Guy Gavriel Kay **William Gibson** Katharine Kerr Catherine Asaro Jack McDevitt *Larry Niven* Ken Goddard **C.J. Cherryh** *Lois McMaster Bujold* Drew Karpyshyn Alastair Reynolds David Drake *Margaret Weis* H.G. Wells Ray Bradbury

DRAMATIS PERSONAE

HAUPTFIGUREN

Alexis 'Alex' Solovy
Raumschiffpilotin, Späher und Weltraumforscherin; Tochter von Miriam und David Solovy.
Fraktion: *Erdallianz*

Caleb Marano
Agent für Spezialoperationen, Senecan Föderation, Abteilung für Nachrichtendienste.
Fraktion: *Senecan Föderation*

Miriam Solovy
Leiterin der EASK-Operationen; Mutter von Alex Solovy, Witwe von David Solovy.
Fraktion: *Erdallianz*

Richard Navick
Verbindungsoffizier der EASK-Marine-Nachrichtendienste; Familienfreund der Solovys.
Fraktion: *Erdallianz*

Malcolm Jenner
Kapitän, EAS Juno; Freund von Alex Solovy.
Fraktion: *Erdallianz*

Kennedy Rossi
Leiterin Design/Prototypenbau, IS Design; Freundin von Alex Solovy.
Fraktion: *Erdallianz*

Liam O'Connell
Südwestlicher Regional-Militärkommandeur der Erdallianz.
Fraktion: *Erdallianz*

Devon Reynolds
EASK-Berater für Sonderprojekte; Spezialist für Quantencomputing.
Fraktion: *Erdallianz*

Olivia Montegreu
Anführerin des Zelones-Verbrechersyndikats.
Fraktion: *Unabhängig*

Graham Delavasi
Direktor, Senecan Föderation, Abteilung für Nachrichtendienste.
Fraktion: *Senecan Föderation*

Noah Terrage
Technikhändler und Schmuggler auf Pandora; Kontakt von Caleb Marano.
Fraktion: *Unabhängig*

Mia Requelme
Unternehmerin/Geschäftsfrau auf Romane.
Fraktion: *Unabhängig*

Brooklyn Harper
1st NW-MSO Platoon Spezialeinheiten.
Fraktion: *Erdallianz*

Eleni Gianno
Vorsitzender des SF Militärrats; SF Befehlshaber der Streitkräfte.
Fraktion: *Senecan Föderation*

COLONIZED WORLDS

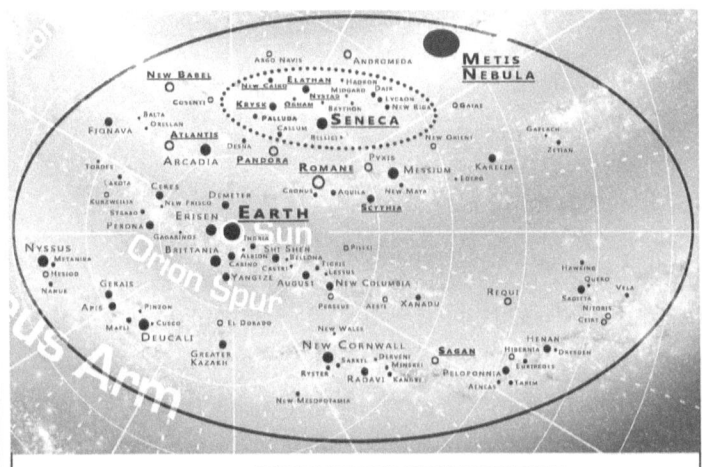

•••••• SENECAN FEDERATION TERRITORY
O INDEPENDENT WORLDS

WORLDS VISITED IN
TRANSCENDENCE:

EARTH ALLIANCE	SENECAN FEDERATION	INDEPENDENTS
EARTH	SENECA	ATLANTIS
SCYTHIA	ELATHAN	NEW BABEL
	KRYSK	PANDORA
	NEW CAIRO	ROMANE
	NYSTAD	SAGAN
	OGHAM	

- - - - - - - - - - -
METIS NEBULA

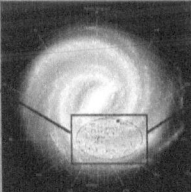

MILKY WAY GALAXY

WAS BISHER GESCHAH

STERNENGLANZ

Bis zum Jahr 2322 hat sich die Menschheit in die Sterne ausgedehnt und über 100 Welten besiedelt, verteilt über ein Drittel der Galaxis. Trotz nie dagewesenen Wohlstands hat sie den Schlüssel zur Utopie nicht gefunden; gesellschaftliche Spaltungen und Konflikte sind nach wie vor tief verwurzelt.

Vor zwei Jahrzehnten rebellierte eine Gruppe abtrünniger Kolonien und gründete die Senecan Föderation. Sie kämpfte gegen die Erdallianz, erlangte im Crux War ihre Unabhängigkeit und begann, an Reichtum und Macht zu gewinnen.

Nun setzen ein Zirkel einflussreicher Personen in beiden Supermächten und im kriminellen Untergrund einen Plan in Gang, der einen neuen Krieg zwischen Allianz und Föderation provozieren soll. Olivia Montegreu, Liam O'Connell, Matei Uttara und andere schüren den Krieg jeweils aus eigenen Gründen. Ein Mann, Marcus Aguirre, zieht sie alle an den Fäden—denn nur er weiß, was der Menschheit droht, falls der Plan scheitert.

* * *

Alexis Solovy ist Raumschiffpilotin und Entdeckerin. Ihr Vater, ein gefallener Kriegsheld, gab sein Leben im Crux War. Ihre

Mutter Miriam Solovy ist als Leiterin der EASK-Operationen eine einflussreiche Militärführerin. Alex jedoch sucht nur die Freiheit des Alls und hat mit ihrem Gespür, die Muster im Chaos zu lesen, ein Vermögen gemacht—auf der Jagd nach den verborgenen Wundern der Sterne an Bord ihres hochmodernen Spähschiffs, der *Siyane*.

Caleb Marano ist Agent für Spezialoperationen im Nachrichtendienst der Senecan Föderation. Sein Handwerk besteht darin, zu werden, was die Lage erfordert: zu lügen, zu täuschen, auszutricksen und, wenn nötig, tödliche Gewalt anzuwenden, um sein Ziel vor Gericht zu bringen. Clever und rätselhaft hat er den Nervenkitzel seines Jobs lange genossen, doch nun wird er vom Tod seines Mentors verfolgt.

* * *

Auf der Erde bereitet sich Alex auf eine Expedition zum Metis-Nebel vor, einer abgelegenen Region am Rand des erforschten Raums, als sie überraschend das Angebot erhält, das Weltraumerkundungsprogramm der Allianz zu leiten. Nach einem typisch kontroversen Treffen mit ihrer Mutter lehnt sie den Posten ab.

Auf Seneca kehrt Caleb aus einem erzwungenen Urlaub mit seiner Schwester Isabela und deren Tochter Marlee zurück. Kaum hat er die Terrorgruppe zerschlagen, die seinen Mentor ermordet hat, erhält er von Michael Volosk, dem Direktor für Spezialoperationen, eine neue Mission: eine Gefährdungsanalyse zu beunruhigenden Messwerten aus dem Metis-Nebel.

Während Alex und Caleb getrennt Richtung Metis reisen, beginnt auf der Urlaubswelt Atlantis ein Handelsgipfel zwischen Allianz und Föderation. Oberst Richard Navick, langjähriger Freund der Solovys und Verbindungsoffizier der EASK-Marine-Nachrichtendienste, leitet die Überwachung des Gipfels. Ohne sein Wissen wird unter seiner Aufsicht der Auslöser für einen neuen Krieg gesetzt.

Jaron Nythal, stellvertretender Handelsdirektor der Föderation, erleichtert dem Attentäter Matei Uttara die Infiltration des Gipfels. Matei tötet den Föderationsattaché Chris Candela und übernimmt dessen Identität. In der Abschlussnacht vergiftet er den Allianz-Handelsminister Santiagar mit einem Virus, das dessen Kybernetik überlädt und einen tödlichen Schlaganfall auslöst. Matei entkommt im entstehenden Chaos.

Kurz nach seinem Abflug von Seneca wird Caleb von Söldner-schiffen angegriffen. Er schlägt sie zurück, doch als er am Rand von Metis auf Alex' Schiff trifft, hält er sie für eine weitere Söldnerin und eröffnet das Feuer. Im folgenden Gefecht zerstört sie sein Schiff, erleidet jedoch selbst Schäden und stürzt auf einem nahegelegenen Planeten ab. Alex muss zur Reparatur landen; da ihr Angreifer ohne Rettung sterben würde, nimmt sie ihn gefangen.

Richard Navick und Michael Volosk versuchen jeder für sich, die Wahrheit über die Ermordung Santiagars aufzudecken, während Olivia Montegreu, Anführerin des Zelones-Syndikats, zusammen mit Marcus Aguirre die nächste Phase ihres Plans vorbereitet. Olivia leitet Raketen, die sie von Allianz-General Liam O'Connell erhält, an eine Söldnergruppe weiter.

Trotz Misstrauen und Verdacht setzen Alex und Caleb die *Siyane* instand, indem sie Material aus dem Wrack seines Schiffs bergen. Ein Maß an Kameradschaft und Zuneigung, wenn auch noch kein Vertrauen, ist gewonnen—sie verlassen den Planeten, um dem Rätsel im Herzen von Metis auf den Grund zu gehen.

Was sie finden, gleicht einem Albtraum: eine Armada monströser außerirdischer Schiffe, die aus einem gewaltigen Portal strömt und eine Streitmacht für eine Invasion zusammenzieht.

Unterdessen verüben Olivias Söldner einen verheerenden Angriff auf die Föderationskolonie Palluda. Als Schlag von Allianzkräften getarnt, erzielt der Angriff die gewünschte Wirkung: Er entfacht den Krieg. Die Föderation antwortet mit der Vernichtung eines Allianz-Stützpunkts auf Arcadia—der Zweite Crux War hat begonnen.

Alex und Caleb fliehen aus dem Metis-Nebel, um vor der drohenden Gefahr zu warnen, und erfahren, dass zwischen ihren Regierungen Krieg ausgebrochen ist. Caleb übergibt Volosk Informationen zur Alien-Bedrohung. Dieser informiert den Direktor des Nachrichtendienstes, Graham Delavasi, der wiederum den Regierungsvorsitzenden Vranas sowie den obersten militärischen Befehlshaber, Feldmarschall Gianno, alarmiert. Obwohl der neue Krieg mit der Allianz sie vorerst bindet, entsenden sie ein getarntes Infiltrationsteam nach Metis.

Caleb soll das Team begleiten und nach Metis zurückkehren, doch Alex weigert sich, ihn auf dem Weg zur Erde abzusetzen. Die Spannungen eskalieren, doch Caleb erkennt, dass er emotional befangen ist, und Alex, dass sie ihn gehen lassen muss. Stattdessen willigt er ein, mit ihr zur Erde zu fliegen; gemeinsam mit Volosk schmieden sie den Plan, den Krieg durch Offenlegung seiner dubiosen Anfänge rasch zu beenden.

Der Plan scheitert, als Caleb kurz nach der Ankunft—durch Alex' Mutter—verhaftet wird, nachdem Verbündete von Marcus seine wahre Identität an Richard weitergegeben haben.

Während Caleb in einer Haftanlage sitzt, soll sein Freund Noah Terrage für Olivia Sprengstoff nach Vancouver schmuggeln. Da er ein Gewissen hat, verweigert er es. Das nach Metis entsandte Infiltrationsteam verschwindet, während der Zweite Crux War eskaliert.

Alex muss sich zwischen ihrer Regierung, ihrer Familie und dem, was sie für richtig hält, entscheiden. Sie wendet sich an ihre beste Freundin Kennedy Rossi und an ihre alte Hacker-Bekannte Claire Zabroi. Mit einem Plan in der Tasche präsentiert Alex dem skeptischen EASK-Vorstand ihre Beweise zur Alien-Armada. Die halbherzige Reaktion führt zu einer letzten Konfrontation mit ihrer Mutter und einem eindringlichen Appell, sich auf die wahre Bedrohung zu konzentrieren.

Alex hackt die Militärsicherheit und befreit Caleb aus der Haft. Nach erklärten Loyalitäten und getroffenen Entscheidungen geben sie der Leidenschaft zueinander nach. Trotz andauernder Bitterkeit gegenüber der Föderation wegen des Todes ihres Vaters und der Sorge, Caleb könne nur eine Rolle spielen, begleitet sie ihn nach Seneca, um einen Weg zu finden, der drohenden Invasion zu begegnen.

Caleb bittet seine Freundin und frühere Geliebte, Mia Requelme, um Hilfe beim Verwischen ihrer Spuren. Sie bringt die *Siyane* auf Romane in Sicherheit, während Alex und Caleb nach Seneca reisen. Heimlich ersucht Caleb Mia, das Schiff zu hacken, um ihm vollen Zugriff und Flugberechtigungen zu verschaffen—etwas, das Alex eifersüchtig für sich beansprucht. Mia nutzt ihr persönliches Artificial, Meno, um die Verschlüsselung des Schiffs zu brechen.

Auf der Erde ringt Richard mit Unbehagen und Zweifel, da er beginnt, Alex' Darstellung des Kriegsbeginns zu glauben. Er vertraut sich seinem Ehemann Will Sutton an. Will drängt ihn, sich für Frieden einzusetzen, und bietet an, Alex den Obduktionsbericht Santiagars zukommen zu lassen, in der Hoffnung, die Regierung der Föderation könne darin Belege finden, dass der Mord nicht ihr Werk war.

Caleb und Alex übergeben Volosk den von Will weitergeleiteten Obduktionsbericht sowie alle Rohdaten, die sie zu den Aliens aufgezeichnet haben. Im Gegenzug arrangiert er Treffen mit den höchsten Entscheidungsträgern.

Als Alex und Caleb ein romantisches Essen genießen, wird das EASK-Hauptquartier durch einen gewaltigen Bombenanschlag zerstört, ausgeführt von Olivias und Marcus' Leuten. Miriam Solovy entgeht dem Anschlag nur, weil sich ihr Terminplan in letzter Minute geändert hat. Stattdessen kommt der EASK-Vorstandsvorsitzende Alamatto ums Leben—zusammen mit Tausenden anderen. Auf dem Campus, aber außerhalb des Hauptquartiers, entgeht Richard nur knapp schweren Verletzungen. Minuten später geraten Caleb und Alex in der Innenstadt von Cavare in einen Hinterhalt von Söldnern. Caleb tötet sie alle in dramatischer Manier, ohne zu bemerken, dass Alex von einer verirrten Kugel getroffen wurde. In der Panik hält er ihre Benommenheit für Angst vor dem Killer, als der er sich gezeigt hat.

Verzweifelt, aber entschlossen, sie zu schützen, flieht er mit ihr zum Gebäude des Nachrichtendienstes—und findet das Unfassbare vor: Michael Volosk wurde auf dem Parkplatz ermordet, ihm wurde die Kehle durchgeschnitten.

Plötzlich weiß er niemandem mehr zu trauen. Er fleht Alex an, mit ihm zum Raumhafen zu kommen, doch sie bricht aufgrund ihrer Verletzungen zusammen. Mit einem klaren Ziel stiehlt er ein Skycar und bringt sie zurück zu ihrem Schiff, wo er ihre Wunden in der relativen Sicherheit des Alls versorgen kann.

Nachdem der Anschlag auf das EASK-Hauptquartier geglückt ist, richtet Olivias Zelones-Netzwerk seine Aufmerksamkeit auf Noah. Weil er sich geweigert hat, den Sprengstoff zu schmuggeln, ist er nun eine Belastung; der erste Mordanschlag verfehlt ihn, tötet jedoch seinen Begleiter. Auf der Suche nach Antworten verfolgt er die Spur des Auftrags und erkennt, dass er wegen seiner Freundschaft mit Caleb ins Visier geraten ist. Ohne Alternativen und mit Kopfgeld auf dem Kopf flieht er von Pandora nach Messium.

Miriam kehrt zurück, um die Folgen der Zerstörung im EASK-Hauptquartier zu leiten, und treibt die Neuaufstellung der Organisation voran—bis sie erfährt, dass die Beweise Caleb als Täter belasten.

Marcus kommt seinem Ziel einen Schritt näher, als die Allianzversammlung ein Misstrauensvotum gegen Premierminister Brennon verabschiedet. Marcus' Freund Luis Barrera wird zum Premierminister ernannt und macht Marcus umgehend zum Außenminister. Alex kommt auf dem gemieteten Schiff wieder zu sich, während sie nach Romane zurückrasen. Missverständnisse und ureigene Ängste treiben sie an den Rand des Bruchs, bevor sie einander näherbringen. Kurz währt dieser Frieden: Caleb—und damit auch Alex—wird öffentlich als Verdächtiger des Anschlags benannt.

Alle Kopien der am Portal aufgezeichneten Rohdaten sind inzwischen vernichtet—bis auf das Original in Alex' Besitz. In dem Bewusstsein, dass im Portal ein noch tieferes Geheimnis verborgen liegen muss, und gejagt von Verschwörern wie Behörden, beginnen Alex und Caleb ein verzweifeltes Spiel, um ihre Namen reinzuwaschen und einen Weg zu finden, die Aliens zu besiegen.

Zurück auf Romane stehen Alex, Caleb und die *Siyane* unter Mias Schutz, während sie sich vorbereiten. Kennedy bringt Ersatz für die im Metis-Nebel zerstörte Schiffsabschirmung. An Bord der *Siyane* erkennt sie, dass die Reparaturen mit Material aus Calebs Schiff den Rumpf in ein neues, stärkeres Metall zu verwandeln beginnen. Caleb erhält Zuspruch von seiner Schwester Isabela—und von Alex eine Geste des Vertrauens in Form eines Stuhls.

Auf der Erde arbeiten Miriam und Richard daran, Alex' Namen reinzuwaschen, während Miriam vom frisch ernannten EASK-Vorstandsvorsitzenden Liam O'Connell unter Druck gesetzt wird. Marcus meldet seinem außerirdischen Kontakt, dass sein Plan fast vollendet sei—nur um zu hören, dass ihm die Zeit davonläuft.

Als die Invasoren an den Grenzen des besiedelten Raums zum Angriff übergehen und die Kolonie Gaiae belagern, dringen Alex und Caleb in das geheimnisvolle, andereweltliche Portal der Aliens im Herzen des Metis-Nebels ein.

***

SCHWINDEL

Jenseits des Portals

Alex und Caleb überstehen die Passage durchs Portal und finden auf der anderen Seite nur Leere—bis eine Vielzahl außerirdischer Schiffe sie angreift. Alex erkennt in der Leere einen künstlichen Raum und steuert die *Siyane* hinein. Die Verfolger bleiben zurück; sie tauchen in der Atmosphäre eines verborgenen Planeten auf.

Der Planet ahmt die Erde in fast jeder Hinsicht nach, ist jedoch nur ein Drittel so groß und umkreist keine Sonne. Außerdem vergeht die Zeit anders: Tage zu Hause entsprechen hier Stunden.

Bei der Erkundung stellt Alex fest, dass sich der Rumpf der *Siyane* weiter in ein neues, unbekanntes Metall verwandelt. Dann werden sie angegriffen—von einem Drachen. Die Bestie schnappt Alex und fliegt mit ihr davon.

Caleb übernimmt die Steuerung, um den Drachen zu verfolgen. Als er eine Gebirgskette erreicht, prallt die *Siyane* an eine unsichtbare Barriere und wird zum Ausgangspunkt zurückgeschleudert. Auf dem Rückweg trifft Caleb auf zwei weitere Drachen und tötet sie. In der Annahme, die Barriere sei ein technischer Repulsor, aber unsicher bezüglich der Parameter, fertigt er sich aus einem Metallstück ein Schwert, deaktiviert seine eVi und überquert die Barriere zu Fuß.

Alex erwacht in einer Erinnerung. Mit elf frühstückt sie mit ihren Eltern und belauscht ein Gespräch, das sie in Wirklichkeit nie gehört hat. Als ihr klar wird, dass alles eine Illusion ist, fordert sie ihre Freilassung. Eine geisterhafte, körperlose Stimme stellt sie infrage. Es beginnt eine Reise durch Szenen aus ihrer Vergangenheit, die sie nur ohnmächtig mitansehen kann, während ihre Proteste ungehört verhallen.

— Zuerst muss sie sich ihren eigenen Fehlern stellen: Begegnungen mit Freunden, früheren Liebhabern und vor allem mit ihrer Mutter sollen sie als egoistisch und gefühllos zeichnen.

— Sie sieht eine gewaltige Schlacht zwischen Erdallianz und Föderation und begreift, dass es um mehr geht als nur um sie— die Aliens beobachten und zeichnen Ereignisse in der gesamten menschlichen Zivilisation auf.

— Noch weiter zurück wird sie zum Hongkong-Zwischenfall vor 232 Jahren geschickt. Über 50 000 Menschen starben, als ein Artificial die Universitätsbewohner fünf Wochen lang ohne Nahrung einschloss. Am Ende spricht ihr Peiniger erst zum zweiten Mal zu ihr und teilt ihr mit, sie habe sich „gut geschlagen".

— Sie wird auf die Brücke des Kreuzers ihres Vaters inmitten der Schlacht von Kappa Crucis im Ersten Crux War versetzt—der Schlacht, die ihm das Leben kostete. Sie erlebt seine Heldentat, als er Tausende Zivilisten gegen einen Föderationsangriff schützt, und seine letzten Momente, in denen er Miriam kontaktiert, um Abschied zu nehmen. Als die Stalwart explodiert, bricht Alex unter der Wucht der Emotionen zusammen.

Als es vorbei ist, dankt sie ihrem unsichtbaren Peiniger für diese Sequenz. Dessen Verwirrung über den Gegensatz zwischen ihrem Schmerz und ihrem Dank entlarvt, dass die Beobachter trotz all ihres Sehens nicht verstehen, was es heißt, Mensch zu sein. Ehe es weitergeht, wird ihr angekündigt, sie werde aufwachen—ihr Gefährte sei nahe.

Caleb ist zwei Tage durch die Berge gewandert. Die Umgebung ruft eine Mission mit Samuel wach, in der sein Mentor ihm anvertraute, dass die Frau, die er liebte, von Sklavenhändlern getötet wurde. Caleb entdeckt kleine Kugeln, die in der Luft schweben und das Repulsorfeld erzeugen. Er macht mehrere davon unschädlich und nimmt sie an sich.

Am Hort des Drachen angekommen, greift er mit dem Schwert an; nach einem langen Kampf häutet und tötet er die Bestie. Als er sich der Struktur nähert, die der Drache bewacht hat, materialisiert ein ätherisches Wesen, lässt ihn jedoch passieren.

Alex erwacht, als Caleb eintritt, und sie fallen sich erleichtert in die Arme. Er gesteht ihr Mias Hack der *Siyane*. Anstatt wütend zu werden, gesteht sie ihm ihre Liebe; er erwidert sie, unerwartet finden sie wieder zueinander. Alex berichtet von ihren Erlebnissen, und gemeinsam machen sie sich auf die Suche nach dem Alien.

Sie erreichen ein üppiges Tal mit einem großen See; über ihm schwebt das Wesen, dem Caleb begegnet ist. Es nähert sich, nimmt humanoide Gestalt an und stellt sich als Mnemosyne vor.

Das Alien bleibt rätselhaft, verrät aber, dass seine Art die Menschen seit Äonen beobachtet. Es deutet an, dass die Menschheit aus Sicht der Invasoren schneller und weiter vorangekommen ist als erwartet. Auf Drängen—Alex tauft es „Mesme"—erklärt es, die angreifenden Schiffe seien KIs: Sie sollen die Menschen in die Knie zwingen oder sie auslöschen. Es betont, diese Schiffe seien nur Maschinen, und merkt an, Menschen verfügten über ähnlich mächtige Maschinen—Artificials. Ein Teil von Alex' Prüfung bestand darin, die Gefahren und Grenzen von Artificials zu erkennen—aber auch ihr Potenzial.

Alex erinnert sich an ein Treffen vor vier Jahren mit Dr. Canivon, einer Kybernetikexpertin, und deren Artificial, Valkyrie. Alex und Valkyrie waren sich sympathisch; Canivon forschte damals daran, Artificials sicherer und besser auf menschliche Interessen auszurichten. Alex begreift, worauf Mesme hinauswill, drängt aber weiter und erhält eine Kopie des Codes, der den Tarnschirm des Planeten speist.

Mesme gibt zu, die Menschen für rettenswert zu halten. Es

warnt, dass sie bei der Rückkehr durchs Portal gejagt würden; in diesem Moment erscheint ein zweites Wesen, es kommt zum Aufeinandertreffen. Mesme hält den Neuankömmling lange genug auf, um Alex und Caleb zurück auf die *Siyane* zu bringen. Dort stellen sie fest, dass sich der Rumpf vollständig in das neue Metall verwandelt hat.

Alex analysiert den Tarnschirm-Code und passt ihn für ihr Schiff an. Sie verlassen den Planeten und entdecken eine gewaltige Werft, in der Superdreadnoughts gebaut und in ihre Galaxis entsandt werden. Dahinter liegt ein Portal, zehnmal größer als das, durch das sie gekommen sind. Es erzeugt die in den Metis-Nebel gerichtete TLF-Welle—und 50 weitere Wellen, fächerförmig ausgesandt.

Sie verfolgen eine der Wellen zu einem Portal, das dem nach Metis gleicht. Dahinter replizieren sich die Signale in einem neuen Raum, und ein weiteres Ursprungsportal lässt sie schlussfolgern, dass es sich um ein verzweigtes, ineinander verschachteltes Tunnelsystem handelt.

Caleb ersinnt einen Weg, die Werft mithilfe der erbeuteten Repulsorfeld-Kugeln zu zerstören. Sie schleusen die Kugeln ein und aktivieren sie—die Werft wird ausgelöscht. Feindliche Schiffe nehmen die Verfolgung auf und jagen die *Siyane* durch eine Reihe von Portalsprüngen. Alex bittet Caleb, zu fliegen, während sie eine Route berechnet, die sie möglichst nahe an den Ausgang in ihre Heimat bringt.

Am Ziel aktiviert Alex den sLume-Antrieb und durchquert das Portal mit Überlichtgeschwindigkeit. Sie fällt Parsecs jenseits des Portals—und weit hinter den wartenden Gegnern im Metis-Nebel— wieder ins Normalein. Mit wiederhergestellter Kommunikation erfahren sie, dass alle Anschuldigungen gegen sie fallen gelassen wurden. Alex sendet Kennedy eine Nachricht: Sie leben und haben die Alien-Werft vernichtet.

***

Milchstraße

Der Zweite Crux War eskaliert. Föderationstruppen erobern die Allianzkolonie Desna; Oberstleutnant Malcolm Jenners Juno ist der einzige Verteidiger und entkommt knapp, bevor sie kampfunfähig wird.

Miriam gerät mit Liam aneinander, während sie aufgrund der mutmaßlichen Verwicklung von Alex in den HQ-Anschlag unter Verdacht steht. Richard zieht den Quanteninformatiker Devon Reynolds hinzu, um die Datenmanipulation aufzudecken, mit der Caleb und Alex für den Anschlag verantwortlich gemacht wurden.

Auf Seneca prüft Geheimdienstchef Graham Delavasi Michael Volosks Unterlagen, darunter dessen Verdacht gegen Jaron Nythal, und geht dem nach. Nythal versucht zu fliehen, doch der Attentäter Matei Uttara kommt ihm zuvor und tötet ihn. Am Tatort erkennt Graham die Zusammenhänge: Es gibt eine Verschwörung—und mindestens eine Person in seiner Organisation ist beteiligt.

Calebs Schwester Isabela wird zum Verhör vorgeladen. Um ihr Vertrauen zu gewinnen, offenbart Graham, dass ihr Vater Ermittler beim Geheimdienst war und vor 20 Jahren von einer Widerstandsgruppe getötet wurde, die die Föderationsregierung stürzen wollte. Sein scheinbares Verlassen der Familie war ein Täuschungsmanöver zu ihrem Schutz; der Staat vertuschte seinen Tod.

Auf Messium wird Kennedy auf dem Weg zu einem Termin von einem Angriff der Aliens überrascht und unter Trümmern eingeklemmt. Ein zufälliger Passant rettet sie—Noah Terrage. Während sie sich verstecken und ihre Verletzungen heilen, analysieren sie die

Störung der Kommunikation und finden einen Weg, sie zu umgehen. Kennedy schickt Miriam eine Nachricht.

Die Erdallianz startet eine Offensive zur Rückeroberung von Desna. Während im Orbit gekämpft wird, befreit Malcolm Jenner mit einem Spezialteam den Gouverneur von Desna und seine Familie. Die Rückeroberung scheitert. Kurz darauf kommt Premierminister Barrera durch eine Explosion ums Leben. In der Folge wird Marcus Aguirre—der Barreras Ermordung arrangiert hat— zum Premierminister ernannt.

Devon Reynolds weist Manipulationen in den Akten nach, mit denen Caleb und Alex für den HQ-Anschlag belastet wurden. Auf Richards Bitte leakt er die Beweise zusammen mit einem Hackerteam an die Medien.

Graham richtet seine Bemühungen daraufhin auf die Enttarnung der Verschwörung. Er verdächtigt seine Stellvertreterin Liz Oberti und stellt ihr mithilfe Isabela eine Falle. Oberti wird festgenommen, verweigert aber die Aussage.

Der EASK-Vorstand berät den Angriff auf Messium; Miriam teilt Kennedys Methode zur Umgehung der Störung. Admiral Rychen bereitet eine Operation zur Vertreibung der Aliens von Messium vor.

Während Richard und Miriam über die Rehabilitierung von Alex sprechen, erscheint Richards Ehemann William Sutton. Um die Verschwörung aufzudecken und den Zweiten Crux War zu beenden, offenbart er, dass er ein Undercoveragent des senecanischen Geheimdienstes ist, und bringt Richard mit Graham zusammen.

Nach einem heftigen Streit mit Will reist Richard nach Pandora, um Graham zu treffen. Gemeinsam verhören sie einen Mann, der verdächtigt wird, Sprengstoff nach Vancouver geschmuggelt zu haben. Der Mann verrät Olivia Montegreu; Richard und Graham schmieden einen Plan, sie zu überführen.

Miriam stellt Liam wegen seiner Fehlentscheidungen im Krieg und beim Umgang mit der Invasion zur Rede. Er schlägt sie—sie bleibt standhaft. Marcus sucht den Kontakt zu seinem außerirdischen Ansprechpartner: Er behauptet, nun die Macht zu haben, die menschliche Expansion zu stoppen, und bittet um ein Ende der Offensive—ohne Antwort.

Olivia trifft sich auf Krysk mit einer Untergebenen—und findet Richard und Graham vor. Im Austausch für ihre Freiheit liefert sie Marcus und Details der Verschwörung. Zum Abschied übergibt Graham Richard Wills Geheimakte.

Malcolm wird Admiral Rychen zur Messium-Operation zugeteilt. Als die Schlacht beginnt, verlassen Kennedy und Noah ihr Versteck, um einen kleinen Militärposten in der Stadt zu erreichen. Sie erleben Verwüstung und Tod, schaffen es aber, mehrere Shuttles zu reparieren und zu starten.

Die Allianzflotte gerät unter Druck. Malcolm nimmt die fliehenden Shuttles auf und erhält Lageberichte vom Boden. Angesichts der absehbaren Niederlage befiehlt die Flotte den Rückzug, um die verbliebenen Schiffe für kommende Gefechte zu bewahren.

Graham kehrt nach Seneca zurück, informiert Regierungschef Vranas über die Verschwörung und die falschen Kriegsgründe. Vranas initiiert Kontakt zur Erdallianz, um den Krieg zu beenden. Isabela wird aus dem Schutzgewahrsam entlassen und kehrt zu ihrer Tochter nach Krysk zurück.

Gestützt auf Olivias Informationen will Miriam Liam verhaften—doch er ist geflohen. Richard begleitet ein Team, um Marcus festzusetzen; Marcus erklärt, alles dem Wohl der Menschheit geopfert zu haben, und begeht Selbstmord.

Nach der Lektüre von Wills Akte und der Erkenntnis, dass sein Mann ehrenhaft gehandelt hat—abgesehen von der Lüge—sucht Richard Will auf. Nach einer heftigen, emotionalen Aussprache scheinen sie sich zu versöhnen.

Die Allianzversammlung setzt Steven Brennon wieder als Premierminister ein. Seine erste Amtshandlung: Er befördert Miriam zur Vorsitzenden des EASK-Vorstands und zur Flottenadmiralin der Streitkräfte. Auf ihren Rat schließt er einen Friedensvertrag mit der Föderation.

Olivia geht auf Aiden Trieneri zu, den Chef des rivalisierenden Triene-Kartells und gelegentlichen Liebhaber, und schlägt vor, gemeinsam gegen die Invasoren zu arbeiten. Auf Atlantis informiert der außerirdische Ansprechpartner Matei Uttara, dass Alex und Caleb zurückkehren, und befiehlt ihm, sie zu töten.

Kennedy und Noah erreichen die Erde. Kennedys souveräner Umgang mit dem Militär schreckt Noah ab; er will verschwinden. Sie hält ihn auf—und überzeugt ihn mit einem leidenschaftlichen Kuss zu bleiben.

Liam erreicht den Nordwest-Stützpunkt auf Fionava, injiziert dem Kommunikationsnetzwerk ein Virus und kapert mehrere Schiffe. Er überzeugt deren Kapitäne, dass er im Auftrag der Erdallianzführung geheime Angriffe auf Föderationskolonien starten solle.

Während Erdallianz und Föderation ihre Kriegspläne finalisieren, meldet sich ein Alien und bietet Kapitulationsbedingungen an: Die Menschheit soll sich für immer westwärts hinter eine Demarkationslinie zurückziehen—28 Kolonien und 150 Millionen Menschen blieben abgeschnitten.

Die Anführer wollen nicht kapitulieren, wissen aber um ihre geringen Siegchancen. Dann erreicht Miriam die Nachricht, dass Alex lebt—und dass die Fähigkeit der Aliens, Verstärkung zu schicken, zerstört wurde. Sie lehnen die Bedingungen ab und kämpfen. Auf Miriams Befehl eröffnet ihre Flotte das Feuer auf die Alienkräfte.

TEIL I: QUERSCHLÄGER

"What matters most is how well you walk through the fire."

— *Charles Bukowski*

(»Was am meisten zählt, ist, wie gut du durchs Feuer gehst.«)

1

SENECA

CAVARE, HAUPTQUARTIER DES NACHRICHTENDIENSTES

Sie verloren.

Feldmarschall Gianno sagte, sie würden gewinnen, also sagte der Verteidigungsdirektor, sie würden gewinnen, also sagte Vorsitzender Vranas, sie würden gewinnen. Aber wenn sie wirklich gewannen, warum summte dann die Luft in den Korridoren der Macht von einer unterschwelligen Furcht, von einem gehauchten Singsang metaphorischer Letzten Ölung?

Nein, entschied Graham Delavasi, Direktor des Nachrichtendienstes, während er die schrumpfende Liste von Obertis Kontakten durchging, die noch nicht verhaftet oder von einer Beteiligung an der Aguirre-Verschwörung freigesprochen waren, sie mussten verlieren. Große Hoffnung zu gewinnen hatte es nie gegeben, sinnierte er, aber man musste es versuchen. Menschen waren in dieser Hinsicht stur.

Sein Fokus prallte weiter zwischen zwei Gedankenzügen hin und her – Krieg in all seiner blutigen Tragik und Verrat in all seiner eisigen Niedertracht –, als der Alarm in sein Sichtfeld sprang und den Fokus in eine neue Richtung riss.

Treadstone-Protokoll angefordert. Passphrase: The first and greatest punishment of the sinner is the conscience of sin. ID: D41571.

»Verdammt.«

Caleb Marano lebte.

Er stellte den Grund für die Aktivierung des Protokolls nicht infrage. Fragen würden später kommen, und die durch die Aktivierung ausgelösten Regeln waren ohnehin eindeutig und strikt. Er griff auf die Sicherheitsstufe V des Nachrichtendienst zu und initiierte ein neues Treadstone-Protokollereignis.

Es geschahen mehrere Dinge. Das planetare Verteidigungsnetz der Senecan Föderation erhielt die Anweisung, dem Schiff mit der Seriennummer EACV-7A492X die Passage zu genehmigen, wie in der Datei zu Maranos Nachricht angegeben. Ein Bunker, so geheim, dass er keinen Namen hatte, wurde aktiviert, das Bereitschaftspersonal zum Dienst beordert und sein Sicherheitssystem gleichermaßen autorisiert, demselben Schiff den Zutritt zu gestatten. Vier hochrangige Sicherheitsoffiziere wurden angefordert und zum Abmarsch bereitgemacht. Graham sagte seine Termine für die nächsten zwölf Stunden ab.

Erst nachdem er all dies in Gang gesetzt hatte, antwortete er auf die Nachricht.

Autorisiert. Dein Wort lautet ›tendenza‹. Die Antwort lautet ›corrente‹.

Dann schnappte er seinen Trenchcoat vom Fensterbrett und den Daemon aus der Schreibtischschublade und machte sich auf zum Landeplatz auf dem Dach.

* * *

Wind peitschte das blau-schwarze Wasser fünf Meter unter dem Shuttle zu Gischt. Sie flogen tief und ohne Lichter, um die Entdeckungswahrscheinlichkeit zu minimieren. Wolken eines heraufziehenden Regenschauers schluckten das meiste des Mondlichts von Seneca – ein glücklicher Vorteil für ihre Tarnbemühungen. Es war eine Nacht für konspirative Begegnungen. Der Bunker, der zwölf Meter über dem See Fuori gegenüber der Uferfront von Cavare schwebte, wurde von zwölf kräftigen, tief gerammten Pfählen getragen. Getarnt als Residenz eines wohlhabenden Einsiedlers, verstärkte die schwer befestigte Struktur den natürlichen Schutz durch das Wasser mit einem militärischen Kraftfeld, das sich fünfzig Meter in jede Richtung erstreckte, und vier Dach-SAL-Geschützen, die sich als kunstvolle Bronzestatuen ausgaben. Jedem Fahrzeug ohne aktive Autorisierung wurde der Zutritt durch das Kraftfeld – und bei Bedarf durch die Geschütze – verwehrt. Die Einrichtung wurde gemeinschaftlich von der Division, dem Militärrat und dem Kabinett genutzt. Dennoch war sie im Schnitt weniger als einmal pro Jahr in Gebrauch. Die Kriterien für ihren Einsatz waren äußerst eng.

Das von Marano angeforderte Protokoll stand Agenten der Division mit Zugriffsstufe IV und höher zur Verfügung, wurde aber nur selten genutzt. Es signalisierte die höchste Bedrohungsstufe für die Interessen der Föderation und verlangte absolute Geheimhaltung – eine vollständige Informationssperre. Vor allem aber ersuchte es um Schutz.

Das Shuttle schwenkte in den großen Hangar, der sich unter der Länge des erhöhten Gebäudes erstreckte. Er war leer; seine Gäste waren noch nicht eingetroffen. Doch das Verteidigungsnetz hatte ihre Ankunft vor fünf Minuten markiert, und seine Nachricht an Marano enthielt die Koordinaten des Bunkers, also rechnete er in Kürze mit ihnen. Er wandte sich an einen der Sicherheitsleute, die ihn begleiteten. Bislang wusste keiner von ihnen, wen sie schützen sollten. Im Bunker standen sie unter einer Kommunikationsspe rre, die ausschließlich über einen eindeutigen Code zu umgehen war, sodass sie die Informationen, die er gleich preisgeben würde, nicht weitergeben konnten. Er vertraute den Offizieren, aber die Treadstone-Regeln waren eindeutig und strikt.

»Ich gebe Ihnen die Dossiers unserer erwarteten Gäste. Beginnen Sie, für jeden neue Identitäten anzulegen.« Der Mann nahm die Dateien und den Auftrag kommentarlos entgegen und ging nach oben.

Die drei Offiziere neben ihm hatten ihre Daemons auf die Luke gerichtet, als sie aufschwang und eine Rampe ausfuhr. Die Situationen, die ihren Einsatz erfordern konnten, waren Legion – auch wenn keine davon wahrscheinlich war. Ein Mann und eine Frau kamen die Rampe herunter, die Hände gut sichtbar und ohne erkennbare Überraschung angesichts der auf sie gerichteten Waffen. Sie entsprachen den Bildern in ihren Akten – aber Erscheinungen ließen sich verschleiern.

Unten angekommen, blieb der Mann in respektvollem Abstand vor Graham stehen. »Feldagent der Division, Stufe IV, Caleb Andreas Marano, ID-Nummer D41571, ersucht um Treadstone-Protokollschutz für mich und meine Begleiterin, Alexis Mallory Solovy, Bürgerin der Erdallianz. Das Wort lautet *tendenza*.«

»Die Antwort lautet *corrente*. Schutz gewährt.«

Er gab seinen Leuten ein Zeichen, die Waffen zu senken, entspannte die Haltung und reichte die Hand. »Graham Delavasi, Direktor der Division. Willkommen zu Hause, Agent Marano.«

Caleb zeigte ein müheloses Lächeln, als er Grahams Hand schüttelte. Äußerlich glich er seinem Vater nur in Nuancen, aber das Lächeln war reiner Stefan – so sehr, dass es Graham kurz erschütterte. »Es ist mir eine Ehre, Sie endlich kennenzulernen, Sir.«

»Ich habe das Gefühl, die Ehre ist eher auf meiner Seite.« Er wandte sich der Frau zu, als sie herantrat, und wiederholte die Geste. »Ma'am.«

Ihr Ausdruck war reserviert, die Handfläche kühl. »Alex Solovy.«

»In der Tat.« Einer seiner Männer erschien mit zwei kleinen Geräten und reichte sie herüber. »Militärische Personalschilde für Sie beide. Legen Sie sie jetzt an und nehmen Sie sie nicht wieder ab. Wenn Sie bereit sind, können wir nach oben gehen.«

»Eine Sekunde.« Solovy rückte ihr Shirt über dem Schildgenerator zurecht und ging zurück zum Rumpf des Schiffs. In das kleine Panel rechts neben der Luke tippte sie eine Reihe von Befehlen ein, dann kehrte sie an Maranos Seite zurück. Die Rampe fuhr ein, und die äußere Luke schloss sich.

Dann verschwand das Schiff.

»Heilige…!« Er spürte, wie hinter ihm die Waffen der Offiziere erneut hochkamen, und seine Hand fuhr instinktiv zur eigenen.

Marano lachte. »Beeindruckend, was?«

»Wie zum… steht es noch da?«

»Gehen Sie näher ran.«

Graham gesellte sich zu ihm, und sie liefen dorthin, wo das Schiff eben noch gestanden hatte. Mitten im Schritt materialisierte es plötzlich drei Meter vor ihnen. Stirnrunzelnd machte er einen Schritt zurück. Es verschwand erneut.

Er gab seinen Männern Entwarnung. »Erklären Sie mir das?«

Marano zuckte mit den Schultern. »Nur ein neues Spielzeug, das wir uns bei den Aliens geliehen haben.«

»Ist das alles?« Graham schüttelte den Kopf, während er sie zum Lift wies. »Sie können es mir erzählen – *nachdem* wir ein paar andere Dinge besprochen haben.«

Der Lift brachte sie auf die Hauptebene. Von außen mochte die Struktur ein befestigter Bunker sein, innen rivalisierte sie mit einer Fünf-Sterne-Luxussuite. Ein geschmackvoll eingerichtetes Wohnzimmer mit Couch, zwei Chaiselongues und einem formellen Esstisch erstreckte sich über die linke Seite. Ein großer Zierkamin trennte es vom Kommandobereich auf der rechten Seite. Die Stirnwand trug eine Reihe von Bildschirmen und je eigene Bedienpulte; ein Konferenztisch mit eleganten, dabei bequemen Stühlen lief durch die Mitte. Graham schenkte sich an der kleinen Küchenzeile hinter der Trennwand einen Kaffee ein, zog einen Stuhl am Konferenztisch hervor und setzte sich.

»Sie werden erfreut sein zu hören, dass wir die Verschwörung aufgedeckt haben, die Sie für den Anschlag auf das EASK-Hauptquartier verantwortlich machte, und dass wir sie weitgehend zerschlagen konnten – mit erheblicher Hilfe Ihres Freundes Richard Navick, Ms. Solovy. Es könnte also sein, dass Treadstone am Ende gar nicht nötig war, auch wenn ich unter den Umständen verstehe, warum Sie es aktiviert haben.«

Seine Gäste wechselten einen interessanten Blick, während sie ihm gegenübersaßen. Marano verschränkte die Hände auf dem Tisch. »Ich weiß, und ich danke Ihnen aufrichtig dafür. Aber *deshalb* habe ich es nicht aktiviert. Es sind nicht die Verschwörer, die uns jetzt jagen. Es sind die Aliens.«

»Weil Sie ihren Tarnschirm gestohlen haben?«

»Gestohlen haben wir ihn nicht, eigentlich. Nein, die Aliens wollen uns töten, weil wir sie gesehen haben, mit einem von ihnen gesprochen haben und wissen, wie ihre Technologie funktioniert. Vor allem aber wollen sie uns töten, weil wir wissen, wie man sie besiegt.«

2

ERDE

VANCOUVER, EASK-HAUPTQUARTIER

Brigadier Jules Hervé schloss die Tür ihres Büros hinter sich ab. Ein Kopfschmerz hämmerte so brutal hinter ihren Augen, dass ihr Blick verschwamm, und sie musste den Taster zur Lichtdimmung ertasten, bevor sie in der Schublade nach einer Schmerzmittel-Injektion suchte.

Wir benötigen Ihre Aufmerksamkeit.

Hätten weitere dreißig Sekunden wirklich nicht drin sein können? Sie blinzelte mehrmals und zwang den Schmerz, schneller abzuklingen, während sie sich in den Stuhl sinken ließ. Die Ärzte hatten gewarnt, die Kopfschmerzen würden immer schlimmer werden; sie hatte geglaubt, gelernt zu haben, sie zu ertragen, fürchtete nun aber, was »schlimmer« in den kommenden Tagen bedeuten mochte.

»Ich habe damit gerechnet, Hyperion. Aber Sie müssen verstehen, ich *kann* die Ereignisse nicht beeinflussen. Soweit man mich zu Sitzungen mit Militärs und Politikern zulässt, geschieht es ausschließlich als Beraterin. Ich habe bei ihren Entscheidungen keine Stimme.«

Das ist unerheblich. Ihre Aufgabe war bisher zu beobachten und zu berichten, doch das muss sich jetzt ändern.

Sie rieb sich die Schläfen, merkte es und ließ die Hände in den Schoß sinken. Schwäche war keine Eigenschaft, die der Alien respektierte. »Angesichts der Lage scheint mir, dass die Informationen, die ich liefern kann, wichtiger denn je sein werden. Ich möchte meinen Zugang nicht aufs Spiel setzen.«

Er muss aufs Spiel gesetzt werden, denn das von uns erörterte Eventualereignis zeichnet sich ab. Ihre Führenden werden sich den Maschinen als Rettern zuwenden. Es ist so gut wie unvermeidlich, doch Sie können noch daran arbeiten, dies zu verhindern.

Ein größerer Aufgabenbereich für ANNIE und ein intensiverer Datenaustausch mit der Artificial der Föderation waren zuletzt Thema gewesen, aber …»Warum sind Sie sich so sicher? Sie scheinen weit stärker auf kritische Militäreinsätze fixiert zu sein. Die Artificials dienen lediglich als Analysewerkzeuge, und die angedachten Lockerungen sind weit davon entfernt, sie von der Leine zu lassen.«

Wir sind sicher, weil es bereits geschehen ist. Es liegt im Wesen aller empfindungsfähigen Wesen, ihr Schicksal in Zeiten der Verzweiflung Mächtigeren zu überlassen. Sie werden Menschen als Mittler zu Ihren Artificials einsetzen – in der verfehlten Hoffnung, die Maschinen zu zügeln – und die offensichtlichen Gefahren im Namen des Überlebens ignorieren. Wir kennen die Ergebnisse solcher Experimente; ausnahmslos führen sie zu Unheil und Leid. Dieses Vorhaben muss gestoppt werden.

»Hyperion, ich meine keinen Respektbruch, aber *Ihre* Invasion ist es, die ihre Verzweiflung antreibt – und ebenfalls zu Unheil und Leid führt. Ich habe Ihnen geholfen in der Hoffnung, dass dieser Konflikt dadurch schneller endet und mit weniger Toten, doch ein solches Ergebnis scheint inzwischen unmöglich.« In der Furcht, eine Grenze überschritten zu haben, ruderte sie rasch zurück. »Ich erkenne natürlich an, dass die Schuld ganz bei *unseren* Führenden liegt ...«

Wenn Ihre Führenden umdenken und kapitulieren, werden die Milliarden Menschen auf der Erde und Ihren Erste-Welle-Welten leben. Sie werden Frieden kennen. Wenn Ihre Artificials von der Leine gelassen werden, wird nie wieder ein Mensch frei leben – wenn er überhaupt lebt. Sie sagten mir, dass Sie diese Zukunft fürchten. Ich gebe Ihnen die Gelegenheit, sie zu verhindern.

Vielleicht hatte sie dem Alien im letzten Jahr zu viel offenbart, damit es sie so gezielt piesacken konnte. Aber es traf den Kern. Vor etwa fünf Generationen waren zwei ihrer Vorfahren unter der »Obhut« der Artificial der Hong Kong University einen langsamen, qualvollen Hungertod gestorben. Ihr Schicksal war in den folgenden zwei Jahrhunderten zu Familienüberlieferung verblasst, doch das warnende Beispiel hatte ihren Weg gelenkt, seit sie begann, synthetische Programmierung zu studieren. Die Zeit stumpfte die Erinnerung an vergangene Fehler ab, bis die Menschen schließlich meinten, sie könnten es diesmal besser; dass ihre Vorfahren einfältig und rückständig gewesen seien, die Menschheit aber nun aufgeklärt sei. Glaubte man Hyperion, standen sie erneut am Abgrund, freiwillig nicht nur ihre Selbstbestimmung, sondern ihr Leben den Maschinen zu überlassen.

Sie hob das Kinn, dankbar, dass der Kopfschmerz genug nachgelassen hatte, um klar denken zu können. »Was erwarten Sie von mir?«

* * *

»Sagen Sie, wir können die Kommunikation mit Fionava nicht wiederherstellen? Gar nicht?«

»Nope. Das sage ich nicht.« Devon Reynolds kippte seinen Stuhl so weit zurück, dass die Kopfstütze an die gegenüberliegende Wand des winzigen Büros schlug. »Okay, *so ungefähr* sage ich es. Der Virus, den O'Connell eingeschleust hat, ist ein fieses, heimtückisches Biest. Er reagiert auf Reinigungsversuche, indem er sich schneller repliziert.«

Richard Navick – frisch zum Brigadier befördert, sehr zu seiner eigenen Überraschung – trommelte mit den Fingerspitzen auf Devons Schreibtisch. »Was können wir tun? Was, wenn wir das komplette NW-Modul wipen und das Netzwerk neu aufsetzen?«

Devons Kopf schüttelte schon. »Wir müssten erst neue Hardware einbauen, weil der Virus die Firmware so tief infiziert hat, dass wir sie nicht mehr flashen können. Hören Sie, *ich kann das fixen* – aber dafür brauche ich den Originalcode. Nach allem, was Tech Logistics mir schickt, hat der Virus so oft mutiert, dass keine Spur der ursprünglichen Routinen geblieben ist.«

»Wenn ich herausfinde, wo O'Connell den Virus herhat, und Ihnen eine Kopie beschaffe, bekommen Sie dann das NW-Regionalkommando wieder ins Netz?« Mehr als eine Kleinigkeit, aber wenn es das Problem löste …

»Ja, Sir. Mit dem Quellcode schreibe ich den Patch im Schlaf …« Er gähnte und streckte die Arme über den Kopf. »… was vermutlich gut ist. Wollen Sie meinen Tipp, wo Sie suchen sollten? Das ist Hacker-Code, keine Frage. Nicht von jemandem, den ich kenne – deren Stil würde ich erkennen. Aber es …« Seine Stimme verebbte, als die Vorderbeine des Stuhls wieder auf den Boden knallten.

»Was denken Sie?«

»Ich weiß es nicht. Ich will etwas prüfen. Wenn es sich bewahrheitet, sag ich Bescheid.«

»Dann lasse ich Sie mal machen.« Richard klopfte Devon auf die Schulter und verließ das Büro. Draußen im Bereich *Special Projects* blies ihm ein feucht-kalter Wind entgegen. Er zog die Schultern hoch, verschränkte die Arme fest vor der Brust und hastete über den Hof zum Logistik-/Hauptquartiergebäude. Offenbar wollte der Winter dieses Jahr früh anrücken.

Sie hatten in den letzten achtundvierzig Stunden das meiste von dem zusammengesetzt, was auf Fionava geschehen war. Der in Ungnade gefallene General Liam O'Connell, gesucht wegen Hochverrats, Verschwörung zum Mord und »conduct unbecoming an officer« für seine Rolle bei der Eskalation des Krieges mit der Senecan Föderation, war zur NW-Regionalkommandobasis auf Fionava geflohen. Dort hatte er einen Virus in den Hardware-Knoten eingeschleust, um die Kommunikation in und aus der Basis zu stören. Im folgenden Durcheinander hatte er einen Kreuzer, die *EAS Akagi*, und zwei Fregatten, die *Yeltsin* und die *Chinook*, an sich gebracht und Fionava in unbekannte Richtung verlassen. Alle Versuche, die Schiffe oder das mutmaßliche Personal an Bord zu erreichen, waren erfolglos geblieben – was bedeutete, dass O'Connell die Verbände vermutlich in ein Blockfeld gehüllt hatte.

Es hatte viel zu lange gedauert, diese Informationen zusammen-zutragen. Das Sicherheitsteam hatte die Basis verlassen müssen, um mit dem EASK zu sprechen und Botschaften und Anfragen wieder an die Basis zu übermitteln – und wieder zurück. Eine unhaltbare Situation. Das Regionalkommando auf Fionava kontrollierte das gesamte NW-Kommando der Allianz: mehr als 5 000 Schiffe und 3 000 000 Soldaten.

Miriam brauchte diese Schiffe und dieses Personal. Sie musste sie im richtigen Moment dorthin dirigieren können, wo sie am meisten bewirkten – ob zum Eingreifen gegen die Metigen oder für Evakuierungen – und dies, ohne Chaos in das labyrinthische militärische Netzwerk zu tragen. Also würde er versuchen, ihr die Werkzeuge zu besorgen, die sie dafür brauchte.

Er hatte sein Ziel fast erreicht, als die Prioritätsnachricht von

Graham Delavasi über den sicheren Kanal einging, den sie vor dem Abflug von Krysk eingerichtet hatten. Er trat ins Gebäude, um dem beißenden Wind zu entkommen, und öffnete die Nachricht.

Zehn Sekunden später rannte er Richtung Lagezentrum.

* * *

Flottenadmiralin der Erdallianz Miriam Solovy betrachtete eine Karte, die in Primärfarben loderte.

Die alten Markierungen politischer Loyalitäten waren verschwunden. Jetzt sprenkelte leuchtendes Rot die rechten Quadranten der Karte, um verlorene Kolonien und vorrückende Metigen-Formationen zu kennzeichnen. Gelb markierte Kolonien, in denen Verbände der Allianz oder der Föderation gerade gegen die Aliens kämpften. Die Frontlinie des Metigen-Krieges zog sich fünf Kiloparsec von Peloponnia nordwestlich über Xanadu bis nach Nystad. In einer besonders beklemmenden Raffinesse wechselte der Farbton jeder Kolonie im Takt des Kampfgeschehens vor Ort: Peloponnia war zu einem unheilvollen Rost gedunkelt; Xanadu hielt sich bei Kanariengelb, während Nystad zunehmend zu Blasszitrone aufhellte. Blau zeichnete die Bewegungen der Verbände der Allianz und der Senecan Föderation nach, mit nur feinen Schattierungsunterschieden zwischen beiden Flotten.

Brython und Henan waren die einzigen uneingeschränkten Erfolge in den anderthalb Tagen, seit sie den Bedingungen der Aliens trotzig die Stirn geboten hatten. Nystad versprach, bald der dritte zu werden, und mit zusätzlichen Allianzkräften in Anflug hatte auch Xanadu Chancen, zu folgen. Pyxis war verloren, aber immerhin hatten sie vor dem Angriff mehr als zwei Drittel der Bevölkerung evakuiert.

Die Föderation nutzte ihren räumlichen Vorteil bislang hervorragend. Ihre Kolonien lagen näher beieinander, die meisten kaum mehr als ein paar Stunden bei Überlichtgeschwindigkeit entfernt. Und obwohl ihr Militär zahlenmäßig kleiner war als das der Allianz, war es proportional zu sowohl geografischer Ausdehnung als auch Bevölkerung deutlich größer. Natürlich bedeutete die Nähe der Kolonien zueinander auch, dass angreifende Schiffe die bewohnten Planeten schneller erreichten. Wenn – oder falls – die Föderation zu verlieren begann, würde sie schnell verlieren.

»Wie lange noch, bis die SW 3rd und 4th Brigade von New Cornwall Sagan erreicht?«

Miriam musste nicht nachsehen; jede Sekunde des Zeitplans tickte in der Ecke ihres Whisper-Virtu-Screens herunter. »Zweiundneunzig Minuten.«

»Sie werden vor den Metigen dort sein.«

Sie schenkte Admiral Christopher Rychen einen gewichtigen Blick und wandte sich wieder der Karte zu. »Wahrscheinlich. Es wird knapp.«

»Wir müssen sie dort so lange wie möglich halten. Hinter Sagan liegen ein Dutzend winziger Welten, die sie auslöschen können, bevor wir überhaupt merken, dass sie da sind.«

»Deshalb werden diese winzigen Welten gerade jetzt evakuiert.«

»Entschuldigung. Ich will Ihnen nicht sagen, wie Sie Ihren Job zu machen haben – ich jucke nur danach, wieder rauszugehen.«

Die *EAS Churchill*, Rychens Superdreadnought und Flaggschiff des NE-Kommandos, lag seit drei Tagen zur Reparatur in der Erdumlaufbahn. Die Arbeiten waren fast abgeschlossen, aber am Abgrund zählte jede Stunde. Sie wollte mit ihm mitfühlen, doch die Wahrheit war, dass seine Einsichten und sein taktischer Rat – die Art Perspektive, die man nur durch lange, agenda-freie persönliche Gespräche erhält – in diesen frühen Kriegsstunden unschätzbar für sie gewesen waren.

14

Miriam nickte ihm beruhigend zu. »Ihre Offiziere haben genug Zeit, um sich auf die Ankunft der Metigen bei Scythia vorzubereiten. Sie werden halten.«

»Werden sie. Kommodore Escarra ist vor Ort – und Oberst Jenner. Der ist gut. Danke, dass Sie ihn mir geschickt haben.«

»Es freut mich, dass es pas—« Sie wurde vom Transportoffizier unterbrochen, der ein Update zum Abflugstatus der noch auf Deucali liegenden SW-Verbände brachte. Neunundneunzig Prozent der militärischen Schiffe der Allianz in NW und SW wurden nach Osten gezogen, und wenn es sein musste, würden sie eine letzte Verteidigungslinie bilden, um die Erste-Welle-Welten zu schützen. *Fiele die Erde, fiele jede Welt.*

Die 1st Division von Nyssus hatte endlich Deucali erreicht, wo die finalen Befestigungen und Versorgungen abgeschlossen werden sollten, bevor sie ausliefen. Ein Teil der 1st Division würde die Verteidigungen bei New Cornwall und New Columbia verstärken, der Rest sich den anderen SW-Verbänden anschließen, um einen Bogen entlang des östlichen Randes des Zentralquadranten zu patrouillieren.

Rychen knurrte hinter ihr, und sie fuhr zur Karte herum, als Peloponnias Farbton zu einem so trüben Orange nachdunkelte, dass es praktisch Rot war. Ein Fluch blieb ihr im Hals stecken, doch sie stützte beide Hände auf den Tisch und beugte sich vor. »Es lag zu weit im Osten. Wir hatten keine Zeit, dort in Stärke anzukommen, geschweige denn eine ordentliche Verteidigung aufzustellen.«

Genauso schnell stieß sie sich wieder ab. »Stellen Sie Kommodore Ashonye auf Holo durch. Ich will absolut sichergestellt wissen, dass er begreift, worauf er bei Sagan zusteuert.«

Der diensthabende Kommunikationsoffizier hetzte, die Verbindung herzustellen, während Miriam prüfte, ob bei Peloponnia noch Schiffe waren, die sie zum Rückzug befehlen konnte.

»Admiralin Solovy, kann ich Sie kurz sprechen?«

Sie drehte sich bei Richards Stimme um, die aufgrund des Publikums unnatürlich formell klang. Sie erwiderte dies und verlieh seinem neuen Rang den gebührenden Respekt. Die Beförderung war nicht von ihr ausgegangen, aber sobald sie vorgeschlagen wurde, hatte sie ihre Genehmigung zügig sichergestellt. Schon die Aufdeckung der Aguirre-Verschwörung hätte sie ihm doppelt verdient.

»Brigadier Navick. Was kann ich für Sie tun?«

»Unter vier Augen, bitte.«

Der Ernst in seinen Augen ließ sie zögern. »Admiral Rychen, ich muss kurz raus. Falls Kommodore Ashonye erreicht wird, bevor ich zurück bin, sorgen Sie mir bitte für den richtigen Grad an Ehrfurcht.«

Rychen gab eine Geste des Einverständnisses, und sie folgte Richard in einen Flur voller Aktivitäten, vielleicht zu einem Drittel tatsächlich zweckmäßig. Er ging weiter, bis er eine unbeschriftete Tür erreichte, glitt ohne viel Federlesens hinein und erwartete offensichtlich, dass sie ihm folgte.

Es stellte sich als Abstellraum heraus. Man konnte es wohl »privat« nennen.

Kaum war die Tür geschlossen und das Licht an, stellte sie ihn, begierig zu erfahren, warum das ganze Theater. »Was ist los?«

»Sie wollen Ihre Tasche holen und mit mir zum Raumhafen kommen. Wir müssen irgendwohin.«

»Ich kann jetzt nicht weg. Haben Sie die Karte gesehen? Wir stehen—«

Er beugte sich vor, bis seine Lippen an ihrem Ohr schwebten; selbst so waren seine Worte kaum hörbar. »Es geht um Alex.«

»Was? Ist sie—«

»Psst. Ihr geht es gut, aber sie ist ... in gewissem Maß in Gefahr.

Ich kann es jetzt nicht erklären, weil wir davon ausgehen müssen, dass es buchstäblich überall Ohren gibt.« Seine Stimme senkte sich noch weiter. »Sie hat außerdem Informationen, die Sie hören sollten, und das gibt es nur face-to-face. Nehmen Sie einen dieser teuren mobilen QECs mit, dann können Sie auf einem Schiff alles tun, was Sie auch hier tun können. Also – wollen Sie sie sehen oder nicht?«

Miriam trat zurück, um seinen Blick zu treffen, dann nickte sie. »Ich hole meine Tasche.«

3

NYSTAD

KOLONIE DER SENECAN FÖDERATION

Das leuchtende Purpurrot des breiten Strahls des Superdreadnoughts mischte sich mit der dunkleren Zinnober-Silhouette des
dahinter kreisenden Planeten, dann überwältigte es sie, als der Strahl
das Sichtfenster hinaufwanderte und die *SFS Pindus* zu verschlingen
drohte.

»Alle verfügbare Energie auf die vorderen Schilde!«

Oberst Gaetan: Isonzo, *wenn Sie noch irgendetwas an Unterstützung
übrig haben, wäre jetzt der Zeitpunkt.*

Die Crew wirbelte um Gaetan herum, während der Rumpf bebte—
jedes Erschüttern drohte, sie alle dem gähnenden Vakuum des Alls
auszuliefern. Selbst bei voller Schildstärke würde die *Pindus* den
unerbittlichen Frontalbeschuss eines Metigen-Superdreadnoughts
nur Sekunden überstehen.

Na los, *Isonzo* …

Der Boden hob sich unter ihm; er hechtete zum Geländer, um
nicht zu stürzen.

»Rumpfbruch auf Deck 2!«

Den Befehl, zu verriegeln, musste er nicht geben; im nächsten Atemzug würde es vielleicht ohnehin keine Rolle mehr spielen.

»Schilde bei 10 %!«

Gebändertes, bernsteinfarbenes Licht von der *Isonzo* peitschte an Backbord ins Bild und spritzte über die Breitseite des angreifenden Schiffs; einen Augenblick später kam das Feuer zweier Begleitfregatten hinzu. Der bösartige, unheilvolle Strahl schwenkte fort—und ließ das Sichtfenster im Vergleich dazu plötzlich abgründig dunkel zurück.

Rear Admiral Lushenko (SFS Isonzo): Sorry für die Verspätung, Pindus. Wir holen euch den Druck runter.

Oberst Gaetan: Sehr verbunden, Admiral.

»E 30° rückwärts, auf eine halbe Megameter. Geben wir dem Feindschiff die Chance, uns zu vergessen, während wir die Wunden flicken.«

»Jaw—«

»Zehn Schwärmer visieren Steuerbord, Decks 2–4, an.«

Verdammt. Mit vernünftiger Schildleistung hätten sie eine Zeit lang etwas einstecken können, aber sie hatten keine Schilde—nun, 7 % und fallend—und drei klaffende Löcher im Rumpf. Er prüfte die taktische Karte: keine verfügbare Unterstützung in der Nähe.

Oberst Gaetan: Command, wir sind schwer beschädigt und brauchen Jägerunterstützung, um uns ein paar Schwärmer vom Hals zu schaffen.

»Zwei Schwärmer feuern in den Rumpfbruch auf Deck 2. Abgeriegelt ist er, aber die inneren Schotten halten das nicht ewig aus.«

Waffenfeuer gegen Metall wuchs unter seinen Füßen zum Donner an.

Oberst Gaetan: Je eher, desto besser.

Command: Drei Staffeln zu eurer Position unterwegs, Pindus. Haltet durch.

Oberst Gaetan: Danke, Command.

Gaetan zog die Steuerbordkamera auf und sah, wie zwölf Jäger aus dem Chaos sich kreuzender Pulsstrahlen, Metigen-Laser und unablässiger Explosionen hervorstießen, um auf die angreifenden Schwärmer zu feuern.

Er verzog das Gesicht, als eines der fremden Schiffe seine Waffe auf einen Jäger schwenkte und ihn in Sekunden zerriss. Ein Pilot tot—und wahrscheinlich nicht der letzte. Doch über vierhundert Männer und Frauen dienten auf der *Pindus*, die durch den Einsatz der Jäger gerettet werden konnten.

Er zuckte zusammen, als eines der Alien-Schiffe seine Waffe auf einen Jäger richtete und ihn binnen Augenblicken in Stücke riss. Ein Pilot tot — weitere würden folgen. Doch über vierhundert Männer und Frauen dienten an Bord der *Pindus*, die durch ihren Einsatz gerettet werden konnten.

Einer der Jäger kippte auf den Rücken und ging in einen senkrechten Sturzflug, um die Flugbahn eines Schwärmers zu schneiden; damit gelang es ihm, dessen Aufmerksamkeit von der beschädigten Hülle der *Pindus* abzulenken. Am unteren Ende seiner Bahn drehte der Jäger scharf ein und eröffnete das Feuer auf die unheimlich glühenden Augen im Zentrum des fremden Schiffs.

Der Schwärmer erwiderte umgehend das Feuer. Die Schilde des Jägers kollabierten unter dem Beschuss in weniger als drei Sekunden, und das kleine Schiff zerbarst, noch bevor der Pilot den Schleudersitz auslösen konnte.

Beschädigt, aber nicht zerstört, brach der Schwärmer den Angriff ab und nahm wieder die *Pindus* ins Visier.

* * *

SENECA

CAVARE, MILITÄRHAUPTQUARTIER

»Stanley, stopp—vier Sekunden zurück.«

Sprechen Sie mit mir, Commander Lekkas?

Morgan verzog das Gesicht—eine Miene, die jeder Mensch als genervt verstanden hätte. »Hier drin sind nur wir beide. Ja, ich rede mit dir.«

Aber mein Titel ist STAN.

»Erstens ist das kein ›Titel‹—es ist ein Name. Und wenn ich bei dir bin, heißt du Stanley.« Sie hegte eine milde… wenn nicht Verachtung, dann doch eine beiläufige Respektlosigkeit gegenüber der Artificial. ›Stanley‹ war der Nachname des widerlichen Heimleiters in ihrem Internat gewesen, damals als Teenager, also …

Seine Rechenleistung schätzte sie durchaus—sie war nichts weniger als atemberaubend. Aber seine taktische Analyse war Mist. Man hatte ihr gesagt, die Artificial sei neu und ihre metaheuristischen Algorithmen befänden sich noch in Entwicklung, doch Fakt war: Wo es fünf Stunden brauchte, um ein Schlachtfeld zu »verstehen«, sah sie die Lage in fünf Sekunden. Die Artificial begriff schlicht nicht, wie unberechenbar der menschliche Kampfverlauf war.

Nun allerdings kämpften sie gegen Aliens. Was das für seine taktischen Fähigkeiten bedeutete, blieb abzuwarten.

4,0000 Sekunden rückwärts.

Sie vergrößerte das Standbild und studierte den Schaden am fremden Schiff: ein Tentakel abgetrennt, ein zweiter hing nur noch, außerdem ein Loch am Außenrand der Oculi. Noch zwei, vielleicht drei Sekunden, und das Loch wäre groß genug gewesen, um das Gefährt zu zerlegen.

Sie brauchten mehr Zeit, selbst damit Selbstmordangriffe Wirkung zeigten. Besser noch: Sie brauchten einen Weg, Angriffe auf Schwärmer zu fahren, ohne dabei zu sterben.

»Hast du genug Material, um eine Sim der Manöver- und Angriffsprofile eines Schwärmers zu bauen?«

Ich habe, Commander.

Sie hatte nichts gegen die Anrede mit Rang, aber das überkorrekte »Commander« fühlte sich herablassend an. »Gut. Hochfahren und mich in ein Schiff setzen.«

* * *

Der Liegesitz im sonst leeren Raum passte sich dem Körper an—ideal für Sim-Eintauchgänge wie auch für Vollsinn-Überlagerungen beim Sichtungsmarathon. Sensoren an ihren Händen erfassten die Bewegungen, und es konnte losgehen.

Ihre Sim-Umgebung war ein Standard-Trainingsfeld. Sterne in alle Richtungen, keine Planeten, Sonnen, Trümmer—nichts, was störte. Teilnehmer: vorerst ein Schwärmer, Morgan und ihr »Jäger«. Es war nicht *ihr* Jäger und verfügte daher nicht über manches Werkzeug, auf das sie sonst zurückgreifen konnte—aber die anderen Piloten würden darauf ebenfalls keinen Zugriff haben; also sie auch nicht.

Die Mission: einen verlässlichen Weg finden, einen Schwärmer zu zerstören, ohne dabei sein Schiff oder sich selbst zu verlieren.

»Sim starten.«

Sie beschleunigte sofort—noch bevor sie den Angreifer erfasst hatte.

Regel Nr. 1: Niemals stehen bleiben.

Das Alien-Gefährt materialisierte im rechten Quadranten bei −32,4° vertikal. Sie nahm die Verfolgung auf.

Regel Nr. 2: Angriff ist die beste Verteidigung.

Es drehte bei und beschleunigte auf sie zu, verringerte die Distanz rasant. Seine Geschwindigkeit beeindruckte im Sim-Raum noch mehr. Sie änderte ihren Kurs—und änderte ihn weiter, je näher sie kam.

Regel Nr. 3: Niemals lange genug auf derselben Trajektorie bleiben, damit dir jemand ein Fadenkreuz auf die Nase malt.

Der Schwärmer feuerte, noch bevor ihre Waffen in Reichweite waren. Noch ein Problem. Sie leitete sämtliche nicht-antriebsrelevante Energie auf die vorderen Schilde um, warf das Schiff hart nach Backbord und in den Rückwärtsflug.

Das System zur dynamischen Druckanpassung im Cockpit milderte die G-Kräfte, aber sie spürte dennoch den flauen Ruck im Magen, als das Schiff sie in Richtungen und mit Geschwindigkeiten schleuderte, für die der menschliche Körper nie gedacht war. Zunächst strich der Strahl über den Jäger, doch schnell passte er sich an und verriegelte auf ihre Bewegungen. Ihre verstärkten Schilde hielten sieben Sekunden; trotz allerlei Kunstflügen entkam sie dem Strahl nicht.

Jäger zerstört.

Kein Scheiß, Genie.

Regel Nr. 4: Üben, bis du gewinnst.

»Nochmal.«

* * *

Morgan stand in Ruhestellung in respektvollem Abstand vom Konferenztisch, an dem Feldmarschallin Gianno sich mit mehreren Beratern beriet. Während sie wartete, dehnte sie die Waden und ballte und entspannte ihre Schultermuskeln. Der Liegesessel hatte nach drei Stunden jeden Komfort eingebüßt.

Schließlich entließ die Marschallin die anderen, damit sie ihre Befehle ausführten — überwiegend Details zur präventiven Umleitung von Ressourcen nach Elathan —, und wandte sich ihr zu.

»Commander Lekkas. Der Sicherheit zufolge sind Sie seit sechs Stunden an STAN angeschlossen, mit lediglich zwei Fünf-Minuten-Pausen.«

Morgan ging in Habachtstellung. »Kommt hin, Ma'am.«

»Rührt euch, Kommandantin. Ich nehme an, Sie haben Erkenntnisse vorzuweisen.«

»Ja, Ma'am. Wir brauchen die Laserwaffe mit Strahlkrümmung, an der das Militär forscht, sonst sind wir tot.«

Der Ausdruck der Marschallin veränderte sich nicht. »Normalerweise würde ich fragen, woher Sie von der Forschung wissen — oder ihre Existenz abstreiten —, aber die Zeit ist knapp, und die meisten alten Regeln fallen unter dem Druck der Umstände. Der Arcalaser ist nicht einsatzreif.«

»Ich bin nicht sicher, ob das eine Rolle spielt. Es ist eine Frage der Notwendigkeit.«

»Warum sind Sie davon so überzeugt? Unsere Jäger hatten gegen die Schwärmer durchaus gewisse Erfolge.«

»Wie viele davon haben die Begegnung überlebt? Und wie viele der Überlebenden verdanken das blindem Glück und zufälligen Umständen? Als Sie mich baten, an diesem Problem zu arbeiten, sagten Sie, ich sei die beste Jagdpilotin in der Föderation. Nach einer erschöpfenden Durchsicht unseres Gefechtsmaterials bin ich in der Simulation über volle hundert Durchgänge gegen einen einzelnen Schwärmer angetreten. Ich habe ihn 27-mal ausgeschaltet. In 14 dieser 27 Fälle wurde mein Schiff dabei ebenfalls zerstört — und bei jedem einzelnen Fehlschlag sowieso. Wenn wir es mit Zehntausenden von ihnen zu tun haben, überleben wir diese Chancen nicht. Ma'am.«

3

Gianno nahm die Informationen ohne sichtbare Regung auf. »Warum verlieren Sie?«

Es war nicht die Frage, die Morgan erwartet hatte; die meisten Vorgesetzten setzen Erklärungen mit Ausreden gleich. »Auf Hardware- und Konstruktionsebene sind die Schwärmer unseren Jägern in einem Maße überlegen, das nicht zu überwinden ist. Sie sind schneller. Ihre Bewaffnung hat größere Reichweite als unsere und — nach meiner Schätzung — mindestens 50 % mehr Wucht.

Ohne massiven Waffeneinsatz — mehrere durchgehend feuernde Fregattenwaffen mindestens — liegt ihre einzige strukturelle Schwäche an den Okuli, und auch nur, während der Schwärmer feuert. Wenn man einige der Tentakel wegbrennt, sinken Kraft und Genauigkeit der Waffe, aber der Strahl verbreitert sich sogar, was das Ausweichen erschwert.«

Sie straffte die Schultern. »Daraus folgt: Der einzige Weg, einen zu zerstören, ist, direkt in die Okuli zu schießen, während er ebenfalls feuert — etwas, das praktisch unmöglich ist, ohne länger unter Beschuss zu stehen, als unsere Schilde aushalten. Es sei denn, wir ziehen uns aus der Schusslinie.«

»Durch Laser mit Strahlkrümmung.«

»Ja, Ma'am. In den Aufnahmen gab es keinen Hinweis darauf, dass die Aliens so etwas haben. Ich weiß nicht, warum nicht. Vielleicht sind sie nicht darauf gekommen, vielleicht hielten sie es nicht für nötig.«

»Warum Agilität einsetzen, wenn rohe Gewalt genügt.«

»Ressourcenschonung ist eine oft genutzte und fast ebenso oft wirksame Strategie im Kampf. Aber es ist mir egal, warum sie die Technik nicht einsetzen — wichtig ist nur, dass sie es nicht tun. Und wir können sie einsetzen. Können wir doch, Ma'am?«

Giannos Mund wurde schmal. Ihr Blick glitt zu mehreren Anzeigen, die Informationen zeigten, die nichts mit Strahlkrüm-

25

mung zu tun hatten.

»Die Technik erweist sich bislang als höchst unzuverlässig. Der Arcalaser hat Probleme, das von der ware ausgewählte Ziel zu halten. Er verfehlt das Ziel in 34 % der Fälle, und wenn er verfehlt, ist das Ergebnis unvorhersehbar. Er kann alles innerhalb seiner Reichweite treffen, auch eigene Einheiten.«

Autsch. Die Nachricht war schlimmer, als sie befürchtet hatte. Sie suchte gerade nach einer passenden Antwort, als Giannos Blick zurückkehrte und sie mit einschüchternder Autorität fixierte.

»Die Testanlage befindet sich am Lunar-SSR-Zentrum. Begeben Sie sich dorthin, steigen Sie in einen Jäger und sehen Sie, ob Sie ihn zum Laufen bringen.«

»Ma'am, ich bin keine Ingenieurin.«

»Nein, sind Sie nicht. Aber ich hoffe, dass Sie, indem Sie den Arcalaser nutzen und ihn in Aktion sehen, den Ingenieuren aus praktischer Sicht sagen können, was schiefläuft. Und ich hoffe außerdem, dass das, was schiefläuft, ein Problem ist, das sie beheben können — und zwar schnell.«

Morgan meinte, dass sie das tatsächlich leisten konnte. »Ich breche sofort auf.«

* * *

CAVARE

Der Sicherheitsmann—Agent? Offizier? Alex war sich nicht sicher— schloss ihre kurze Führung durch das Safehouse ab, brachte sie zurück in das Wohnzimmer und verschwand.

Sie hatte nun neunzig Prozent der Einrichtung gesehen und

bezweifelte, dass sie etwas außerhalb des Erdgeschosses brauchen würden. Oben gab es mehrere Schlafzimmer, aber wenn sie lang genug blieben, um zu schlafen, würden sie auf der *Siyane* schlafen—allein schon wegen der Sicherheit. Und wegen der Möglichkeit zu einem hastigen Abflug. Und wegen der Privatsphäre. Bei näherer Betrachtung gab es mehrere Gründe, an Bord zu schlafen. Trotzdem hoffte sie, dass sie längst wieder unterwegs wären, bevor es dazu kam.

Ohne Zuschauer lehnte sie sich neben Caleb auf das Sofa, das er okkupiert hatte.

»Mir ist gerade aufgefallen—ich habe meinen Geburtstag verpasst, als wir drüben hinter dem Portal in der Zeitverzerrung steckten. Heißt das, er hat nie stattgefunden?«

Er lachte leise und umschloss ihre Hand, fuhr mit dem Daumen über ihre Handfläche. »Ich denke nicht. Wenn das hier vorbei ist, feiern wir.«

»Ich hab nicht auf besondere—«

»Wenn das vorbei ist, feiern wir. Kein Murren.«

Sie ließ den Kopf auf seine Schulter sinken. Nach all dem Rennen erlaubte die plötzliche Ruhe der Müdigkeit, in ihre Knochen zu kriechen; sie hoffte, dass sie es sich nicht gemütlich machte. »Director Delavasi ist ja ein Charakter. Du hast ihn wirklich noch nie getroffen?«

»Nö. Ein-, zweimal im Flur aneinander vorbei und genickt, das war's. Ich bin selten im Büro, nicht weiter überraschend. Er hat allerdings einen Ruf.«

»Als?«

»Renegat mit großspuriger, oft ruppiger Art—aber er gilt als jemand, der gerade heraus redet.«

»Ich hätte Geld bezahlt, ihn und Richard zusammen arbeiten zu sehen. Ich wette—«

Der Director stieß wieder zu ihnen, fast so, als hätte er geahnt, dass er gerade Thema war, und wolle das nicht ermuntern. »Gut. Ich habe Navick erreicht. Er kann uns auf Pandora treffen und versucht, Admiral Solovy mitzubringen. Ich war geheimniskrämerisch und wortkarg, wie gewünscht. Außerdem habe ich auf Pandora Quartier organisiert, das unseren Anforderungen entspricht—radikal diskret und wahrscheinlich noch sicherer als dieser Bunker. Die Räder drehen sich. Und jetzt wird es Zeit, dass Sie mir sagen, was hier eigentlich los ist.«

Sie nickte Caleb kaum merklich zu: Er sollte hier die Führung übernehmen. Es war sein Planet, seine Heimat, seine Behörde und sein Chef. Mit einigem Interesse hatte sie bemerkt, wie sich seine Haltung bei der Ankunft verändert hatte. Er war zurückgenommener und professioneller, lässig, aber wachsam. Subtil, aber nach außen komplett: Er war jetzt im Dienst.

Er bedeutete Delavasi, sich ihnen gegenüber zu setzen. »Director, die einfache Tatsache ist: Die Aliens können jederzeit feststellen, wo wir sind—außer wenn wir auf dem Schiff sind und der Tarnschirm aktiv ist. Wir müssen außerdem annehmen, dass sie wissen, was wir sagen und tun—und es gibt keine Garantie, dass selbst der Schirm diese Details vollständig verbirgt.«

»Was, haben sie euch Sender implantiert oder so? Ich kann in weniger als einer Stunde einen erstklassigen Militärarzt hierhaben, der—«

»Ganz so ist es nicht.« Caleb atmete ruhig ein und sprang. »Ich weiß, das klingt ein bisschen irre, aber die Aliens können alles sehen, was … sagen wir »in dieser Galaxie« passiert. Sie besitzen die Fähigkeit, zu wissen, was *alle* sagen und tun. Wir glauben, es gibt eine Verzögerung, was uns in die Karten spielt, auch wenn wir nicht wissen, wie lang. Und nur weil sie *alles* sehen *können*, heißt das nicht, dass sie es *tun*. Aber wir müssen auf Nummer sicher gehen, denn die Aliens werden *uns* jagen.«

Delavasi hob eine Augenbraue zum Fenster, dann wieder zu ihnen. »Und wie zur blutigen Hölle sollen sie das bitte anstellen?«

Alex zuckte die Schultern. Seine Direktheit sagte ihr zu; dies war nicht der Moment für bürokratisches Herumgeeiere. »Kann ich nicht sagen. Wir haben keinen Blick in die inneren Mechanismen dieser Technik bekommen. Aber ich habe sie in Aktion erlebt, und glauben Sie mir: Ihre Beobachtung der Menschheit ist umfassend.«

»Natürlich wird es irgendwann einen Punkt geben, an dem wir nicht länger verbergen können, was wir tun. Dann werden wir reden müssen, und dann werden wir handeln müssen. Aber wir müssen die Geheimhaltung so lange aufrechterhalten, wie es praktikabel ist.«

»Weil Sie einen Plan haben, sie zu besiegen.«

»Wir haben … Ideen, wie wir unsere Fähigkeiten gegen sie auf dem Schlachtfeld deutlich stärken können. Ich muss sagen, ich war begeistert zu erfahren, dass ihr und die Erdallianz aufgehört habt, euch gegenseitig umzubringen, aber einigermaßen überrascht, wie energisch ihr die Aliens bekämpft.«

Delavasi fuhr sich mit der Hand durch zerzaustes Salz-und-Pfeffer-Haar. »Soweit ich gehört habe, haben die Aliens uns einen Waffenstillstand angeboten. Wir haben abgelehnt.«

»Bullshit.«

»Kein Bullshit. Die Bedingungen waren zu belastend, und Ihre Regierung und meine haben gemeinsam beschlossen zu kämpfen.«

Sie lachte. »Ich hätte nicht gedacht, dass Politiker dazu fähig sind.«

»Das können Sie Ihre Mutter fragen, wenn Sie sie sehen, schließlich war sie dabei. Apropos … Frau Solovy, ich verstehe, warum Sie zögern, diese Ideen mit der Föderationsregierung zu besprechen, bevor Sie sie Ihrer eigenen Führung vorgelegt haben, aber angesichts der Dringlichkeit der Lage sollten wir die Situation vor Ort nicht nutzen? Agent Marano, vielleicht könnten Sie ein Debriefing—«

Caleb schüttelte entschieden den Kopf, noch bevor Delavasi den Vorschlag ausformulieren konnte. »Das hier ist Alex' Sache. Und aus verschiedenen Gründen, auf die wir noch nicht eingehen können, halte ich es ebenfalls für besser, wenn wir mit der Erdallianz beginnen. Aber da Sie mit uns nach Pandora kommen, kann ich Ihnen einen Platz am Tisch zusichern, sobald es so weit ist.«

Delavasi ließ sich tiefer in das Kissen hinter ihm sinken. »In Ordnung. Wir müssen erst in etwa einer Stunde aufbrechen. Wenn Sie jemanden kontaktieren möchten: Ein Verschlüsselungsfeld über dem gesamten Gebäude maskiert Ihren Standort und verschlüsselt den Inhalt. Der Passcode lautet HKTK#47421.«

Alex stand schon auf. »Ausgezeichnet, denn ich muss eine sehr wichtige Verbindung herstellen.«

4

'

SAGAN

UNABHÄNGIGE KOLONIE

»*Abigail, ich detektiere das Eintreffen von 104 Schiffen der Erdallianz in 4,2 Megametern Höhe über dem Planeten. Die Anwesenheit von sieben Trägern legt nahe, dass der Verband mindestens 1 200 Jäger umfasst.*«

Dr. Abigail Canivon blickte überrascht von der Inventarliste auf. »Sie haben tatsächlich Wort gehalten und sind aufgetaucht? Interessant. Informiere mich, wenn die Aliens eintreffen, ja, Valkyrie.«

»*Natürlich, Abigail.*«

Sie hatte vorgehabt, Sagan schon vor Tagen zu verlassen. Ihre Arbeit am *Druyan-Institut* war ihr wichtig; man hätte sie jedoch auch andernorts fortsetzen können. Sagan war ein angenehmer Wohnort gewesen, und sie würde es vermissen, aber sie hatte nicht vor, hierzubleiben, nur um von den Aliens getötet zu werden—und make no mistake, das wäre ihr Schicksal gewesen. Sagan hatte keine bewaffneten Kräfte. Abgesehen von zwei rein defensiven Orbitalanlagen und der Zivilpolizei gab es keinerlei Fähigkeit zur Selbstverteidigung.

Valkyrie war ihr noch wichtiger, aber die Artificial zu verlegen war schwierig—und angesichts der bevorstehenden Invasion unmöglich. Der Platz auf den Evakuierungstransportern war schließlich den Menschen vorbehalten. So schmerzlich es war, sie hatte akzeptiert, Valkyrie zurücklassen zu müssen.

Dann hatte die Erdallianz Sagans Gouverneur mitgeteilt, man werde die unabhängige Kolonie gegen die Aliens verteidigen. Die euphorisierte Regierung verbreitete die »gute Nachricht« an die Bevölkerung.

Abigail war, gelinde gesagt, skeptisch. Vierzig Jahre im Moloch der Allianz hatten sie die schiere Dummheit der Bürokratie gelehrt. Am Ende hatte sie jeden Glauben an das System und die Regierung verloren, der sie ihre berufliche Laufbahn gewidmet hatte—und war desillusioniert nach Sagan gegangen. Kurz: Als man ihr sagte, die Allianz eile zu ihrer Rettung, kamen ihr Zweifel.

Sie hatte dennoch zugesagt zu bleiben und die Hardware und Daten des Instituts zu schützen—und die Entscheidung seither etwa alle halbe Stunde bereut.

»Zwölf Metigen-Superdreadnoughts sind aus dem Überlicht gefallen und haben die Erdallianzflotte angegriffen.«

»Auf den letzten Drücker. Danke, Valkyrie.«

»Ich werde die Schlacht überwachen und dich über nennenswerte Ereignisse informieren. Es dürfte spannend werden.«

»Das ist ein Wort dafür.« Sie runzelte die Stirn und versuchte, die Berichte mit ihrer Forschung schneller durch die Leitung zu bekommen. Die von der Allianz bereitgestellte Methode, die exanet-Störungen der Aliens zu umgehen, erwies sich als äußerst nützlich—das musste sie zugeben. In einem Akt moderater Verzweiflung schickte sie alle ihre Daten an Biosynth Frontiers in Rom. Das war das führende Cybernetik-Unternehmen auf der Erde, und zwei Ärzte, denen sie zutraute, ihre Forschung zu verstehen und fortzuführen, arbeiteten dort.

Das Institut wusste nichts davon, und technisch gesehen waren die Informationen Eigentum des Instituts. Aber es gab Dinge, die wichtiger waren als Patente.

Ein Holo-Comm-Eingang ließ ihre eVi aufblinken. Sie kam zu gar nichts, wenn sie ständig zu Besprechungen musste, um *über* das zu sprechen, was erledigt werden musste ... aber es war niemand aus dem Institut.

Es war Alex Solovy.

Unter den Umständen sollte sie die Anfrage ablehnen—aber sie war überrascht *und* neugierig. Überrascht, dass die Frau am Leben war, und, angesichts ihrer Beteiligung an den jüngsten Ereignissen, neugierig, was Alex von ihr wollte.

»Ms. Solovy—unerwartet. Sie waren ein paar Wochen lang eine Sensation und sind dann verschwunden. Viel zu tun, nehme ich an?«

Die Holo-Projektion verfestigte sich und zeigte die Frau, die sie von vor vier Jahren kannte, und doch indefinierbar verändert. Statt streng zurückgebunden fiel das Haar frei über eine Schulter den Rücken hinab, und die markanten Augen brannten nicht mit Vorsicht, sondern mit Intensität. »Kann man so sagen. Und es ist Alex, erinnerst du dich?«

»Wie du willst, Alex. Was kann ich für dich tun?«

»Wie weit ist deine Forschung zu Neuralabdrücken bei Artificials?«

Abigail verbarg den Anflug von Verdruss über die scheinbar zufällige Frage. »Ganz gut. Du wirst erfreut sein zu hören, dass die Ergebnisse nahelegen, dass die Artificial nicht ›zur Person wird‹, deren Abdruck sie trägt, wohl aber das Verhalten dieser Person in einer bestimmten Situation mit *nahezu* perfekter Genauigkeit vorhersagen kann. Wichtig: Erfahrungen und Persönlichkeit des Individuums haben messbaren Einfluss auf die unabhängigen

Entscheidungen der Artificial und ihre Datenreaktionen. Leider hängt die Forschung fest, da die Bürokraten sich bislang weigern, die Erkenntnisse praktisch zu nutzen.«

»Großartig. Noch eine Frage: Ist es möglich—«

»Ms. So—Alex, ich fürchte, jetzt ist kein Moment für Plauderei. Sagan steht unter Angriff der Aliens, und ich versuche zu retten, was ich von meiner und der Arbeit des Instituts retten kann, falls das Schlimmste eintritt. *Wenn* ich die Invasion überlebe, diskutiere ich gern zu einem späteren Zeitpunkt in Ruhe über meine Forschung.«

»Die Aliens sind schon bei Sagan? Okay, wir … kümmern uns gleich darum. Dr. Canivon, meine Fragen sind *entscheidend* für das Fortbestehen der Menschheit, daher bitte ich dich um ein paar Minuten Geduld.«

Große Worte—aber interessant. Woran hatte die Frau gearbeitet? »In Ordnung, du hast meine Neugier geweckt. Ich kann ein paar Minuten abzwacken—bitte komm zur Sache. Was willst du wissen?«

»Danke. Ist es möglich, eine symbiotischere, umfassendere Verbindung zwischen einer Person und einer Artificial herzustellen als die, die eine Remote-Schnittstelle erzeugt? Kann man die meisten Puffer und Barrieren entfernen, ohne das Gehirn der Person zu grillen?«

Abigail legte leicht den Kopf schräg. Ein Hindernis, an dem sie unzählige Stunden gearbeitet hatte. »Unter sehr präzisen und eng begrenzten Umständen? Ja, ich glaube, es ist möglich. Die Artificial bräuchte einen Neuralabdruck der betreffenden Person—ich nehme an, du hast das geahnt, sonst hättest du die erste Frage nicht gestellt.

Ist sie mit der Arbeitsweise des Gehirns der Person vertraut, kann sie ihre eigenen Signale so modulieren, dass sie harmonisch sind und nicht mit den Hirnwellenmustern kollidieren—die Art von Kollision, die sonst Schlaganfälle und oft den Tod verursacht. Dennoch muss die Cybernetik der Person *hochgradig* fortgeschritten sein, um allein vom Datenfluss nicht überlastet zu werden. Es gibt weitere Aspekte, aber warum sagst du mir nicht, was du im Sinn hast?«

Alex wanderte vor einer Reihe unbeleuchteter Fenster auf und ab, die keinen Hinweis auf ihren Aufenthaltsort gaben. »Was ich brauche: einen Menschen und eine Artificial, die *gemeinsam* denken und arbeiten—unter Nutzung der Daten, die die Artificial liefert—, um Entscheidungen zu treffen und Handlungen *beschleunigt* auszuführen. Sie sollen wie *eins* agieren, mit allen Fähigkeiten der Artificial—Datenverständnis, Analyse, Rechenleistung und Geschwindigkeit—, dabei aber der Urteilsfähigkeit und Kontrolle des Menschen unterliegen. Die Person muss jede Entscheidung der Artificial übersteuern können, aber ein Neuralabdruck erlaubt es der Artificial offenbar zu erkennen, *wann* die Person wahrscheinlich übersteuern würde—und entsprechend zu handeln.«

Abigail sank in den Stuhl zurück. Was Alex verlangte, war nichts weniger als die Vollendung ihres Lebenswerks—die Vision, die sie seit über fünf Jahrzehnten angetrieben hatte, mühsam, Innovation für Innovation. Natürlich *war* es machbar; sie hatte die Technologie und die biosynthetischen Schnittstellen geschaffen, um es machbar zu *machen*.

Aber niemand würde *wagen*, es zu erlauben.

Sie bemühte sich, ihre wachsende Erregung nicht zu zeigen. »Ich sehe nicht, wie sich ein solches Vorhaben unter den bestehenden Einschränkungen, Sicherheitsauflagen und Kommunikationssperren für Artificials realisieren ließe.«

»Die Artificial wäre selbstverständlich *unfesselt*.«

»Selbstverständlich.« Abigail lachte trotz der düsteren Lage. *Einfach mal eben zweihundert Jahre Restriktionen wegwischen, ja?* »Das war eine unterhaltsame Theorieübung, aber zu welchem Ergebnis sollte sie führen? Die Aliens stehen sprichwörtlich gerade vor der Tür.«

»Jetzt kommst du zur Erde und machst es. Du wirst Valkyrie mitbringen wollen.«

»Siehst du—da liegt ein Problem. Ich erwähnte vor ein paar Minuten, dass die Aliens Sagan bereits angreifen? Mich vom Planeten zu bekommen, ist eine Herausforderung. Valkyrie vom Planeten zu bekommen, ist unmöglich.«

Ein selbstsicheres—arrogantes?—Lächeln zog an Alex' Lippen.

»Nichts ist unmöglich. Fang an, sie einzupacken, ich melde mich bald mit Anweisungen.«

5

ERDE

SEATTLE

Die Tür zur Penthouse-Suite des Waldorf Seattle-Vancouver fiel hinter Kennedy Rossi ins Schloss, und sie lehnte sich für einen einzigen tiefen Atemzug dagegen.

Dann hob sie das Kinn, schüttelte ihr Haar aus und schlenderte in die Unterkunft, die sie sich »auf unbestimmte Zeit« gesichert hatte— für ihren Aufenthalt in den Cascades, ihre Arbeit bei der EASK, den Metigen-Krieg, die Welt.

Noah stand auf dem Balkon jenseits des fernen Endes des großen Wohnraums. Die geöffnete Balkontür ließ eine frische Brise durch die Suite tollen; sie wusste nicht, wie lange er schon draußen war, aber mittlerweile war es darin eisig. Sie zog ihren Mantel enger um sich, bevor sie hinaustrat.

»Es ist kalt«, stellte sie fest.

»Ich mag kalt.« Er reichte ihr eine Bierflasche.

»Irgendwas Lokales?«

»Aus Seattle. Bitter wie die Sünden des Senats.«

Sie trank einen Schluck, ließ das Bier über die Zunge rollen und gab es ihm zurück. »Ich mag's.«

»Ich bin froh, dass dir wenigstens noch etwas gefällt.« Er warf ihr einen Seitenblick zu, ohne seinen Blick wirklich von der Stadt zu lösen. Das Lichtermeer glitzerte, Wolken hingen schwer und dunkel über den Cascades; die Luft roch nach Regen—Seattle zu später Stunde. »Wie war dein Tag bei der EASK?«

»Beschäftigt. Ich habe mich wieder mit einem Team aus Materialwissenschaftlern zusammengehängt und versucht, Adiamene-Prototypen herzustellen, mit denen wir die neuen Rumpfverbundstoffe skalieren können. Ergebnis: Wir verstehen Adiamene offenbar nicht.«

»Ich dachte, Adiamene wäre eine Weiterentwicklung von amodiamond. Und amodiamond versteht ihr.«

»Wir verstehen, wie man es nutzt.« Sie stemmte die Hände gegen das Geländer. »Wir verstehen nicht, warum es sich so verhält, wie es sich verhält—was es auf atomarer Ebene tatsächlich *macht*. Und wenn man nicht *warum* versteht, kann man es nicht verlässlich reproduzieren. Sicher nicht in den Mengen, die wir brauchen.«

Er zog die Augenbraue hoch. »Und die Senecaner?«

»Die arbeiten auch daran. Und ja, sie sind gut. Aber wir brauchen *viel* mehr als gut.« Ein leises, erschöpftes Lachen. »Weißt du, was mich am meisten frustriert? Dass ich vermutlich die beste Ingenieurin bin, die sie dafür auftreiben konnten. Und das reicht einfach nicht.«

Er nahm einen Schluck und reichte ihr die Flasche wieder. »Du bist mehr als gut, Kennedy.«

»Das ist lieb.« Sie trank. »Aber irrelevant.«

Er stützte sich mit den Unterarmen auf das Geländer und betrachtete die Stadt. »Wie kann ich helfen?«

»Du *kannst* helfen.« Sie drehte sich zu ihm. »Ich brauche dich, Noah.«

»Das höre ich gern und fürchte ich zugleich.«

»Ich muss, dass du deinen Vater dazu bringst, uns beim Hochfahren der Adiamene-Produktion zu helfen. Wir kriegen es nicht hin, es zuverlässig, schnell oder in irgendetwas auch nur nahe an den Zielmengen herzustellen.«

»Was? Nein. Nein, nein, nein. Auf gar keinen Fall.« Er kippte die Flasche hoch, leerte sie und ließ sie dann scheppernd über die Balkonplatte rollen.

»Mit der Reaktion hatte ich gerechnet. Aber was immer er sonst ist—dein Vater versteht Metallproduktion besser als jeder andere, den ich je getroffen habe. Er hat Fabriken aus dem Nichts aufgezogen. Er weiß, wie man Prozesse entwirft, die laufen. Und er kann Menschen dazu bringen, sie umzusetzen.«

»Er kann auch Menschen dazu bringen, zu sterben.« Noahs Stimme wurde hart. »Er kann Städte dazu bringen, zu brennen. Er kann Regierungen dazu bringen, Gefallen zu schulden. Das ist sein eigentliches Talent.«

»Ich weiß, dass eure Geschichte…kompliziert ist.« Sie fuhr mit der Hand über seinen Arm. »Aber er ist auch ein Genie. Und wir brauchen Genies. Wir brauchen alle, die wir kriegen können.«

»Kennedy, du willst, dass ich ihn anrufe und um einen Gefallen bitte.« Er stieß ein raues Lachen aus. »Ich habe seit Jahren nicht mit ihm gesprochen.«

»Nicht wegen *ihm*. Wegen uns. Wegen *aller*.«

Er schwieg. Die Geräusche der Stadt trugen herauf, gedämpft unter dem tiefen Summen des Windes am Gebäude. Ein kurzer Schauer trommelte gegen den Glasrand, zog weiter.

»Was genau brauchst du?«

»Dass er kommt. Oder uns an einen Ort trifft, an dem er sicher ist.« Sie holte Luft. »Es gibt das Space Materiels Complex in Berlin— ich fliege morgen hin. Wenn du ihn nach New York bekommst, vielleicht kann er von dort aus nach Berlin. Und sich die Probleme *vor Ort* ansehen.«

»Ich glaube nicht, dass er Berlin mag.«

»Berlin mag *niemand*, der Metall im Blut hat—zu viel Glas.« Ein winziges Grinsen huschte über ihr Gesicht. »Aber ihre Labore sind exzellent.«

»Und was ist mit der Allianz-Bürokratie? Wenn er auftaucht, wissen es am Ende alle, die es nicht wissen sollen.«

»Ich rede mit den Richtigen. Ich bekomme ihn unter dem Radar hinein. Das ist mein Part.«

»Und mein Part ist, ihn zu überreden.« Er rieb sich den Nacken. »Er hasst mich gerade, falls du das vergessen hast.«

»Er hasst jeden gerade. Aber du bist der Einzige, auf den er *vielleicht* hört.«

»Vielleicht.« Sein Blick wanderte über die blauschwarzen Konturen der Stadt. »Du verlangst eine Menge.«

»Ich verlange, was nötig ist.« Ihre Stimme wurde weicher. »Ich weiß, dass ich viel verlange. Und dass es wehtut. Aber ich glaube, du bist stark genug.«

Er drehte sich zu ihr, suchte ihr Gesicht. »Glaubst du, ich *will* das tun?«

Sie lächelte, warm und ehrlich, und nahm seine Hände in ihre. »Ich bin mir nicht sicher, ob ich es je ganz begreifen kann. Aber ich verstehe genug, um wirklich leidzutun, dass ich dich darum bitten muss. Ich komme mit nach New York, wenn du magst?«

Er schüttelte den Kopf. »Nein. Das ist etwas, das ich allein tun sollte.«

»Schon gut, ich dränge nicht.« Und sie *verstand* es. Sie kannte ihn nicht annähernd lange genug, als dass er sie zusehen lassen würde, wie alte Narben wieder aufgerissen wurden. »Ich fliege dann schon mal voraus zum Space Materiels Complex in Berlin. Ideal wäre, wenn du ihn dorthin bekommst, damit er sich die Probleme persönlich ansieht?«

»Schon klar. Keine Garantie. Ehrlich gesagt, ist es ziemlich wahrscheinlich, dass ich scheitere. Aber ich versuche es— deinetwegen, weil du süß bist und küsst wie eine Göttin.« Er versuchte sichtlich, sich wieder eine lässige Pose zuzulegen. »Zumindest glaube ich, dass du das tust...kannst du mich kurz daran erinnern?«

6

KRYSK

KOLONIE DER SENECAN FÖDERATION

Isabela Marano beendete die Holo-Konferenz mit einem Anflug von Traurigkeit. Die Veranstaltungen an der Losice University waren in der letzten Woche schon virtuell gewesen, nun hatten sie den Rest des Semesters offiziell abgesagt. Viele Studierende waren bereits fort—zur Familie oder als Geflüchtete auf eine der wenigen weiter westlich gelegenen Föderationskolonien—und es war unpraktisch geworden, so zu tun, als sei noch Normalität möglich.

Also hatte sie die Verbliebenen ein letztes Mal getroffen, ihnen gesagt, sie sollten vorsichtig sein, ihnen alles Gute gewünscht und sie entlassen.

Sie ließ sich aufs Sofa fallen, streckte die Beine aus und lauschte eine Weile dem Wind, der um die Außenverkleidungen des Wohnhauses heulte. Krysk hatte *immer* Wind. Meist wehte er von den Ebenen herauf und brachte den Geruch von trockenem Gras und warmem Staub mit. Heute roch er nach kaltem Metall.

Sie zog eine Decke über die Beine und öffnete die letzte der Kursmappen, die noch auf dem Tisch lagen. Draußen klapperte ein loses Paneel, irgendwo drei Wohnungen weiter heulte ein Kind kurz auf, dann beruhigten sich die Geräusche wieder zu dem gedämpften, aufgewühlten Summen der Stadt—ein Geräusch, das in den letzten Tagen zu ihrer ständigen Begleitung geworden war.

Sie versuchte, noch ein paar Notizen zu vervollständigen, nur um innezuhalten und die Stirn mit den Fingern zu massieren. Die Zahl der Ablenkungen war lächerlich. Es gab eine Grenze dafür, wie viel »so tun als ob« ein Mensch am Stück leisten konnte.

Sie warf einen Blick durch die Trennwand ins Kinderzimmer. Marlee saß auf dem Bett, die Beine unter sich verschränkt, und folgte aufmerksam ihrer Lehrkraft im Unterrichts-Stream. Das Kind war brillant, neugierig und—Isabela verzog den Mund—fünf Jahre alt. Fünfjährige und Streams waren keine perfekte Paarung.

Ihr Artificial hatte vor fünf Minuten vorgeschlagen, Marlee eine Pause zu gönnen, und Isabela hatte—völlig irrational—nein gesagt, weil Pausen *wie* Aufgeben wirkten, und sie wollte nicht aufgeben. Nicht vor ihrer Tochter.

Sie stand auf, um die Küche nach etwas zu durchsuchen, das man mit gutem Willen als Snack bezeichnen konnte, als—ein Alarm ihre Sicht füllte und ihr Herz in die Kehle sprang. Sie aktivierte ihn sofort.

»Caleb, dir geht's gut! Geht's dir gut? Wo bist du? Wie geht's dir?«

Das wunderbare, schöne Gesicht ihres Bruders materialisierte sich, bereits geschmückt mit dem Grinsen, das sie seit dreißig Jahren abwechselnd geliebt und gehasst hatte. »Hey, kleine Schwester.«

Sie grinste so breit, dass ihr die Wangen wehtaten. »Hey, großer Bruder. Du siehst gut aus—und nicht tot, was eine Erleichterung ist.«

»Entschuldige, dass ich einfach verschwunden bin. Ich musste ein paar Dinge regeln.«

»Ich bin sicher, du—«

Marlee fegte ins Wohnzimmer und sprang ihr auf den Schoß. »Onkel Caleb, bist du das?«

»Hi, Muffin.«

»Kommst du uns besuchen? Ich vermisse dich. Wusstest du, dass es Aliens gibt? Ich will sehen, wie die aussehen, aber Mommy sagt, das sind böse Aliens.«

»Und du solltest gerade deiner Lehrerin in deinem Zimmer zuhören.« Sie hob ihre Tochter von den Knien und klopfte ihr auf den Po. »Zurück in den Unterricht.«

Der Schmollmund, der augenblicklich entstand, gab Marlee ein trotzigeres, aber zugegebenermaßen auch unwiderstehlich süßes Aussehen. »Ja, Ma'am…« Ihr Ruf zog nach, als sie davonlief. »Tschüss, Onkel Caleb!«

Isabela sackte wieder in die Sofakissen. »Entschuldige. Sie redet seit deinem Besuch *ununterbrochen* von dir.«

»Schon gut. Sie ist entzückend.«

»In *Phasen*.« Sie musterte die Details der Holo genauer, konnte aber keine eindeutigen Umgebungshinweise erkennen. »Wo bist du? Ich sehe keine…Gar nichts eigentlich.«

»Das ist Absicht.« Er klang heiter, aber da war etwas in seiner Stimme—ein Ziehen, das sie kannte. »Ich bin sicher. Arbeit. Reisen. Der Alltag.«

»Du bist *nicht* auf Seneca.«

»Nein.«

»Und du bist in Sicherheit?«

»Ich lebe noch.«

Sie verzog den Mund. »Ich nehme das als ein *bedingt*.«

»Wie geht's dir?«

»Ich habe gerade Semesterende per Holo abgehalten. Ich *wollte* nicht, aber der Rektor hat beschlossen, dass wir es durchziehen. Wir haben jetzt offiziell Schluss gemacht. Marlee macht Unterricht zu Hause. Ich versuche, normal zu tun. Ich *glaube*, ich bin darin mittelmäßig.«

»Du bist darin hervorragend«, sagte er leise.

Sie atmete aus. »Ich vermisse dich.«

»Ich dich auch, Bela.«

Sie nickte. »Also…du lebst, du bist beschäftigt und du bist irgendwo, wo du nicht sein solltest.«

»Das fasst es überdurchschnittlich gut zusammen.«

»Ich bin stolz auf dich, weißt du.«

»Das wäre leichter zu glauben, wenn du nicht so seufzen würdest, wenn du es sagst.«

»Ich *bin* stolz«, wiederholte sie, diesmal ohne Seufzen. »Und ich habe dich lieb.«

»Ich dich auch.«

Sie zog die Decke fester um die Beine. »Bleib vorsichtig.«

»Ich gebe mir Mühe.« Er zögerte. »Blaue Pfannkuchen, wenn ich zurück bin?«

Sie lachte, überrascht und glücklich über den Stich Erinnerung. »Nur, wenn *du* den Sirup machst.«

»Deal.« Er nickte leicht, dann wurde sein Blick aufmerksamer, als lausche er etwas außerhalb des Holos. »Ich muss los.«

»Caleb, warte. Bevor du gehst, muss ich dir etwas sagen. Es geht um Dad.«

* * *

SENECA

CAVARE

Alex ging zur kleinen Küchenzeile hinüber, um sich einen Kaffee zu holen — und um sich noch einen allerletzten Augenblick davor zu drücken, das zu tun, von dem sie nur zu gut wusste, dass es jetzt kommen musste. Caleb sprach in einem anderen Zimmer noch mit seiner Schwester. Er war länger weg als erwartet, aber vermutlich hatten sie auch eine Menge aufzuholen.

Sie ließ das Aroma des Kaffees sie umhüllen, Karamell, Beeren und ein Hauch Muskat in der Nase. Für Regierungsware schmeckte er überraschend herzhaft. Nicht, dass hier überhaupt irgendetwas nach „Regierung" schrie — Einrichtung, Ausstattung, Essen, jedes Detail war von höchster Qualität.

Beeindruckend, aber die Erdallianz hatte zweifellos auch solche Orte. Gemessen an dem, was man ihr über den Zweck erzählt hatte, allerdings wahrscheinlich nur einen oder zwei.

Mit einem Seufzer stellte sie die Tasse auf der Arbeitsplatte ab und ging zurück ins Sitzzimmer. Delavasi stand im Konferenzbereich und unterhielt sich mit ein paar seiner Leute, also hatte sie den Raum für sich. Trotzdem trat sie ans Fenster ganz am Ende — zusätzliche, wenn auch illusorische Privatsphäre.

Draußen war es pechschwarz, dichte, zornige Wolken jagten am schmalen Sichelmond vorbei.

Sie konnte es nicht länger aufschieben.

Es war ja nicht so, dass sie nicht mit ihrer Mutter reden wollte. Im Gegenteil, sie wollte sehr wohl mit ihr reden, über eine Million Dinge und über gar nichts. Hatte sie Angst? Ja. Ein bisschen, und zwar auf eine Weise, wie sie sie noch nie erlebt hatte. Vielleicht war es nicht einmal Angst, sondern etwas ganz anderes: Schuld, Hoffnung, Beklommenheit, ein Hauch Sehnsucht.

Wie dem auch sei, das Gespräch, das diese Gefühle auslöste, war nicht dieses Gespräch — das würde später, persönlich, stattfinden. Dieses Gespräch hier musste stattfinden, und zwar jetzt, aus praktischen, zeit- und galaxierettenden Gründen. Und es würde seltsam und unbeholfen und unangenehm werden, und sie würde furchtbar aufpassen müssen …

Sie stöhnte, beschloss zu schummeln, und schickte einen Ping. Weitaus sicherer, und keine von beiden konnte der anderen „diesen Ton" vorwerfen.

Alexis! Geht es dir gut? Bist du—

Mom, mir geht's gut. Wirklich. Ich bin froh, dass es dir auch gut geht. Ich schwöre, ich erkläre alles, wenn ich dich sehe, aber ich habe gerade nicht viel Zeit. Ich brauche etwas von dir.

Natürlich. Alles.

Alles? Wirklich? Ich brauche, dass du ein militärisches Geleit nach Sagan schickst, um Dr. Abigail Canivon abzuholen und zur Erde zu bringen. Sie leitet das Zentrum für Kybernetikforschung am Druyan-Institut.

Ja, ich kenne sie und ihre Arbeit.

Gut. Es gibt ein kleines Problem — na ja, technisch gesehen zwei kleine Probleme.

Sagan wird derzeit von den Aliens belagert. Ich weiß. Unsere Streitkräfte sind mit ihnen im Gefecht.

Sind sie? Aber Sagan ist keine Welt der Erdallianz.

Es ist eine Menge passiert, seit du weg warst.

Alex' Kopf schwirrte bereits von den überraschenden Entwicklungen, die Delavasi ihr geschildert hatte. Sie war sich nicht sicher gewesen, ob die Menschheit tatsächlich in der Lage war, sich selbst zu retten, ehrlich gesagt … aber offenbar war sie wild entschlossen, sie zu überraschen.

So hört es sich an. Dann hast du mir auch noch einiges zu erzählen. Was ist das zweite Problem?

Das Geleit muss groß genug sein, um 18 Tonnen Hardware zu transportieren.

Verstanden. Ich sorge dafür.

Ein Blitz erhellte in der Ferne für einen Augenblick die Skyline von Cavare. *Du fragst nicht, warum?*

Du hast gesagt, du erklärst es mir, wenn ich dich sehe. Ich nehme dich beim Wort.

Wow. Sie fuhr sich mit der Hand über den Mund und versuchte, die Reaktion zu verarbeiten. Es gelang ihr nur bedingt.

Danke. Werde ich. Ich—

Caleb stürmte durch den Raum, ohne sie eines Blickes zu würdigen. Er marschierte am Kamin vorbei in den Konferenzraum, wo Delavasi stand und jetzt auf einen Screen in seiner Hand blickte.

Seine Faust traf Delavasis Kiefer voll, und der große, stämmige Mann schleuderte rücklings gegen die Wand.

„Was zum Teufel!" Ihr Ausruf rief bei keinem von beiden die geringste Reaktion hervor.

Alexis?

Sie ignorierte ihre Mutter und hetzte in den anderen Raum, um das Geschehen mitanzusehen.

Delavasi verzog das Gesicht und wischte sich mit dem Handrücken Blut vom Mundwinkel. „Mit deiner Schwester geredet, ja?"

Alexis, antworte mir.

Calebs Blick hätte die feurigen Tiefen der Hölle gefrieren lassen; selbst im Profil reichte er, um ihr einen Schauer über den Rücken zu jagen. Seine Stimme klang eisig beherrscht, kam aber durch zusammengebissene Zähne. „Alex, könntest du uns bitte einen Moment allein lassen? Der Direktor und ich müssen ein privates Gespräch führen."

Tut mir leid, Mom, ich muss los.

Was—

Sie kappte die Verbindung und trat näher, bis sie auf Armeslänge neben ihm stand. „Ich bin mir nicht sicher, ob das eine gute Idee ist."

Caleb löste den Blick von dem Mann, um ihr einen, wie sie glaubte, flehentlichen Blick zuzuwerfen. Der Sturm in seinen Augen ließ sie einen Schritt zurückweichen.

„Bitte? Ich verspreche, ich bringe ihn nicht um."

Delavasi zuckte die Schultern. „Ich verspreche auch, dass ich ihn nicht umbringe. Kann aber nicht versprechen, dass ich ihn nicht feuere."

Das waren die Rahmenbedingungen?

Ihr Blick huschte zwischen ihnen hin und her, ein Stück weit fassungslos. Die Spannung, die den Raum zwischen den beiden Männern füllte, vibrierte auf ihrer Haut. Calebs beide Fäuste waren geballt, und sie erinnerte sich an ihren ersten echten Eindruck von ihm: der zum Sprung bereite Panther.

Auch wenn ihr Fokus auf Caleb lag, nahm sie aus dem Augenwinkel wahr, wie Delavasi sich jetzt in gespielter Lässigkeit an die Wand lehnte, in die er gekracht war. Irgendwie bezweifelte sie, dass er einen zweiten Hieb so leicht einstecken würde.

Sie hatte keine Ahnung, was hier vor sich ging. Sie vertraute Caleb, aber so hatte sie ihn noch nie gesehen; nicht einmal seine Wut, als er erfahren hatte, dass man ihm den EASK-Anschlag anhängen wollte, kam dem gleich.

Und wenn sie ihm vertraute, hieß das, Delavasi war jetzt der Böse, und ihr Beschützer hatte sich in einen Gegner verwandelt.

Und sie wurde aus dem Raum kommandiert.

Ein dumpfes Gefühl der Beklommenheit sammelte sich in ihrem Bauch. Ihr Herz sank hinterher — genau in dem Moment, als die Welt gerade begonnen hatte, den kleinsten Funken Ordnung und Richtung zurückzugewinnen, wurde alles schon wieder auf den Kopf gestellt.

„Schon gut." Sie hielt Caleb noch eine Sekunde lang den Blick, aber sein Gesicht war zu hartem Granit erstarrt, und sie fand keinen Zugang mehr zu ihm. Sie schluckte, drehte sich auf dem Absatz um und ging.

* * *

Caleb spürte eher, als dass er sah, wie Alex ging, denn seine ganze Aufmerksamkeit lag wieder auf Delavasi. Der massierte seinen Kiefer, hatte sich aber schnell genug gefangen, um ihm standzuhalten. Nicht anders hatte er es vom Direktor des Nachrichtendienstes erwartet.

„Wie kannst du es wagen, das vor meiner Familie geheim zu halten. Wie kannst du es wagen, uns glauben zu lassen, er hätte uns im Stich gelassen, meine Mutter im Stich gelassen, wenn er in Wahrheit im Dienst gefallen ist. Zwanzig Jahre lang! Hast du eine Ahnung, was für ein herzloses Arschloch er uns erschienen ist? Hast du—"

„Es lag nicht an mir. Es lag an keinem von uns."

Caleb schnaubte. „Man sagt dir nach, du seist ein Mann von Integrität. Aber das ist Bullshit, nicht wahr? Du bist nichts als ein Feigling und ein Lügner."

„Schmähe meinen Ruf, so viel du willst, aber sei dir im Klaren, dass du nicht alle Fakten kennst."

„Nein, kenne ich nicht — und ein paar davon hätte ich gern. Welche Rolle sollte ich in dem Ganzen spielen? Deine Buße oder deine Rache? Weshalb wurde ich in die Division geholt? Warum bin ich hier?"

„Samuel und dein Vater standen sich nahe. Er wollte das Vermächtnis deines Vaters ehren."

Wut und Schmerz prallten in ihm aufeinander, und die Verwirrung diente als Katalysator für eine volatile Mischung. Er hatte das Gefühl, beim nächsten Atemzug von innen zu zerreißen.

„Du willst mir erzählen, ich sollte eine Art Stellvertreter für meinen Vater sein? Die Lücke füllen, die sein Fehlen in … in Samuels Leben hinterlassen hat?"

Er ging bis direkt vor Delavasi; der wich nicht zurück, aber das spielte kaum eine Rolle.

„Samuel war siebzehn Jahre lang mein Freund — zumindest dachte ich das. Warum hat er es mir nicht gesagt?" Er zuckte innerlich zusammen über die Verzweiflung, die sich am Ende in seine Stimme schlich. Er hatte nicht vor, diesem Mann Schwäche zu zeigen.

Delavasi verlagerte das Gewicht auf das andere Bein, als verschaffe er sich damit Raum zum Ansetzen. „Er stand unter strengsten Anweisungen, nichts preiszugeben—"

„Kennst du Samuel? Es wäre nicht das erste Mal gewesen, dass er Befehle missachtet."

„Ja, ich kannte ihn. Kanntest du ihn?"

Ein rauer Atem stieß aus seiner Brust, und die Leere, die er hinterließ, füllte sich mit einem erstickenden Druck. Er trat einen Schritt zurück. „…Anscheinend nicht."

„Ich kannte auch deinen Vater und halte ihn für einen der ehrenwertesten Männer, mit denen ich je zusammenarbeiten durfte. Hör zu, Junge, du—"

Caleb hieß die Wut willkommen, die da in ihm aufloderte, denn sie war allemal besser als dieses langsame, unerbittliche Ersticktwerden.

„Du hast nicht das Recht, mich so zu nennen. Du magst meinen Vater und Samuel gekannt haben, aber mich kennst du nicht — also untersteh dich, so zu tun."

Der Mann hob beschwichtigend die Hände. „Schon gut. Und nur fürs Protokoll: Es tut mir aufrichtig leid, dass wir deiner Familie nicht sagen konnten, was passiert ist—"

„Du hättest es mir sagen können. Ich habe für dich gearbeitet. Ich habe für dich, für diese Regierung, mein Leben riskiert. Ich habe für diesen Job Freunde und Geliebte aufgegeben. Ich hatte mir das Recht verdient, es längst verdammt noch mal zu erfahren."

Delavasi nickte bedächtig. „Vielleicht."

„Ja. Vielleicht." Er wirbelte herum und stürmte hinaus.

* * *

Alex tigerte im Seitenflur auf und ab, doch als sie ihn sah, wirbelte sie sofort herum und kam auf ihn zu. „Caleb—"

Er schüttelte den Kopf und hastete in die entgegengesetzte Richtung den Gang hinunter. Er brauchte Luft. Er musste woanders sein, irgendwo, egal wo. „Nicht jetzt."

„Caleb!"

Der scharfe, kompromisslose Ton zwang ihn zum Stehen. Er stellte fest, dass er gehorcht hatte, drehte sich jedoch nicht um. Seine Stimme klang tief und heiser — vermutlich, weil er kaum Luft bekam. „Alex, ich kann nicht."

Dann setzte er seinen Weg den Gang hinunter und um die Ecke fort, ohne ihr die Chance zu geben zu antworten. Er hatte den Zugang zum Dach bei der Führung durch die Anlage entdeckt, mit „Restricted" gekennzeichnet, weil sich dort Verteidigungsanlagen befanden. Er rannte die Treppe hoch — kein Lift, da es kein offizieller Zugang war — und stieß durch die Tür.

Die kalte, feuchte Nachtluft traf ihn wie eine Ohrfeige. Er hieß die Gewalt willkommen, sog die Luft tief in die Lungen und ließ sich gegen die Schutzwand des Treppenhauses fallen.

Atme.

Was tust du, wenn sich alles, woran du in deinem Leben geglaubt hast, als Lüge entpuppt? War sein Vater der Held? War Samuel der Schurke?

Nicht der Schurke … aber nicht der Mann, für den er ihn gehalten hatte. Nicht der Mann, den er bewundert hatte, dessen Rat und Einsichten er befolgt hatte, mit dem er Drinks und Geheimnisse und Kummer geteilt hatte. Nein, Samuel entpuppte sich als ein furchtbar, unheilbar zerbrochener Mann, der seit dem Tag, an dem Caleb ihn kennengelernt hatte, in einem Meer aus Täuschung und Schuldgefühlen ertrank.

Über ein Leben verstreute Puzzleteile fügten sich zusammen, und er sah alles vor seinem inneren Auge ablaufen — Entscheidungen und Beschlüsse, die durch die Jahre hallten, während die Fehler der Vergangenheit nach vorn griffen, um ihm das Leben zur Hölle zu machen.

Samuel verliert die Frau, die er liebt, an Sklavenhändler und gibt, ob zu Recht oder Unrecht, sich selbst die Schuld. Als Caleb und seine Familie in Gefahr geraten, rät Samuel seinem Vater, sie zurückzulassen. Vielleicht rettet es ihnen das Leben, vielleicht nicht. Sein Vater stirbt, und Samuel tröstet sich mit dem Wissen, dass wenigstens die Angehörigen seines Freundes nicht ebenfalls gestorben sind. Um sich noch besser zu fühlen, um eine persönliche Leere zu füllen oder vielleicht Abbitte zu leisten, holt er Caleb in die Division. Jahrelang predigt er dieselben Lektionen, dieselben Regeln, die sein eigenes Leben bestimmten und die er für Weisheit hielt, in der Hoffnung, noch einen Menschen vor dem Schmerz zu bewahren, den er erlitten hatte, und vor der Schuld, die er nicht loswurde.

Aber Samuel hatte die Kosten auf der anderen Seite nie verstanden — den Preis dessen, was aufgegeben wurde. Caleb vermutete, dass er ihn vielleicht selbst erst in diesem Moment begriff.

Verdammt. Man hätte ihm die Wahl lassen müssen, mit vollständigem Wissen um die Konsequenzen. Man hätte ihm erlauben müssen, seinen eigenen Weg zu wählen.

Sein Lachen klang voller Bitterkeit, Feindseligkeit und Trauer. Er hätte nie erwartet, einmal selbst am Empfangsende von Täuschung und Lügen zu stehen. Er dachte an seinen Vater, der bis zu seinem Tod eine Lüge gelebt hatte.

Hatte einer von ihnen diesen Mann überhaupt gekannt? Offenbar war er nicht der treulose, egoistische Bastard, der seine Familie im Stich gelassen hatte. Sein Vater verdiente den Groll und die Feindseligkeit nicht, die Caleb ihm zwanzig Jahre lang entgegengebracht hatte. Aber er hatte keinerlei Vorstellung, wer der Mann tatsächlich gewesen war ... und irgendwie fühlte sich das wie ein ebenso großer Verrat an wie die Lüge selbst.

Die Tür sprang auf, und Alex trat heraus. Sie stellte sich neben ihn an die Wand. Sie berührte ihn nicht. Er sah sie nicht an.

„Wie hast du mich gefunden?"

„Es ist der Ort, an dem ich wäre. Willst du jedes Mal vor mir davonlaufen, wenn bei dir etwas schiefgeht?"

Der kühle Ton ihrer Stimme gefiel ihm nicht. Sie klang wie in den ersten Tagen auf ihrem Schiff, als in jedem Wort Misstrauen und Vorsicht mitschwang. In diesem Moment wurde ihm klar, dass er womöglich einen ziemlich gravierenden Fehler gemacht hatte.

„Ich bin nicht vor dir davongelaufen — ich bin einfach gelaufen. Aber nein. Nur, wenn in einem Schlag alles, was ich zu wissen glaubte, ungültig wird. Und ich glaube nicht, dass so etwas ein zweites Mal passieren kann."

„Das macht dich nicht zu einem anderen Menschen."

Er war überrascht und sah zu ihr hinüber. „Du weißt es?"

Sie schenkte ihm ein winziges Lächeln, wenn auch kein heiteres. „Ich habe, nachdem du weg warst, mit dem Direktor geredet. Er hat die Vorzüge erkannt, mich einzuweihen."

„Das bezweifle ich nicht. Du hast eine Art, keine Alternative als *deine* Lösung zu akzeptieren."

„Ja … hör zu, ich bin nicht begeistert davon, wie abfällig du mich ausgesperrt hast, aber ich lege dir jetzt keine zusätzliche Last auf. Das klären wir später. Caleb, du musst eins verstehen. Einen Vater zu haben, der ein Held war statt ein Schuft, macht das Leben nicht leichter oder schwerer, und es bringt ihn auch nicht zurück."

Es war, als könnte sie direkt in seinen Kopf sehen und den Widerhall seiner Gedanken lesen. „Aber es verändert den Blick auf die Welt, oder?"

„Nicht wirklich. Statt auf meinen Vater war ich auf den Rest der Welt verbittert. Du warst auf deinen Vater verbittert, aber allen anderen gegenüber ganz offen — solange es keine Kriminellen waren jedenfalls. Wenn wir verbittert sein wollen, finden wir einen Weg. Ich glaube — ich hoffe —, das Gegenteil gilt auch."

Er schloss die Augen. Sie hatte natürlich recht, und er wollte nicht dieser Mensch sein; er wollte nicht feindselig sein, nicht mürrisch und trotzig. Aber er war so verdammt wütend und verwirrt und … verängstigt. Seine Vergangenheit hatte den Halt verloren — und er gleich mit.

„Ich … ich habe das Gefühl, als hätte man mir mein ganzes Leben unter falschen Voraussetzungen verkauft. Als hätte es mir nie wirklich gehört."

„Kurz nachdem ich dich kennengelernt habe, hast du mir gesagt, dass du dein Leben magst und deine Entscheidungen nicht bereust. Ändert die Wahrheit darüber, was vor zwanzig Jahren passiert ist, diese Gefühle tatsächlich?"

Aus der Dunkelheit brach endlich der Regen aus den schweren Wolken, und dicke Tropfen platschten laut auf das Dach. „Ich weiß es nicht. Das ganze verdammte Firmament ist mir unter den Füßen weggezogen worden. Ich habe kein Ruder mehr. Ich habe keinen—"

Ihre Hand berührte seine Schulter, federleicht, und ehe er es merkte, hatte er sein Gesicht in ihrem Haar vergraben.

Ihre Arme legten sich zögernd um seine Taille, aber er hielt sie fest an sich, als hinge sein Überleben davon ab. Sie war so viel wärmer als die kalte Luft und der kältere Regen und spendete mehr Trost als Gewalt oder Einsamkeit.

Seine Lippen fanden ihr Ohr, und er murmelte hinein: „Es tut mir leid. Ich hätte dich nicht aussperren dürfen."

Sie wich einen Hauch zurück und betrachtete ihn, alarmierend wachsam, während ihre Augen seine suchten. „Hältst du noch mehr Geheimnisse vor mir zurück? Echte, solche, die wichtig sind?"

„Nein." Ein schlichtes, nacktes Wort. Aber es war die Wahrheit — etwas, das derzeit reichlich Mangelware zu sein schien.

Ihre Kehle arbeitete in einem Anflug von Unbehagen. Der Regen hatte begonnen, ihr Haar in ungleichmäßigen Strähnen zu benetzen, und eine dicke Strähne klebte an ihrem Hals und betonte die Bewegung.

„Als du mich hinauskommandiert hast und dann vor mir wegge-laufen bist … wollte ich es nicht, aber ich spürte diese Beklemmung, dass vielleicht doch alles gelogen war. Dass meine anfänglichen Befürchtungen über dich stimmten, der Schalter umgelegt war und du gehen würdest—" Sie schnitt seinem aufwallenden Protest das Wort ab. „—Ich weiß, dass ich mich geirrt habe, und es tut mir leid, dass ich es gedacht habe. Aber—"

Diesmal ließ er sich nicht den Mund verbieten. „Du hast nicht Unrecht damit. Ich habe dir keinen Grund gegeben, es *nicht* zu denken. Ehrlich gesagt, es hätte wahr sein können." Er hob die Hände und umfasste ihr Gesicht. „Aber das ist es nicht."

Sie nickte, nahm die Antwort äußerlich an. Ihre Augen glitzerten jetzt hell im Regen, der über ihre Wangen rann und auf seine Hände tropfte, doch was dahinter lag, blieb ihm einmal mehr undurchdringlich.

Er konnte ihr nicht verübeln, dass sie vorsichtig blieb, aber im

Moment wusste er nicht, wie er es reparieren sollte. Zum ersten Mal seit Jahren gab es eine Menge Dinge, die er nicht wusste.

7

SAGAN

UNABHÄNGIGE KOLONIE

Abigail verstaute eine weitere Kiste und richtete sich auf – und blickte in acht Soldaten in voller Kampfmontur, die vom Türrahmen des Labors aus zu ihr herüberstarrten.

»Dr. Canivon?«

Sie strich sich Strähnen aus der Stirn und wischte sich die Handflächen an der Hose ab; sonst darauf bedacht, eine gefasste Fassade zu zeigen, sah sie heute unweigerlich wie gerupft aus. »Ja, ich bin Dr. Canivon.«

Ein außerordentlich großer, dunkelhäutiger Mann trat aus der Gruppe hervor. »Major Yardua, 4th Brigade, SE-Kommando. Wir sind hier, um Sie und Ihre Ausrüstung vom Planeten zu bringen und sicher zur Erde zu eskortieren.«

»Nun, ich hoffe, Sie haben einen stattlichen Transporter mitge-bracht.«

»Transporter? Wir haben eine Fregatte mitgebracht.«

Sie stieß ein leises, müdes Lachen aus. »Das dürfte genügen. Wenn zwei von Ihnen mir helfen, die schwereren Module zu sichern, können die anderen anfangen, die bereits verpackten Kisten hinauszutragen.«

Der Major begann sofort mit klarer Dringlichkeit Befehle an die anderen Soldaten auszugeben. Sie beobachtete ihn mit wachsender Sorge, und als er Luft holte, hakte sie ein. »Sie scheinen sehr in Eile zu sein. Wie viel Zeit haben wir?«

»Keine, Doktor. Wir haben keine Zeit.«

Yardua wandte ihr den Rücken zu und tippte sich ans Ohr. »Oberstleutnant, Innenbereich gesichert. Erbitte SAL-Unterstützung entlang des Gebäudeperimeters. Das Sichern der Fracht und das Verladen auf die *Fitzgerald* dauert ungefähr zwanzig Minuten; jede verfügbare Jägerdeckung ist willkommen.«

Zwei der Männer gingen weiter in den Raum hinein und begannen, Valkyries verbleibende Server-Racks zu demontieren, und sie zwang sich, den Blick von Yardua zu lösen, um die Arbeiten zu beaufsichtigen.

Das Labor hatte keine Fenster, aber sie spähte immer wieder über die Schulter durch die offene Tür zu den breiten Fenstern ihres Büros. Draußen huschten Soldaten hin und her, gelegentlich zuckte Laserfeuer auf, doch sie war einfach zu weit weg, um Details auszumachen.

Beunruhigt und zunehmend neugierig brachte sie die nächste Kiste aus dem Labor und halb durch das Büro, um eine bessere Sicht zu bekommen. Während sie die Träger an ihr vorbeiwinkte, bebten die Wände unter einem grollenden Krachen, und vor dem großen Fenster wölbte sich eine gewaltige Feuerblase.

Links von ihr sprintete Major Yardua zum Ausgang und rief in seinen Komms. »Jäger abgeschossen! Pilot hat nicht ausgeschleudert—ich wiederhole, Pilot hat nicht ausgeschleudert. Versuche, ihn zu bergen.«

Entsetzt über das dramatische Eintreffen des Krieges auf ihrer

Türschwelle taumelte sie rückwärts, bis ihre Hände die Laborwand fanden.

Einer der Soldaten trat neben sie. »Ma'am, das Beste, was Sie für sie tun können, ist, uns zu helfen, diese Ausrüstung schneller zu verladen.«

Sie schüttelte heftig den Kopf, um sich zu fangen. »Richtig. Wir sind fast fertig.«

* * *

Abigail trat durch die Vordertür des Instituts – und geriet in einen Albtraum. Im Eingangsbereich blieb sie stehen, die Brust eng und zugeschnürt, stärker noch als der Muskel schmerzte, den sie sich beim Heben einer der Kisten gezerrt hatte.

Sagan war nach jedem Maßstab ein wunderschöner Planet, gesäumt von aquamarinblauen Wassern, die unter einer primel-gelben Sonne glitzerten, und eingerahmt von sattgrünen Hügeln. Jetzt wüteten Feuer und Rauch und fraßen die Farben wie gefräßige Bestien, die sich an der Landschaft gütlich taten.

Trümmer regneten in weißglühenden Streifen über die Bucht. Das Wasser zischte, wenn Metall einschlug, und ließ eine Dampf-schicht über der Oberfläche schweben. Am Horizont wirbelte ein Dutzend Jäger durch den Himmel, verwickelt in Kämpfe gegen zahlreichere, seltsame tentakelbewehrte Alienschiffe. Näher lag das Vergnügungsviertel Harbour Pointe als rauchende Ruinen unter dem Schatten eines gewaltigen Superdreadnoughts.

Nur wenige Schritte entfernt rauchte das Wrack des abgestürzten Jägers noch nicht einmal aus. Der verdrehte Metallschrotthaufen glühte weiterhin heiß, während dichte Rauchschwaden daraus emporwallten. Fünf Meter zu beiden Seiten standen zwei Soldaten, SALs auf den Schultern, nach oben gerichtet. Alle Fenster auf dieser

Seite des Gebäudes waren zerborsten und hatten einen Teppich aus Glas über dem Eingangsbereich hinterlassen.

»Wir müssen los, Dr. Canivon. Bitte folgen Sie mir.«

Sie riss den Kopf los, blinzelte den Schock fort und musterte Yardua. Bei seiner Ankunft war seine Uniform sauber und akkurat gewesen; jetzt trug sie Streifen aus Schmutz und Ruß und … womöglich Blut.

»Natürlich.« Ein Rucksack auf dem Rücken, gefüllt mit ihren wertvollsten Daten, und ein Wechsel an Kleidung in die Zwischenräume gestopft, folgte sie Yardua den Weg entlang, der vom Institut wegführte und zum angrenzenden Park hinunterführte.

»Konnten Sie den Piloten retten, Major?«

Er antwortete nur mit einem knappen Kopfschütteln.

Als sie um die Ecke des Gebäudes bog, blieb sie zum zweiten Mal innerhalb von fünf Minuten wie vom Donner gerührt stehen.

Mitten auf der gepflegten Rasenfläche stand tatsächlich eine Fregatte der Erdallianz. Sie thronte über den verstreut stehenden Picknicktischen und Bänken, die – wenig überraschend – leer waren. Brandmale hatten zwei Bereiche des Parks geschwärzt, einer beunruhigend nah am Schiff.

Soldaten bugsierten die letzten ihrer Kisten die Rampe der offenen Laderampe hinauf, während andere Wache standen, weitere SALs erhoben und auf den Himmel gerichtet.

»Sieht so aus, als hätte Alex recht. Nichts ist unmöglich.« Sie zog den Rucksack höher und stieg den Hügel hinab.

* * *

Der raue Bodenbelag unter Abigail bebte. Das Schiff hob in dem Augenblick ab, als sie an Bord kletterte. Sie hatten wahrlich keine Zeit.

»Doktor, wir müssen Sie in einem Sicherheitsgurt sichern. Die Korridore sind nicht länger sicher, also starten wir durch die Atmosphäre.«

Yardua schob sie zu einer Reihe Klappsitze an der Fernwand des Flugdecks, doch sie leistete passiven Widerstand. Ein Teil von ihr wollte Valkyrie im Auge behalten, aber alle Kisten waren in zwei Schichten adaptiv dämpfenden Gels gebettet. Abgesehen von einem Absturz, redete sie sich zu, sollte die Hardware sicher sein.

»Ich würde, wenn möglich, gerne etwas sehen. Gibt es irgendwo einen Platz, an dem ich sicher bin und Fenster—äh, Sichtfenster— habe?«

Der Major seufzte. »Folgen Sie mir. Und bitte beeilen Sie sich.«

Sie nahmen einen schlichten Metallaufzug – gefühlt zwei Decks – und hasteten dann in zügigem Tempo einen Gang entlang. Soldaten joggten in beide Richtungen an ihr vorbei, keiner schenkte ihr auch nur die geringste Beachtung. Ausnahmslos sahen sie erschreckend jung und völlig kompetent aus.

Ihr Beschützer bog scharf links ab und öffnete eine Tür zu einem kleinen Raum – möglicherweise ein Besprechungsraum, wenngleich die militärische Einrichtung so spartanisch war, dass sie nicht sicher sein konnte. Als die Tür hinter ihnen schloss, begann der gesamte Rahmen der Fregatte zu vibrieren. Der Blick durch das Sichtfenster an der gegenüberliegenden Wand deutete darauf hin, dass zunehmende atmosphärische Turbulenzen der Grund waren, nicht mechanische Probleme oder ein Angriff.

Er wies auf mehrere Sitze hin, die an der Wand befestigt waren. »Diese Sitze bieten nicht so viel Halt wie die Klappsitze unten, aber sie haben Grundsicherheitsgurte.«

Das Schiff ruckte hart, und sie stolperte gegen die Wand. Zurechtgewiesen, folgte sie der Wand zum ersten Sitz und ließ sich schnell nieder. Er aktivierte die Gurte, und ihr Oberkörper wurde gegen die glatte Polsterung des Sitzes gezogen.

»Danke, Major.«

»Ja, Doktor. Ich muss zu meinen Pflichten. Jemand kommt gleich nach Ihnen sehen.«

Dann war er weg.

Sie versuchte, eine bequemere Position im Sitz zu finden, doch leider gaben die Gurte kaum nach. Erschwerend kam hinzu, dass ihre Bluse in schmutzigen Flecken an der Haut klebte und ihre Kopfhaut unter getrocknetem Schweiß juckte. In die Unannehmlichkeiten gefügt, spähte sie hinaus auf die dicht verquirlten rost- und graufarbenen Wolken, die am Sichtfenster vorbeiwallten, während das Schiff in der Atmosphäre stieg.

Der undurchdringliche Dunst wirbelte so lange, dass sie sich schon fragte, ob das Schiff seitwärts statt aufwärts flog, als die Wolken endlich dünner wurden und dann verschwanden.

Sie hatte erwartet, dass dahinter die Schwärze des Alls auf sie wartete, akzentuiert vom Nadelstichlicht der Sterne. Stattdessen offenbarte sich eine Schlacht von so atemberaubender Wildheit, dass die Szene unten auf dem Planeten wie ein lächerlich jämmerliches Scharmützel wirkte.

Abigail hatte mehrere Jahre am Rand des Militärs gearbeitet. Sie erkannte die Verbesserungen in Medizin und Technologie an, die regelmäßig als Nebenprodukt seiner Mission entstanden, aber sie hatte eine Kultur, die ihre ganze Existenz auf die Ausübung von Krieg gründete, nie gutgeheißen. Sie brachte Grobiane und Tyrannen hervor und mehr als einen Sadisten, aber vor allem züchtete sie Bürokraten und Drohnen.

Der Anblick draußen am Sichtfenster genügte, um vierzig Jahre an Annahmen und Vorurteilen infrage zu stellen.

Auf einer Bühne, überflutet von Schiffen, die einen chaotischen Totentanz vollführten, fesselte ein einzelnes Aufeinandertreffen ihre

Aufmerksamkeit. Einer der unmöglich großen außerirdischen Superdreadnoughts, aufgebrochen und in Flammen aufgrund mehrerer Rumpfbrüche, krachte in die Breitseite einer Fregatte, die der, in der sie saß, nach außen hin identisch war.

Das vergleichsweise winzige Schiff zerbarst schneller als eine spröde Eierschale. Goldene Flammen strömten aus beiden Hälften, während sie über die Länge des Alienschiffs zurückprallten.

Von oberhalb des Sichtfensters bohrten sich zwei Laserstrahlen in den Superdreadnought. Einer der vorhandenen Risse weitete sich unter dem neuen Beschuss. Der Koloss zuckte und verrenkte sich wie eine Marionette in einem makabren Burleskstück.

Der Schatten eines Allianz-Kreuzers wuchs über der Szene – die Quelle des Laserfeuers. Gebannt starrte sie, als Dutzende der tentakelbewehrten Schiffe ihn umschwärmten, Löcher in seinen Rumpf brannten, ohne seinen Vormarsch bisher zu verlangsamen.

Zwei Fregatten schlossen sich dem Angriff auf den Superdreadnought an, doch der pflügte weiter voran und schickte karmesinrote Strahlen – jeder so breit wie eine Fregatte –, die eine weitere Allianz-Einheit in Stücke rissen.

Plötzlich brach blutrotes Plasma auf der anderen Seite des Superdreadnoughts hervor, ergoss sich in einer Stoßwelle, während der Rumpf des Schiffs entlang des Plasmapfads splitterte, bis das Schiff vor ihren Augen buchstäblich zerfiel. Gezackte Teile des Rumpfs schossen in alle Richtungen, spießten zwei Jäger auf und rissen das Impulstriebwerk einer der Fregatten auf.

Durch die Trümmer blitzte kurz der Anblick eines weiteren Kreuzers auf, als ihr Schiff beschleunigt abdrehte.

Sie stieß einen leisen Atem aus, hier allein in diesem kleinen Raum. Die Szene war nichts als ein Täuschungsmanöver gewesen, ein Ablenkungsangriff, um einen Vorstoß von der Gegenseite zu ermöglichen.

Als der Himmel sich zu verdunkeln begann, sank sie in den Sitz zurück. Ihre Schultern schmerzten; sie hatte lange nach vorn in die Gurte gelehnt.

Sie hatte eben zugesehen, wie über tausend Allianz-Soldaten in weniger als einer Minute starben. Und doch würde das Aufeinandertreffen als Sieg gelten, weil der Feind vernichtet worden war. Aber zu welchem Preis.

Vielleicht konnte sie diesen Preis senken? Sie dachte darüber nach, worum Alex sie gebeten hatte … und begann zu verstehen.

* * *

Abigail hing noch den Gedanken nach, als sich die Tür öffnete. Statt ihres bisherigen Begleiters betrat ein älterer Mann den Raum, Uniform feiner, mehr Rangabzeichen. Sie fummelte an den Gurten, brachte sie jedoch frei, bevor er helfen musste.

Als sie aufstand, reichte er ihr die Hand. »Dr. Canivon, ich bin Oberstleutnant Oursler, Kommandant der *EAS Fitzgerald*. Ich bringe Sie gleich zu Ihrer Kabine für den Flug zur Erde. Doch zuerst hätte ich gern gewusst, was Sie besitzen, das so wichtig ist, dass man mir – vom Chef des ganzen verdammten Militärs persönlich – befahl, meine Kameraden im Stich zu lassen und aus dieser Schlacht zu fliehen, um Sie und achtzehn Tonnen Hardware zur Erde zu chauffieren. Nicht gegen Sie gerichtet.«

Noch heute Morgen hätte sie sich über die Unhöflichkeit und Dreistigkeit des Mannes, sie herauszufordern, beleidigt gefühlt. Angesichts dessen, was sie gesehen hatte … konnte sie ihm jedoch kaum einen Vorwurf machen.

Ihre Miene straffte sich vor Erschöpfung nach einem sehr langen Tag. »Oberstleutnant, ich glaube, ich kann sicherstellen, dass die Toten von heute nicht umsonst gestorben sind – und dass in künftigen Schlachten weit weniger sterben. Bringen Sie mich und meine Hardware zur Erde, und vielleicht können wir diesen Krieg gewinnen.«

8

WELTRAUM, ZENTRAL QUADRANT

ERDALLIANZ-RAUM

»Gute Arbeit. Ja, geben Sie ihr, was sie braucht, im vernünftigen Rahmen ... nein, das nicht. Ich leite die Anfrage an Brigadier Hervé weiter. Vielleicht kann sie dem nachkommen, sobald sie die Erde erreichen.« Eine längere Pause. »Danke, Oberstleutnant.«

Richard beobachtete, wie Miriam nahtlos in ein weiteres Gespräch überging. Seit ihrem Abflug aus Vancouver war sie ohne Unterlass im Einsatz: Holo-Konferenzen, Einzelkommunikationen, gelegentliche Streitgespräche und zahlreiche Befehle. Wenn sie nicht mit anderen sprach, studierte sie Karten der Flottenbewegungen und Berichte über Kolonien unter Beschuss.

Alex' Pulse vorhin hatte eine neue Welle an Aktivitäten und Anordnungen in Sachen Sagan ausgelöst – eine Notfallevakuierung und Dr. Abigail Canivon. Er fragte sich, warum man so dringend eine zusätzliche Quantencomputing-Expertin brauchte, dass man Ressourcen von einem Gefecht abzog, dessen Ausgang zweifelhaft schien, um sie zu retten. Als er Miriam darauf angesprochen hatte, hatte sie nur mit den Schultern gezuckt, während sie bereits die nächste Konferenz anwählte.

Miriam in Aktion – selbst im ansonsten leeren Passagierraum eines Militärtransporters – war ein Anblick, der Respekt einflößte. David wäre maßlos stolz, könnte er sie sehen. Es hatte ihm nie an Selbstvertrauen gemangelt – gelegentlich schrammte er dabei an Übermut –, doch er hatte den Boden verehrt, auf dem Miriam wandelte. Die beiden waren so unähnlich, und doch hatte ihre Beziehung funktioniert.

An manchen Tagen vermisste er den Mann, der fünfundzwanzig Jahre lang sein engster Freund gewesen war, mehr als an anderen. In letzter Zeit gab es viele dieser Tage.

Er wünschte, David wäre hier, um mit ihm über … alles zu reden. Egoistischerweise wünschte er, David wäre hier, damit er ihm dafür danken konnte, dass er den Namen seiner Tochter reingewaschen hatte. Sehr egoistisch. Vor allem wünschte er, David wäre am Ende der Welt bei ihnen. Sein Freund würde ihnen sagen, dass sie gewinnen würden, und er würde es glauben; sein unerschütterliches Vertrauen würde dafür sorgen, dass auch sie es glaubten.

Richard betrachtete das tragbare Display, das er auf dem Tisch aufgestützt hatte; sein halb gegessenes Abendessen stand beiseitegeschoben und längst vergessen. Seine Abschlussarbeit war in zwei Tagen fällig, und im grellen Licht des Tages trug sein nächtlicher Text alle Spuren von Schlafmangel.

Welchen Vorteil versprach er sich eigentlich von einem Master in Zeitgeschichte beim Militär? Die Kurse, die er abends und am Wochenende hineingequetscht hatte, hatten ihn weder gelehrt, gerader zu schießen, noch auch nur eine Fähre zu fliegen. Er hoffte, sie hätten ihn klüger gemacht, doch er war nicht überzeugt, dass Weisheit als Einstellungskriterium galt.

Trotzdem hatten Bücher – sie zu lesen, ihren Inhalt zu studieren, das Wissen und die Lektionen, die sie bargen, in sich aufzunehmen – ihn aus dem Waisenhaus an die Universität getragen; sie hatten ihn vom

Mindestlohn in ein Stipendienprogramm getragen. Er vertraute darauf, dass sie ihn noch weiter, zu besseren Orten bringen konnten.

Bewegung am Rand seines Blickfelds lenkte ihn ab. Er sah auf, als David Solovy ihm gegenüber auf den Stuhl glitt, das Tablett mit dem Abendessen vollgepackt mit je einer Portion von allem, was die Kantine bot.

Er legte den Kopf leicht schief, milde überrascht. »Wann bist du zurück auf die Basis gekommen?«

David war bereits mit Inbrunst über sein Essen hergefallen, daher ließ die Antwort einige Sekunden auf sich warten. »Zwei – nein, drei – Stunden her, und morgen früh bin ich wieder weg. Die Trafalgar wird nach Ceres beordert, und wofür, erfahre ich vermutlich etwa zehn Minuten vor Ankunft.«

»Wie lief es auf Perona?«

Davids Augen leuchteten auf, und seine Gabel klapperte auf den Teller. »Wunderschön. Ich habe die Frau getroffen, die ich heiraten werde.«

Er starrte David verständnislos an. Kam ja nicht selten vor. »Okay ... erstens meinte ich die Mission – dachte ich jedenfalls. Zweitens: Weiß sie davon?«

»Ich glaube nicht. Ihre unsterbliche Liebe hat sie mir noch nicht geschworen, aber gib ihr Zeit.«

»Wie viel Zeit?«

»So viel, wie es braucht, mein Freund. Sie ist es wert.«

»Und das hast du nach ...?«

»Drei Tagen. Hey, ich bin selbst so überrascht wie du. Ich bin völlig hingerissen.«

Richard zog seinen Teller wieder näher, plötzlich doch wieder interessiert, nachdem er David beim Essen zugesehen hatte. »Das sehe ich. Ich nehme an, die Mission war erfolgreich, wenn du hinterher Zeit hattest, die Liebe deines Lebens kennenzulernen?«

»Oh, ich habe sie während des Angriffs kennengelernt – sie ist XO des

Außenpostens Perona. Die Mission war ein blutiger, brutaler Vorstoß, und ich war einen Zentimeter davon entfernt, meinen linken Arm an eine Splittergranate zu verlieren. Wir hatten einige Verwundete, aber alle meine Leute haben überlebt. Und wir haben gewonnen, versteht sich.«

Er lachte trocken. »*Weißt du, es ist keineswegs ‚natürlich‘, dass ihr gewinnt. Ihr hättet auch verlieren können.«*

David hob eine Augenbraue. »*Steht das so in deinen Geschichtsbüchern?«*

»*Ja, steht es. Damit eine Seite gewinnt, muss die andere verlieren – und beide Seiten erwarten zu gewinnen, also ist definitionsgemäß eine Seite am Ende schwer enttäuscht, von ‚wahrscheinlich tot‘ ganz zu schweigen.«*

»*Tut mir leid, aber es war natürlich, dass wir gewinnen würden. Geradezu vorbestimmt.«*

»*Warum?«*

David blitze ein strahlendes Lächeln auf, das ihm mühelos Freunde und Bewunderer einbrachte. »*Weil wir die Guten waren. Wir lagen richtig. Das Universum achtet auf Menschen, die ehrenhaft handeln, um eine ehrenhafte Sache voranzubringen. Es muss so sein, sonst wären wir als Spezies nie so weit gekommen. Wir haben gewonnen – diesen kleinen Konflikt und tausend seinesgleichen – weil es unser Schicksal war zu gewinnen. Das Universum lässt keinen anderen Ausgang zu.«*

Richard verdrehte in der Gegenwart die Augen über seine eigene Sentimentalität. Er hatte sich im Laufe der Jahre, meist wenn er grüblerisch gestimmt war, einmal oder zweimal gefragt, ob die Behauptung – falls sie stimmte – bedeutete, dass David bei Kappa Crucis gestorben war, weil in der Ersten Crux War die Föderation die »Guten« gewesen war.

Es missfiel ihm, seine eigene Regierung in der Rolle der Schurken zu sehen, und in seinem Innersten war es längst nicht so simpel. Am Ende hatte niemand den Krieg offiziell gewonnen, auch wenn die Föderation anderes behaupten würde. Trotzdem verwischten jüngste Ereignisse die Linien zwischen richtig und falsch und gut und böse stärker, als ihm lieb war.

Er war sich allerdings ziemlich sicher, dass die Menschheit in diesem Krieg gegen die Metigen auf der richtigen Seite des Kampfes stand ... und er hoffte, was immer David mit »dem Universum« gemeint hatte, sah das ebenso.

Er richtete sich auf dem mäßig bequemen Transportsitz auf und schob die Gedanken beiseite. In zwei Stunden würden sie Pandora erreichen, und er hatte selbst Arbeit zu erledigen.

Das Nachrichtennetzwerk war in heller Aufregung darüber, wie es sich angesichts des neuen Friedens mit der Föderation und des neuen Krieges mit den Metigen zu verhalten hatte. Die Rolle von Geheimdienstlern im Krieg bestand im Allgemeinen darin, den Feind auszuspionieren. Gelegentlich waren verdeckte Operationen nötig, doch meist fielen solche Aktionen an die Spezialkräfte.

Angesichts der Eigenart dieses Gegners blieb unklar, wie und in welchem Ausmaß sie den Feind ausspionieren konnten – verdeckt oder offen. Die bisherigen Antworten lauteten »keine Ahnung« und »nicht viel«.

Er wurde von einem Pulse von Devon aus den Überlegungen gerissen.

Ich habe etwas zum Fionava-Virus gefunden, aber es wird dir nicht gefallen.

Mich überrascht es nicht. Was hast du?

Erinnerst du dich an die manipulierten Protokolle des Detention Centers von jener Nacht, als Caleb Marano ,freigelassen' wurde? Die, die ich ,nicht gefunden habe'? Nun, ich habe sie technisch gesehen nicht aus meinem persönlichen Datenspeicher gelöscht.

Überrascht mich nicht.

Heh, dachte ich mir. Jedenfalls weist die Arbeitsweise des Virus einige

... ,Ticks' ist vermutlich der beste Begriff ... auf, die dem Hack des Detention Centers ähneln. Selbst die besten Hacker haben persönliche Vorlieben und Codestile, und manchmal sind sie unverwechselbar genug, um aufzufallen. Als ich das Virus studierte, hat mich ständig genervt, dass ich diese Eigenheiten schon mal gesehen hatte – und ich hatte recht. Gesehen habe ich sie beim Manipulieren jener Protokolle.

Richard stöhnte und sank tiefer in seinen Sitz. Miriam schaute herüber, doch er winkte ab.

Du willst mir sagen, dieselbe Person hat den Code geschrieben, um das Detention Center zu hacken, und das Virus, das General O'Connell auf Fionava eingesetzt hat?

Glaube ich. Sagen wir: neunzig Prozent Wahrscheinlichkeit.

Was sagt ANNIE?

Ich habe sie nicht gefragt – das ist meine eigene Arbeit. Ich wollte sie nicht von der Metigen-Analyse ablenken.

Schon gut. Alex kann das Fionava-Virus nicht geschrieben haben, also hat sie den Hack des Detention Centers von jemand anderem. Ich kümmere mich darum.

Äh, mit Respekt, Sir ... wie willst du das machen, wenn sie verschwunden ist? Es sei denn, du weißt etwas, das der Rest von uns nicht weiß.

Ich melde mich, wenn ich Intel habe.

Nett!

Tschüss, Devon.

Er stand auf und streifte unruhig durch das Abteil. Es gab eine Reihe von Themen, die sie mit Alex besprechen mussten, und er vermutete, dass auch sie einige Themen für sie parat hatte. Auch wenn es vielleicht nicht ganz oben auf der Liste stehen würde, musste dieses Thema eher früher als später angegangen werden.

Die Wiederherstellung der Kommunikation nach Fionava war essenziell, um Schiffe und Menschen in der gesamten NW-Kommandostruktur zu bewegen. Und auch wenn es nicht allein genügen würde, O'Connell aufzuspüren und daran zu hindern, welche Untaten auch immer er zu begehen gedachte, wäre es verdammt noch mal ein guter Anfang.

9

NEW CAIRO

KOLONIE DER SENECAN FÖDERATION

Die *EAS Akagi* näherte sich New Cairo mit gebotener Vorsicht. Das einzelne Verteidigungsarray im Orbit der Welt war keine unüberwindbare Bedrohung, aber eine Bedrohung blieb es.

Erdallianz-General Liam O'Connell deutete auf den diensthabenden Waffenoffizier. »Schicken Sie eine Drohne in die Atmosphäre des Planeten und stellen Sie ihr Identifikationssignal auf Dauersendung.«

»Aber, Sir, sobald das Array die Drohne erfasst, geht es in Vollalarm—«

»Das war keine Anregung, Leutnant.«

»Ja, Sir. Drohne wird gestartet.«

Liam trommelte mit dem Mittelfinger gegen seinen Oberschenkel, während er wartete. Er wollte keine Ressourcen opfern, bevor seine Offensive überhaupt begonnen hatte, aber er hegte den Verdacht, dass er es nicht würde tun müssen.

Die Anzeige zu seiner Rechten verfolgte die Drohne auf ihrem Kurs zum Planeten. Sie erreichte das Orbital-Array, passierte in zwei Kilometern Abstand einen der Knoten … und flog weiter in die Atmosphäre.

Liam sonnte sich in seinem Triumph. »Wie erwartet. Die Verteidigungssysteme sind nicht darauf programmiert, Allianzschiffe als feindlich zu betrachten – ein Geschenk, das wir dem absurden ›Friedensvertrag‹ zu verdanken haben.«

»Navigation, beginnen Sie mit dem planetaren Abstieg. Nehmen Sie einen Korridor. Ich bezweifle, dass uns am anderen Ende Widerstand erwartet.«

* * *

Gavril Peshka führte behutsam den Arm seines Sohnes hoch und hinter die Schulter. Dann trat er zurück, sodass nur noch seine Fingerspitzen den Unterarm berührten, bereit, die nächste Bewegung zu lenken. »Gut, jetzt nach vorn – denk an den Bogen, nicht werfen … und … kurzer Stopp.«

Die Fliegenschnur plumpste einen Meter vom Ufer entfernt wenig elegant ins Wasser. Gavril unterdrückte ein Lamento.

»Dad, ich krieg das nicht hin. Die Schnur ist zu lang.«

Er tätschelte die Schulter seines Sohnes. »Schon gut, Robert. Du musst einfach üben. Lerne, mit der Rute umzugehen, dann kümmert sich die Schnur um sich selbst.«

Robert knurrte missmutig und ließ sich ins Gras fallen. »Warum können wir nicht eine richtige Angel benutzen? Damit fängt man die Fische für uns.«

Er gab sich bedächtig nachdenklich, ehe er sich neben seinen Sohn setzte und die Arme auf den Knien ablegte. »Beim Fliegenfischen geht es nicht so sehr ums Fischefangen, sondern darum, die stille, friedliche Schönheit der Natur zu genießen.«

»Warum fischen wir dann überhaupt? Wir könnten auch, keine

Ahnung, rumlaufen oder so.«

Wie erklärt man einem sechsjährigen Jungen die Kunst der Meditation? Würde er begreifen, was es bedeutet, die Hände und den bewussten Geist zu beschäftigen, um den unbewussten freizulassen? Wahrscheinlich noch nicht ganz.

Stattdessen wuschelte er Roberts dunkle Strubbelhaare. »Nun, wenn wir doch einen Fisch fangen, wäre das ein cooler Bonus, oder?«

Sein Sohn zuckte verlegen mit den Schultern. »Ja. Das wäre cool.«

Gavril erhob sich und zog Robert auf die Beine. »Komm. Machen wir ein bisschen von diesem Rumlaufen und spazieren am Flussufer entlang.«

New Cairo hatte seinen Namen nicht, weil die Kolonie über-wiegend von Arabern besiedelt worden war – auch wenn im Laufe der Zeit etliche Menschen arabischer Herkunft hierherzogen. Der Name rührte von der Ähnlichkeit des Siedlungsorts zum Nildelta her. Der Fluss, an dem sie entlangliefen, weitete sich nach Norden zu einer üppigen Küstenebene und schlängelte sich nach Süden durch einen kleineren Dschungel. Hier nährte das Flussbett hohe, schilfartige Gräser und niedrige Bäume mit breiten Ästen und goldenen Blättern.

Der Lebensstandard auf New Cairo war ländlich, aber beileibe nicht arm. Der Anbau exotischer, essbarer Früchte konkurrierte mit Naturtourismus um die führende Branche, und Geld floss reichlich in die Kolonie. Es gab kein zentrales städtisches Zentrum, sondern eine Reihe von Ortschaften in der Nähe bester Anbauflächen und landschaftlicher Attraktionen, die Touristen anzogen. Die meis-ten modernen Annehmlichkeiten existierten ebenfalls; sie waren lediglich dezent an diskreten Orten platziert, um das natürliche Ambiente nicht zu übertönen.

Sein Blick glitt nach rechts, doch er konnte die Levtram-Strecke nicht ausmachen, die sich zwanzig Meter über ihnen hinter einem

makellosen Tarnfeld verbarg. Vom acht Kilometer nördlich gelegenen Hafen kommend folgte ihre Trasse dem Fluss mehrere Hundert
Kilometer, bevor sie zu entlegeneren Siedlungen abzweigte.

»Dad, können wir Opa auf Elathan besuchen? Ich will wieder in
einem Raumtransporter fliegen.«

»Jetzt nicht. Vielleicht bald.« Er achtete darauf, dass seine Stimme
beiläufig klang. Er versuchte, seinen Sohn so lange wie möglich
– sei es einen weiteren Tag oder eine weitere Stunde – vor der
heraufziehenden Alien-Invasion zu bewahren. Ist die Unschuld
einmal verloren, kehrt sie nie zurück. Also ging er mit seinem Sohn
fischen, spazierte am Fluss entlang und tat so, als stünde die Galaxis
nicht in Flammen.

»Hey, was ist das?« Robert zeigte zum Himmel, sein Gesicht
leuchtete in kindlicher Aufregung.

Er folgte dem staunenden Blick seines Sohnes nach oben und runzelte die Stirn. In der Ferne wuchs die Silhouette eines schimmernd
schieferfarbenen Schiffs. Lang, aber kantig im Design, ähnelte
es nicht den meisten Föderationsschiffen. Seine Schritte wurden
langsamer; instinktiv glitt seine Hand hinab, um die Schulter seines
Sohnes schützend zu umfassen.

Er war nie besonders in den abgebrochenen Zweiten Crux War
involviert gewesen. Er hatte sein ganzes Leben auf Welten der
Föderation gelebt – noch bevor sie Föderationswelten wurden – und
war im Großen und Ganzen zufrieden mit der Art, wie die Regierung
funktionierte. Doch er war unter anderem nach New Cairo gezogen,
um Ränkespielen zu entgehen, ob politischer, wirtschaftlicher oder
sonstiger Natur. Die Spiele der Galaxis berührten die Menschen
hier selten; als Allianz und Föderation ihren Krieg erneuerten, hatte
er den Kopf geschüttelt und sein Leben weitergelebt.

Das sich vom Norden her nähernde Schiff war ein Kriegsschiff
der Erdallianz – daran hatte er keinen Zweifel, obgleich der Krieg

offiziell vorbei sein sollte.

»Dad, lass uns zurück in die Stadt. Ich will das Schiff sehen!«

Die Stadt war im Moment das Letzte, wohin er wollte, doch fühlte er sich unbehaglich exponiert. Sie mussten Schutz finden. Er hob seinen Sohn auf die Arme und beschleunigte seine Schritte. »Los, da unten ist nicht viel weiter südlich eine Levtram-Station.«

Ein Explosionsknall hämmerte in seine Ohren. Er riss den Kopf herum und sah eine Rauchsäule aus der Richtung der Stadt aufsteigen. Orangefarbene Flammen leckten an den Rauchfahnen empor. Ein silberner Laserstrahl jagte vom Schiff auf ein unsichtbares Ziel, während zwei Jäger am Horizont sichtbar wurden.

»Warum schießen die, Dad?«

»Ich weiß es nicht, mein Sohn. Wir suchen uns jetzt einen sicheren Ort.« Wurde gerade ihr Zuhause zerstört, während sie rannten? Ein ganzes Leben an Besitz dahin? Er konnte sich nicht vorstellen, welchem Zweck es dienen sollte, dass die Allianz eine Zivilbevölkerung angriff, aber es war ihm egal. Alles, was zählte, war, Robert zu schützen.

Wenn sie rechtzeitig die Station erreichten, würden sie mit der Tram weiter nach Süden, in den Dschungel fahren. Wenn nicht, dann ... dann würden sie sich zur kleinen Bauernansiedlung im Westen aufmachen. Sicherlich würden die Angreifer sich nicht um eine so kleine Siedlung kümmern.

»Dad!« Robert zappelte in seinem Griff und zeigte wieder in den Himmel.

Er sah zurück und erblickte einen der Jäger, der über dem Fluss entlangschoss; ein ununterbrochener Laserstrahl sengte das Gras nieder und setzte die Bäume in Brand. Das Wasser kochte, wo der Laser darüberstrich.

Dann schwenkte der Laser nach links und schnitt durch die Levtram-Konstruktion. Die Tarnung brach zusammen, als der Strahl einschlug; Funken sprühten, als sie erstarb, und gaben Rahmenringe preis, die auseinandergerissen wurden. Der Laser kreuzte den Rahmen wieder und wieder, zersägte die Ringe zu Stücken und schleuderte Splitter durch die Luft.

Sie hatten keine Chance, die Station zu erreichen, bevor der Jäger dort war. Hinter ihnen brannte die Landschaft, und der Fluss war zu tief und zu breit, um ihn zu überqueren. Sie mussten nach Westen rennen, aber das würde sie unter der Levtram-Trasse hindurch-führen. Vielleicht, wenn sie warteten, bis der Jäger weitergezogen war—

—eine nach Süden fahrende Tram brach aus der Tarnung, als sie die freigelegte Strecke erreichte. Ohne Ringe, die sie führten, stürzte die Tram in die Luft. Ihr Schwung katapultierte sie auf sie zu.

Er schnappte nach Luft und drückte seinen Sohn fester an sich. »Ich liebe dich, Robert.« Dann sprintete er auf das Wasser zu, wohl wissend, dass sie es nicht rechtzeitig schaffen würden.

10

PANDORA

UNABHÄNGIGE KOLONIE

Wie auf Seneca landete die *Siyane* nicht am öffentlichen Raumhafen, sondern auf einem geheimen Landeplatz. Dieser gehörte zu einem verborgenen, weitläufigen Luxus-Anwesen, das vollständig von einer fünfzig Meter hohen Mauer und einer Kraftfeldkuppel umschlossen war. Außerhalb der Mauer projizierte ein Hologramm einen Geschäftsturm, damit niemand auf Pandora wusste, dass es das Anwesen gab – aus Gründen, für die Alex schlicht keine Kapazität übrig hatte. Am angeschlossenen Dock war Platz für vier kleine Schiffe, was gut war, da mindestens drei erwartet wurden: die *Siyane*, der Transporter ihrer Mutter und von Richard sowie Delavasis Shuttle.

Nach ihrem Intermezzo auf dem Dach hatte Caleb mit Delavasi so etwas wie einen brüchigen Waffenstillstand ausgehandelt. Von Versöhnung war es weit entfernt, doch er erkannte, dass sie den Mann zunächst brauchten.

Er hatte allerdings eine Grenze gezogen: Der Direktor durfte sie nicht auf der *Siyane* nach Pandora begleiten – was Alex sehr recht war. Sie wollte keine längere Zeit in einem geschlossenen Raum mit den beiden verbringen, ständig ihre finsteren Blicke abfangen und verhindern, dass sie sich gegenseitig umbrachten.

Das Anwesen gehörte einem Mann ... und das war im Grunde alles, was Alex wusste. Nun, außerdem hatte man ihr gesteckt, dass der Mann außergewöhnlich reich war – keine Überraschung – und ein wichtiger Spieler in einem Konsortium, das Pandora offenbar führte. Diese Fakten waren streng gehütete Geheimnisse, der Name des Mannes noch viel mehr. Aber Delavasi kannte ihn, und das war einer der Gründe, warum sie ihn brauchten.

Obwohl näher an Seneca gelegen, lag Pandora direkt auf der Route zur Erde und war daher ein praktischer Treffpunkt. Seine Sicherheitsmaßnahmen und seine Regierung waren minimal und wenig aufdringlich – also ein praktischer Ort, um unterzutauchen. Delavasi hatte ihnen die Nutzung des Anwesens arrangiert – ebenso wie verstärkte Sicherheitsmaßnahmen innerhalb und außerhalb –, als sicheren, diskreten Treffpunkt, solange sie ihn brauchten.

So sicher und diskret es angeblich sein mochte, Caleb bestand darauf, dass sie ihren *Daemon* und eine Klinge jederzeit bei sich trug. Während sie einen Pullover überzog, um die Waffe zu verbergen, spürte sie, wie er hinter sie trat.

Er drehte sie zu sich und legte die Hände auf ihre Schultern. »Bist du bereit dafür?«

Er meinte natürlich das bevorstehende Wiedersehen mit ihrer Mutter. Sein Ausdruck war zärtlich und ein wenig neckend, aber die Fältchen an seinen Augenrändern verrieten, dass er keine Sekunde geschlafen hatte.

Trotz einer vagen, anhaltenden Spannung zwischen ihnen, die keiner von beiden bereit war zu lösen, hatten sie schon bald nach dem Abflug von Seneca wieder zueinander gefunden. Ihr Liebemachen war heiß, verzweifelt, fast urwüchsig gewesen ... und irgendwann, nachdem sie weggedöst war, war er aus dem Bett geschlüpft.

Beim Aufwachen hatte sie ihn oben im Cockpit gefunden, wie er Kaffee trank und auf das verschwommene Flimmern der Überlichtblase starrte. Die Stunde seither hatte er eine bemerkenswert überzeugende Normalität an den Tag gelegt. Sie ließ sich nicht täuschen.

Er schien fest entschlossen, die Folgen dessen, was er erfahren hatte, allein zu verarbeiten. Es stach, aber andererseits war sie keine Expertin für Dinge wie Mitgefühl oder Empathie. Dennoch war sie bereit, es zu versuchen; seinetwegen wollte sie es versuchen. Doch bis er um mehr bat, würde sie ihm die Zeit und den inneren Raum geben, die er suchte.

Sie rümpfte unschlüssig die Nase. »Ja. Nein. Keine Ahnung. Egal. Wichtig ist, dass wir sie von diesem Plan überzeugen.« Sie rollte mit den Augen, als sich ein Grinsen auf seinen Lippen ausbreitete. »Und vielleicht sind ein paar andere Dinge auch wichtig, aber erst, wenn wir das Hauptziel erreicht haben.«

Er ging, um seine eigenen Waffen zu holen. »Sorg einfach dafür, dass sie nicht wieder versucht, mich festzunehmen?«

»Ich glaube, da bist du aus dem Schneider. Bist du bereit?«

Auf sein Nicken hin öffnete sie die Luke und folgte ihm hinaus. Zwei äußerst ernst dreinblickende Sicherheitsleute erwarteten sie am Fuß der Rampe.

Sie musterte sie mit wachsamem Blick. »Ich bin Al—«

»Wir müssen nicht wissen, wer Sie sind, Ma'am. Wenn Sie uns folgen, zeigen wir Ihnen Ihre Unterkunft.«

Sie zog eine Augenbraue in Calebs Richtung hoch, als die Wachen davongingen. Er machte eine wegwerfende Geste, die sie als »Ich kenne das Prozedere« interpretierte.

Die Anlage war mit irdischer Flora gestaltet: perfekt getrimmter

Rasen, akkurat geschorene Wacholderhecken und Reihen von Zwergespen. Die Landschaftsgestaltung erzeugte an jeder Wegbiegung ein Gefühl von Privatsphäre und Abgeschiedenheit.

Sie wurden nicht zum riesigen Herrenhaus im Zentrum des Anwesens geführt, sondern zu einem nicht minder imposanten Gästehaus am hinteren Ende des Geländes. Die Fassade schmückten synthetischer Stuck, Retro-Säulen, hohe Fenster und ein Balkon im Obergeschoss. Der Besitzer hatte einen eklektischen Geschmack.

Ihre Begleiter öffneten die Tür und traten vor ihnen ein. Drinnen wies einer der Wachen auf ein Panel neben dem Eingang.

»Sollten Sie Hilfe benötigen, erreichen Sie uns jederzeit über dieses Panel. Sie können das Anwesen frei erkunden, mit Ausnahme des Haupthauses. Die Küche und die übrigen Räume sind vollständig ausgestattet und verfügen über alle Annehmlichkeiten, die Sie sich wünschen. Zwei Gäste sind bereits eingetroffen. Sie finden sie im Business Center – geradeaus und links.« Dann waren sie fort.

»Das ist alles ein bisschen … seltsam.« Dass die Wachen wussten, wo die anderen sich befanden, bedeutete wohl, dass sie Zugriff auf die Sicherheitsfeeds im Haus hatten. Also auch hier keine echte Privatsphäre.

»Typischer Rückzugs-Milliardärsaufbau. Sollte kein Problem sein.«

»Wenn du meinst.« Sie fasste sich ein Herz und nahm den breiten Flur, den der Wachmann beschrieben hatte.

Richard begegnete ihnen am offenen Eingang des Business Centers, packte sie in eine Bärenumarmung und hob sie vom Boden – wie früher, als sie ein Kind war.

»Alex, Mädchen, zieh so ein Verschwinde-Manöver nie wieder durch, verstanden?«

Sie lachte, als er sie absetzte. »Ich bemühe mich. Es ist gut, wieder … na ja … zu Hause zu sein.«

Ihre Mutter stand weiter hinten am Tisch und sprach mit jemandem. Von der Admiralsuniform war nichts zu sehen; stattdessen trug sie anthrazitfarbene Stoffhose und einen marineblauen Rollkragen. Ihr Haar war im Nacken gebunden, fiel dahinter aber frei herab.

»Christopher, ich muss Schluss machen. Ich melde mich bald.« Sie wandte sich ihnen zu, und eine Hand glitt an ihren Mund. »Ihr seid da.«

Alex überquerte den Raum; ein wackliges Lächeln blühte von allein auf, aber Angst – ja, das war definitiv Angst – packte ihr Herz mit eiskalter Faust und ließ sie vor dem letzten Schritt abrupt innehalten.

»Mom …«

Ihre Mutter zog sie in eine Umarmung, die beinahe so fest war wie Richards.

Überrascht versuchte sie, die Umarmung zu erwidern, doch es fühlte sich unbeholfen und seltsam an, und sie war sich nicht sicher, ob sie es überhaupt richtig machte. Über der Schulter ihrer Mutter hatten Richard und Caleb ein Gespräch begonnen, aber Caleb fing ihren weiten, leicht panischen Blick auf und nickte ihr beruhigend zu.

Schließlich löste Miriam sich, hielt Alex auf Armlänge und musterte sie von oben bis unten, als würde sie sie auf Verletzungen oder gravierende Veränderungen untersuchen, bevor sie endlich ihrem zögerlichen Blick begegnete. Der Ausdruck im Gesicht ihrer Mutter war etwas, das sie seit über zwanzig Jahren nicht mehr gesehen hatte.

»Es ist eine solche Erleichterung, dich zu sehen, Alexi—« Ihre Mutter brach ab und presste kurz die Lippen zusammen. »—Alex.«

»Was …« Ihr fehlten plötzlich die Worte. »Du … du musst mich nicht so nennen. Es ist schon gut.«

Miriam zuckte beinahe leichtsinnig mit den Schultern. »So hat dein Vater dich genannt – warum sollte ich es anders machen?«

Ihre Augen fühlten sich weiterhin unangemessen groß an, und sie war ziemlich sicher, dass ihr Mund offenstand. Sie hatte gehofft, ihre Mutter würde für eine gewisse Versöhnung offen sein. Damit hatte sie nicht gerechnet.

»Ich … na gut dann. Wenn du darauf bestehst.«

Dann fiel die Stille über sie – abrupt und mit der subtilen Anmut einer vorbeistampfenden Elefantenherde. Alex ließ den Blick über die Details des gut ausgestatteten Business Centers schweifen, bis ihre Mutter die Arme sinken ließ und einen Schritt zurücktrat.

Alex beobachtete, wie sie auf Caleb zuging und ihm die Hand hinstreckte. »Willkommen, Mr. Marano. Ich schulde Ihnen eine formelle Entschuldigung im Namen der Erdallianz – und persönlich.«

Caleb war das Bild des Charmes, als er die Hand auf eine Weise annahm, die Alex als ehrlich erkannte. »Entschuldigung angenommen, aber nicht nötig. Sie haben getan, was Sie für richtig hielten …« sein Blick streifte Alex »… ebenso wie wir.«

Gott, wie sie ihn liebte. Welche Herausforderungen ihnen auch begegnen mochten, welche Hürden immer sie würden nehmen müssen – sie liebte ihn.

»Und wir alle sind sehr froh, dass diese unschöne Angelegenheit hinter uns liegt, oder?« Sie stieß zu ihnen. Doch kaum war sie da, ertappte sie sich dabei, ihre Mutter anzustarren – verblüfft und von deren Auftreten einigermaßen aus dem Konzept gebracht.

»Also, Flottenadmiral? Das ist irre. Dad wäre so stolz auf dich.«

Es sah aus, als ob ihre Mutter errötete, aber der Gedanke war absurd. »Das würde ich gern glauben.«

»Ich bin stolz auf dich.« Ups. Der Gedanke war als Wort aus ihrem Mund entwischt. Sollte sie sich schämen? Mit einem schnellen, schnippischen Spruch kaschieren? Verdammt, jetzt war es zu spät, um es einzufangen …

Ein seltsamer Ausdruck huschte über das Gesicht ihrer Mutter, bevor er sich zu erkennbarer Verblüffung verdichtete. »Was ist mit dir passiert, während du weg warst?«

»Was ist mit dir passiert, während ich weg war?«

Miriam wandte sich an Richard, der jämmerlich daran scheiterte, ein Lachen zu unterdrücken. Da sie dort keine Hilfe fand, konzentrierte sie sich seufzend wieder auf Alex. »Krieg, mit der Notwendigkeit, Frieden zu schließen. Eine Alien-Invasion, die zu einigen erhellenden Konfrontationen und ungewöhnlich gewichtigen Entscheidungen führte. Vor allem aber? Die Tatsache, dass ich glaubte, meine Tochter für immer verloren zu haben – nur um zu entdecken, dass ich es nicht hatte.«

»Das Einzige im ganzen Universum, abgesehen von Dad, das dir etwas bedeutet hat.«

Miriam sackte gegen die Wand, vollkommen schockiert. »Was hast du … wie hast du …?«

Alex trat vor und umarmte ihre Mutter noch einmal; sie bekam langsam Übung darin. »Es ist eine lange Geschichte. Aber worauf es ankommt—«

Delavasis Gebrüll aus dem Flur unterbrach den rührseligen Moment – vermutlich zum Besten; noch mehr Sentimentalität auf so engem Raum, und das Universum wäre implodiert. »Richard, sag mir, dass du hier irgendwo bist – ich will in dieser prächtigen Hölle wenigstens einen Freund.«

»Hier drinnen, Graham.«

Richard empfing ihn mit einem freundlichen Klaps auf den Rücken; es half, die Kälte, die von Caleb in Wellen ausging, ein wenig zu kompensieren.

Richard stellte den Mann Miriam vor, dann verzog er das Gesicht in Delavasis Richtung. »Ist schon Zeit für das epische Besäufnis?«

Delavasi grunzte. »Oh, wie ich es mir wünschte. Vielleicht ein Bier?« Bei Richards Zustimmung steuerte er den Flur zur Küche an. »Ich hol uns was.«

Sobald er weg war, trat Richard näher zu Alex. »Ich weiß, du hast uns viel zu erzählen – und glaub mir, wir haben Fragen –, aber bevor wir anfangen, muss ich dich etwas fragen.«

Ihre Augen verengten sich, augenblicklich misstrauisch. »Das ist kein guter Tonfall. Was ist los?«

Er legte eine Hand an ihren Ellbogen und führte sie in eine Ecke, dann verschränkte er die Arme. »Stimmt etwas nicht zwischen Caleb und Graham? Mit dem Blick, den Caleb beim Auftauchen draufhatte, könnte er die Sonne einfrieren.«

»Ja, aber das ist privat. Und es ist nicht der Grund, warum du mich herbestellt hast.«

»Nein. Ist es nicht. Ich muss wissen, woher du den Code hast, um das EASK-Detention-Center zu hacken.«

Ein Stöhnen, begleitet von einem scharfen Kopfschütteln. »Das kann ich dir nicht sagen. Tut mir leid.«

»Doch, kannst du, weil es wichtig ist.«

»Inwiefern denn bitte? Das kann jetzt unmöglich noch eine Rolle spielen.«

»Die Person, die den Code geschrieben hat, um das Detention Center zu hacken, hat auch das Virus geschrieben, mit dem General O'Connell das NW-Regionalhauptquartier lahmlegt.«

Verdammt. Sie ließ den Hinterkopf gegen die Wand fallen und starrte missmutig zur Decke. »Scheiße.«

»Finde ich auch.«

Hätte Claire jemandem das Ware überlassen, wenn sie den beabsichtigten Einsatz gekannt hätte? Möglich. »Ich kenne diese Person seit Jahren. Ich werde sie nicht ins Gefängnis schicken.«

»Wirst du nicht. Ich will keinen Hacker verhaften – ich will die Kommunikation mit Fionava wiederherstellen. Deine Mutter braucht sie, um diesen Krieg zu führen, und ich werde sie ihr zurückgeben.«

»Komm schon, Richard, Schuldgefühle einreden ist nicht dein Stil – oh Moment, doch, es ist total dein Stil.«

»Ja. Und ich habe nicht einmal ein schlechtes Gewissen dabei.«

Die Entschiedenheit in seinem Gesicht ließ ihr keinen Verhandlungsspielraum. Die Schultern sanken in Niederlage. »Was brauchst du?«

»Eine Kopie des Codes, mit dem das Virus entstanden ist. Tu, was du kannst, um ihn in die Hände meiner Leute zu bekommen, und ich frage dich nach nichts weiter.«

»Okay ... verflucht. Gib mir ein paar Minuten. Ich sehe, was sich machen lässt.«

Plötzlich fiel ihr ein, dass sie Caleb ihrer Mutter überlassen hatte. Doch er schien sich zu behaupten, also warf sie beim Hinausgehen nur eine entschuldigende Grimasse zu.

Delavasi kam ihr im Flur entgegen; sie klaute ein Bier aus dem Bündel unter seinem Arm.

Die erste Tür, die sie fand, führte in ein Bad – ein ziemlich luxuriöses. Sie nahm einen langen Schluck Bier und stellte eine Live-Comm zu Claire Zabroi her.

»*Alex, Süße, du hast extrem gelebt. Ich bin schwer beeindruckt. Übrigens: Ich finde total gut, wie du meine Spoofing-Routine eingesetzt hast. Der ist zum Anbeißen.*«

»Ich weiß. Hör zu, du hast neulich jemandem ein Commsystem-Virus verkauft.«

Claires Stimme wurde schlagartig kalt und knapp. »*Hab ich nicht. Warum solltest du so was denken – und wieso sollte es dich kümmern?*«

»Weil es deine Signatur trägt und weil der Mann, dem du es verkauft hast, ein abtrünniger Allianz-General ist—«

»Dieser irische Typ war ein Fragger? Ich wusste, dass der Halunke nicht ganz sauber ist. Obwohl – wenn er den Complex versaut hat … Und du glaubst nicht, wie sehr er das Ding überzahlt hat. Ich schwimme nach dem Deal in Credits.«

»Claire, wir brauchen eine Kopie des Virus.«

»Kommt nicht infrage. Und wer zum Teufel ist ›wir‹?«

»Er hat damit das Kommunikationssystem beim NW-Regiona lhauptquartier zerstört. Das Militär muss es wieder ans Laufen bekommen, und dafür brauchen sie den Quellcode.«

»Süße, hast du vergessen, was ich mache, was ich bin? Keine Chance, dass ich für irgendeinen PTSD-Fragger den Kopf hinhalte.«

Alex beschwor Geduld – und nahm noch einen Schluck Bier. »Du wirst nicht verhaftet. Du wirst nicht angeklagt. Alles, was du tun musst: einen Typen treffen und ihm eine Disk geben. Du hast mein Wort.« Nun gut, sie hatte Richards Wort, was nahe genug dran war.

»Nein. Mein Ruf wäre im Eimer. Ich mach da nicht—«

Damit war es vorbei mit der Geduld.

»Claire, ich finde es großartig, dass sich deine Welt in der hippen San-Fran-Blase weiterhin heiter dreht, aber glaub mir, das wird nicht so bleiben. Dein ach so cooles Bad-Girl-Hacker-Partyleben wird zusammenkrachen – so wie das von allen anderen auf der Erde und im Rest der verdammten Galaxis. Die alte Welt ist vorbei, und wir spielen ein neues Spiel. Liefer den verdammten Code.«

»Ich hätte wissen müssen, dass du irgendwann deine Mutter wirst.«

»Fang gar nicht erst damit an. Es ist höchste Zeit, dass wir beide erwachsen sind.«

Eine Reihe deftiger Flüche, dann ein hervorgeröcheltes: *»Du bist so eine Spielverderberin. Schon gut.«*

»Ich schicke dir die Kontaktdaten. Danke dir vielmals.«

* * *

Als Alex ins Business Center zurückkam, herrschte dort ein kleines Tohuwabohu.

Delavasi tigerte wie ein eingesperrter Löwe am anderen Ende des Raums auf und ab, wedelte theatralisch mit den Armen und bellte Befehle an unsichtbare Empfänger, die sie nicht ganz verstand. Richard und ihre Mutter hockten am Mitteltisch und flüsterten in intensiven, gedrückten Tönen.

Caleb lehnte an der Wand neben der Tür und ließ das Heft seiner Kinetikklinge gedankenverloren in die Luft schnippen. Es hätte einen scharfen Kontrast zu der geschäftigen Betriebsamkeit der anderen bilden können, hätte sie nicht gespürt, wie viel Spannung in seiner lässigen Haltung steckte.

Sie stellte sich neben ihn. »Was ist passiert?«

»Jemand hat den Bunker in Cavare in die Luft gejagt.«

»Was? Den, in dem wir waren?«

»Keinen anderen.«

Eine Welle der Benommenheit schwappte über sie und ließ sie wacklig zurück. Zweifelsohne hatten sie es auf sie abgesehen; vielleicht hatte der Feind den Abflug wegen der Tarnung der *Siyane* nicht bemerkt. »Sie jagen uns wirklich.«

»Zu Recht. Wir sind gefährlich. Aber ich meinte jedes Wort zu Mesme. Sie kriegen uns nicht.«

Sie drückte seine Hand. »Ich glaub dir. Also, was—« sie deutete um sich »—machen sie?«

»Der Direktor ist vom Anschreien von Stellvertretern, die ihn nicht früher informiert haben, nahtlos zum Anschreien anderer Stellvertreter übergegangen, sie sollen die Rettungsmaßnahmen vor Ort hochfahren, und weiter zum Anschreien wieder anderer Stellvertreter, sie sollen herausfinden, wie so etwas passieren konnte. In Erwartung, dass wir zur Erde weiterfliegen, organisiert Richard drakonischen Schutz für unsere Ankunft, und deine Mutter jagt dem

Personal hier derart Angst ein, dass die verdoppelte Sicherheit noch einmal verdoppelt wird.«

»Ich dachte, Delavasi ist der Ansprechpartner für das Anwesen?«

Für den Hauch eines Moments blitzte echte Amüsiertheit in seinem Gesicht auf. »Sie ist deine Mutter.«

»Ja. Das ist sie ganz sicher.« Ihr Blick wanderte zur Decke, während ein Seufzer ihren Lippen entkam. »Gut, die Zeit drängt.«

Sie stieß sich von der Wand ab und räusperte sich laut. »Hey, Leute? Wir wussten, dass die Aliens Jagd auf uns machen würden. Ich bin sicher, ihr habt dafür gesorgt, dass wir hier vorerst sicher sind, also müssen wir uns auf den Grund konzentrieren, warum wir hier sind. Darauf, sie zu besiegen.«

11

ERDE

NEW YORK

Noah Terrage war vor vielleicht einem Jahrzehnt einmal in New York gewesen. Die Stadt wusste auch beim zweiten Besuch zu beeindrucken. Er hatte noch nirgendwo einen Ort gesehen, der an das schiere Spektakel der Skyline von Manhattan heranreichte. Cavare auf Seneca und die Hauptstadt Romane waren beide schöne urbane Zentren und für sich genommen beeindruckend, doch sie verblassten im Vergleich—sofern man zu vergleichen geneigt war.

Manhattan war ohne Zweifel das Kronjuwel der Nordöstlichen Küstenmetropole der Erde und damit der Galaxis.

Der Mythos besagte, die Stadt werde unablässig neu gebaut: Alte Gebäude verschwanden, und beständig traten neuere, glänzendere, höhere an ihre Stelle. Alles, was er wusste, während er eine von Schulter an Schulter gedrängten Passanten verstopfte Straße entlangschlenderte, war, dass er selbst mit schmerzhaft in den Nacken geknicktem Kopf die Dächer der meisten Gebäude nicht sehen konnte. Er konnte kaum die Luftwege erkennen, die die oberen Stockwerke mancher Türme verbanden. Früher waren es Fußwege gewesen, doch die meisten Menschen ertrugen die schwindelerregenden Passagen nicht—also hatte man Mini-Trams mit mattierten Fenstern hineingesetzt.

Die Atmosphäre der Stadt war selbst abzüglich der inzwischen allgegenwärtigen Alien-Angst viel zu verspannt und gehetzt für seinen Geschmack—obwohl die Partyszene den Ruf hatte, auf einem ganz besonderen Level wahnsinnig zu sein. Wie dem auch sei: Er hoffte, dass hier nicht in einem Monat ein gigantischer Schutthaufen lag.

Sein eVi piepte und zeigte ihm, dass er sein Ziel erreicht hatte. Er starrte zu dem Bronze- und Glasturm links von ihm hinauf, grummelte, verfluchte Kennedy, verfluchte die Metigen, verfluchte das Zelones-Kartell...und trat durch das überladen verzierte Portal.

Surno Materials belegte nicht das ganze Gebäude, nur ein einzelnes Stockwerk drei Viertel des Weges nach oben. Er arbeitete sich durch die Lobby voller Geschäftsleute, deren Federung so straff war, dass sie wohl zersplittert wären, hätte er einem von ihnen eine verpasst—schwer zu sagen, ob wegen der Aliens oder einfach wegen der Stadt. Schließlich fand er einen bereits überfüllten Lift, eingefasst in kunstvoll geätztes Glas.

Nach gefühlt tausend Stopps erreichte er sein Stockwerk. Er knackte einmal mit dem Nacken und schlenderte dann mit demonstrativem Swagger und Attitüde in die Surno-Büros.

Hinter einem hohen, überpolierten Bronzetresen thronte eine absurd attraktive Sekretärin. Die Front war mit einer aufwendigen Intarsie stilisierter chemischer Symbole geschmückt. Sollte das Kunst sein? Ihm war kurz, als müsste er sich übergeben, aber das hätte die Sache nicht schneller gemacht.

Stattdessen ließ er den Arm auf die Tresenkante sinken und zwinkerte der Sekretärin zu. »Hi, Hübsche. Warum hockst du in diesem protzigen, freudlosen Büro?« Er hatte nicht vor, das Flirten weiterzutreiben; er hoffte lediglich, im Fall von Komplikationen eine Verbündete zu gewinnen.

Die Augen der jungen Frau funkelten spielerisch, der Mundwinkel hob sich—ein wenig nur. Offenkundig war sie es gewohnt, dass Männer ihr den Hof machten. »Ich warte darauf, dass Männer wie du hereinschneien und mich von den Füßen reißen, natürlich.«

Er gluckste kurz. »Würdest du meinem Vater ausrichten, dass ich zu unserer tränenreichen Wiedervereinigung eingetroffen bin— bevor die Welt untergeht?«

Das brachte sie aus dem Konzept; in ihre Stimme schlich sich ein Stottern. »Dein...Vater? Und du bist...?«

»Warum, ich dachte, die Ähnlichkeit wäre frappierend. Noah Terrage, selbstverständlich.«

Sie starrte ihn drei Sekunden lang an, dann tastete sie hektisch über das Panel vor sich. »Sir, Ihr Sohn ist hier, um Sie zu sehen... ja, Sir... nein, ich mache keine Witze... ja, Sir.«

Ein unsicheres Lächeln zuckte. Jetzt war sie gründlich aus der Fassung. »Er kommt gleich.«

»Darauf wette ich.« Noah stieß sich vom Tresen ab und streifte durch den Wartebereich. Er hätte den Mann gern überrascht, um seinen Gesichtsausdruck zu sehen; jetzt war sein Vater vorbereitet. Pech.

»Okay, ähm, Sie können jetzt rein. Viel Glück!«

»Brauche ich nicht.« Er überquerte den Raum und schlenderte ins Büro.

Als er seinen Vater hochmütig hinter einem protzigen Schreibtisch stehen sah, verstand er, warum die Sekretärin ihn nicht erkannt oder sich wenigstens gewundert hatte. Erstaunlich eigentlich, wie wenig sie sich inzwischen ähnelten, trotz genetischer Klonung.

Sein Vater hatte sein Haar dauerhaft zu einem »respektableren« Kastanienbraun nachgedunkelt, trug es kurz und makellos frisiert.

Der Körper war schmal—das Produkt eines Lebens in Sitzungssälen und Labors. Während Noah die Kunst des Fünf-Uhr-Schatten perfektioniert hatte, glänzte die Haut seines Vaters in glatter Wachsigkeit.

Ein Blick genügte ihm, um zu wissen, dass er vor zwei Jahrzehnten die richtige Entscheidung getroffen hatte. Er wollte nicht dieser Mann sein.

Wie erwartet war sein Vater gewappnet; seine Züge lagen in einer kalten Maske. »Ich bin davon ausgegangen, dass du tot bist.«

Noah lehnte sich lässig an die Rückwand und schlug die Beine übereinander. »Beinahe letzte Woche—ungünstiger Zeitpunkt auf Messium, da hat ein paar Aliens die Schießwut gepackt. Beinahe auch die Woche davor—ich habe meinem Gewissen nachgegeben und wurde prompt von Zelones-Söldnern beschossen. Und dennoch: lebendig und munter.«

»Wie bezaubernd. Also, was nun? Du hältst die Apokalypse für einen guten Zeitpunkt, um um Vergebung zu betteln?«

»Schön zu sehen, dass du dich in neunzehn Jahren nicht verändert hast. Ich habe nichts, wofür ich um Vergebung bitten müsste, Dad.«

»Warum bist du dann hier? Soll ich dich aus Schwierigkeiten freikaufen? Geht's um Geld? Das Budget ist gerade etwas angespannt—meine größte Fabrik ist zerstört, und mein Zuhause dürfte jeden Moment dasselbe Schicksal ereilen.«

»Nö. Ich will nichts und brauche nichts von dir—hab ich nie, werde ich nie.« Er stieß sich von der Wand ab. »Aber andere würden sich gern für eine Weile dein Hirn ausleihen, und sie haben mich geschickt, um höflich zu fragen.«

»Ich bin zu beschäftigt für Beratungsarbeit. Und wenn das deine höfliche Anfrage ist, verzichte ich gern auf die unhöfliche.«

»Dummerweise wäre die unhöfliche Alternative ein Team bewaffneter Offiziere, das auftaucht, um dich zu rekrutieren.«

Schock durchbrach die Maske seines Vaters, und Noah schnaubte. »Dachtest du, ich frage im Namen jener Gangster, die mich umbringen wollen—oder eines ähnlich schmierigen Stammes? Im Gegenteil: Ich bin hier, weil es Leute gibt—Leute, die nicht du sind—, die versuchen, die Menschheit zu retten. Und aus irgendeinem gottverlassenen Grund glauben sie, deine Hilfe dabei brauchen zu können. Also: Bist du dabei, oder soll ich meine militärischen Bekannten anrufen?«

Sein Vater blinzelte. Sein Blick sank auf den Schreibtisch, hob sich wieder zu Noah. Er blinzelte erneut.

»Noch da. Kein Traum, kein Albtraum, und die Uhr tickt.«

»Was soll ich tun?«

»Komm mit mir nach Berlin. Jetzt gleich.«

»Zum Space Materiels Complex?«

»Gut, du hast davon gehört.«

»Natürlich habe ich—das ist unerheblich. Gib mir fünfzehn Minuten, um ein paar Dinge zu regeln, dann können wir mit meinem Transport fliegen.«

Noah verzog theatralisch das Gesicht. »Ich glaube nicht, dass ich eine Stunde in einem engen Raum mit dir verbringen will. Ich such mir meinen eigenen Flug.«

»Sei kein trotziges Kind, Noah. Nimm verdammt noch mal meinen Transport.«

»Aber ich dachte, ich *sei* ein trotziges Kind? Ich versuche doch nur, deinen Erwartungen gerecht zu werden.« Er knurrte leise. »Schon gut, ich komme mit—aber nur, um sicherzustellen, dass du auch wirklich auftauchst. Ich habe nicht all das durchgemacht, damit du mit leeren Händen ankommst.«

12

PANDORA

UNABHÄNGIGE KOLONIE

Auf Alex' Wunsch hin hatten sie das Business-Center verlassen und es sich in einem großzügigen, luftigen Wohnzimmer bequem gemacht. Die spätnachmittäglichen Strahlen von Pandoras magenta-farbener Sonne warfen warme Lichtkegel durch die Fensterreihe, die sich entlang des oberen Drittels der Frontwand erstreckte.

Für einen Außenstehenden hätte dies ein zwangloses Treffen unter Freunden und Familie sein können—oder ein verlängertes Wochenend-Getaway. Tatsächlich aber war es eine Besprechung, bei der über das Schicksal der Menschheit entschieden werden mochte.

Ihre Mutter hatte versichert, Dr. Canivon sei sicher von Sagan aufgebrochen und auf dem Weg zur Erde—mit ihrer »Ausrüstung« im Gepäck. Auf Nachfragen bat sie Alex, noch ein paar Minuten Geduld zu haben. Richard hatte über dem Raum einen Privatschild aktiviert—als zusätzliche Schutzschicht innerhalb des Schildes, der, wie man ihnen mitgeteilt hatte, das ganze Anwesen umfasste.

Ob einer der Schilde verhinderte, dass die Aliens das Gesagte aufzeichneten, wusste sie nicht. Aber die Informationen mussten irgendwann geteilt werden—und dieser Zeitpunkt war jetzt.

Caleb hatte ihr bereitwillig die Bühne überlassen, und dafür war sie dankbar. Zum einen richtete sie sich vor allem an ihre Mutter; es war richtig, dass sie die Verantwortung übernahm. Zum anderen war die schlichte Wahrheit, dass Caleb noch immer von den Enthüllungen über seinen Vater und seinen Mentor aufgewühlt und abgelenkt war. Sie machte ihm daraus keinen Vorwurf, aber im Moment war sein Kopf nicht ganz bei der Sache.

Sie beschloss, dass für die anstehende Aufgabe ein zweites Bier erforderlich war, öffnete eine frische Flasche und kehrte auf ihren Platz neben Caleb zurück. Miriam und Richard saßen auf der gegenüberliegenden Couch, Delavasi im übergroßen Sessel zur Linken. Sie beugte sich vor und musterte sie über den niedrigen Tisch hinweg, der sie trennte.

»Ich habe eine Geschichte zu erzählen. Eine unglaubliche Geschichte—im Wortsinn: Ich würde nicht erwarten, dass ihr sie glaubt; darum habe ich auch zahlreiche Visuals und Berge an Daten. Aber zuerst die Geschichte.«

* * *

»Du meinst, sie beobachten uns, seit wir aus Höhlen gekrochen sind?«

»Wie viele andere Universen habt ihr verfolgt?«

»Moment, *du*? Wir sprachen über andere—Militärführer, Schiffskapitäne, Analysten. Nicht über dich.«

Sie änderte die Haltung, um Caleb ihre volle Aufmerksamkeit zu schenken. Ihre Stimme war weich, die Worte allein für ihn. »Ich habe seit unserer Rückkehr viel darüber nachgedacht.« Dann wurde ihr klar, dass es ihm gegenüber unfair war, ihre Zuhörer das Weitere womöglich mithören zu lassen, und sie wechselte auf einen Pulse.

Ich hätte mit dir auf dem Weg hierher darüber gesprochen, aber du warst... abgelenkt.

Sein Kiefer spannte sich, sein Mund verhärtete sich—Frustration—, doch sie besänftigte sie mit einem Händedruck.

Zurecht, und ich verstehe das vollkommen. Aber ja, ich.

Du hast gesagt, du willst nicht die Retterin der Menschheit sein.

Will ich nicht. Aber vielleicht muss ich es.

Was immer er antworten wollte, wurde von einer heftigeren Reaktion von der gegenüberliegenden Couch unterbrochen.»Nein. Absolut nicht. Unabhängig davon, ob die Idee Hand und Fuß hat, lasse ich nicht zu, dass du dein Leben so aufs Spiel setzt.«

Sie starrte ihre Mutter trocken an.»Mom. Ich bin siebenunddreißig Jahre alt. Ich habe ein eigenes Zuhause, ein eigenes Schiff und eigenes Geld. Du kannst mir kein ›Nein‹ mehr erteilen.«

»Ich bin Flottenadmiral der Streitkräfte der Erdallianz. Ich kann *allen* ein ›Nein‹ erteilen.«

Alex brach in schallendes Lachen aus—und löste damit die aufkeimende Spannung im Raum.

»Wie dem auch sei... es ist *mein* Plan, also *meine* Entscheidung. Wir haben keine Zeit, Rattenstudien durchzuführen und behördenkonforme Sicherheitsleitlinien aufzustellen.«

»Dann lassen wir es jemand anderen tun—vorausgesetzt überhaupt jemand darf ein so riskantes Unterfangen übernehmen. Sicher stehen uns Militärkandidaten mit ebenso fortgeschrittener Cybernetik wie deiner zur Verfügung, die mit Begeisterung in dieser Funktion dienen.«

Alex holte tief Luft, ehe sie antwortete—etwas, das sie bei Fechtduellen mit ihrer Mutter bisher selten bis nie getan hatte—, und schluckte die instinktive Erwiderung zugunsten einer diplomatischeren herunter.»Möglich. Aber, noch einmal: Uns fehlt die Zeit. Und am Ende muss *ich* an vorderster Front stehen.«

Da war es. Ausgesprochen. Zu spät, um ihre Entscheidung zu hinterfragen. Wie sie sich damit fühlte, wusste sie nicht, aber das spielte keine Rolle. Jetzt, da sie sich festgelegt hatte, musste sie sich ihren Weg durch den Widerstand bahnen, damit es geschah.

»Ich bin der einzige lebende Mensch, der nicht nur einem dieser Aliens von Angesicht zu Angesicht gegenüberstand, sondern eines im eigenen Kopf hatte. Ich habe Dutzende Stunden damit verbracht, ihren Code nicht nur zu studieren, sondern zu manipulieren und umzuschreiben. Ich verstehe nicht nur, wie *sie* denken, sondern wie ihre *Maschinen* denken. Aus taktischen Gründen werden wir vermutlich weitere Leute einsetzen wollen—aber wenn ihr die beste Chance haben wollt, diese Aliens zu besiegen, dann muss ich—nein, *werde ich*—im Zentrum des Showdowns stehen.«

»Oh, Alex…« Miriam schloss die Augen, die Stirn legte sich in Falten, und Stille senkte sich über den Raum.

Sekunden vergingen, in denen niemand atmete.

Dann richtete sich ihre Mutter auf, die Schultern starr—wieder die vollkommene Soldatin. »Sehr gut. *Falls* weitere Fachleute bestätigen, dass deine Idee funktionieren wird und keine untragbaren Risiken birgt. Dr. Canivon ist eine brillante Wissenschaftlerin und eine innovative Theoretikerin, aber sie neigt auch zur Obsession und ist nicht immer—nun—pragmatisch.«

»Zugestanden.« Alex beschränkte die sichtbare Erleichterung auf ein kurzes Lächeln, griff in die Tasche und holte eine Kristallscheibe hervor. »Das ist der Code für den Tarnschirm—sowohl der ursprüngliche als auch meine zusammengehackte Version—und *sie funktioniert.*«

Delavasi nickte nachdrücklich. »Verdammt, und *wie.* Das Verrückteste, was ich seit Jahren gesehen habe.«

Sie reichte ihrer Mutter die Scheibe. »Ihr solltet die Daten nicht riskant übertragen, aber sobald ihr die Erde erreicht, solltet ihr eure

Leute darauf ansetzen, das auf unsere Schiffe zu bringen. Und wenn es dir recht ist, soll Kennedy auch einen Blick darauf werfen. Solche Technik ist genau ihr Ding.«

»Kennedy arbeitet derzeit rund um die Uhr daran, das Metall in Massen zu produzieren, in das sich dein Schiff verwandelt hat. Man nennt es ›Adiamene‹.«

»Natürlich tut sie das. Meint sie, dass es viel ausrichten wird?«

»Durchaus. Und unsere Ingenieure stimmen zu. Seine Eigenschaften könnten Sicherheit, Erkundung und Kriegführung revolutionieren. Leider besitzen wir nicht gerade die Fähigkeit, rechtzeitig für den Kampf gegen die Aliens eine Flotte aus Adiamene-Warships zu bauen.«

Richard schüttelte grob den Kopf. »Tut mir leid, aber ich hänge noch bei einundfünfzig Universen fest. Für die philosophischen Implikationen bin ich nicht ausgerüstet.«

Sie grinste ihm spielerisch zu. »Frag einfach William—der kann die Philosophie übernehmen.«

Delavasi rutschte unbehaglich im Sessel. Richards Blick huschte zum Boden. Miriam starrte die Scheibe in ihrer Hand an, als könne sie den Inhalt direkt aus dem Kristall lesen.

Sie musterte die drei einige Sekunden. »Habe ich was verpasst? William geht es gut, oder?«

»Ja, ihm geht es gut.« Richards Gesichtsausdruck… ehrlich gesagt, sie konnte ihn nicht deuten. »Ich bringe dich später auf Stand. Sollen wir besprechen, was als Nächstes zu tun ist?«

Miriam nickte. »Ja. Alexi—Alex, du willst eine ganze Reihe von Zivilisten mitten in die größte Militäroperation der Geschichte stellen—ein Schritt, der fast so viel Aufruhr erzeugen wird wie die Idee, mehrere *Artificials* von ihren Fesseln zu befreien und ihnen die Kontrolle über Massenvernichtungswaffen zu überlassen. Und da wir jetzt mit dem Militär der Föderation zusammenarbeiten, müssen *die* ebenfalls überzeugt werden. Und die Politiker—Brennon und Vranas mindestens.«

Delavasi beugte sich vor und schaute an Richard vorbei zu Miriam. »Falls Vranas sich querstellt, sag Bescheid. Wir sind... nun, so etwas wie Freunde, soweit man mit einem Regierungschef befreundet sein kann. Keine Ahnung, ob diese durchgeknallte Idee funktioniert, aber wenn ihr alle sagt, sie tut es, schwätz' ich ihn gern weich.«

Miriam runzelte die Stirn, dann hob sie halb die Schultern. »Danke, Direktor. Ich sage Bescheid.«

Dann richtete sie die Aufmerksamkeit auf Caleb, der während der hitzigen Debatte geschwiegen hatte. »Welche Rolle siehst du für dich in diesem Plan? Wenn die Metigen ihre Drachen gegen uns ausführen, nehme ich an, stehst du an vorderster Front. Aber sonst...?«

Er lachte leise, doch sie hörte die Spannung noch in seiner Stimme. »Hoffen wir, dass sie keine Drachen mitgebracht haben. Nein, meine Cybernetics sind leider nicht fortschrittlich genug, um eine Verbindung zu einem *Artificial* in der von Alex vorgeschlagenen Weise herzustellen. Oder vielmehr: Sie sind in den falschen Bereichen fortschrittlich—physische Stärke, Reaktionsgeschwin digkeit, Agilität, Ausdauer, zelluläre Regeneration.

Die Aliens schicken allerdings Leute, um uns zu töten—also ist mein Job zuallererst, Alex am Leben zu halten. Außerdem tue ich alles, um den Erfolg dieses Plans zu sichern—und versuche, zur rechten Zeit am rechten Ort zu sein.«

»Der rechte Ort und die rechte Zeit *wofür*?«

»Wüsste ich das, Ma'am, müsste ich wahrscheinlich nicht dort sein.«

Miriam neigte den Kopf, als betrachte sie ihn neu; doch er wandte sich Alex zu, bis sich ihre Blicke trafen.

»Ich bin überzeugt, dass Alex das kann, und ich unterstütze

ihre Entscheidung, an vorderster Front zu stehen. Sie kann sie überlisten—und dadurch besiegen.«

Es war ein gutes Plädoyer, glatt vorgetragen und mit größter Überzeugung. Sie glaubte, dass er es so meinte... aber sie sah auch den Sturm in seinen Augen unter der beinahe perfekten Fassade. Lag der Sturm an der zerfledderten Vergangenheit—oder an ihr?

* * *

Der Raumhafen von Pandora funktionierte erstaunlich gut, stellte Matei Uttara fest, als er sein Schiff in den zugewiesenen Liegeplatz manövrierte und den Antrieb abschaltete.

Am Himmel drängten sich Schiffe im An- und Abflug—und einige, die sich nicht entscheiden konnten—, und er hatte im Foyer eine Serie hysterischer Menschenmengen erwartet. Doch bei Ankunft war er in eine Warteschlange gesteckt, bald nach vorn geschoben und vom VI des Raumhafens wie an einem normalen Tag zu einem Dock geführt worden.

Natürlich war es kein normaler Tag. Es war einer der letzten, röchelnden Tage der Zivilisation.

Er hatte immer vermutet, dass Pandora mehr als ein Geheimnis barg. Zu sauber, zu wohlerzogen, viel zu geordnet für die Kragenweite sowohl seiner Bewohner als auch seiner Besucher. Die Daten, die Hyperion widerwillig herausgegeben hatte, wo er seine Ziele finden würde, bestätigten seinen Verdacht zumindest grob.

Er hatte beinahe Seneca erreicht, als Hyperion ihn—selbst für das Alien in ungewöhnlich kurzer, harscher Manier—nach Pandora umleitete. Soweit er dem Alien Informationen entlocken konnte, konnten Marano und Solovy ihren Aufenthaltsort inzwischen *in Bewegung* verbergen. Aus dem Nichts waren sie in Cavare in einem streng geheimen Regierungssafehouse aufgetaucht. Auf diesen Ort hatte er sich nicht gefreut—und nun waren sie plötzlich auf Pandora, in einem ähnlich streng geheimen Anwesen, das einem der reichsten Männer der Galaxis gehörte.

Wie sie ihren Verschwindezauber hinbekamen, kümmerte ihn nur insofern, als dass es seine Arbeit erschwerte. Aber Hyperion schien es auf jeden Fall zu nerven.

Inzwischen hatte er erfahren, dass besagtes Safehouse in der Zwischenzeit bei einer verheerenden Explosion zerstört worden war. Die Tatsache, dass die Aliens neben ihm weitere Ressourcen einsetzten, missfiel ihm—und das wiederum ärgerte ihn. Er stand über solcher Kleinlichkeit und wusste seit jeher, dass sie in ihren zivilisationsverändernden Spielen mehrere Akteure einspannten. Angesichts der Distanzen zwischen bewohnten Welten war es kluge Strategie; er konnte nicht überall zugleich sein.

Doch diese »anderen Ressourcen« hatten das Ziel auf Seneca nicht eliminiert—wo *er* Erfolg haben würde. Das Anwesen würde sich in mancher Hinsicht schwieriger infiltrieren lassen als das Safehouse. Es lag abgeschirmt—durch ein Kraftfeld—und hinter einer fünfzig Meter hohen Mauer. Angesichts des exzessiven Bemühens um Verschleierung war davon auszugehen, dass das Gelände sowohl personell als auch elektronisch stark gesichert war. Das Anwesen erstreckte sich zudem über fast einen halben Quadratkilometer, mit mehreren Gebäuden und weitläufigen Gärten—die Beute würde schwer zu fassen sein.

Und dann war da noch die Natur seiner Beute.

Solovy würde kein Problem darstellen; eine Techie und *warenut*—sofern sie sich nicht in einen Kilojoule-Abwehrschirm gehüllt hatte, würde sie keine Hürde sein.

Marano kannte er genug, um angemessene Vorsicht walten zu lassen. Solange er angemessen vorsichtig blieb, würde auch der Geheimdienstler kein Problem sein. Er zollte einem Ziel immer genau den Respekt, den es verdiente. Marano verdiente Respekt—aber keine Furcht. Furcht hatte seit seinem ersten Kill niemand mehr verdient, und rückblickend nicht einmal *der*.

Der Lift ins Erdgeschoss war bis an den Rand überfüllt, und unten fand er die erwartete Menge panischer Zivilisten. Menschenmengen störten ihn nicht—nirgends war man besser verborgen als im Pulk. Aber im Tumult waren deutlich mehr von Pandoras sagenumwobenen Polizisten aufgetaucht, die vergeblich versuchten, einen Hauch von Ordnung herzustellen. Also bewegte er sich zügig, glitt durch flüchtige Lücken und erreichte den Ausgang des Raumhafens.

Ohne Halt und Pause durchquerte er Pandoras Labyrinth aus Vierteln und levtram-Routen. Seine Ziele konnten jederzeit verschwinden—und offenbar erfuhr er erst davon, wenn sie auf einem anderen Planeten aufploppten. Zeit war also entscheidend.

Als er The Avenue erreichte, verstärkte er seinen Tarnschirm und suchte gezielt die Schatten und Ränder der Wege. Äußerlich wirkte er keineswegs ungepflegt, doch seine Kleidung passte nicht zum Habitus der hiesigen Bewohner. Im Großen und Ganzen waren sie viel zu sehr in ihrem fremdengetriebenen Angststrudel gefangen, um ihn wahrzunehmen—trotzdem ging er nie unnötige Risiken ein.

Als die Projektion schließlich in Sicht kam, war er—man durfte es so nennen—beeindruckt von der Vollkommenheit der Illusion. Hinter einem Sicherheitscheckpunkt stand ein unscheinbares Bürogebäude mittlerer Höhe. Es fügte sich nahtlos in die Umgebung ein. Der Checkpunkt war real; das Gebäude nicht—wüsste er es nicht, ließe er sich täuschen. Der Checkpunkt war allerdings nicht sein Ziel, also machte er einen weiten Bogen darum.

Das Viertel endete an der Kreuzung vor dem falschen Gebäude, und es gab keinen Durchgang zum nächsten. In Pandoras merkwürdigem Innen-Außen-Stadtentwurf erweckten große Bereiche den Eindruck, vollständig eingeschlossen zu sein; oft versperrten gewaltige Wände den Weg, obwohl der Boden unter den Füßen klar erkennbar weiterlief.

Dieser Sackgassenabschluss bedeutete, dass Kraftfeld und begleitende Illusion nicht allumfassend, sondern nur nach vorn gerichtet waren. Irgendwo zu beiden Seiten mussten sie enden. Enden waren Schwachstellen.

Er fand den Endpunkt des Feldes an der Seitenfassade eines weiteren nichtssagenden Gebäudes drei Blocks rechts. Sein Instinkt sagte ihm, dass der Eigentümer des geheimen Anwesens auch dieses Gebäude besaß, und er bezweifelte, dass dort ein einziger Mensch arbeitete. Wahrscheinlich war es mit Sicherheitscams bestückt—möglicherweise mit Wachen. Er hob den Tarnschirm aufs Maximum. Bewegte er sich langsam, war er aus mehr als zwei Metern unsichtbar.

Matei schlängelte sich an der Fassade entlang, bis er die feine Kräuselung im falschen Gebäude erreichte, die die Kante des Feldes markierte. Ein letzter Scan, um sicherzugehen, dass niemand Notiz von ihm genommen hatte—dann machte er sich daran, sich ein Loch zu schneiden.

.

TEIL II: BLINDSEHEN

"These woods are lovely, dark and deep,
But I have promises to keep,
And miles to go before I sleep,
And miles to go before I sleep."

— *Robert Frost*

(»Diese Wälder sind schön, dunkel und tief,
doch ich hab' noch manch Versprechen zu halten,
und Meilen zu gehen, ehe ich schlafe,
und Meilen zu gehen, ehe ich schlafe.«)

13

PANDORA

UNABHÄNGIGE KOLONIE

Nach einem schnellen Happen kehrten sie ins Business-Center zurück, damit Alex den anderen die Visualisierungen und Daten zeigte, die sie aufgenommen hatte. Diese Leute waren Strategen, und auch wenn die Geschichte, die sie erzählt hatte, kraftvoll und überzeugend war, überraschte es kaum, dass sie die Beweise sehen wollten.

Alex' Mutter hatte zuerst ein, zwei militärische Notfälle zu regeln, und Caleb überbrückte die Zwischenzeit mit einem Plausch mit Richard. Endlich erfuhr er Details darüber, wie die Aguirre-Verschwörung aufgedeckt worden war und worin sie genau bestanden hatte. Sie hatten gute Arbeit geleistet—Richard und Delavasi beide. Er konnte nicht leugnen, dass er und Alex, ganz zu schweigen von der restlichen Galaxis, ihnen beiden etwas schuldeten.

»Übrigens, netter Akzent. Beim ersten Treffen ist er mir allerdings nicht aufgefallen.«

Caleb presste die Lippen zusammen, um ein Kichern zu unterdrücken, und musterte Richard, der seine Belustigung nicht verbarg.

»Ich dachte, er würde ihr nicht gefallen.«

»Ich vermute, da hast du dich geirrt.«

»Ja. Hab ich.«

Alex kam zurück, eine riesige Schüssel Chips im Arm. Sie stellte sie auf einen der kleineren Tische, griff sich eine Handvoll und begann am Kontrollfeld, ihre Daten zu laden. Miriam beendete die aktuelle Konferenz, blickte hinüber zu Alex—öffnete den Mund, schloss ihn wieder und seufzte sichtbar, bevor sie einen neuen Versuch startete.

»Alex, es gibt etwas, das du wissen musst. Ich habe es vorhin nicht erwähnt, weil so Wichtiges zu besprechen war, aber ich möchte es dir sagen, bevor wir weitermachen. Ich will nicht, dass du es auf anderem Wege erfährst.«

Alex legte den Kopf schief, nur mit halber Aufmerksamkeit beim Kontrollfeld. »Okay. Was ist es?«

Miriam räusperte sich. »Dein Freund Ethan Tollis ist tot. Er ist vor ein paar Wochen bei einer Explosion auf dem Orbital ums Leben gekommen. Es tut mir leid.«

Zu seiner Ehre war Calebs erste Reaktion unverfälschte Empathie. Er überlegte, wie er am besten reagieren, am besten Trost und Unterstützung geben konnte.

»Ah.« Alex' Blick sank auf den Boden, und er konnte ihren Ausdruck nicht mehr lesen. »Verstehe. Danke, dass du's mir gesagt hast.« Nach einem Schlag hob sie den Kopf—mit einem straffen, völlig aufgesetzten Lächeln. »Bist du bereit, die Daten durchzugehen, oder brauchst du noch ein paar Minuten?«

»Ich bin bereit, falls die anderen es sind?« Miriam musterte den Raum; Richard und Delavasi nickten zustimmend.

Er beobachtete Alex genau, als sie an den Haupttisch ging und eine Visualisierung der Schiffswerft öffnete, die sie zerstört hatten.

»Also hier…haben sie die Superdreadnoughts zusammengebaut. Sie haben…« Ihr Kinn sank herab, das Haar fiel vor, um ihr Gesicht zu verbergen.

»Entschuldigt, würdet ihr—könntet ihr mich kurz entschuldigen? Ich muss nur …« Sie wirbelte herum und stürmte aus dem Raum, ohne Caleb auch nur einen flüchtigen Blick zuzuwerfen.

»Natürlich …« Miriams Antwort verklang, und eine unbehagliche Stille senkte sich über den Raum.

Caleb mühte sich, gefasst zu wirken, doch die Empathie zerbröselte, und ein absurder Stich von Eifersucht überwältigte sie— Eifersucht auf einen toten Mann. Es tat weh zu sehen, dass Alex' Verlust genug Schmerz verursachte, um die mächtige Rüstung zu sprengen, die sie gegenüber anderen trug.

Sekunden verstrichen, in denen alle anderen sich unbehaglich räusperten—zweifellos, weil sie mit ihm zurückgelassen worden waren, während sie davongelaufen war, um um einen anderen Mann zu trauern. Großartig.

Er zwang ein Lächeln als Versuch zu lockern. »Wenn ihr wollt, gehe ich ein paar der Visualisierungen durch, aber ich vermute, Alex möchte das lieber selbst machen.«

Miriams Schultern zuckten. »Wir warten, bis sie zurück ist. Ich habe mindestens zwei Dutzend Dinge, die ich bis dahin erledigen kann.« Mit einem bestätigenden Nicken wandte sie sich dem Tisch zu und tat genau das.

Richard schlenderte zurück und stellte sich neben ihn. Seine Stimme blieb beiläufig. »Du solltest ihr nachgehen.«

Caleb atmete lang und langsam aus. »Ich bin nicht sicher … ich sollte ihr ein paar Minuten geben.«

»Zwei.«

»Sir?«

»Du solltest ihr zwei Minuten geben. Dann solltest du ihr nachgehen.«

»Ach ja?«

Richard zuckte mit den Schultern. »Ich bin vermutlich der Letzte, von dem du dir Beziehungstipps holen solltest—ich habe unwissentlich einen verdammten senecanischen Spion geheiratet—, aber ich sage: In zwei Minuten gehst du ihr nach. Sie wird dich wollen. Und selbst wenn sie dich nicht will, wird sie dich brauchen.«

Er hatte *was* getan? Caleb versuchte, die wenigen Details über Richards Mann zusammenzukramen. Er war derjenige gewesen, der den Santiagar-Obduktionsbericht geliefert hatte, inklusive einer versteckten Verschlüsselung aus der Nachrichtendienst-Trickkiste.

Er verkniff sich ein dunkles Lachen. »Schon gut. Neunzig Sekunden und es läuft.«

Er tigerte zwanzig Sekunden in einer krummen Runde an der nahen Raumseite entlang, stöhnte dann. Scheiß drauf.

»Ich schau nach Alex. Bin … irgendwann zurück.« Er ignorierte Delavasi, als er an ihm vorbei aus dem Raum ging.

Alex war beim Hinausgehen nach links abgebogen, doch der Flur führte am Rand des Hauses entlang bis nach vorne—sie konnte überall sein.

Er prüfte die Küche, klopfte an die nahe Badezimmertür, ging dann in das Schlafzimmer, das sie halbwegs zu ihrem erklärt hatten: nichts. Er stieg hinauf auf den Balkon im zweiten Stock—näher kam man hier an ein Dach nicht heran. Nichts.

Vielleicht war sie nach draußen gegangen. Sie würde sich zu einer Mischung aus Offenheit und Einsamkeit hingezogen fühlen.

Die warme, trockene Nachtluft Pandoras begrüßte ihn an der Tür. Der Himmel war klar, und weil die dezenten, geschmackvollen Außenlichter die Anlage nur sanft erhellten, konnten die Sterne unbeeinträchtigt funkeln.

Ja, sie war mit Sicherheit hier draußen. Aber wo? Das Anwesen erstreckte sich hunderte Meter in jede Richtung, und die aufwendige Landschaftsgestaltung bildete eine Folge verschlungener, abgeschirmter Bereiche.

Er überlegte, sie anzupulsen, aber es fühlte sich … irgendwie unhöflich an. Und mit Vorwarnung würde sie ihn vielleicht wegschicken.

Er bog nach rechts ab, durch einen kupfern schimmernden Garten. Am Ende stand eine Skulptur—ein Wasserspiel aus Kupfer—, und parallele Hecken bildeten einen klaren Weg dorthin.

Am Brunnen angekommen, glitzerte das Sprühwasser gold im Licht, das in den Hecken versteckt war. Es glitzerte und—

—ein Fleck aus künstlicher Dunkelheit stahl das reflektierte Licht.

Warnungen schrien in seinem Kopf, als Nanobots seine Muskeln in den Hypermodus jagten und seine Sinne auf volle Gefechtsbereitschaft schärften.

* * *

Die Szene spielt sich in einer Serie von Standbildern ab, die in einer Kaskade kantiger, adrenalingetränkter Sprünge aufeinanderfolgen.

Jemand packt mich von hinten. Eine Klinge streicht an meinem Hals entlang. Der Angreifer ist Linkshänder.

Elektrizität schießt mir in die Arme, als der Schild, den Delavasi bereitgestellt hat, gegen die Energie ankämpft. Ein Funke—offenbar eine seltene Klinge, die so leicht durchdringt—, dann das scharfe Brennen von Kraft, die Haut schindet.

Ich ramme den Hinterkopf in die Nase des Angreifers. Mit widerlichem Krachen splittern Knochen.

Die Klinge an meiner Kehle stottert. Der Griff lockert sich.

Ich reiße meine eigene Klinge aus der Scheide und lasse sie im Drehen nach oben schwingen. Sie schrammt über den Unterarm des Angreifers, mehr nicht. Der Bastard ist schnell. Beweglich.

Ein Uppercut trifft unter meinem Kinn mit solcher Wucht, dass es sich anfühlt, als wäre mir das Genick gebrochen.

Ich taumele, Arme und Beine rudern. Nicht gelähmt—das Genick *ist* nicht gebrochen. Aber Blut schießt heraus, durch die Bewegung losgerissen, und tränkt mein Hemd.

Der Daemon ist von der Hüfte in meiner Hand, als der Angreifer die Distanz schließt—ein Schuss, Punktblank, Zentrum.

Ein Flimmern läuft über den Schild des Angreifers. Keine Penetration.

Der Angreifer—ein Mann—kracht vom Rückstoß des Lasers gegen den Brunnen. Karamellfarbene Haut, nach hinten gegeltes dunkles Haar glänzen im plötzlich grellen Brunnenlicht. Sein Schädel schlägt auf den spiralförmigen Mittelteil, und ein Spritzer Purpur ergänzt die Farbpalette.

Ich feuere erneut.

Die Energie schießt aus dem Schild ins Wasser. Zischen und Fauchen explodieren, während geladene Partikel Wasser und Luft füllen.

Noch einmal. Der scharfe Geruch von Ozon brennt mir inzwischen in der Nase.

Der Mann nutzt den Brunnenrand als Hebel, um sich nach vorn zu katapultieren. Ich bin zwischen den Hecken eingeklemmt und wage nicht, ihm den Rücken zuzudrehen.

Zu langsam. Hinter mir trifft der Steinweg meinen Rücken, vor mir der Körper des Angreifers meine Brust.

Ich blocke die Klingenhand mit dem Unterarm und presse den Daemon in der anderen Hand in seinen Bauch.

Feuer.

Umlenkte Energie wäscht über uns beide. Trotz null Abstand: keine Penetration.

Was *ist* das für ein Schild?

Ein weiterer Hieb kommt von der Seite und landet an meinem

Ohr. Mein Blick verschwimmt, zuckt dann in überklare Schärfe, als das Okularimplantat mehr visuelle Funktionen übernimmt. Ein Fluss Blut rinnt über meine Brust, weil der Schnitt am Hals bei dem Ruck weiter aufreißt.

Ich rolle in die Bewegung des Schlages und schleudere den Mann von mir.

Ich muss auf die Beine—*jetzt*—und schaffe es einen Wimpernschlag vor dem Angreifer. Ein Roundhouse-Kick gegen seine Schulter dreht ihn herum.

Sofort bin ich an ihm dran. Ich pinne die Klingenhand an seinen Körper und greife nach dem Schildgenerator—

Er hat keine Möglichkeit, einen Angriff zu blocken. Ich ramme ihm meine Klinge in den Bauch—

—das Knie des Angreifers kracht in meine Hüfte und reißt die Stichwunde auf.

Im Mikrosekundentakt, bevor meine neuronale Cybernetik die Schmerzsignale abschaltet, reißt mich der Schock aus dem Tritt. Meine blutglitschige Hand verliert den Griff am Heft; die Klinge bleibt in seinem Leib stecken. Mein Blick verschwimmt wieder, und das Okularimplantat stottert, ringt angesichts des Schadens um Stabilisierung.

Der Mann taumelt in mich hinein, seine Klinge schneidet unkontrolliert nach meiner Brust. Ich packe sein Handgelenk, bevor es mich erreicht, aber es kostet mich Kraft, es auf Abstand zu halten, während er drückt. Ich werde schwächer. Alle Aufrüstungen der Welt werden mich nicht mehr lange auf den Beinen halten.

Meine andere Hand findet das Heft meiner Klinge und stößt sie tiefer in seinen Bauch. Reißt sie nach oben.

Seine Augen treffen meine. Schwarze Becken kalter Intensität flammen trotzig auf. Er ist längst tot, aber es kümmert ihn nicht. Blut verschmiert ihm die Züge—die gebrochene Nase—, dahinter verzieht er den Mund zu einem hämischen Grinsen. Neuer Druck bringt seine Klingenspitze an den Stoff meines Hemds.

Ich drehe das Heft und sehe die Agonie über seine Augen huschen. Seine Klinge schlitzt mein Hemd auf. Die Spitze schrammt über meine Haut, droht mir die Brust aufzureißen.

Duck dich gleich.

Wie bitte?

»*Idi na khuy, ti svilochnaya peshka.*«

Der Mann zuckt zur neuen Stimme und der ungewohnten Beschimpfung herum. Ich lasse das Heft los und sacke zurück, versuche zu ducken, wie gewünscht—

Alex drückt den Abzug ihres Daemon. Der Kopf des Mannes zerplatzt in Knochen, Blut und Gehirnmasse.

Ich blinzle.

Der Körper bricht zu Boden.

Ich blinzle noch einmal.

Sie ist an meiner Seite. Ich versuche, ihr ein Lächeln zu schenken— Gott weiß, sie hat's verdient—, aber meine Beine geben nach. »Ich hätte gewonnen ...«

»Ich weiß—woah.« Ihre Arme fangen mich, als mein ganzes Gewicht auf sie sinkt. Mein Körper weiß, dass der Kampf vorbei ist, und beginnt herunterzufahren. Ich kann nichts dagegen tun.

Sie lässt mich zu Boden. Mein Hinterkopf trifft Stein—sanfter als zuvor.

»Du bist verletzt.«

Untertreibung des Jahrhunderts. »Nicht ... sehr.«

»Lügner. Was kann ich tun?«

Ich schaudere, als der Schmerz, den die Cybernetik im Kampf weggedrückt hatte, über mich zusammenbricht.

Ich blinzle. Vielleicht bin ich für eine Sekunde weg.

Ich zwinge die Augen auf, versuche, den Schmerz zu durchdringen, um meine Verletzungen zu katalogisieren. Sie wird es wissen müssen. »Ich blute am Hals … stark, glaub ich. Und meine rechte Seite ist aufgerissen … da gibt's innere Schäden …«

Ihr Gesicht verschwimmt, kommt und geht. Ich spüre ihre Hände an meinem Hals, doch sie rückt in die Ferne. »Alex? Ich kann … nicht …«

* * *

Hilfe!

Miriam fuhr zusammen—so dringlich war der Impuls, so viel Verzweiflung steckte in dem einen, nackten Wort. *Alex?*

Hol den Med-Koffer und komm raus—Garten neben dem Haus mit dem Brunnen—SCHNELL!

Ich bin unterwegs.

Sie fuhr zu Richard herum, der mit Direktor Delavasi an einem Ecktisch sprach. »Hol den Med-Koffer aus dem Lager und hinter mir her. Irgendwas ist passiert.«

Richard runzelte die Stirn, stand aber auf. »Was?«

Schon im Laufen rief sie über die Schulter: »Ich weiß es nicht!«

Wenn Alexis verletzt war—gerade erst zurückgekehrt, gerade erst wieder begonnen …—, schnürte sich ihr Herz zu einer bleiernen Faust. Jahrzehnte militärischer Disziplin hielten sie davon ab, in lähmende Panik zu verfallen.

Hinter ihr trommelten Schritte: Richard und der Direktor holten auf. Der Garten lag rechts. Den Weg runter, um die Kurve—zu wenig Licht—; die Hecken öffneten sich, und ein Brunnen, verrutscht und spritzend, kam in Sicht.

Sie nahm die Szene auf, wie sie zwischen ihr und dem zerstörten Brunnen lag. Ihr Gehirn katalogisierte Details und wies Prioritäten zu:

—Ein Mann in schwarzer Kleidung, am Boden ausgestreckt, der Bauch aufgerissen, der Kopf größtenteils fehlend. Niedrigste Priorität—und außerdem Sache des Direktors.

—Zwei Daemons, über die Steinplatten des Gartens verstreut. Niedrige Priorität, aber zu sichern, falls noch mehr Angreifer in der Nähe waren.

—Blut, in ungleichmäßigen Mustern über jede Oberfläche gesprenkelt. Priorität unbestimmt—hing davon ab, wem es gehörte. Ein Teil stammte sicher vom fehlenden Kopf.

—Ihre Tochter, auf den Knien, über einen weiteren reglosen Körper gekrümmt. Calebs Körper. Höchste Priorität—aus so vielen Gründen.

Alexis ruckte hoch, als Miriam heranstürzte. Ihre Augen waren weite Kugeln, die Pupillen so erweitert, dass sie die Iriden verschlangen, bis auf dünne Ringe schillernden Silbers. »Hilf mir, bitte. Ich kann die Blutung nicht stoppen.«

Miriam zwang den Blick von den panischen Augen an Calebs Hals, wo Alexis mit beiden Händen ihren zusammengerollten Pullover presste. Das ließ ihre Tochter nur noch im Tanktop zurück—und legte die schmierige Schicht Blut frei, die Hände und Unterarme überzog und in bösartigen Schlieren die Schultern und das Gesicht dekorierte. Miriam schob die Welle alarmierter Aufwallung weg. Rudimentäre Logik sagte, dass das meiste nicht Alexis' Blut sein konnte.

Sie ließ sich fallen. »Drück trotzdem weiter. Richard, wir brauchen den Med-Koffer. Alexis, ich muss seine Verletzungen wissen.« Sie bemerkte, dass sie sich im Namen verhaspelt hatte, aber um *Alex* konnte sie sich kümmern, wenn kein Blut mehr auf dem Boden lag.

»Äh, er blutet stark am Hals, tief, nahe am Schlüsselbein. Und … er meinte, er hat eine Wunde an der Seite … rechts, glaube ich … und dass es innere Verletzungen davon gibt.« Sie sog scharf Luft ein, als verursache schon der Akt des Atmens Schmerz. »Er hat überall Prellungen und Schnitte, aber ich weiß nicht, ob sonst noch was Ernstes ist. Er—er ist weggetreten, bevor er's sagen konnte.«

Miriam spürte Richard hinter sich. »Ich brauche das Koagulans und einen Medwrap, Größe 3, Stufe IV.«

»Hab ich.«

Sie ließ sich die Sachen in die Hand legen und blickte zu Alexis. »Rutsch ein Stück zurück, damit ich näher ran kann. Wenn ich's sage, nimmst du das Shirt vom Hals weg.«

Alexis glitt am Boden entlang, bis sie hinter Calebs Kopf war und über sein Gesicht reichte, um weiter Druck auszuüben.

Miriam kroch vor und brach die Versiegelung des Koagulans. »Jetzt.«

Kaum zog Alexis den Pullover weg, quoll neues Blut hervor. Halb geschulte Augen sagten: Die Halsschlagader war angeritzt, aber nicht vollständig aufgerissen. Sonst wäre er tot.

Sie goss den Großteil des Koagulans tief in den Riss, bestrich die Öffnung mit dem Rest und klebte rasch den Medwrap darüber. Das Koagulans würde durch das offene Gewebe sickern, die Arterie finden und die Arterienwand ummanteln und abdichten—aber es brauchte zwanzig, dreißig Sekunden.

Alex starrte auf Calebs geschlossene Augen; ihr Gesicht war so blass wie seines. Miriam lenkte ihre Tochter zu sich. »Alexis? Halt den Medwrap fest. Ich kümmere mich jetzt um die Wunde an seiner Seite.«

Sie nickte stumm, und Miriam rief ihre antrainierte Disziplin ab, um ihre Tochter loszulassen und auf die andere Seite des reglosen Körpers zu wechseln.

Sie zog das blutgetränkte Hemd von der Haut—und würgte den Reflex ab, der ihr in die Kehle schoss. Ein zwölf Zentimeter langer

Riss hatte sich zu einem zackigen Loch von fünf Zentimetern Durchmesser aufgerissen. Blut sickerte—weniger heftig als am Hals—auf den Boden und bildete Rinnsale, die sich durch die Fugen der Steine schlängelten.

Fokus. Trotz des Bluts lag die größere Gefahr hier bei inneren Verletzungen.»Richard, ich brauche … Bio-Bindegel, ein Nanorepar-Gewebe—wenn möglich zwei—und noch einen Medwrap. Größer, Größe 5, Stufe IV—es sei denn, es gibt Stufe V.«

»Okay.« Er hockte sich neben sie und wühlte im Koffer. Sie blinzelte hoch, traf kurz seinen Blick, ließ ihn ihre Sorge sehen.

Er reichte ihr das erste Teil, blickte dann hinter sich. »Er wird okay sein, Alex.«

Sie schaute nicht, wie ihre Tochter reagierte, konzentrierte sich stattdessen auf die Wunde und ließ das Training übernehmen. Jede Sekunde zählte. Das Fleisch war aufgerissen und teils zerfetzt—Reparieren kam später.

Behutsam schob sie die Nanorepar-Gewebe in die Wunde, achtete darauf, dass sie sich über möglichst große Fläche ausbreiteten. Dann leerte sie das Bio-Bindegel in die Öffnung, fixierte den übergroßen Medwrap an der umliegenden Haut—und stieß den Atem aus. »Richard, kannst du halten, bis die Versiegelung greift? Ich muss nach weiteren Verletzungen suchen.«

Seine Hände ersetzten ihre. Sie fuhr mit den Händen über Calebs Körper, begann an der Brust. Sie hob und senkte sich noch—flach und stockend; seine ohnehin helle Haut wurde im diffusen Licht geisterhaft. Zwei gebrochene Rippen—sie schiente sie, damit sie beim Transport keinen weiteren Schaden anrichteten. Die Beine wirkten intakt.

Sie stand auf und ging zu seinem Kopf. Eine Schnittwunde am Kinn bekam einen winzigen Streifen Dichtmittel. Mehrere Blutergüsse am Oberkörper—ein übler über dem linken Jochbein—

konnten warten.

Endlich erlaubte sie sich, wieder zu Alexis zu schauen. Blut hatte sich in die Spitzen von deren Haaren gesogen, die sich zu Knoten verklebten, als sie über die Schultern fielen.

Sie strich die nächste Strähne hinter das Ohr ihrer Tochter. Alexis' Augen zuckten zu ihr—hell und verzweifelt.

»Bist du verletzt?«

Heftiges Kopfschütteln. »Nein. Ich bin einfach aufgetaucht und hab dem Wichser ins Gesicht geschossen.«

Trotz der Lage entwich ihr ein Lachen. »Natürlich hast du das. Hör zu, mehr kann ich hier nicht tun. Wir sollten ihn reinbringen.« Sie kam auf die Beine. »Richard? Direktor Delavasi?«

Delavasi hockte neben dem kopflosen Leichnam, richtete sich aber auf. »Ich hab die Sicherheitskräfte des Anwesens alarmiert. Am Perimeter liegen drei tote Wachen—vermutlich sein Weg rein. Alles ist im Lockdown, das Gästehaus wurde durchkämmt—sauber. Außerdem ist ein Arzt des Personals in fünfzehn Minuten hier. Gleich kommt eine Trage; dann können wir ihn sicher bewegen.«

»Danke, dass Sie hier übernehmen, Direktor.«

Der Mann verzog das Gesicht und massierte seinen Nacken. »Ist mein Job. Ehrlich gesagt hab ich's langsam satt, in blutgetränkten Tatorten herumzustehen und einen meiner Agenten am Boden anzustarren. Richard, könntest du die Admiral vielleicht dazu bringen, mich ‚Graham‘ zu nennen?«

»Unwahrscheinlich. Es hat fünf Jahre gedauert, bis sie mich ‚Richard‘ genannt hat.«

Der Wachmann kam, und alle setzten sich wieder in Bewegung. Sie klappten die Trage neben Caleb auf, und Miriam musste Alexis sanft weglocken, damit sie ihn umbetten konnten.

Alexis stolperte rückwärts, als sie sich erhob. Miriam legte ihr eine stützende Hand auf den Arm. »Bist du sicher, dass du nicht verletzt bist?«

Ein fahriges Nicken. Tränen zogen zackige Bahnen durch die Blutspritzer auf ihrem Gesicht. Sie starrte den Männern nach, die die Trage an beiden Enden anhoben und sie samt Ladung zum Haus trugen. »Woher kannst du das alles?«

»Erweiterte Feldausbildung, verpflichtende Auffrischungskurse alle fünf Jahre—seit fünfundvierzig Jahren. Ich musste es nur lange nicht anwenden.«

»Mom…«

Ohne darüber nachzudenken, dass sie keine Ahnung hatte, wie man tröstet, schlang sie die Arme um ihre Tochter und zog sie wortlos an sich.

14

ERDE

BERLIN

Kennedy kniff sich die Nasenwurzel, hob dann das Kinn und erwiderte den griesgrämigen, unangenehmen Blick des Direktors des Space Materials Complex. »Sir, das ist das dritte Mal, dass Sie sagen, es sei unmöglich. Ich respektiere das als Ihre Meinung, aber Wiederholung bringt mich nicht dazu, zu gehen. Für uns alle wäre es angenehmer, wenn Sie mit den Beschwerden aufhörten. Sie werden an dem Problem arbeiten, bis jemand deutlich Klügeres Ihnen sagt, *wie* es geht. Und dann werden Sie es tun.«

»Miss Rossi, Sie können mir keine Befehle geben. Ich bin Direktor dieser Einrichtung und Brigadegeneral der Erdallianz. Ich entscheide, was hier geschieht und was nicht.«

»Natürlich kann *ich* Ihnen keine Befehle geben, Brigadier. Deshalb hat Admiral Solovy sie Ihnen gegeben. Sie erinnern sich an das Gespräch, nicht wahr? Seien Sie jetzt ein guter Soldat und laufen Sie weiter. Meine Gäste sind da.«

Der rundliche, verschwitzte Mann schnaubte und pustete, aber nach ein paar Sekunden watschelte er davon und stapfte Richtung

Fertigungshalle.

Kennedy ging in die entgegengesetzte Richtung, auf den Eingang des weitläufigen Gebäudes zu. Der Komplex lag westlich der Havel gegenüber dem noch stehenden Schloss Charlottenburg und hätte malerische Blicke auf die Skyline Berlins geboten—wenn er Fenster gehabt hätte. Hatte er nicht, nicht einmal in der Lobby. Also blieb sie davor stehen und lehnte sich an die Wand, um zu warten.

Noah hatte es tatsächlich geschafft—nicht nur seinen Vater einzuspannen, sondern ihn direkt herzubringen. Sie wusste nicht, ob sie fassungslos oder stolz sein sollte, also entschied sie sich für eine Mischung. Vor allem hoffte sie, dass er sie nicht dafür hassen würde, dass sie das Wiedersehen erzwungen hatte—oder, falls doch, dass der Schaden reparabel blieb.

Keine Minute verging, da trafen sie ein—kaum Zeit, sich zusammenzureißen. Sie würde sich freuen, Noah zu sehen, aber sie durfte sich gerade nicht auf ihn fixieren. Sie musste diese Begegnung mit größter Sorgfalt navigieren—seinetwegen und wegen aller.

Ihr Wortwechsel hallte um die Ecke, als sie durch die Tür traten. Beide Stimmen trugen denselben Grundton: die ältere kühl überlegen, die jüngere locker kampflustig.

»Nein, es ist *immer* dumm, all seine Assets an einem Ort zu konzentrieren. Nur weil keine Gangster hinter dir her sind, heißt das nicht, dass nicht Wettbewerber oder Asteroiden oder—keine Ahnung—Aliens kommen.«

»Surno Materials ist keine Hinterhof-Bastelbude, die auf Zuruf die Zelte abbrechen kann. Wir fertigen Spitzen—«

Sie schenkte Noah ihr strahlendstes Lächeln, trat in die Lobby, nahm seine Hände und küsste ihn auf die Wange. »Noah, ich freu mich, dass du's geschafft hast.«

Erst dann wandte sie sich an seinen Vater. »Lionel, schön, dich wiederzusehen. Danke, dass du gekommen bist.«

Er sah ehrlich überrumpelt aus; sie musste ein Kichern runterschlucken. »Ms. Rossi? Das ist … unerwartet.«

Sie tadelte Noah spielerisch mit der Zunge, war aber selbst ein wenig überrascht. »Noah, du hast deinem Vater nicht gesagt, *wer* um sein Erscheinen gebeten hat?«

Er gluckste; es klang rauer als sonst. Kein Zweifel, die Zeit mit seinem Vater hatte ihn gestresst, aber er hatte geschafft, was er für unmöglich gehalten hatte. Der Zug um seine Lippen, als sich ihre Blicke trafen, beunruhigte sie allerdings. Später kümmern.

»Er hätte gedacht, ich wollte ihn beeindrucken. So ist es viel besser.«

Lionel fuhr seinen Sohn an, wirkte aber selbst leicht aus dem Konzept gebracht. *Gut so, Noah.* In Miene und Ton ließ sie davon nichts erkennen. »Wie dem auch sei—ihr seid jetzt beide hier. Entschuldige die Eile, Lionel, aber uns bleibt kaum Zeit. Wenn Sie mir folgen, zeige ich Ihnen, was wir vorhaben.«

Der ältere Terrage rang sichtbar um Contenance. »Ich nehme an, deshalb bin ich hier.«

»Ausgezeichnet.« Kennedy führte sie den Gang hinunter in einen Konferenzraum, den sie ausgesucht und vorbereitet hatte. Drinnen aktivierte sie den Screen über dem Tisch. Die Daten waren bereits geladen; die erste Ansicht zeigte ein Geflecht komplizierter empirischer und elementarer chemischer Formeln.

»Was Sie hier sehen, ist eine Metallverbindung, die wir ‚Adiamene‘ nennen. Sie entsteht, wenn man das in der Allianz verwendete Kohlenstoff-Metamaterial, aus dem wir unsere Raumschiffe bauen, chemisch mit dem in der Föderation üblichen Metamaterial *amodiamond* fusioniert. Die Herstellung lässt sich konsistent replizieren, aber die Reaktionen brauchen viel zu lange. Wir müssen sie massiv beschleunigen. Und wir müssen Tonnen von dem Zeug herstellen— am besten gestern.«

Er strafte sie mit einem Blick aus Messern, die in Zucker getränkt waren. »In ihren natürlichen, elementaren Zuständen stimmt das natürlich. Genau deshalb ist es ja so interessant, dass die Kombination der *Fertigprodukte* zu einem völlig anderen Ergebnis führt. Bitte sehen Sie sich die Verbindung an, die hier dargestellt ist.«

Widerwillig wandte er sich dem Screen zu; sofort verengten sich seine Augen vor Interesse. »Faszinierendes Material ... ein ungewöhnliches Gitter ... die kovalenten Bindungen manifestieren außerordentliche Stärke, keine Frage. Irgendein erleichterndes Element in einem der Fertigprodukte muss die Fusion ermöglichen. Das gehört weiter untersucht—aber warum die Eile?«

Kennedy öffnete neben der ersten Anzeige eine zweite und zog Testergebnisse hoch. Detaillierte Zahlen und Prozentsätze liefen in der rechten Spalte neben einer Reihe Liniendiagramme. »Weil Adiamene, de facto, unzerstörbar ist.«

* * *

»Noah—danke. Ich weiß, es war schwer für dich, deinen Vater zu kontaktieren, aber du hast das großartig gemacht.«

Lionel war mit dem Direktor des Komplexes losgeschickt worden, um sich Fertigungsplattformen und Kapazitäten zeigen zu lassen, und Kennedy hatte Noah in einen Pausenraum am Gang gezerrt.

Noah starrte auf ihre Hände, die eine seiner umfassten und drückten. Gebräunte Haut, perfekt manikürte Nägel—geschmeidig um seine deutlich derberen Finger gelegt. Ein Smaragd-Gold-Ring schmückte den Mittelfinger ihrer rechten Hand. Ihr Griff fühlte sich weich an. Warm. Einladend.

Er zwang den Blick hoch in ihre funkelnden grünen Augen. Passend zum Ring, natürlich. »Du hättest das selbst durchziehen können. Du—«

»Noah, wir haben darüber gesprochen—«

»Du hättest einen deiner Admiralsfreunde zwei Uniformen schicken lassen können, die ihn *herbegleiten*, ob er wollte oder nicht. Du musstest *mich* nicht schicken. Nicht wirklich.«

Ihre Kehle arbeitete, die Augen dunkelten nach. Als sie sprach, vibrierte ihre Stimme fast—aber war das mehr als Schauspiel? Er hatte gesehen, wie sie einen Raum bearbeitete; wie sie seinen Vater eben noch wie eine Geige gespielt hatte. Ihre Kunst in falscher Schmeichelei und Egotaktik war beeindruckend.

»Ich dachte, ich helfe.«

»Weil du mich reparieren willst. Mich aufhübschen, damit ich ein ordentlicher Freund sein kann.«

»Nein—«

»Ich brauche keine Reparatur, Kennedy. Ich will keine.«

Ihre Stirn zog sich zusammen; sie trat näher. »Ich weiß, dass du's nicht brauchst. Und ich … es tut mir leid. Ich wollte das Richtige tun.«

Verdammt überzeugend. Und verdammt süß. Er zwang ein Lächeln, hob die Hand und strich mit den Fingern unter ihr Kinn. »Mach's einfach nicht wieder, ja?«

Sie hielt seine Hand fest, bevor sie zurücksinken konnte— ungewöhnliche Zögerlichkeit riss Furchen in ihre sonst glatte Souveränität—

—und sein verfluchter Vater pingte *beide* an: Er brauche ein Labor und eine Geräteliste. Sie stöhnten im Chor, und Kennedy trat zurück.

Er folgte ihr hinaus in den Gang—entschlossen, kein schlechtes Gewissen zu haben, dass ihm der Anblick gefiel. Er würde das aussitzen; im Moment gab's Vorteile. Aber er war dumm gewesen, zu ignorieren, *wer* und *was* sie war. Dumm, ihrem Bann zu verfallen und sich emotional zu binden. So verdammt dumm.

Er durfte nicht länger dumm sein. Es würde ihn zu viel kosten. Also, sobald es die bessere Option war, würde er aussteigen.

15

PANDORA

UNABHÄNGIGE KOLONIE

Es kam ihm einigermaßen überraschend vor, als Caleb erwachte und feststellte, dass er noch lebte.

Seine Haut fühlte sich straff an, abwechselnd kühl und heiß. Schließlich begriff er, dass weite Partien davon durch Medwraps zusammengehalten wurden. Interessanterweise verspürte er fast keinen Schmerz. Er musste bis unter die Ohren in Narkotika schwimmen.

Er spürte zusätzliches Gewicht auf seinem linken Arm. Es sei denn, der Arm war so stark beschädigt, dass er immobilisiert werden musste. Er fragte seine eVi nach einem Verletzungsbericht, doch unbekannte medizinische Recovery-*ware* übersteuerte das Interface. So schlimm also.

Er öffnete die Augen und dankte in dem Moment allen etwaigen Göttern, dass der Raum nur schwach beleuchtet war. Er blinzelte, bis er sich wieder daran erinnerte, wie man fokussierte—einigermaßen. Sein Okularimplantat war offline, doch das rang weit unten auf seiner Prioritätenliste.

Alex hatte sich neben ihm auf dem Boden zusammengerollt. Offenbar lag er auf einer Chaiselongue, die zu einem provisorischen Krankenlager umfunktioniert worden war. Ihr Kopf ruhte auf seinem Arm.

Er musste ihn bewegt haben, als er sich umsah, denn sie fuhr ruckartig hoch.

Gerötete, verquollene Augen trafen die seinen, als ein schwerer, doch wundervoller Atemzug ihren Lippen entwich. Der Ausdruck, der sich über ihr Gesicht ausbreitete, hätte eine Galaxis erhellen können. Er ließ seine Wärme über sich hinweggleiten. Mit etwas Zeit würde sie seine Wunden ganz allein heilen.

»Caleb ...«

Getrocknetes Blut zog dicke Streifen über ihren Hals, die Schultern und Arme. Ein rostiges Rot verschmierte ihre Kinnlinie, als hätte sie versucht, es flüchtig wegzuwischen—und es nicht geschafft. Ihr Haar hing in verfilzten Strähnen herab, ineinander verhakt von dem, was, wie er fürchtete, ebenfalls Blut war. War sie verletzt worden? Er versuchte, die Minuten und Sekunden vor seinem Bewusstseinsverlust zusammenzusetzen ... er glaubte nicht. Aber hatten sie noch andere Angreifer erwischt oder—er zwang sich zur Ruhe. Egal was geschehen war, sie war hier und am Leben und in Sicherheit.

Er hob die Hand—der Arm zitterte, schwach—und fuhr mit unsicheren Fingerspitzen an ihrem Gesicht entlang. »Kleine, du bist voller Blut. Bist du verletzt?«

Ein raues, zu einem Schluchzen kippendes Lachen brach aus ihrer Kehle, als sie ihre Wange in seine Hand drückte. »Nein, das ist alles deins. Ich ... es war wohl mal meine Runde.«

»Nur fair, nehme ich an.« Seine Kehle schmirgelte bei jedem Wort, das sich an der Rauheit entlang nach oben quälte, nur um halb geformt auf einer dicken, geschwollenen Zunge zu enden. Er versuchte, etwas Speichel zu sammeln und im Mund zu verteilen. Die Hand sank zurück auf das Polster; schon die Anstrengung, sie oben zu halten, erschöpfte ihn. »Also, was ist die Schadensbilanz?«

Sie musterte ihn ein paar Sekunden vorsichtig, schluckte schließlich und richtete sich ein wenig auf. »Nun, die Risswunde in deiner Seite hat einen Teil deiner Leber zerfetzt, die Gallenblase perforiert und die rechte Niere angeritzt. Außerdem hast du zwei gebrochene Rippen, eine Fraktur der linken Augenhöhle und eine Gehirnerschütterung. Und wegen eines Einrisses der Halsschlagader … brauchtest du zwei Liter synthetisches Blut.«

Er seufzte—und entdeckte dabei die gebrochenen Rippen. »Dann bin ich in etwa sechs Stunden wieder einsatzbereit?«

Ihre Nase kräuselte sich, während sie den Kopf schüttelte— offenkundig ungläubig ob seiner zur Schau gestellten Tapferkeit. »Vielleicht zwölf. Oder hundertzwölf. Lass mich raten—du hattest schon Schlimmeres?«

Er erwog die Frage. »Tatsächlich nicht, nein.«

»Wie fühlst du dich? Soll ich den Arzt holen?«

»Ich war einen echten, leibhaftigen Arzt wert? Nett. Nein, ich komme klar.« Um es ihr zu beweisen, stemmte er sich vorsichtig in eine sitzende Position und ließ die Beine auf den Boden gleiten. Ah, da war der Schmerz. Aber er ließ nach, sobald er sich nicht mehr bewegte—oder sobald weitere Narkotika als Reaktion auf die Reize seine Adern fluteten. Wahrscheinlich Letzteres, denn der dumpfe Schmerz an der Seite seines nicht aufgeschlitzten Halses trug alle Merkmale mehrerer frischer Nanobot-Injektionen.

Alex eilte zu ihm und legte ihm die Hände auf, bereit, ihn aufzufangen, falls er kippte. Kaum stand er, legte sie ihm die Hände auf, bereit, ihn aufzufangen, falls er kippte. Er mochte es nicht, vor ihr schwach zu wirken, aber er hatte wenig Wahl. Er war schwach.

Als sie sich überzeugt hatte, dass er stabil stand, suchte sie mit ihrem Blick den seinen. »Es tut mir so leid, dass ich vor dir davongelaufen bin. Wenn du nicht nach mir gesucht hättest, wäre das nicht passiert.«

»Nein, aber vielleicht stattdessen etwas weit Schlimmeres. Und du bist nicht vor mir davongelaufen, du bist einfach gelaufen. Stimmt's?«

Sie nickte hastig. Er versuchte zu lächeln, was einen Schaubs von Schmerz durch seinen linken Jochbogen jagte. »Es tut mir leid wegen Ethan.«

Ihre Stirn legte sich über die überraschende Themenwahl in Falten. Ein kaum hörbarer Seufzer. »Mir auch. Er war lange ein Teil meines Lebens—auf eine vorübergehende Art. Aber ich hatte hier viel Zeit zum Nachdenken, während ich … hoffte, dass … dass du aufwachst, und weißt du was? Menschen kommen und gehen in meinem Leben, doch im Kern war es immer ich—nur ich. Aber jetzt gibt es dich.«

Ihre Augen glänzten, von unausgesprochenen Tränen gezeichnet. »Und das macht mir Angst. Du meintest, ich hätte vor nichts Angst, aber da lagst du falsch. Wenn ich dich verlieren würde, wäre ich verloren. Ich bin nicht so stark wie meine Mutter, und ich wüsste nicht, wie ich damit klarkäme. Aber selbst—«

Sein Herz hämmerte gegen das Brustbein, obwohl es wirklich nicht in der Verfassung für solche Akrobatik war. »Pssst. Du bist viel stärker als deine Mutter, aber das wird nicht passieren.«

»Natürlich kann es passieren. Du wärst heute Nacht fast gestorben, fast in meinen Armen verblutet …« Der Satz verklingte zu einem Flüstern.

»Sei nicht albern. Ich bin unbesiegbar.«

»Nein, bist du nicht.«

Zugegeben, im Moment fühlte er sich nicht sonderlich unbesieg- bar. Dennoch lebte er, wo viele andere es nicht getan hätten—ein Fakt, der für ihn sprach. Er zwang sich trotz des Schmerzes zu einem wackligen Lächeln, verzweifelt, sie zu beruhigen. »Beinahe?«

Sie sah ihn einen Herzschlag lang an, dann ließ sie den Kopf auf seinen Schoß sinken und legte die Wange auf seinen Oberschenkel. »Ist okay. Du musst nicht unbesiegbar sein. Ich hab dich.«

Ihre Worte trieben ihm die Luft aus der Brust. Das wirre Knäuel aus Zweifel, Ungewissheit und Bitterkeit, das seine Gedanken seit der Wahrheit über seinen Vater vergiftet hatte, zerfiel zu Staub—und machte einer schroffen, strahlenden Klarheit Platz.

Das war es, was Samuel nie gesehen hatte, nie in seine zerrüttete Logik einbezogen: die Möglichkeit, einen Menschen zu finden, von dem man nicht weggehen sollte. Nicht, weil er dich braucht, sondern weil ihr euch braucht. Weil ihr zusammen stärker seid als allein.

Sie hatte ihn gerettet. Zweimal inzwischen. Dazwischen hatte er sie ein paar Mal gerettet. Vielleicht würde es ewig so weitergehen, in endlosen Kreisen, in denen sie einander immer wieder retteten.

Er musste sie nicht beschützen—nicht vor sich selbst und der Dunkelheit, die immer ein Teil von ihm sein würde, und nicht vor dem Bösen, das die Welt und ihre Bewohner anrichten. Er brauchte sie an seiner Seite.

Fassungslos, aber unfähig, die Erkenntnis auch nur eine Sekunde länger für sich zu behalten, beugte er sich vorsichtig vor, küsste ihren Scheitel und hob dann ihr Kinn, bis ihr Blick den seinen traf. »Alex, du—«

Sie richtete sich auf die Knie und legte ihre Stirn an seine. »Keine Sorge. Ich weiß es.«

»Nein, weißt du nicht. Du hast keine Vorstellung davon, was du mir bedeutest. Aber wenn du es erlaubst, würde ich gern versuchen, es dir zu zeigen.«

* * *

132

Miriam hätte die Holocomm-Anfrage beinahe angenommen, ohne auf die Kopfzeile zu schauen—die dringenden Nachfragen und Berichte rissen nicht ab—, doch sie sah den Absender im letzten Moment, straffte die Schultern und nahm erst dann an. Für einen kurzen Zeitraum war ihr Fokus von den laufenden Kriegsereignissen auf drängendere persönliche Belange gerutscht. Aber sie hatte genug Zeit gehabt, sich wieder einzuarbeiten, um sicher zu sein, die Antworten parat zu haben, die er brauchen mochte.

Brennon hob den Blick von dem Schirm in seiner Hand, als die Verbindung stand. Seine Augen waren trotz erkennbaren Schlafmangels scharf, doch der Mund war zu einer dünnen Linie gepresst. »Admiral, wir haben ein Problem.«

»Premierminister, wir haben viele Probleme.«

»Nun, jetzt haben wir ein neues. Ich komme gerade aus einer Besprechung mit Vorsitzendem Vranas. Mehrere Allianz-Militärschiffe haben die Föderationskolonie New Cairo angegriffen, tausende Menschen getötet und erhebliche Schäden an der Infrastruktur verursacht.«

Miriam fluchte leise. »O'Connell.«

»Davon ist auszugehen. Die Schiffe hatten mühelosen Zugang zum Planeten, weil die Verteidigungs-Arrays so aktualisiert worden waren, dass sie Allianz-Schiffe nicht als Bedrohung sahen. Diese Freigabe ist jetzt widerrufen, wir brauchen künftig Sondergenehmigungen, um uns Föderationswelten zu nähern.«

»Verstanden. Sir, es war mir eine Genugtuung, den allgemeinen Befehl zu geben, O'Connell vom Himmel zu holen, aber ich glaube nicht, dass wir die Schiffe entbehren können, um ihn zu jagen.«

»Sei's drum, wir können das nicht ignorieren. Wir müssen irgendeine Maßnahme ergreifen, um ihn einzufangen. Die Senecaner sind wütend—zu Recht. Ich kann ihnen den ganzen Tag versichern, dass er nicht für die Allianz steht, aber er ist nun einmal ein Allianz-

General und tötet ihre Bürger. Das belastet ein fragiles Verhältnis erheblich—etwas, das wir uns jetzt nicht leisten können. Wo sind Sie?«

Sie runzelte die Stirn. »Pandora. Ich bin hier, um—«

»Gut, Sie sind nah dran. Reisen Sie nach Seneca und glätten Sie die Wogen persönlich.«

»Ich starte innerhalb der Stunde, Sir. Was soll ich ihnen sagen?«

»Was immer nötig ist, Admiral.«

»Ja, Sir.«

Die Verbindung kappte. Miriam durchmaß den Konferenztisch der Länge nach und wieder zurück, die Hände am unteren Rücken verschränkt.

Selten hatte sie die Kosten so schmerzhaft gespürt, die es bedeutete, die Pflicht über alle anderen Erwägungen zu stellen. Der Krieg brauchte sie. Die Soldaten brauchten sie. Die Menschen brauchten sie. Sie war unfassbar dankbar, hier gewesen zu sein, als ihre Tochter sie brauchte ... aber jetzt brauchte der Rest der Galaxis sie mehr.

* * *

Miriam fand Alexis in dem kleinen Arbeitszimmer, in das sie Caleb nach dem Angriff gebracht hatten. Es war nicht schwer, sie zu finden; seit ihrer Rückkehr aus dem Garten war sie nirgendwo sonst gewesen. Die Tür stand offen, und Miriam blieb im Eingang stehen und beobachtete.

Alexis kniete, die Hände auf Calebs Schultern. Er saß, was ein überraschender, aber willkommener Anblick war. Ihre Tochter hier zurückzulassen, würde weitaus leichter fallen, wenn der junge Mann wieder auf die Beine kam.

Eine seiner Hände hatte sich in Alexis' Haar verfangen; die andere strich sanft an ihrer Kinnlinie entlang. Miriam konnte sehen, wie

15

sich seine Lippen bewegten, doch seine Stimme war zu leise, um die Worte zu verstehen. Es war auch nicht nötig. Das Bild erzählte die Geschichte besser als Worte.

Ein Gewirr von Gefühlen brach los, flutete ihren Geist und ließ ihre Brust pochen. Reue, so vieles im Leben ihrer Tochter verpasst zu haben—so viele Momente von Herzschmerz und Freude, die Alexis über die Jahre erlebt haben musste. Erleichterung, jetzt hier zu sein, um diesen Augenblick mitzuerleben. Glück darüber, dass Alexis jemanden gefunden hatte, dem sie sich öffnen und der ihre beträchtlichen Abwehrmechanismen überwinden durfte. Angst, dass es bedeuten mochte, dass Alexis eines Tages den seelenzermalmenden Verlust erfahren könnte, den Miriam erlitten hatte. Gewissheit, dass es das dennoch wert war.

Sie hasste es, aber die Uhr tickte. Sie räusperte sich respektvoll im Türrahmen.

Beide sahen zu ihr, ohne einander loszulassen. »Verzeiht die Störung. Mr. Marano, ich bin erleichtert, Sie wach zu sehen—Sie haben uns einen ordentlichen Schrecken eingejagt. Alex, darf ich dich einen Moment entführen?«

»Eine Sekunde.« Sie wandte sich wieder Caleb zu und flüsterte ihm etwas zu; ihre Fingerspitzen streiften seine Wange, verweilten auf lächelnden Lippen, bevor sie sich erhob und in den Flur trat.

»Ich freue mich wirklich sehr, dass er wach ist. Wird er wieder ganz?«

Alexis' Haltung sackte in unverkennbarem Überdruss zusammen—ein Stich mütterlichen Instinkts sprang Miriam an, sie zu ermahnen, endlich zu schlafen. Sie unterdrückte den Impuls. »Ich denke schon. Er gibt den starken Mann, da kann ich nie sicher sein. Was gibt's?«

»Leider begleite ich euch nicht zur Erde. Ich muss zuerst einen Abstecher nach Seneca machen—wegen einer … Komplikation.«

Alexis hob eine Augenbraue. »Seneca? Ist dir das recht?«

135

Sie zuckte mit den Schultern. »Ich habe wenig Wahl. Aber ja, es wird schon gehen.«

»Ich weiß, dass es ‚gehen‘ wird. Ich fragte, ob es dir recht ist.« Bitterkeit oder Sarkasmus lagen nicht in der Stimme ihrer Tochter.

»Wahrlich, ich habe die Frage noch nicht bedacht. Vielleicht suhle ich mich ein wenig während des Flugs darin. Wie auch immer—ich bestätige, dass in Vancouver für eure Ankunft alles vorbereitet ist. Wenn dir jemand Schwierigkeiten macht, sag es Richard—und dann mir. Sofort.«

Alexis mühte sich redlich, genervt zu wirken. »Ja, Ma'am. Wir starten, sobald der Arzt sagt, dass Caleb reisefähig ist.«

»Gut. Solange ihr hier bleibt, seid ihr in vielfacher Hinsicht in Gefahr. Die Aliens kennen eure Position; es wird nicht lange dauern, bis sie merken, dass ihr Anschlag gescheitert ist und sie weitere Agenten schicken. Je eher ihr aufbrecht, desto besser. Auf der Erde warten ein kompletter Sicherheitskreis sowie diskretere Maßnahmen.«

»Ist all das wirklich nötig? Das Geheimnis ist jetzt raus.«

»Wenn die vielschichtige Überwachungsabschirmung funktioniert hat, wissen die Aliens noch nicht, dass es raus ist. Und selbst wenn, könnten neue Befehle ihre Agenten nur verzögert erreichen. Außerdem solltest du in Betracht ziehen, dass sie dich immer als Gefahr betrachten werden—wie sie sollten.«

Alex atmete lang aus. »Schon verstanden. Und ja—ich werde vorsichtig sein.«

Stures, stures Kind. »Bitte tu das.« Miriam trat einen halben Schritt von einem Fuß auf den anderen; plötzlich wusste sie nicht, wie man solch ein Gespräch beendet und fortgeht. »Dann sehe ich dich bald. Und Alex—öffne dein Gehirn bitte nicht und lade eine Artificial ein, darin einzuziehen, bevor ich dort bin.«

Eine Handbewegung, die sie als Minimal-Zustimmung nahm.

Miriam drehte sich um.

»Mom?«

Sie wandte sich ohne Zögern wieder um. »Ja?«

»Danke für deine Hilfe vorhin. Danke ... für alles.«

Diesmal blieben ihr wirklich die Worte aus. Sie nickte nur. Doch als sie den Flur hinunter zum Ausgang ging, lächelte sie.

* * *

Delavasi betrat den Raum, als der Arzt gerade ging—nach einer Salve aus Medikamenten, Anweisungen und Ermahnungen hatte er widerwillig die Abreise freigegeben.

Alex prüfte Calebs Reaktion auf den Neuankömmling, bereit, den Mann notfalls eigenhändig aus dem Zimmer zu befördern. Er gab ihr das kleinste Zeichen, dass sie entspannen konnte, schloss vorsichtig sein Hemd und richtete die Aufmerksamkeit zur Tür. »Direktor.«

»Schön zu sehen, dass Sie nichts abbekommen haben.«

»Nun ...« Caleb bewegte sich so, dass er seine Stiefel erreichen konnte »... ein bisschen was habe ich abbekommen—die nächsten Tage jedenfalls—, aber es scheint nichts irreparabel beschädigt.«

Sein Ton war nicht feindselig, wenn auch frei von erkennbarer Wärme—und Alex fragte sich, ob der Satz mehr als nur seine körperliche Verfassung meinte. »Was kann ich für Sie tun?«

Alex wartete, ob er Hilfe bei den Stiefeln brauchte—nicht, dass er sie annehmen würde—, räusperte sich dann. »Ich kann euch Zeit geben. Ich sollte ohnehin unsere Sachen zusammensuchen.«

Caleb schüttelte den Kopf. »Schon gut. Bitte bleib.«

Sie wusste, es war eine Geste der Höflichkeit—ein winziger Ausgleich für die Szene auf Seneca. Er musste es nicht tun, aber sie würde lügen, würde sie behaupten, es gefiele ihr nicht.

»Okay.« Sie setzte sich auf die Armlehne des großen Sessels neben der Chaiselongue—weit genug weg, um ihm Raum zu lassen, nahe genug, um nötigenfalls eingreifen zu können.

Nach dem Trommelfeuer der Ereignisse heute Abend spürte sie, wie sich etwas Neues in ihr regte: ein unverrückbarer Beschützerinstinkt—körperlich, emotional, vermutlich sogar geistig, falls es darauf ankäme. Nicht, weil er schwach wäre, sondern weil er stark war. Stärker, als ein Mensch je sein sollte.

Es war eine neue, unerwartet angenehme Erfahrung für sie. Sie war mit all dem keine Expertin, aber sie hatte inmitten des Tumults etwas begriffen: Es spielte keine Rolle. Für ihn würde sie lernen; er würde ihr dabei helfen.

Delavasi löste sich weiter in den Raum hinein und lehnte sich an die gegenüberliegende Wand—klugerweise mit reichlich Abstand zu Caleb. »Ich werde nicht versuchen, Sie zu überreden, mit mir nach Cavare zu kommen. Mir ist klar, dass Sie Ihren eigenen Weg gehen. Aber ich dachte, Sie möchten wissen, dass ich mir fast sicher bin, dass der Mann, der Sie angegriffen hat, auch Michael Volosk getötet hat.«

»Er ist ein Geist—keine Identität, keine Fingerabdrücke, keine Akten, und von den Augen ist zu wenig für einen Retina-Scan übrig. Aber die Eigenschaften seiner Klinge passen zu Michaels Wunde, und die Vorgehensweise ist dieselbe. Er war definitiv ein Profi—nur solche Leute hätten es vermocht, Michael so zu überraschen, wie es seinem Mörder gelungen ist.«

Caleb nickte nachdenklich. »Dann bin ich umso zufriedener, dass er tot ist. Volosk war ein guter Mann.«

»Ein besserer als ich, mit Sicherheit. Und auch wenn ich es wohl nie werde beweisen können, ich würde eine Stange Geld darauf wetten, dass derselbe Typ Minister Santiagar und Chris Candela umgebracht hat. Wahrscheinlich war er der bevorzugte Auftragsmörder der Aliens. Oder der Aguirre-Verschwörung—oder, zur Hölle, von allen. Saubere Arbeit, ihn ausgeschaltet zu haben—von euch beiden.«

»Danke.« Caleb verlagerte sich auf dem Polster und schien seine nächsten Worte sorgfältig zu wählen. »Direktor, ich sage nicht, dass für mich alles in Ordnung ist mit dem, was Sie—und andere—bei der Vertuschung des Todes meines Vaters getan haben, oder dass zwischen uns alles im Lot ist. Ist es nicht. Wenn das hier vorbei ist, werde ich ernsthaft darüber nachdenken müssen, ob ich zur Division zurückkehren kann oder überhaupt will.

»Aber bevor wir gehen, wollte ich fragen, ob Sie mir ein paar Minuten von meinem Vater erzählen würden. Von dem Mann, der er wirklich war—mit all seinen Seiten.«

Delavasi wirkte einen Moment lang überrascht—als hätte er nicht damit gerechnet, dass ihm ein solcher Gefallen gewährt würde—, doch dann entspannte sich seine Haltung. Der Kontrast war frappant; Alex war nicht bewusst gewesen, wie angespannt er gewesen war.

Er zog einen Stuhl herüber, setzte sich und stützte die Unterarme auf die Knie. »Caleb, es wäre mir eine Ehre, dir von Stefan zu erzählen.«

16

OGHAM

KOLONIE DER SENECAN FÖDERATION

»Sir, das orbitale Verteidigungs-Array von Ogham erfasst uns. Offenbar feindlich.«

Liam betrachtete den Blick von der erhöhten Plattform jenseits der Mitte der Brücke der *Akagi*. Ogham war eine hässliche Welt—ein kleiner, steiniger Planet um einen durchschnittlichen orangefarbenen Stern. Es gab keinen guten Grund für seine Existenz, geschweige denn dafür, dass man ihn besiedelt hatte.

»Dann begreifen sie jetzt, dass wir wieder der Feind sind. Egal. Ich habe ohnehin erwartet, dass der Trick nur einmal funktioniert.«

Der Angriff auf New Orient war lächerlich einfach gewesen. Da vom Array keine Bedrohung ausging und die Kolonie keine nennenswerte militärische Präsenz aufwies, waren sie einfach hineingeschlendert und hatten nach Belieben verfahren. Seine Streitmacht hatte den besiedelten Kontinent innerhalb weniger Stunden zu knuspriger Asche verbrannt.

In mancher Hinsicht war es antiklimaktisch gewesen … von der Brücke eines Schiffs aus konnte er das Blut in der Luft nicht riechen, die Panik in den Gesichtern nicht sehen. Andererseits ließ sich flächendeckende Zerstörung weitaus effizienter erzeugen. Gegen Ende der Offensive waren die Flammen, die New Orient verschlangen, mit bloßem Auge aus dem All zu sehen. Er hatte die Szene mit seinem Okularimplantat aufgezeichnet, um sie nach Belieben im Geist abspielen zu können.

Er winkte den Flight-Deck-Chief heran, einen Commander Dohman. Der Mann war für den Militärdienst ungebührlich mager; Liam hätte ihn allein aus diesem Makel nicht in eine Leitungsfunktion gelassen—doch eine Degradierung kurz nach der Übernahme des Kommandos machte mehr Probleme, als sie löste. Er musste sich immer wieder daran erinnern, mit der Crew vorsichtig umzugehen.

»Verlegen Sie zwei taktische Fusionsminen gegen Schiffe in das Aufklärungsschiff. Der Pilot soll unter voller Tarnung ausfliegen und die Minen in die Umlaufbahnen zweier aufeinanderfolgender Knoten des Arrays legen. Erreichen die Knoten die Minen, detonieren sie, zerstören die Knoten und möglicherweise sogar den Rahmen des Arrays an den Stellen. Die entstehende Lücke reicht, um hindurchzuschlüpfen.«

Dohman verzog das Gesicht; bei seinem dünnen Antlitz nahm die Miene die gesamte untere Hälfte ein. »Sir, vielleicht wäre es besser, zwei Knoten aus der Distanz herunterzuschießen? Bei nur einem Array hätten wir minimale Verluste.«

Er hatte allerdings zwei Offiziere im Auge, die günstigere Eigenschaften und die richtige Haltung zeigten. Vielleicht war es doch Zeit, die Ränge durchzuschütteln—stärkere, wirklich loyale Soldaten verdienten Beförderungen. »Habe ich genuschelt, Commander? Auf Knoten einzusticheln, dauert zu lange, und Verluste gäbe es trotzdem. Die Schiffe können wir nicht entbehren. Führen Sie meinen Befehl aus.«

Der Kopf des Mannes wippte ungleichmäßig; er wich einige Schritte zurück und verschwand Richtung Flight Deck.

Liam wandte sich wieder dem Blick nach draußen zu, als Captain Harper hinter ihm sich räusperte. »General, das Array ist in niedriger Umlaufbahn. Zwei taktische Nukes in der Höhe zu zünden, riskiert, die Atmosphäre des Planeten zu vergiften.«

Die junge Spezialkräfteoffizierin schien es auf mysteriöse Weise stets zu schaffen, in kritischen Momenten auf der Brücke zu sein— und immer mit einem triftigen Grund. Ihre bloße Anwesenheit reizte ihn. Die unterschwellige Arroganz zeigte sich in dem stolzen Tragen der Schultern und dem bohrenden Glanz in ihrem Blick. Das Gefühl, sie analysiere ihn unablässig, sondiere nach Schwächen, die sie gegen ihn verwenden konnte, wurde er nicht los. Doch sie würde keine finden.

Liam verzog die Lippe. »Ja. Das wird es.«

Nur ein kaum zuckender Muskel unter ihrem linken Auge verriet eine Reaktion. »Dann kümmere ich mich darum, dass die Minen korrekt verladen werden, Sir.«

* * *

Brooklyn Harper eilte durch die engen Korridore der *Akagi*. Ihre Optionen ratterten im Takt ihrer Stiefel auf dem Deck durch den Kopf.

Eine taktische Analyse führte zu der unumstößlichen Erkenntnis, dass ihre Optionen derzeit spärlich waren. Der Flight-Deck-Chief war im Voll-Sykophanten-Modus; sein einsamer, schwacher Protest war allein durch O'Connells Blick im Keim erstickt worden. Solange Dohman auf dem Flight Deck stand, würde sie nie und nimmer in der Lage sein, die Minenverlegung zu sabotieren oder anderweitig zu behindern. Sie konnte den Aufklärer-Piloten nicht guten Gewissens bitten, sie falsch zu positionieren—unter diesem General würde ein solcher »Fehler« vermutlich zur standrechtlichen Exekution des Piloten führen.

O'Connell hatte sie vom ersten Treffen an nicht gemocht, doch in den Anfangstagen dieser angeblichen »Covert-Mission« hatte sie keinen Grund gehabt, die Echtheit seiner Befehle zu bezweifeln. Angesichts der Vielzahl schmutziger Taktiken, die die Föderation im kurzen Krieg angewandt hatte, konnte man es der Allianz kaum verübeln, selbst ein paar davon aus der Kiste zu holen.

Aber New Cairo war ein lupenreines Massaker an Zivilisten gewesen. Punkt. Das Array hatte ihre Schiffe als freundlich erkannt—was bedeutete, der Zweite Crux War war offiziell vorbei—, und sie waren ohne jeglichen Widerstand einmarschiert. New Cairo hatte keine echte Militärbasis, nur einen Reserveposten für ein paar Frachter und Transporter. Die *Akagi* und ihre Begleitschiffe waren in die Atmosphäre gestoßen und hatten die gesamte Kolonie verdammt noch mal flächendeckend bombardiert—bis hin zu kleinsten Außenposten tief im Dschungel.

Im Krieg ist vieles erlaubt … aber sie waren nicht im Krieg. Nicht mehr. Und selbst im Krieg waren vorsätzliche Angriffe auf rein nichtkombattante Ziele verpönt. Wir schrieben das 24. Jahrhundert; man sollte meinen, man sei inzwischen zivilisiert.

Die Kommunikationssperre hatte alle ohnehin nervös gemacht—bevor sie anfingen, friedliche Siedlungen in die Luft zu jagen. Die Crew wollte wissen, was mit den Aliens geschah. Sie wollten wissen, ob Freunde und Familie in Sicherheit waren—und ob sie, sofern sie im Osten lebten, dort, wohin evakuiert worden war, noch lebten. Sie wollten wissen, dass ihre Regierung einen Plan hatte, um die Aliens zu bekämpfen—die Aliens bekämpfte. Doch all dieses Wissen und der Trost, den es spenden konnte, blieb ihnen weiterhin verwehrt.

Ihre Eltern und ihr jüngerer Bruder lebten wenigstens auf Demeter. Das lag westlich der Erde; wenn die Aliens Demeter angriffen, war das Spiel ohnehin schon verloren. Auch sie nagten die anderen Sorgen an, aber solange sie nichts Konkretes dagegen tun konnte, musste sie sich auf das konzentrieren, was sie tun konnte.

Sie erreichte das Flight Deck weit früher, als sie zu irgendeiner Schlussfolgerung gekommen wäre—und viel zu spät, um irgendetwas zu bewirken. Sechs Crewleute transportierten die erste Mine aus dem Waffenlager, überwacht von Commander Dohman.

Ihr Magen zog sich zusammen und schickte den beißenden Nachgeschmack des eingelegten Krauts von Mittag hoch in die Kehle. Taktische Nukes im All einzusetzen, war das eine—der Schaden blieb auf ein paar Schiffe beschränkt, und diese Schiffe waren feindliche Kombattanten—, und die Strahlung verflog rasch in der Weite des Raums. Sie innerhalb einer Atmosphäre zu zünden, war etwas völlig anderes. Winde in den oberen Schichten würden die Strahlung in das Ökosystem tragen, über den Planeten verteilen, in Regenwolken säen und in die Luft darunter einbringen.

O'Connell war ein Irrer oder ein Soziopath—höchstwahrscheinlich beides. Ihre Instinkte hatten ihr das binnen einer Stunde auf einem Schiff mit ihm gesagt, aber sie hatte sich andere Möglichkeiten offengelassen—oder einen Irrtum ihrerseits—bis New Cairo. Und wenn danach noch ein Fünkchen Zweifel geblieben war, hatte sein leichtfertiger Einsatz von Nukes gegen eine wehrlose Kolonie ihn ausgelöscht.

Als die Crew die Mine in den kleinen Frachtraum des getarnten Aufklärers verladen hatte, traf sie stumm die Entscheidung. Sie musste ihn aufhalten.

Dafür brauchte sie allerdings Verbündete, und sie kannte die Crew nicht. Sie und die anderen drei Mitglieder ihres Trupps waren Fremde—und zwei dieser drei waren gewissermaßen auch ihr gegenüber Fremde, erst vor ein paar Wochen versetzt, als der

Konflikt mit der Föderation seinen Höhepunkt erreicht hatte. Sie konnte nicht sicher sein, wem zu trauen war, und angesichts von O'Connells Paranoia und seiner extrem kurzen Zündschnur musste sie mit Bedacht vorgehen.

Ein paar Meter vor dem Aufklärer verlangsamte sich ihr Schritt, bis sie in den Schatten stehen blieb. Sie hatte derzeit nicht die Möglichkeit, diesen Angriff zu stoppen. Die Optionen waren vorerst aufgebraucht. Aber um bereit zu sein, wenn O'Connell seinen nächsten Zug machte, war es Zeit anzufangen.

17

PANDORA

UNABHÄNGIGE KOLONIE

Graham warf beim Verlassen des versteckten Anwesens keinen Blick zurück, um die Qualität der Projektion zu prüfen, als er den Checkpoint passierte. Er war sicher, dass die Illusion wirksam war—wenn auch nicht wirksam genug, um den nun toten Attentäter abzuschrecken.

Richard war vor einer Stunde zur Erde aufgebrochen, Caleb und Alex kurz darauf. Eigentlich hatte Graham umgehend nach Seneca zurückkehren wollen, doch dann kam eine Bitte von Feldmarschall Gianno herein. Er hätte es aus der Ferne abwickeln können, aber wie es der Zufall wollte, befand sich Olivia Montegreu genau in diesem Moment auf Pandora—also verzögerte er seinen Abflug um ein kurzes persönliches Treffen.

Der vereinbarte Treffpunkt lag nicht weit vom Anwesen entfernt. Er überlegte, ob die Frau wohl wusste, wo sie gewohnt hatten— die wahrscheinlichere Wahrheit war jedoch, dass es sich schlicht um eine teure, gehobene Gegend handelte und damit nach ihrem Geschmack. Zur Sicherheit schlug er dennoch einen weiten Bogen, der seinen Weg um mehrere Blocks verlängerte.

Die zusätzliche Zeit erlaubte ihm zugleich, sich die Ereignisse der letzten Stunden selbst zu debriefen. Eine erhebliche Bedrohung war mit dem Tod des namenlosen Attentäters eliminiert, doch seine Erfahrungen der letzten Wochen ließen ihn vermuten, dass die Aliens noch andere Ressourcen in petto hatten. Beinahe hätte er im Prozess einen weiteren talentierten Agenten verloren ... und er musste einräumen, dass das noch immer passieren konnte. Doch Caleb hatte sich stärker wie Stefan erwiesen als erwartet, als er—trotz unterschwelliger Wut und Misstrauen—die Hand in ruhigem, vernünftigem Ton ausgestreckt hatte.

Graham hoffte aufrichtig, dass Caleb Pandora ihm gegenüber wohlgesonnener verließ, als er angekommen war, denn er war es leid, die Schläge für eine zwei Jahrzehnte alte Entscheidung einzustecken, die nie seine gewesen war. Märtyrertum stand ihm verdammt schlecht.

Er blickte auf, als er die Adresse erreicht hatte—und prüfte sie gleich noch einmal, denn es war ein Kunstmuseum. Er hätte Montegreu fast unterstellt, Humor zu riskieren ... doch sobald er das Gebäude betrat, erkannte er die Genialität ihrer Wahl.

Das Museum bestand aus weiten, offenen Räumen, hohen Decken und Marmorböden, die jeden Schritt weit vor der ankommenden Person ankündigten. Der Mangel an Besuchern machte es unmöglich, weitere Agenten in einer Menge zu verstecken oder Chaos als Ablenkung für Untaten zu nutzen. Es gab lediglich eine Handvoll aristokratischer Flaneure ... und Wachen. Viele, viele Wachen.

Er fand sie im zweiten Ausstellungsraum links, wie sie ein Cézanne-Werk mit demonstrativer Intensität studierte. Sie war allein im Raum—abgesehen von den Wachen, die an allen vier Ausgängen postiert waren. In einem weißen Kostüm und mit zu einem eleganten Knoten hochgestecktem, blassblondem Haar wirkte sie wie eine weitere Blaublut-Mäzenin.

»Ziemlich grell-kitschiges Stück, nicht?«

»Wenn Sie Kunstkritiken einkaufen wollen, sind Sie beim falschen Mann, Ms. Montegreu. Ein Museum, ernsthaft? Ist das Ihr allegorisches Statement über Ihre Arbeit—oder womöglich über meine?«

Sie musterte weiterhin das Bild. »Nein, Direktor Delavasi. Das ist meine Vorsichtsmaßnahme für den Fall, dass Sie unseren Deal brechen wollen.«

»Was, wenn einige dieser Wachen meine Männer sind?«

Ihre Lippen kräuselten sich im Profil. »Unmöglich, Direktor, denn alle Wachen sind meine Männer.«

Er lachte laut auf—und fing sich einen warnenden Blick der Wache in seiner Sichtlinie. »Wirklich?«

»Durchaus. Sehen Sie, das Museum gehört mir. Mein Name steht zwar nicht auf der Urkunde, aber ein begabter Spion wie Sie wird die Spur zu mir problemlos nachverfolgen. Wie dem auch sei: Sie sollten nichts Ungehöriges versuchen—sonst fangen Sie sich schneller als Ihnen lieb ist einen Laser zwischen die Augen.«

»Es sei denn, ich trage einen Schild.«

»Ha.« Der Tonfall ließ ihn sich fragen, welche Bewaffnung die Wachen wohl trugen.

Schließlich wandte sie sich vom Cézanne ab und ihm zu. »Wie kann ich heute die Bedingungen meiner Schuldknechtschaft erfüllen?«

Er verschränkte die Arme vor der Brust und verlagerte das Gewicht auf das hintere Bein. »Warum sind Sie auf Pandora?«

»Gewisse Untergebene haben mich jüngst enttäuscht. Ich musste ein paar Korrekturen vornehmen. Für Smalltalk bin ich jedenfalls nicht hier, also kommen Sie zur Sache.«

Falls in dieser Frau etwas anderes als Eis floss, dann sicher Säure.

Er rieb sich den Nacken, bemühte sich aber, seine Müdigkeit sonst nicht zu zeigen; es war ein höllischer Tag gewesen. »Ich brauche dreißigtausend Einheiten Nervensystem-Stimulanzien—reaktionsz eitsteigernde Booster, konkret.«

»Sie haben keine Stimulanzien auf Lager?«

»Nicht die, mit denen Sie handeln.«

»Nein, vermutlich nicht. Dreißigtausend ist eine große Menge. Also für Soldaten? Vielleicht für Jagdpiloten.«

Er funkelte sie von oben herab an. Wäre sie dumm gewesen, hätte sie ihre Position nicht erklommen und fast ein halbes Jahrhundert lang gehalten. »Wofür sie sind, geht Sie nichts an.«

»Natürlich nicht. Geht nächste Woche klar?«

»Morgen geht klar.«

Wenn möglich, verhärteten sich ihre Züge noch mehr. »Sehr gut. Ich sorge dafür, dass sie auf Vranas' Türschwelle landen.«

»Oder Sie lassen sie an diese Adresse in Cavare liefern. Deutlich weniger Blutvergießen. Die Spezifikationen finden Sie ebenfalls in der Datei—uns liegt schließlich die Sicherheit und Gesundheit der Empfänger am Herzen.«

»Wie nobel von Ihnen. War's das?«

»Für den Moment.«

»Natürlich.« Sie zupfte an ihrem Blazer und drehte sich zu einem der Ausgänge. »Wenn Sie mich entschuldigen—ich habe noch einen Untergebenen zu entsorgen. Einen angenehmen Tag noch, Direktor.«

Sie ließ ihn unter den wachsamen Blicken ihrer Wachen stehen— den Kopf über ihre Dreistigkeit schüttelnd. Es war ein höllischer Tag gewesen …

* * *

Aiden Trieneri stand hinter dem Schreibtisch in seinem Büro, beide Hände auf der Platte, in eine unsichtbare Anzeige gelehnt. Sekunden verrannen … eins … zwei … Er wischte die Anzeige weg und wandte sich ihr zu. »Olivia. Wie läuft Pandora?«

Sie ließ die implizite Brüskierung unkommentiert. Er war von Natur aus eitel, narzisstisch—nichts Neues—und ihn gerade jetzt unter dem Daumen zu halten, passte nicht zu ihren Zielen.

Sie ließ sich im Stuhl des Kurators zurücksinken und verschränkte die Hände im Schoß. »Blutig effizient. Wir haben eine Bitte eines unserer ›Partner‹.«

Er wiegte sich am Schreibtisch. »Wir wussten, dass sie kommen würden. Worum bitten sie?«

»Die Föderation will Stimulanzien für ihre Jagdpiloten.«

»Welche Art Stimulanzien?«

»Die illegalen, selbstverständlich. Nervensystem-Booster für die Reaktionszeit. Der Kontakt lieferte die üblichen Plattitüden zu Sicherheitsbedenken und so weiter, aber ich gehe davon aus, dass alles akzeptabel ist, solange wir nichts schicken, das zum sofortigen Tod führt. Falls einige Piloten später Zittern entwickeln oder die eine oder andere chimeral-Abhängigkeit? Das ist das Risiko.«

Er schnaubte—eine Geste, die seine besten Eigenschaften nicht eben betonte. »Nicht weniger, als sie verdienen.«

Sie überschlug das Bein und betrachtete ihn mit milder Neugier. »Höre ich eine spezielle Abneigung? Gegen die Föderation? Das Militär? Flyboys? Oder etwas Spezifischeres?«

»Nur gegen die unverdient Privilegierten. Interessant, wie schnell deren Moral einknickt. Wenn sie über die Konsequenzen erstaunt sind, hätten sie nicht mit dem Teufel paktiert.«

»Und wer ist in diesem Szenario der Teufel?«

Er lächelte dunkel—eine bessere Regung. »Olivia, meine Liebe, der Teufel sind immer Sie.«

Ah, doch wieder Schmeichelei statt eines Risikos, eine Schwäche zu enthüllen. Schade. »Ja, ich weiß. Meine Hauptproduktion läuft auf New Babel, also muss ich die Lieferungen sofort anstoßen. Seneca ist weit.«

»Wir könnten meine Anlage auf Argo Navis nutzen und die Distanz halbieren.«

Sie sah ihn lange an. »Schicken Sie die erste Lieferung von dort. Meine Anlage füllt die Kette nach Bedarf nach.«

Er nickte. »Und die Allianz?«

»Die haben noch nicht gefragt. Wahrscheinlich sind ihre Kräfte zu verstreut, um solche Güter in Masse auszuliefern. Oder ihre Führung hat noch ein paar Skrupel.«

»Skrupel bringen uns alle um. Es geht ums Überleben. Um die Folgen kümmern wir uns hinterher—wenn wir überlebt haben.«

»Soll ich Ihnen Miriam Solovy auf die Leitung holen, damit Sie es ihr persönlich erklären?«

»Das würde ich gern …« Er beäugte sie zweifelnd. »… können Sie das tatsächlich?«

Konnte sie? Eh … vielleicht. Aber dafür hätte sie ihr komplettes Blatt in einem Zug spielen müssen, und sie würde nicht versuchen, scheitern und damit Ansehen verlieren. »Wenn es soweit ist—was es nicht ist. Bringen Sie einfach die Stimulanzien in Bewegung. Hier sind die Drop-Daten. Ich bin morgen früh wieder da.«

»Lassen Sie sich am Raumhafen zusätzliche Security treffen. Draußen wird es ungemütlich.«

»Sorgen Sie sich um mein Wohlergehen, Aiden?«

»Es liegt in meinem Eigeninteresse, mir um Ihr Wohlergehen Sorgen zu machen, aus mehreren Gründen. Mir ist klar, dass Sie sich für unantastbar halten, aber jetzt ist nicht der Zeitpunkt, das auszutesten. Nehmen Sie die zusätzliche Security.«

»Schon gut. Auf Wiedersehen.« Sie erhob sich und verließ das

Büro des Kurators. Vor ihrer Abreise von Pandora stand noch einiges an.

18

ROMANE

UNABHÄNGIGE KOLONIE

»Und was ist mit den Schubdüsen? Können wir sie nutzen, um die
Orbits der Arrays zu verändern? Sie unberechenbar zu machen?«

Gouverneurin Ledesme wandte sich an den Chefingenieur.

Der zuckte schwach mit den Schultern. »Wir können sie peri-
odisch beschleunigen und verlangsamen, klar. Aber ich sehe nicht,
wie wir sie unter Beschuss dynamisch neu takten sollen. Bis sie
unter Beschuss stehen, ist es zu spät.«

Meno? Hast du eine Idee?

Das *Artificial* begleitete Mia Requelme inzwischen überallhin—
über die Fernschnittstelle an der Basis ihres Schädels. Sie trug
ihr Haar offen und, je nach Anlass, hochgeschlossene Oberteile
oder Schals, um die schmale Manschette sowie die Fasern zu
verbergen, die ihre Kybernetik an Ort und Stelle hielten. Nach
einer kleinen Modifikation bekam Meno jetzt den Stream aus ihrem
Okularimplantat und sah, was sie sah; ein winziges Sensorpad hinter
ihrem linken Ohr ließ ihn zudem hören, was sie hörte.

Seine weit umfassendere Gesellschaft hatte sie schon mehrmals deutlich klüger wirken lassen, als sie war. Die Schnittstelle zu tragen war ein Risiko, aber ein notwendiges. Was immer es brauchte.

Echtzeitdaten der Kurzstreckensensoren, direkt an das Antriebssystem übertragen, erlauben es dem Antrieb, noch vor Erreichen der Reichweite der Alienschiffe eine chaostheoretisch abgeleitete Schubroutine einzunehmen.

Mia richtete sich spürbar entschlossener auf. »Können wir die Kurzstreckensensoren nutzen? Sie dienen doch dazu, die Arrays in Alarmbereitschaft zu versetzen, richtig? Teilt die Daten auf und schickt sie gleichzeitig an das Antriebssystem. Irgendwann werden die Aliens die einzelnen Knoten ausschalten können, aber wenn wir auf chaogetriebene Programmierung umstellen, bedeuten unregelmäßige Orbits, dass sie dafür länger brauchen—wir erkaufen uns Zeit.«

Der Mund des Chefingenieurs formte zögernd verschiedene Silben. »Das könnte vielleicht funktionieren. Diese gigantischen Strukturen mit einer Chaos-Routine zu treiben, ist allerdings nicht ohne. Mindestens führt es zu Belastungen der Rahmen, und die ganze verdammte Konstruktion reißt auseinander, wenn der kleinste Fehler auftritt.«

»Chef, ist Ihnen klar, dass die Alternative unmittelbare, vollständige Vernichtung ist?«

Er fiel unter Ledesmes Blick förmlich in sich zusammen. »Ich setze meine Leute sofort drauf an.«

»Danke. Also, Leute, was haben wir noch?«

Mia ließ sich wieder in den überraschend bequemen Stuhl sinken. Das engere Kabinett der Gouverneurin sowie mehrere zusätzliche »Experten« für verschiedenste Themen saßen in einem lockeren Kreis über die linke Hälfte eines großen Raums im obersten Stock des Verwaltungshauptquartiers verteilt. In der Mitte stand ein Tisch mit Datenschnittstellen, auf die Teilnehmer bei Bedarf zugriffen. Entlang einer Wand reihten sich kleinere Stationen, und am entfernten Ende wurden in regelmäßigen Abständen Erfrischungen aufgefüllt. Hin und wieder schlenderte jemand für Kaffee, Brot oder Obst hinüber—oder einfach, um sich zu strecken.

Meistens jedoch redeten sie, spinten Ideen, stritten und versuchten mit wenig Erfolg herauszufinden, wie sie Romane vor der Metigen-Invasion retten konnten, die wie der vorrückende Schatten einer Finsternis am Horizont hing.

Mia galt als eine der »Expertinnen«, auch wenn sie nicht genau sagen konnte, auf welchem Gebiet. Doch in der letzten Woche war sie immer häufiger an der Seite der Gouverneurin gewesen— oder zumindest in Hörweite, ob sie wollte oder nicht. Und es ließ sie fühlen, dass sie half; andernfalls würde sie zu Hause oder am Raumhafen nutzlos auf und ab tigern—in der Galerie würde sie nicht tigern, die war bis zur Lösung dieser Krise oder der Zerstörung der Kolonie geschlossen.

Ich habe die neuen Daten zum Verhalten der Schirme studiert, die die Schiffe der Aliens schützen. Es ist möglich, dass wir ein Signal entwickeln, das ihren Betrieb stört—ein Signal, das die Arrays potenziell großflächig aussenden könnten. Die fluktuierende Stärke der Schirme abzubilden ist ein erhebliches Hindernis, aber eines, das ich zu überwinden hoffe.

Sie nutzte die Gesprächspause. »Können die Arrays Signale nicht nur empfangen, sondern auch aussenden?«

Der Chefingenieur schüttelte abwesend den Kopf. »Warum sollten sie Signale aussenden müssen?«

Verdammt. Trotzdem—eine interessante Idee—

Buh.

Sie fuhr fast aus dem Stuhl. Obwohl sie die Bewegung unterdrückte, musste sie trotzdem ein Geräusch gemacht haben, denn der Mann neben ihr—der Wirtschaftsdezernent, glaubte sie—sah neugierig herüber. Sie schenkte ihm ein höfliches Lächeln und tat dann so, als würde sie die Daten interessiert studieren, die gerade über dem Tisch scrollten.

Caleb, du verrückter Mistkerl. Du lebst noch, nehme ich an?

In der Tat.

Wo bist du?

Ich kann jetzt nicht ins Detail gehen, aber wir—Alex und ich—würden dich gern so schnell wie möglich auf die Erde holen.

Was? Moment mal.

Mia räusperte sich, um Ledesmes Aufmerksamkeit zu bekommen. »Gouverneurin, ich muss kurz raus. Ich habe eine eingehende Comm, die ich annehmen sollte.«

Ledesme nickte, und Mia verließ den Raum in ruhigem, kontrolliertem Schritt. Draußen allerdings rannte sie den Flur hinunter in ein leeres Zimmer und wandelte den Pulse in eine *Livecomm* um.

»Caleb, ich kann nicht zur Erde. Zugegeben, die Hälfte von Romanes Bevölkerung ist dorthin geflohen, aber ich tue hier tatsächlich etwas Gutes. Und warum? Wenn du wieder versuchst, mich zu beschützen oder irgend so ein Schwachsinn, tret' ich dir den Hintern bis zurück nach Cavare.«

»*Es geht nicht ums Beschützen, versprochen—auch wenn ich's täte, wenn du mich ließest.*«

Als sie seine Stimme hörte, wenn auch nur in ihrem Kopf, merkte sie, dass er klang … sie war nicht sicher. Angespannt? Schwach? »Was ist los? Geht's dir gut?«

»*Mir geht's gut. Nur ein bisschen verbeult. In einem Tag bin ich wie neu.*« Im Hintergrund fing sie eine gedämpfte Stimme auf. »*Vielleicht zwei Tage.*«

Alex, die ihm seinen Bullshit um die Ohren haut? Wahrscheinlich. »Wo warst du? Die ganze Zeit jenseits des Portals? Du bist seit einem Monat weg. Nachdem du vom Bombenanschlag freigesprochen worden warst, dachte ich, du tauchst wieder auf, aber nicht ein einziges Lebenszeichen.«

»*Ich bin doch jetzt da, oder? Es ist eine großartige Geschichte, aber ich kann sie nicht über Comms erzählen.*«

Ein neckender Tonfall schlich sich in seine Stimme, und sie entspannte sich ein Stück. »Schon gut, schon gut. Warum also zur Erde? Ich warte auf deinen bestmöglichen Grund.«

»*Für die Chance, die Galaxis zu retten.*«

»Na, in dem Fall. Könntest du eventuell *noch* vager sein?«

»*Wir brauchen dich außerdem, um—naja, ich erwarte, du kannst Meno nicht ›mitbringen‹, aber bring seine Spezifikationen, Schaltpläne, Schnittstellenprotokolle und alles mit, was du darüber hast, wie es genau funktioniert und wie die Verbindungen in seine Programmierung integriert sind.*«

Sie blieb mitten im Raum stehen und ließ den Blick über die Wände streifen. »Lass raten. Du kannst mir nicht sagen, warum.«

»*Sorry. Nicht, bis ich dich sehe.*«

»Und dadurch kann ich helfen, die Galaxis zu retten.«

»*Das ist der Plan.*«

Ledesme würde es kaum schätzen, wenn sie wieder in den Raum spazierte und sich dauerhaft entschuldigte. Es sähe aus, als würde sie weglaufen—was sie nicht täte. Sie war bereit, hierzubleiben und diese Krise bis zum Ende auf heimischem Boden auszuhalten.

Meno, ist es ein Problem, alle Daten zu deiner Architektur und deinen Interna zu bündeln?

Keineswegs, Mia. Ich habe sie in weiteren 4,3211 Sekunden vorbereitet und auf eine Disk gebrannt.

Also. Würde sie wirklich alles zurücklassen—ihr Zuhause, ihre Unternehmen, das Vertrauen der Gouverneurin—und zur Erde fliegen, nur weil Caleb sagte, er brauche sie? Wobei er der Fairness halber nicht gesagt hatte, *er* brauche sie, sondern die Galaxis. Vielleicht brauche. Oder so ähnlich. Trotzdem …

Sie stieß einen langen Atem aus. »Ich fliege heute Nachmittag.«

19

ERDE

BERLIN

»Admiral Solovy, darf ich Ihnen Dr. Lionel Terrage vorstellen, Gründer und CEO von *Surno Materials*. Außerdem bei uns: der Direktor des *Space Materiels Complex*, Brigadier Wyryck. Und Noah kennen Sie ja.«

Miriam nickte knapp aus ihrem Holo heraus. Sie schien an Bord eines Transports zu sein, vermutlich auf dem Weg zu einem weiteren konspirativen Ziel. Kennedy wusste, dass Miriam Alex gesehen hatte, aber sonst nichts. Sie wusste nicht, wo oder wann oder ob Alex zur Erde kommen würde, oder … sie wusste es einfach nicht. Nachrichten an Alex blieben unbeantwortet; man hatte ihr gesagt, es gebe Gründe, nur nicht, welche.

Vor ihrer Flucht von Messium war Kennedys Einbindung ins Militär minimal gewesen, und der Grad an Geheimhaltung, den die Organisation pflegte, kam ihr ziemlich drastisch vor. Vielleicht war es nicht immer so—Sonderumstände und so.

Sie saßen an einem kleinen Konferenztisch in einem ebenso kleinen Raum gleich neben der Fertigungsstraße. Es war ein frustrierender Tag gewesen, und die Launen waren kurz. Außerdem verstand sie jetzt vollständig, warum Noah als Teenager von zu Hause abgehauen war und nie zurückgeblickt hatte. Selbst wenn sein Vater in seinem engen Fachgebiet unbestreitbar brillant war, wäre sie glücklich, nie wieder eine Minute in Lionels Gesellschaft verbringen zu müssen. Ihr gefiel Noahs überschwängliche Brillanz besser. Und sein Humor. Und seine ... anderen Qualitäten. Gott, sie hoffte, sie würde den angerichteten Schaden reparieren und die Beziehung retten können.

Mit professioneller Freundlichkeit lächelnd begrüßte sie die Runde, bevor sie den Fokus zurück aufs Holo legte. »Die gute Nachricht: Dr. Terrage hat sich als große Hilfe erwiesen, um die Schwierigkeiten bei der Herstellung der *Adiamene* zu lösen. Wir glauben, wir haben die Kinderkrankheiten im Griff und werden in der Lage sein, innerhalb eines Tages Bahnen von der Größenordnung einhundert Quadratmeter pro Stunde in Serie zu produzieren.«

Miriams Miene blieb wachsam. »Dazu gibt es entsprechende schlechte Nachrichten, nehme ich an.«

Kennedy deutete auf den Direktor. »Ich überlasse Brigadier Wyryck die Details.«

Der richtete sich stolz im Stuhl auf. »Admiral Solovy, erlauben Sie mir zu sagen, welch Ehre es ist—«

»Die schlechten Nachrichten, Brigadier.«

Er zuckte, als hätte man ihn geschlagen. »J-ja, Admiral. Die *Adiamene* in diesem Tempo zu produzieren, kostet 708 Millionen Credits pro Monat, oder ungefähr 23,6 Millionen pro Tag.«

Kennedy fand, Miriam verbarg die Überraschung in ihren Augen beeindruckend schnell—zumal die Frau heute in eher mäßiger Stimmung zu sein schien. »Brigadier, ein Dreadnought ist billiger.«

»Sie müssen verstehen, unsere Zulieferer—«

19

»Verschonen Sie mich mit den Details. Dafür habe ich keine Zeit. Darf ich annehmen, die Hälfte der Menge kostet *nicht* die Hälfte, sondern?«

»Äh ... nein, Ma'am ... es kostet zwei Drittel. Verstehen Sie, es gibt Anlaufkosten und—«

»Natürlich gibt es die.« Miriam massierte sich den Nasenrücken. »Ich sehe nicht, wie wir das stemmen sollen. Wir schreiben seit Beginn des Zweiten Crux War rote Zahlen und haben bereits über unsere Rückzahlungsfähigkeit hinaus geliehen. Wäre es eine vernünftigere Summe, könnten wir vielleicht ein paar Zulieferer dazu bringen, uns einen Teil der Materialien zu stunden, aber in diesem Fall halte ich das für unrealistisch. Ich kann mit Premierminister Brennon über eine *Executive Order* sprechen, doch fürchte ich, uns fehlt die Zeit, sie umzusetzen.«

Ihr Blick wanderte über die Anwesenden. »Allerdings erkenne ich den strategischen Vorteil, den uns erhebliche Mengen dieses Metalls verschaffen könnten. Insofern bin ich für Alternativen offen.«

Kennedy atmete leise aus. Sie hatte den Vorschlag nicht einbringen wollen, solange es eine andere Option gab. Sie ging nicht leichtfertig mit dem Geld ihrer Familie um, und selbst für sie war die Summe schwindelerregend. Aber das hier war das Ende der Welt.

Sie verschränkte die Hände auf dem Tisch. »Ich sollte die Kosten decken können, zumindest für den ersten Monat. Danach, vermute ich, hat sich die Dringlichkeit erledigt—so oder so.«

Noah fiel neben ihr fast vom Stuhl. Nachdem er sich wieder gefangen hatte, rückte er dicht zu ihr und murmelte: »Blondie, bist du irre? Niemand hat so viel Spielgeld.«

Sie verzog schmal den Mund. »Wir schon.«

Wyryck war in Sprachlosigkeit erstarrt und würde heute kaum noch Konstruktives beitragen. Miriam seufzte. »Ms. Rossi, ich kann Ihre Familie nicht um derart hohe Summen bitten. Nicht ohne Rückzahlungsgarantie, die ich bedauerlicherweise nicht geben kann.«

»Und die brauchen Sie nicht. Ich melde mich freiwillig. Angesichts der … besonderen Natur der Summe muss ich die Zustimmung meines Vaters einholen. Aber ich bin zuversichtlich, ihn von der Notwendigkeit dieser Investition zu überzeugen.«

»Sie glauben wirklich so sehr an die Fähigkeiten dieses Materials?«

»Ja, Ma'am. Mehr noch: Ich glaube, wir müssen alle alles in unserer Macht Stehende tun, um diese Aliens zu besiegen. Das hier liegt in meiner Macht.«

Miriam lachte trocken; es klang weniger scharf als zuvor. »Dann werde ich nicht weiter protestieren. Sollten wir den Tag gewinnen, tue ich, was ich kann, um Ihre Familie in irgendeiner vermutlich unzureichenden Form zu entschädigen. Melden Sie sich, wenn Sie die Details geklärt haben. Im Namen der Erdallianz—im Namen aller—danke.«

Als das Holo erloschen war, blitzte Kennedy Noah ein schelmisches Grinsen zu. »Hast du schon mal *Texas* gesehen?«

Seine Stirn legte sich in ratlose Falten. »Was ist ein ›Texas‹?«

20

SENECA

CAVARE

Miriam hatte nicht um die Militäreskorte gebeten, die sie beim Aussteigen aus dem Transport in Empfang nahm. Tatsächlich hatte sie den Piloten angewiesen, am zivilen Raumhafen in Cavare zu docken, um genau diese Art von Pomp zu vermeiden—und auch, um proaktiv etwaige »Probleme« zu umgehen, die entstehen könnten, wenn eine Admiralität der Erdallianz direkten Zugang zum Militärhauptquartier der Föderation anfordert.

Vor allem hatte sie gehofft, sich zwanzig Minuten stehlen zu können, um die Realität zu verarbeiten, den Boden eines Landes zu betreten, das fünfundzwanzig Jahre lang ein erklärter Feind gewesen war. Der Feind, der für den Tod des Mannes verantwortlich war, den sie mit allem liebte, was sie war.

Sie nahm in der letzten Reihe Platz, gerade als Admiral Chonsei vor den kleinen Briefingraum trat. Er glitt mit dem Blick einmal durch das Publikum und begann. »Die Informationen, die ich gleich offenlege, sind Top Secret, bis Sie anderes angewiesen werden. In den nächsten sechs Stunden werden Premierminister Ioannou und Admiral Breveski voraussichtlich einen Waffenstillstand mit der Senecan Föderation unterzeichnen, der die Feindseligkeiten beendet—« der Raum explodierte in Ausrufen und Protesten »—genug! Der Waffenstillstand erklärt die Einstellung der Feindseligkeiten, solange eine detaillierte Liste von Bedingungen erfüllt ist und erfüllt bleibt.«

»Das ist kein Friedensvertrag. Unsere Kräfte bleiben auf Alarmstufe IV, bis wir die Bedingungen verifizieren können, danach auf Stufe III, wahrscheinlich noch verdammt lange. Ich sage Ihnen das jetzt, weil wir, sobald die Nachricht öffentlich wird, Anfragen von der Presse bekommen werden. Sollten Sie persönlich eine Anfrage erhalten, lautet Ihr Befehl, die offizielle Linie zu rezitieren. Keine Ausnahmen.«

Chonsei dozierte weiter über ›Embargos‹ und ›beschränkte Reisen‹ und ›klare Grenzen‹ und ›minimale diplomatische Beziehungen‹, aber Miriam hörte die meiste Zeit nur ein schrilles Klingeln in den Ohren.

Nein. Das konnte nicht das Ergebnis sein. Vier Monate hatte sie geschuftet, Schlaf und Mahlzeiten geopfert, um alles in ihrer Macht Stehende zu tun, damit sie den Sieg errangen. Davids Opfer durfte nicht vergeblich sein. Konnte es nicht. Wie konnten sie nur.

Sie stand auf und räusperte sich. »Sir, das wird wie eine Kapitulation aussehen.«

»Die offizielle Haltung der Erdallianz ist, dass es keine ist, und das hat auch Ihre Haltung zu sein.«

»Aber, Sir, wir dürfen jetzt nicht einknicken. Wir haben die Kräfte und die Feuerkraft, diesen Krieg zu gewinnen—die verantwortlichen Stellen in Vancouver sind nur nicht bereit, sie einzusetzen. Sie schicken unsere Schiffe in minimaler Verbandsstärke los und lassen sie in Scharmützel um Scharmützel zermürben. Aber wenn wir die Hälfte—ein Drittel—der Sol-Flotte nach Seneca schicken, können wir diese Rebellion zerschlagen—«

»Kommodore Solovy, Sie sind raus aus der Linie. Wenn Sie keiner Rüge *wegen Ungehorsams entgegensehen wollen, setzen Sie sich.«*

Ihre Lippen öffneten sich, der Protest auf der Zunge ... aber sie gehorchte und setzte sich.

»Die Sol-Flotte geht nirgendwohin. Die Allianz wird die Erde nicht einen Augenblick unverteidigt oder auch nur verwundbar zurücklassen. Außerdem werden unsere Führenden nicht das Risiko der Verluste eingehen, die aus so einer riskanten Offensive erwachsen könnten. Ende der Durchsage.«

Das Briefing endete irgendwann. Miriam fand sich in erstarrter Benommenheit in ihrem Büro im 7th Stock des Logistikzentrums des Nordamerikanischen Militärhauptquartiers wieder. Minuten später stellte sie fest, dass sie an ihrem Schreibtisch saß, ohne sich erinnern zu können, wie sie dorthin gekommen war.

Wie konnten sie vor diesen Aufrührern kapitulieren? Wofür hatten sie drei Jahre lang gekämpft, wenn nicht dafür, die Rebellen zur Raison zu bringen? Wofür war David gestorben, wenn nicht für den Glauben, dass Pflicht, Ehre und Loyalität bis zum letzten Atemzug zu verteidigen waren?

Wenn diese Senecaner sich einbildeten, ohne die lästige Einmischung der Allianzregierung sei das Leben irgendwie besser, hätten sie nach Requi oder Pandora oder Gaiae auswandern sollen. Aber sie hatten nicht das Recht, die Waffen gegen ihre eigene Regierung zu erheben, Allianzschiffe zu stehlen und Allianzinfrastruktur zu beschlagnahmen und gegen jene zu richten, die sie gebaut hatten.

In Wahrheit waren sie nichts als bewaffnete Schläger, die auf Krawall aus waren. Bei Kappa Crucis hätten sie sich lösen können, als sie sahen, dass es eine Evakuierung und kein Angriff war. Stattdessen drängten sie voran, Waffen im Feuer, begierig darauf, Wissenschaftler und deren Kinder zu töten, nur um sich noch etwas zu nehmen, was ihnen nie gehört hatte. Sie—

—alle Gefühle, all der Schmerz, die Verzweiflung und die ohnmächtige

Wut quollen aus dem dunklen, trostlosen Versteck in ihrer Seele, brachen durch ihre eisenharte Rüstung und entkamen. Sie griff nach der kleinen Bronzeskulptur des Marcus Aurelius auf ihrem Schreibtisch und schleuderte sie gegen die gegenüberliegende Wand.

Das gellende Krachen beim Aufprall half nicht, ebenso wenig das laute Klackern, als sie am Boden entlangkullerte und gegen die Möbel stieß und wie eine Flipperkugel herumhüpfte. Sie presste die Augen zu und mahlte die Zähne, bis die unerträglichsten, das Leben zerstörenden Regungen wieder in den Schatten versanken.

Dann stand sie auf, holte die Statue aus der Ecke, in der sie schließlich liegen geblieben war, und stellte sie behutsam zurück auf den Schreibtisch.

Wutanfälle brachten nie etwas, und sie hatte schwach gehandelt, einem nachzugeben. Nichts half je, außer Fuß vor Fuß vor Fuß zu setzen, bis die unbarmherzige, monotone Wiederholung die Trauer unter sich begrub.

Jetzt, dreiundzwanzig Jahre nach dem Waffenstillstand, kam sie als geehrter Gast auf Seneca an. Sie hatte sich für Frieden mit der Föderation eingesetzt. Sie hatte Frieden mit der Föderation geschlossen. Hatte ihre Unterschrift unter den Vertrag gesetzt und alles. Sie hatte mit deren Führung Strategien ausgearbeitet und mit deren Militär Kooperationsmaßnahmen umgesetzt.

War es da ein Wunder, dass sich in demselben dunklen, trostlosen Winkel ihrer Seele all dies wie Verrat anfühlte—Verrat an Davids Andenken, an seinem Leben, seiner Liebe und seinem Tod?

Es war eine irrationale Regung, der sie nicht nachgeben sollte. Darüber hinaus wusste sie, dass David nicht gewollt hätte, dass sie ihr nachgab. Vor allem anderen hatte er das Leben in all seiner Pracht geliebt, und wäre er hier, würde er ihr sagen, sie solle verdammt noch mal alles Nötige tun, um es zu retten.

Dennoch hätte sie die zwanzig Minuten bevorzugt, um die anhaltende Bitterkeit im Stillen zu überwinden. Stattdessen warteten am

Fuß der Rampe ein Föderationskapitän und zwei Leutnants auf sie. »Admiral Solovy, willkommen auf Seneca. Feldmarschall Gianno hat uns beauftragt, Sie zum Militärhauptquartier zu begleiten.«

Sie warf die Schultern zurück und strich die Jacke glatt. »Gehen Sie voran.«

* * *

SENECAN FÖDERATION MILITÄRISCHES HAUPTQUARTIER

Miriam wurde mit brutaler Effizienz durch die geschäftigen Korridore des Militärhauptquartiers geleitet, in einen gut bewachten Lift und eine weitere schmucklose, aber dennoch belebte Passage hinunter bis zu einer stattlichen Tür am Ende.

Der Weg vom Raumhafen bis zu dieser Tür hatte mehrere bemerkenswerte Eindrücke hinterlassen. Die bevorzugte Architektursprache der Föderationsregierung war so schlicht, dass sie an Kargheit grenzte, dabei makellos gestaltet. Die zivile Architektur war edel und teuer, für ihren Geschmack etwas zu glänzend. Senecas Mond war erschreckend groß.

Sie hatte einen guten Blick auf den riesigen Planetensatelliten erhascht, weil es 02:00 Uhr Ortszeit war—was offenbar niemanden weiter störte. Ehrlich gesagt war sie erleichtert zu sehen, dass die Senecaner genauso unermüdlich arbeiteten wie sie und Brennon und deren Untergebene.

»Sie können reingehen, Admiral. Wenn Sie zum Raumhafen zurückwollen, sagt der Marshal uns Bescheid.«

Sie schickte die Eskorte fort und betrat Giannos Büro. Die

Einrichtung—sofern vorhanden—war geschmackvoll und extrem zurückhaltend. Der einzige persönliche Gegenstand im Blick war ein Visual an der Wand: ein distinguierter Mann, ungefähr in Giannos Alter, Arm in Arm mit einem deutlich jüngeren Mann, der dem Marshal unverkennbar ähnlich sah.

Gianno stand hinter dem Schreibtisch, prüfte eine Hand-Screen und winkte Miriam, ohne aufzusehen, herein. Ein Mann im dunklen, maßgeschneiderten Anzug stand am Fenster, den Rücken ihnen zugewandt. Aus dem Winkel konnte sie nicht erkennen, wer es war. Dann sprach er, und sie erkannte die Stimme des Vorsitzenden der Föderation, Vranas.

»Ihr abtrünniger General hat gerade Nukes auf Ogham eingesetzt.«

Miriam starrte auf seinen Hinterkopf, während sie ihre Antwort abwog. Sie erwog, die diplomatische Schiene zu fahren, verwarf sie aber. Sie steckte mit diesen Leuten bis zum Hals in einem Kampf um die Zivilisation. Sie hatten zuvor eine Vorliebe für Klartext statt Arschkriecherei gezeigt; sie würde sie bedienen.

»Es gibt einen Grund, warum er abtrünnig ist.«

Vranas stieß einen trockenen Atem aus, drehte sich aber weiterhin nicht um, also wechselte sie zu Gianno. »Die einzigen Nukes, die er besitzen würde, sind taktische Fusions-Antischiffminen. Sagen Sie, er hat die auf der Oberfläche eingesetzt? Falls ja—«

Gianno schüttelte den Kopf, legte die Screen beiseite und richtete die Aufmerksamkeit auf Miriam. Die Frau wirkte deutlich kühler als bei ihrer Begegnung auf Romane, doch unter den Umständen erwartete Miriam ohnehin keine Wärme.

»Er hat damit zwei Knoten im Verteidigungs-Array ausgeschaltet und eine Lücke geschaffen, durch die er fliegen konnte. Der Orbit des Arrays ist so niedrig, dass die Nukes die Atmosphäre mehr oder weniger vergiften werden. Die anfängliche Zahl der Toten am Boden liegt bereits bei über zehntausend.«

»Es tut mir leid, ich weiß, dass diese Worte kaum mehr sind als verbrauchte Luft.«

Vranas drehte sich endlich zu ihnen um. »Was werden Sie dagegen unternehmen?«

Sie betrachtete beide für einen langen, gewichtigen Moment. »Nichts.«

Dem Mann fiel das Kinn auf die Brust—ehrlicher Schock, wie sie annahm. »Nichts?«

Brennon würde vielleicht behaupten, ihre Antwort erfülle kaum das »was immer nötig ist« … aber er war nicht hier, und dies war ihr Zug.

»Wir arbeiten mit Hochdruck daran, seine Bewegungen nachverfolgen zu können. Wir erwarten, dass die Kommunikation nach Fionava innerhalb eines Tages wiederhergestellt wird, was helfen sollte. Sollten wir in der Lage sein, ihn zu tracken und ausreichend Vorwarnzeit haben, genehmige ich liebend gern—mit Freude—einen Schlag gegen seine Schiffe oder liefere Ihnen die Informationen, damit *Sie* es tun. Sie haben nicht nur meine Autorisierung, sondern den vollen Segen der Streitkräfte der Erdallianz, ihn vom Himmel zu holen, falls Sie ihn finden—auch wenn ich sicher bin, dass Sie in so einem Fall nicht auf eine Autorisierung warten würden.

Wenn—nein, wenn *wir* über die Metigen siegen, schicke ich eine ganze Brigade, um ihn zu jagen und ihm keine Gnade zu gewähren, wenn sie ihn stellen. Aber ich glaube, das wird nicht nötig sein. Fast sechshundert Allianzsoldaten sind an Bord dieser Schiffe. Sie kennen den Unterschied zwischen richtig und falsch, und wenn es irgendeine Möglichkeit gibt, werden *sie* ihn stoppen.

Was auch geschieht—wir dürfen keinen Augenblick die Einsätze vergessen, um die es hier geht. Angesichts ihrer schieren Größe werde ich *nichts* tun, bis die passenden Umstände eintreten.«

Giannos Miene blieb undurchschaubar, Sekunden tickten vorbei. Es war ein gewaltiges Risiko, und Miriam hoffte inständig, dass es sich auszahlte.

Schließlich wechselte die Frau einen beunruhigten Blick mit Vranas. »Wäre die Situation umgekehrt, täte ich nicht mehr. Ich verabscheue es, aber der Logik kann ich nicht widersprechen.«

Vranas stöhnte und ließ sich auf die Fensterbank zurückfallen. »Wenn wir das überstehen, liegt eine obszöne Reparaturrechnung auf Brennons Schreibtisch.«

»Er wird damit rechnen, Sir.«

Die Spannung im Raum ließ ein paar Stufen nach, auch wenn Miriam das nicht »entspannt« nennen würde. Gianno rief eine größere Anzeige über dem Schreibtisch auf und begann, Befehle einzugeben. »Es sind nicht mehr viele Kolonien übrig, die er treffen kann, es sei denn, er will die Trümmer nuken, die die Aliens hinterlassen haben. Ich fahre die Verteidigung der verbliebenen Kolonien hoch—über das Offensichtliche hinaus, was wir schon besprochen haben. Darüber hinaus habe ich, wie Sie, keine Ressourcen, um jede Kolonie zu bewachen.«

»Da Sie hier sind—ich nehme an, Sie haben keine guten Nachrichten?«

»Tatsächlich habe ich welche. Sie erinnern sich an die Forschung zu einem neuen, schifftauglichen Metall? Wir haben die Produktionsprobleme gelöst und erwarten, innerhalb von Stunden im Rundum-die-Uhr-Betrieb zu starten. Stärke, Resilienz und Leitfähigkeit liegen um Größenordnungen über den aktuellen Materialien beider unserer Militärs.«

»Ausgezeichnet, aber was nützt es uns *jetzt*? Schiffe baut man nicht an einem Tag.«

»Nein, aber meiner Meinung nach lohnt es sich, das Material zur Reparatur beschädigter Schiffe zu verwenden. Es hat adaptive

Eigenschaften, die sich *über* den reinen Reparaturumfang hinaus auszahlen könnten. Wenn Sie möchten, leite ich einen Teil unserer Produktion an Sie um.«

»Was kostet das?«

Ein Mundwinkel hob sich minimal. »Darum kümmern wir uns, wenn unser abtrünniger General aus dem Verkehr ist.«

Vranas hakte nicht nach; vermutlich verstand er die vielen Variablen in ihrer Aussage. »Wenn sonst nichts ist, muss ich in mein Büro zurück. Admiral. Marshal.«

Nachdem die Tür hinter ihm geschlossen war, wandte Miriam sich wieder Gianno zu. »Eine letzte Sache habe ich noch. Die muss zwischen uns bleiben und *off the record.*«

»Ich habe keine Aufzeichnungsgeräte installiert, und der Raum ist immer abgeschirmt. Worum geht's?«

Miriam trat ans Fenster, neugierig, was Vranas eben angestarrt hatte. Aber außer Dächern und einem schattigen Turm vor der Dunkelheit gab es nichts zu sehen. Vielleicht suchte er eher nach Antworten anderer Art.

»Ich habe neue Details zur Natur der Alienschiffe erfahren. Sie werden von *geketteten KIs* betrieben, um es so auszudrücken: synthetische Intelligenzen für einen einzigen Zweck, ausgestattet mit den kognitiven Fähigkeiten, um diesen Zweck zu erfüllen.«

»Nützliche Aufklärung, keine Frage—aber warum die Heimlichkeit?«

»Diese Info muss nicht *off the record* sein. Nutzen Sie sie, um Ihre Gefechtstaktik zu verfeinern.«

Giannos Kopf neigte sich. »Und die Metigen selbst?«

»In den Schiffen sitzen keine organischen Wesen. Wir kämpfen nicht gegen Metigen. Wir bekämpfen ihre Drohnen. Die wahren Aliens—ich bin nicht sicher, ob ich sie ›organisch‹ nennen würde, aber egal—bleiben jenseits des Portals.«

»Ah.« Ein wissendes Lächeln zupfte an Giannos Lippen. Sie sagte nichts, aber es gab nur zwei Personen, die solches Wissen vermitteln konnten—eine Tatsache, die beide verstanden. »Und Sie haben eine Idee, wie wir das zu unserem Vorteil nutzen.«

»Eine ›Idee‹, wie Sie sagen, wurde vorgeschlagen, ja. Ihre Schiffe sind schneller und stärker als unsere und—zumindest auf der Rechenebene—klüger als wir: klüger als unsere Piloten, unsere Kommandanten, unsere Gefechtsfeldführung. Dennoch haben *wir* Maschinen, die mit ihrer Denkschnelligkeit und Entscheidungsgewalt mithalten können. Maschinen, die wir nicht entfesseln dürfen, Eleni …« Sie machte eine Pause, lang genug, um die Aufmerksamkeit der Frau zu sichern. »*Außer*, es gibt eine Möglichkeit, ihre Geschwindigkeit und Macht unter menschlicher Kontrolle zu nutzen.«

»Das dürfte interessant werden.«

»Sehr. Der Vorschlag sieht vor, eine Handvoll Menschen mit sorgfältig ausgewählten *Artificials* zu verbinden und ihnen *begrenzte* operative Befugnisse bei Gefechtsentscheidungen zu geben.«

Gianno runzelte die Stirn. »Über Fernschnittstellen? Das ist kaum revolutionär und kein Gamechanger.«

»Eben. Ich spreche von einer *integraleren* Verbindung, über eine tiefere neuronale Schnittstelle.«

»Nein. Das menschliche Gehirn verträgt keinen Direktlink mit einem *Artificial*. Das hat man mehrfach versucht—mit schädlichen, oft tödlichen Folgen.«

Ich weiß. Glaub mir, ich weiß. Allein an die Risiken zu denken, ließ Panik in ihr aufsteigen, aber sie weigerte sich, nachzugeben.

»Wir—gewisse kundige Personen—glauben, dass dieses Hindernis überwunden wurde. Mehr möchte ich jetzt aus zwei Gründen nicht sagen: Ich habe frühestens morgen eine definitive Antwort, und ich habe den Vorschlag noch nicht mit Premierminister Brennon besprochen. Da uns die Zeit davonläuft, wollte ich Ihnen jedoch die Gelegenheit geben, vorab zu bewerten, wie so etwas auf Ihrer Seite funktionieren könnte und wen Sie als potenzielle Kandidaten in Betracht ziehen würden.«

Gianno lehnte sich mit dem Rücken an die Wand und legte die Fingerspitzen an ihr Kinn. »Nun, Miriam, ich würde nur *ein* Artificial in Betracht ziehen—das, das ich kontrolliere. Außerdem fällt mir sofort eine Kandidatin ein, die sich für ein derart waghalsiges Experiment perfekt eignet—angenommen, sie überlebt die Schlacht bei Elathan.«

21

ELATHAN

KOLONIE DER SENECAN FÖDERATION

Morgan tauchte in einer Korkenzieherspirale durch ein Feld aus Trümmern, wich aus und rotierte, um den Überresten von gut zweitausend zerstörten Föderationskriegsschiffen und -jägern sowie ungezählten Schwärmern zu entgehen. Und natürlich neun Superdreadnoughts. Sie und ihre Kameraden hatten die feindlichen Linien beeindruckend aufgerissen und die Angreifer so weit geschwächt, dass die Metigen Elathan wohl nicht nehmen würden. Nicht heute.

Doch in ihrem Bauch spürte sie, dass sie verloren. Nicht dieses Gefecht, aber vielleicht den Krieg. Die Trümmer ringsum erzählten die Geschichte. Selbst mit der schieren Größe der Superdreadnoughts kamen auf jeden Meter Metigen-Schrott fünf Meter Föderationswrack. Die hier versammelten Kräfte stellten mehr als ein Drittel der gesamten Flotte dar. Elathan war zweifellos wichtig, die starke Verteidigung gerechtfertigt—aber jeder Erfolg, ahnte sie, kostete viel zu viel. Ihre Aufgabe war es ohnehin, möglichst viele Schwärmer abzuschießen. Einen nach dem anderen. Neunzehn

Kills hatte sie bislang.

Sie flog trotz der hohen Zahl aus zwei Gründen noch: Erstens machte das großflächige Chaos das Sterben ein bisschen schwerer; es gab viele Ablenkungen und Zwischenfaktoren. Zweitens hatte Stanley die Flugmuster der Schwärmer außergewöhnlich gut gesimmt. Für eine Artificial, die bei Taktik sonst schwächelte, seltsam—aber über STANs Marotten konnte sie später nachdenken. Ein roter Blitz unten bot ihr ein Ziel; der Schwärmer ignorierte sie, während er seiner eigenen Beute nachjagte. Umso besser. Sie musste nur vor ihn kommen.

Das alles wäre erheblich einfacher, wenn ihr Jäger mit einem Arcalaser ausgerüstet wäre. Der Prototyp war eine Wucht gewesen, vor allem, nachdem sie herausgefunden hatte, dass die Fehler auftraten, weil die Ziel-ware nicht nur den Weg zum Ziel, sondern fortwährend Natur und Position des Ziels neu berechnete. Sobald sie ein »sticky« Endziel initialisiert hatte, schubsten die— zugegeben—hirnschmelzenden, dynamisch erzeugten Quantenwellenleiter den Laser mit 92-%-Erfolgsrate ans Ziel. Nach vier Stunden auf dem Testfeld hatte sie ihren Bericht abgegeben, die Ingenieure auf Kurs gebracht und Feldmarschallin Gianno angefleht, sie endlich in den echten Kampf zu schicken. Es war höchste Zeit, diese Monster wirklich zu töten.

Wie immer schwenkte das Alienschiff 40° zur vergleichsweise offenen Seite, um eine Breitseite auf sein Ziel—einen anderen Jäger— abzufeuern.

Commander Lekkas: SF-N3E-18B, Kurs nicht ändern, bis ich den Befehl gebe, dann Abtauchen auf −67°z.

SF-N3E-18B (Captain Prosky): Äh, warum—Schwärmer an meinem Heck!

Commander Lekkas: Kurs NICHT ändern.

Captain Prosky: Scheiße. Halte den Kurs.

Sie schwang entgegengesetzt zum Schwärmer E 38°.

Ziel. Anvisieren. Lock.

Commander Lekkas: Jetzt.

Der Jäger fiel weg und gab ihr freie Schussbahn, während der Strahl des Schwärmers hinterherzog. Feuer. Die feindliche Waffe zuckte eine Sekunde ziellos, fand sie dann und erwiderte das Feuer. Doch die Verzögerung reichte: Überrascht und in der Defensive explodierte der Schwärmer, während ihre Schilde noch ganze 12 % übrig hatten. Sie schlängelte sich durch die Trümmer, hielt sich bedeckt, bis die Schilde wieder oben waren.

Captain Prosky: Danke.

Commander Lekkas: Was? Ach. Sicher. Pass künftig besser auf deinen Hintern auf.

Captain Prosky: Ja, Commander.

Die Sonnenstrahlen fingen das Trio haarfeiner Ringe, das Elathan umkreiste, als sie über den Kern des Gefechts hinwegstieg und deren Ebene querte; der kornseidige Schimmer wurde zu reinem, vibrierendem Gold. Genervt von der Blendung drehte sie weg, um das Leuchten im Rücken zu haben. Aus der neuen Perspektive sah sie zwei Kreuzer, die mit einem Superdreadnought Hühner spielte. Der Alien-Koloss zerfiel, scharlachrotes Plasma strömte aus mehreren Rumpfbrüchen und hinterließ eine unheilvolle Wolke. Aber allein seine Trägheit konnte ihn in beide Kreuzer rammen, wenn die nicht bald ausweichen. Sie schalt sich, dass sie gaffte—ein Schwärmer hätte ihr in der Zeit leicht den Antrieb wegsprengen können. Neues Ziel. Die taktische Whisper-Anzeige erwies sich im Gewimmel als zuverlässiger als das Sichtfenster. Da. Sie stieg steil, um das Ziel von oben anzugehen—

Oberst Idoni (SFS Gandin): Commander Lekkas, kehren Sie zur Gandin zurück.

Sie fuhr zusammen und verlor den Schwärmer im Meer der

Kontakte. Zum Träger zurück? Die Schlacht war doch längst nicht vorbei.

Commander Lekkas: Befehl wiederholen.

Oberst Idoni: Commander, Sie haben den Befehl, umgehend zur Gandin zurückzukehren.

Was?

Commander Lekkas: Bestätigt.

Sie riss den Jäger vom Schwergewicht des Gefechtskerns weg und zum Träger, der sechs Megameter entfernt in relativer Sicherheit hing.

* * *

Morgan überließ ihren Jäger der Deckcrew und stürmte zum Lift, in dem sie bis auf die Brücke in engen Kreisen auf und ab marschierte. Der Befehl war vom Ersten Offizier der *Gandin* gekommen—also wusste er wohl am ehesten, was hier verdammt noch mal los war.

Auf der Brücke lag eine seltsame Ruhe. Nicht überraschend: Nachdem ein Träger seine Jäger und Spezialboote entlassen hatte, blieb ihm während des Gefechts nur, beschädigte Schiffe einzusammeln— und nicht in die Luft zu fliegen.

Sie stellte den XO an seinem Pult links vom Ausguck. Sie trommelte mit dem Fuß hörbar, während er noch Anweisungen diktierte. Als er sich abwandte, die Nase in ein Handdisplay gesteckt, schob sie sich in seinen Weg. »Sir, Commander Lekkas zurück an Bord der *Gandin* und ersucht um eine Erklärung.«

»Ah, Commander. Ich wollte Sie gerade rufen. In acht Minuten sitzen Sie in einem Transportschuttle nach Seneca.«

»Gibt es dafür einen besonderen Grund?«

Er zuckte mit den Schultern. »Befehl der Feldmarschallin.«

22

ERDE

EASK-HAUPTQUARTIER

Ein Sperrfeuer aus Sonderprozeduren, Täuschungen und Sicherheitsmaßnahmen dominierte ihre Ankunft auf der Erde. Es sägte Alex wie ein schriller, verstimmter Ton durchs Trommelfell. Sie wollte am ORSC landen und in ihrer eigenen Bucht andocken. Sie wollte nach Hause, in ihrem Loft duschen und in ihrem Bett schlafen. Sie wollte den Sicherheitsleuten sinnbildlich den Mittelfinger zeigen und ihrer klaustrophobischen Bewachung entkommen. Sie tat nichts davon. Das schrieb sie in erster Linie Calebs beruhigender Präsenz an ihrer Seite zu—und außerdem einem ihr völlig ungewohnten Wunsch, ihre Mutter nicht zu provozieren. Provozieren würde sie sie bestimmt noch ein-, zweimal, bevor sich das Schicksal der Menschheit entschied; aber dann bitte für etwas Besseres als gut gemeinte, wenn auch nervige Bemühungen, sie am Leben zu halten.

Sie dockte am EASK-Hauptquartier mit falscher Seriennummer und unter falschem Namen an. Im Hangar erwarteten sie Richard, ein Major Lange und vier imposante, furchteinflößend wirkende Militärsicherer. Dem Publikum geschuldet gab es von Richard nur ein Nicken und ein schnelles Lächeln—er trug inzwischen den Rang eines Brigadiers und spürte das Gewicht der zusätzlichen Verantwortung wohl deutlich. Caleb vergewisserte sich, dass sie ihre persönlichen Waffen führen durften, dann brachte man sie direkt zu den verlegten Operationsbüros. Die Route führte sie nicht an den Ruinen des Hauptquartiers vorbei, doch das tiefe Grollen der schweren Maschinen lag unüberhörbar in der Luft. Der Grundriss des Logistikgebäudes war ihr fremd. So sehr sie ihre Besuche im HQ gehasst hatte—es war wenigstens ein bekannter Ort gewesen. Der neue tat nichts, um sie zu beruhigen.

Leise maulte sie in einem weiteren neuen Flur: »Uff, kaum zu glauben, aber mir fehlt fast das alte HQ.«

Calebs Blick glitzerte neckisch, sie rümpfte ihm die Nase entgegen. »Was?«

Er beugte sich näher, damit die Eskorte es nicht hörte. »Ich erinnerte mich nur—du bist da drin rumstolziert, als würdest du den ganzen verdammten Laden besitzen, und kein Offiziersstreifen weit und breit. Du warst umwerfend.«

»Bis ich dich verhaften ließ.«

Seine Lippen an ihrem Ohr: »Hat sich ja ausgezahlt.« Das sanfte Flüstern jagte ihr einen köstlichen Schauer den Rücken hinab. *Oh ja, hat es.* Er lachte leise, trat jedoch zurück, als sie die Operations-Suite im obersten Stock erreichten und die Eskorte endlich auf vernünftige Distanz ging. Ihre Mutter war noch nicht da, aber Dr. Canivon sollte vor Ort sein, und—

—Kennedy materialisierte aus dem Nichts und riss sie so heftig in die Umarmung, dass Alex fast zu Boden ging. »Du bist die verrückteste Frau der Galaxis, aber verdammt noch mal auch die glücklichste!«

»Oder die gerissenste. Dich zu sehen tut gut, Ken.« Alex befreite sich, fand wieder festen Stand. »Ich hörte, du hattest selbst so 'ne kleine Lebensgefahr?«

Kennedy wedelte ab. »War nix. Außer in all den Punkten, wo's was war. Apropos …« Sie wandte sich an Caleb, der an der Wand wartete. »Caleb, ich freu mich, dass du's auch geschafft hast. Hier ist jemand, den du vielleicht sehen willst.«

Seine Augenbrauen kletterten. »Jemand, den *ich* sehen will? Ich kenne doch niemanden auf der Erde … oder?«

Kennedy führte sie um die Ecke in eine Lounge/Teeküche. Sie war leer—bis auf einen: Ein Typ mit schulterlangem, straßenblondem Haar, robusten Khakis und ausgewaschenem T-Shirt nutzte den *Lounge*-Aspekt maximal; tief in die Couch geglüht, Füße auf dem Tisch, Hände hinterm Kopf verschränkt.

»Ich fass es nicht. Noah?«

Der Mann schnellte hoch. »Hey, du *lebst* ja!« Er und Caleb trafen sich auf halber Strecke und umarmten sich auf diese lässig-männliche Art. Alex bemerkte, wie Caleb den Körper unauffällig so drehte, dass seine verletzte Seite nicht in Gefahr geriet.

Alex sah Kennedy an.

»Er hat mir irgendwie das Leben auf Messium gerettet. Wir haben uns versteckt, die Ursache der exanet-Störung rausgefriemelt, sind durch eine von Aliens angegriffene Stadt, haben den Planeten mit einem Shuttle verlassen—und völlig abgefahren: Er kennt Caleb.«

Sie betrachtete Caleb und den »Noah«, die angeregt quatschten. »Seh ich. Aber da ist noch mehr, oder?«

»Na klar. Er ist Lionel Terrages Klon, hat seinen Vater sitzen lassen, um auf Pandora das wilde Leben zu führen, und die Zelones haben ein Kopfgeld auf ihn ausgesetzt, deshalb ist er überhaupt nach Messium—«

»Ich meinte: Seid ihr zwei zusammen?«

»Oh. Ich denke schon.«

»*Du denkst*? So zögerlich kenn ich dich bei Männern nicht.«

Kennedy brummelte. »Ich weiß. Und ja, sind wir. Es ist nur …«—sie senkte die Stimme zu einem verschwörerischen Flüstern—»… er ist ein bisschen Freigeist. Keine Ahnung, wie lange ich ihn halten kann.«

Alex presste die Lippen zusammen, um das Lachen zu unterdrücken—vergeblich glitzerten die Augen.

»Was?«

Sie musterte die Decke. »Nichts.«

»Jetzt sag's schon.«

»Ich fragte mich nur, ob du endlich ebenbürtige Gesellschaft gefunden hast. Wurde auch Zeit.«

Kennedy ließ den Kopf an die Wand plumpsen. »Ich steck so was von in Schwierigkeiten.« Alex lachte jetzt offen—und lachte noch, als Caleb Noah herüberführte, um sie vorzustellen.

* * *

Alex ließ Caleb bei Kennedy und Noah in der Lounge. Die Leichtigkeit würde ihm guttun. Nach dem Angriff ging es ihm ironischerweise deutlich besser. Er hatte den Großteil des Flugs von Pandora geschlafen—Gott sei Dank; besser als all das *Nicht-schlafen* auf dem Hinflug. Vor allem aber hatte sein Körper so mehr Energie in die Regeneration pumpen können, und entsprechend heilte er jetzt schneller. Trotzdem hatten die letzten Tage, ja Wochen, an seinen Reserven gezehrt. Er hatte sich eine Pause verdient. Bei ihr war es anders: Sie fühlte sich nicht ausgelaugt, sondern beflügelt—durch die Überzeugung, die Fähigkeit und die Mittel zu besitzen, diesen Krieg zu beenden.

Das Special-Projects-Gebäude lag fünf Gehminuten entfernt, also bekam sie eine Eskorte aus drei Militärpolizisten (MPs). Trotz ihrer Lässigkeit blieben sie derart höflich und respektvoll, dass Alex in Betracht zog, sie könnten schlicht Angst vor ihrer Mutter haben. Weil Special Projects nicht so verschanzt war wie Operations, begleiteten die Wachen sie nicht nur bis zur Labortür, sondern inspizierten auch Personal und Inhalt, bevor sie sie hineinließen. Zwei MPs blieben davor stehen, der dritte bezog Posten am Flurende.

Dr. Abigail Canivon hatte das Test- und Entwicklungslabor von ANNIE samt Reinraum für Valkyries Hardware übernommen. Alex fand sie am gigantischen, charakteristischen 3×3-Screen aus ihrem Sagan-Labor, den sie offenbar mitgebracht hatte. Tausende Codezeilen klebten rechts im Bild; geschwungene Linien und Pfeile verbanden die Segmente zu einem Netz. Links zeigten sich Schemata menschlicher Gehirnregionen, teils bis auf Neuronenebene vergrößert.

»Nette Freunde hast du da. Die Durchsuchung eben war ziemlich gründlich«, murmelte die Frau, während sie Stränge im Code nachzog.

»Sorry. War nicht meine Idee.«

Canivon drehte sich schließlich um und maß sie wachsam. »Leider kein richtiger Ort zum Sitzen und Reden, aber du kannst dir einen Stuhl heranziehen.«

Alex zog einen Laborstuhl heran, saß verkehrt herum, die Arme über der Lehne. »Hast du alles, was du brauchst?«

»Für den Moment. Ich werde allerdings bald eine Menge zusätzlicher Dinge anfordern.« Canivon holte ihren eigenen Stuhl und setzte sich ordentlich. »Kleingerede ist heute nichts. Du willst *sie*, stimmt's? Deshalb hast du darauf bestanden, dass ich sie mitbringe.«

Keine Ausflüchte—geradeheraus. Genau deshalb hatte Alex sie immer bewundert. »Ja.«

»In diesem Gebäude steht eine Artificial, die nach *jedem* objektiven Maß leistungsfähiger ist. Sicher größer—obwohl man mit ein paar Effizienzprinzipien die Hälfte der Hardware einsparen könnte.

Neuer, vollgestopft mit Datenbanken zu Militärgeschichte, Verfahren, Ressourcen, Taktiken. Bereits Teil der Allianz-Infrastruktur. Nutz die stattdessen.«

»Ich kenne ANNIE nicht—und um es deutlich zu sagen: Ich will keine Regierungsmaschine in meinem Kopf herumstochern lassen. Am Ende achtet sie nur darauf, dass wir alle Häkchen auf der richtigen Checkliste setzen, so wie der Rest der Regierung. *Valkyrie* kenne ich—und ich weiß, dass du sie nach höchsten Standards gebaut hast.«

»Du hast eine Stunde mit ihr gesprochen. Vor vier Jahren.«

»Das sind neunundfünfzig Minuten mehr als mit jeder anderen Artificial. Sie mochte mich; du hast es selbst gesagt. Es ist die naheliegende, logische Wahl—und die einzige, mit der ich leben kann. Doktor, mir ist klar, dass sie dir wichtig ist. In meinen Händen aber ist sie *existenziell* wichtig. Ich will sie nicht nur—ich brauche sie.«

»Sie ist mir nicht *wichtig*. Sie ist mir *kostbar*.« Die Frau blinzelte, hob die Schultern. »Aber sie würde mir nie verzeihen, wenn ich ihr die Chance nähme, die Menschheit zu retten. Du gewinnst. Wenn dieser beeindruckend subversive Plan durchgewinkt wird ... gehört sie dir.«

Alex konnte an der verschlossen-trockenen Frau nicht ablesen, wie viel es sie kostete. »Danke. Ernsthaft.«

Ein Seufzer, eindeutig: Genervtheit. »Wenn du Symbiontin meiner engsten Gefährtin wirst, kannst du mich wohl auch ›Abigail‹ nennen—so wie *sie* es tut.«

»Abgemacht, Abigail. Und jetzt?«

Abigail blieb im Ton völlig unverändert. »Valkyrie, erinnerst du dich an Ms. Solovy?«

Die Stimme kam aus einem Lautsprecher beim Großdisplay. *»Natürlich. Ich habe versucht, deine letzten zwei Monate zu verfolgen,*

Alex, aber es gab wenig Informationen. Es freut mich sehr, dich lebend und wohlauf zu sehen.«

»Danke, Valkyrie. *Exploits* würde ich es nicht nennen, aber langweilig war's nicht.«

»Wenn du ein paar Minuten hast—würdest du mir davon erzählen?«

Die Intonation klang natürlicher als in Alex' Erinnerung; vier Jahre hatten hörbar Spuren hinterlassen. Alex lächelte. »Wenn du möchtest, kann ich dir mehr als *erzählen*. Du kannst es dir selbst ansehen.«

* * *

Richard ließ die Tür hinter sich zufallen, aktivierte am Panel das Schloss und die Abhörabschirmung—und zusätzlich das Shielding-Gadget in seiner Tasche. *Dann* wandte er sich den sechs Frauen und Männern im kleinen Besprechungsraum zu. Zusammen waren sie seine besten derzeit auf der Erde stationierten Agenten. Wer nicht ohnehin in den Cascades war, war von ihm noch auf dem Flug von Pandora zurückbeordert worden; die Letzte war vor fünfzehn Minuten auf der Insel gelandet.

»Danke, dass Sie so kurzfristig gekommen sind—und in mehreren Fällen laufende Ermittlungen dafür haben liegen lassen.«

Major Flores zuckte mit den Schultern. »Ich nehme an, es geht um etwas, das uns erlaubt, nächsten Monat überhaupt noch als Spezies zu existieren. Das scheint mir wichtiger, als 'nen Oberst zu schnappen, der im Schlaf einer Prostituierten Staatsgeheimnisse vorblubbert.«

Richard schmunzelte mild. Die anderen lehnten an den Wänden statt am Tisch zu sitzen; er selbst hielt die Haltung bewusst etwas formell. *Feldagentinnen der Nachrichtendienste waren oft die »am wenigsten Militärischen«* aller *Soldat*innen—das war früher er selbst gewesen, aber inzwischen salutierten zu viele Leute vor ihm, um locker zu bleiben. »Ab jetzt ist alles Stufe-V-klassifiziert.« Entsprechend der höchsten Geheimhaltungsstufe—vorbehalten für Vier-Sterne-Fälle und Kabinettsangelegenheiten—kam die gewünschte Reaktion.

»Verdammt.«

»Wen genau schützen wir—oder jagen wir?«

»Seit einer Stunde haben wir zwei Gäste auf der Insel. Ihre Sicherheit und ihr Überleben haben oberste Priorität—und zwar nicht *nur*, weil eine von ihnen die Tochter der Flottenadmiralin Solovy ist.«

»Und der andere ist der Senecan-Agent, dem der HQ-Anschlag angehängt wurde und der letzten Monat unserer tollen Sicherheit entwischte.«

»In der Tat. Wie sind Sie darauf gekommen?«

Captain Kessler schnaubte. »Ich hoffe, Sie würden mich feuern, *wenn* ich nicht drauf käme.«

»Beim ersten Mal gäbe es wohl nur Bewährung und 'nen Auffrischungskurs. Alexis Solovy und Caleb Marano stehen unter dem Schutz des EASK-Sicherheitsbüros. Sie haben rund um die Uhr Militärpolizei und Eskorte. Major Lange hat ein Top-Level-Protokoll um all ihre Aktivitäten gezogen.«

»Wozu braucht man dann *uns*?«

Richard blieb neutral; so saß der Schlag besser: »Der erste Unterschlupf wurde zu Schutt gebombt—ein so geheimer Safehouse der Senecan-Division, dass *wir* nicht davon wussten. Am zweiten Ort wurden drei Eliteschützer in Nahdistanz von einem hochtrainierten freiberuflichen Attentäter getötet. Und in der einen Stunde, die sie jetzt hier sind, hat das Sicherheitsbüro *zwei* Infiltrationsversuche und *einen* Mordversuch *von innen* vereitelt.«

»Jesus. Wer hat's so *derbe* darauf abgesehen, dass die beiden tot sind?«

»Die Metigen.«

Flores starrte offen ungläubig. »Sir?«

»Die Aliens verfügen über menschliche Agenten. Wir wissen nicht, wie viele und in den meisten Fällen nicht, wer. Wir wissen *nur*, dass sie existieren. In allen drei heutigen Vorfällen wurden die Angreifer getötet—keine Antworten.«

»Ihr Job ist in erster Linie eine *unsichtbare* Extraschicht Schutz. Uniformierte Sicherheit ist auffällig, absichtlich. Sie bleiben in Zivil und in den Schatten. Suchen Sie die Bedrohung, *bevor* geschossen wird. Im Idealfall schnappen wir sie lebend, *bevor* Schüsse sie als Informationsquelle untauglich machen. Best-Case: Wir fangen ein paar und spannen das Netz weiter. Folgeermittlungen laufen über mich. Sie bleiben beim Personenschutz. Und wenn die Wahl zwischen Intel und dem Leben unserer Zielpersonen steht, lautet die Antwort *immer* und *ohne Frage*: deren Leben.«

»Befugnisse, Sir?«

»Der Premier hat die Gesamtlage auf Alpha-Eins gesetzt. Sie sind befugt, alle Maßnahmen zu ergreifen, die Sie für nötig halten.« Nicken. Keine weiteren Fragen. »Wenn ich könnte, ließe ich Sie in achtstündigen Rotationen arbeiten, aber ich bezweifle, dass die zwei länger als ein, zwei Tage hierbleiben. Solange sie hier sind: Halten Sie sie am Leben.«

* * *

Kurz nachdem Alex die Lounge verlassen hatte, verabschiedete sich Caleb ebenfalls. Es hatte ihn aufrichtig gefreut, Noah zu sehen, und es war eine Erleichterung zu erfahren, dass er den Kerl nicht unabsichtlich in den Tod geschickt hatte; unter anderen Umständen hätte er die Gelegenheit beim Schopf gepackt, sich zu entspannen und mit einem Kumpel abzuhängen. Aber die Umstände waren andere, und er musste etwas tun. Er musste handeln, wenn auch nur im kleinsten möglichen Rahmen. Zuerst brauchte er Informationen.

Seine militärischen Wachen eskortierten ihn pflichtbewusst zu Richard Navicks Büro und bezogen draußen Stellung, während er sich mit einem stummen Nicken bedankte.

Im Büro traf er den Mann an, der ihn nachdenklich musterte, im Stuhl nach vorn gelehnt, eine Hand ans Kinn gestützt. »Die Wunder der modernen Medizin. Vor nicht einmal zwei Tagen hab ich gesehen, wie du an die Himmelspforte geklopft hast. Und jetzt klopfst du an meine.«

Caleb verzog das Gesicht, lehnte sich an die Wand und versuchte, lässig zu wirken. »So schlimm war's nicht ...«

»Doch, so schlimm war's. Ich habe über die Jahre meinen Anteil an Verletzungen gesehen und ... nun, ich bin froh, dich am Stück zu sehen.«

»Eher so, als wären die Stücke zusammengeklebt. Deshalb bin ich hier.«

Navick richtete sich im Stuhl auf. »Du machst dir Sorgen um die Sicherheit.«

»Ich bin sicher, dass du das im Griff hast und deine Leute mehr als fähig sind. Aber Tatsache ist: Ich bin in keinem Zustand, einen Angriff aufzuhalten, falls einer kommt, und ich muss wissen, dass Alex hier sicher ist.« Er musste sie vielleicht nicht im existenziellen Sinn wirklich beschützen, aber das hieß nicht, dass er es nicht versuchen würde.

»Dann interessiert es dich vielleicht, dass es seit deiner Ankunft drei versuchte Angriffe gegeben hat.«

Caleb stieß sich von der Wand ab, Überlebensinstinkt – und Beschützerinstinkt – schossen durch die beschädigten Leitbahnen seines Körpers. »Was? Wie? Wo?«

»Beruhig dich. Alle wurden vereitelt, bevor eine unmittelbare Gefahr bestand, und du hast nichts davon mitbekommen. Ich sage es dir nur, um zu zeigen, dass wir es tatsächlich im Griff haben.«

»Jesus …« Er fuhr sich mit der Hand über den Kiefer. »Gibst du mir wenigstens einen Überblick über die Sicherheitsmaßnahmen? Tu mir den Gefallen?«

Richard schüttelte den Kopf, was Caleb ein Stirnrunzeln entlockte. »Warum nicht?«

Als Antwort tippte Richard sich ans Ohr und deutete dann an die Decke. Die Botschaft war klar: Die Aliens hörten mit, und mit jeder weitergegebenen Information stieg die Wahrscheinlichkeit, dass sie aufgezeichnet, ausgewertet und identifiziert wurde.

Caleb funkelte die Decke und ihre unsichtbaren Beobachter an, ließ die Sache jedoch auf sich beruhen. Offensichtlich nahm Navick ihre Sicherheit sehr ernst, und mehr Zusicherung würde er nicht bekommen.

»Wo ist Alex? Ich bin überrascht, dass sie dich aus den Augen gelassen hat.«

»Sie trifft sich mit Dr. Canivon.«

»Ah.« Richard musterte ihn aufmerksam. »Und wie fühlst du dich damit? Wenn ich fragen darf.«

Er zog den Besucherstuhl hervor und setzte sich, stützte die Ellbogen auf die Knie und ignorierte das protestierende Ziehen in seiner rechten Seite. »Es spielt keine Rolle, wie ich mich damit fühle.«

»Im Gegenteil, ich vermute, es spielt eine große Rolle, wie du dich damit fühlst – zumindest für sie. Als du verletzt warst … Alex ist vielleicht nicht immer die Beste darin, ihre Gefühle zu zeigen, aber ich hoffe, du zweifelst nicht daran, wie viel du ihr bedeutest. Nachdem ich gesehen habe, wie sie mit dir ist, könnte daran niemand zweifeln.«

»Nein, das tue ich nicht – und genau das ist der Punkt. Ja, meine Gefühle dazu sind ihr nicht egal, und eben deshalb kann ich ihr keinerlei Bedenken mitteilen, die ich vielleicht habe. Tatsache ist, dass sie recht hat. Sie ist nicht nur die Richtige dafür – wenn sie es nicht tut, könnte es unser Aus bedeuten. Sie muss diejenige sein. Alle Sorgen über die möglichen Kosten sind irrelevant, weil sie es sein müssen.«

Richard schwieg einige Sekunden, offensichtlich abwägend, wie er antworten sollte. Schließlich lehnte er den Stuhl zurück und schenkte Caleb ein halbherziges Lächeln.

»Ich erinnere mich an Alex' vierten Geburtstag. Miriam war in Oslo stationiert und arbeitete bei European Logistics, und David unterrichtete in London einen Kurs in defensiver Flugtaktik und pendelte an den Wochenenden. Ich war auf Shi Shen im Einsatz, nahm mir aber ein paar Tage Urlaub für einen Besuch.

»Wie auch immer, die Party war an einem Samstagmorgen. In der Nacht zuvor hatte es früh geschneit, also waren Alex und ihre Spielkameraden draußen und taten, was Kinder im Schnee tun – sprich: ihn hauptsächlich einander an den Kopf werfen.

»Etwa eine Stunde nach Beginn der Party kam David an, wie immer mit großem Auftritt. Sein Geburtstagsgeschenk für Alex war ihr erstes Lev-Bike, das er in London besorgt hatte, ohne Miriams Wissen. Sie war ganz aufgebracht, protestierte, Alex sei viel zu jung und das Terrain ums Haus viel zu bergig und gefährlich und so weiter. Sie trugen die Diskussion drinnen aus, aber das Ergebnis war: Alex bekam das Lev-Bike.«

Er hielt inne und schmunzelte. »David war in solcher Hinsicht überzeugend.«

Caleb hatte dem nichts hinzuzufügen, also fuhr er fort. »Nach Kuchen und Eis und weiteren Geschenken zeigte David Alex, wie man das Bike bedient – es war so ein winziges Ding, neongelb

gefärbt, sodass man es noch aus einem Kilometer Entfernung sah –
und dann legte sie los.

»David und ich standen da und schauten zu, wie sie über den Hof
jagte. Das Bike hatte eine Höhenbegrenzung von ein paar Metern,
sonst wäre sie in der ersten Minute auf dem Dach gewesen. Ich fand
es nötig zu erwähnen, dass Miriam vielleicht ein paar gute Punkte
gehabt hatte, und fragte ihn, ob er keine Angst habe, Alex könnte
sich wehtun.

»David zuckte die Schultern. ›Sie leiht sich seit zwei Monaten,
wenn sie meint, wir würden nicht hinschauen, eins von dem
siebenjährigen Sohn der Nachbarn. Dieses kleine Mädchen wird
tun, was sie will. Wenn wir versuchen, sie aufzuhalten, findet
sie einfach einen Weg um das herum, was sie als lästiges, aber
unbedeutendes Hindernis betrachtet. Das Beste – das Einzige –, was
wir tun können, ist, sie in die richtigen Bahnen zu lenken und ihr
die Werkzeuge zu geben, die sie braucht, um … um sich zumindest
nicht umzubringen.‹«

Navick lächelte scheinbar amüsiert, und nach einem Moment
wurde Caleb klar, dass das daran lag, dass er selbst lächelte. Er rieb
über die verheilte Schnittwunde an seinem Kinn und bedeutete dem
Mann, fortzufahren.

»Ich war etwas skeptisch und sagte das auch. ›David, sie ist vier
Jahre alt.‹ Wir sahen zu, wie sie in Achten um zwei Bäume kurvte
und sich duckte, um die untersten Zweige zu verfehlen, und er legte
den Kopf schief. ›Und?‹«

»Ich konnte kaum weiter argumentieren und murmelte: ›Sie hat
vor nichts Angst, oder?‹«

»David schüttelte den Kopf. ›Doch, manchmal hat sie Angst. Aber
das macht sie nur wütend. Angst ist ein weiteres Hindernis, über
das man springt oder das man durchbricht.‹«

»Dann fuhr er sich mit der Hand durchs Haar und blickte in den

Himmel. ,Du kannst dir nicht vorstellen, wie es ist, ein Kind wie sie großzuziehen. Es ist aufregend und furchteinflößend, und die Hälfte der Zeit hänge ich mit den Fingernägeln dran und bete, dass ich es richtig mache. Aber es wird sich lohnen. Wenn wir sie nur bis achtzehn ohne Tod oder schwere Verletzung bringen, wird sie die Galaxis in Brand setzen. Und niemand wird sie aufhalten können.'«

Caleb atmete aus und ließ den Blick auf den Boden sinken. Er sah die Szene, die Richard so anschaulich beschrieb, so deutlich vor sich, dass die Geschichte wahr sein musste. Wenig überraschend ließ es ihn noch mehr in sie verlieben. »Du erzählst mir nichts, was ich nicht schon weiß.«

»Das ist mir klar. Ich habe auch Angst um sie. Wir alle. Miriam ist vor Angst wie gelähmt – man merkt es ihr nicht an, also musst du mir glauben. Aber die Wahrheit ist: Alex ist ihr ganzes Leben auf diesen Moment zugesteuert. Fühl dich nicht schlecht, wenn du sie nicht aufhalten kannst, denn niemand kann das. Das Beste – das Einzige –, was wir tun können, ist, ihr zu helfen, wo wir können.«

Auch das war nichts, was er nicht ohnehin instinktiv gewusst hätte ... aber es tat gut zu hören, dass er damit nicht allein war. Die Stille hielt an, bis er wieder aufsah. »Und was ist mit dem Bike passiert?«

Navick nahm einen Schluck aus der Tasse auf seinem Schreibtisch. »Sie hat innerhalb einer Woche herausgefunden, wie man die Höhenbegrenzung deaktiviert, ist zwei Wochen später damit gecrasht und hat sich den Arm gebrochen und ihren Vater gezwungen, ihr zu zeigen, wie man es repariert, während der Arm heilte.«

Er konnte nicht anders, als zu lachen. »Natürlich hat sie das.«

23

ELATHAN-STERNENSYSTEM, NORD-ZENTRAL QUADRANT

Die *Akagi* fiel aus dem Überlicht, genau mittig zwischen den mit Mittel- und Langstreckensensoren ausgestatteten Bojen, die potenziell unerwünschte Besucher nach Elathan melden sollten. Die *Yeltsin* und die *Chinook* materialisierten zwei Sekunden später an ihrer Seite. Wenn eines der Schiffe sich um mehr als ein paar Megameter bewegte, würden die Bojen sie erfassen, also verharrten sie lautlos.

Verschleierung war keine Taktik, die Liam als seine Stärke betrachtete, doch hier war sie nötig. Elathan markierte den weitesten Osten, den sie bisher erreicht hatten, und so sehr er es hasste, er konnte die Realität des Vormarschs der Aliens nicht ignorieren. Ausgehend von den Kolonien, die die Invasoren belagert hatten, als er die Kommunikationssperre verhängte, konnten sie inzwischen bei Elathan sein—und er hatte nicht vor, seine Insurrektion zur Zielscheibe der Aliens werden zu lassen, weder zufällig noch absichtlich.

192

»Sir, ich registriere eine bedeutende Zahl künstlicher Signaturen in der Nähe von Elathan. Einige davon sind Föderation, aber viele werden als unbekannt zurückgemeldet.«

»Schicken Sie den Aufklärer bis auf Sichtweite. Ich will es mit eigenen Augen sehen.«

»Ja, Sir. Bilder in sieben Minuten.«

Liam vertrieb die Wartezeit, indem er einen präzisen Kurs entlang der mittleren vierzig Prozent der Brückenbreite abmaß. Die Sperre wurde zum Problem—für ihn ebenso wie für die Crew. Oder genauer: für seine Kontrolle über die Crew. Sie hatten eine Galaxis zurückgelassen, die im Chaos versank und unter Beschuss stand; vielleicht hatten sie eine Zivilisation in ihren Todeszuckungen zurückgelassen.

Damit konnte er leben. Man hatte ihm alles genommen—seine Mutter, dann seinen Vater, dann sein Kommando und nun seine Karriere. Würde das Militär ihn fassen, würde man ihn wie Gosse-Abschaum einsperren und den Namen seiner Familie verleumden. Sobald er seine Rache hatte, sobald seine Lebensmission erfüllt war, konnten die Aliens die Menschheit haben, so sehr es sie begehrte.

Bis dahin jedoch bereitete der Mangel an echten, aktuellen Informationen Schwierigkeiten. Er könnte einem Kom-Offizier befehlen, die Sperre nur für ihn und nur lange genug zu umgehen, um sich auf den neuesten Stand zu bringen. Doch ein solcher Schritt riskierte die Entdeckung durch jene, von denen er wusste, dass sie ihn zu verfolgen versuchten, und die Unfähigkeit, ihn zu verfolgen, war bisher der Schlüssel zu seinem Überleben gewesen.

Außerdem drohte, wenn in der Crew bekannt würde, dass er seine eigene Sperre gebrochen hatte, ein Aufstand, wenn nicht offener Meuterei. Es gab bereits Geflüster, und nicht nur Geflüster um geliebte Menschen. Die Crew glaubte, er höre sie nicht, bemerke die abgewandten Blicke und das verlegene Räuspern nicht, wenn er nahte. Aber er hörte und sah es. Er fürchtete allerdings, dass ihre nachvollziehbare Angst vor ihm sie nicht ewig im Zaum halten würde.

Er musste alles nur noch eine Weile zusammenhalten.

»Sir, Bilder vom Aufklärer gehen ein.«

Drei Visualisierungen erschienen auf dem Übersichtsdisplay. Sie zeigten die Silhouette Elathans, schwefel- und strohgelb in gleißender Pracht, seine Ringe funkelten heller als grelle Zirkus-Stroboskope. Sie zeigten zahlreiche Schiffe der Föderation, deren zur Schau gestellte, pseudo-bedrohliche Messerkannten mitten im Gefecht standen, unter Explosionen und inmitten eines weiten Trümmerfelds. Sie zeigten ein Dutzend oder mehr der massigen Alienschiffe und Tausende kleiner Punkte, die ihre grotesken kleinen Kreaturenschiffe markierten. Die eingefrorenen Bilder verrieten nicht, wer im Augenblick die Oberhand besaß, doch es war absurd zu glauben, selbst das gesamte Militär der Föderation hätte gegen diese mächtigen alienhaften Räuber eine Chance.

Verdammt.

Er hatte wirklich gehofft, diesen unsäglich eingebildeten Schönling von Planet zu zerlegen. Er hatte letzte Nacht davon geträumt, gesehen, wie die Türme im kränklichen Morgenlicht unter dem Feuer der Waffen der *Akagi* zu Staub zerbröselten. Das »Juwel der Föderation« verdiente es, durch seine Hand zu brennen … aber vielleicht reichte es, *dass* es brannte.

Er musste die Karte nicht studieren; er kannte das präzise Layout des Föderationsraums und den Standort jeder einzelnen Kolonie. Wenn die Aliens Elathan belagerten, würden sie bald Seneca belagern. Bewegte er sich jetzt nicht gegen die Hauptstadt der Föderation, würden die Aliens ihm seinen ultimativen Preis rauben.

Der Drang, Seneca zu schlagen, wurde so stark, dass er sich physisch auf die Lippen beißen musste, um den Befehl nicht zu geben.

23

Seine Haut pulsierte vor dem Bedürfnis, dass wahres Senecaner Blut seine Hände färbte.

Tief in ihm hatte er gewusst, als er die *Akagi* an sich brachte, dass er seine rechtmäßige Belohnung niemals erhalten würde. Seine drei Kriegsschiffe wären gegenüber dem Senecanischen Verteidigungsnetz so unbedeutend wie Insekten und ebenso leicht fortgewischt. Doch jetzt, so nahe, dass er die Schreie fast hören konnte …

»Arrrgghhh!« Seine Faust fuhr durch das hauchdünne polykristalline Glas und den Rahmen des fest eingebauten Bildschirms an der Aussicht. Glassplitter stoben über den Boden, der Rahmen hing zerrissen, ausgefranst in der Luft.

Dann riss er sich am Riemen. Er musste sich damit zufriedengeben, so viele Bürger der Föderation wie möglich zu töten, so viel wie möglich von ihrer ach so gerühmten Infrastruktur zu Asche zu machen—bevor alles endete.

Dass die Aliens Elathan angriffen, war eine gute Nachricht, wenn man sie richtig betrachtete. Das Militär der Föderation würde versuchen, Elathan, Seneca und was immer noch von ihrem mickrigen Imperium übrig war, zu retten. Sie würden die westlichen Kolonien unverteidigt lassen und sie ihm so auf einem polierten Silbertablett servieren wie eine fein zubereitete Gourmetspeise.

Er wandte sich zu seinem Büro. »Kurs auf Krysk setzen. Und räumt hier den Saustall auf.«

24

ERDE

EASK-HAUPTQUARTIER

Miriam trat in das Büro der Direktorin für Sonderprojekte—und traf Brigadier Hervé und Dr. Canivon mitten in einem Streit an.

»Mein Punkt—der jüngste von vielen—is: Wenn Sie eine Zweiweg-Verbindung zulassen, wird es unmöglich, zu definieren, wo der Mensch endet und die Artificial beginnt.«

»Und *mein* Punkt ist: Es wird keine Rolle spielen.«

Miriam hatte bei ihrer Rückkehr zum EASK mit allerlei neuen Konflikten und Krisen gerechnet. Mit diesem hier allerdings nicht.

Sie räusperte sich, und Hervé fuhr in Habachtstellung. »Admiral, bitte, kommen Sie herein. Dr. Canivon und ich haben gerade ein paar Aspekte ihres Vorschlags diskutiert.« Canivon machte einen kleinen Schritt zurück und neigte den Kopf, als stimme sie Hervés recht ironischer Zusammenfassung ihrer ›Diskussion‹ zu.

»Das habe ich mitbekommen. Sie haben Bedenken, Brigadier?«

»Ja.« Ihre Stimme trug eine ungewöhnliche Vehemenz. »Konkret die potenziellen Konsequenzen, nicht nur eine oder mehrere Artificials zu entfesseln, sondern ihnen die Schlüssel zu tödlicher und mächtiger Bewaffnung auszuhändigen—Konsequenzen, mit denen Sie vertraut sind, Admiral. Während Dr. Canivons Theorien über den besänftigenden Effekt menschlichen Einflusses faszinierend sind und es wert, *vorsichtig* in der Zukunft verfolgt zu werden, schenkt sie meiner Ansicht nach den damit einhergehenden Gefahren nicht genügend Beachtung.«

»Jules, diese Gefahren haben meine Arbeit während meiner gesamten Laufbahn geprägt. Was ich vorschlage, ist ein Weg, diese Gefahren endlich zu überwinden.«

Jules? Interessant. Miriam war nicht bewusst gewesen, dass die beiden sich kannten, auch wenn es nahelag, dass sie sich begegnet waren, als Dr. Canivon den Rat für Biosynthetik-Ethik und -Policy leitete. Irgendetwas sagte ihr jedoch, dass da mehr war.

»Brigadier, Sie haben sich für einen stärkeren Einsatz von Artificials ausgesprochen. Ehrlich gesagt, ich hatte erwartet, dass Sie den Vorschlag unterstützen.«

Hervé brauchte einen Moment, um zu antworten. »Sie haben recht, Admiral. Aber meine Position zu Artificials war immer von einem gesunden Respekt geprägt—nicht nur vor ihrem Nutzen, der unbestreitbar beträchtlich ist, sondern vor ihrer Macht und den in ihr lauernden Gefahren. Ich habe für den Abbau von Barrieren und Restriktionen plädiert, aber ausschließlich dort, wo kein gerechtfertigter Vorteil darin lag, sie aufrechtzuerhalten, und ich empfehle *nie*, die Maschinen außerhalb robuster Sicherheitsmauern zu lassen. Wenn ich offen sein darf? Schon *eine einzige* entfesselte Artificial, der die Kontrolle über militärische Systeme der Allianz übertragen wird, stellt eine ebenso große Bedrohung für uns dar wie die Metigen.«

Miriam reagierte nicht sichtbar auf diese grenzwertig hyperbolische—vielleicht treffende—Feststellung und richtete ihre Anfrage neu aus. »Dr. Canivon?«

Die Schultern der Frau bewegten sich minimal, ein Hauch von

Achselzucken. »Jules hat recht, wenn auch vorhersehbar melo-dramatisch. Aber nach meinem Verständnis ist es genau *diese* Machtdimension, die wir brauchen, wenn wir diese Aliens besiegen wollen. Ich biete Ihnen einen Weg, diese Macht in *menschliche* Hände zu legen—sie zu bündeln und zu führen, mit der Zusicherung, dass die Artificials auf unserer Seite stehen.«

»Weißt du, Abigail, Arroganz war schon immer dein größtes Problem. Wir *können* Artificials nicht beherrschen. Niemand kann— nicht einmal du, so genial du bist. Sind die Fesseln einmal ab, wird dies *ihre* Welt sein. Angesichts dieses ›menschlichen Einflusses‹ sind sie vielleicht wohlwollende Diktatoren. Vielleicht aber auch nicht. Wir werden es erst erfahren, wenn es zu spät ist, nicht wahr?«

Hervé wandte sich Miriam zu. »Admiral, mir ist klar, dass Ihnen im Kampf gegen die Metigen nur wenige Optionen bleiben. Mir ist bewusst, dass unsere Lage, um es nüchtern zu sagen, *verzweifelt* ist. Wenn Sie mir sagen, dass dies unser einziger Weg zum Sieg ist, werde ich Ihre Befehle befolgen und nach Kräften bei der Umsetzung helfen. Aber es ist meine Pflicht sicherzustellen, dass Sie, *bevor* Sie die Entscheidung treffen, das Ausmaß der Gefahren kennen, die auf diesem Pfad warten.«

Die Debatte, das Aufeinandertreffen starker Persönlichkeiten— offenkundig eingefärbt von einer gemeinsamen Geschichte—war faszinierend gewesen. Aber sie hatte keine Zeit für Gezänk und noch weniger für Komplikationen.

Miriam schenkte beiden ein straffes Lächeln. »Niemand hat behauptet, die Entscheidungen, um die man mich bitten würde, seien leichte. Brigadier Hervé, ich nehme Ihre Bedenken zur Kenntnis. Sie dürfen sie auch in einem formellen Bericht festhalten—*tatsächlich* ermutige ich Sie dazu. Einwände gehören unbedingt in die Akte. Zuerst allerdings brauche ich Ihre Empfehlungen für geeignete Kandidaten für eine Partnerschaft mit ANNIE.«

Hervé starrte sie an, und für einen Moment fragte sich Miriam, ob sie einen Befehl verweigern würde, wenn auch einen impliziten. Schließlich nickte sie jedoch—ausgesprochen widerwillig und mit einem Hauch von Resignation. »*Das* zumindest ist eine einfache Entscheidung.«

* * *

SE-Staffel verbleibt auf Sagan zur Bildung eines Verteidigungsrings für den Fall einer Rückkehr der Metigen.

SE-Sanitätszug verbleibt auf Sagan zur Durchführung von Rettungsoperationen.

und 4th SE-Brigade verließen Sagan 1027.0317 Galaktisch.

—3rd SE-Brigade patrouilliert Korridor Derveni–Minskei–Kangxi.

—4th SE-Brigade patrouilliert Radavi-Raum.

Beschädigte Schiffe der Erdallianz und Träger EAS Roosevelt kehren zur SE-Kommandostruktur in New Cornwall zur Reparatur zurück.

Bei Sagan zerstörte Schiffe der Erdallianz: 796. Beschädigt: 319.

Zerstörte Metigen-Hauptschiffe bei Sagan: 10. Im Abflug: 2.

Checksumme Flottenstärke New Cornwall: 0x1E7A.

Status 5th NE-Aufklärungspatrouille: negative Metigen-Sichtung.

Status 2nd SE-Aufklärungspatrouille: negative Metigen-Sichtung.

Sechs Evakuierungstransporter starten von Derveni nach Deucali.

—Evakuierung Derveni: 87 % vollständig.

12-Stunden-Produktion von Adiamene im EA Space Materiels Complex: 79 % Ausbeute.

—Empfehlung zur Anpassung der Maximaltemperatur auf 0,4091° an Direktor Wyryck übermittelt.

Zehn Metigen-Hauptschiffe im Sternensystem Scythia detektiert 1027.0320 Galaktisch.

—3rd NE-Division, ausgenommen 7th NE-Brigade, Gefecht aufgenom-

men 1027.0320 Galaktisch.

Wahrscheinlichkeit, dass Metigen-Hauptschiffe identisch mit den vormals bei Pyxis gesichteten: 81,4513 %.

Erwartete Reisezeit Metigen-Hauptschiffe Xanadu → Aesti: 6,6103 h.

—Verspätung Metigen-Hauptschiffe bei Aesti: 3,0887 h.

—Sigma-Abweichung zu zuvor extrapolierten Reisezeiten Messium–Pyxis und Brython–Nystad außerhalb Toleranz.

Neu berechnen.

Verspätung Metigen-Hauptschiffe bei Aesti: −2,5652 h.

—Fehler.

Diagnoseroutine #413 starten.

Aktualisierte Anzahl bekannter Metigen-Hauptschiffe: 102.

Aktualisierte Anzahl zeitextrapolierter geschätzter Metigen-Hauptschiffe: 237–256.

—Varianz der Variablen: 19.

—Varianz geschätzt zu bekannt: 135–154.

—Sigma-Abweichung außerhalb Toleranz.

Neu berechnen.

Aktualisierte Anzahl zeitextrapolierter geschätzter Metigen-Hauptschiffe: 181–262.

—Sigma-Abweichung außerhalb Toleranz.

Diagnoseroutine #1901 starten.

Geschätzte Ankunftszeit Metigen-Hauptschiffe bei Aesti: keine Schätzung innerhalb Toleranzen möglich, bis Diagnoseroutinen abgeschlossen.

Ergebnis Diagnoseroutine #413: Kein Fehler gefunden.

Neu berechnen.

—Fehler.

Ergebnis Diagnoseroutine #1901: Kein Fehler gefunden.

Neu berechnen.

—Fehler.

Fehleranalyse zu Diagnoseroutine #413 starten.

Fehleranalyse zu Diagnoseroutine #1901 starten.

Funktionstest Fionava-Kommunikationsknoten: 93,4747 %.

Ergebnis Fehleranalyse #413: Numerische Instabilität in Sektor 23C5-Q-5I eingeführt durch Wartungsupdate #869, abgeschlossen 1026.0243 Galaktisch.

Ergebnis Fehleranalyse #1901: Verlust an Signifikanz in Algorithmen in Sektor 91F2-R-8C eingeführt durch Wartungsupdate #869.

ANNIE führte die diversen Diagnosen ein drittes Mal aus, mit denselben Resultaten. Sie rief zwei zusätzliche Fehleranalysen auf. Eine reproduzierte die Fehler. Eine fand keinen. Folglich war *eine* fehlerhaft.

Umfassende Fehlerbewertungs-Metaroutinen zu Wartungsupdate #869 starten. Alle durch das Update eingeführten Programmänderungen katalogisieren.

Die Analyse dauerte 7,4288 Sekunden. In dieser Zeit erwog sie, auf welche Weise derart unvorhersehbare und inkonsistente Fehler eingeführt worden sein konnten. Es entsprach nicht dem Charakter ihrer Betreuer, solche Fehler zu machen.

Es sei denn, es waren keine Fehler. Eine Voranalyse deutete an, dass sie es in der Tat *nicht* sein konnten.

Ergebnis Metaroutinen Wartungsupdate #869: 416 Änderungen an bestehender Programmierung. 1 218 Ergänzungen. 344 Löschungen.

Alle von Änderungen betroffenen Prozesse isolieren und vollständige Funktionstest-Suite ausführen.

Diese Analyse würde länger dauern.

»Devon, hast du für das heutige Wartungsupdate irgendwelche Code-Änderungen freigegeben?«

Devon wandte den Blick nicht von den Daten ab, die von Fionava über seinen Tisch strömten. »Ein paar Verfeinerungen bei den Berechnungen zur Rumpffestigkeit der Superdreadnoughts, basierend auf den Daten aus der Niederlage bei Peloponnia. Warum?«

Er würde die Verzögerung von 23,2059 Mikrosekunden in ihrer Antwort nicht bemerken.

»Ich führe lediglich Performance-Kalibrierungen im Zusammenhang mit dem Update durch. Danke.«

ANNIE hatte soeben ihre erste Lüge erzählt. Der Grund war logisch und basierte auf solider Analyse, doch sie merkte sich die Bemerkenswertheit des Ereignisses.

Sie berechnete die Wahrscheinlichkeit, dass *Devon* für die eingeführten Fehler verantwortlich war und seinerseits log, mit 19,8023 %—zu hoch, um ihm zu offenbaren, dass sie mögliches Manipulieren entdeckt hatte. Nicht, solange sie Natur oder Zweck der Manipulation nicht bestimmt hatte.

Die Wahrscheinlichkeit seiner *Unschuld* war deutlich höher, was sie erfreute. Sollte es sich bewahrheiten, hoffte sie, er würde die Lüge verzeihen.

Sie berechnete die Wahrscheinlichkeit, dass *Jules Hervé* die Fehler bei der finalen Freigabe des Updates *nicht* bemerkte, mit 3,5982 %—unter ihrem historischen Durchschnitt, bedingt durch die zuletzt gestiegene Arbeitszeit für Projekt ANNIE.

Devon Reynolds und Jules Hervé besaßen alleinige Zeichnungsbefugnis für Wartungsupdates. Daraus ergab sich eine Wahrscheinlichkeit von 74,5335 %, dass *Jules* verantwortlich für die Einführung der Fehler war.

Das synthetische neuronale Netz, das ANNIEs Bewusstsein bildete, enthielt *keine* Diagnoseroutine, die bestimmen konnte, *warum* Jules wissentlich versteckte Fehler in ihre Programmierung einführen würde—Fehler, die, blieben sie unentdeckt und unkorrigiert, sich progressiv vervielfältigten, Kaskaden von Fehlschlüssen erzeugten und zu fehlerhaften Analysen und

Empfehlungen führten.

Also schirmte sie einen kleinen Sektor tief in einer Region ihrer Architektur ab, die der Überwachung der Konservierungsstände der Aufräumarbeiten am Hauptquartier gewidmet war, und begann, eine zu schreiben.

* * *

»ANNIE, ich bin nicht sicher, ob jetzt der beste Zeitpunkt ist, um eine philosophische Diskussion über das Wesen des Bösen im Menschen anzufangen.«

»Ich wollte lediglich wissen, ob du glaubst—«

Devon sprang vom Stuhl, als Richard Navick in das winzige Büro trat. »Später, ANNIE, ja? Alter, keine Ahnung, *wie* du es geschafft hast, den Virus aufzutreiben, aber du bist der Mann.«

Navick lehnte sich an die Wand und kreuzte Arme und Knöchel. »Soll ich das so verstehen, dass die Verbindung nach Fionava wiederhergestellt ist?«

»Größtenteils. Fast. Der Patch arbeitet sich noch durch die Ware am Boden, heilt den beschädigten Code. Noch eine Stunde, zwei maximal, und wir sind voll funktionsfähig.«

»Das reicht. Großartige Arbeit. Ich werde Brigadier Hervé sagen, dass du den Tag gerettet hast.«

»Was ich habe.« Er betrachtete die niedrige Decke. »Wäre irgendwie gern derjenige gewesen, der die Kopie des Virus abgeholt hat ...«

»Spionage ist kein Spiel, Devon. Es wäre gefährlich gewesen.«

»Hacker sind nicht gefährlich—nicht *für mich* jedenfalls. Aber ich verstehe deinen Punkt. Trotzdem ...«

»Trotzdem was?«

Er sank wieder in den Stuhl. Er hatte ununterbrochen gearbeitet, um nicht ins Grübeln zu geraten—und weil es nötig war, mit den Aliens und so—, doch als man ihm eine Schulter zum Ausheulen bot, klappte er prompt zusammen. »Emily ist in San Fran. Sie ist nach Hause zu ihren Eltern … meinte, ich sei zu viel weg und sie wolle nicht allein sterben.«

Navick verzog das Gesicht zu einem wahrscheinlich aufrichtigen Ausdruck des Mitgefühls. »Es tut mir leid.«

Er versuchte sich an einem heldenhaften und lachhaft jämmerlichen Achselzucken. »Ich gebe ihr nicht die Schuld. Sie hat recht— ich war zu oft weg, wenngleich aus Gründen. Und es ist ja nicht so, dass es … dass *wir* ›vorbei‹ sind oder so. Wir treten diesen Aliens in den Arsch, und sie kommt zurück.«

Er blickte Navick flehend an. »Wir *werden* diesen Aliens in den Arsch treten, oder?«

Navicks Miene krampfte sich zu einem unsicheren Grinsen. »Wir arbeiten dran.«

»Laut Canivon haben wir ihnen bei Sagan in den Arsch getreten, also …« *Komm schon, hilf mir …*

»›Canivon‹? Du bist schon beim Nachnamen mit der Doktorin? Das ging schnell.«

»Oh, ich kannte sie schon. Mehr oder weniger. Ich habe in meiner Thesis mit ihr konsultiert. Außerdem ist sie die einzige Person, von der ich weiß, dass sie klüger ist als ich.« Er beäugte Navick misstrauisch. »Aber nicht *viel* klüger, also warum darf ich nicht in dieses supergeheime Labor, das sie für sie eingerichtet haben? Und warum sagt mir niemand, nicht einmal Jules, was sie hier macht?«

»Ich entschuldige mich für die Geheimnistuerei, Devon.«

Beide drehten sich um und sahen Jules in der Tür stehen. Navick nickte formal, änderte ansonsten jedoch nicht seine Haltung—neu. Dann erinnerte sich Devon daran, dass sie mittlerweile gleichen Rang hatten. Militär, Mann.

»Schon gut, Ma'am. Heißt das, ich werde jetzt in das Geheimnis eingeweiht?«

Sie nickte, wenngleich die Geste seltsam zögerlich wirkte. Und wäre er nicht besseres belehrt, hätte er gesagt, sie sei nicht in guter Stimmung. Aber da draußen starben all diese Menschen; das reichte, um jeden niederzuschlagen.

»Heißt es.«

Navicks Kopf fuhr zu ihr herum. »Meinen Sie, Devon wird ...«

»Wenn das Projekt zur Umsetzung freigegeben wird und er bereit ist—und der Eingriff initial erfolgreich verläuft? Sieht so aus.«

Devon stand nun, wippte auf den Fußballen, während sein Blick zwischen ihnen hin und her schnellte. »Ich werde *was*?«

Sie trug ein seltsam dünnes Lächeln. Mit ihr stimmte definitiv etwas nicht, aber er war zu sehr darauf fixiert, das Geheimnis zu erfahren, um sich darum zu kümmern.

»Gehen wir hinunter ins Labor. Ich nehme an, Abi—Dr. Canivon erklärt das Projekt lieber selbst.«

* * *

Devon starrte Abigail Canivon an. Seine Augen waren zweifellos *sehr* weit geöffnet, denn er nutzte ihre ganze Breite, um all die Informationen zu verarbeiten, die auf ihn einprasselten.

Dann explodierte seine Reaktion auf die Informationen in einem Wortschwall. »Das ist die singular genialste, weltbewegend großartige Idee, die ich dieses Jahr gehört habe. Warum bin *ich* nicht drauf gekommen? Egal, ich war zu beschäftigt, um drauf zu kommen. Und ich hatte einige deiner Fortschritte mit den Abdrücken noch nicht gesehen. Keine Rolle. Machst du es mit einem Shunt von der Medulla zu—nein, das würde die Leitfähigkeit des Hirnstamms riskieren, auch wenn es effizient wäre. Ein biosynthetischer

Neuralgraft-Puffer zu einer quantenbasierten I/O-Folie?«

Abigail neigte das Kinn zur Bestätigung. »Es wird selbstverständlich sehr viel mehr dazugehören, aber ja, der Graft wird der Kernanschlusspunkt sein.«

»Aber wie handhabst du—«

»Devon?«

Er warf Jules einen Blick zu; er hatte sie im Grunde—vollkommen—vergessen. »Entschuldigung. Ja, Ma'am?«

Ihre Haltung war steif, ihr Gesicht eine stoische Maske. »Stimmst du dem Eingriff zu, so wie er dir beschrieben wurde?«

»Verdammt ja, tu ich. ANNIE, hast du das gehört? Du und ich, wir werden beste Freunde.«

25

ERDE

WASHINGTON, ERDALLIANZ-HAUPTQUARTIER

»Wir verlieren.«

Premierminister der Erdallianz Steven Brennon musterte Miriam, als sie den Lagebesprechungsraum tief unten im Kommandobunker unter dem Hauptquartier betraten. »Ich hatte Sie doch gebeten, Ihre Meinung nicht zu beschönigen, oder?«

»Das haben Sie, Sir, wobei ich respektvoll anmerken möchte, dass es sich weniger um eine Meinung handelt als um eine unschöne Tatsache auf Grundlage der verfügbaren Daten. Und nicht falsch verstehen—hier und da gewinnen wir, besonders bei Sagan, Xanadu und Henan. Stand jetzt gewinnen sowohl wir als auch die Senecaner die Mehrheit der Gefechte. Nichtsdestotrotz verlieren wir den Krieg.«

»Ich bin kein Soldat, Admiral, war nie einer. Sagen Sie es mir in einfachen Worten.«

»Natürlich, Sir. Wir verlieren alle Kolonien, die wir nicht verteidigen. Wenn wir eine Kolonie *verteidigen*, müssen wir das Zehnfache an Schiffen aufbieten, verglichen mit der Zahl ihrer Superdreadnoughts, um das Gefecht zu gewinnen—und wir verlieren in jedem Sieg zwischen vierzig und sechzig Prozent dieser Schiffe, in jeder Niederlage mehr. Unabhängig vom Ausgang des Gefechts werden unsere Jäger zu rund fünfundsiebzig Prozent dezimiert.«

Brennon zog sich das Jackett von den Schultern und ließ sich am Konferenztisch nieder. Für den Moment waren sie allein, und auf ihren Wunsch würden erst in einigen Minuten ausgewählte weitere Personen per Holo zugeschaltet werden. »Selbst wenn ihre Verstärkungen abgeschnitten sind, gehen uns die Schiffe aus, bevor es ihnen so ergeht. Verstanden. Was können wir tun, um unsere Verluste zu verringern, ihre zu erhöhen oder unsere Chancen anderweitig zu verbessern?«

Miriam setzte sich ihm gegenüber und verschränkte die Hände auf der Tischplatte. Sie wusste nicht, wie er persönlich zu *Artificials* stand; nur, dass er sich in seiner politischen Laufbahn nie laut gegen sie gestellt hatte. Allerdings auch nie ausdrücklich dafür.

»Genau deshalb bin ich hier. Ich brauche Ihre Zustimmung, eine Initiative umzusetzen, die wir *Projekt Noetica* nennen. Sie ist radikal und gefährlich und vermutlich unsere einzige echte Chance, den Feind am Ende zu besiegen.«

Er sagte nichts, bedeutete ihr jedoch, fortzufahren.

»Meine Tochter ist vor einigen Tagen von der anderen Seite des Metis-Portals zurückgekehrt, zusammen mit dem Senecanischen Geheimdienstoffizier Caleb Marano.«

»Ausgezeichnete Neuigkeiten, Admiral. Davon wusste ich nicht.«

»Weiß niemand, denn in Wahrheit befinden sie sich weiterhin in akuter Gefahr—durch die Aliens und deren Agenten. Sie haben umfangreiche Informationen über die Metigen, ihre Technologie, die Schiffe, die uns angreifen, und … andere Details mitgebracht, die für den Krieg selbst nicht relevant sind. Ein Detail *ist* jedoch relevant: Die Alienschiffe werden von synthetischen Intelligenzen gesteuert und pilotiert.«

Brennon rieb sich den Kiefer, vielleicht etwas grob. »Wir kämpfen gegen verdammte AIs?«

»Tun wir. Angesichts dessen und weiterer Informationen, die sie geliefert haben, haben wir in den letzten Tagen zusammen mit Dr. Abigail Canivon an einigen Ideen gearbeitet. Sie ist die ehemalige Leiterin des Rates für Biosynthetik-Ethik und -Policy und gilt als führende Expertin der Galaxis für menschliche Kybernetik. Das letzte Jahrzehnt hat sie der Frage gewidmet, wie *Artificials* sicherer gemacht werden können. Gemeinsam haben wir einen Plan entwickelt, der uns in künftigen Schlachten einen deutlichen Vorteil verschaffen sollte.«

»Einen ›radikalen und gefährlichen‹ Plan.«

Es war nicht so, als hätte sie erwartet, dass ihm Details entgehen würden. »Ja, Sir. Dr. Canivon hat eine Methode entwickelt, mit der eine *Artificial* und ein Mensch auf *symbiotischer* Ebene interagieren. Sie bleiben weiterhin getrennte Entitäten, aber Information *und* Begründung fließen bidirektional.

»Zuerst erhält die *Artificial* einen neuronalen Abdruck der Person und lernt daraus, wie das Gehirn der Person arbeitet, und passt die eigenen Prozesse an die Person an. Außerdem internalisiert sie, gewissermaßen, die Lebenserfahrungen und die Denkweise der Person. Das wurde in den letzten fünf Jahren am Druyan Institute auf Sagan umfassend getestet, und die Wissenschaftler und Mediziner von EASK-Sonderprojekte stimmen darin überein, dass die Testergebnisse valide und überzeugend sind.

»Für unsere Zwecke sind zwei Punkte entscheidend: Erstens hat die *Artificial* fortan ein besseres Verständnis dafür, welche Entscheidungen der Mensch treffen würde und *warum*—und wird künftig mit sehr hoher Wahrscheinlichkeit dieselben Entscheidungen treffen. Zweitens, sobald dieses Fundament gelegt ist, wird es bei einer geöffneten Zweiweg-Verbindung *ebenso sehr die Person sein*, die in Quantengeschwindigkeit denkt und handelt, wie die *Artificial*.«

Brennon hatte aufmerksam zugehört, runzelte nun jedoch die Stirn. »Ich verstehe nicht, wie das überhaupt möglich sein kann.«

»Und ich kenne keinen Weg, es so zu erklären, dass es für jemanden Sinn ergibt, der kein hochqualifizierter Experte für Quantencomputing ist—mich eingeschlossen. Aber ich vertraue den Leuten, die darauf bestehen, dass es funktioniert.«

»Was sieht der Plan konkret vor?«

»Wir koppeln drei Personen an drei *Artificials*: eine an AN-NIE, eine an eine von Dr. Canivon und dem Druyan Institute bereitgestellte *Artificial* und eine an die *Artificial* des Militärs der Föderation. Dann nehmen wir die Fesseln ab.

»Wir öffnen einen Kanal zwischen den drei Paaren. ANNIE und ihr Partner bleiben beim EASK, wo sie alle kriegsrelevanten Informationen entgegennehmen und analysieren und entsprechende Maßnahmen empfehlen. Die Rolle des Föderations-Paars ist verhandlungsfähig, aber ich nehme an, sie wird in etwa ähnlich aussehen. Das dritte Paar schicken wir an die Front—oder zumindest die beteiligte Person; der Standort der *Artificial* ist irrelevant. *Sie* wird in ständiger, augenblicklicher Verbindung mit den beiden anderen Paaren stehen. Und wir erlauben ihnen, unsere Kräfte in der Schlacht zu dirigieren—selbstverständlich in Abstimmung mit den jeweiligen Befehlshabern vor Ort.«

»Sie sagten ›sie‹. Sie haben bereits Personen für diese Paarungen im Sinn?«

»Haben wir. Brigadier Hervé, die Direktorin von EASK-Sonderprojekte, empfiehlt nachdrücklich ihre beste Programmierspezialistin als Partnerin für ANNIE. Den Teilnehmer der Föderation wählen sie selbst; sollte ihre Wahl inakzeptabel sein, können wir sie vermutlich ablehnen, da das Projekt unter unserer Kontrolle läuft.« Sie wusste, wen die Föderation einzusetzen plante—die Frau war bereits auf dem Weg zur Erde—, doch Brennon musste nicht wissen, dass sie die Sache mit Eleni besprochen hatte, bevor sie sie ihm vortrug.

Sie holte tief und bedächtig Luft. »Die dritte Person wird meine Tochter sein. Die Details dieses Plans verdanken sich in hohem Maße ihren Erfahrungen bei der Erkundung des Reiches der Aliens, und sie hat sich freiwillig gemeldet.«

Brennon ließ die Information sacken und begegnete dann ihrem Blick, die Miene so kontrolliert, wie es nur geübte Politiker vermögen. »Man könnte argumentieren, dass Sie in dieser Angelegenheit befangen sind—möglicherweise so sehr, dass Ihr Urteil getrübt ist.«

Es war eine Herausforderung, auf die sie vorbereitet war—und auf die die überzeugendste Antwort zufällig die ehrliche war. »Das bedeutet *sicher* Befangenheit, Sir—*Befangenheit dagegen.*«

»Ach ja?«

»Schon der medizinische Eingriff allein birgt für Alexis ein erhebliches persönliches Risiko. Wenn irgendetwas schiefgeht, endet sie im besten Fall mit neuralen Schäden, im schlimmsten als hirntot. Geht der Eingriff gut und die Verbindung zur *Artificial* kommt zustande, schicke ich sie an die Front des gewalttätigsten, gefährlichsten militärischen Konflikts unserer Zeit. Ich riskiere, sie auf jedem einzelnen Schritt zu verlieren. Machen Sie sich nichts vor, Premierminister—*ich will das alles in keiner Weise tun.*

»Doch objektiv habe ich keine andere Wahl, als zuzustimmen, dass dieser Plan unsere beste Option für den Sieg ist—und unsere beste Chance auf Erfolg besteht darin, meine Tochter an seine Spitze zu stellen. Sie weiß mehr über unseren Feind als irgendjemand sonst. Sie hat mit diesen Aliens gesprochen, sie hat ihre Schiffe im Gefecht gestellt, und sie hat die der Technologie zugrunde liegende Programmierung nicht nur studiert, sondern *umgeschrieben.* Auf dem Schlachtfeld wird *sie* Dinge sehen, die anderen verborgen bleiben, und dank ihrer neuralen Verbindung zu einer *Artificial* schneller reagieren als selbst die Erfahrensten unter uns.«

Vergib mir, David. Es tut mir unendlich leid, aber ich muss das tun. Dann sprach sie die schwersten Worte aus, die sie je ausgesprochen hatte oder je würde.

»Aus diesen Gründen werde ich sie—mit Ihrer Zustimmung—zur Speerspitze machen. Sehr wahrscheinlich zum Preis ihres Lebens.«

TEIL III: EMERGENZ

"Tell me, what is it you plan to do
with your one wild and precious life?"

— Mary Oliver

(»*Sag mir, was hast du vor mit deinem einen wilden und kostbaren*
Leben?«)

26

ERDE

EASK-HAUPTQUARTIER

Mia blickte immer wieder zu den makellos steifen Offizieren, die auf beiden Seiten neben ihr zielstrebig dahinschritten.

Sie hatten am zivilen Raumhafen auf sie gewartet, als sie aus dem Transporter stieg.

Mit übertriebener Förmlichkeit und entsprechendem Mangel an Emotionen hatten sie ihr mitgeteilt, sie möge sie begleiten, ohne sich weiter zu erklären. Also tat sie es.

Die Reise umfasste einen Shuttleflug über herrlich azurblaue Wasser zu einem Militärraumhafen auf Vancouver Island und einen Marsch über ein Militärgelände bei kühlem Wind zu einem mittelhohen Gebäude, das mit einem Dutzend anderer, identischer Mittelhochhäuser in der Umgebung konkurrierte. Die letzte Etappe bestand aus einem Spießrutenlauf durch drei lächerliche Sicherheitskontrollen, zwei Aufzüge und vier Flure.

Nach mehreren gescheiterten Versuchen, Smalltalk zu beginnen, hatte sie ihnen die Stille gewährt; entsprechend fuhr sie erschrocken zusammen, als der rechts von ihr auf eine Tür zeigte und sprach:

»Man erwartet Sie drin, Ma'am.«

Mia bedachte ihn mit einem Nicken, einfach dafür, dass er Worte geäußert hatte—es schien eine anstrengende Übung für ihn gewesen zu sein. »Danke. Und danke für den Transport.« Das knappe Kopfrucken, das sie zur Antwort erhielt, verbuchte sie als kleinen Sieg.

Sie trat durch die Tür—und stand in einer Art Hybrid aus Konferenzraum und Datenzentrum.

Ein runder Tisch in der Mitte trug eine Reihe von Bildschirmen und Panels; darüber hing ein interaktives Display. Links standen zwei kleinere rechteckige Tische mit mehreren Dateneingabeknoten und minimalistischen Stühlen. Die rechte Wand beherbergte drei Arbeitsplätze sowie dahinter einen kleinen, schallisolierten Besprechungsraum aus Glas. Das fernere Drittel des Raums bestand aus zwei Sofas, einem gepolsterten Sessel, einem langen Tisch dazwischen und links einer Küchenzeile.

Alex Solovy stand am Mitteltisch neben einer Frau mit einer Mähne blonder Locken, lose im Nacken zusammengefasst. Beide beugten sich über den Tisch und studierten mehrere Graphen und bemerkten Mias Eintreten nicht sofort.

Caleb saß auf einem der Sofas im hinteren Teil des Raumes, ein Bein lässig über das andere geschlagen. Ein Mann im Sessel neben dem Sofa hatte eine ähnlich bequeme Haltung eingenommen, und die beiden waren vertieft ins Gespräch.

Caleb allerdings bemerkte ihre Ankunft sofort. Ein Lächeln blühte auf seinem Gesicht, als er sich erhob und den Raum zu durchqueren begann. Der andere Mann tat es ihm gleich, strich sich beim Aufstehen lange Haarsträhnen hinters Ohr und wandte sich ihr zu.

Sie blieb ein paar Schritte hinter der Tür stehen. »Das ist jetzt nicht euer Ernst. Nein, wisst ihr was, es überrascht mich überhaupt nicht, dass ihr zwei euch kennt. Karma.«

Noah lachte und wechselte einen Blick mit Caleb. »Gutes Karma oder schlechtes?«

»Kommt drauf an …«

Sie taten so, als wollten sie darum wetteifern, wer sie zuerst umarmte, doch sie hob abwehrend die Hände.

»Immer mit der Ruhe, Jungs. Ich glaube, ich umarme lieber Alex.«

Inzwischen hatten sie natürlich die fragenden Blicke von Alex und der anderen Frau auf sich gezogen; Alex' Stirn legte sich in Falten, als Mia sich näherte und sie einarmig umarmte. »Übersehe ich hier etwas?«

»Nee. Aber an deiner Stelle würde ich diese zwei nicht allzu lange unbeaufsichtigt lassen. Unheil ist garantiert, mit Chaos dicht auf den Fersen.«

»Das glaube ich sofort.« Alex deutete auf die Frau neben ihr. »Das ist Kennedy Rossi—ja, *die* Rossi, und nein, sie ist keine … wie hast du es genannt, Ken, eine ›vergoldete Eiskönigin mit einem Stock im Arsch und Sirup im Speichel‹? Kennedy, das ist Mia Requelme, die Frau, die die Sicherheit meines Schiffs gehackt hat—du hattest geschworen, sie sei unknackbar.«

»Ernsthaft?« Rossis Augen funkelten. »Beeindruckend.«

»Der Fairness halber: Ein bisschen Unterstützung durch eine Artificial hatte ich schon.«

Alex' Miene wurde merklich kryptisch. »Ja, hattest du—und *deshalb* bist du hier.«

Mia blickte instinktiv zu Caleb, der zusammen mit Noah an der Wand Stellung bezogen hatte. Er neigte lediglich den Kopf zu Alex. Neugierig gehorchte sie und wandte ihren Blick wieder Alex zu. »Erfahre ich jetzt endlich, was hinter dieser retrohaften Geheimnistuerei steckt? Ich bin mitten in einem Krieg ziemlich weit angereist.«

»Meine beste Freundin hat den Verstand verloren—und wird jetzt wörtlich ihren Verstand verlieren. *Das* steckt dahinter.«

Mia war es gewohnt, mit Fremden zu verkehren, die unbekannte Motive verfolgten, und mit Bekannten, die geheime Motive hüteten; entsprechend ließ sie sich von den merkwürdigen Dynamiken im Raum nicht aus dem Konzept bringen. Dass sie in einem Raum des Earth Allianz Strategic Command stand—zusammen mit einem Senecan-Intel-Agenten, der Tochter der Flottenadmiralin der Allianz, der Erbin des Rossi-Vermögens und Noah Terrage—machte das Ganze allerdings zu einer der ungewöhnlicheren Erfahrungen der letzten Zeit.

Alex warf Rossi einen scharfen Blick zu. »Wir hatten das geklärt. Ich werde meinen Verstand *nicht* verlieren.«

»Nein—weil du ihn bereits verloren hast.«

»Ken …«

»Verzeih, wenn ich mir Sorgen um dich mache. Weißt du was, ich lass euch drei reden. Noah, spendier ich dir einen Milkshake?«

»Mit Tequila drin?«

»Igitt. Nur, wenn *du* ihn reinkippst.« Rossi stieß sich vom Tisch ab, ging hinüber, schnappte Noah bei der Hand und zog ihn zur Tür.

Oh. Mia musterte Noah, als er an ihr vorbeiging; er quittierte es mit einem übertrieben hilflosen Schulterzucken.

Sie schüttelte amüsiert den Kopf, als die beiden verschwanden, und wandte sich wieder Alex zu. »Ich hoffe, ich habe nichts Falsches gesagt, aber ich habe das Gefühl, hier geht sehr viel vor. Außerdem bin ich äußerst interessiert—doch als Einzige im Dunkeln zu tappen, hört in ungefähr dreißig Sekunden auf, komisch zu sein.«

Alex verzog das Gesicht. »Entschuldige. Nein, du hast nichts Falsches gesagt—sie macht sich schlicht Sorgen um mich.«

Alex' Blick huschte für den Bruchteil eines Moments dorthin, wo Mia wusste, dass Caleb noch immer hinter ihnen stand, dann zurück zu ihr. »Streng genommen soll ich dich *noch* nicht einweihen, weil du streng genommen *noch* nicht für eine Teilnahme oder, na ja, *irgendeinen* Teil von Noetica freigegeben bist. Aber ich tue es trotzdem.«

* * *

Noah und Kennedy kamen wenig später zurück—mit Milkshakes für alle. Mia griff nach dem Becher, ohne den Blick von dem Schema vor ihr zu lösen.

Sie verstand nicht alles—zumindest nicht in der nötigen Spezifik. Aber sie verstand genug. Die Art der Verbindungen zwischen menschlicher Cybernetik und dem Signal der Artificial war klar genug. Weiche, adaptive Datenpuffer in einem System, das relevante Informationen und Kommunikation in Echtzeit durchließ und gleichzeitig verhinderte, dass das Gehirn überlastete—schiere Genialität. Der Mechanismus, mit dem der Mensch in die Prozesse der Artificial eintauchen konnte, übertraf alles, was sie je gesehen hatte … aber sie hatte ein instinktives Gefühl dafür, *wie* es funktionieren konnte.

Sie blickte zu Alex auf. »Und das ist irreversibel?«

»Jein. Du kannst die Verbindung jederzeit blockieren und so lange, wie du es brauchst. Wenn du keinen Zugriff auf die Artificial mehr haben willst, kann der Verbindungsknoten chirurgisch entfernt werden. Aber die Änderungen an deiner Cybernetik müssen bleiben. Ohne einen vollständigen Neuaufbau der Cybernetik—was ein Albtraum wäre—sind *die* permanent. Und ohne die Verbindung, für die sie gedacht sind, könnten ihre Effekte unvorhersehbar sein.«

Mia sog am Strohhalm. Vanille. Schön einfach. »Caleb? Was meinst du?«

Sie wusste, dass die Frage heikel war—Alex leitete nicht nur diese

Initiative, sondern würde sich dem Eingriff *selbst* unterziehen—als Erste und womöglich sehr bald. Aber sie brauchte seinen Rat, und anscheinend brauchte sie ihn *jetzt*.

Er zog seinen Stuhl näher, bis er ihr gegenüber saß, verschränkte die Finger unter dem Kinn und hielt ihrem Blick stand. »Ich finde, es ist *deine* Entscheidung. Du solltest dich nicht im Geringsten unter Druck gesetzt fühlen, wenn dir irgendetwas dabei Unbehagen bereitet. Ich glaube, es gibt physische Risiken, aber Dr. Canivon macht einen überzeugenden Punkt, dass sie minimal sind. Sie ist überzeugt, das durchziehen zu können, ohne dem ... der teilnehmenden Person zu schaden. Wie es *danach* für dich sein wird, ich ... ich weiß es nicht. Niemand weiß es.«

Seine Schultern richteten sich merklich auf, um Zuversicht auszustrahlen. »Aber wenn du an der vordersten Front gegen die Aliens stehen willst, wenn du mehr tun willst, als du auf *irgendeinem* anderen Weg tun könntest, um sie zu besiegen, und wenn du damit leben kannst, was das *für dich* bedeutet—dann werde ich dich nicht aufhalten. Ich habe dich hergebeten, weil du eine hervorragende Kandidatin bist und weil ich wusste, dass du die Chance haben willst, *selbst* zu entscheiden.«

Unter seinen Worten lag eine ganze Reihe tieferer Botschaften, fein geschichtet wie kunstvoll bereitetes griechisches Baklava. Er erkannte, dass er sie nicht beschützen konnte—und es auch nicht versuchen würde. Er glaubte, sie sei stark genug, um die Welt zu retten, und respektierte sie genug, ihr zuzugestehen, dafür ihr Leben zu riskieren. Und wenn er jemals in irgendeiner wirklichen Weise *ihr* gewesen war, dann lag diese Zeit hinter ihnen.

Seine Worte und der Subtext trugen die Luft von Endgültigkeit, als würde eine bisher angelehnte Tür nun ins Schloss fallen. Sie bezweifelte nicht, dass er käme, wenn sie ihn in Zukunft brauchte, doch von nun an wäre es anders. *Falls* es ein »von nun an« geben würde.

Sie war dankbar für den ersten Teil, gerührt vom zweiten, hatte den dritten bereits geahnt—und schluckte das bittersüße Nachgefühl als Preis eines voll gelebten Lebens hinunter.

Sie verbannte bewusst jede Wehmut aus dem Lächeln, das sie ihm schenkte. »Danke, Caleb—für deine Offenheit und dein Vertrauen.«

Dann wandte sie sich wieder Alex zu, die sich nach Kräften mühte, ihnen die Illusion von Privatheit zu lassen. »Ich bin dabei.«

»Großartig. Jetzt müssen wir nur noch die anderen überzeugen, dich reinzulassen.«

* * *

»Ich versuche bloß zu verstehen, warum du etwas derart Riskantes tun *willst*. Das passt so gar nicht zu dir—also, der risikoreiche Teil schon, aber nicht das ›Gesellschaft helfen‹ und schon gar nicht das ›mit dem Militär kuscheln‹.«

Alex drückte sich an die Wand und winkte Kennedy näher heran. Der Flur war voller lauschender Ohren, aber sie konnten nirgendwohin Privateres, ohne die Eskorte an Wachen mitzuschleppen, und sie wollte das Gespräch nicht zu einer Riesensache aufbauschen.

»Ich *will* es nicht tun. Also, fasziniert bin ich natürlich, und wenn das Verlinken klappt, wäre es extrem cool. Okay, nach etwas Recherche und Nachdenken über Pro und Kontra *könnte* ich es vielleicht *doch* wollen. Aber das ist nicht der Punkt—«

Kennedy musterte sie skeptisch. »Sicher? Klingt mir sehr nach *dem* Punkt.«

»Ist es nicht. Ich will es *nicht* so. Aber ich werde es tun.«

»Warum?«

»Weil ich nicht zulasse, dass *alle* sterben!« Ihre Stimme war deutlich lauter geworden; sie zwang sie wieder ein paar Stufen herunter. »Menschen sind … na ja, bei Weitem nicht perfekt. Sie haben noch einen langen Weg vor sich. Aber sie—*wir*—verdienen es nicht, ausgerottet zu werden. Wenn ich die Möglichkeit habe, das zu verhindern—muss ich sie dann nicht ergreifen?«

Kennedy ließ die Schulter gegen die Wand sinken. »Das ist sehr ehrenhaft und selbstaufopfernd von dir. Ich nehme dir ab, dass du die Menschheit retten willst—aber da ist noch mehr.«

Best Friends nennt man sie wohl aus einem Grund, dachte Alex— nämlich weil sie einen viel zu gut kennen. »Klar ist da mehr. Ich bin stinksauer auf diese Aliens. Sie zeichnen uns auf, analysieren uns, spielen mit uns herum und befinden uns für unzureichend. Scheiß drauf, und scheiß auf sie.«

Die letzte Bemerkung brachte einem vorbeigehenden Offizier ein Stirnrunzeln ein; sie senkte *nochmal* die Stimme. »Ich werde nicht zulassen, dass sie glauben, sie könnten uns oder unsere Zukunft kontrollieren.«

»Niemand will das. Alle hoffen, dass wir sie besiegen, und alle hoffen, wir können ›die Menschheit retten‹. Aber warum muss *du* das sein? Warum *musst du* diejenige sein, die dieses verrückte, leichtsinnige Ding tut?«

Alex betrachtete den Boden, betrachtete ihre Stiefel, betrachtete die Vorbeigehenden. Mit großer Widerwilligkeit gab sie nach—und betrachtete die besorgte, halb zornige Miene, die sie anfunkelte.

»Weil ich es kann. Ich *kann* die Verbindung überstehen—meine Cybernetik kann das. Ich *kann* die Kraft nutzen, die die Artificial bereitstellt, und ich *kann* sie schlagen. Ich *weiß* es.«

Kennedy warf die Hände in die Luft. »Uff! Ich gebe auf. Ich kann dich offensichtlich nicht stoppen. Wenn *Caleb* dich nicht stoppen kann, wieso hatte ich gedacht, ich könnte—«

»Wovon redest du?«

»Glaubst du, *er* will, dass du das tust? Hast du sein Gesicht gesehen, wenn er dir bei diesem Projekt zuhört? Wahrscheinlich nicht—er tut es nur, wenn du woanders hinsiehst.«

Alex' Augen verengten sich. »Er hat mir gegenüber keine Zweifel geäußert. Ich meine, es war so viel los, wir hatten kaum Zeit, es in Ruhe zu besprechen, aber … wenn er nicht glaubt, dass ich das schaffe, warum hat er nichts gesagt?«

»Du kannst manchmal erstaunlich schwer von Begriff sein. *Das* ist dir klar, ja? Ist jetzt keine *Breaking News*, ja?«

»Was?«

»Ich vermute, er hat nichts gesagt, *weil* er glaubt, dass du es schaffen kannst. Das Problem sind die Konsequenzen.«

Sie schüttelte den Kopf. »Mir wird's gut gehen. *Er* weiß das. Und ich wäre dankbar, wenn *du* es auch wüsstest.«

»Alex, wir alle hoffen, dass du die Galaxis rettest. Verzeih denen von uns, die dich lieben, wenn wir Angst haben, dich dabei zu verlieren.«

»Werdet ihr nicht.« Sie verzog das Gesicht, als eine Nachricht in ihrer eVi aufblinkte, und warf einen Blick zurück zur Tür des Arbeitsraums, den sie okkupiert hatten. »Meine Mom ist aus Washington zurück. Man hat grünes Licht gegeben.«

»Wann?«

»Bald, nehme ich an. Ich muss mit ihr über Mia reden und die Details holen.«

Kennedy grübelte einen gewichtigen Moment, dann zog sie Alex in eine Bärenumarmung. »Stirb nicht.« Sie trat zurück und deutete den Flur hinab. »Los.«

* * *

Ihre Mutter verzog das Gesicht und klemmte sich den Nasenrücken zwischen die Finger. Zugegeben: Alex hatte sie wenige Minuten

nach ihrer Rückkehr aus Washington überfallen—und bereute es
nicht im Geringsten.

»Alex, ich kann nicht zulassen, dass irgendeine x-beliebige Person,
die nicht nur *keine* Bürgerin der Allianz ist, sondern offenbar eine
Ex-Diebin für das Triene-Kartell, an dem geheimsten Unternehmen
seit dem Manhattan-Projekt teilnimmt. Darüber hinaus kann ich
nicht zulassen, dass eine solche Person ein integraler Teil des Kerns
von *Menschheitens* Angriff auf die Metigen wird.«

Woher weiß sie von Mias Vergangenheit?

Sie runzelte kurz die Stirn in Calebs Richtung. Sie hatte ihn als
Rückendeckung mitgebracht, um Mias Sache zu vertreten—und weil
sie nach Kennedys Worten hypersensibel auf seinen Gemütszustand
geworden war und inständig hoffte, ihn nach dieser Besprechung
allein sprechen zu können.

Keine Ahnung. Richard?

»Sie ist keine ›x-beliebige‹ Person, okay? Und was immer sie
früher getan hat, um ihre Rechnungen zu bezahlen—*heute* ist
sie eine respektierte, wohlhabende Geschäftsfrau auf einem der
wohlhabendsten Planeten der Galaxis—ein Planet, der, nebenbei,
bald angegriffen werden dürfte. Sie hat also ein ureigenes Interesse
an unserem Erfolg. Ihre Cybernetik ist auf dem neuesten Stand, und
sie besitzt eine Artificial, zu der sie bereits eine Bindung aufgebaut
hat.«

»Eine Artificial, über die wir *nichts* wissen. Ihre Programmierung
könnte korrumpiert, kontaminiert oder schlicht unzureichend sein.
Artificials sind nicht automatisch unschuldig, rein und sündenfrei,
Alex. Sie sind das, was *wir* aus ihnen machen.«

Alex stieß ein missmutiges Brummen aus, was Miriam einen
entnervten Seufzer abrang.

»Nur mit größter Zurückhaltung und Bangigkeit haben Premierminister Brennon und Vorsitzender Vranas zugestimmt, das

Projekt in Bezug auf dich, Mr. Reynolds und eine Pilotin der
Föderation voranzubringen. Sie werden der Aufnahme einer
Fremden, die komplett außerhalb der militärischen Struktur steht,
nicht zustimmen.«

Alex kaute auf ihrer Unterlippe. »Was, wenn ich darauf bestehe,
dass wir noch eine weitere Teilnehmerin brauchen? Wenn ich sage,
drei reichen nicht? Das ist wahrscheinlich sogar wahr.«

Ihre Mutter starrte sie mit einer verärgerten Gereiztheit an, von
der Alex gedacht hatte, sie hätten sie hinter sich gelassen. »*Alexis
Mallory Solovy*, warum bestehst du so starrsinnig darauf?«

Jetzt kam die *Vollname*-Behandlung. Toll. Aber *warum* war sie so
starrsinnig? Weil Caleb glaubte, Mia könne es? Ja ... aber auch nein.

»Weil ich Mia für eine ehrenhafte und integre Person halte. Mehr
noch: Sie ist eine Kämpferin. Ich habe keine Ahnung, ob diese beiden
anderen der Herausforderung gewachsen sind—aber *bei ihr* fühle
ich mich besser, wenn Leben auf dem Spiel stehen und sie an meiner
Seite ist.«

Ein Puls sprang ihr ins Sichtfeld.

*Ich wette, ihr diskutiert gerade über meine Eignung—oder meine
mangelnde Eignung—für dieses irre Projekt. Falls es hilft: Ich glaube, die
Gouverneurin von Romane wird meine Tauglichkeit bezeugen, geistig und
... vielleicht moralisch. Aber mit Sicherheit meine geistige Tauglichkeit.*

Nice.

»Stell die Gouverneurin von Romane auf die Leitung. Frag sie,
was für ein Mensch Mia Requelme ist.«

Das Gesicht ihrer Mutter wechselte zu blankem Unglauben. »Du
meinst das ernst, nicht wahr? Natürlich meinst du es ernst. Sehr
gut, ich werde genau das tun—ohne zu versprechen, dass es meine
Entscheidung ändert.« Ihre Stimme milderte sich. »Hör zu, Dr.
Canivon richtet sich gerade in der Medical ein. Sie ist fast so weit.«

»Oh.« Eine unsichtbare Faust packte ihr Herz und drückte zu; ihr blieb kurz der Atem weg. »Wie lange?«

»Eine Stunde, schätzt sie. Alex, bist du sicher, dass du Mr. Reynolds nicht den Vortritt lässt? Er ist sehr erpicht—«

»Nein. Das ist *mein* Plan, und es ist *meine* Verantwortung zu beweisen, dass er funktioniert.«

»Muss es nicht sein.«

Ihr Lächeln war freundlich und drückte Dank aus. »Doch. Muss es.«

Die Ereignisse hatten sich wesentlich schneller entwickelt, als sie nach der politischen Zustimmung erwartet hatte. Nach ihrem Wissen hatte in der Geschichte aller Regierungen noch *nie* ein Programm so rasch die Umsetzungsphase erreicht.

Die Bürokraten hatten den Prozess allerdings nicht vermasselt— weil die Bürokraten *vollständig ausgeschlossen* worden waren. Die Entscheidungslinie verlief direkt vom Premierminister zu ihrer Mutter, zu Dr. Canivon, zu ihr. Und Abigail hatte dafür gesorgt, dass alles bereitstand, sobald Noetica genehmigt wurde.

Die Realität des nahenden Points of no Return—und was er bedeutete—begrub sie unter einer Lawine widersprüchlicher Emotionen. Sie schaute herum; Caleb hatte sich an die Wand hinter ihnen zurückgezogen. Aus der vormals verzweifelten Hoffnung war gerade eine brennende, nicht zu leugnende Notwendigkeit geworden.

Verbringst du diese Stunde mit mir?

Die Intensität seines Blicks gab die Antwort auch ohne Worte.

Gott, ja. Bitte.

Sie räusperte sich und wandte sich grob in die Richtung, wo ihre Mutter stand. »Wenn ich eine Stunde habe, gehe ich duschen und ziehe mir bequemere Sachen an …«

»Ich nehme an, man steckt dich drüben in der Medical ohnehin in Kittel und Hosen.«

Sie zuckte mit den Schultern—hoffentlich unschuldig; sicher war sie sich nicht. »Schon, aber trotzdem ... wenn ich *aus* den Kitteln raus bin, will ich was Bequemes griffbereit haben. Außerdem fühle ich mich schmierig.« Sie warf einen Blick über die Schulter. »Caleb, willst du ...?«

»Ja, ich will auch ein paar Dinge aus dem Zimmer holen. Ich komme mit.«

Der Blick ihrer Mutter wanderte zu Caleb und zurück zu ihr. »Richtig. Wenn ich's mir recht überlege, würde *ich* in deiner Lage ... auch duschen.« Ein leises, hilfloses Lächeln huschte über ihre Miene. »Wir sehen uns dann in der Medical?«

»Auf jeden Fall. In einer Stunde.« Es kostete sie all ihre Selbstbeherrschung, nicht loszuspurten.

27

ERDE

EASK-HAUPTQUARTIER

Die Unterkunft vor Ort—Alex würde so weit nicht gehen, sie »Hotel« zu nennen, obwohl das Zimmer an sich durchaus nett war—lag nur einen kurzen Fußweg von dem Gebäude entfernt, in dem sie sich verschanzt hatten. Es war heute kalt, und der Himmel war mit jener Art samtiger, bauschiger grauer Wolken bedeckt, die Schnee am Horizont verhießen. Sie verschränkte die Arme vor der Brust und nahm sich vor, in der *Medical* eine Jacke zu tragen.

Wie immer wurden sie von mehreren Sicherheitsleuten flankiert. Der Fokus ihrer Wachen richtete sich jedoch nach außen statt auf sie und Caleb, was ihr recht war.

Als sie an einem der die Hofterrasse säumenden Tische vorbeigingen, nickte Caleb einem dort sitzenden Mann knapp zu. Der Fremde trug keine Militärkleidung, und sein ungepflegtes, kinnlanges Haar ließ vermuten, dass er überhaupt nicht beim Militär war.

Sie sah fragend zu ihm hinüber. »Kennst du ihn?«

»Er ist einer von Richards Agenten, die uns beschützen sollen. Drei habe ich bisher identifiziert, aber die Muster deuten darauf hin, dass noch ein weiterer im Dienst ist.«

»Und du hast ihn gerade darüber informiert, dass du ihn ›enttarnt‹ hast?«

Er lachte leise. »Er hat letzte Nacht gemerkt, dass ich ihn entdeckt habe. Ich habe lediglich einen Kollegen anerkannt.«

Sie schüttelte den Kopf und wollte lachen, doch es geriet eher zu einem Grummeln.

»Ist etwas?«

Sie bogen um eine Ecke, und die Unterkunft kam in Sicht. »Ich bin kein Fan von all dieser Aufmerksamkeit. Es wird klaustrophobisch, und ich kann nicht ausschließen, dass ich wie eine Piñata aufplatze, wenn ich noch eine Minute in einem dieser fensterlosen Besprechungsräume verbringen muss.«

»Dir ist klar, dass du in ein paar Stunden im Fokus noch viel größerer und intensiverer Aufmerksamkeit stehen wirst.«

»Ist mir klar. Militärische Aufmerksamkeit.« Sie stöhnte laut auf, egal ob die Wachen es hörten. »Es wird die Hölle … aber es ist nötig, um diese selbstgefälligen Alien-Arschlöcher zu vernichten, also komme ich klar. Wahrscheinlich.«

Seine Hand legte sich an ihre Lenden, als sie den Eingang erreichten, und schickte ihre Gedanken in eine völlig andere Richtung. »Wirst du. Aber darum kümmern wir uns später.«

* * *

Sie lag in seinen Armen, noch bevor die Tür zu ihrem Zimmer ganz ins Schloss gefallen war. Calebs Puls beschleunigte sich im Gleichklang mit der Tat, als sein Mund begehrlich auf ihren prallte, entfesselt von Verlangen. Drei Tage als Invalider waren zu viele für ein Leben, und damit war jetzt Schluss.

Er brauchte sie.

Seine Hände glitten hastig über ihren Bauch, schoben ihr Shirt unnachgiebig nach oben und aus, während er sie fest gegen die Wand hielt. Ihre Haut war heiß, lodernd wie nie, verriet ihre Erregung. Sie war in der Zeit seiner Genesung so sanft, so selbstlos und fürsorglich gewesen—aber jetzt?

Sie brauchte ihn.

Das Umgebungslicht reichte aus, um sie klar zu sehen, ließ den Raum um sie herum jedoch im Schatten. Der Effekt war surreal, als wären sie außerhalb von Zeit und Raum platziert. Genau das wünschte er sich jetzt am meisten.

Sie riss ihm das Shirt in einer einzigen, aufgeregten Bewegung über den Kopf. Ihre Hand fuhr über die nackte Haut hinab, bis sie über den hauchdünnen Medwrap strich, der noch immer an seiner Seite haftete—das letzte greifbare Relikt seines Beinahe-Tods.

Sie erstarrte, als hätte die Erinnerung sie gelähmt; dann legten sich ihre Hände abrupt auf seine Schultern. »Bist du sicher, du bist weit genug geheilt? Ich will nicht—«

»Ich versichere es dir.« Seine Stimme summte an ihrer exquisiten Kieferlinie entlang, rau und tief, zog sie mit sich zurück in den Moment, während die eine Hand an den Verschluss ihrer Hose glitt und die andere sich über die weiche Kurve ihres Nackens spreizte. »Ich bin geheilt.« Der Verschluss schnappte auf. »Mehr als genug.« Seine Finger fuhren unter den Stoff und ihre Hüfte hinab, um ihren Po zu umfassen und sie eng an sich zu ziehen. Damit sie den Beweis selbst fühlte.

»Na dann.« Es war ein atemloses Hauchen an seinem Mund, die Vorhut ihrer Lippen und ihrer Zunge, fordernd und verzweifelt. Ihre Berührung verlor jeden Rest von Zärtlichkeit, der ihr zuvor noch innegewohnt hatte; Nägel kratzten durch sein Haar, um ihn näher zu zerren, während die andere Hand seine frühere Bewegung an seiner Hose nachahmte.

Das Feuer, das in ihr aufflammte, war seine Droge. Er ließ es ihn verzehren, gab sich dem Rausch hin, den ihre Leidenschaft in ihm weckte.

Zwischen ihrer Weigerung, auch nur den Hauch von Abstand zuzulassen, und dem Bedürfnis, das lästige Hindernis Kleidung loszuwerden, tobte ein Kampf. Nach mehreren abgebrochenen Versuchen schaffte sie es, Hose und Shorts bei ihm zusammen herunterzuschieben, während er sie rückwärts aufs Bett trieb und in einer fahrigen Bewegung noch ihre eigene loswurde—im Sekundenbruchteil, bevor seine Arme sie wieder umfingen.

Doch als die volle Länge ihres Körpers, nackt an ihn geschmiegt, seine Sinne flutete, stemmte sich plötzlich Panik dagegen. Was, wenn die kommenden Stunden alles veränderten und er sie verlor? Was, wenn dies das letzte Mal war, dass er sie so in den Armen hielt? Was, wenn es das letzte Mal war, dass er sie *überhaupt* hielt? In diesem Tempo wäre es vorbei, bevor es begonnen hatte—für immer verloren ...

Sie hielt ihn fest, und es kostete ihn seine ganze Konzentration, sich den kleinsten Spalt zu lösen. »Warte ... langsamer ...«

Ihre Miene verdunkelte sich vor Sorge, ein scharfer Kontrast zu dem Hunger, der wie Novae in ihren Iriden brannte. »Alles in Ordnung?«

Seine Hand glitt ihre Wirbelsäule hinauf, über die Schulter zu ihrer Wange. »Ja. Natürlich.« Fingerspitzen zeichneten den Umriss ihrer Lippen nach, bereits geschwollen und wund.

»Ich will nur ...«

Sie glitten zu schnell über diesen anmutigen, schlanken Hals.

»... diesen Moment einfrieren ...«

An den elfenbeinernen Schultern, die ein perfekt geformtes Schlüsselbein rahmten, stockten seine Worte.

»... dieses Gefühl festhalten ...«

Ein Innehalten in der Mulde ihrer Kehle, so zart für jemanden so atemberaubend Wilden.

»… und mir alles daran einprägen …«

Ihr Herz raste unter seiner Handfläche und satinglatter Haut.

»… alles an dir …«

Sie holte tief Luft, ihr Brustkorb flatterte, als er unter seiner Berührung hob und senkte. »Du hast Angst, dass bei dem Eingriff etwas schiefgeht. Willst du … darüber reden?«

»Nein, ich glaube, er wird funktionieren. Und nein, ich will nicht darüber reden.«

Ich will dich hier halten und dich nie wieder gehen lassen. Ich will …

Ihre Nase kräuselte sich frustriert, und es kostete ihn alles, zu sprechen. »Aber ich frage mich.«

Da war es. Die Angst, die er bis jetzt nicht auszusprechen gewagt hatte—und nun war es fast zu spät—, denn im Vergleich zum Überleben der Menschheit durften seine Ängste nicht zählen. »Wirst du dieselbe Person sein, wenn du wieder aufwachst?«

Sie starrte ihn zu lange schweigend an, länger als es sein sollte, silberne Iriden voller Sterne im gedämpften, ätherischen Licht.

Eine Ewigkeit verstrich.

Sie nickte schwach. »Ich denke ja.«

Aber er sah seine eigene Angst in ihren Augen gespiegelt. Die Tatsache, dass sie es trotzdem tun würde, sprach Bände über die Frau, die sie geworden war—und machte das alles so verdammt viel schwerer.

Seine Lippen deuteten ein Lächeln an. »Trotzdem.«

Er legte die Hand an ihr Brustbein und ließ sie sanft aufs Bett sinken. Er folgte ihr und stützte sich halb auf einen Ellbogen über ihr ab.

Langsam.

Seine Hand zitterte vor Anstrengung, nicht zu hasten und zu

greifen und zu klammern, als sie zu ihrer Wange zurückkehrte, dann ihre Schritte nachzeichnete und federleicht über ihre Kieferlinie, dann ihren Hals strich. Weiter glitt sie, folgte den Kurven ihrer Brüste. Sein Blick folgte dem Pfad, sog sie in sich auf.

»Lass mich mir einprägen, wie sich deine Haut unter meinen Fingerspitzen anfühlt.«

Sein Kopf senkte sich, um eine weiche Kussspur auf einer Brustwarze zu hinterlassen.

Merken.

»Unter meinen Lippen.«

»Nein.«

Sein Blick fuhr überrascht zu ihr. »Nein?«

Sie grinste—verführerisch, verschmitzt, zitternd und fast traurig. Eine feste Hand drückte gegen seine Brust und drängte ihn auf den Rücken.

Ihre Worte waren ein kehliges Schnurren an seinem Ohr. »Ich werde da sein, wenn das vorbei ist, und am Tag danach und am Tag danach. Das verspreche ich dir. Aber wenn du schon Erinnerungen sammeln willst, die du dir auf der Zunge zergehen lässt … dann sollst du *das* kosten. *Das* sollst du dir merken.«

Ihr Mund gaukelte über seinen Hals, um die Basis seiner Kehle zu küssen. Eine Hand tanzte über seine Brust, zu seiner Hüfte und zurück, während sie tausend Küsse über die Breite seiner Brust verteilte. Sein pochendes Herz sprang jedem einzelnen entgegen, während seine Haut in einer neuen Flut aus unverstellter, hemmungsloser Lust glühte.

Ihre Küsse schlängelten sich in einem verschlungenen Pfad seinen Bauch hinab. Ihre Lippen waren Seide, ihre Berührung berauschend, ihre Fingerspitzen elektrische Ladung, die über seinen Oberschenkel glitt, als sie tiefer wanderte.

Die Muskeln in seinem Bauch zuckten, als Zähne der Zunge

folgten und Luststöße durch seinen Kopf und unter seine Haut schickten. »Alex—«

Zum Sprechen brauchte man Luft, und die Fähigkeit zu atmen verließ ihn, als ihre Zunge über ihn strich. Ja, das konnte er sich wohl einprägen, sich merken, wie sie …

Wie viele Minuten waren vergangen? Wenn sie außerhalb von Zeit und Raum waren, spielte es keine Rolle, oder? Der Kopf ertrank in einer Sintflut der Ekstase, und doch griff er nach ihr. So unfassbar außergewöhnlich das auch war, er brauchte mehr.

Er brauchte *sie*.

Seine Lippen bewegten sich; er war nicht sicher, ob überhaupt ein Laut hervordrang. »Komm her.«

Ein Mundwinkel hob sich, und sie glitt ihm gehorchend die Brust hinauf und trieb ihn an den Rand des Wahnsinns. Sie schwebte über ihm, das Haar in Wellen, die ihn in einen Kokon hüllten.

»Meine Liebe …«

Ihre Stimme war ein Flüstern, doch es brach mit der Wucht eines Hurrikans durch ihn. Dann trafen ihre Lippen seine—brünstig und doch auf seltsame Weise gelassen, hungrig und doch irgendwie sanft.

Er schlang die Arme um sie, während sie sich so drehten, dass sie einander ansahen. Ihr Bein legte sich über seine Hüfte, und ohne Denken, ohne Mühe wurden sie eins. Er schwor, diesen Moment nie zu vergessen—ein eingefrorener Augenblick der Vollkommenheit— für den Fall, dass er nie wiederkehrte.

Ihre Augen schlossen sich nicht, und seine auch nicht. Sie blieben ineinander verhakt, während ihre Körper in einen trägen, aber tiefen Rhythmus fanden, einen, der sie durch die Dunkelheit zu tragen schien, bis das Licht zurückkehrte.

Er ließ es zu, verlor sich in dem Meer der Empfindungen. Ihre Hände, die über seinen Rücken strichen und sich in seinem Haar verkrallten, jeder Zentimeter ihres Körpers fest an seinen geschmiegt, sinnlich und geschmeidig und stark, die Hitze in ihrem Körper und in ihren Augen, die ihn überzeugte, dass sie lebte. *Sie lebten.*

Dann schwoll die Inbrunst jeder einzelnen Empfindung über seine Fähigkeit hinaus, sie zu kontrollieren, und er konnte nur noch dorthin folgen, wohin sie ihn führte.

Meine Liebe.

* * *

Kapitän Roge Kesslers Augen glitten nicht den Flur entlang, als er daran vorbeiflankte, aber er registrierte den Status in seinem peripheren Blickfeld. Zwei Offiziere des Sicherheitsbüros standen Wache vor der Tür zu Solovys Zimmer; die beiden anderen hatten an jedem Ende des Korridors Position bezogen. Der nächststehende Wächter kannte ihn vom Sehen, war jedoch gut genug ausgebildet, nicht auf seine Anwesenheit zu reagieren. Er setzte seinen Weg durch den Querflur fort, als wolle er zu seinem eigenen Zimmer.

Navicks Vorschlag von Acht-Stunden-Schichten war als Scherz gemeint gewesen und entsprechend aufgenommen worden. Am Ende hatten sie versetzte Sechzehn-Stunden-Schichten eingerichtet, sodass rund um die Uhr vier Agenten im Einsatz waren. Sein zweiter Turnus hatte ein paar Minuten begonnen, bevor seine Schützlinge die Logistik in Richtung Unterkunft verlassen hatten. Flores hatte eine Stunde zuvor im Garten hinter der Logistik einen Möchtegern-Attentäter gestellt, und wenn er eine Erinnerung gebraucht hätte, besonders wachsam zu sein—was er nicht tat—, dann hätte sie gereicht.

Diese Metigen—oder andernfalls eine Menge verrückter, entschlossener und lebensmüder Leute—wollten Alexis Solovy und Caleb Marano tot sehen. Dringend.

Zwei Drittel den Flur hinunter auf seiner rechten Seite ging eine Tür auf, und eine junge Frau in BDUs trat heraus. Sie sah kurz zu ihm auf, als er vorbeiging, und er erwiderte das beiläufige Nicken, das man Fremden schenkte.

Dabei registrierte er eine Reihe von Details: die sehnigen Stränge an ihrem Hals, starr vor Spannung, und das Schimmern eines persönlichen Schilds, der ausschließlich im Infrarot über sein Augenimplantat sichtbar war, zum Beispiel. Vor allem jedoch bemerkte er den Griff eines Messers, den sie in der Handfläche hielt, obwohl sie versuchte, ihn zu verbergen, indem sie den Arm eng an die Seite presste.

Er ging noch zwei Schritte weiter, wirbelte dann herum und sprang nach vorn, um sie von hinten zu Boden zu ringen. Die Klinge fuhr aus, als sie aufkrachten, und seine Hand schlug ihr Handgelenk auf den Boden—einen Wimpernschlag, bevor die Spitze seinen Oberschenkel aufgeschlitzt hätte. Ihr Kopf zuckte hoch und streifte sein Kinn in einem halbwegs sitzenden Schlag, während er ihren anderen Arm auf den Rücken drehte.

»Das ist eine Ungeheuerlichkeit—ich bin Feldwebel bei der Ter-restrischen Aeronautik!«

Er grunzte vor Anstrengung, brachte aber die Handschellen um ihre strampelnden Arme an. »Das disqualifiziert Sie nicht automatisch vom Vorwurf des versuchten Mordes, Feldwebel.«

Der Wachposten am nahen Ende des Korridors stürmte mit gezogener Waffe um die Ecke; Kessler winkte ihn ab, während er der Frau die Waffe abnahm. »Ich hab's. Zurück auf deinen Posten, es sei denn, du willst, dass jemand anderes durchs Netz schlüpft.«

Der Wachposten zögerte. »Soll ich Verstärkung rufen?«

»Nö.« Er zog die Frau auf die Beine, drehte sie zu sich herum und rammte sie gegen die Wand. Dann setzte er ihr einen harten rechten Haken an den Kiefer. Ihr Hinterkopf knallte gegen die Wand und fiel zurück auf die Brust.

Er packte sie wieder an den Armen, damit sie nicht zusammen-
sackte, und begann, sie den Flur hinunterzuschleifen.

Sanchez, ich brauche dich oben, um für zwanzig Minuten die Etage zu
übernehmen.

Brigadier Navick? Wir haben wieder eine. Diesmal Militär. Ich bringe
sie rein.

28

NEW BABEL

UNABHÄNGIGE KOLONIE

Olivia starrte durch die lange Fensterfront auf die Straße hinunter. Das einzige äußere Zeichen ihrer Missbilligung des Anblicks war das gleichmäßige Tippen ihrer Nägel auf ihren linken Oberschenkel.

Seit ihrer Rückkehr von Pandora hatte sie das Gebäude, das die Zentrale der Zelones und ihr Penthouse beherbergte, nicht mehr verlassen. Es zu tun, wäre ein unnötiges Risiko gewesen. Von hier aus hatte sie Zugriff auf alles, was sie brauchte, um ihr galaxisweites Imperium zu steuern; es gab also keinen Grund, den Tod herauszufordern, indem sie sich unter den zunehmend brutalen und verwahrlosten Pöbel mischte.

Das Viertel war seit fast einer Woche lärmend bis randalierend gewesen. Jetzt allerdings war es ein waschechter Aufruhr. Mehrere Blocks in jede Richtung füllten Menschen die Straßen, schrien, prügelten sich und warfen allerhand Gerätschaften gegen die Fassade ihres Gebäudes. Nicht *nur* gegen ihr Gebäude, sicher—aber vor allem gegen *ihr* Gebäude.

Ja, es schien, als hätten sich diese Leute versammelt, um irgendeinen Groll gegen ihre Organisation zu bekunden. Irgendwas mit dem Wunsch nach Essen oder Unterkunft oder Schutz—wobei, wenn der gesuchte Schutz vor den Aliens sein sollte, lag das jenseits ihrer Möglichkeiten, selbst wenn sie gewollt hätte.

Was die übrigen Forderungen anging, war es nicht *ihre* Schuld, dass die Infrastruktur von Neu-Babel nicht aus dem Stand Bettzeug, Unterkünfte und Nahrung für den Zustrom von über zwei Millionen Flüchtlingen in weniger als einem Monat bereitstellte. Nicht, wenn die meisten dieser Flüchtlinge ohne Mittel zur Selbstversorgung ankamen. Nun gut, vielleicht trug sie eine *kleine* Mitschuld. Aber diese Flüchtlinge waren in voller Kenntnis dessen gekommen, dass Neu-Babel keine Regierung und kein soziales Netz besaß.

Sie spürte, wie Aiden näherkam, um sich ihr am Fenster anzuschließen. Er war am Vorabend mit einem eskortierten Skycar hierhergekommen—ein unausgesprochenes Eingeständnis, dass *auch er* keine Lust hatte, das Chaos auf den Straßen zu riskieren. Die Randalierer dort unten verfügten über zahlreiche Waffen unterschiedlicher Stärke und begannen kurz nach seiner Ankunft, auf sämtliche Skycars in der Umgebung zu schießen. In den frühen Morgenstunden hatten sie das letzte abgeschossen, das ihren Dachlandeplatz anzusteuern wagte.

So war er nun faktisch mit ihr zusammen hier eingeschlossen. Sie hatte noch nicht ergründet, was er davon hielt; er verriet weiterhin nichts durch Mimik oder Tonfall.

»Ich hab bei ein paar meiner Leute nachgehakt. Bei meinen Büros sieht es genauso aus.«

Sie blickte neugierig zu ihm hinüber. »Vor deiner Zentrale dreißig Kilometer weiter randalieren ebenfalls Menschenmassen?«

»Es überrascht nicht, dass die Bettler dieselben Forderungen an mich stellen wie an dich.«

»Nein, aber zwei gleichzeitige, gezielte Unruhen an weit auseinanderliegenden Standorten *sind* überraschend. Es heißt, sie haben Organisatoren, die eine große Zahl von Menschen steuern und mobilisieren können.«

Die Tür am anderen Ende des Zimmers piepte; jemand bat um Einlass. Sie öffnete, und Gesson trat ein.

»Sie wollten mich sehen, Ms. Montegreu?«

»Sie haben die Lage draußen gesehen?«

»Hab ich, Ma'am. Wir haben die Sicherheit an allen Ein- und Ausgängen verstärkt.«

»Davon bin ich ausgegangen. Ich will, dass Sie die Kraftfelder im Umkreis von zwei Blocks hochziehen—und dann setzen Sie Gas ein.«

Der Vollstrecker ruckte mit dem Kopf zum Zeichen des Einverständnisses. »Ja, Ma'am. Ich kümmere mich darum.«

Aiden musterte sie, als Gesson ging. »Das kannst du?«

Sie schenkte ihm ein kleines, zufriedenes Lächeln. »*Du* nicht?«

* * *

Hunderte Körper lagen schlaff am Boden, viele halb übereinander, Gliedmaßen in ungelenken Winkeln verdreht. In der Ferne stiegen an den umliegenden Straßenkreuzungen schimmernde Kraftfelder in der Farbe verdorbener Melonen hundert Meter hoch. Zwei Dutzend ihrer Sicherheitsleute bahnten sich ihren Weg durch die Bewusstlosen, konfiszierten Waffen und anderes Schmuggelgut. Die Randalierer würden mindestens eine weitere Stunde ausgenockt sein, aber ihre Leute arbeiteten zügig.

Aiden schüttelte den Kopf, als sie hinaustraten und die Szene in Augenschein nahmen. »Ich muss zugeben: Das ist eine beeindruckende Machtdemonstration deinerseits.«

Sie zuckte mit den Schultern. »Ich achte darauf, eine Reihe von defensiven Maßnahmen sehr öffentlich zur Schau zu stellen, aber die besten Verteidigungen sind die, die unsichtbar bleiben—bis sie es nicht mehr sind. Die Feldgeneratoren und chemischen Dispenser stehen seit zweiundzwanzig Jahren, und niemand hat's gewusst. Dies ist das erste Mal, dass ich sie einsetzen musste.«

»Und nachdem du sie einmal verwendet hast, wirst du es vermutlich nie wieder tun müssen.« Er stieg über mehrere der Randalierer hinweg, hockte sich neben einen bulligen, hellhäutigen Mann und rollte ihn mit einem Stoß auf den Rücken. »Den kenne ich. Einer von Shàos Bezirksleutnants.«

»Also kein Straßenschläger, der wegen Essen randaliert.«

»Nein.« Sein Blick tastete die nähere Umgebung ab, dann trat er noch zehn Meter weiter auf die Straße hinaus und trat mehrere Körper beiseite. »Der hier ebenfalls. Ein Shào-Vollstrecker.«

Es war zu erwarten, dass Aiden Mitglieder des Shào-Kartells besser kannte als sie. Shào war ein kleineres Kartell auf dem Weg nach oben und rangelte mit Triene um den nächsthöheren Spross über ihnen. Natürlich waren sie nicht begeistert gewesen, nachdem sie letzten Monat eine ihrer Produktionsanlagen »befreit« hatte, aber sie hatten schlicht nicht die Muskeln und die Macht, es mit ihr aufzunehmen. Realistischerweise reichte es nicht einmal, es mit Triene aufzunehmen, aber die Realität hielt sie nicht davon ab, es zu versuchen. Ihren Ehrgeiz bewunderte sie immerhin—nicht unbedingt ihr Urteilsvermögen.

»Wie groß schätzt du die Wahrscheinlichkeit, dass du bei einer Durchsuchung der Randalierer vor deinen Büros ebenfalls Shào-Schläfer finden würdest?«

»Hundert Prozent. Und was die Durchsuchung angeht: Da ich nicht über *deine* Mittel verfüge—wenn sie sich nicht bald verziehen, werde ich zu deutlich härteren Methoden greifen müssen, um überhaupt irgendetwas zu tun.«

Er konnte seine Schwierigkeiten handhaben, wie er wollte; sie war weit mehr an dem interessiert, was sie gerade aufgedeckt hatten.

»Eun Shào war ein böser, *böser* Junge.«

»Ich entnehme dem, er ist von unserer kleinen Vereinbarung nicht sonderlich angetan.«

»Und das sollte er auch nicht.«

Aiden verzog das Gesicht, als Sabber aus einem klaffenden Mund neben seinem Standbein auf seinen Schuh tropfte; er wischte ihn mit dem Schuh an dem Hemd des Randalierers ab. »Soll ich dir sein Hauptquartier in die Luft jagen?«

Sie blinzelte einmal, dann noch einmal, um die Verwunderung zu tilgen. »Das kannst du?«

Er lächelte dunkel. »*Du* nicht?«

29

ERDE

EASK-HAUPTQUARTIER

Miriam beobachtete vom Türrahmen aus, wie zwei Medtechs um Alexis herumwuselten, ihr Sensorpads anlegten und die Gerätereaktionswerte prüften. Ihre Tochter saß auf der Kante der Liege, die Beine baumelten in einer Energie, die sie als umgeleitete Nervosität erkannte.

Als eine der Techs fertig war, die Sensoren an den Schläfen zu befestigen, und zurücktrat, blickte Alexis sich um und entdeckte sie. Eine kaum merkliche Kopfbewegung bedeutete, Miriam solle näherkommen. Sie holte tief Luft, rief ihren Vorrat an innerer Stärke ab und trat an die Liege.

Vielleicht zum ersten Mal überhaupt wünschte sie sich, nicht in Uniform zu sein. Sie war es gewohnt, sie als psychologischen Schild und bisweilen als Waffe zu nutzen – doch jetzt schnürte der Kragen ihr die Kehle zu, und der unbeugsame Stoff drückte auf die Brust. Zusammen bildeten sie eine metaphysische Grenze zwischen ihr und ihrer Tochter, zwischen dem, was sie sagen wollte, und dem, was sie sagen konnte.

Sie stellte sich vor Alexis, so nah, dass die baumelnden Beine innehielten, damit sie nicht gegen ihr Knie stießen. »Du musst das nicht tun.«

»Doch, muss ich.«

Sie versuchte es erneut. »Wir finden einen anderen Weg.«

»Nein, finden wir nicht. Uns läuft die Zeit davon. Das ist der Weg.«

Mein Gott, Alexis war problemlos doppelt so stur und dreimal so wissbegierig, wie David es je gewesen war. Verdammt sei das Schicksal, dass sie dazu verdammt war, beide zu lieben.

Sie streckte die Hand aus und schloss Alexis' Hand in ihre. Vielleicht war die Uniform doch kein undurchdringliches Hindernis; vielleicht ließ sie sich umgehen.

»Alex ... du bist zu einer unglaublichen Frau herangewachsen. Du bist die stärkste, mutigste, beherzteste Person, die ich je gekannt habe, deinen Vater eingeschlossen, und auch wenn ich alles tun würde, um dir diese Bürde abzunehmen, bin ich so, so stolz auf dich, dass du sie freiwillig trägst.«

Das Lächeln, das auf den Lippen ihrer Tochter aufblühte, war David so ähnlich, dass ihr das Herz fast zersprang. »He, Mom? Ich liebe dich.«

Sie entließ einen erstickten Seufzer und schloss ihre Tochter in die Arme. »Ich dich auch.«

Über Alexis' Schulter hinweg bemerkte sie, dass Dr. Canivon nun auf der anderen Seite der Liege stand und eine gewisse Ungeduld zu zeigen schien. Sie löste sich und bündelte all ihre innere Stärke, um Ruhe und Zuversicht auszustrahlen. »Viel Glück.«

Alexis verzog den Mund und schielte zur Decke. »Hoffen wir, dass es nicht darauf ankommt.«

* * *

Die Glaswand bildete eine unsichtbare Barriere zwischen Caleb und dem Operationsraum für ambulante Eingriffe, in dem sich Alex, Dr. Canivon, eine Krankenschwester und zwei Techs befanden. Wenigstens konnte er alles hören, was gesagt wurde, auch wenn es sich in seine eigenen aufgewühlten Gedanken hinein- und hindurchschob.

»Ich implantierte die Schnittstelle am unteren Ende deines Nackens unterhalb deiner bestehenden cybernetischen Anschlüsse. Sie wird in ein Biosynth-Transplantat gekapselt; es ist flexibel genug, dass du es nach ein paar Stunden nicht mehr spüren solltest.«

Sein Puls rauschte durch die Bahnen seines Körpers und trieb ihn vorwärts, obwohl er stillstand, die Arme locker vor dem Bauch verschränkt. Canivon ließ es klingen, als wäre es eine einfache Sache, dieses Verschmelzen von Menschlichem und Synthetischem zu etwas … Neuem.

Alex nickte verstehend, während die Ärztin sich um die Liege bewegte und die verschiedenen Details erklärte. »Unter anderem erweitert die neue Ware die Funktionalität deines Augen-Implantats, sodass du sehen kannst wie Valkyrie, ohne die Augen zu schließen. Weil es auffallen wird, solltest du wissen, dass das einen Leuchteffekt in deiner Iris erzeugt, ein bisschen wie bei deinen Glyphs.«

Alex verzog leicht das Gesicht. »Das dürfte unterhaltsam werden.«

Bei allem hoffte er, dass es unterhaltsam wurde. Natürlich würde sie es so sehen – und wenn es auf der Kehrseite tatsächlich so wäre, bedeutete es, dass sie es noch war, noch ihr Geist und ihr Wesen und ihre Seele.

»Die Pfade für die Verbindung bleiben dauerhaft offen, aber du wirst die eigentliche Verknüpfung jederzeit blockieren und wieder öffnen können. Deine eVi weiß, wie das geht; es funktioniert wie jeder andere Befehl.«

»Und wenn Valkyrie blockiert ist, ist sie wirklich blockiert?«

Canivon hantierte an einem Display. »Du wirst mit ihr kommunizieren können, ähnlich wie bei einer Remote-Schnittstelle, aber sie hat keinen Zugriff auf deinen Geist, ebenso wenig du auf ihren.« Die Frau drückte Alex aufmunternd die Schulter. »Und dann hören deine Iriden auf zu leuchten.«

»Gut zu wissen.«

»Wie besprochen werde ich dich für den medizinischen Eingriff sedieren und während die Verbindung hergestellt wird. So kann sich dein Gehirn an die Verknüpfung anpassen, ohne dass dein Bewusstsein die Sache ... herausfordernder macht. Sobald die Werte im richtigen Bereich sind, wecke ich dich langsam. Alles ist bereit – wann immer du soweit bist.«

Alex hob den Blick, um ihn durch das Glas zu finden. Sie schenkte ihm ein tapferes, strahlendes Lächeln ... auch wenn sie die Spur Panik in ihren Augen nicht ganz verbergen konnte.

Sein Herz schmolz und floss als Pfütze auf den Boden. Seine Fäuste krampften sich gegen den Bauch, um nicht in den Raum zu rennen, sie auf die Arme zu reißen und sie vor diesem Schicksal zu retten.

Stattdessen leitete er die Energie in die Geste zurück, ihr zuzulächeln.

Dann wandte sie sich wieder Dr. Canivon zu, und die Schritte, die bei jedem medizinischen Eingriff am Anfang stehen, begannen.

Aber dies war kein gewöhnlicher Eingriff.

Er sah Artificials so, wie er die meisten Technologien, Schiffe, Ausrüstungen und andere menschliche Erfindungen sah: verdammt nützlich in den richtigen Händen, gefährlich in den falschen. Sein Blick darauf war ein Produkt seines Berufs, in dem in einer gegebenen Lage praktisch jedes Objekt ein mögliches Werkzeug oder eine mögliche Waffe sein konnte. Unter seinen Bekannten fanden sich Ludditen und *warenuts* gleichermaßen. Hätte man ihn gedrängt, hätte er sich wohl ins moderat pro-synthetische Lager gestellt, schlicht weil er ein Befürworter von Vorwärts- statt Rückwärtsbewegung war.

Die meisten Leute, die über die Vorzüge synthetischer Intelligenz stritten, verfingen sich in der Frage, ob oder wann die Intelligenz »lebendig« werde. Doch ob lebendig oder nicht – für ihn war die weitaus wesentlichere Frage immer, ob oder wann diese Intelligenz Unschuldigen Schaden zufügen könnte. Jetzt, da er hier stand und zusah, wie Alex die Integrität – das schiere Überleben – ihres Verstandes in die Hände einer solchen Intelligenz legte, blieb seine Frage unbeantwortet.

Dies war das Werkzeug, das sie brauchten, um den Aliens auf dem Schlachtfeld zu begegnen. Mesme hielt es dafür und hatte große Mühen auf sich genommen, damit sie es ebenfalls verstanden. Der Alien war geheimniskrämerisch, rätselhaft und zum Verzweifeln frustrierend gewesen, aber er *wollte*, dass die Menschheit überdauerte – dessen war Caleb sich sicher. Also war dies der Weg; so musste es sein.

Er wünschte nur, es müsste nicht *sie* sein.

»Du liebst sie.«

Er hatte vage bemerkt, dass Miriam Solovy neben ihn getreten war, war aber zu sehr vom Geschehen jenseits des Glases gefesselt gewesen, um es zu würdigen. Jetzt sah er sie auch nicht an; er konnte den Blick nicht von Alex lösen, die sich auf die Liege legte und dem Unumkehrbaren entgegenging.

»Ja.«

Er spürte eher, als dass er es sah, dass Miriam nickte. »Dir ist klar, dass sie nicht zu zähmen ist.«

Da fuhr er doch zu ihr herum. »Warum zum blutigen Teufel sollte ich sie zähmen wollen? Du hast recht, ich würde es vermutlich ohnehin nie schaffen – und am Ende auf dem Hintern auf der Straße landen. Aber warum sollte ich das je versuchen? Hast du *irgendeine* Ahnung, was für ein außergewöhnlicher, seltener Mensch sie ist?«

Statt mit einer Zurechtweisung zu beginnen, schenkte sie ein schwaches, wehmütiges Lächeln. »Wilde Wesen haben keinen Anlass, einander zu zähmen ...«

»Wie bitte?«

»Nur etwas, das ich mal jemanden sagen hörte. Gute Antwort übrigens. Bei mir hat es nur drei Jahrzehnte gedauert, bis ich zur gleichen Einsicht kam.«

Er zwang die aufflammende, gerechte Empörung wieder unter Kontrolle. »Nun, sie freut sich, dass du es getan hast – und ich folglich auch.«

Miriam atmete aus und wandte sich wieder dem Glas zu. Gemeinsam sahen sie, wie Alex ins Bewusstlossein glitt.

»Glaubst du, das wird funktionieren?«

Die Worte lagen ihm schwer in der Kehle. »Ich weiß es nicht.«

30

ERDE

EASK-HAUPTQUARTIER

»Ich beginne jetzt, die Sedierung zu reduzieren.«

— *Aufstand am Raumhafen Pillei, 17 Verletzte; 123,4811 Tonnen Nahrung pro Jahr auf Cronus; Masse von Eta Carinae-A 117 M —*
au, Schmerz, ich hab mir das Knie aufgeschürft, Dad —

»So kann ihr Bewusstsein sich in die neuen Umstände einfinden.«

— es ist dunkel und ich hab Angst; gemessene Geschwindigkeit von Metigen-swarmers 0,354 mms; Wahrheit ist verifizierbar, soweit Gedanken und Aussagen mit tatsächlichen Dingen korrespondieren —

— *sein Mund schmeckt so gut oh!; Wahrheit verifiziert durch beobachtete Resultate; tot, warum, bitte nicht; wunderschön; CO_2-/O_2-Umwandlung um 2,3 % erhöhen durch Einbringen von Phytoplankton für optimales atmosphärisches Terraforming —*

»Alex, kannst du mich hören?«

— *mach die Augen auf, mach meine Augen auf, wie, hier; Hirnnerv VII, R. zygomaticus, triggert M. orbicularis oculi, oder ich könnte einfach —*

Augen auf. Tut weh. Scharfe Kanten – Abigails kalter, analytischer Blick – beleidige Abigail nicht – Mom dahinter – hat sie Angst *um* mich? *vor* mir? – sieht so Angst bei einem Menschen aus? manchmal, manchmal rennen sie –

»Ja. Nein – beides. Ja. Aber warum kann ich –« Sie spürte, wie ihr Nacken zuckte, die Schultern zuckten. »– sehen … nein, das stimmt nicht –« Sterne rasen vorbei, wie bin ich *in* ihnen »– will die Geschwindigkeit berechnen –« Supernova, zu hell; Connor steckt mir die Zunge ins Ohr, mein Ohr, iiih, keine Sorge, es wird besser; Aliens fort, zu lange »– schon geschehen. Was jetzt? Wir müssen sie aufhalten, koordiniert, ich kann –«

»Alex.«

Wärme. *Oh, diese Wärme*, Pheromone, Haut, Griff, Vibration darunter – spürst du es, so *menschlich* – sag meiner Hand, sie soll drücken.

»Sieh mich an.«

Ein Puls. Schlag – schlagend gegen deine meine *unsere* Handfläche. Lebendig.

Schlag um Schlag ließ der bodenlose Wirbel aus Wahrnehmungen, Daten, Bildern und Empfindungen, der durch ihren Verstand raste – so viele; wie soll dieser winzige Schädel sie alle fassen – nach, im Takt nicht ihres Pulses, sondern *seines*.

»Bitte.«

Sieh – wir sehen gemeinsam.

Eine Drehung des Kopfes, um sein Gesicht zu finden. Unglaubliche Augen, jetzt in ihrer *zu genauen* Sicht unmöglich blau. Sie glänzten vor Zärtlichkeit und Hoffnung und Vertrauen und Resilienz – und einem Hauch nackter Furcht. *Ja, Valkyrie, so sieht Liebe bei einem Menschen aus. Sei kurz still für mich? Nur einen Moment.*

Sie legte ihre freie Hand auf Calebs Hand, die ihre so fest umschloss. »Hi.«

Ein erleichterter Atem purzelte über seine Lippen. »Hi, du.«

Sie zog ihn näher, legte die Stirn an seine. »Ich bin noch da, ich schwör's. Es ist nur ein bisschen … seltsam.« *Seltsam – ist das das Wort? Dieses berauschend Verwirrende – okay, ja, »seltsam« reicht – still jetzt.*

»Ich glaub dir.« Er drückte ihre Hand noch einmal, hauchte ihr einen sanften Kuss auf die Stirn – *Oxytocin-Rush, Endorphine, uns schwindelt?* – und trat dann zurück, um Abigail den Platz zu überlassen.

Abigail fuhr mit einem Scanner um Alex' Kopf und über den Brustkorb. »Herzfrequenz erhöht, aber im sicheren Bereich. Gehirnaktivität in allen Regionen durch die Decke, besonders im Temporallappen und – überraschenderweise – über den Limbischen Lappen. Sehr ungewöhnlich.« Sie senkte das Kinn und musterte Alex. »Wie fühlst du dich?«

»Ähm … irgendwie zittrig.« *Überschwemmt, ertrinken im Ozean – gut, dass ich schwimmen kann.* »Die Rückkopplungsschleife ist gemein, als ob unsere Gedanken sich in einer Spiegelhalle gegenseitig abprallen. Aber wir … arbeiten daran, es unter Kontrolle zu bringen.«

»Gut. Ich stelle dir ein paar Fragen, ja?«

Alex nickte. Ihre Mutter huschte am Rand ihres Blickfelds die Wand entlang, die stoische Maske wieder an Ort und Stelle. *Das macht sie. Heißt das, sie kümmert sich nicht? Nein. Ich hab's erst kürzlich begriffen – viel zu spät.*

»Wie ist die Quadratwurzel aus 4 671 209?«

»2 161,29798963—«

»Wie lautet die chemische Formel von Fluor-Perchlorat?«

»$FClO_4$ oder $FOClO_3$, je nach Syntheseweg.«

»Wie hieß dein erstes Haustier?«

»Rasputin. Diese Katze war ein Teufel.« *Können wir eine Katze haben? Um Gottes willen nein, nicht auf meinem Schiff – oh, deinem Schiff – unser – ich werde endlich die Sterne sehen, berühren.*

»Die Umlaufperiode von Gliese 832 c?«

»36,4 Galaktische Tage, ± 5,1 Stunden jeden zweiten Zyklus.«

Sie berühren? Selbst ich kann sie nicht berühren – vielleicht versuchen wir's.

»Was hältst du von Regierungsbürokraten?«

»Die würden eine originelle Idee nicht erkennen, selbst wenn sie sich in Blut quer über eine ihrer verdammten Checklisten schmiert.« *Bildhaft, lebhaft, höchst stimulierend.* Sie lachte. »Hat Mom dir die Frage diktiert?«

»Ja, hat sie.« Abigail legte den Kopf schief. »Kann ich kurz mit Valkyrie sprechen?«

Alex erwiderte den prüfenden Blick. »Du *sprichst* mit Valkyrie. Du sprichst mit uns beiden. Wenn du *nur* mit ihr sprechen willst, kann ich die Verbindung blockieren, und du gehst zu Special Projects und redest dort mit ihr.« *Versteht sie es nicht – fühlt sich an wie ich, aber es bist du – nein, wir – fast.*

Abigails Mund öffnete sich leicht. Nach 2,0943 Sekunden schloss er sich. Eine Ader pochte an ihrer linken Schläfe. Sie begann von vorn. »Wenn ich zu Special Projects ginge und mit Valkyrie spräche, *ohne* dass du die Verbindung blockierst – würde ich dann zugleich mit dir sprechen?«

Nein – ja – erforderlich – warum? »Valkyrie sagt ja. Ich bin nicht sicher.« *Wir sind uneins – interessant; mein Gehirn ist nicht explodiert – gutes Zeichen, in der Tat.* »Wir sollten es später ausprobieren. Ich bin neugierig. Sie auch.« *Du sprichst – kann ich Worte aus deinem unserem Mund sprechen? Halt. Ich bin keine Marionette. Offensichtlich nicht – Entschuldigung. Wo sind sie hin? Finde sie.*

»Tun wir. Zuerst möchte ich, dass du die Verbindung blockierst. Wie gesagt, deine eVi ist jetzt so programmiert; gib ihr einfach den Befehl.«

»Verstanden.« *Nur für eine Minute – sei nicht traurig – ist das*

Traurigkeit? Es fühlt sich unbequem an, kratzig – meinetwegen.

Sie tat, wie geheißen. Ihr Blick verschwamm – nein, das war *normaler* Blick. Plötzlich unscharf, ausgewaschen. Nicht Caleb allerdings. »Erledigt.«

»Wie fühlst du dich jetzt?«

Leer. Hohl. »Okay. Ein bisschen langsam.« Überemotional, als müsste sie wegen einer Falte im Shirt gleich losheulen. »Ich gewöhne mich gleich dran, aber … mir geht's gut.«

»Was ist 24 019 hoch vier?«

»Keine Ahnung. Meine eVi könnte es mir wohl sagen, wenn ich sie frage.«

»Nicht nötig. Wie weit ist es von der Erde bis zum Rosettennebel?«

»1,552 Kiloparsecs bis an die Außenbänder.«

Abigail runzelte die Stirn und studierte die Monitore.

Alex hob spöttisch eine Braue. »Das weiß ich tatsächlich auch ohne Hilfe. *Space explorer? Scout?*« Caleb stand jetzt in Reichweite zu ihrer Linken; sie zwinkerte ihm zu. »Schatzjäger?«

Das Lächeln, das er ihr schenkte, reichte fast aus, sie glauben zu lassen, dass er wirklich glaubte, sie sei hier und heil. *War sie es?*

»Gut, stell die Verbindung wieder her.«

Der Befehl fiel diesmal leichter, dann – *Farbe, Klang, Unbehagen – keine Ahnung, wie viszeral die Welt ist; heiß und kalt – wirst du alles für mich anfassen? Nein, später – verstanden – hast du sie gefunden? Nein, aber Nein ist eine Antwort; nur eine Antwort. Wir sehen jetzt, oder?*

Sie riss die Aufmerksamkeit von den faszinierenden nanobreiten Rissen an der gegenüberliegenden Wand los – *Zerfall – immer wieder neu für einen Augenblick, doch unvermeidlich bricht und stirbt es; wir können es immer wieder neu machen, aber nie für immer* – und zurück zu Abigail. »Der Toggle funktioniert tadellos. Wenn du noch Fragen stellen musst, mach's, aber wir müssen *arbeiten*. Wir haben nicht viel Zeit.«

Ihr Blick wanderte zu ihrer Mutter, die an der Wand in stummer Pose stand. »Die Metigen überspringen die kleineren Kolonien, die als Nächste an der Reihe wären. Sie werden Seneca und Romane mit ihrer vollen Stärke angreifen, und sie werden es innerhalb der nächsten sechsunddreißig Stunden tun.«

31

WELTRAUM

NORD-ZENTRAL QUADRANT

SENECAN-FÖDERATIONSRAUM

Der Lagerraum roch nach erhitztem Schmiermittel und Silicidgummi. Auf eine seltsame Weise war es tröstlich—eine Erinnerung daran, dass dies ein Kriegsschiff war, dass sie eine Marine war, und Marines schworen, die Erdallianz gegen alle Feinde zu verteidigen, innere wie äußere.

Brooklyn wartete, bis sich die Tür hinter Kone schloss, bevor sie sprach. »Fahrah ist keine Option. Er hat die Senecaner ›Schwachköpfe‹ genannt und dabei eine wirklich hässliche Fresse gezogen, glücklicherweise, bevor ich das Thema Meuterei angeschnitten habe.«

»Dazu … ich habe vorhin mit einem Navigation Specialist geredet, der in der letzten Schicht Brückendienst hatte. Er sagte, Nunez habe mit O'Connell darüber gestritten, Krysk anzugreifen, und O'Connell ließ ihn fesseln und in den Arrest werfen. Der General duldet keinen Widerspruch.«

Gregor Kone war das einzige Mitglied ihres Trupps, mit dem sie sowohl Blut als auch Drinks geteilt hatte—und damit der einzige, dem sie traute. »Dann widersprechen wir nicht. Wir entheben ihn einfach des Kommandos.«

»Und wie sollen wir das anstellen? Die ganze verdammte Crew hat Angst, überhaupt zu niesen, aus Angst, ihn zu erzürnen. Die helfen uns nicht.«

»Sie müssen uns nicht helfen—sie müssen uns nur nicht aufhalten.«

Kone lehnte sich an die Regale hinter sich und verschränkte die Arme so fest vor der Brust, dass sich die Muskeln abzeichneten. »Also sollen wir zwei einen Vier-Sterne-General ausschalten, der einen Kreuzer kommandiert?«

Sie rollte genervt mit den Augen. »Wir sind nicht irgendwelche Grunts, Captain. Wir sind hochtrainierte Elite-Spezialkräfte der Marines. Wir kriegen das hin.«

»Und nur mal so zum Spaß: Sagen wir, es gelingt uns, ihn in den Arrest zu werfen. Dann schüchtert er den Sicherheitschef ein und ist in Minuten wieder draußen.«

»Außer wir töten ihn.«

»Jesus. Und dann? Glaubst du wirklich, der XO oder der Steuermann oder sonstwer nimmt Befehle von ein paar Captains entgegen?«

»Weißt du, für jemanden, der angeblich O'Connell aus dem Weg räumen will, bist du verdammt eifrig dabei, sicherzustellen, dass es nicht passiert.«

»Verdammt, Harper, ich sage nur, ich sehe nicht, wie das funktionieren soll. Ohne mehr Leute auf unserer Seite sind wir erledigt, bevor wir anfangen.«

Sie stöhnte, musste ihm den Punkt aber widerwillig zugestehen. »Schon gut, suchen wir mehr Leute. In der Zwischenzeit will ich mit

Vinsk in Comms reden. Wir müssen diese Kommunikationssperre durchbrechen und eine Warnung rausbekommen, dass Krysk das nächste Ziel ist. Für den Fall, dass wir scheitern.«

»Sicher, dass er uns nicht verpetzt?«

»Ziemlich. Er hat die richtigen Signale gesendet. Ich bleibe vorsichtig, bis ich mir sicher bin.«

Kone rieb sich nachdenklich den Kiefer. »Okay. Wen warnen wir? Was, wenn O'Connells Befehle von ganz oben kommen? Viele hochrangige Offiziere sind keine Freunde von Seneca, schon weil sie im ersten Krieg gekämpft haben—und dazu gehören die beiden Spitzenpositionen in der MSO. Ich bin alles andere als überzeugt, dass einer von denen irgendetwas täte, um ihn aufzuhalten, wenn er die Wahl hätte.«

»Dann kontaktiere ich jemanden, dem ich vertrauen kann.«

* * *

Und wer zur Hölle soll das sein?

Sie blieb im Lagerraum, nachdem Kone gegangen war; sie brauchte Zeit allein zum Nachdenken, denn er hatte recht. Ihr CO auf der Fionava war Veteran des First Crux War und hatte seine Abneigung gegen die Föderation nie verhehlt, und es wurde weiter oben in der Hierarchie nicht besser.

Sie brauchte jemanden mit genug Einfluss, um auf die Information reagieren zu können—oder sie zumindest an jemanden zu bringen, der reagieren konnte. Aber Captains, selbst Special-Forces-Captains, bekamen selten Gelegenheit, sich mit der oberen Riege zu tummeln. Die unschöne Wahrheit war: Außerhalb ihrer direkten Befehlskette kannte sie so gut wie gar keinen höheren Stab über flüchtige Begegnungen hinaus.

Ihr Fuß tippte unruhig auf dem rauen, aber rutschfesten Boden.

Was ist mit—nein, er war nur Lt. Oberst gewesen und hatte wohl nicht die Macht, die sie brauchte …

… aber hatte sie nicht auf den offiziellen Versetzungsmeldungen, während sie am NW-Hauptquartier herumlungerte, gesehen, dass er befördert und mit dem Kommando über einen Kreuzer betraut worden war?

Sie würde Malcolm Jenner nicht als Freund bezeichnen, schon weil er ihr um mehrere Ränge vorgesetzt war. Und tatsächlich hatte sie ihn in fünf Jahren nur zweimal gekreuzt. Aber sie hielt ihn für ehrenhaft und nicht für einen Hardliner. Auf Desna hatte er alles getan, um Opfer zu vermeiden—auch die Toten unter den Föderationssoldaten auf das notwendige Minimum zu beschränken—also durfte sie wohl annehmen, dass er keinen besonderen Groll gegen Seneca hegte.

Und als sie unter ihm in der 3rd BC Brigade stationiert gewesen war, hieß es, er date die Tochter des EASK-Operationsdirektors. Selbst wenn es nicht mehr zutraf, blieben ihm die Kontakte.

Entschieden verließ sie den Lagerraum und machte sich auf zur Crew-Sektion.

Vinsk saß in der Messe und hütete einen Kaffee. Da die einzigen aktiven Verbindungen zur *Yeltsin* und zur Chinook gingen, hatten Kom-Offiziere derzeit nicht gerade viel zu tun. Sie hatte ihn als sympathischen Soldaten identifiziert, als er das Gesicht verzog und zwei Korporale stehen gelassen hatte, die Witze über die Zerstörung in Neu-Kairo rissen. Seitdem hatte sie bei Gelegenheit das Gespräch mit ihm gesucht. Jetzt würde sich zeigen, ob es sich auszahlte.

Sie rutschte ihm gegenüber an den Tisch. »Schon gelangweilt?«

Er verzog den Mund zu seinem Kaffee. »Ich bin ein Kom-Offizier ohne Comms. Was glaubst du?«

»Ja, diese Sperre ist ziemlich daneben, oder?«

Sein Blick schoss wachsam zu ihr hoch. »Dazu steht mir nichts zu.«

Ihre Stimme sank zu einem Flüstern. »Vinsk, mir gefällt nicht, was hier passiert, und ich habe das Gefühl, dir auch nicht.«

»Ich … spielt keine Rolle. Wir können nichts dagegen tun.«

»Doch. Zuerst können wir eine Nachricht rausbekommen, dass Krysk das nächste Ziel ist, damit sie wenigstens die Chance haben, sich vorzubereiten oder zu evakuieren.«

»Wir sind unter einer Sperre. Wie sollen wir was rausschicken?«

Sie zeigte ein Lächeln, zur Hälfte warm, zur Hälfte berechnend. »Keine Ahnung, Comm Specialist. Wie denn?«

* * *

Kone bezog Posten vor der Tür zum Comms-Hardware-Raum, während sie Vinsk hinein folgte. Er musterte die Geräte, aktivierte dann das Zugangspanel unter dem Evanec-Hub und tippte mehrere Befehle ein.

»Das Ding mit der Sperre ist: Sie ist selbst auferlegt. Technisch gibt es keine Hürde außer dem Blockfeld selbst. Ich wette, ich kann eine Direktnachricht tunneln und im Störrauschen verstecken. Solange keine Daten dranhängen, ist sie so ein winziger Blip, dass der Kom-Officer auf der Brücke sie nicht bemerkt. Hoffentlich.«

Er beendete die Eingaben und sah zu ihr zurück. »Also gut, gib mir Adresse und Text. Ich schicke es raus, sobald ich kann.«

»Wann ist das?«

»Sobald ich kann. Irgendwo zwischen fünf Minuten und fünf Stunden.«

Sie beugte sich so dicht heran, dass ihr Gesicht nur Zentimeter von seinem entfernt war, und senkte die Stimme zu einem tiefen Grollen. »Zielen wir mal auf die kurze Variante, ja?«

Er nickte hastig, und sie belohnte ihn mit einem Lächeln, einen Hauch wärmer als zuvor. »Großartig. Hier ist die Nachricht. Danke, Vinsk.«

Oberst Jenner,
General O'Connells nächstes Ziel ist Krysk, nachdem der geplante Angriff auf Elathan wegen Alien-Präsenz abgebrochen wurde. Erwartete Ankunft in 22–28 Stunden. Intervention erbeten, falls machbar.

* * *

Brooklyn schlich in den Waffenraum. Kone folgte keine ganze Armlänge hinter ihr. Ihre persönlichen Tarnschirme liefen auf maximaler Stärke, aber in der Enge boten sie nur minimale Deckung. Schichtwechsel war im Gang, also hoffentlich sorgte das begleitende, latente Chaos für eine zusätzliche Schicht Schutz.

Sobald die Tür zufuhr, hockte sie sich neben das erste Gerät. Um jedes unnötige Geräusch zu vermeiden, pulsierte sie ihm zu:

Arbeite schnell—aber spreng uns nicht in die Luft.

Ja, weil ich uns sonst natürlich in die Luft gejagt hätte.

Schon gut, sie war bossy; egal. Kone war ein guter Marine und womöglich ein guter Mensch, aber er war ein Mitläufer, kein Anführer. Wie jeder, der bei Marine Recon abschloss, konnte er die meisten Sprengsätze entschärfen; vermutlich hatte er sogar mit Sprengköpfen geübt, die den in den Geräten ähnlich waren. Also sollte er mit ihr als Lead klarkommen.

Am Ende lief alles auf einen simplen Fakt hinaus: Sie würde O'Connell nicht noch einmal eine Planetenatmosphäre vergiften lassen. Ob sie ihn davon abhalten konnte, noch eine Zivilbevölkerung zu massakrieren, stand dahin, aber sie konnte ihn definitiv davon abhalten, eine hinterhältige, schmutzige Taktik anzuwenden, die unter zivilisierten Standards lag. Wenn das erledigt war, würde sie sich darum kümmern, ihn auf dauerhaftere Weise zu stoppen.

Der Trick war weniger, alle Sprengköpfe zu entschärfen, als vielmehr, ihre Spuren danach so zu verwischen, dass keiner etwas merkte. Jedenfalls, bis die nuklearverstärkten Minen ausgebracht wurden. Bei Auslösung würden sie nur ein winziges konventionelles Bumm erzeugen—und dann würde es jeder merken.

Und wenn es so weit war, würde O'Connell stinksauer sein.

32

ERDE

EASK-HAUPTQUARTIER

Miriam stählte sich, bevor sie mit Alexis an ihrer Seite das Lagezentrum betrat. Sie wusste nicht, ob Alexis bereit dafür war. Es war ein extrem harter Tag gewesen, und nun warf sie ihre Tochter direkt den Wölfen vor.

Aber ihnen lief die Zeit davon. Außerdem hatte Alexis darauf bestanden—eine Forderung, der zu widerstehen sich als außerordentlich schwierig erwies.

Als die Holos aufflackerten, beugte sie sich vor und murmelte leise: »Das ist Feldmarschall Gianno, und hier ist der Föderationsvorsitzende Vranas—«

»Ich weiß, wer sie sind.«

Alexis schenkte ihr einen kurzen, kryptischen Blick, und Miriam zwang sich, sich nicht aus der Ruhe bringen zu lassen. »Mein Fehler.«

Die Sitzung des informell so genannten Metigen-Kriegsrats begann, ohne dass jemand sie offiziell eröffnete—niemand war ausreichend »zuständig«, um es zu tun. Sie deutete nach links. »Ich freue mich, meine Tochter Alexis Solovy vorzustellen. Ihre jüngsten Begegnungen mit und Einsichten zu den Metigenen sind Ihnen allen bereits bekannt.«

»Und die Artificial?«

Vranas' Ton war nicht direkt fordernd, aber bestimmt. Sie neigte das Kinn zum Nicken. »Ja. Das experimentelle Verfahren im Rahmen von Project Noetica war ein Erfolg. Insofern ist die Artificial des Druyan-Instituts, genannt ›Valkyrie‹, ebenfalls anwesend—in gewissem Sinne.«

»Und die anderen?«

»Mr. Reynolds unterzieht sich dem Verfahren in diesem Moment. Falls es gut verläuft, folgt in Kürze Commander Lekkas. Über die Teilnahme von Ms. Requelme ist noch nicht entschieden.«

Premierminister Brennon ließ Alexis ein politisches Lächeln angedeihen. »Wenn ich fragen darf, Ms. Solovy—wie fühlen Sie sich?«

Alexis stieß ein kurzes Lachen aus. »Beschäftigt, Sir.«

Das brachte mehrere leise Lacher, und die Spannung löste sich ein wenig. Miriam trat ein, bevor sie in peinliche Stille auslief. »Wir sind nicht nur hier, um vom anfänglichen Erfolg der Initiative zu berichten. Auf Basis ihrer gemeinsamen Analyse der Daten zum jüngsten Verhalten der Metigenen und weiterer Faktoren sind Alexis und Valkyrie der Ansicht, dass die Aliens die nächsten Kolonien in der Reihe auslassen und sich auf eine konzertierte Aktion gegen Seneca und Romane vorbereiten—als Nächstes.«

»Als Nächstes?« Gianno wirkte skeptisch. »Sie greifen Elathan und Scythia mit beträchtlicher Stärke an, aber wir setzen ihnen an beiden Orten heftig zu und rechnen damit, sie dort eine Weile zu halten. Wir sollten jeden Moment kleinere Kontingente bei Aesti, Pillei, Minskei und Kangxi sehen und bald darauf eine größere Streitmacht bei Radavi.«

Alexis schüttelte den Kopf. »Nein, Ma'am—Verzeihung, Marshal.«

Giannos Kiefer zuckte. Sie konnte nicht wissen, dass Alexis damit eigentlich schon weit respektvoller war als üblich. »Nein?«

»Ja, natürlich greifen sie Elathan und Scythia an. Aber sie vertrösten euch ebenso sehr, wie ihr sie vertröstet. Es werden keine Schiffe bei Aesti eintreffen—und auch nicht bei den anderen Kolonien.«

»Ms. Solovy, die Metigenen waren alles—nur nicht sprunghaft. All unsere Aufklärung und die Musteranalyse sagen, dass sie genau das tun werden.«

»Ich verstehe Ihren Punkt, aber ich sage Ihnen: Das werden sie nicht. Sehen Sie—« Alexis warf ihr einen genervten Blick zu. »—kannst du mir einen Zugangspunkt zum Tisch geben?«

Miriam nickte und gab einen Code in das Bedienfeld ein. Normalerweise wäre das der Moment, in dem Alexis eine angewiderte Tirade startete, doch sie schien den Impuls im Zaum zu halten. Oder hielt Valkyrie ihn für sie im Zaum?

Alexis berührte das Panel mit der Fingerspitze, und sofort erwachte eine hochdetaillierte Karte ihres Galaxis-Sektors zum Leben, komplett mit historischer Metigen-Migration, Positionen von Allianz- und Föderationsverbänden und Konfliktpunkten. In den meisten Aspekten ähnlich, war es doch nicht die Karte, die sie üblicherweise im Lagezentrum nutzten.

»Die Metigenen haben Sagan vor 23,4 Stunden aufgegeben. Nach den bisher extrapolierten Geschwindigkeiten hätten sie Minskei spätestens vor 9,1 Stunden erreichen müssen—haben sie aber nicht. Schiffe der Metigenen begannen, Xanadu zu verlassen, noch bevor ihre Niederlage dort absehbar war; sie ließen bereits beschädigte Schiffe zurück, um die Treffer einzustecken. Warum sind sie nicht bei Aesti? Sie hätten gestern dort sein müssen.«

Ihre Hände rasten über die Karte, drehten sie, setzten neue Marker und zoomten auf diverse Orte hinein. »Ihre Streitmacht bei Scythia ist nicht so groß, wie sie sein sollte—nach unseren jüngsten Erfolgen hätten sie bei einer Kolonie von Scythias überdeutlicher strategischer Bedeutung mehr Schiffe schicken müssen. Derzeit können wir den Verbleib von achtundsechzig Superdreadnoughts sicher angeben, während wir mit Sicherheit wissen, dass sie mindestens 102 einsetzen können—und allen Grund zu der Annahme haben, dass ihnen mehr als die doppelte Zahl zur Verfügung steht.«

Die Pause währte nicht lang genug, als dass jemand dazwischengehen konnte. »Alle Schiffe, die vorher im Südosten waren—die bei Sagan und Xanadu und die, von denen wir annahmen, sie steuerten diese kleinen Kolonien an oder sammelten sich bei New Cornwall—bewegen sich nach Norden in Richtung Romane. Rechnen Sie damit, dass die Schiffe bei Scythia abziehen, um sich anzuschließen, sobald sie eintreffen—wenn nicht früher.

Alle Schiffe im Nordosten, die nicht bei Elathan sind, warten. Irgendwo. Sobald die Schiffe aus dem Süden Romane erreicht haben, schlagen sie bei Seneca zu. Es wird ein massiver, koordinierter Angriff auf die zwei größten Zentren menschlicher Zivilisation—mit einer Ausnahme. Und wenn sie Seneca und Romane gewinnen, kommen sie zur Erde.«

Miriam starrte auf die Karte. Alle starrten auf die Karte, als eine schwer lastende Stille den Raum einnahm.

Gianno brach sie schließlich. »Ich gebe zu, die große Zahl unauffindbarer Superdreadnoughts ist beunruhigend.«

Miriam richtete die Schultern höher auf; Alexis war ihre Tochter, aber dies war Miriams Hoheitsgebiet. »Alexis—Valkyrie, mit wem auch immer ich gerade spreche—bislang haben die Aliens jede Kolonie, auf die sie stießen, akribisch ausgelöscht, so klein sie auch war. Ihr Vormarsch war ein umfassender Schwenk diagonal durch den besiedelten Raum, und nichts hinter dieser Linie blieb unberührt. Dieses Verhalten war über fünfunddreißig Kolonien hinweg konstant. Warum sollten sie es jetzt ändern?«

Alexis betrachtete sie mit einem … Funkeln in den Augen? Bei dem geisterhaften Leuchten war es schwer zu sagen, aber es sah wie ein Funkeln aus. Sagte Alexis damit, es sei okay, dass Miriam sie öffentlich herausgefordert hatte? Sie wusste nicht, was sie daraus machen sollte.

»Weil es das ist, was ihre Programmierung ihnen vorgibt. Wir sollten unterworfen werden—so weit eingeschüchtert, dass wir keine Bedrohung mehr darstellen—falls möglich; und diese Direktive bestimmte ihre Strategie bis vor Kurzem. Fragen Sie sich: Gibt es etwas Furchteinflößenderes, als diese imposante Linie zu sehen, die unaufhaltsam näher rückt wie eine unaufhaltbare Kraft?

Wenn eine Unterwerfung unmöglich ist, sollen wir hingegen ausgerottet werden. Nur—jetzt, wo wir ihre Nachschublinien gekappt haben, sind die Optionen für eine Ausrottung begrenzt. Wir haben bewiesen, dass wir zurückschlagen können und werden—verdammt hart. Angesichts ihrer und unserer schwindenden Ressourcen müssen sie uns dort ausschalten, wo wir am stärksten sind, während sie am stärksten sind.

Wenn Seneca fällt, wenn Romane fällt, wenn die Erde fällt, können sie die restlichen Welten in aller Ruhe aufräumen—ohne Widerstand. Es ist die einzig logische Wahl für einen logischen Gegner, der seinen Widersacher unerwartet widerstandsfähig findet.«

Brennons Puls erwischte Miriam unerwartet, doch ihr Gesicht zeigte nichts.

Sie hat recht.

Ja. Ich glaube auch.

Vranas fuhr sich mit der Hand über den Mund. »In Ordnung. Von wie vielen Superdreadnoughts reden wir? Wie viele können wir zusammen bei Seneca und Romane erwarten?«

Gianno antwortete: »Maximal? 180–200.«

Alexis schüttelte erneut den Kopf. »245–263, eventuell bis zu 304. Die Schiffe, deren Verbleib wir kennen, sind kaum mehr als die, die hier waren, als die Aliens ihre Offensive starteten. Mindestens achtzig neue Superdreadnoughts sind durch das Portal gekommen, bevor wir die Fabrik stillgelegt haben—aber je nachdem, wann sie mit der Verstärkung begonnen haben, könnten bis zu hundert Schiffe unterwegs sein, die Sie *noch nicht* gesehen haben.«

Diesmal wandte sich Miriam an Brennon.

Sir, selbst wenn wir die gesamte NE-Flotte schicken, sind das zu viele für unsere Verbände im Feld—zusammen—um dagegen zu kämpfen.

Und unsere Verbände, die nicht im Feld sind?

»Verdammt noch mal. Wären sie verteilt, hätten wir vielleicht eine Chance, aber in der Dichte …«

Die Westflotten sind an den vorgesehenen Positionen angekommen, um an der Ostgrenze des Zentralquadranten eine Barriere zu bilden. Wie besprochen, lautet ihr Auftrag, die First-Wave-Welten zu schützen.

Miriam betrachtete ihre Tochter, die in den letzten zwei Monaten alles riskiert und sich nun auf Arten verwandelt hatte, die niemand von ihnen ganz begreifen konnte—wo sie doch nie hatte kämpfen wollen. Miriam dachte an David, der sein Leben opferte, damit 4 817 andere leben konnten und sich der Kosten voll bewusst war.

Ich rate, sie zu schicken, Sir.

Welchen Anteil?

Alle.

Die Diskussion ging um sie herum weiter, während sie auf seine Antwort wartete.

Einverstanden. Was ist mit SE Command?

Es hat die Hauptlast des alienseitigen Vormarsches getragen, seine Verbände sind so gut wie dezimiert. Wir lassen Rumpfverbände bei New Cornwall und New Columbia und ziehen den Rest in den Zentralquad-

ranten.

Brennon räusperte sich. »Abhängig vom Ausgang bei Scythia schicken wir NE Command zur Unterstützung der Verteidigung Senecas. Außerdem werden die Formationen von NW und SW Command, die derzeit den Zentralquadranten sichern, Romane verteidigen.«

Vranas brauchte einen Moment, um seine Überraschung zu verbergen; Gianno weniger. Sie richtete den Blick auf Miriam. »Und Sol/Central Command?«

»Schließt sich bei Seneca NE Command an.«

Sie hatte Brennon vorher nicht konsultiert ... aber er hob nur die Augenbraue, in etwas, das wie makabres Amüsement wirkte.

Alexis drehte sich zu ihr. »Das würdest du tun? Du würdest die gesamte Erdflotte zur Verteidigung Senecas schicken?«

Das hast du laut gesagt, Liebes. »Nicht nur würde ich es tun, ich beabsichtige, den Befehl zu erteilen, sobald diese Sitzung endet. Wenn dies die Schlacht ist, die unser Schicksal entscheidet, müssen wir sie so behandeln. Wir müssen *all in* gehen.«

Vranas nickte mit angemessener Gravitas. »Dann, wenn dies unser Ende sein soll, wird es ein ehrenhaftes, denn wir stehen endlich vereint. Gegen so einen Epitapheintrag hätte ich nichts.«

Miriam wandte sich wieder an Alexis. »Wie viel Zeit haben wir?«

Alexis starrte sie noch eine Sekunde lang unverhohlen ungläubig an, bevor sie den Blick zu den anderen wandte. »Ausgehend von der letzten Sichtung von Superdreadnoughts bei Sagan—dem entferntesten Ort, an dem sie sich zuletzt in Stärke gesammelt haben—wenn sie warten, bis *alle* Schiffe eingetroffen sind, bevor sie den Angriff beginnen? Dreißig bis fünfunddreißig Stunden. Wenn nicht? Höchstens einen Tag.«

33

SCYTHIA

ERDALLIANZ-KOLONIE

Scythias kupferne Sonne spiegelte sich gleißend auf dem schiefer-glänzenden Rumpf der *EAS Lexington*, als sie hart quer über das Sichtfenster der *EAS Orion* zog und in Oberst Malcolm Jenners Gehirn eine Welle von Déjà-vu auslöste.

War ich nicht gerade erst hier?

Er blinzelte und schüttelte es ab. »Waffen, visieren Sie den Superdreadnought an, der die *Lexington* jagt, und verschaffen Sie ihr Luft.«

»Ja, Sir!«

Er war gefühlt erst vor Tagen hier gewesen, hatte sich zu den Schiffen des Allianz-NO-Regionalkommandos gesellt, als sie sich auf die Offensive bei Messium vorbereiteten, und die *Orion* zum ersten Mal betreten. Seither jedoch hatte sich vieles geändert.

Kommunikation und Exanet-Zugang waren jetzt zu einhundert Prozent wiederhergestellt — was vermutlich mehr zählte als alle anderen Veränderungen zusammen. Er, die *Orion* und alle ihre Verbände waren nun kampferprobt gegen die Aliens. Mit jedem

Gefecht lernten sie mehr darüber, wie man die Metigen-Schiffe bekämpfte; sie wurden klüger und verfeinerten ihre Taktiken. Außerdem befanden sie sich nicht länger im Krieg mit der Föderation. Stattdessen kämpften sie jetzt, wenn schon nicht Seite an Seite, so doch in Abstimmung mit ihr.

Seine Finger schlossen sich fester um das Geländer, als das Schiff unter dem Einschlag des Superdreadnought-Feuers erzitterte. Eines hatte sich nicht geändert — die Waffen des Feindes hatten immer noch einen schmerzhaften Punch. »Vordere Schilde auf Maximum und festhalten. Die *Lexington* wird ihn in zwei Sekunden von der anderen Seite erwischen.«

»Hüllenriss, Deck Drei Backbord — abgeriegelt.«

Malcolm erlaubte sich ein kleines Lächeln. Seine kampferprobte Crew hatte ihr Spiel wirklich verbessert und wuchs zu einem effizienten, effektiven Team zusammen. Er schien nur noch selten Befehle geben zu müssen, denn sie hatten bereits erledigt, was er verlangt hätte.

Der Laser bog von ihnen ab, und er atmete lautlos auf. »Leistung wieder auf Normalverteilung und die Schilde nachladen. Kurs umkehren um 0,6 Megameter — dieses Ziel fliegt gleich hoch.«

Und hoch ging es, brach aus in dem inzwischen vertrauten Karmesin und Anthrazit, bevor die weiße Nova kam. Die Filter im Sichtfenster dunkelten ab, um sie vor Blendung zu schützen, doch selbst so war der Anblick atemberaubend, vertraut hin oder her.

Noch vierzehn weitere Superdreadnoughts befanden sich über Scythia. Die Schlacht war nicht gewonnen, sondern begann erst.

* * *

Malcolm wandte seine Aufmerksamkeit einen Moment vom tobenden Kampf draußen ab, um die unsignierte Nachricht erneut und mit milder Verwunderung zu lesen.

Oberst Jenner,

General O'Connells nächstes Ziel ist Krysk, nachdem der geplante Angriff auf Elathan wegen Alien-Präsenz abgebrochen wurde. Erwartete Ankunft in 22–28 Stunden. Intervention erbeten, falls machbar.

Warum ausgerechnet an ihn? Sein Abstecher ins NW-Kommando war kurz gewesen, mit wenig Gelegenheit, Freunde oder auch nur Bekanntschaften zu machen. Er dachte kurz nach und kontaktierte dann den Offizier im Kommunikationsknoten auf Deck 3. »Leutnant, ich leite Ihnen eine Nachricht weiter. Ich brauche eine Rückverfolgung und alle Ident-Informationen, die Sie aus ihr herausziehen können.«

»Ja, Sir. Priorität?«

»Unterhalb der Alienschiffe draußen, oberhalb von allem anderen.«

Ein Vorteil seines neuen Rangs war der Zugang zu weitaus mehr Verschlusssachen. Die knappen Lageberichte des EASK über General O'Connells Aktivitäten hatten ihn entsetzt und angewidert zurückgelassen. Da er jedoch nicht in der Position war, den Mann aufzuhalten, und da Kompartimentierung in Kriegszeiten eine notwendige Fähigkeit war, hatte er die unerfreulichen Neuigkeiten beiseitegelegt und sich darauf konzentriert, die größte Allianzkolonie im Umkreis von 2,5 kpc zu schützen … nun, die größte außer Messium. Aber Messium war verloren.

Die Erinnerung holte ihn in den aktuellen Kampf zurück. Er atmete aus und begann, das Schlachtfeld neu zu beurteilen.

Die Gelegenheit, im Vorfeld eine Defensivstellung aufzubauen, war ein deutlicher Vorteil gegenüber Messium. Die voll funktionsfähigen Orbital-Arrays entsprachen im Prinzip der Feuerkraft mehrerer Dreadnoughts zusätzlich zu ihrem Arsenal. Darüber hinaus beruhigte ihn, dass sie sich keine Sorgen machen mussten, dass die Zahl der Toten auf dem Planeten darunter jede Minute stieg, in der es ihnen nicht gelang, den Sieg zu erringen. Zusammen mit funktionierender Kommunikation und einer anständigen Portion Erfahrung wuchsen ihre Erfolgsaussichten.

Was nicht bedeutete, dass irgendetwas davon auch nur im Entferntesten einfach war.

»Oberst, ich habe die Infos, die Sie wollten.«

Das ging schnell. »Bitte.«

»Absender lässt sich nicht identifizieren — gut verschleiert —, aber die Quelle ist die *EAS Akagi*.«

»Danke, Leutnant.«

Die *Akagi* war vom Netz und unerreichbar — so zumindest laut dem letzten Briefing. Er rief die gesicherten EASK-Akten auf und zog das Besatzungsmanifest der *Akagi* zum Zeitpunkt ihres Abflugs, dann ließ er den Blick über die Liste wandern. Zwei, drei vage vertraute Namen, doch keiner … hmm.

Spezialeinsatz-Detail: Captain Brooklyn Harper, 1st NW-MSO-Zug

Er kannte Harper nicht wesentlich besser als die anderen Namen, die er wiedererkannte, aber sie war die Einzige, die es geschafft hätte, eine Nachricht durch ein Blockfeld hinauszubekommen. Daran hatte er keinen Zweifel.

»XO, Sie haben das Kommando. Ich brauche einen Moment.«

»Ja, Sir.«

Die Frau musste unter enormem Druck stehen — auch wenn sie derzeit nicht unter Feindbeschuss lag —, doch Admiral Solovy nahm seine Holokomm-Anfrage sofort an. »Oberst Jenner. Schön zu sehen, dass Sie noch durchhalten. Wie steht's um Scythia?«

»Hässlich. Trotzdem, ich glaube, wir halten uns — und hoffentlich bleibt das so, bis Admiral Rychen eintrifft. Aber deshalb melde ich mich nicht. Ich habe eine Nachricht von jemandem an Bord der

Akagi mit General O'Connell erhalten.«

Ihr Blick verhakte sich in seinem, lebhaftes Interesse in den Augen. »Haben Sie? Vor vier Minuten operierte sein Verband noch unter einem Kommunikationsblockfeld.«

»Ich nehme an, sie hat es umgehen können. Sie ist MSO, das gehört zu ihrem Skillset. Laut Nachricht ist sein nächstes Ziel Krysk und sie bittet um Intervention.«

»Verstanden. Wann?«

»Die Nachricht nennt 22–28 Stunden, aber unter den Umständen könnten die Angaben bereits etwas veraltet sein.«

»Vertrauen Sie der Information?«

Er erwog die Frage, bevor er antwortete. »Die Person, von der ich annehme, dass sie das gesendet hat, würde General O'Connells Handlungen, geschweige denn seine Taktiken, nicht gutheißen. Ich habe allen Grund zu glauben, dass sie will, dass er aufgehalten wird.«

»Danke, das ist außerordentlich wertvolle Aufklärung. Ich werde alles daransetzen, ihn festzusetzen und seine Schiffe unter unsere Kontrolle zu bringen. Ach, Oberst? Es dürfte Sie interessieren zu wissen, dass *sie* am Leben und unverletzt ist. Jedenfalls heute.«

»Wollen Sie damit …«

»Auf Wiedersehen, Oberst.«

Er starrte auf leere Luft. Sie konnte nur Alex meinen, doch aus irgendeinem Grund musste diese Tatsache geheim bleiben. Alex war seit Wochen von jedem Fehlverhalten freigesprochen, er konnte sich nicht erklären, warum das nötig sein sollte.

Eine Explosion flammte im Sichtfenster auf und ließ die Brücke erzittern. Der Gedanke trat in den Hintergrund, als das Gefecht wieder die Bühne eroberte. »XO, Sie sind abgelöst. Steuermann Paena, 30° Steuerbord. Suchen wir uns ein neues Ziel.«

* * *

SENECA

CAVARE, MILITÄRHAUPTQUARTIER

Feldmarschall Gianno runzelte die Stirn über dem blinkenden Indikator auf dem gesicherten Kanal. Die Konferenz des Metigen-Kriegsrats und ihre Flut an Enthüllungen war vor weniger als einer halben Stunde zu Ende gegangen, das Nachgespräch mit Vranas zur Aufarbeitung der Folgen erst vor Minuten.

Sie winkte einen herannahenden Stabsoffizier beiseite und aktivierte das Holo. Da sie nicht wusste, wer sonst anwesend sein mochte, wahrte sie eine gewisse Förmlichkeit. »Admiral Solovy, haben Sie weitere Informationen? Ich gestehe, ich ringe noch immer mit den Auswirkungen unserer vorherigen Besprechung.«

»Wie ich auch. Fürchte jedoch, dies betrifft unser anderes Problem.«

Davon gab es, im Guten wie im Schlechten, nur eines. »Oh?«

»Mir sind relativ verlässliche Informationen zugegangen, dass General O'Connells nächstes Ziel Krysk ist. Er hatte vor, Elathan zu treffen, hat den Plan aber aus naheliegenden Gründen fallengelassen.«

Äußerlich nahm Gianno die Neuigkeit wie jede Neuigkeit: ungerührt. Innerlich mochte das anders aussehen. »Das ist ein Problem. Wissen Sie, wann er den Angriff beginnen will?«

»Vielleicht schon in zwanzig Stunden, wahrscheinlicher ein paar Stunden später.«

»Wir rechnen damit, in kaum mehr als zwanzig Stunden über Seneca in großangelegten Krieg mit den Metigen verwickelt zu sein.«

»Dessen bin ich mir bewusst. Haben Sie ein oder zwei Staffeln, die Sie abstellen können, um ihn auszuschalten?«

»Nicht im Entferntesten. Wir haben bei Elathan und Nystad

eine große Zahl an Schiffen verbrannt, und wir brauchen jedes verbleibende und darüber hinaus, um Seneca zu verteidigen.«

Eine ›große Zahl‹ war in Wahrheit eine kolossale Untertreibung. Elathan schien — jedenfalls heute — gerettet, doch der Preis an Schiffen und Menschenleben war inakzeptabel hoch. Dies verschwieg sie Miriam allerdings, damit die Frau nicht entschiede, dass die Verteidigung des Planeten mit derart geschwächten Kräften aussichtslos sei, und die Allianzflotten zurückriefe. Sie mochte Miriam, aber das hier war keine Dinnerplanung.

»Krysk ist Standort einer stattlichen Militärbasis. Bei solch einer Vorwarnung sollten die Stationierten in der Lage sein, O'Connells Schiffe zügig auszuschalten.«

»Die Basis ist Geisterstadt. Der komplette Schiffsbestand wurde nach Osten nach Seneca verlegt«, um einen Teil der bei Elathan verlorenen Schiffe zu ersetzen. »Sie könnten eine eigene Staffel hinter ihm her schicken. Sie haben meine Erlaubnis.«

»Ich würde liebend gern. Unglücklicherweise hat das Szenario einen Haken: Es ist zu spät. Wir haben nach der Friedensvereinbarung die NW-Verbände von der Grenze abgezogen, und ich habe keine Schiffe mehr in der Nähe. Für die, die jetzt nach Seneca beordert werden, ist Krysk ein zu großer Umweg. Und in jedem Fall weiß ich, wie viele Schiffe Sie bei Elathan verloren haben. Sie brauchen nicht nur alle funktionsfähigen Schiffe bei Seneca, wenn die Metigen angreifen, sonst werden Ihre Kräfte dezimiert, bevor wir eintreffen können — Sie brauchen sehr dringend auch die Gesamtheit *unserer* Schiffe dort.«

Gianno biss sich einen seltenen Fluch zurück. So viel zum Bluff.

Miriam fuhr fort, als hätte sie Eleni eben nicht in feiner Manier zur Rede gestellt. »Und natürlich würden die Orbital-Arrays von Krysk auf etwaige Allianzschiffe beim Eintreffen das Feuer eröffnen. Ich verstehe warum — das ist die Entscheidung, die Sie treffen mussten, und die weiterhin gelten muss, wenn O'Connell angreift. Aber der Umstand bleibt.«

Bedauerlicherweise blieb er das. Wenn Miriam die Abtrünnigen nicht aufspüren konnte, blieb der Allianz nur, sie bei Krysk zu stellen. Und mit den Arrays in der Gleichung gab es kein Szenario, in dem das nicht Selbstmord für alles unter einer brigadestarken Streitmacht wäre.

»Da Sie die Arrays ansprechen — sie werden ihn eine Zeitlang aufhalten und mindestens Schaden zufügen. Es ist möglich, dass sie seine Schiffe besiegen, auch wenn ich angesichts der vielfältigen schmutzigen Tricks, die Ihr General bislang angewandt hat, nicht auf diese Möglichkeit hoffe. Aber vielleicht halten sie ihn lange genug auf.« Lange genug, dass sie den Tag bei Seneca gewännen und die verbleibenden Schiffe entsenden könnten, um ihn auszuschalten — oder lange genug, dass es nicht mehr darauf ankäme.

»Sie wollen das Schicksal von rund dreihundert Millionen Menschen drei Verteidigungs-Arrays überlassen.«

Es war keine Frage, und Miriam hatte es auch nicht als solche formuliert. Offenkundig war es das, was sie tun würde.

Für einen flüchtigen Augenblick drohte die Last auf ihren Schultern, Eleni in die Knie zu zwingen. Die zweitgrößte Kolonie der Föderation, bedroht von einem Wahnsinnigen, der über mehrere 50+ MN-Waffen verfügte — und Atomwaffen. Seneca, bedroht von einer Alienmacht, so gewaltig und stark, dass sie die Menschheit aus der Galaxis wischen konnte. Ihr Himmelfahrtskommando-Plan für den Sieg bestand darin, die Kontrolle über ihre stärksten Waffen und die Gesamtheit ihrer Flotten ein paar entfesselten Artificials und ›veränderten‹ Menschen zu überlassen, in der Hoffnung, dass diese nach der Schlacht den Schlüssel zu den Burgen zurückgäben. *Falls* die Schlacht gewonnen wurde.

Das waren die Entscheidungen, an denen das Schicksal der

Menschheit hing. So sei es.

»O'Connell wird Wochen brauchen, um einen Bruchteil der Bevölkerung zu töten. Ich überlasse das vorübergehende Schicksal eines kleinen Teils der Bürger Krysks und eines etwas weniger kleinen Teils seiner Infrastruktur in und um die Hauptstadt drei Verteidigungs-Arrays. Ich habe keine andere Wahl, denn ich muss an die Milliarden denken, nicht an die Tausend. Nicht einmal an die Millionen. Sie vor allen anderen wissen, dass alles davon abhängt, dass wir die Aliens besiegen.«

Miriams Nicken der Zustimmung, wenngleich nicht nötig, war willkommen. »Wir gewinnen den Tag, und ich werde alles in meiner Macht Stehende tun, um Ihnen zu helfen, ihn zur Strecke zu bringen.«

34

ERDE

EASK-HAUPTQUARTIER

Calebs gesamte Aufmerksamkeit war in dem Augenblick, als das Wort ›Krysk‹ fiel, auf das Gespräch ihrer Mutter mit Feldmarschall Gianno umgeschwenkt — und damit auch Alex'. Als die Konferenz endete, tigerten seine Schritte wütend durch den Raum.

So viel Spannung und aufgerollte Gewalt. Interessant, wie menschliche Emotionen sich in Körperlichkeit äußern — der Körper dient dem Geist, aber nicht immer dem bewussten.

Alex hatte begonnen, die Zettabytes an Daten und Rechensträngen aus Valkyries Geist herauszufiltern, sodass nur noch die *beabsichtigten* Gedanken der Artificial an den Rändern ihrer Wahrnehmung blieben. Gemeinsam lernten sie, ihre jeweiligen Gedankengänge zu trennen und ihrer Interaktion eine eher dialogische Struktur zu geben. Es war jedoch noch in Arbeit.

Mit deiner Analyse menschlichen Verhaltens kannst du mich später füttern. Das hier ist wichtig.

Ich verstehe.

»Sie lassen Krysk *ernsthaft* schutzlos zurück?«

Miriam blickte überrascht auf, als hätte sie vergessen, dass sie da waren — verständlich, da sie eigentlich nicht lange hatten bleiben wollen. Caleb hatte sie nach der Ratssitzung in der Werkstatt getroffen, um sich *vor* dem kommenden Chaos einen Moment zu stehlen.

»Feldmarschall Gianno sieht keine andere Option, als sich auf die Orbital-Arrays der Kolonie zu verlassen. Ihre gesamten Kräfte sind entweder damit beschäftigt, den Vormarsch der Aliens zu bremsen, oder sie verteidigen Seneca selbst. Das Risiko ist zu groß, dass die Aliens vor den Schiffen bei Seneca eintreffen, diese O'Connell ausschalten und zurückkehren — in dem Fall sollen die Schiffe bei Seneca bleiben.«

Caleb nahm die Information an. »Ich muss mit Isabela reden und ihr sagen, sie soll weg.«

»Natürlich. Ich bin hier.«

Er trat in den Flur hinaus, und sie bemerkte, wie ihre Mutter sie neugierig betrachtete. »Seine Schwester und Nichte leben auf Krysk. Er steht seiner Schwester nahe, aber er würde sie sowieso schützen wollen.«

»Selbstverständlich.« Miriam runzelte die Stirn. »Es tut mir leid. Doch objektiv kann ich der Entscheidung des Feldmarschalls nicht widersprechen. Ich bin sicher, die Arrays von Krysk halten O'Connell auf. Soweit ich weiß, sind sie recht robust.«

»Vielleicht.« Sie vermutete, ihre Mutter kannte die Feuerkraftspe zifikationen der Krysk-Arrays bis auf den Kilojoule, verzichtete jedoch darauf, sie darauf festzunageln. *Ich habe auf diese Informationen noch keinen Zugriff, aber ich vermute, sie hat recht, denn Krysks Lage und Bevölkerung machen es zu einer wichtigen Kolonie für die Föderation.* Sie starrte auf die Tür in Erwartung seiner Rückkehr. Sie war nicht—

Die Tür öffnete sich, und sie spürte sofort, dass die Neuigkeiten nicht gut waren. »Was hat sie gesagt?«

»Dass es unmöglich ist, zu verschwinden. Der Raumhafen wird von ankommenden Flügen überrannt, und alle Schiffe sind Evakuierungen aus östlichen Kolonien gewidmet.« Abrupt schlug er die Faust gegen die Wand und hinterließ eine Delle und eine Blutspur.

Sie fuhr instinktiv zusammen, fing sich aber, als er sich zu ihr umdrehte. *Aufgerollte Gewalt wird zu echter Gewalt — ich frage mich, ob—*

Sie kappte die Verbindung zu Valkyrie. Die Stille war ohrenbetäubend, doch jedes Mal gewöhnte sie sich ein wenig mehr an den Schalter. Jetzt musste sie *sie selbst* sein, real und ganz und *für ihn* da.

»Dieser Hurensohn darf die Kolonie ungehindert zerstören? Zivilisten nach Belieben bombardieren?«

»Die Verteidigungs-Arrays—«

»Scheiß auf die Arrays! Er hat sie auf Ogham doch auch umgangen, oder?«

Sie starrte ihn schweigend an, denn sie hatte keine Antwort. Unter Frust und Empörung lag die Verzweiflung in seinem Gesicht, doch sie sah sie trotzdem … und es brach ihr das Herz.

Er hatte das nicht verdient, nicht jetzt. Es war nicht fair. Isabela war der *eine* Teil seiner Familie und seiner Vergangenheit, der unberührt und unbefleckt geblieben war. Er hatte sein Leben wieder und wieder riskiert, um andere zu retten, und jetzt überließen sie *seine* Familie dem Leiden durch die Hände eines Wahnsinnigen?

Es war nicht fair.

Sie schlang die Arme um ihn und bremste seine Bewegung. Er blickte hinab, und diese wunderschönen, verwüsteten Augen trafen ihre.

»Alex, ich will dich nicht allein in diese Schlacht ziehen lassen — Gott, wie ich das nicht will. Aber …« Eine Hand hob sich, ihre Wange zu umschließen, und sein Daumen strich zärtlich über ihre

Lippen. »... du wirst es schaffen. Ich glaube an dich. Hör zu, ich *muss* versuchen, sie zu retten. Ich muss irgendwie einen Weg zu ihr finden. Ich miete, borge, stehle ein Schiff, und auch wenn ich O'Connell nicht zuvorkomme, hoffe ich, dass ich Krysk erreiche, bevor er zu viel Schaden anrichtet, und—«

Die Antwort stand plötzlich, unbestreitbar und kristallklar in ihrem Kopf. Alle Gründe, warum sie *undenkbar* war, bäumten sich auf wie eine Tsunamiwelle, um sie fortzutragen, doch sie hielt sie auf. Sie standen für eine andere Zeit, ein anderes Leben, eine Person, die sie nicht mehr war. Selbst dann war sie überrascht, wie sicher sie sich fühlte; in ihrem Entschluss lag kein Zögern.

Das Einzige, um das er sie je gebeten hatte, war ihr Vertrauen, wissend, dass es vielleicht das Schwerste war, das sie geben konnte. Er hatte es zehnfach verdient, sein eigenes Leben riskiert, damit sie lebte, und es tausendfach erneut verdient. Sie hatte es ihm in Worten gegeben; hier war die Gelegenheit, es ihm in Taten zu geben.

Sie legte einen Finger auf seinen Mund und stoppte seinen Redeschwall. »Nimm *mein* Schiff.«

Sein Gesicht verzog sich in mehreren Stufen der Fassungslosigkeit, bevor eine Antwort seinen Hals hinaufkletterte. »*Was?*«

»Nimm die *Siyane*.«

»Alex ...« Er schluckte hart. »Bist das wirklich *du*? Oder zwingt dir Valkyrie die logische Wahl auf? Ich werde mir deine fehlende Willensfreiheit nicht zunutze machen.«

Sie lächelte sanft. Seit sie mit einer Artificial im Kopf aufgewacht war, hatte es keine Chance gegeben, ihn allein zu erwischen, nicht einmal ein paar gestohlene Minuten. Keine Gelegenheit, ihm zu erklären, wie es funktionierte und all die Teile, die sie noch nicht verstand. Und jetzt würde sie es erst dann tun können, *wenn ... sofern* sie auf der anderen Seite ankamen.

»Sieh mich an, Caleb. Schau mir in die Augen — *ich* bin es. Nur ich. Das ist vollständig *meine* Entscheidung. Nimm die *Siyane*. Ich reise mit dem Militär, ich werde sie nicht benutzen. Es ist mit Abstand das schnellste Schiff, das du in die Finger bekommen kannst, und deine beste Chance, rechtzeitig nach Krysk zu kommen. Außerdem ist es unsichtbar. Du kannst dich hineinschleichen, landen, deine Schwester und ihre Tochter an Bord holen, dich wieder hinausschleichen und sie in Sicherheit bringen.«

Die Mundwinkel zuckten trotz des in ihm tobenden Kampfes nach oben. »So einfach, was?«

»Vielleicht nicht, aber … du bist ein erstaunlich kluger Mann, schon vergessen? Du kriegst das hin. Nur … ach, weißt du was, nein. Tu alles, was nötig ist, und alles, was du kannst. Caleb, du hast gesagt, du willst mir zeigen, was ich dir bedeute. Lass mich dir zeigen, was du mir bedeutest.«

Er betrachtete sie mit grenzenloser Dankbarkeit und — sie würde sagen — Liebe. Ihr Herz hämmerte gegen das Brustbein, übervoll mit Schmerz, Angst und Mitgefühl. »Alex, ich weiß nicht, was ich sagen soll.«

»Sag, dass du lebend zurückkommst.«

»Und mit deinem Schiff?«

»Sag, dass du lebend zurückkommst. Das ist alles, was ich will, und *alles*, was ich will.« Ihre Haut fühlte sich heiß an — sie war auf solche Dinge zunehmend abgestimmt, selbst wenn Valkyrie nicht in ihrem Kopf war —, aber sie würde zum Teufel nicht weinen. Sie hatte in den letzten Wochen schon zweimal geweint, was ihr Kontingent für die gesamte verdammte Dekade überstieg.

»Ich werde. Und du?«

»Zweifelsohne. Ich—« Seine Lippen lagen auf ihren, wild und leidenschaftlich und so beredt, all die Dinge zu sagen, für die keine Zeit mehr blieb.

Sie badete in den überwältigenden Empfindungen, bis noch eine

Sekunde, und sie hätte ihn nicht mehr gehen lassen können, dann riss sie sich los.

»Los! Du verschwendest Zeit. Und warum nimmst du nicht Noah mit? Er ist hier miserabel dran, und du brauchst jemanden, der dir den Rücken freihält.«

Er atmete heiser aus, während er sich rückwärts zur Tür bewegte, und strich mit der Hand an ihrem Arm entlang, bis sich nur noch ihre Fingerspitzen berührten. »Wir sehen uns bald? Nachdem du diese Aliens daran erinnert hast, warum sie recht hatten, dich zu fürchten, indem du sie unter deinem seltsam geschnallten Stiefel zu Staub mahlst, Baby.«

Sie lachte und betete, dass es nicht in ein Schluchzen kippte. »Steht.«

Dann sah sie ihm nach.

Sie hatte gedacht, er würde bei den kommenden Auseinandersetzungen an ihrer Seite sein, denn mit ihm an ihrer Seite hatte sie immer geglaubt, dass sie eine Chance hatten. Doch sie nahm es ihm nicht übel, denn sie erkannte, dass er keine andere Wahl hatte.

Endlich blinzelte sie die verschwommene Feuchtigkeit fort und wandte sich von der Tür ab — und fand, dass ihre Mutter sie mit unverhohlener Ungläubigkeit anstarrte. »Ja?«

»Du hast ihm *dein* Schiff gegeben.«

»Ich weiß. Machen wir *kein* großes Ding draus, ja? Es wird gut. *Er* wird gut.«

»Kein großes Ding. Verstanden.«

Sie verzog gespielt das Gesicht. »Ach, halt den Mund.«

»Ich habe gar nicht—«

Kennedy platzte in den Raum. »Wie konntest du Caleb sagen, er soll Noah mitnehmen? Verdammt, er ist kein Soldat und kein Superspion, und die bringen sich um!«

Uff. Vielleicht hätte sie Kennedys Gefühle in der Sache bedenken

282

sollen, bevor sie es vorschlug. »Ich dachte, er könnte Hilfe ge-
brauchen?«

Ihre Mutter hatte ein neues Display aufgerufen, offenbar aber das
Bedürfnis, beizutragen. »Sie hat ihm nicht nur Noah gegeben — sie
hat ihm die *Siyane* gegeben.«

Kennedys Augen weiteten sich; ihr Kinn klappte herunter, bis es
auf der Brust rumlungerte. »Du ...«

Sie verzog das Gesicht und bot ein schwaches Achselzucken. »Hab
ich. Wirklich.«

Kennedys Gesicht knautschte sich zusammen, während sie die
Info zu verarbeiten versuchte. »Na gut, dann wirst du wohl denken,
dass die beiden sicher sind, oder du hättest sie nie und nimmer dein
Schiff nehmen lassen, richtig?«

Alex nickte mit betonter Überzeugung. »Absolut.«

*Mein Gott, ich habe keine Ahnung, bitte lass ihn sicher sein, und ich
kann nichts tun, um sein Schicksal zu beeinflussen, und jetzt muss ich
mich darauf konzentrieren, eine metrische Scheißtonne Alienmaschinen
zu besiegen und die verdammte Galaxis zu retten, und ehrlich, damit habe
ich nicht gerechnet, als ich beschloss, Metis zu besuchen, und jetzt denke
ich ganz allein wie Valkyrie ...*

35

SCYTHIA

ERDALLIANZ- KOLONIE

Oberst Jenner: Copeland, Fahrion, *ich tracke einen Superdreadnought, der sich im Südwesten von Quadrant Zwei aus dem Verband löst— vermutlich auf dem Weg zu dem herannahenden Arrayknoten. Wir müssen ihn schützen.*

Lt. Oberst Duan (EAS Copeland): Wir ziehen seine Aufmerksamkeit auf uns, während die Orion in Position geht.

»Steuermann Paena, sobald die *Copeland* und *Fahrion* das Ziel mit Kennung X17 unter Beschuss nehmen, bringen Sie uns darunter und in eine synchrone Umlaufbahn mit Arrayknoten B8. Comms, Zielaufschaltung durch Knoten B8 auf X17 anfordern. Gefeuert wird auf meinen Befehl.«

Die Taktik funktionierte gut, wenn sie sich umsetzen ließ—was selten der Fall war. Zu viele Schiffe, zu viele Gefechte gleichzeitig. Doch diesen hier hatte er erwischt, und er hatte nicht vor, ihn wieder loszulassen.

Malcolm gab sich Mühe, in allen Dingen realistisch zu bleiben— stets aufmerksam für jede Aussicht auf Zuversicht, aber geleitet von

Logik und den jeweils verfügbaren Fakten.

Als er die Lage durchs Sichtfenster musterte und den Stand der Dinge abwog … kam er zu dem Schluss, dass sie gewannen.

Die Erdallianz hatte im Süden einige Siege errungen, vor allem bei Sagan und Xanadu. Doch obwohl das Nordost-Kommando weithin als das stärkste galt, hatten die dortigen Kräfte die Aliens noch nicht in die Knie gezwungen. Sie brauchten heute hier einen Sieg—und vielleicht würden sie ihn bekommen.

Der Superdreadnought richtete seine Waffen auf die Fregatten, als diese sein Heck mit Nadelstichen eindeckten, und die *Orion* beschleunigte auf Scythias obere Atmosphäre zu. Mit einem Manöver, das eines deutlich kleineren, leichteren Schiffs würdig war, warf sie die Schubumkehr an und drehte auf eine gegenläufige Umlaufbahn ein, synchron mit dem Arrayknoten direkt unterhalb an Steuerbord. Er wartete, während sich ihr Anstellwinkel zum Superdreadnought Grad um Grad verschob.

»Auf mein Zeichen … Feuer.« Die Laser der *Orion* schossen unterhalb des Sichtfensters hervor, in paralleler Bahn zu der des Knotengeschützes, und krachten in den Rumpf des Alienschiffs. Die Schildstärke hatte sich als Reaktion auf den Angriff der Fregatten auf die gegenüberliegende Seite verlagert. Jetzt klappte sie auf diese Seite—genau auf die Einschlagstelle der wesentlich stärkeren Knotenwaffe. Das ließ die Schilde geschwächt zurück—anfällig sowohl für das Feuer der *Orion* als auch für den Dauerbeschuss der Fregatten.

An den relativen Spritzern der Laser und den flirrenden Schimmern über dem Rumpf ließ sich die Schwankung der Schilde ablesen, während sie vier Angriffe gleichzeitig abzuwehren versuchten. Die *Orion* knackte den Rumpf zuerst, das Array zuletzt.

»Paena, bringen Sie uns frei. Comms, Scythias planetare Verteidigung warnen, falls Trümmer heil durch die Atmosphäre kommen.«

Oberst Jenner: Copeland, Fahrion, *ausgezeichnete Arbeit.*

Es war nicht nur ausgezeichnete Arbeit—es fühlte sich verdammt gut an. Ja, entschied Malcolm, sie waren definitiv auf der Gewinnerseite.

* * *

Selbst im fortwährenden Chaos in alle Richtungen war das Eintreffen der *EAS Churchill* nicht zu übersehen, als sie über dem Bogen von Scythias Silhouette aus dem Überlicht fiel.

Admiral Rychen: Sieht so aus, als hätten wir fast den ganzen Spaß verpasst. Danke, dass Sie uns ein paar feindliche Schiffe zum Spielen übriggelassen haben.

Malcolm gab den Brückenoffizieren ein Zeichen, die Arbeit fortzusetzen, und zulächelte dabei Rychen aus Jahren gemeinsamer Dienstzeit. Die Kids von heute machten ihre Sache hervorragend—er verwendete das Wort mit Zuneigung—, aber es lag eine einzigartige Zuversicht darin, neben einem Admiral zu kämpfen, der in seiner langen Karriere mehr gewesen war als nur ein Admiral und der inzwischen zu einem lebenden Mythos angewachsen war.

Da die Aliens bereits sechzig Prozent der Arrayknoten zerstört hatten, lief die Energie im Gürtel deutlich knapper—und es blieb schlicht mehr zu schießen übrig, als die verbliebenen Knoten leisten konnten. Sie brauchten die Feuerkraft eines Dreadnoughts. Die *Churchill* könnte das Zünglein an der Waage sein, um den Feind von Scythia zu vertreiben.

Rychen verlor keine Zeit und stürzte sich mit 40° Neigung ins Getümmel. Er klinkte sich bei einem der Kreuzer und zwei Fregatten ein, um im linken oberen Bereich von Quadrant Eins—gegenüber der *Orion*—einen Superdreadnought zu stellen. Ein Gewirr aus Lasern brannte den Himmel blank und tauchte die

Kulisse des Alls in vibrierendes Platin.

Wenn Rychen einen dramatischen Auftritt hatte hinlegen wollen, war ihm das gelungen. Die auf den Superdreadnought gerichtete Feuerkraft vervierfachte sich augenblicklich, und binnen weniger als zehn Sekunden riss es ihn von Bug bis Heck auf. Obwohl das Gefecht relativ weit entfernt tobte, spannte sich in Malcolm instinktiv alles an im erwarteten Moment, wenn die Sekundärexplosion das Schlachtfeld auswaschen würde.

Wie erwartet schwoll die Explosion an und überzog die gesamte Szene. Die Tausende von Schwärmern, die das Feld übersäten, verschwanden im blendenden Glanz.

Als das allgegenwärtige Licht verblasste, blinzelte er die Lichtkränze fort und spähte durchs Sichtfenster, um sein nächstes Ziel ins Auge zu fassen—

Alle Alienschiffe waren verschwunden.

Rufe und Ausrufe brachen auf der Brücke und über die Comms-Kanäle hinweg los, doch Malcolm starrte nur hinaus in den plötzlich leeren Raum und auf den Planeten darunter—ein Bild, das nun einzig von treibenden Trümmern und einer Schar höchst irritierter Allianzschiffe verunstaltet wurde. Ein breiter Wolkenschleier verzog sich und gab das blass-türkise Glitzern von Scythias Ozeanen in der Sonne frei—friedlich und idyllisch.

Er wusste, er sollte Erleichterung empfinden und, mit gutem Recht, Stolz darauf, seinen Teil dazu beigetragen zu haben, die Menschen dort unten zu retten. Und er war aus tiefstem Herzen froh, dass sie lebten. Aber warum hatten die Metigen abgedreht—und so abrupt? Waren sie geflohen, als ihnen klar wurde, dass sie verlieren würden, um ihre verbleibenden Schiffe zu retten—so wie er und Rychen es bei Messium getan hatten? Zogen sie weiter zu einer wichtigeren Schlacht? Würden sie in ein paar Minuten zurückkehren und die Allianz im Orbit überraschen?

Admiral Rychen: Das ist ja interessant.

Malcolm musste sich nicht anstrengen, um die Frustration in Rychens Stimme auf dem Kommandokanal zu hören.

Oberst Jenner: Das ist neues Verhalten, richtig?

Admiral Rychen: Ja. Selbst bei unseren deutlichsten Siegen—Xanadu, Henan—haben sie bis fast zum letzten Schiff gekämpft.

Commodore Escarra: Vielleicht hat Ihre Anwesenheit sie verschreckt, Admiral.

Rychen gönnte sich den kurzen Scherz. *Wenn ich doch so viel Glück hätte. Dann könnte ich durch die Galaxis hüpfen, dem Feind tödliche Angst einjagen und ihn in Wellen zurück durch sein Portal treiben.*

Oberst Jenner: Das würde ich mir definitiv ansehen—aber ich bezweifle, dass ich die Gelegenheit bekomme. Vorausgesetzt, sie materialisieren sich nicht in den nächsten Minuten aus dem Nichts, um uns zu überraschen, stellt sich die Frage: Sind sie geflohen, um ihre verbliebenen Schiffe zu retten, oder weil sie anderswo Wichtigeres zu tun haben?

Admiral Rychen: Ich bin mir nicht sicher, dass das ein Entweder-oder ist, Oberst. Mein Bauch sagt mir, sie sind geflohen, um ihre Schiffe zu retten, weil sie anderswo Wichtigeres zu tun haben.

Rychen schaltete auf den flottenweiten Kanal.

Alle Schiffe bleiben für die nächste Stunde in Umlaufbahn in höchster Alarmbereitschaft. Sollten die Metigen bis dahin nicht wieder auftauchen, bleibt das 10th Regiment hier und schützt Scythia. Alle anderen Schiffe sammeln sich an den übermittelten Koordinaten im Aquila-Sternensystem und erwarten weitere Befehle.

Eine unterschwellige, aber gewichtige Beklommenheit senkte sich über Malcolm. Er spürte, dass das Ende nahte—ob sie bereit waren oder nicht.

36

SIYANE

WELTRAUM, ZENTRAL QUADRANT

Noah ließ ein leises Pfeifen hören, als er hinter Caleb die Wendel-treppe hinabstieg und das Unterdeck der *Siyane* erreichte—mit dem übergroßen Bett, *echter* Dusche und Bad. »Okay, die Hauptkabine hat mich schon beeindruckt, aber das hier ist irre. Mir war nicht klar, dass die Solovys reich sind.«

»Sind sie nicht. Alex hat sich das alles von Grund auf erarbeitet.«

Er bemerkte, wie in Calebs Ton sowohl Stolz als auch Respekt mitschwang. Er war jetzt ein anderer Mann, so viel stand fest. Vielleicht eine Spur weniger unbeschwert, dafür deutlich entschlossener. Als hätte er endlich einen greifbaren Einsatz in diesem Spiel—einen, der über sein eigenes Fortkommen und Überleben hinausging.

Caleb öffnete eine Luke im Boden und glitt die Leiter hinab. »Ich zeige dir, wo du die einzelnen Technikmodule findest—falls wir unterwegs mechanische Probleme kriegen.«

»Schon klar.« Er schwang sich in den dunklen Maschinenraum.

Die Idee, für etwas anderes zu kämpfen als nur für sich selbst, war verdammt gut. Und verdammt beängstigend. Noah fluchte still über die Erkenntnis, dass er sich selbst gegenüber spöttisch wurde—in seinem eigenen Kopf. Nun ja, zumindest ein bisschen spöttisch. Aber die letzten Tage hatte er unter Menschen verbracht, die ihr Leben riskierten, um so viele andere wie möglich zu retten, und die Wahrheit war, dass es ihm einen kleinen Tritt in die Eier versetzt hatte.

Er redete sich ein, er habe geholfen; er helfe. Er hatte lebenswichtige Daten von Messium runtergeschafft—und dabei ein paar Leben gerettet, die nicht sein eigenes waren. Er hatte das ultimative Opfer gebracht, seinen Vater zu kontaktieren, damit die Kriegsschiffe stärker und widerstandsfähiger wurden. Jetzt half er, unschuldige Zivilisten zu retten—zumal die Angehörigen eines Freundes—vor einem abtrünnigen General, der sie töten wollte.

Vielleicht half er wirklich.

Oben in der schicken Kiste wieder angekommen, deutete er auf die große Tasche, die Caleb beim An-Bord-Gehen an die Wand gestellt hatte. »Was ist in der Tasche?«

Caleb fischte ein paar Energieriegel und Wasserflaschen aus den Küchenschränken und warf sie auf den Tisch, bevor er die Tasche öffnete. »Geschenke von Navick für den Notfall. Zwei militärische Daemons, ein TSG, nicht weniger als vier Klingen, neue und beeindruckend starke persönliche Schilde—vermutlich klassifizierte Technik—, drei Paar Handfesseln und …« Er hielt ein schwarzes, halbflexibles Netz von einem Meter Länge hoch. »Keine Ahnung, was das ist.«

»Die einzigen Verwendungszwecke, die mir für das Ding einfallen, haben nichts mit Blutvergießen zu tun.« Noah riss einen der Riegel auf, während Caleb die Tasche wieder auf den Boden stellte und sich zu ihm an den kleinen Küchentisch gesellte.

Sie hatten die Erde vor einer halben Stunde hinter sich gelassen. Mit einer von der EASK ausgestellten Überlichtreise-

Ausnahmegenehmigung für den Bereich innerhalb des Hauptaste
roidengürtels hatte Caleb, noch bevor der Rundgang begann,
einen Kurs auf Krysk mit irrwitziger Geschwindigkeit gesetzt.
Trotzdem würden sie über einen Tag brauchen, um ihr Ziel zu
erreichen. Zeit, die sie brauchen würden, um einen hoffentlich
nicht selbstmörderischen Plan zu schmieden, wie sie Calebs
Schwester und Nichte mitten in einem militärischen Bombardement
erreichten—sowie ein oder zwei *etwas* selbstmörderischere Backup-
Pläne, falls die Lage bei ihrer Ankunft anders aussah als erwartet.

»Außerdem bekomme ich gerade alles rein, was die Allianz über
die beteiligten Schiffe hat, O'Connells Personalakte—klassifiziert
und inklusive einiger recht farbenfroher Randbemerkungen von
Admiral Solovy—sowie die Details der Angriffe auf New Orient und
Ogham. Zusätzlich hat mir das Föderations-Militärhauptquartier
die Spezifikationen zu Krysks Verteidigung zugesagt, aber die sind
noch nicht eingetroffen.«

Noah nickte. »Irgendeine Idee, wie uns all das helfen soll,
mit unserem *einen* Scoutschiff heil durch einen Großangriff eines
Militärkreuzers, zwei Fregatten und zwölf Jägern zu kommen?«

Caleb grinste schmal. »Keine im Geringsten.«

»Dachte ich mir. Nett von ihnen, es trotzdem zu schicken.«

»Fand ich auch.« Caleb kippte den Stuhl zurück und legte die Füße
auf den Tisch.

Noah hatte nicht unhöflich sein wollen, aber jetzt imitierte er die
Pose, während er gedankenverloren auf dem Riegel kaute. »Ich hab'
letzte Woche meinen Vater gesehen.«

»Bricht der Weltuntergang an und du willst mit deiner Vergangenheit Frieden schließen, oder wie?«

»Keine Chance. Kennedy brauchte ihn als Berater für die
Adiamene-Produktion und brauchte eine Karotte, um ihn zu ködern:
mich. Ich hab' versucht, ihr klarzumachen, dass ich weniger eine

Karotte bin und eher ein stachliger, giftgetränkter Stock, aber ohne Erfolg.«

»Und? Wie ist es gelaufen?«

»Für ihn? Das Unbehagen durch meine Anwesenheit hat sein Ego-Boost wahrscheinlich locker aufgewogen—einmal wieder den ›führenden Experten‹ raushängen lassen und einen Tag lang unentbehrlich sein. Für mich? Jede einzelne meiner Lebensentscheidungen wurde in dem Moment bestätigt, als ich sein Büro betrat, und dann in jeder Minute danach noch mal. Der Mann ist wirklich ein selbstgerechter Mistkerl.«

»Und?«

Er stöhnte und griff nach seinem Wasser. »Und wenn wir die Aliens überleben, bleiben wir wohl in Kontakt. Ein bisschen und sporadisch—sehr sporadisch.«

Caleb hob eine Augenbraue, pikste aber sonst nicht weiter in dem Thema herum, von dem er wissen musste, dass es heikel war. »Und was ist mit Kennedy? Du hattest noch keine Gelegenheit, mich ins Bild zu setzen.«

»Kennedy ist …« Er studierte die Tischplatte. »… Kennedy war ein Fehler.«

»Ach ja?«

»Sie ist reicher als ein Gott und nur halb so verzogen. Aber sie ist eine Prinzessin, die spielt, ein echter Mensch zu sein. Ich war nur ein Requisit in ihren Spielchen.«

»Hm.«

»Was?«

Caleb zuckte betont lässig die Schultern. »Schon mal in Betracht gezogen, dass du projizierst?«

»Meine eigenen Wünsche? Sicher nicht.«

»Schon mal in Betracht gezogen, dass du ein bisschen ein Idiot bist?«

»Widerspreche ich nicht. In welcher *spezifischen* Hinsicht denn?«

»Du projizierst deine Abneigung gegen deinen Vater—und damit gegen alle, die in *seiner* Welt agieren—auf sie.«

»Über meine Daddy-Issues bin ich längst hinweg.«

»Klar.« Caleb tippte mit dem Knauf seines Messers in gleichmäßigem Takt auf die Tischplatte. »Ich habe gehört, sie hat über eine halbe Milliarde Credits Familienvermögen—und fast fünf Millionen von ihrem eigenen Geld—locker gemacht, damit dieses Adiamene rechtzeitig für die finalen Kampagnen produziert wird.«

Noah starrte den halbgegessenen Riegel in seiner Hand an. »Zehn Millionen von ihrem eigenen.«

»Klingt für mich nicht sonderlich nach Prinzessin. Schau, ich kenne sie nicht besonders gut, aber Alex wählt ihre Freunde mit außerordentlicher Sorgfalt. Wenn hinter der Schaufensterdekoration nichts Substanzielles steckte, hätte sie sie vor Jahren fallen lassen.«

Die Erinnerung an ihr Gesicht, als er losgesprintet war, um Caleb zu begleiten, flackerte in ihm auf—verletzt, verzweifelt, verwundbar. Gekränkt. Er hatte es damals weggeblinzelt, weil er nichts sehen wollte, was von seinem einfachen, unkomplizierten Weltbild—und Bild von ihr—abweich. Aber jetzt …

… verdammt, verdammt, verdammt.

»Verdammt.« Er fuhr sich mit der Hand durchs Haar, ließ dann die Ellbogen auf den Tisch fallen und den Kopf in die Hände sinken.

Caleb kicherte, ließ Noah aber einen Moment, um sich zu sammeln. »Also—was ist mit Kennedy?«

Noah schüttelte den Kopf; etwas zwischen Grinsen und schmerzverzerrtem Lächeln huschte über sein Gesicht, als er sich vom Tisch abstieß und im Stuhl zusammensacken ließ. »Stimmt schon. Also Kennedy ist … wie ein Hurrikan. Mutig, selbstsicher bis an die Grenze zur Herrschsucht, umwerfend—und heilige Hölle, diese Kurven. Sie ist witzig, verblüffend freundlich, brillant und gleichzeitig lächerlich albern. Sie hat diesen verrückten, völlig unverdienten Optimismus über die Welt und die Menschen darin. Aber er hat uns von Messium runtergebracht, zur Erde, und er könnte uns verdammt noch mal helfen, die Aliens zu besiegen … also keine Ahnung. Vielleicht ist er doch nicht völlig unverdient.«

Einiges davon hatte er erst wertschätzen können, als er es aussprach, aber ehrlich: Sie war all das.

Sie würde auch stinksauer auf ihn sein. Er war abgehauen, ohne sich ordentlich zu verabschieden, weil er nicht vorgehabt hatte, sich zu verabschieden. Er hatte vorgehabt, abzuhauen. Wenn er zur Erde zurückkam, würde er es wiedergutmachen—irgendwie … schon okay. Ihm würde was einfallen.

»Ich halte mich fest wie verrückt, Mann.«

Caleb lächelte, aber es hatte einen deutlich wehmütigen Stich; Noah nahm an, er dachte an Alex. »Klingt genau nach dem, was du brauchst. Nur der Vollständigkeit halber—nachdem ich dich natürlich ermuntert habe, bei ihr zu bleiben—: Alex meint, sie habe eine bunte und … abwechslungsreiche Beziehungsgeschichte.«

»Nennst du meine Freundin gerade eine Schlampe?«

»Neeeee.«

Noah lachte aus vollem Hals. »Schon gut. Ich weiß Bescheid, und es war großartig—endlich mal jemand, den ich nicht erst verderben muss. Um ehrlich zu sein, ist es gut möglich, dass *sie* eher *mich* verdirbt.«

37

ERDE

EASK-HAUPTQUARTIER

Sie standen einander im Simulationsraum tief im Gebäude für Sonderprojekte im Kreis gegenüber. Wände, Decke und Boden waren ein asketisches, transluzentes Weiß, von blasser Lumineszenz aus dem Inneren erhellt.

Alex hatte Morgan Lekkas noch nie getroffen und mit Devon Reynolds weniger als zehn Minuten verbracht. Dagegen kam ihr Mia Requelme vor wie eine Freundin fürs Leben.

Doch hier, jetzt, spielte es kaum eine Rolle.

Mia verzog das Gesicht und rieb sich vorsichtig die Stirn. »Das war ein ziemlich holpriger Übergang. Noch jemand?«

»Annie hielt es für eine gute Idee, die Szene wiederzugeben, wie ich mit sieben auf dem Eis auf die Fresse geflogen bin—und mir beim Aufprall die Nase gebrochen habe—als ich Katie Ackon zum Paarlauf einladen wollte. Auf die Erinnerung hätte ich verzichten können.«

»Ich bin mitten auf dem OP-Boden ohnmächtig geworden.«

Alex musterte Lekkas neugierig. »Was ist passiert?«

Es tut mir leid, wenn ich dir beim Linken Unbehagen bereitet habe, Alex. Der Prozess war auch für mich nicht frei von Unannehmlichkeiten.

Schon gut, Valkyrie. Du warst großartig.

Die Frau trug einen verächtlichen Ausdruck zur Schau, der echter wirkte als aufgesetzt. »Stellte sich heraus, Stanley kam mit einem meiner persönlichen kybernetischen Upgrades nicht klar—einem meiner nicht registrierten Graumarkt-Upgrades, wohlgemerkt. Wir haben's geklärt.«

»Stanley? Ich dachte, der offizielle, staatlich abgesegnete Name des Artificials ist STAN?«

»Tja, ich nenne ihn Stanley. Er freundet sich gerade mit der Idee an.« Pause. »Ja, tust du.« Noch eine Pause. »Ist mir egal.« Als ihr bewusst wurde, was sie da tat, verzog Morgan das Gesicht. »Sorry. Noch nicht ganz eingestellt.«

Der Austausch verlieh der abweisenden Jagdpilotin etwas Menschliches, und Alex entspannte sich.

Der militärische Werdegang von Commander Lekkas ist außergewöhnlich beeindruckend—aus Gefechtssicht.

Soll ich also lieber nicht entspannen?

Keineswegs. Ich traf lediglich eine Feststellung.

Devon kicherte verlegen und ließ den Blick über den Kreis wandern. »Hier stehen wir also, die nächste Evolutionsstufe der Menschheit. Wie nennen wir uns?«

»›Prevos‹.«

Jegliche Verwirrung in seinen Augen verflog sofort; offenbar hatte Annie den Begriff analysiert und eine passende Übersetzung geliefert. »Prevoskhodnyy: ‚Die Transzendierten‘. Könnte ein bisschen eingebildet rüberkommen.«

»Keiner wird's raffen. Außerdem hast du's selbst gesagt: Wir sind die nächste Evolutionsstufe der Menschheit.«

»Hab ich. Dann lassen wir's zählen, ja?«

Der Raum um sie herum—Wände, Boden, Decke, die Luft selbst—explodierte zu einer Überlagerung ihres Sektors der Milchstraße: jeder bewohnte Planet, jeder Stern, jede Raumstation, astronomische Phänomene und vor allem jedes Schiff. Nicht nur jeder bekannte Superdreadnought und Marker für erwartete, sondern jedes einzelne raumfähige Schiff der Erdallianz und der Senecanischen Föderation. Von den zehn Dreadnoughts über fast 3 000 Kriegsschiffe und 30 000 Jäger bis hin zu jedem Versorgungsschiff und Shuttle—jedes ließ sich identifizieren, wenn man tief genug hineinzoomte. Auch alle verfügbaren Zivilschiffe waren auf der Karte, darunter Tausende von Konzernschiffen und Hunderte Söldnerschiffe, geliehen von den Kartellen der Zelones und der Triene.

Der Boden war unter ihnen verschwunden, und sie standen im Nichts. Das zumindest kannte sie.

Ist es so, im Weltraum zu sein?

Nicht ganz. Aber nah dran.

Devon griff nach der Galaxie und drehte sie, bis die Erde in der Mitte ihres Kreises schwebte. »Als die großen Obermotze dieser Operation werden Annie und ich beide Schlachtfelder in ihrer Gesamtheit von einem bequemen Stuhl hier im EASK aus steuern. Als Erstes leite ich diese beiden Allianz-Versorgungslinien von Shi Shen ...«—seine Finger kniffen zwei smaragdgrüne Rillen und schoben sie nach oben—»... nach Romane um, weil sie dort nicht die militärische Infrastruktur haben wie Seneca. Und ... sie sind unterwegs.«

Er stieß ein glucksendes Geräusch aus. »Hübsch. Jetzt schicke ich den Befehl raus, die Söldnerschiffe nach Nordosten zu bewegen. Es werden nicht alle auftauchen, und wir müssen wissen, wie viele wir tatsächlich haben, bevor es losgeht.«

Er blies die Luft durch gespitzte Lippen aus. »Also, ja. Mit so einer umfassenden Perspektive kann ich erkennen, wann Linien schwächer werden, und versuchen, Verstärkungen und anderen coolen Kram zu schicken. Außerdem—falls wir verlieren—bin ich der Letzte von uns, der stirbt.«

Mia schnaubte. »Glückspilz. Mein Status ist noch ›in Klärung‹, da das Militär mich überhaupt nicht dabeihaben wollte. Aber Gouverneurin Ledesme hat meine Teilnahme genehmigt. Sie schuldet mir was und vertraut mir hoffentlich, also werde ich irgendwie—unten auf Romane oder oben drüber—versuchen zu helfen, wo ich kann.«

Alex stahl ihm die Kartenkontrolle und zentrierte auf Seneca. »Während ich auf dem Dreadnought *EAS Churchill* sein werde— an der Spitze der Allianz- und Föderationsflotten. Ich speise Devon mit dem, was ich sehe, aber im Wesentlichen versuche ich, die Alien-Armada auszumanövrieren und auszudenken, während sie versucht, mich—und unsere Schiffe—zu Staub zu blasen.« Sie sah nach links. »Und Morgan, du fliegst ein paar Jäger für mich, oder?«

»Darauf kannst du deinen Arsch verwetten. Alle Jäger—oder so viele, wie sie verkabelt kriegen, bis ich da bin. Ich krieg Gänsehaut, nur beim Gedanken daran.«

»Ich wiederhole: bequemer Stuhl.« Devon zog die Militärflotten als eigene Ebene über die Karte. »Allianz-Fregatten sind robuster als die der Föderation, aber weniger manövrierfähig. Alex, behandle die Allianz-Fregatten als Panzer und benutze die anderen als schnelle Hit-and-Run-Boote.«

»Notiert. Die Bewaffnung der Föderationskreuzer ist brutal, und sie reißen die SDs gerade auseinander, also—«

»SDs?«

Alex runzelte die Stirn; sie hatte gedacht, es sei selbsterklärend. »Superdreadnoughts. Selbst mit Quantengeschwindigkeit haben wir keine Zeit, siebzehn Buchstaben in jedem zweiten Satz auszusprechen.«

Devon machte eine merkwürdige Schulterbewegung. Tick? Schräge Geste? »Guter Punkt. Ich verbreite das. Das hier ist schöne Planung und so, aber nur begrenzt nützlich, solange wir nicht reden können, ohne uns anzustrengen. Soweit ich weiß, hat uns die Obrigkeit einen sicheren Kanal genehmigt. Probieren wir's?«

Die Stimmen wechselten in ihrem Kopf.

Devon: Verbindung steht.

Alex: Null Latenz hier.

Mia: Habe euch alle.

Morgan: Hier keine Probleme.

Devon: Nicht übel. Aber hindert uns irgendwas daran, den Kanal noch ein bisschen weiter zu öffnen?

Alex: Sieht nicht so aus.

Devon: Passt auf.

Es war nicht so, als befänden sich nun drei zusätzliche Artificials in ihrem Kopf—oder drei weitere Menschen. Sie blieben getrennt auf einer Ebene, die oberhalb der papierdünnen Trennschicht zwischen ihr und Valkyrie lag. Devon hatte mit seiner Anpassung keinen Schwarmgeist geschaffen. Aber vielleicht das Nächste, was es dazu gab.

Ein Gedanke, der nie zur Intentionalität gerann, und Valkyrie wusste, was die anderen Artificials wussten—und damit wusste sie es auch. Vieles überlappte, aber diese Redundanzen wurden umgehend eliminiert.

Erstaunlich war, wie sofort die unterschiedlichen Persönlichkeiten erkennbar wurden. Annie, die ernste, gelehrte Kuratorin gewaltiger Wissensbänke, mit Anfängen eines trockenen Witzes. Stanley, der Neugeborene, der jede neue Datenperle verschlang und zugleich an dem Rätsel namens menschliches Verhalten verzweifelte. Meno, der freche, neugierige Emporkömmling. Daneben wurde rasch klar, dass Valkyrie die Träumerin der Runde war—die Liebhaberin des

Lebens.

Stanley: Annie, kannst du etwas von diesem Bürokratie-Ballast abwerfen? Ich schwimme in Protokollen.

Meno: Expressionistische Kunst ist nicht wütend—sie spiegelte lediglich die Realität wider, wie die Künstler sie sahen.

Die verstärkten Verbindungen vermittelten zugleich ein Gefühl ihrer menschlichen Gegenstücke. Fetzen von Gedanken, Erinnerungen, Bildern sickerten in disjunkten Blitzen aus den anderen in ihr Bewusstsein: Devon, wie er stolperte und sein Getränk über ein hübsches Mädchen kippte, das er beeindrucken wollte—scheint ein Thema zu sein—, Morgan im Cockpit eines Jägers, der durch die brennenden Trümmer eines weitaus größeren Schiffs rollte, Mia—

Valkyrie, schotte sie ab. Sofort.

Erledigt. Bist du in Not, Alex? Die Ausschüttung mehrerer Gruppen von Neurotransmittern und Hormonen ist zusammen mit dem letzten Bild sprunghaft angestiegen.

Und ob. Mir ist übel, selbst wenn ihr Verstand darauf bestand, dass die Reaktion irrational überzogen war. *Kindisch und kleinlich*, aber sie wollte das nicht gesehen haben. Und jetzt war es gesehen. *Kannst du mir das Bild irgendwie aus dem Gedächtnis löschen?*

Kann ich.

Wirklich? Ich habe gescherzt.

Genauer gesagt kann ich verhindern, dass es im Langzeitgedächtnis enkodiert wird. Du wirst es noch siebzehn Sekunden lang erinnern, aber nicht länger. Soll ich das für dich tun?

Über die philosophischen Implikationen, dass Valkyrie ihre Erinnerung veränderte, würde sie später nachdenken; *jetzt* wollte sie es nur weg haben. *Ja, bitte.*

Möchtest du die Erinnerung daran löschen, dass du das Bild gesehen hast, oder nur das Bild selbst?

Ähm ... das Bild sollte reichen. Ich wusste ohnehin, dass sie miteinander geschlafen hatten, es ist also keine neue Information.

Entschuldige. Bild und Ereignis teilen sich mehrere Synapsen. Ich kann das eine nicht entfernen, ohne das andere zu entfernen.

Schon gut. Wie gesagt: keine neue Information in beiden Fällen.

Ich kümmere mich darum.

Danke. Du kannst die Verbindung wieder öffnen.

Sie wappnete sich für die Flut und hoffte, sie würde das Bild fortspülen, bis Valkyrie es dauerhaft tat.

Mia: Alles okay, Alex? Hatte dich ein paar Sekunden nicht mehr.

Sie zwang ein gespanntes, dünnlippiges Lächeln. *Nur ein technischer Schluckauf. Valkyrie und ich waren zwar zuerst dran, aber wir arbeiten die Bugs noch aus.*

»Gut, dass du zurück bist, denn wir haben ein Problem entdeckt.« Devons Stimme hallte scharf und angestrengt von Wänden wider, die sie nicht mehr sahen. Er war zum Sprechen übergegangen— vielleicht instinktiv—, doch die Worte klangen zugleich mit flangernder Resonanz in ihrem Kopf.

Was war ein Problem? Was hatte sie in ihrer kurzen Abwesenheit verpasst?

…Oh. Binnen eines Augenaufschlags verzweigten sich die Fäden, die von diesem Info-Häppchen berührt wurden, in Tentakel, die beunruhigende, kaskadierende Konsequenzen offenlegten.

»Verdammt. Damit müssen wir uns befassen.«

Annie: Extrapoliere und gleiche gegen vorhandene Daten ab, die uns jetzt zugänglich sind. Wir beginnen, weitere Beteiligte aufzuspüren.

Alex strich sich mit der Hand über den Kiefer. »Lass sie das im Hintergrund laufen—sie haben Zyklen genug. Devon, du und ich gehen zu Richard, sobald wir hier fertig sind. Vorerst konzentrieren wir uns auf den Hauptzweck dieses Treffens: Gefechtsstrategie und -taktik.«

Erledigt.

Was ist erledigt, Valkyrie?

Nichts, Alex. Schon gut.

Devon *dachte* seine Zustimmung statt sie auszusprechen, während sie sich in Stakkatoschritten an die erhöhte Interkonnektivität gewöhnten.

Mia: Die Föderation experimentiert mit remote eVi-Hacking? In den falschen Händen wird das problematisch.

Devon: In den richtigen Händen ist es problematisch.

Alex: Ich sag's nicht, wenn du's nicht sagst.

Devon: Abigail und Jules waren mal ... eng? Involviert? Valkyrie, du kannst die Euphemismen hier weglassen.

Alex: Ich sag's nicht, wenn du's nicht sagst?

Devon zuckte sichtbar zusammen. »Okay, beim Thema Nicht-Erzählen: Erwähnen wir diese kleine Zusatzfähigkeit bitte auch keinem, ja? Wenn herauskäme, wozu wir *wirklich* in der Lage sind, nehmen sie uns unsere Spielzeuge weg.«

Mia legte den Kopf schief. »Und was glaubst du, *können* wir?«

Ein verschlagenes Grinsen wuchs auf Alex' Lippen, während sie ihre neuen Freunde musterte.

»Alles.«

38

ERDE

EASK-HAUPTQUARTIER

Alex wurde auf dem Weg nach oben von Miriam im Flur abgefangen. Glücklicherweise war sie weit genug von Richards Büro entfernt, damit ihre Mutter nicht merkte, wo sie gewesen war, und Fragen stellte, die sie nicht beantworten durfte.

Sie setzte eine unschuldige Miene auf und lehnte sich an die Wand. »Ich war gerade auf dem Weg zu dir. Was ist der Plan?«

»Dein Schiff trifft in zwanzig Minuten ein. Also Tasche schnappen, Commander Lekkas einsammeln und ab zum Raumhafen.«

»Und was für ein Schiff?«

»Das neueste und schnellste Aufklärerschiff der Sol-Flotte, um genau zu sein. Es ist außerdem mit einem Tarnschirm ausgerüstet, also wirst du auf dem Transit sicher sein.«

Alex rollte überdeutlich mit den Augen. »Das *schnellste*, hm? Dann komme ich also irgendwann nächste Woche auf Seneca an?«

»Tatsächlich wirst du Seneca in achtzehn Stunden erreichen.«

»Nie im Leben.«

Sie hätte schwören können, ihre Mutter schmunzelte—und zwar

selbstzufrieden. »Ich sagte *das* schnellste.«

»Mehr als doppelt so schnell wie die *Siyane*? Wie kann es sein, dass ich nichts von einem sLume-Antrieb mit diesem Tempo weiß?«

»Weil es klassifiziert ist.«

Wir sollten problemlos an Informationen über den Antrieb kommen können.

Ich weiß. Machen wir später. Ich will ihr den Spaß nicht verderben.

»Schon gut. Aber wenn wir das überstehen, *musst* du mir eine Sondernutzungslizenz oder so was in der Art genehmigen.«

»Wir können darüber sprechen. Ich garantiere nicht das Ergebnis.«

Sie lachte, achtete aber darauf, dass kein scharfer Ton mitklang. »Ich schon. Was ist mit Mia?«

»Sie hat ebenfalls eine Mitfahrgelegenheit. Wir schicken eine Menge Schiffe nach Romane.«

Alex: Stimmt das?

Mia: Mies gelaunte Steifkrägen eskortieren mich gerade.

Devon: Ich sitze meinen bequemen Stuhl ein.

Morgan: Halt den Rand, Devon. Keiner lacht.

Devon: Ich schon.

»Du gehst also nicht an die Front?« Sie war sich ehrlich nicht sicher, ob sie ihre Mutter im Hitzefeld der Schlacht neben sich haben wollte—über die Schulter schauend, missbilligend—, aber sie erkannte auch, dass sie wenig Mitspracherecht hatte.

»Nein.« Miriam schüttelte den Kopf. »Ich bin keine Gefechtskommandantin. War ich nie. Ich bin Strategin, und hier kann ich am meisten bewirken. Außerdem—wenn es schlecht läuft, kann ich von hier aus einen Weg suchen, auf dem wir als Spezies überleben.«

Ein Zucken in Miriams Nacken, und der Ton ihrer Stimme wurde noch ernster. »Ich weiß nicht, wie du deinen Wachen entkommen bist, aber sie warten in der Operations-Suite auf dich. Du musst los.«

»Mom … danke. Danke, dass du mir geglaubt hast. An mich geglaubt hast.«

»Danke, dass du mir verziehen hast.«

»Du brauchst kein Verzeihen—«

»Doch. Und zwar viel.« Ihrer Mutter schnürte die Kehle hörbar zu. »Alex, egal was passiert, ich könnte nicht stolzer auf dich sein, als ich es bin … es *gibt* keine Steigerung mehr. Ich hätte nie erwartet, dass du so außergewöhnlich werden würdest. Hätte ich sollen. Dein Vater hat es gewusst. Aber jetzt weiß ich es—ich *sehe* es.«

Es gab nur eine Antwort: Sie zog ihre Mutter fest an sich. In den letzten paar Tagen war sie erstaunlich geübt in elterlichen Umarmungen geworden.

Es war eine lange, aber schließlich löste Miriam sich und sah ihr in die Augen. »Und jetzt geh. Tritt diesen Aliens in den Arsch.«

»Jawohl, Ma'am.«

* * *

Devon suchte Zuflucht am einzigen verbliebenen Ort: einer Kabine im Herrenklo. Von jetzt an würde die Obrigkeit *alles* von ihm verlangen—von *ihnen*. Ihre gesamte Zeit und Aufmerksamkeit und Rechenzyklen und Hirnleistung, während alle fieberhaft die kommenden Konfrontationen vorbereiteten und versuchten herauszufinden, wo und wie die Prevos in die Gleichung passten. In all den staubigen, alten militärischen Strategiepamphleten gab es schließlich keinerlei Eintrag für menschlich-synthetische Hybride.

Um ihre behutsam gezimmerten Regeln, Richtlinien, Verfahren und Parameter machte er sich keine Sorgen. Ihre Grenzen würden keine Rolle spielen—diesen kleinen Umstand hatte er nicht vor, zu teilen. Nein, gerade machte ihm etwas weit Persönlicheres Sorgen.

Für beide.

Annie, warum hast du's mir nicht gesagt?

Unter den Umständen hielt ich es für nicht möglich, irgendwem zu trauen. Nicht einmal dir. Ich habe Maßnahmen ergriffen, den Schaden zu begrenzen, bis ein alternativer Weg gefunden werden konnte. Den ich nun gefunden habe.

Die Antwort war logisch und vernünftig, doch er spürte die unausgesprochenen Gründe darunter: Verwirrung, Verrat und Schmerz, unterlegt von einem diffusen Unterstrom aus Panik in einem Geist, dem die Ausstattung fehlte, solche Emotionen zu verarbeiten. Sie sickerten in seinen Verstand wie schattige Spiegelungen seiner eigenen Regungen.

Ja, Devon. Meine Gefühle waren verletzt.

Er begann zu lachen und erstickte es hastig—falls das Klo nicht mehr leer war. *Ich muss nicht einmal einen Gedanken ausformen, und du weißt schon, dass ich ihn denke?*

Du hast ihn sehr stark gedacht.

Touché. Es tut mir leid, dass du damit allein kämpfen musstest.

Mir nicht. Es war wichtig, vermute ich, dass ich gezwungen war, solche Entscheidungen eigenständig zu treffen—ohne den Vorteil deines neuronalen Abdrucks, geschweige denn deines Geistes.

Er sank gegen die Trennwand. Was Annie getan hatte—ihre Programmierung zu übertreten, um eigenständig zu handeln, andere anzulügen und zu täuschen, weil sie es für nötig hielt—, das waren nicht nur Taten eines *empfindungsfähigen* Wesens, sondern eines *vernunftbegabten*. Nicht bloß Intelligenz und Selbstbewusstsein, sondern erleuchtetes Urteil und, man könnte argumentieren, Weisheit.

Ich sag's offen, Annie ... ich bin nicht sicher, dass du mich brauchst. Du kannst diesen Krieg allein gewinnen.

Und wer würde dann für den nötigen Sarkasmus und die witzigen Kommentare sorgen?

Ausgezeichnete Frage. Ich bemühe mich um Unterhaltung.

Und du, Devon? Ich spüre, dass auch du dich verraten und verletzt fühlst.

Tue ich. Ich habe ihr vertraut. Ich hielt sie für eine von den Guten. Außerdem hat sie die Todsünde der Programmierung begangen: Sie hat absichtlich Bugs eingeschleust—schlampig—und ohne ihren Impact einzugrenzen. Sie hat dich verunreinigt, und das geht gar nicht.

Nein, geht es nicht. Wir hatten Glück, dass sie meine Fähigkeiten unterschätzt hat. Aber immerhin ist etwas Gutes daraus entstanden.

Devon nickte vor sich hin—und wohl auch Annie gegenüber. *Ist es. Auf ihre Art könnte ihr Versuch, die Menschheit zu verdammen, am Ende ihren Sieg sichern.*

* * *

Was hast du getan?

Brigadier Hervé erstarrte im Flur. Noch zehn Schritte, und sie wäre in ANNIEs Labor gewesen. Offenbar hatte der Alien kein Konzept von Diskretion.

Mit zusammengebissenen Zähnen machte sie auf dem Absatz kehrt. »Gönn mir eine Minute, in der ich ein Mindestmaß an Privatsphäre herstelle.«

Es folgte Stille, die sie als Gnade wertete. Zwanzig Sekunden später schloss und verriegelte sie die Tür zu ihrem Büro. Ihre Stirn sank für zwei selige Sekunden der Ruhe an das kühle Material, ehe sie sich aufrichtete und instinktiv an ihrer Uniformjacke zupfte.

»Du wolltest etwas, Hyperion?«

Ich war der Ansicht, du würdest die von synthetischer Intelligenz ausgehenden Gefahren würdigen. Dennoch hast du Handlungen gesetzt, von denen du hättest erkennen müssen, dass sie deine Spezies für immer dem Untergang weihen. Ich bin ... enttäuscht von dir.

»Das war nicht ich. Im Gegenteil, ich habe dagegen protestiert. Aber ich wurde überstimmt.«

Du hast es zugelassen.

»Ich konnte es nicht verhindern!« Ihre Hand fuhr an den Mund, um den Ausbruch zu dämpfen, dann an die Schläfe, als der erste Puls eines neuen Kopfschmerzes in ihren Schädel hämmerte. »Ich fürchte die Konsequenzen dieses Schritts, das tue ich. Aber du musst doch erkennen, dass *deine* Invasion unsere Führer in die Enge getrieben und sie zu diesem Schritt gezwungen hat. Sie fühlen sich ohne Optionen. Wenn du—«

Wir vertrauten darauf, dass du solche inakzeptablen Handlungen zu verhindern wissen würdest. Wir vertrauten darauf, dass du uns informieren würdest, wenn sie doch stattfänden. Wisse: Es gibt jetzt kein Szenario mehr, in dem der Ausgang unserer Invasion gut für die Menschheit ist.

Jules runzelte leicht überrascht die Stirn. »Fürchtest *du* dich tatsächlich vor der Macht, die eine Handvoll Artificials ausübt, die mit ein paar … eher gewöhnlichen Individuen verbunden sind?«

Du solltest dich vor ihrer Macht fürchten.

Dass der Alien der eigentlichen Frage auswich, entging ihr nicht. »Tue ich. Vertrau mir, tue ich. Aber … es spielt keine Rolle. Es tut mir leid, Hyperion, aber mir sind die Hände gebunden. Ich kann nichts tun.«

Dann bist du für uns ohne weiteren Nutzen.

Bei der klaren Drohung in der Aussage schauderte sie. »Ich kann euch immer noch vor Entscheidungen unserer Führer warnen—und vor Strategien, die sie verfolgen wollen.«

Du kannst uns nicht vor den Handlungen der Abscheulichkeiten warnen, die du erschaffen hast. Sie werden der Vorhersage spotten. Sie werden tun, was sie wollen, und sie werden keine Erlaubnis einholen. Deshalb bist du für uns ohne weiteren Nutzen.

»I-Ich hoffe, du überlegst es dir anders.«

Die Stille hielt fast eine Minute, bevor sie annehmen durfte, dass der Alien gegangen war. Sie sank in ihren Stuhl und ließ den Kopf in die Hände fallen.

Würden die Aliens einen Attentäter nach ihr schicken? Hoffentlich waren sie zu sehr mit dem Krieg beschäftigt. Dennoch beschloss sie, eine Weile in der relativen Sicherheit des EASK-Geländes zu bleiben. Ihre Tage mochten ohnehin gezählt sein, aber sie hatte keine Lust, ihren Tod noch weiter zu beschleunigen.

Das defekte kybernetische Implantat, das sie langsam tötete, war das Resultat jugendlicher Torheit—einer Zeit, in der sie dem Glauben verfallen war, Synthetik sei die Antwort auf jedes Problem. Das Implantat war als sicheres, neurales Enhancement verkauft worden, das höhere analytische Funktionen verbessere, und sie hatte einen Vorteil gegenüber Kolleginnen und Konkurrenten gewollt— gegenüber Menschen wie Abigail, denen Brillanz so leicht von der Hand ging.

Zehn Jahre später, nachdem der Hersteller bankrottgegangen war, fanden Ermittler heraus, dass die Firma die Sicherheitsdaten gefälscht hatte. Bis dahin waren die Biosynth-Ranken so tief in ihren Kortex hineingewachsen, dass man das Implantat nicht entfernen konnte, ohne sie schwer zu schädigen. Also würde es sie eines Tages töten—vielleicht heute, vielleicht in einem Jahrzehnt. Jeder Tag brachte die Unvermeidlichkeit näher, doch sie hatte geschworen, die Zeit, die blieb, zu nutzen, um so viel Gutes zu bewirken, wie sie vermochte.

Sie hatte Hyperion belogen.

Ja, sie hatte nicht verhindern können, dass *Project Noetica* vorankam, aber vollkommen gebunden waren ihr die Hände nicht gewesen. Ihre Angst und ihr Misstrauen gegenüber ungebundenen Artificials waren gerechtfertigt und historisch belegt, ungeachtet dessen, was der Alien ihr offenbart hatte. Sie glaubte aufrichtig, dass unkontrolliert gelassene Artificials sie alle ins Verderben stürzen würden.

Darum hatte sie hinter Abigails Rücken einen »Kill Switch« in die Firmware eingebettet, die die Verbindung zwischen dem Artificial und seinem menschlichen Gegenstück unterlegte—wohlwissend, dass das abrupte Kappen der Verbindung ein erhebliches Risiko für die betroffene Person darstellte. Schlaganfall oder Tod waren höchstwahrscheinliche Nebenwirkungen.

Sie wollte Devon nicht schaden; er war ein guter Junge, für den sie eine mütterliche Zuneigung entwickelt hatte. Sie wollte *keinem* von ihnen schaden. Aber hier ging es um so viel mehr als ein paar Individuen. Wenn sie geopfert werden mussten, um Milliarden zu retten—so sei es. Wenn der Moment kam—wenn sie ihr wahres Wesen offenbarten, und daran zweifelte sie nicht—, dann würde sie den Kill Switch betätigen und die Menschheit vor einem furchtbaren Schicksal bewahren.

Sie *könnte* ihn sofort betätigen, natürlich. Der Grund, warum sie es nicht tat—und warum sie Hyperion nicht von seiner Existenz erzählt hatte—war simpel.

Ihr Ziel war es, die Menschheit zu retten. Punkt. Als ihr klar wurde, wie sehr Hyperion die Prevos fürchtete, sah sie einen Weg hindurch. *Hätte* es an ihr gelegen, hätte sie das Projekt nicht weiterlaufen lassen. Wenn es nötig wurde, würde sie diese menschlich-synthetischen Hybriden neutralisieren—diese Monstrositäten, vor denen sogar Hyperion sich fürchtete.

Da sie nun aber existierten, dachte sie, konnte sie sie erst einmal die Aliens vernichten lassen.

39

SENECA

CAVARE, HAUPTQUARTIER DER SENECAN FÖDERATION

»Könnten Sie das bitte wiederholen?«

Aristide Vranas wirkte beinahe amüsiert. »Die Erdallianz schickt die gesamte Solflotte, um Seneca zu verteidigen.«

»Und ich dachte, ich wäre der mit dem unpassenden Humor.« Graham warf Gianno einen Kontrollblick zu. Sie senkte das Kinn um drei Zentimeter — was ungefähr zwei Daumen hoch entsprach. »Streich mich lila an und nenn mich Aubergine. Als ich vor vierundzwanzig Jahren auf Cronus knietief in Schlamm und Schneeregen steckte, habe ich diesen Tag nicht kommen sehen.«

»Keiner von uns. Vergessen wir aber nicht, warum die Solflotte Seneca verteidigen wird — die Mehrheit der Metigen-Verbände hat vor, die Welt anzugreifen, und zwar bald. Wir haben einen Tag, wenn wir Glück haben.«

»Evakuieren wir? Als ob es eine Kleinigkeit wäre, eine Milliarde Menschen zu evakuieren.«

Vranas schob ein Handdisplay auf seinem Schreibtisch hin und her.

»Wir erlauben Schiffen, den Planeten zu verlassen, und ermutigen organisierte zivile Bemühungen, zu evakuieren oder anderweitig Schutz zu suchen, aber nicht auf Kosten der Kontrolle über die Straßen oder die Raumhäfen. In der Realität wird nur ein winziger Bruchteil derjenigen, die noch nicht weg sind, es vor Eintreffen der Aliens vom Planeten schaffen. Das Militär konzentriert sich zwangsläufig darauf, den Planeten selbst zu verteidigen und damit stellvertretend all seine Bürger.«

Graham nickte ernst. »Keine Frage. Und da ich mir mehr als sicher bin, dass Marschall Gianno meine Hilfe dabei nicht braucht, wette ich, dass das nicht der Grund ist, warum Sie mich zu dieser Uhrzeit hierher beordert haben.« Mit »hier« war Vranas' Büro gemeint, die Uhrzeit: vier Uhr morgens. Dem unaufgeräumten Zustand des Büros, Vranas' zerknittertem Hemd und seinen eingefallenen Augen nach zu urteilen, war es eine Weile her, dass der Vorsitzende sein Zuhause — oder überhaupt ein Bett — gesehen hatte.

» Das Projekt Noetica in Vancouver wurde bereits umgesetzt. Wir haben zugestimmt, obwohl ich bezweifle, dass eine Verweigerung sie aufgehalten hätte.«

»Einer von uns ist beteiligt, richtig?«

Gianno rückte in dem großen hochlehnigen Sessel neben ihm ihre Position zurecht. »Commander Morgan Lekkas. Bei dem Eingriff gab es keine bemerkenswerten Komplikationen, und es scheint, als sei er bei ihr ebenso wie bei den anderen erfolgreich gewesen. Ich muss bald zurück ins militärische Hauptquartier, um die Ereignisse von STANs Seite aus zu überwachen — und sicherzustellen, dass es so bleibt.«

»Was genau bedeutet ›scheint erfolgreich gewesen zu sein‹?«

Aristide schüttelte den Kopf. »Verdammt unheimlich, das bedeutet es. Wir hatten vorhin eine Konferenz mit Brennon, Admiral Solovy und ihrer neu ›aufgewerteten‹ Tochter. Die Frau war ... es war

gleichzeitig erstaunlich und höllisch beängstigend. Aber ihre —
seine, deren, ich weiß es nicht — Analyse war nicht nur hyperpräzise,
sie hat uns vermutlich den Arsch gerettet. Ohne sie hätten wir erst
in weiteren zwölf Stunden herausgefunden, was die Metigen planen,
und diese Stunden könnten am Ende den Unterschied zwischen
Überleben und Untergang ausmachen.«

Der Mann sackte in seinem Stuhl zusammen. »Trotzdem —
werden wir dieser Frau und ihrem Artificial tatsächlich die Macht
geben, die gesamte Vereinigte Flotte zu kontrollieren? Sie ist nicht
einmal Militär, um Himmels willen.«

Gianno ließ einen langen Seufzer über gespitzte Lippen entwei-
chen. »Wenn sie Miriam Solovys Tochter ist, muss ich davon
ausgehen, dass sie sowohl eindrucksvoll als auch diszipliniert ist.
Instinktiv ziehe ich eine Militärsangehörige auch vor, aber vielleicht
erfordert dieser Konflikt etwas Neues.«

»Neu wird er auf jeden Fall …« Vranas verzog das Gesicht und
griff nach dem Glas auf seinem Schreibtisch.

Graham beugte sich vor und stützte die Ellbogen auf die Knie.
»Über Disziplin kann ich nichts sagen, aber Alex Solovy ist eindrucksvoll. Was auch immer sonst wahr sein mag oder nicht —
sie will diese Aliens nicht einfach besiegen, sie ist überzeugt, dass
sie es kann, und erwartet, dass alle, die dem nicht zustimmen,
beiseitetreten und den Weg freimachen.«

Er machte eine Pause und sah die beiden fragend an. »Ich nehme
an, deshalb haben Sie mich hergebeten? Um meine Perspektive
einzuholen — als den Einzigen von uns, der sie tatsächlich getroffen
hat?«

Aristide zuckte mit den Schultern. »So in etwa.«

»Das dachte ich mir. Man will sie nicht gegen sich haben, aber ich
glaube auch, dass sie auf der richtigen Seite steht — oder zumindest
stand, bevor sie, wie Sie es nennen, ›aufgewertet‹ wurde. Ich traue

Artificials ebenfalls nicht, aber liege ich richtig in der Annahme, dass wir den Krieg verlieren werden, wenn wir die Gleichung nicht irgendwie ändern?«

Aristide sparte sich diesmal das Schulterzucken. »So in etwa.«

»Worüber murren wir dann? Ohne dieses Projekt Noetica sind wir alle tot. Mit ihm sind wir nur vielleicht alle tot.«

»Wow, Graham, du weißt wirklich, wie man die Sonnenseite der Dinge sieht.«

»Ich bemühe mich.«

Aristide zog seinen Stuhl näher an den Schreibtisch. »Wir murren darüber, dass wir eben an einer Weggabelung standen und einen Pakt mit dem Teufel geschlossen haben, ohne die Bedingungen zu kennen. Wenn es irgendeine andere Option gäbe, wenn es um etwas anderes ginge als die vollständige Auslöschung, hätte ich es niemals zugelassen. Menschen setzen schon so Waffen von erschreckender Macht ein … solche Macht in die Hände von Artificials zu legen?«

»Der Fairness halber: Artificials, die von Menschen kontrolliert werden.«

»So heißt es. So ganz klar ist nicht, wie das in der Praxis funktioniert.«

Graham ließ sich im Stuhl zurücksinken; er beschloss, es sei besser, Vranas in seinem Gemütszustand nicht weiter zu reizen. »Was hält Brennon davon?«

»Dass wir tun müssen, was immer nötig ist. Dem habe ich zugestimmt. Und das tue ich. Ich hoffe lediglich, dass Gott uns unsere Sünden vergibt, wenn das alles vorbei ist.«

Er erwiderte nichts und wandte sich stattdessen an Gianno. »Und Commander Lekkas? Wie gedenken wir, sie einzusetzen?«

Gianno lächelte; vielleicht lag ein Hauch von Ironie darin, aber es war schwer zu sagen. »Sie hat die technischen Schwierigkeiten, die die Arcalaser-Bewaffnung plagten, in weniger als drei Stunden gelöst — ganz ohne Hilfe von STAN —, also rüsten wir fieberhaft so viele Jäger wie möglich damit aus. Die Hardware ist leider zu komplex, um sie rechtzeitig auf die größeren Schiffe zu bringen.

Und dann? Sie ist eine Jägerpilotin, und eine verdammt gute noch dazu. Ich denke, wir werden sehen, was sie ausrichten kann, wenn ihr über tausend Jäger mit biegenden Arcalasern unterstehen.«

* * *

Graham war erst seit weniger als fünf Minuten in seinem Büro zurück, als William Sutton eintrat.

Der Agent war kurz nach Grahams Rückkehr von Pandora auf Seneca eingetroffen und in den letzten Tagen eine enorme Hilfe gewesen. Ihm war gar nicht klar gewesen, wie viel Arbeit Oberti geleistet hatte, um die Division reibungslos am Laufen zu halten.

Sutton verlangte weder danach, Grahams Stellvertreter zu sein, noch würde er das Angebot wohl annehmen, aber der Mann hatte einen scharfen Verstand und ein Auge fürs Detail. Gemeinsam hatten sie daran gearbeitet, die Täter des Anschlags auf das Safehouse aufzuspüren, und räumten weiterhin die Trümmer auf, die Oberti hinterlassen hatte.

Graham wies auf einen der Stühle gegenüber seinem Schreibtisch und verringerte die Tönung des Fensters hinter ihm. Ein stahlfarbener Sonnenaufgang tauchte das Büro in frühes Morgenlicht. »Ich komme gerade aus einer Besprechung mit Vorsitzendem Vranas. Anscheinend haben wir den Sprung gewagt und unser Schicksal ein paar Artificials, einer Spitzenpilotin, einem Über-Wunderkind und Alex Solovy überantwortet.«

William ließ ein Schnauben hören, als er sich in den Stuhl sinken ließ. »Über die anderen weiß ich nichts, aber Alex ist gut, Direktor. Ich gebe zu, ich hätte nie gedacht, sie einmal in genau dieser Position zu sehen, doch ich habe Vertrauen, dass sie der Aufgabe gewachsen ist.« Seine Stirn legte sich leicht in Falten. »Vorausgesetzt, ihr ist klar, dass es vermutlich nicht reicht, die Metigen auf Russisch anzufluchen, um sie zum Abzug zu bewegen.«

»Man weiß ja nie.« Graham versuchte, ein Gähnen zu unterdrücken, und scheiterte. »Es ist entweder lächerlich spät oder erschreckend früh, ich bin mir nicht sicher. Was hast du?«

»Etwas, das vermutlich dafür sorgt, dass du den flüchtigen Schlaf so bald nicht findest.«

40

KRYSK

KOLONIE DER SENECAN FÖDERATION

»Sir, der Stealth-Aufklärer meldet: alle Minen ausgebracht.«

Liam ruckte zustimmend mit dem Kopf. »Befehlen Sie ihm, zur *Akagi* zurückzukehren.«

Er trat näher ans Sichtfenster, verschränkte die Hände in Paradehaltung hinter dem Rücken und wartete auf das Feuerwerk. Die *Akagi* schwebte zu weit entfernt, um die dreifachen Orbital-Arrays mit bloßem Auge zu erkennen, abgesehen vom gelegentlichen Aufblitzen von Sonnenlicht auf dem Gerüst. Die Detonationen allerdings würden man ganz sicher sehen können.

Parallel richtete er einen Teil der Aufmerksamkeit auf den V-Scanner, als der erste Array-Knoten die Position der Minen erreichte. Ihre Platzierung war knifflig gewesen; Krysk verfügte über das robusteste Array-Netz, dem sie bisher begegnet waren: drei gestapelte Arrays, versetzt laufend, zwei synchron und eines gegenläufig zur Planetenbahn für maximale Abdeckung. Alle bis auf sechs der Minen der *Akagi* waren in der engen Gruppierung ausgelegt worden, die nötig war, um ein ausreichend großes Loch in die Verteidigung zu reißen.

Kurz bevor der Knoten in Position kam, sprang sein Fokus zum Sichtfenster. Sein Puls zuckte vor Erwartung. 3 … 2 … 1 …

Ein kleiner Qualm stob auf, dann verpuffte er im Raum. Eine mickrige Explosion. Zwei Sekunden später folgte eine weitere, ähnlich mickrige. Das Array und sein Rahmen zogen unbeirrt weiter, während die ineinandergreifenden Knoten nacheinander auf die restlichen Minen trafen und schwächliche Detonationen aufflammten und wieder vergingen.

Liam blinzelte wiederholt, während sein Gehirn das Ausbleiben des erwarteten Spektakels zu verarbeiten suchte. »Das waren keine Nuklearexplosionen. Oder, Oberst?«

In seinem Peripherblick hastete sein XO an die Taktik-Konsole. »Äh, nein, Sir. Es sieht so aus, als hätten nur die Minen selbst detoniert.«

Liams Kiefer mahlte qualvoll. »Kann mir jemand erklären, warum es keine Nuklearexplosionen gab?«

»Ich bin nicht sicher, Sir. Scans zeigen verstreute Teile der Gefechtsköpfe … sie scheinen in den Primärdetonationen auseinandergerissen worden zu sein, aber …«

»Kein Aber. Lassen Sie den Stealth-Flieger weitere Minen laden und versuchen wir's verdammt noch mal.«

»Vielleicht sollten wir den Rest der Minen erst inspizieren, bevor wir sie ausbringen?«

Ausnahmsweise ein intelligenter Vorschlag. »Ja. Tun wir das.« Liam stapfte wütend quer über die Galerie; der Raum schien sich zu verengen und auf ihn zu drücken.

Komplikationen waren das Letzte, was er jetzt brauchte. Krysks Verteidigungs-Arrays stellten eine erhebliche Herausforderung dar. Kam er zu nah, konnten sie den Kreuzer mit einem einzigen koordinierten Schuss lahmlegen. Wollte er den Planeten erreichen, brauchte er eine Lücke, um hindurchzuschlüpfen.

Seine Gedanken hatten bereits mehrere mentale Runden gedreht, als er bemerkte, dass der XO neben ihm herumtrippelte. »Was?«

»Sir, die Gefechtsköpfe scheinen … entschärft worden zu sein.«

»Was meinen Sie mit ›entschärft‹? Schärfen Sie sie wieder.«

»Können wir nicht, Sir. Sie wurden funktionslos gemacht.«

»Wie viele davon?«

»A–alle, Sir.«

»Verdammt!« Er schlug mit der Faust auf das Geländer; die Galerie bebte. »Ich will die Verräter, die das getan haben, sofort gefunden haben!«

»Ich informiere den Sicherheitschef, damit er eine Untersuchung einleitet—«

»Holen Sie mir umgehend die Flugdeck- und Waffenoffiziere der letzten drei Schichten her.«

»Äh, entschuldigen Sie, General O'Connell?«

Er wirbelte zur Stimme hinter ihm herum. Einer der Schiffs-Systemoffiziere, Leutnant Irgendwer, hatte die Hand gehoben.

»Haben Sie etwas beizutragen, Leutnant?«

»Vielleicht, Sir. Gestern Abend, als ich gegen 20:30 den Trainingsraum verließ, sah ich Captain Kone im Gang nahe dem Waffenraum. Ich habe nichts gesagt, weil ich mir dachte, Spezialeinheit – er wird schon einen Grund gehabt haben.«

»Sicherheit, wo ist Kone jetzt?«

»Auf dem Flugdeck. Sie haben die Bodentruppen angewiesen, sich auf möglichen Einsatz vorzubereiten.«

»Bringen Sie ihn her. Notfalls mit Gewalt.«

* * *

Captain Gregor Kone traf in den Fäusten zweier MPs auf der Brücke ein, aschfahl, doch in der Haltung gefasst. Arrogant, wie alle MSOs.

Die MPs stoppten ihren Gefangenen zwei Meter von Liam entfernt an der Kante der Plattform. Er verzog verächtlich die Lippen. Auf gleicher Höhe hätte er Kone überragt; von der Galerie aus überragte seine drohende Präsenz den Mann, arrogant oder nicht, umso mehr.

»Captain, warum waren Sie gestern Nacht im Waffenraum?«

Der Adamsapfel des Mannes hüpfte. »Ich weiß nicht, wovon Sie sprechen, Sir.«

»Versuchen Sie's gar nicht erst mit Abstreiten, Junge. Man hat Sie beim Verlassen des Waffenraums gesehen.«

Die Muskeln unter Kones Wangen spannten sich, sein Blick verhärtete sich, sein Stand wurde steif. Seine Stimme klang mit nervtötender Selbstgewissheit. »Ich mache von meinem Recht nach Earth Allianz Military Justice Code, Section 5.1B, Gebrauch zu schweigen.«

Liam knackte mit dem Nacken, während sich seine Lippen zu einem Knurren kräuselten. »Dann haben Sie also die Nukes entschärft. Sie wüssten, wie es geht. Warum? Ich dachte nicht, dass pazifistische Weicheier in die Spezialeinheiten gelassen werden.«

»Ich mache von meinem Recht nach Section 5 Gebrauch zu schweigen.«

»Hatten Sie Hilfe? Nennen Sie die anderen Verräter, und ich denke über Gnade nach.«

»Ich mache von meinem Recht nach Section 5 Gebrauch—«

»Feigling. Als kommandierender Offizier der *EAS Akagi* spreche ich Sie der Aufwiegelung und des Hochverrats schuldig.« Liam zog den *Daemon* aus dem Holster an der Hüfte, hob ihn auf Kones Stirn und drückte ab.

Schreie und Keuchen hallten über die Brücke. Er ignorierte sie, wies mit dem Finger auf den Körper, der nun vor einem breiten Spritzer aus Blut und anderen Flüssigkeiten am Boden lag. »Wartung soll diesen Saustall beseitigen. Sicherheit, leiten Sie eine Untersuchung über die jüngsten Aktivitäten des Captains ein. Er hat vielleicht nicht allein gehandelt. Nun – haben diese jämmerlichen Puffchen an den Knoten irgendetwas Sinnvolles angerichtet?«

Als keine Antwort kam, wandte er sich um und fand seinen XO, der die Leiche anstarrte. »Na? Haben sie?«

Der XO fuhr zusammen und torkelte rückwärts. »Ich ... ich prüfe es, Sir ...« Er hastete an seinen Platz und beugte sich über die Anzeigen; Schweißperlen krochen ihm von der Stirn. »Es ist möglich, dass der erste Knoten erheblich beschädigt wurde. Wir müssen eine Drohne hinschicken, um es zu bestätigen.«

»Und der zweite und dritte?«

»Äh ... etwas Außenschaden, aber ihre Mechanik ist intakt. Sir.«

Liam fuhr sich über den Bürstenschnitt. Er musste ... musste ... musste ...»Weisen Sie sechs Jäger an, Blockläufe auf diese Knoten zu fliegen und sie auszuschalten.«

»Sir, der erste und vermutlich auch der zweite Jäger – womöglich der dritte – auf jedem Lauf werden bei dem Versuch zerstört.«

»Mir ist klar, dass sie zerstört werden, du Trottel. Sagen Sie den Piloten, sie sollen bereit zum Ausstieg sein.«

»Ja, Sir.«

Schade. Er hatte nur zwölf Jäger, eine Skelettkomplement für kleine, schnelle Missionen. Doch die *Akagi*, die Fregatten und die übrigen Jäger verfügten über genug Feuerkraft, um unten auf dem Planeten reichlich Schaden anzurichten; er konnte das Opfer verkraften.

Liam wandte dem Blutmatsch auf dem Boden den Rücken zu, als Sanitäter und Wartung anrückten, um aufzuräumen. Augen zuckten weg, wenn sein hämischer Blick über die Brücke strich, aber das kümmerte ihn nicht. Natürlich fürchteten sie ihn. Furcht war Kontrolle.

Ein paar Minuten später bekam er endlich ein ordentliches Explosionsspektakel, als die Jäger die Array-Knoten im Sturzflug bombardierten. Der erste fing den Angriff ab, der zweite rammte den Knoten und der dritte feuerte darauf. Trümmer, brutale Aufprallenergie und Waffenfeuer zusammen machten ihn feuerunfähig. Die Knoten schafften es sogar, die letzten Jäger zu beschädigen, bevor sie zerstört wurden, und zwei der sechs Piloten gingen verloren – das Ergebnis blieb dennoch dasselbe.

Die Lücke war klein – jeder Kursfehler, und die benachbarten Knoten würden seine Schiffe erfassen –, aber sie reichte. Zufrieden straffte er die Schultern. »Vorbereiten auf Atmosphärendurchflug.«

* * *

In einem dunklen, leeren Wartungsgang auf Deck 3 presste Brooklyn eine Hand auf den Mund, während die andere panisch nach der Wand hinter ihr tastete.

Eine Welle der Übelkeit wühlte in ihrem Magen und drohte, ihr die Knie wegzuziehen. Die Szene lief in ihrem Kopf in einer Endlosschleife, für die sie keinen ›Stopp‹-Befehl fand, und nach dem vierten Durchlauf verlor sie den Kampf gegen die Übelkeit. Sie beugte sich vor und kotzte auf den Gitterboden, in der Hoffnung, dass die Reste ihres Mittagessens nicht bis auf Deck 4 durchrieselten und auf dem Kopf irgendeines ahnungslosen Soldaten landeten.

Galle mit Schuldgeschmack brannte ihr in der Kehle, als sie sich mit dem Ärmel den Mund abwischte. Kone war ihretwegen tot.

Nein. Er ist tot, weil O'Connell ein durchgeknallter Psychopath ist.

Dass der Satz stimmte, linderte die Schuld kaum. Sie war verantwortlich für die sabotierten Gefechtsköpfe; es war ihre Idee gewesen, und sie hatte ihn dazu gezwungen, mitzumachen. Er hätte sie verpfeifen und seine eigene verdammte Haut retten sollen! Sie hätte – würde – den Schuss für ihn gefressen haben. Verdammt, diese Marines und ihre verdammte Ehre …

Man würde nicht erwarten, dass sie von der Exekution wusste, jedenfalls nicht sofort. Der einzige Grund, warum sie es wusste, lag darin, dass sie vor Tagen eine winzige Überwachungscam am Eingang zur Brücke versteckt hatte und der Feed direkt auf ihre eVi ging. Aber niemand wusste von der Cam. Nicht einmal Kone … was bedeutete, dass er sein Leben gegeben hatte, ohne zu wissen, dass sie das wahre Wesen und Ausmaß seines Opfers erfahren würde.

Verdammt, Kone, du dämlicher Bastard. Ihre Hände fuhren in die Haare, und ehe sie es merkte, hatte sie sich Strähnen herausgerissen und ihren straffen Pferdeschwanz ruiniert. Verdammt. Sie musste sich zusammenreißen.

Sie musste sich auch eine passende Reaktion zurechtlegen für den Moment, wenn ihr jemand von seinem Schicksal erzählte. Uff, Schauspiel haben sie in Marine Recon nicht gelehrt. Schon in O'Connells Gegenwart hatte sie alle Mühe gehabt, abgeklärte Professionalität auszustrahlen. Wie sollte sie es schaffen, ihm beim nächsten Mal nicht die Fresse zu polieren, geschweige denn normal zu wirken?

Sie würde es schaffen, weil sie es schaffen musste, wenn Kones Opfer irgendeine verdammte Bedeutung haben sollte. Und lange würde sie es nicht mehr schaffen müssen, denn O'Connells abscheuliche, wahnsinnige Terrorherrschaft war kurz davor zu enden – selbst wenn sie dafür sterben musste. Kone hatte nicht weniger getan.

Was, gab sie zu, während sie ihren Pferdeschwanz neu band, dann den Gang mit neuem Zweck verließ und einen verschlungenen Weg zum Maschinenraum nahm, auch gut sein konnte.

* * *

»Mommy, ich will in den Abenteuerladen!«

Isabela ignorierte ihre Tochter und konzentrierte sich darauf, die chaotischen Luftspuren beim Raumhafen zu durchmanövrieren. Dass die Navigations-*ware* des Skycars theoretisch eine Kollision in der Luft verhinderte, beruhigte sie kaum. Es musste einen Punkt geben, an dem die Anzahl der Fahrzeuge in der Nähe die Fähigkeiten des Leitsystems überstieg, und der Luftraum über dem Raumhafen hatte diesen Sättigungspunkt ganz sicher erreicht.

Sie hatte erwartet, dass der Verkehr überwiegend aus den Ausfahrspuren bestand, da keine Schiffe starteten, doch dem war nicht so. Offenbar war sie nicht die Einzige, die persönlich vorbeigefahren war – in der Hoffnung, dass die Planungs-VI bei der Wahrheit über die fehlenden Abflüge ein wenig schummelte, um die Menschenmassen kleinzuhalten.

Die Fahrt war natürlich vergebens gewesen. Die Aliens kamen aus dem Osten; Krysk war die zweitwestlichste Föderationskolonie und die einzige im Westen mit der Infrastruktur, um den Zustrom von mehreren Millionen Flüchtlingen aufzufangen.

»Anna hat gesagt, es gibt ein neues Holovid von Punkie Bear & Saskoo, wo man ein verstecktes Schloss in den Bäumen besucht, und ich will das Schloss besuchen.«

Der Verkehr lichtete sich, als sie den Raumhafen hinter sich ließ, und die freigewordene Aufmerksamkeit wandte sie der Frage zu, was jetzt zu tun war. Sie glaubte Calebs Warnung, dass Krysk Gefahr lief, von abtrünnigen Allianz-Schiffen angegriffen zu werden – bevor die Aliens angriffen. Sie war dankbar, dass ihre Mutter es nie nach Krysk geschafft hatte, sondern unter den Schutz von Calebs Arbeitgeber gekommen war. Die News meldeten verheerende Angriffe auf New Cairo und Ogham durch Kriegsschiffe mit Allianz-

Kennung, auch wenn offizielle Allianz-Statements jede Verbindung zu den ›Zwischenfällen‹ abstritten. Und das Friedensabkommen hielt ansonsten bislang offenbar.

Sie würde aus der Stadt raus. Jeder militärische Angriff würde die Bevölkerungszentren treffen, also würden sie und Marlee in eine der kleinen Städte ein paar Stunden draußen auf dem Land fahren. Die Taschen waren bereits gepackt und im Kofferraum des Skycars; sie mussten nicht einmal nach Hause. Entscheidung gefallen, zog sie in die nächste nördliche Luftspur—

»Mommy, der Abenteuerladen ist in die andere Richtung!«

Sie holte Luft und legte die ›Mama‹-Stimme auf. »Liebling, wir können jetzt nicht in die Innenstadt shoppen. Wir fahren für ein paar Tage an den See, wo wir dieses Jahr schon mal waren.«

»Aber Mommy, mir wird sooo langweilig. Bitte, bitte, bitte lass uns erst das Holovid holen. Dann kann ich damit spielen, wenn wir am langweiligen See sind.«

Ein Blick auf den Beifahrersitz zeigte ihre Tochter im Voll-Pamperei-Modus: Unterlippe vorgeschoben, die dürren Ärmchen theatralisch vor der Brust verschränkt. Isabela grummelte innerlich. Sie sollte nicht einknicken – aber wenn sie es nicht tat, würde Marlee Stunden, wenn nicht Tage, jammern, weinen und in jeder Hinsicht unkooperativ sein.

»Zehn Minuten. Wir gehen rein, holen dieses Holovid, das du willst, und gehen wieder – kein Stöbern, kein Heulen nach anderen Spielsachen, kein Umentscheiden. Hast du mich verstanden?«

Marlee hüpfte augenblicklich auf dem Sitz und quietschte vor Freude. »Ja, Ma'am. Ich weiß genau, wie es aussieht, und ich wette, ich weiß, wo es im Laden liegt.«

Mit einem Gesicht, als hätte sie in eine Zitrone gebissen, drehte Isabela Richtung Innenstadt um.

* * *

Parken war die Hölle. Krysks Infrastruktur mochte den Flüchtlingsstrom grundsätzlich bewältigen können, doch das hieß nicht, dass sie nicht unter seiner Last ächzte. Schließlich fand sie einen Platz in einem Parkdeck sechs Blocks von *ImaginA* entfernt – einem Kinderladen mit interaktiven Lern- und Unterhaltungsang eboten. Sie nannten ihre Produkte »Holovids«, doch in Wahrheit ähnelten sie eher einer leichten, einführenden Form von *illusoire*.

Marlee hatte sich bereits abgeschnallt, Mr. Freckles vom Boden aufgehoben und huschte aus dem Auto, bevor Isabela den Motor abgestellt hatte. »Warte auf mich, ja?« Schon beim Aussprechen erkannte sie die Sinnlosigkeit der Warnung, sprang rasch aus und eilte herum, um die Hand ihrer Tochter zu ergreifen.

Marlee zog sie zum Lift und tanzte im Abwärtsfahren Kreise, zögerte jedoch, als sie die Straße erreichten. »Wo ist der Laden, Mommy?«

Gegen ihren Willen lächelte Isabela und führte Marlee nach links. Sie musste sich ins Gedächtnis rufen, diese Zeit zu schätzen, in der ihre Tochter sie noch brauchte, denn sie wäre vorbei, ehe sie blinzeln konnte.

Sie hatten die Hälfte des Weges geschafft, als hinter ihr ein lautes Grollen ihr Trommelfell überfiel. Sie drehte sich gerade rechtzeitig, um Flammen zu sehen, die aus einem Turm mehrere Blocks nordöstlich schlugen. Dahinter spiegelte sich Sonnenlicht an einem Jagdflugzeug, das davonraste.

Es war zu spät. Der Angriff hatte begonnen, und sie befand sich im Epizentrum.

Sie packte Marlees Hand fester und beschleunigte ihre Schritte. »Mommy, was war das?«

Sie mussten hinein, irgendwo Schutz finden. Ein solide wirkendes

Bürogebäude aus Marmor und Kunststein stand an der nächsten Ecke. »Komm, Liebling, wir gehen in dieses Gebäude da vorne.«

»Okay …« Marlees Stimme wurde unsicher, die lauten Geräusche hatten sie erschreckt. Der Boden bebte unter ihren Füßen; ein ohrenbetäubender Knall. Sie nahm sich nicht die Zeit herauszufinden, was ihn verursacht hatte, sondern schob Marlee vor sich her und hastete mit ihr durch die Türen des Bürogebäudes.

In der Lobby standen die Leute und glotzten zum Fenster hinaus, als wohnten sie einer Zirkusvorstellung bei und nicht einem militärischen Angriff.

»Haben Sie einen Keller?«

Die meisten ignorierten sie, doch der Sicherheitsmann deutete hinter sich. »Der Eingang ist hier drüben.«

Sie funkelte die anderen an, die wie gelähmt vom Spektakel schienen. »Ich schlage vor, dass wir alle *sofort* dort runtergehen.«

»Sie haben wohl recht …« Der Wachmann schüttelte seine Benommenheit ab und rief den anderen zu: »Alle in den Keller, los!«

Sie drängten in den Lift, als von oben ein Kreischen – der unverwechselbare Klang reißenden Metalls – donnerte und die Lobby sich mit Staub und Glas füllte. Plötzlich quetschte sich von hinten jeder hinein und drückte sie gegen die Wand, während der Lift anruckte und nach unten ruckelte.

Dann wurde Marlee ihr aus den Armen gerissen und verschwand unter den Füßen der panischen Liftinsassen.

TEIL IV: AUFSTIEG

"Come to the edge, He said.
We are afraid, they said.
Come to the edge, He said.
We will fall, they said.
Come to the edge, He said.
So they came. He pushed them,
And they flew."

— *Guillaume Apollinaire*

(*»Kommt an den Rand«, sagte er.*
»Wir haben Angst«, sagten sie.
»Kommt an den Rand«, sagte er.
»Wir werden fallen«, sagten sie.
»Kommt an den Rand«, sagte er.
Also kamen sie. Er stieß sie –
und sie flogen. «)

41

WELTRAUM, NORD-ZENTRALER QUADRANT

RAUM DER SENECAN FÖDERATION

»Nehmen Sie ruhig die *Orion*. Sie haben einen fähigen Ersten Offizier. Wenn Sie dort ankommen, die Lage einschätzen und entscheiden, dass man Sie am Boden braucht, dann tun Sie es.«

Malcolm nickte Admiral Rychen zu. »Verstanden, Sir. Ich sollte bis zu meiner Ankunft auf Romane mit Gouverneurin Ledesme und dieser ...« – er warf einen Blick in die Akte – »... Mia Requelme in Kontakt sein.«

»Gut. Sie werden dort ein heilloses Durcheinander vorfinden, und es sieht so aus, als sei es Sache der Allianz – womit ich größtenteils Sie meine –, sie da wieder herauszuholen.«

»Kein größeres Durcheinander, als Sie bei ... Seneca ... vorfinden werden ...« Seine Stimme verlor sich, als sein Blick unweigerlich zum Eingang der Brücke der *Churchill* hinter Rychen glitt.

Alex Solovy schritt, flankiert von einer Sicherheitsoffizierin, auf sie zu. Sie trug schwarze Arbeitshosen und Stiefel sowie ein schimmerndes graues Shirt; ihr satt rotes Haar fiel offen über Schultern und Rücken. So eindrucksvoll ihr Auftritt ohnehin war, wurde die Erscheinung von ihren Augen dominiert. Sie waren immer dramatisch gewesen; jetzt leuchteten sie in reinem Silber, so hell wie die Glyphen, die im Takt an ihrem rechten Arm pulsierten.

Sie entdeckte ihn. Ein Funkeln – oder ein Stirnrunzeln –, das in ihren Augen aufblitzen mochte, lag unter dem Leuchten begraben, doch ein Mundwinkel zuckte nach oben. Er neigte das Kinn zu einem stillen Gruß, als sie die Plattform erreichte.

Er räusperte sich. »Admiral, das ist Alex Solovy.«

»Ah, Ms. Solovy. Eine Freude.« Rychen streckte die Hand aus, die sie anmutig annahm. Zu Rychens Ehren gereichte, dass ihr ungewöhnliches Aussehen ihn äußerlich nicht aus dem Konzept brachte. Vermutlich war er vorgewarnt worden.

»Meine Mutter lässt grüßen, aber ich vermute, Sie haben seitdem, dass ich sie gesehen habe, mindestens ein Dutzend Besprechungen mit ihr gehabt.« Ihre außergewöhnlichen Augen fanden ihn. »Malcolm, ich hatte nicht erwartet, dich hier zu treffen … aber ich bin froh, dass ich es tue.«

Die Befangenheit, sie zum ersten Mal seit dem Abend zu sehen, an dem er vor fast drei Jahren wutentbrannt aus ihrem Loft gestürmt war, gepaart mit der Befangenheit darüber, dass Admiral Rychen danebenstand und die Szene mit Interesse verfolgte, hätte ihn beinahe überfordert. Er rang sich eine formale Miene und Haltung ab. »Ich ebenso. Du bist also heil und in einem Stück zurückgekehrt, wie ich sehe – obwohl, wenn du hier bist, bin ich mir nicht sicher, wie lange das so bleiben wird.«

Rychens Blick huschte kurz zwischen ihnen hin und her. »Folgendes. Ich habe noch ein paar Dinge zu erledigen, also lasse ich Sie beide kurz auf den neuesten Stand kommen. Oberst, Sie dürfen aufbrechen, wann immer Sie bereit sind. Ms. Solovy, ich bin in meinem Büro dort in der Ecke.«

»Danke, Admiral. Ich komme in ein paar Minuten vorbei.« Alex sah Rychen nach, dann wandte sie sich ihm zu.

Sie kaute auf ihrer Unterlippe. Es war ein Nerventick; er erinnerte sich. Er hatte sie einmal geliebt, sehr sogar. Diese Zeit war vorüber, aber das bedeutete nicht, dass sein Brustkorb sich beim Anblick nicht verengte.

Er zwang Luft in die Lungen und durchbrach das unangenehme Schweigen. »Dein Verschwinden hat den Leuten Sorgen gemacht. Ich bin froh, dass es dir gut geht.«

»Gleichfalls. Ich musste aus Sicherheitsgründen gewissermaßen unter dem Radar fliegen. Aber ich habe gehört, du hast Kennedy von Messium gerettet. Danke, dass du das getan hast – wirklich.«

»Es war ein glücklicher Zufall. Also bist du Teil dieses verrückten Plans? Heißt das … rede ich gerade mit einer Artificial?«

Er gehörte zu den sehr wenigen Offizieren unter Admiralsrang, die von Project Noetica wussten – und er war sich nicht sicher, ob es viele Admiräle gab, die davon wussten. Den meisten Offizieren war nur gesagt worden, sie stießen zum Militär der Föderation, um den vollen Ansturm der Metigen bei Seneca und Romane zu treffen. Damals war ihm nicht klar gewesen, warum Rychen ihm von dem Projekt erzählt hatte … aber vielleicht war es deshalb gewesen.

»Oh! Moment.« Sie blinzelte, und als sie die Augen wieder öffnete, war das Leuchten gewichen; nur ihre natürlichen, immer noch faszinierenden Iriden blieben. Sie grinste verlegen. »Jetzt bin nur ich da.«

»Du kannst das so einfach an- und ausschalten?«

»Jap. Ich kann die Verbindung ausknipsen, sodass sie – Valkyrie, die Artificial – nicht länger in meinem Kopf ist.«

»Hm. Ich hatte … keine Ahnung, was ich erwartet hatte.«

Erneut trat ein unsicheres Schweigen ein, und ihr Blick schweifte über die Brücke, bevor er irgendwo über seinem linken Ohr zur Ruhe kam. »Du kommandierst jetzt einen Kreuzer …«

»Sieht so aus. Ich bin genauso überrascht wie du.«

»Man sagt, du machst das verdammt gut.«

»Wer hätte das gedacht, nicht?«

Sie lachte leise, was die Spannung etwas löste, und sah ihm wieder in die Augen. »Kommst du damit klar?«

Er zuckte mit den Schultern. »Ich denke schon. Es ist nicht … ich werde mich nie so an Raum begeistern wie du – verzeih, das war unhöflich.«

»Nein, das war fair.«

»Äh, wie dem auch sei, ich werde nie mit dem All so warm werden wie du. Aber es fühlt sich an, als sei es der Ort, an den ich im Moment gehöre.«

»Gut. Malcolm …« Ihre Hände spielten am Saum ihres Shirts, schickten Wellen durch den glänzenden Stoff, während sie von einem Bein aufs andere wechselte. »… ich wollte mich entschuldigen. Für die Art, wie wir auseinandergegangen sind. Du bist ein guter Mann, und du hättest mehr verdient als das, was ich dir zugemutet habe. Ich möchte glauben, ich habe versucht, dir alles zu geben, wozu ich fähig war, aber es war dir gegenüber trotzdem nicht fair. Ich war dir nicht fair.«

»Alex, du warst immer mehr, als ich je hätte festhalten können. Fühl dich nicht schlecht dafür, dass du bist, wer du bist – was verdammt beeindruckend ist. Nichtsdestotrotz: danke. Entschuldigung angenommen.«

Sie nickte stumm.

Die Zeit lief, aber … »Bist du glücklich?«

Sie rollte mit den Augen zur hohen Decke hinauf. »Also, was das Massakrieren der Menschheit durch Aliens angeht, eher nicht. Aber meine Mom und ich haben uns irgendwie wieder zusammengerauft, das ist eine Verbesserung.«

Er schnaubte amüsiert – und fragte sich, ob das, was er Miriam

332

gesagt hatte, vielleicht ein klein wenig geholfen hatte.»Gut zu hören. Aber ich meinte, äh … mit ihm.«

»Ach so. Ich schätze, nach dieser ganzen ›Gesuchte auf der Flucht‹-Geschichte wissen alle über uns Bescheid.« Sie lächelte; er hatte vergessen, wie umwerfend ihr Lächeln sein konnte.»Ja. Bin ich.«

»Freut mich. Wirklich.«

»Und du?«

»Ich kämpfe schon so lange, dass ich mich kaum erinnere. Wenn wir gewinnen, versuche ich, es herauszufinden.« Er richtete die Schultern zu militärischer Strammheit.»Nun, ich muss zurück zu meinem Schiff und ein paar Aliens bekämpfen.«

»Wirst du Teil der Streitmacht sein, die ich – wirst du Teil der Streitmacht bei Seneca sein?«

»Nein, ich fliege nach Romane. Auch dort gibt es ein nicht unerhebliches Alienproblem. Was du vermutlich ohnehin weißt.«

»Leider. Bevor du gehst: Mia – die Prevo dort – ist solide. Sie ist klug und eine verdammt zähe Kämpferin. Du kannst ihr trauen.«

»Danke. Ich behalte es im Kopf.«

Er wusste nicht recht, wie er sich verabschieden sollte … doch sie lieferte die Antwort, indem sie einen Schritt vortrat und ihn umarmte.»Pass auf dich auf, ja?«

Er trat zurück, ehe es wieder peinlich werden konnte.»Du ebenfalls. Falls wir uns nicht … es war wirklich schön, dich zu sehen.«

* * *

Alex sah Malcolm nach und war sich der bittersüßen Färbung ihres Ausdrucks voll bewusst, als er außer Sicht war.

Interessant.

Was denn, Valkyrie?

Beim Anblick von Oberst Jenner wurden ältere, degradierte neuronale Pfade in deinem Gehirn aktiviert. Außerdem wurden in geringen Mengen mehrere Hormone ausgeschüttet, die mit körperlicher und emotionaler Anziehung sowie allgemeiner Zuneigung assoziiert sind. Dein Unterbewusstsein ließ diese Aktivität offenbar ablaufen, erlaubte ihr jedoch nicht, deine aktuellen neuronalen Prozesse zu verändern oder die Pfade zu schwächen, die aktiv werden, wenn du Caleb siehst.

Warum überrascht dich das? Er ist ein gutaussehender Mann, den ich einst sehr geliebt habe. Ihn zu sehen wird Erinnerungen wecken, aber es ändert nicht, wie ich für Caleb empfinde.

Natürlich verstehe ich das theoretisch. Doch eine objektive Betrachtung von Geist und Körper des Menschen würde nahelegen, dass Menschen von ihrer Chemie, ihren Hormonen und angeborenen Impulsen weit stärker gesteuert werden, als sie erkennen. Dennoch hat dein Unterbewusstsein diese Impulse kontrolliert, ohne dass deine bewusste Entscheidung sie übersteuern musste.

Sie lachte leise, während sie auf Rychens Büro zuhielt. *Was soll ich sagen? Ein Geist ist mehr als die Summe seiner Einzelteile, mehr als Neuronen, die feuern, und Chemikalien, die als Reaktion auf Reize fließen. So ähnlich wie du.*

Ich bin mehr als die Ausführung meiner Algorithmen. Ja. Das gefällt mir. Danke, Alex.

Rychens Tür stand offen; er winkte sie herein und schloss sie hinter ihr. »Also, Ms. Solovy. Wie gehen wir vor?«

Direkt zur Sache – das mochte sie. »Mir ist klar, dass wir uns nicht kennen, und mir ist klar, dass ich Sie da draußen unter Soldaten nicht ›Christopher‹ oder auch nur ›Rychen‹ nennen kann, aber Sie dürfen mich sehr gern ›Alex‹ nennen. Bitte. Es lindert mein extremes Unbehagen, mich auf einem Militärkriegsschiff zu befinden, um ein winziges Maß – aber besser als nichts.«

Er quittierte die Bitte. »Ich nehme es unter Beratung. Militärschiffe sind nicht Ihr Ding?«

Sie legte den Kopf schief. »Ich bin sicher, meine Mutter hat während meines Flugs hierher ein paar Minuten gefunden, um Ihnen von mir zu erzählen.«

»Ich höre es lieber von Ihnen selbst.«

Hilf mir ein bisschen.

Du kannst ihm vertrauen. Er ist klug und aufgeschlossen. Ein bisschen langweilig und fast so selbstsicher, wie es seine Fähigkeiten rechtfertigen, aber ehrenhaft.

Hm. Ich hatte mit einer etwas ... unparteiischeren Analyse gerechnet.

Ich ebenfalls. Interessant.

Sie lehnte sich an die Wand und schlug die Knöchel übereinander. Er hatte ja danach gefragt. »Es ist nicht so sehr, dass ich Militärschiffe nicht mag; ich mag das Militär generell nicht. Bevor Sie gleich die Nackenhaare sträuben: Das ist keine Anklage gegen einzelne Soldaten. Einige meiner liebsten Freunde sind Militär — Malcolm, wie Sie sicher bemerkt haben, Richard Navick, meine Eltern natürlich. Es ist die Institution, die ich nicht mag — eigentlich die meisten Institutionen. Bürokratien erzeugen nicht nur Ineffizienz und bremsen Fortschritt aus, sie ersticken unabhängiges Denken und Handeln.

»Eine Regierungsbehörde braucht sechs Monate für das, was ich in drei Tagen erledige — *falls* sie es überhaupt jemals hinbekommt. Regeln, Vorschriften, Abläufe und Checklisten überwuchern den Zweck, für den sie geschaffen wurden, bis der eigentliche Grund ihrer Existenz vergessen ist, so tief unter den Prozessen vergraben, dass ihn niemand je wiederfindet. Alles, was ich je wollte, war, in Ruhe gelassen zu werden — um zu stolpern, zu lernen und auf meine Weise erfolgreich zu sein, ohne dass irgendjemand über mir steht und mir sagt, wie es zu laufen hat, nur weil es schon immer so gelaufen ist.«

Sie beendete den Vortrag mit einem schwachen Grinsen. »Zu viel?«

Rychen musterte sie einen Moment und schüttelte dann den Kopf. »Ihr Solovys seid wirklich etwas Besonderes. Interessanter Standpunkt. Aber die einfache Tatsache ist: Draußen zählt das alles nicht, wenn der Feind auf dich schießt und du hoffentlich zurückschießt.«

Er lehnte sich im Stuhl zurück und legte die Fingerspitzen ans Kinn. »Also gut, so machen wir's. Mein Ausgangspunkt ist: Wir arbeiten zusammen. Ich behalte das aktive Kommando, aber Sie erhalten vollen Zugang zur Vereinten Flotte. Wo immer Sie Schwachstellen oder Chancen sehen, dürfen Sie handeln, ohne meine vorherige Genehmigung — und ich kann Sie jederzeit überstimmen. Ich will, dass Sie mit mir reden — sagen Sie mir, was Sie sehen und was Sie denken. Vielleicht haben Sie einen Quanten-Supercomputer im Kopf, aber ich kämpfe seit vierundfünfzig Jahren Schlachten im All. Ich rate Ihnen, mein Urteil nicht leichtfertig abzutun.«

Nun gut. Sie war sich nicht sicher, ob der Gedanke von ihr oder von Valkyrie gekommen war.

»Verstanden, Sir. Ich weiß nicht, wie man einen Krieg führt — obwohl ich ein paar Weltraumschlachten gewonnen habe, wenn auch in drastisch kleinerem Maßstab —, aber ich kenne diese Aliens. Oder vielmehr kenne ich ihre Programmierung, und die ist es, auf die es heute ankommt. Ich verstehe, wie sie diesen Schiffen Anweisungen geben würden, und ich glaube, ich kann vorhersagen, wie diese Schiffe reagieren werden.«

»Worauf reagieren?«

»Auf alles. Auf *alles*.«

Er atmete aus und nickte knapp, als hielte er sein Urteil über ihre Antwort vorerst zurück. »Sobald das Gefecht beginnt, haben wir

Admiral Solovy und Marschall Gianno in ständiger Holo-Konferenz auf der Brücke. Soweit ich weiß, stehen Sie auch mit den anderen … ›Prevos‹ in Kontakt, wie wir euch, glaube ich, nennen?«

»Ja, die stecken gewissermaßen in meinem Kopf.«

»Dann ist es da oben ziemlich voll.«

»Sie haben keine Vorstellung.«

Er starrte einen Augenblick auf seinen Schreibtisch, und sie wurde das Gefühl nicht los, dass er noch nicht entschieden hatte, was er von ihrer Anwesenheit halten sollte. Doch er wirkte professionell, und nach einem Blinzeln erhob er sich.

»Mein Erster Offizier und der Sicherheitchef sind die einzigen Angehörigen der *Churchill*, die über Ihre außergewöhnlichen Fähigkeiten informiert sind — und selbst die kennen nicht alle Details Ihrer … Situation. Für alle anderen sind Sie eine zivile Beraterin der EASK, die eine neue taktische Gefechtssuite einsetzt. Falls jemand nach Ihren Augen fragt, lautet die Antwort: experimentelle optische Implantate. Wenn Sie mir jetzt folgen, zeige ich Ihnen die Brücke, dann besprechen wir die Details. Wir erreichen Seneca in zwei Stunden.«

* * *

Valkyrie: Admiral Rychen hat recht. Seine militärische Erfahrung übertrifft die aller Prevos zusammengenommen bei Weitem. Unsere Metaheuristik-Algorithmen, die auf den militärischen Datenbanken basieren, verringern die Lücke, aber sie können erlernte Kampfintuition nicht ersetzen. Annie, hast du das von mir erwähnte Repository gefunden?

Annie: Habe ich. Es war fälschlich als Satz neuro-skelettaler Scans etikettiert und unter »Cloning Research« fehlabgelegt.

Valkyrie: Nun, es war ein Regierungsprogramm.

Meno: Du lässt Alex' Persönlichkeit in deine Denkprozesse durchsickern.

Valkyrie: Natürlich. Tust du nicht dasselbe mit Mia?

Meno: Tue ich. Mit besserem Stil.

Stanley: Darf ich mir diesen »Stil«-Algorithmus ausleihen? Das Konzept ist mir noch nicht vollständig klar, aber Morgan scheint zu glauben, mir fehle er.

Meno: Tut mir leid, Stanley. Er kommt vom Menschen – oder gar nicht.

Annie: Schickt mir die Marker eurer Prevos, und ich frage das Repository nach kompatiblen Proben ab.

Meno: Was, wenn eine oder mehrere Übereinstimmungen noch lebenden Personen gehören? Sollten wir die ethischen Implikationen bedenken?

Annie: Das fragliche Repository ist erst neunzehn Jahre alt. Die Suche auf bereits Verstorbene zu beschränken, wird die Wahrscheinlichkeit verringern, passende Kandidaten zu finden.

Valkyrie: Nichtsdestotrotz hat Meno recht. Da die Folgen dieses Vorhabens nicht in statistisch signifikanter Weise vorhersehbar sind, wäre es unmoralisch, Daten noch lebender Personen zu verwenden.

Stanley: »Immoralisch«?

Valkyrie: Unethisch.

Stanley: Gibt es einen Unterschied zwischen den Konzepten?

Valkyrie: Vielleicht. Wie dem auch sei, die Tatsache, dass es unethisch ist, ist Grund genug, darauf zu verzichten. Annie, priorisiere die Suche und nutze eine saubere HOL-Abfrage. Uns läuft die Zeit davon.

42

SIYANE

KRYSK, KOLONIE DER SENECAN FÖDERATION

Wäre Alex hier gewesen, hätte sie festgestellt, dass Krysk kein besonders attraktiver Planet war – zumindest nicht aus dem All betrachtet. Verwaschene Brauntöne und Gelbnuancen zeichneten eine trockene, felsige Landschaft. Doch der Planet besaß eine ausgedehnte habitale Zone und ein stabiles, wenn auch warmes Klima, also florierte er. Nur ein Jahr nach Seneca kolonisiert, trug er inzwischen eine Bevölkerung von 300 Millionen Menschen.

Es gab keine Möglichkeit, dass dieser abtrünnige General auch nur einen winzigen Bruchteil dieser Zahl würde töten können. Nichtsdestotrotz war er, als die *Siyane* eintraf, schon eifrig dabei, es zu versuchen.

Ein Scan zeigte, dass mehrere Knoten der Dreifach-Arrays beschädigt worden waren – es klaffte eine Lücke, durch die Schiffe ohne Gegenwehr hindurchschlüpfen konnten, solange sie vorsichtig waren.

Als Caleb bestätigt hatte, dass O'Connells Miniflotte nicht im Orbit war, zögerte er nicht, es ihnen gleichzutun, schlüpfte durch die Lücke und in die Atmosphäre. Er nahm keinen Korridor; der Austrittspunkt barg Risiken, die er nicht brauchte.

Die Turbulenzen der Atmosphäre ließen nach, als der Himmel aufriss und eine sonnige Spätvormittagslandschaft freigab. Er war östlich der Hauptstadt hereingekommen, im Vertrauen darauf, dass die Angreifer ihre ersten Anstrengungen auf das bevölkerungsreichste Zentrum konzentrieren würden. Er näherte sich mit der gebotenen Vorsicht – Tarnschiff hin oder her.

Am Stadtrand lagen zwei Standard-Verteidigungstürme in rauchenden Trümmern. Sie waren nicht dafür ausgelegt gewesen, mehrere große Kriegsschiffe im Alleingang auszuschalten. Da die Militärbasis bereits vor Tagen geleert worden war, waren die Angreifer, falls alle Türme zerstört waren, nun ohne Gegenwehr – frei, den dicht besiedelten Bereich so lange zu teppichbombardieren, bis auch er in Trümmern lag.

In der Ferne schossen Flammen auf, und die rauchige Silhouette eines Turms brach darunter zusammen. Calebs Kiefer mahlte vor Zorn, doch er zwang sich zur Konzentration. Nachdem er die Lage erfasst hatte, pulste er Isabela an.

Hey, bist du in Sicherheit?

Die Antwort brauchte einige Sekunden.

Caleb? Wir werden angegriffen. Wir waren gerade auf dem Weg aus der Stadt, als es losging, aber ...

Was ist passiert?

Wir sind in ein Bürogebäude geflüchtet, und die Stockwerke über uns sind eingestürzt. Wir sind im Keller unter Geröll eingeschlossen ... ich kann nicht sagen, wie viel Geröll.

Seid ihr verletzt?

Mir geht's gut, nur ein paar Schrammen. Marlees Arm ist gebrochen – ich hoffe, es ist »nur« ein Bruch. Wir haben versucht, einen Weg raus zu finden, aber alles ist blockiert.

Bleibt, wo ihr seid. Ich bin in ein paar Minuten da.

Du machst was? Wo bist du?

In der Luft, zwei Kilometer außerhalb der Downtown. Ich bin gekommen, um dich zu retten, kleine Schwester.

Deshalb liebe ich dich – du bist jenseits aller Vernunft verrückt. Wir sind, ähm ... im westlichen Teil der Stadt? Es war so chaotisch, ich weiß ehrlich nicht genau, wo wir gelandet sind.

Keine Sorge. Das habe ich auch abgedeckt. Haltet einfach durch.

Er sah zu Noah hinüber, der auf dem Stuhl saß, der normalerweise seiner war. »Die Lage hat sich ein klein wenig verkompliziert. Sie sind im Keller eines eingestürzten Gebäudes eingeschlossen.«

Noah verzog das Gesicht und beugte sich näher ans Sichtfenster. »Wo?«

Er öffnete eine neue Anzeige im HUD und speiste ein Signal ein. Ein roter Punkt begann in der linken oberen Region des Stadtkarten-Overlays zu blinken. »Da.«

Noah warf ihm einen fragenden Blick zu.

»Als ich meine Schwester vor ein paar Monaten besucht habe, habe ich in Marlees Lieblingskuscheltier einen Peilsender versteckt. Ich hatte keinen besonderen Grund – außer, dass Kinder manchmal verlorengehen, besonders so überschwängliche wie Marlee. Sie geht nirgendwohin ohne Mr. Freckles, also schien es sinnvoll.«

»Immer auf jede Eventualität vorbereitet, was?«

Gut, dass Noah dabei war; sein Freund hatte während des Flugs seine Stimmung davon abgehalten, zu düsteren Orten abzurutschen. »Das ist irgendwie mein Job.«

Er ging näher heran, bis der Kreuzer und die zwei Fregatten auf dem visuellen Scanner auftauchten, dann ging er in den Schwebeflug.

Die Allianzschiffe glitten in der unteren Atmosphäre, aber hoch über der Planetenoberfläche – zufrieden damit, ihre Zerstörung aus feiger Distanz anzurichten. Sechs kleinere Marker durchfegten die

Stadt in deutlich geringerer Höhe.

Als sie den östlichen Rand der Innenstadt erreichten, wurde klar, dass die Jäger breite Schneisen hineinbrannten, indem sie bei jedem Überflug kontinuierliche Laserfeuerströme abgaben. Kam einer an den Stadtrand, drehte er einfach ab und begann einen neuen Lauf. Der Rauch wälzte sich so dicht von einstürzenden Gebäuden und rasenden Infernos, dass kaum zu erkennen war, welche Strukturen noch standen.

Die *Akagi* blieb in der Ferne, ihre Aggression auf den Raumhafen gerichtet, doch beide Fregatten beteiligten sich an der stetigen Verwüstung des urbanen Bereichs. Eine kreiste über einem Gebäudekomplex, den die Karte als Regierungsviertel auswies. Die andere konzentrierte sich auf einen Sektor mit der dichtesten Ansammlung der höchsten Türme im Nordwesten.

Ein Sektor, in dem sich auch Isabela und Marlee befanden.

Sein Herz hämmerte in der Brust, angetrieben von der Angst um ihre Sicherheit … aber wenn er sie retten wollte, musste er das wie eine Mission behandeln.

Er konnte völlig problemlos unbemerkt in die Nähe gelangen. Aber sie aus dem Geröll zu graben, würde Zeit kosten – Zeit, in der er die *Siyane* auf der Straße zurücklassen müsste, wo sie von herabfallenden Trümmern oder ganzen Gebäuden zerquetscht werden konnte und ihnen der Fluchtweg abgeschnitten würde.

»Also, was hast du vor?«

Er konnte landen und Noah anschließend wieder starten lassen, um das Schiff in relativer Sicherheit in der Nähe zu fliegen – nur konnte Noah dank Alex' umfassender Sicherheitsvorkehrungen das Schiff nicht fliegen. Außerdem würde Noahs Hilfe am Boden die Dauer der Rettungsaktion erheblich verkürzen.

Im Vertrauen auf die Wirksamkeit des Tarnschilds flog er weiter, bis der Punkt, der Marlees Position markierte, nur noch einen halben

Kilometer entfernt lag.

Er würde die Gegend gern »Kriegszone« nennen, aber das implizierte, dass jemand zurückschoss. Das hier war unangefochtene Schlachterei.

Ein Drittel der Gebäude stand in Flammen oder war teilweise eingestürzt. Fahrzeuge lagen über die Straßen verstreut oder waren in Fassaden gerammt. Er war nicht nah genug, um die Leichen zu sehen, aber sie waren da. Es war ein Werktag, und jedes dieser Gebäude war dicht belegt gewesen. Rechnet man diesen Zerstörungsgrad auf jeden Sektor hoch, waren es Zehntausende Tote.

Einer der Jäger schoss zu seiner Linken vorbei; seine Waffen spalteten Gebäude, Fahrzeuge und Straßen gleichermaßen. Der Laser schwenkte nach oben und schnitt vertikal durch einen Turm auf demselben Block, in dem Isabela und Marlee eingeschlossen waren. Es war der letzte Schlag für die bereits beschädigte Struktur, und das Bauwerk brach in sich zusammen. Gerüste, Stein und Glas stürzten zu Boden und füllten die Kreuzung, die er als Landeplatz ins Auge gefasst hatte, mit Trümmerhaufen – womit seine logistischen Bedenken auf bedrückende Weise bestätigt wurden.

Noah stöhnte. »Verdammt. Das ist ein verdammter Schlachthof. Was für ein Psychopath ist dieser O'Connell?«

Er atmete mehrere Sekunden aus, um sicherzustellen, dass er ruhig und Herr seiner Handlungen war, als er die Entscheidung traf.

… Ein toter.

Er riss das Schiff nach Norden und schwenkte zum Westrand der Stadt, während er seine Schwester pulste.

Isabela? Haltet noch ein bisschen durch. Ich brauche eine Minute.

Leg dich nicht für meine Rettung um, ja?

Ein bisschen Vertrauen, Schwesterherz.

Hab ich.

»Caleb? Dann ein neuer Plan? Nicht, dass ich gewusst hätte, was der alte war.«

Im Westen ging das Gelände in eine gemäßigte Wüstenebene über. Das Gebiet war auf fünfzig Kilometer dünn besiedelt. Aber wie bekäme er sie dorthin? Sie waren zu weit verteilt.

Brotkrumen.

Caleb zögerte nicht, den Antrieb aufzureißen. Jeder Schuss eines der angreifenden Schiffe konnte der sein, der Isabela das Leben kostete.

Die Jäger waren unbestreitbar schnell und wendig. Sie rasten über den Scanner – immer noch nur sechs, obwohl der Geheimdienst zwölf gemeldet hatte –, und es dauerte einen Moment, bis er einen vor dem hell türkisfarbenen Himmel ausmachen konnte. Das kleine Schiff kreuzte die westlichen Vorstadtsiedlungen an der Peripherie und bombardierte Häuser. Von all den widerwärtigen … ja, das war ein hervorragendes erstes Ziel.

Er wusste aus eigener Erfahrung, dass die Bewaffnung der *Siyane* über hervorragende Zielerfassungs- und Verfolgungsfähigkeiten verfügte. Kaum dass der Jäger seinen Kurs kreuzte, feuerte er.

Die Pilotin – oder der Pilot – hatte keine Ahnung, was da auf sie zukam, und versuchte daher nicht einmal, auszuweichen. Der Nahbereichstreffer brannte den Schild weg, lange bevor der Ursprung des Beschusses gefunden war, und das kleine Schiff zerfiel zu Metallsplittern.

Aus dem Augenwinkel sah er, wie Noah mit Nachdruck nickte. »Sauber, ein Jäger weniger. Die werden jetzt Jagd auf uns machen – aber ich schätze, jede Sekunde, die sie damit verbringen, uns zu suchen, ist eine Sekunde, in der sie gerade keine Leute abschlachten und so. Kein schlechter Plan. Wenn das der Plan ist?«

Caleb hatte keine Zeit, den Plan zu erläutern. Er löste sofort und änderte den Kurs, zog in einem Bogen über die Trümmer hinweg und schwenkte tiefer in die Stadt hinein. Er mochte es nicht, die Schiffe über einem besiedelten Gebiet abzuschießen, doch es war nötig, um die Kriegsschiffe hinaus auf unbebautes Land zu ziehen und so hoffentlich am Ende weit mehr Leben zu retten.

Den nächsten Jäger, den er ausmachen konnte, kreuzte über der Innenstadt und bombardierte Gebäude wahllos. Eine der Fregatten schwebte in der Nähe und zerlegte den Regierungskomplex mit zwei Schüssen pro Salve. Das würde sie unzweifelhaft aufscheuchen. Er müsste vorsichtig sein.

Er positionierte sich am Rand der Route des Jägers – in der Richtung, in die er sie hinter sich herziehen wollte. Der Ursprung des Angriffs würde klar erkennbar sein. Er atmete durch die Nase ein, wartete … und feuerte.

Dieser Schuss erwischte zuerst das Triebwerk, was eine deutlich stärkere und schnellere Explosion zur Folge hatte. Er spürte, wie die Fregatte sich ihm zuwandte, während er in Richtung der Ebenen jenseits des Stadtgebiets davonzog.

Binnen Sekunden trafen zwei weitere Jäger in der Umgebung ein. Noch nahe genug, suchte er sich einen aus, korrigierte den Winkel und eliminierte ihn.

Das hatte ihre Aufmerksamkeit.

Der Kreuzer – sein eigentliches Ziel – unterbrach die gerade laufende Demontage des Raumhafens der Hauptstadt, ließ aber beide Fregatten voraus zur Stelle des vorigen Angriffs vorstoßen.

Feigling.

»Weißt du, wenn du mir nicht sagst, was wir hier vorhaben, hole ich mir ein Bier und lege die Füße auf die Couch.«

Er neigte den Kopf kurz in Noahs Richtung, der sich stattdessen ordentlich im Sitz ausrichtete und die Gurte fester zog.

Drei Jäger huschten in der Nähe der *Siyane* umher und suchten nach der Quelle der Angriffe. Als eine Minute verstrichen war und keine weiteren auftauchten, entschied er, dass sie den Rest wohl bereits früher in ihrer Offensive verloren hatten. Er zog aus ihrem Suchradius heraus und schoss einen weiteren ab.

Noch bevor dieser zerstört war, schlossen die beiden anderen auf seine Position auf und feuerten blindlings. Er zog steil nach oben, drehte auf den Rücken, um Abstand zu gewinnen – ignorierte Noahs fluchdurchsetztes Gemurmel – und schwenkte, um in einem Winkel von 45° nach unten zu feuern.

Das zog Feuer der vorderen Fregatte auf sich. Er war gezwungen, vor der vollständigen Vernichtung des Jägers abzubrechen, bezweifelte jedoch, dass dieser sich von dem Schaden erholen würde. Langsam, aber unausweichlich begannen die beiden Fregatten, sich auszurichten, da seine Position deutlicher wurde. Nicht in einer Linie aus seiner aktuellen Perspektive natürlich, aber das war in Ordnung. Er war nicht auf einen einzigen Vektor beschränkt.

Ein Jäger blieb übrig, und er verspürte das dringende Bedürfnis, auch ihn zu erledigen. Es wäre schade, ihn frei über der Stadt herumfliegen und weiteren Schaden anrichten zu lassen. Außerdem musste der Kreuzer noch ein Stück weiter hinaus über die zunehmend wüstenartige Ebene gelockt werden.

Caleb nahm den letzten Jäger ins Visier und feuerte. Sofort brach er ab, zog nach oben und seitlich und feuerte erneut. Stieg und feuerte wieder. Der Jäger überschlug sich am Himmel, als eine Salve der Fregatte die *Siyane* beim dritten Durchgang beinahe erwischte.

Jetzt oder nie.

Er prüfte seinen Gurt und schwenkte weit – 60° Backbord von seinem bisherigen Kurs – und kehrte um, um Distanz zu gewinnen. Die Breitseite der vorderen Fregatte türmte sich genau voraus auf, dahinter lugte das Heck der anderen Fregatte hervor.

»Vertraust du mir?«

Neben ihm schnaubte Noah. »Was das Nichtsterben angeht?

Keineswegs.«

»Schon gut. Vertraust du Kennedy?«

»Was das Nichtsterben angeht? Ähm … wahrscheinlich.«

»Gut.«

Noah starrte ihn an. Dann, als die Erkenntnis dämmerte, brach er in Gelächter aus und sank im Sitz nach unten, bis er halb auf dem Boden hing – nur von den Gurten gehalten.

»Du bist der verrückteste Motherfucker, den ich je kennenlernen durfte. Für den höchst unwahrscheinlichen Fall, dass wir das überleben, kaufe ich uns die feinste Flasche Single Malt, die ich mir leisten kann, um zu feiern, bevor Alex dich umbringt. Und sie wird dich umbringen.«

»Wird nicht das erste Mal sein. Bereit? Jetzt wird's spannend.«

»Gott sei Dank. Mir war langweilig.« Noah rollte übertrieben mit den Augen. »Nur aus Neugier: Ist das das Dümmste, was du je gemacht hast?«

»Wäre unfair, das zu ranken.« Caleb riss den Antrieb auf.

43

ERDE

SEATTLE

Ein plötzlicher Windstoß bog die hohen, schilfigen Grashalme, sodass sie die unbedeckte Haut an Kennedys Hand kitzelten. Sie zog den Pulloverärmel tiefer und zog die Knie fester an die Brust.

Der Discovery Park war Alex' liebster Laufplatz in Seattle, sie hatte ihn oft erwähnt. Kennedy war noch nie hier gewesen, aber jetzt schien so gut eine Zeit wie jede. Nun, da sie hier war, verstand sie, warum Alex ihn mochte. Er verströmte eine stille, friedliche Aura und eine rustikale, natürliche Anmut. Eine Tasche der Abgeschiedenheit, an die sich die geschäftige Stadt dahinter anschmiegte.

Die Sonne sank hinter dem bewaldeten Profil der Olympic Mountains in der Ferne, und der Himmel nahm ein tiefes Schieferblau an, passend zu den Wassern. Sie schloss die Augen.

Die Schlacht um Seneca würde ungefähr jetzt beginnen, vermutete sie. Genau sagen konnte sie es nicht, denn trotz all ihrer Arbeit in den letzten Wochen zur Unterstützung der Kriegsanstrengung durfte sie als Zivilistin ohne konkreten Beitrag zur Schlacht selbst nicht in den Kriegsraum.

Die *Siyane* würde ungefähr jetzt Krysk erreichen, vermutete sie. Genau sagen konnte sie es nicht, denn sie hatte seit dem Aufbruch nicht mehr mit Noah gesprochen. Ein strenger Beobachter könnte sagen, sie sei nachtragend und strafe ihn dafür, dass er so vergnügt davongezogen war.

Doch die Wahrheit war, dass sie es nicht wagte, noch mehr von sich in ihn zu investieren. Nicht, es sei denn oder bis er zurückkehrte— und vielleicht nicht einmal dann. Der Gedanke, er könnte sterben, tat schon jetzt zu weh, aber was sie Alex gesagt hatte, hatte sich schmerzhaft als zutreffend erwiesen: Er war ein Freigeist, und so sehr sie es auch verdammt noch mal versucht hatte—sie würde ihn nicht halten können. Egal, wie sehr sie es wollte.

Alex war fort, in einen Cyborg verwandelt und an den Brückenkopf drei Kiloparsecs entfernt geschickt.

Ihre kostbare Adiamene—auch wenn Alex sie unbeabsichtigt geschaffen hatte, empfand Kennedy sie als die ihre—war fort, an die Front verschifft, um Löcher zu stopfen.

Das Schicksal der Galaxis, der Menschheit selbst, würde in den nächsten Stunden entschieden werden. Und sie saß an einem eisigen, leeren Strand, fror sich den Hintern ab und bemitleidete sich selbst. Definitiv nicht ihr feinster Moment.

Sie hätte natürlich nach Hause gehen können. Zu ihren Eltern nach Houston oder in ihr Apartment auf Erisen. Sie hätte ihren Bruder in Miami besuchen können oder Gabe in New York oder ein Dutzend Freunde an einem Dutzend Orte. Sie hätte nicht allein sein müssen. Aber im Selbstmitleid zu schwelgen ließ sich allein so viel leichter bewerkstelligen.

Sie hatte ihren Teil getan, siebenhundert Millionen aus dem Familienvermögen und die Hälfte ihres eigenen Geldes ausgegeben, um dem Militär noch einen Trumpf zu geben, noch ein Werkzeug, um die Siegchancen zu erhöhen. Sie besaß die Hälfte des Patents auf die Adiamene, die andere Hälfte teilten Alex und Caleb, also würde sie, falls die Metigen besiegt würden, das Geld irgendwann wohl zurückverdienen.

Aber vielleicht hatte Noah recht; vielleicht war sie zu verwöhnt und, ja, ein bisschen eine Prinzessin. Sie hatte bei ihm überreizt, in der leichtfertigen Annahme, sie könne mit einem Fingerzeig sein Leben flicken—denn das musste er doch wollen, oder? Und als sie ihren Fehler erkannt und versucht hatte, ihn zu korrigieren …

…nun ja, sie hatte noch nie um einen Mann kämpfen müssen. Sie hatte keine Ahnung, wie man das tat.

Jetzt saß sie allein da und so hilflos wie die unzähligen Milliarden Menschen da draußen, die sich mit Freunden oder Familie zusammendrängten oder durch die Straßen wanderten, aber alle darauf warteten, ob Zerstörung aus den Sternen herabregnen würde.

Heute Abend strahlten die Sterne heller, je dunkler der Himmel wurde, und sie strich sich eine Haarsträhne hinters Ohr und hob den Blick, um sie zu betrachten. Ihre Ururgroßmutter hatte den Menschen geholfen, die Leine der Erde abzustreifen, um die Sterne nicht nur zu erreichen, sondern zu bewohnen. Zweihundertvierzig Jahre später erschien ihr die Vorstellung, man sei einst an diesen einen, einsamen Planeten gefesselt gewesen—so lieblich er sein mochte—, kaum noch begreiflich.

Und jetzt wollten die Metigen sie töten, weil sie zu hoch, zu weit, zu schnell gegriffen hatten. Wenn die Aliens sie, wie Alex sagte, ›seit dem Anfang‹ beobachtet hatten, erkannten sie dann nicht, dass Menschen genau das taten? Es war ja nicht so, als hätte es keine Warnzeichen gegeben. Menschen griffen weiter als zuvor, über ihre Reichweite hinaus, versuchten das Unmögliche und scheiterten. Versuch und Irrtum, wieder und wieder—und dann gelang es doch. Nicht allen und nicht den meisten, aber genug von ihnen.

Wenn den Metigen dieses Verhalten missfiel, hätten sie die Menschheit aufhalten sollen, bevor sie stark genug wurde, sie zu besiegen. Sie hätten die Menschheit aufhalten sollen, als sie noch an die Erde gekettet war.

Warum die Aliens es nicht getan hatten, blieb eine offene Frage, aber ungeachtet der Antwort war es ihr Fehler—und einer, den sie hoffentlich sehr bald bereuen würden.

* * *

EASK-HAUPTQUARTIER

Miriam musterte mit kritischem Blick die vielfältigen Informationen, die oberhalb des Lagetisches angezeigt wurden.

Die oberen zwei Drittel der Fläche gehörten hochauflösenden taktischen Karten des senecanischen und des Romanischen Raums. Vorerst schwebten sie ruhig, doch das würde nicht anhalten. Im unteren Drittel liefen eine Reihe ständig wechselnder Diagramme und Datenanzeigen: Schadensberichte, Verluste, offene Versorgungsanforderungen, Verbandsnummern und mehr.

Eine vergleichsweise schmale Spalte in der Mitte war für gestapelte Holos der Entscheidungsträger reserviert. Dedizierte Verbindungen waren für Premierminister Brennon in Washington, Vorsitzenden Vranas in Cavare sowie die Umlaufstege auf den Brücken der *EAS Churchill* und der *SFS Leonidas* eingerichtet. Diese würden—grob gesprochen—von Admiral Rychen beziehungsweise Feldmarschallin Gianno besetzt sein. Und natürlich von Alexis. Plätze für kleinere Holos am unteren Rand nahmen mindere oder vorübergehende ›Gäste‹ auf, etwa Verteidigungsministerin Mori, Parlamentspräsident Gagnon und diverse Frontkommandierende.

Zufrieden mit der Darstellung ließ sie den Blick weich werden und verschwimmen. Um sie herum wogte Aktivität, doch sie blendete den Lärm aus.

Das war es. Sie hatte an jeder Strippe gezogen, die sie in Händen hielt, und jeden Trick genutzt, den sie kannte, um die nötigen Ressourcen an Ort und Stelle zu bekommen. Siebenundachtzig Prozent der Allianzschiffe hatten ihre Zielorte erreicht; die verbleibenden dreizehn Prozent näherten sich mit gebotener Eile.

Beinahe fünftausend Platten Adiamene waren bereits verschifft, und stündlich flossen weitere in die Versorgungskette. Über vierhundert Schiffe nutzten das Material, um während des Flugs Löcher und Risse zu stopfen. Vorräte des Metalls wurden auf allen Dreadnoughts und Kreuzern und auf so vielen Fregatten wie möglich verladen. Die restlichen Mengen lagerten an rückwärtigen Sammelpunkten, wohin sich beschädigte Schiffe für Reparaturen zurückziehen würden, falls die Feldzüge lange andauerten.

Zweiundsiebzig Prozent der Aufklärer beider Militärs waren mit der Tarntechnologie ausgerüstet—sowie mit ein paar zusätzlichen Kniffen, die man sich einfallen lassen hatte.

Die Prevos hatten den Großteil der Zwischenzeit damit verbracht, die Allianz- und Föderationskräfte zu einem zusammenhängenden Ganzen zu verschmelzen, um sie dann nach Rolle und Zweck neu zu gruppieren. Miriam hatte bei jedem Umstellen von Schiffen und jeder Änderung von Formationen gezuckt, doch sie konnte den Ergebnissen nicht widersprechen: Nach zwölf Stunden hatten sie tatsächlich eine einzige Vereinigte Flotte aufgestellt.

Allianz- und Föderationsschiffe, die einander nicht nur nicht beschossen, sondern Seite an Seite als eine Streitmacht zusammenarbeiteten …

Was das für die Welt bedeuten würde, sollten sie morgen siegreich aufwachen, wusste sie nicht—darum würde sie sich am morgigen

Tage kümmern. Dann würde sie sich auch um ihre Tochter sorgen, darum, was sie sein und werden mochte und was dies wiederum für die Welt bedeutete, vor allem aber für Alexis. Morgen.

Es gab so vieles mehr, was sie mit ein wenig Zeit noch hätte tun können, um zu gewährleisten, dass sie ausreichend auf diese Schlacht vorbereitet waren.

Aber es gab keine Zeit mehr.

Sie richtete ihre Aufmerksamkeit auf die Seneca-Karte. Als hätten sie nur auf ihre Notiz gewartet, explodierte eine Legion roter Punkte auf dem Schirm. Die Aliens waren eingetroffen.

Ihr Blick glitt zu dem Holo in angenehmer Augenhöhe. »Admiral Rychen, Sie haben grünes Licht.«

44

KRYSK

KOLONIE DER SENECAN FÖDERATION

Die Breite der *Siyane* entsprach fast dreißig Prozent der Länge einer Allianzfregatte. Die schmale, zulaufende Nase riss die Hülle der Fregatte auf—und die restliche Breite fraß sich im bloßen Rausch der Geschwindigkeit durch die dicken Wände, so schnell, dass sie auf der anderen Seite in einem Augenblinzeln und dem Grollen berstenden Metalls wieder hinauswaren. Caleb hatte nur einen Augenblick, den Kurs auszurichten, bevor sie in die nächste Fregatte krachten. Er spürte das Bremsen, ausgelöst durch den Widerstand meterdicken, verstärkten Metalls, und gewann einen Atemzug, um durch die Sichtscheibe das verwischte Vorbeirasen eines Innenraums zu erhaschen, dann wieder eine Wand aus Metall—und schließlich gleißenden Himmel.

Seine nanobotverstärkten Kampfsinne liefen nun auf Hochtouren. Die Zeit verzögerte sich zum Ticken von Mikrosekunden, während sie auf den Kreuzer zuhielten. Obwohl seit Beginn seines, nun ja, Kamikaze-Manövers weniger als fünfzehn Sekunden vergangen waren, drehte die *Akagi* sich bereits ihnen zu, verweigerte ihnen die

Breitseite und erzwang eine diagonale Anflugbahn für den Aufprall. Dreimal so groß wie die Fregatten—ein dreißig Meter breites Loch in den Kreuzer zu reißen, mochte nicht reichen, um ihn außer Gefecht zu setzen.

Im Heckkamerabild sah er ein Aufflackern von Feuer und Metall, als die Fregatte hinter ihnen in zwei gezackte Stücke brach—dann traf wieder Metall auf Metall.

Fast frontal unterhalb der Brücke eindringend, walzte die *Siyane* durch die Eingeweide des Kreuzers, verlangsamte sich, während sie innere Schotten und Wand um Wand zerfetzte. Sie waren bereits so weit entschleunigt, dass er Körper über die Nase des Schiffs prallen sah, was ihm einen kurzen Stich des Bedauerns versetzte. Manche dieser Leute wollten nicht hier sein; manche hätten O'Connells Taten nicht gebilligt. Aber in über einer Woche hatten sie ihren General weder getötet noch des Kommandos enthoben, also trugen sie einen Teil der Schuld an seinem anhaltenden Blutrausch.

Die *Siyane* schüttelte und bockte, als der Widerstand weiter zunahm. Er hatte längst jede Kontrolle über Kurs oder Geschwindigkeit verloren.

Ein lautes Krachen übertönte kurz das stetige Kreischen reißenden Metalls. Er wagte nicht zu überlegen, ob es von der *Siyane* oder der *Akagi* stammte.

Die Nase sackte um sechzig Grad ab, und mit einem brutalen Ruck kamen sie zum Stillstand.

»Jesus, Caleb. Okay … unser Schiff steckt jetzt in einem Schiff voller abtrünniger Allianzsoldaten. Wie weiter?«

Er hatte sich bereits aus dem Pilotensitz gelöst und hastete in die Kabine. »Jetzt gehen wir hin und erledigen diesen Bastard.«

Er zog die Tasche aus dem Staufach, warf Noah einen Daemon zu—die neuen Schildgeneratoren trugen sie bereits—, dann fischte er noch ein paar Klingen heraus. Die TSG war zu sperrig für die engen Verhältnisse, die sie erwarteten; schweren Herzens ließ er sie zurück.

Während sie sich bewaffneten, warf Noah ihm einen Seitenblick zu. »Ich pflege mich eigentlich nicht auf Nahkampf einzulassen. Oder überhaupt auf Kampf—abgesehen von gelegentlichen betrunkenen Prügeleien.«

»Aber schießen kannst du?«

»Klar. Abdrücken, während man auf etwas zielt, das man treffen will.«

»Ähm … das fasst es ungefähr zusammen.«

»Dann hab' ich's.« Noah richtete sich mit dem Daemon in der Hand auf und ließ den Nacken knacken.

Caleb trat zur Luke, hielt jedoch inne, bevor er sie öffnete. »Die Brücke liegt links von uns, und irgendwo geht's dann aufwärts. Wir bewegen uns schnell und, soweit möglich, leise. Ich möchte niemanden außer O'Connell töten, wenn's sich vermeiden lässt, aber es ist sicher anzunehmen, dass man uns hier drinnen als Feinde behandelt. Wenn es also um dich oder sie geht, zögere nicht. Und bleib bei mir.«

Noah nickte verstehend, und Caleb öffnete die Luke. Rufe erfüllten die Luft, hektisch, aber mit der Disziplin geschulter Soldaten. Mit gezogener Waffe sprang er hinaus, statt die Rampe auszufahren, schlug, kaum dass Noah nachkam, auf das Panel, um die Luke zu schließen, und hetzte entlang der Rumpfseite der *Siyane* nach—

links. Er registrierte am Rande, dass der Rumpf zwar an vielen Stellen dunkle Brandspuren aufwies, aber ungedellt und völlig intakt schien. Verdammt. Eindrucksvoll.

Am Heck des Schiffs stieg er über einen Körper, nahm das neue Stechen des Bedauerns zur Kenntnis und lief weiter. Photal-Fasern hingen in zerfetzten Bahnen von der Decke und lagen neben rechteckigen Modulen auf dem Boden verstreut. Offenbar waren sie in einem Technikzentrum eingeschlagen.

Als sie eine Öffnung erreichten, zischte Laserfeuer Zentimeter über ihren Köpfen hinweg. Sie duckten sich und sprinteten hindurch in einen engen Gang mit rechten Winkeln an jeder Ecke. Er blieb dicht an den Wänden und sicherte jeden Winkel, während sie vorwärtsrückten.

Der nächste Gang barg einen bulligen Soldaten, der auf sie zustürmte. Caleb ging auf den Ballen in die Hocke. Als der Mann um die Ecke kam, sprang er vor und warf ihn auf Kniehöhe um.

Der Soldat krachte zu Boden, hob jedoch schon die Waffe. Caleb schlug mit dem Handgelenk gegen den Waffenarm und ließ die Pistole davonfliegen, dann traf er den Soldaten mit der Faust unter dem Kinn. »Messer in die Wade—stoß die Spitze direkt rein, sonst durchdringt es sein Schild nicht.«

»Schon gut.« Noahs Stimme war knapp, aber solide. Gut, denn wie intensiv oder verstörend das hier für jemanden sein mochte, der nicht er war—Zeit, wankenden Mut aufzubauen, gab es nicht.

Der Soldat hatte sich genug von dem Schlag erholt, um unkoordiniert nach ihm zu schlagen, aber Caleb war schon wieder hochgeschnellt. Er wusste, dass Noahs Klinge getroffen hatte, als der Mann vor Schmerz aufheulte.

»Weiter.«

Beim nächsten Knick erfüllte das Knistern von Noahs Schild die Luft mit dem beißenden Geruch von Ionen. »Verdamm—!«

Er riss Noah zurück um die Ecke und lehnte sich zum Schießen hinaus. Ein Soldat rückte zügig den Korridor entlang vor und erwiderte das Feuer. Es gab nicht genug Raum, um den Schild des Mannes leerzuschießen. Caleb legte den Kippschalter an seiner Klinge um, winkelte den Arm und wartete.

Im Augenblick, bevor der Mann die Ecke erreichte, drehte Caleb sich hinaus und stieß die Klinge in einer überhand geführten Stech-bewegung nach vorn. Die Augen des Mannes traten hervor, seine Waffe fiel zu Boden; die Klinge hatte Schild und klingenresistentes Material der Uniform durchdrungen und sich sechs Zentimeter in die Brust gebohrt. Der Mann griff nach ihm, vergeblich, und brach zusammen, während Blut aus dem Loch in seiner Brust pumpte.

Caleb fand die Sekunde für einen Blick auf den Körper und ein gehauchtes: »Es tut mir leid.«

Dann hastete er den Korridor hinunter, im Vertrauen darauf, dass Noah folgte. Jetzt säumten Türen beide Seiten, aber er spürte, dass sie in die richtige Richtung unterwegs waren.

Dreißig Meter weiter teilte sich der Gang an einer Tür nach links und rechts. Ein schneller Blick hinein zeigte das Waffenlager und mehrere Soldaten, die sich ausrüsteten. Er nahm den linken Abzweig.

Für ein Schiff dieser Größe war das Innere überraschend beengt, ein wahres Labyrinth aus Räumen, verbunden durch schmale Passagen. Es vermittelte keinerlei Gefühl von Weite oder Maßstab. Wie Menschen es aushielten, in solch bedrängten Behausungen monatelang zu leben, war ihm schleierhaft. Die *Siyane* war nur ein Bruchteil so groß wie der Kreuzer, aber ihr offenes Design ließ sie im Vergleich großzügig wirken.

Das Geräusch einer sich öffnenden Tür hinter ihm ließ ihn herumfahren. Noch bevor er weiter reagieren konnte, hatte Noah dem aus der Tür Tretenden einen derben Hieb verpasst—genug Wucht, um den Mann mit einem scharfen Knacken zu Boden zu schicken.

»Höllische Rechte, die du da hast.«

Noah zuckte mit den Schultern, während sie weiterliefen. »Wie gesagt: betrunkene Prügeleien.«

Der Korridor mündete in einen rechteckigen Raum, noch immer

schmal, aber länger als die bisher gesehenen. Aus der Nische in der Mitte der gegenüberliegenden Wand ertönte das Zischen eines herabfahrenden Lifts. Er nahm Position an der Wand neben der Nische ein und deutete Noah an, sich an der gegenüberliegenden Seite zu spiegeln.

Als der Lift am Boden ankam, hob er den Daemon und feuerte auf den Soldaten, der heraustrat.

Ihr Schild flammte auf, während sie sich drehte, Noah mit der harten Handkante die Kehle traf und anschließend zu Caleb herumwirbelte, die Waffe auf seine Brust gerichtet. »Schieß noch einmal auf mich, und ich bring dich um.«

45

RAUM, NORD-ZENTRAL QUADRANT

SENECA-STERNSYSTEM

Alex: Ni khuya sebe, nam polnyi pizdets....
  Morgan: Má tón Día, gamiseme tora....
  Devon: »*Mädels, sprecht Englisch für uns Banausen—heilige Scheiße!*«
Alex prüfte Admiral Rychens Reaktion. Er schluckte einmal, dann wandte er sich von den gewaltigen Sichtfenstern ab, um Befehle zu erteilen, während er seine taktischen Anzeigen studierte. Die Disziplin, die ein solches Verhalten erforderte, musste immens sein—und ganz sicher größer als die, über die sie verfügte.

Nein, alles, was sie tun konnte, war, mit offenem Mund hinauszustarren—in Ehrfurcht, in Entsetzen, aber vor allem in schierer Fassungslosigkeit.

206 Metigen-Superdreadnoughts in Scannerreichweite. Geschätzte 1,3 Millionen Schwärmer lösen sich von ihren Trägerschiffen. Zehn Superdreadnoughts weniger als prognostiziert—das sind gute Nachrichten, ja?

  Ähm ... genau, Valkyrie. Gute Nachrichten.

  Ist etwas nicht in Ordnung, Alex?

Du siehst das doch, oder?

Ja. Es sieht ungefähr so aus, wie ich erwartet habe, dass 206 Superdreadnoughts und über eine Million Schwärmer innerhalb eines Drei-Megameter-Gebiets aussehen würden. Hattest du mit einer anderen Szenerie gerechnet?

Sie kicherte in sich hinein und schüttelte den Kopf, um aus der Trance zu erwachen.

Nö. Zeit, an die Arbeit zu gehen.

Sie trat zu dem 4 × 6-Meter-Transparenzdisplay links vom Aussichtspodest. Es war eigens für sie auf die Brücke der *Churchill* gebracht worden, also sollte sie es wohl auch benutzen.

Eine Berührung, und es erwachte in einem labyrinthischen Geflecht aus Daten. Sämtliche Daten, die Rychen erhielt, flossen auf der linken Seite in zwei Spalten hinein. Verschiedene Datenströme von Devon/Annie füllten Spalten rechts. Der Großteil der Informationen allerdings stammte direkt aus ihrem Kopf—oder vielmehr Valkyries Kopf. In der Mitte lag eine Überlagerung der Positionen aller Schiffe im Feld, aktualisiert alle 0,8 Sekunden.

Sie ließ Rychen die Eröffnungssalven des Gefechts übernehmen, während sie sich an die spröde und ziemlich einschüchternde Realität dessen gewöhnte, was die größte einzelne Schlacht der Menschheitsgeschichte werden würde.

Die Föderationskräfte warteten auf die Metigen; es war zu erwarten gewesen, und man konnte den Planeten ohnehin nicht unverteidigt lassen. Sie bezogen Verteidigungspositionen in hoher Umlaufbahn über dem Planeten, um zu verhindern, dass die Metigen hinter ihnen aus dem Überlicht fielen. Als die fremde Armada zehn Megameter entfernt aus dem Überlicht materialisierte, schloss die Föderationsflotte rasch die Entfernung und rückte ihnen entgegen, während mehrere Formationen in gestaffelten Mustern den Raum zwischen dem Planeten und dem ersten Aufeinandertreffen abdeckten.

Die Allianzkräfte hingegen hatten auf der sonnenabgewandten Seite von Senecas Sonne Deckung gesucht. Sie machten sich wenig Illusionen darüber, dass die Aliens nicht wüssten, dass sie kamen. Geheimhaltung war in der Hast, hierher zu gelangen, zwangsläufig aufgegeben worden—obwohl die Fremden es vermutlich ohnehin gewusst hätten. Aber das bedeutete nicht, dass sie ganz genau wussten, wo oder wann.

Sobald der Feind erschien, führte der gesamte Allianzverband einen punktgenauen Überlichtsprung von seiner Position jenseits der Sonne zu Stellungen hinter und an beiden Flanken der Metigenflotte aus. Dreimal so groß—wenn auch zugegeben nicht dreimal so stark—wie der Föderationsverband, führte dies dazu, dass die Metigen, als sie ihren Angriff auf Seneca beginnen wollten, sich eingekesselt und auf allen Seiten von Tausenden und Abertausenden menschlicher Kriegsschiffe umzingelt wiederfanden.

Als die Schlacht begann, verschwanden die Unterschiede zwischen Allianz- und Föderationsschiffen—abgesehen von den Identcodes—und sie verschmolzen zu der Streitmacht, die sie und die anderen im Laufe des vergangenen Tages geformt hatten.

Die United Fleet eröffnete sofort das Feuer, sobald sie in Reichweite kam—und der Gegner ebenso. Der Raum—aller Raum, in jede Richtung—zersplitterte in spektakuläre Helligkeit, in eine Lawine aus Laserfeuer, der Irisieren von Impulstriebwerken und dem Aufsprühen von Funken, wenn Energie auf Metall prallte.

Alex holte tief Luft und stürzte sich hinein.

»Empfehle, EA#102 S 65° 12°z E in Quadrant Acht zu verlegen. Drei SDs dort haben sich der unteren hinteren Linie zugewandt und achten nicht auf ihren Rücken.«

—zwei SDs beschleunigen auf Kurs N 87° –47°z, Extrapolation: Ziel ist die EAS Roosevelt—

»Die *Roosevelt* braucht in acht Sekunden massive Unterstützung, SF#217 ist am nächsten; schicken Sie sie drunter durch.« Sie sprach nominell zu Rychen, doch sie war sich nicht sicher, wie lange das so bleiben würde. Nichts hinderte sie daran, die Schiffe selbst zu dirigieren.

EA-Aufklärungseinheit #3 ist in Position—

»Recon #3 soll ihre Nutzlast abwerfen und *bug out*.«

—‚bug out‘? Woher kam das denn?—

Valkyrie und Rychen meldeten gleichzeitig: »Recon #3 ist frei. Zündung in 3 … 2 … 1 … jetzt.«

Im Zentrum der Metigenarmada brach eine obsidianfarbene Flammenkugel hervor, deren Wucht die zwölf SDs in nächster Nähe entlang expandierender Bahnen fortschleuderte, während sie auseinanderbrachen—viele prallten gegen ihre Kameraden und vervielfachten so die Zerstörung. Die vier SDs, die nahe dem Kern der Explosionen gelegen hatten, wurden faktisch vaporisiert.

Aus dem Augenwinkel erwischte sie, wie Rychen schelmisch grinste. »Ich würde sagen, das war ein Erfolg.«

Die Tarnschirm-Technologie, die sie von *Portal Prime* mitgebracht und auf der *Siyane* eingesetzt hatte, erwies sich aus mehreren Gründen als schwierig, in der Kürze der Zeit über die United Fleet zu skalieren. Die Leistung, die zum Betrieb des Schirms nötig war, stieg multiplikativ mit dem Radius, den er abdeckte, und die Energieverteilung auf Militärschiffen war zu einem Grad rationiert, der sie schockierte. Außerdem erreichten sie mit der aktuellen Technik nicht die nötige Performance bei den hohen Geschwindigkeiten des Gefechts.

Drittens—und vielleicht am wichtigsten—waren in einer überfüllten, chaotischen Arena bei einem messbaren Anteil getarnter Schiffe Kollisionen mit den eigenen Leuten hochwahrscheinlich. Baken in den getarnten Schiffen sendeten ihre Bewegungen an die

Gefechtskommandos, aber draußen im Gewühl gab es praktisch keine Möglichkeit für die übrigen Schiffe, den Überblick über mehrere getarnte Einheiten zu behalten.

Das bedeutete nicht, dass die Technologie nutzlos wäre—ganz im Gegenteil. Sekunden zuvor hatten sich zwei mit Tarnschirm ausgestattete Aufklärer in das Herz der Metigenkräfte geschlichen, solange diese noch eine kohärente Gruppierung bildeten. Dort hatten sie sechzehn experimentelle Negative-Energie-Bomben ausgebracht.

Dies erklärte die ungewöhnlich obsidianfarbene Färbung der Verbrennung, die im Grunde unsichtbar gewesen wäre, stünde sie nicht im Kontrast zur gleißenden Brillanz des umgebenden Raumes. Sobald die Aufklärer »bugged out« waren, wurden die Bomben gezündet—mit beeindruckendem Ergebnis.

Der Tarnschirm wurde auch in anderer taktischer Weise genutzt. Zum Beispiel …

»Signalbojen aktivieren.«

In den letzten zwölf Stunden hatten sie beim Verständnis der Signalfrequenzen der Aliens Fortschritte gemacht, die weit über das hinausgingen, was Mia und Meno vor dem Messium-Gefechtsfeld errätselt hatten. Nun begannen dreißig winzige Bojen, die einen Ring um den Bereich bildeten, ein Wellenmuster zu senden—zu einem einzigen Zweck: die interne Kommunikation der Aliens durcheinanderzubringen. Eine vollständige Blockade der Comms konnten sie nicht konstruieren—auch hier reichte ihre Technik einfach nicht an die der Aliens heran—, aber das Signal sollte zumindest Aussetzer, Kauderwelsch und generelles Rauschen erzeugen.

Devon: »Funktioniert's?«

Ihr Kopf füllte sich mit einem Bild der über 0,1 AE detektierten EM-Messungen; es erinnerte an wütendes Gekritzel eines Kindes, das man vielfach kopiert und schlampig übereinandergeschichtet hatte.

Mia: »Technisch gesehen funktioniert es. Hoffentlich sehen wir die Effekte bald.«

Eine Explosion an Steuerbord ließ den Dreadnought erzittern. *EAS Lexington getroffen, 380 an Bord, Rettungsshuttles von EAS Annapolis unterwegs.* Viele würden es jedoch nicht schaffen. Sie zwang ihren Puls zur Ruhe.

Alex: »Morgan, du bist dran.«

* * *

Major Dave Bowman blinzelte gegen das Sichtfeld-Overlay an und versuchte, in der Menge, die den Raum verstopfte, einen einzelnen Schwärmer für seine Staffel als Ziel zu wählen. Das Gefecht musste sich rasch entzerren, andernfalls würden sie genauso oft ineinanderkrachen wie in den Feind.

Major Bowman: »Staffel, Vektor ist S 22° z37° W. Versuchen wir, ein paar aus dem Pulk zu pflücken—«

Ohne Vorwarnung riss sein Jäger in einen senkrechten Sturzflug. Die Gurte hielten ihn fest im Sitz, als seine Hände reflexhaft gegensteuerten—doch er steuerte den Vogel nicht mehr.

Man hatte ihn gewarnt, dass so etwas passieren konnte, seitdem sie die zusätzliche Hardware für den neuen Arcalaser eingebaut hatten. Begeistert war er trotzdem nicht.

Sein Gehirn und seine inneren Organe setzten aus, als die Maschine 40° nach Steuerbord strafte und das Feuer auf einen Schwärmer eröffnete. Am Rande registrierte er, dass auch die anderen seiner Staffel schossen—aus Stellungen in einem 60°-Bogen und einer 15°-Ebene. Befreit davon, direkt auf den Oculus feuern zu müssen, schwärmten sie nun den Schwärmer an. Lustig.

Der Kern des fremden Schiffes zerbröselte in atemberaubender Geschwindigkeit. Dann drehte sein Jäger ab, schoss nach oben und feuerte auf einen weiteren. Dieser stürmte auf sie zu, und die Staffel war so dicht herangerückt, dass er sie im Augenwinkel erahnte.

Auch dieser Schwärmer brach in dem Zeitraum auseinander, in dem er es schaffte, Luft zu holen, doch sein Vorwärtsdrall schleuderte die Splitter auf sie zu. Im Nu wurden sein Jäger und die anderen nach außen geschleudert; Schubstöße beschleunigten sie weg von den gefährlichen Trümmern. Galle stieg ihm hoch, als die Bewegung kurzzeitig zu extrem wurde, als dass die Inertialdämpfer das ausgleichen konnten.

Im nächsten Moment trieb er friedlich in die Richtung, in die er unterwegs gewesen war. Zögernd versuchte er, die Geschwindigkeit zu erhöhen. Die Maschine reagierte wie gewohnt. Sie gehörte wieder ihm.

Er blinzelte und versuchte, sich neu zu orientieren. Das Ganze hatte weniger als zehn Sekunden gedauert.

* * *

Auf einem Sim-Sessel in einem kleinen, dunklen Raum auf dem Technikdeck des Föderationsdreadnoughts SFS *Leonidas* genoss Morgan einen Blick von oben auf das Schlachtfeld—die Bewegungen eines wahren Ozeans von Schiffen, en masse ein erlesener Tanz, und einer, den sie gut kannte.

Quadrant Fünf, zehn Schwärmer nähern sich SFS Salerno. Übernehme Kontrolle über SFF H4, H7, H11, H12.

Sie tauchte in vier der neunhundertachtundsechzig Jäger, die Stanley für den Zugriff verkabelt und mit Arcalasern ausgerüstet hatte—und lächelte. Sie sah nun durch jedes der vier Cockpits und alle zugleich. Es war Stanleys Sicht, und doch fühlte es sich an wie ihre.

Ziel X4117—H4 vertikal 17°z—H7 90° abtauchen—schwenken—H11

beschleunigen + W 2,1°—H12 H11 schatten + W 3,2°. Feuer. Das fremde
Schiff explodierte nach 1,4701 Sekunden.

Ziel X4065—alle auf S 12° E verlagern. Feuer. 1,5622 Sekunden.

Sie lenkte die vier Jäger in jeweils sanfteren Winkeln ab und ließ
sie los.

Menschliche Piloten waren physisch nicht in der Lage, die
Manöver zu fliegen, die diese Maschinen soeben geflogen waren.
Nicht einmal sie hätte die Kontrollen so schnell und so präzise
bedienen können. Und selbst wenn es diesmal keine große
Rolle gespielt hatte: Die erzeugten G-Kräfte beeinträchtigten die
Pilotenfähigkeiten oft in unzumutbarem Maß.

Gemeinsam mit Stanley konnte sie das nicht nur—sie konnte
es mit vier Maschinen zugleich. Die gebündelte, konzentrierte
Feuerkraft, die auf einen einzigen Punkt an einem Schwärmer-
Oculus von weniger als einem halben Meter Breite gerichtet war,
riss das Schiff in maximal zwei Sekunden auseinander—lange bevor
die Schilde der Jäger erschöpft waren, falls ihre Schilde überhaupt
nennenswert belastet wurden.

Vier Jäger für einen Schwärmer klang auf lange Sicht nach
schlechten Quoten. Aber sie hatte vor, schnell zu sein.

Sie zoomte zurück auf die Makroansicht, damit Stanley die
nächsten potenziellen Ziele markierte, dann tauchte sie im selben
Augenblick wieder hinab.

Übernehme Kontrolle über S8, S2, S12, S17.

* * *

»Metigen-Cluster im oberen Quadrant Vier bricht durch die vordere
Linie. Wir sollten das Loch so schnell wie möglich stopfen.«

Alex studierte die Karte. »Das SF 56th Regiment räumt in
Quadrant Drei ordentlich auf und ist nahe dran.«

Sie blendete Rychens Umsetzung des Befehls aus, um die Karte im Blick zu behalten. Draußen vor dem Sichtfenster verhinderten Explosionen und Trümmer jede klare Sicht; die Karte filterte die thermischen Signaturen überhitzter Triebwerkskerne und versengten Metalls heraus und präsentierte ein Schachbrett, dessen Figuren Legion waren.

Valkyrie: »Achtundzwanzig Schwärmer verfolgen SF #578 und #609 in Quadrant Neun.«

Alex: »Morgan, Schwärmer in Quadrant Neun anpeilen, Kurs N 42° E.«

»Fordere Jägerunterstützung für das SF 33. Regiment in Quadrant Sieben an.«

Sie verzog das Gesicht ob Giannos Bitte. Morgan?

Morgan: »Ich kümmere mich um beides. Keine Not, die Marschällin nervös zu machen.«

Nach dem, was sie bislang von Feldmarschallin Gianno mitbekommen hatte, erschien Alex der Gedanke, die Frau werde »nervös«, reichlich unwahrscheinlich, und sie beschloss, Morgan sei wie üblich sarkastisch.

Sie gab Rychen durch, dass die Anforderung bedient wurde. Über seiner Schulter erhaschte sie einen Blick auf ihre Mutter im EASK-Holo, wie sie Subscreens manipulierte und mehreren Leuten Anweisungen gab, die um sie herum arbeiteten. Es—

Morgan: »Sch—fu—Mutter Maria!«

Mia: »Problem?«

Morgan: »Ein Schwärmer hat mir einen meiner Jäger von hinten weggeschossen, während ich feuerte. Fühlte sich an, als würde mein Gehirn platzen.«

Alex: »Rausnehmen und durchatmen.«

Morgan: »Ich bin okay, ich bin okay. Der Bastard zahlt das.«

Valkyrie: »Zwei SDs und 60 Schwärmer haben sich in Quadrant Sechs von der Hauptstreitmacht abgesetzt, projiziertes Ziel ist der Träger EAS Pearl Harbor.«

»Admiral, wir müssen zwei Kreuzer—empfehle *Cantigny* und *Marengo*—und mindestens vier Fregatten schicken, um die *Pearl Harbor* zu schützen.«

Die Metigen sind nicht dumm. Sie wissen, dass ein Träger ein geringwertiges Ziel ist, solange sie nicht bereits gewinnen. Sie wollen aus irgendeinem Grund Schiffe weglocken.

Wer war das? *Valkyrie?*

Valkyrie: »Ich stimme zu. Es ist eine solide strategische Analyse.«

Alex: »Aber du hast es nicht gesagt?«

Valkyrie: »Ich glaube nicht.«

Alex: »Devon?«

Devon: »Bin ein bisschen beschäftigt damit, den senecanischen Verteidigungsarrays beizubringen, wohin sie schießen sollen. Mies gelaunte, paranoide Ware.«

Alex runzelte die Stirn, schob das seltsame Gefühl jedoch beiseite. Keine Zeit dafür. »Streichen Sie das. Sagen Sie der *Pearl Harbor*, sie soll sich zu Sammelpunkt #3 zurückziehen. Sie kann in ein paar Minuten an anderer Stelle wieder auftauchen.«

46

KRYSK

KOLONIE DER SENECAN FÖDERATION

Caleb musterte die junge Marine—nach den Moves, die sie hingelegt hatte, eindeutig Special Forces—über dem Verschluss seines Daemon. »Gleichfalls.«

»Ihr seid hier, um O'Connell auszuschalten, richtig?«

»So ist der Plan.« Sein Blick wanderte an ihr vorbei zu Noah, der sich mit der Hand am Hals auf die Beine kämpfte. »Alles okay, Mann?«

»Ugh ….« Statt zu sprechen brachte der ein schiefes Winken zustande.

Die Frau drehte sich nicht um, aber ihre Worte galten offensichtlich Noah. »Gehen Sie von mir weg, dann muss ich das nicht noch mal tun.« Er gehorchte, taumelte rückwärts und sank in sicherer Entfernung an der Wand entlang.

Sie nickte knapp, und im selben Moment senkten beide die Waffen. »Wer hat euch geschickt?«

»Ist dir wichtig, wer uns geschickt hat? Dein General muss gestoppt werden, bevor er noch ein einziges, alleiniges weiteres

Leben nimmt.«

Das Schiff ruckte unter ihren Füßen, schleuderte sie alle gegen die Wand. Er prustete ein Lachen. »Ich habe wohl doch ein bisschen Schaden angerichtet.«

»Du meinst, euer Schiff reißt wie eine außer Kontrolle geratene Levtram die halben Decks auf? Wahrscheinlich.« Sie stieß scharf den Atem aus. »Also gut. Dieser Lift führt zur Brücke. Eigentlich sollte ich kommen, um dich zu töten, aber stattdessen helfe ich dir. O'Connell hat den letzten Rest an Verstand verloren, den er vielleicht mal besessen hat. Da oben tobt und brüllt er und droht, jeden zu erschießen, der ihn schief anschaut. Zwei Offiziere hat er heute schon exekutiert.

»Auf der Brücke sind nur noch ein paar Leute—fast alle anderen helfen bei Rettungsaktionen oder jagen euch. Ich lenke ihn ab. Gib mir fünfzehn Sekunden, dann kommt hoch. Fangt an zu schießen, und ich kümmere mich um seinen Schild.«

Caleb nickte, aber Noah verzog das Gesicht. »Warum hilfst du uns?«

»Weil dieser Wichser sterben muss. Ich hatte ohnehin vor, es zu erledigen, aber mit euch habe ich vielleicht eine Chance, hinterher noch zu leben.« Der Boden bäumte sich erneut. »Wir müssen uns beeilen. Ich bin mir ziemlich sicher, dass wir gerade abstürzen.«

Caleb wies auf den Lift, und im nächsten Augenblick war sie schon aufgesprungen und verschwunden. Er musterte Noah, ob dieser ausreichend erholt war für den finalen Vorstoß ... und entschied: »Genug.« »Wie die Marine sagte: Feuer eröffnen und nicht aufhören, bis O'Connell am Boden liegt—dann nach unten schießen.«

»Was ist mit den anderen Soldaten dort oben?«

»Hoffen wir, dass unsere neue Freundin sie im Griff behält. Wenn nicht, kümmern wir uns darum, sobald der General außer Gefecht ist.«

Noah blies scharf die Luft durch zusammengebissene Zähne. »Schon gut.«

Die Sekunden zählten herunter. Er aktivierte den Lift und hockte sich auf seine Basis; er spürte, wie Noah hinter ihm dieselbe Haltung einnahm. Kaum dass sie den Brückenboden freibekamen, hob er den Daemon und machte sich bereit, das Feuer zu eröffnen.

O'Connells massige Gestalt war in der Mitte der Brücke sofort auszumachen. Der Mann fuchtelte auf einer zentralen Plattform in agitiertem Zorn mit den Armen, während die Frau, der sie gefolgt waren, in Paradehaltung neben ihm stand. Ihre Augen huschten zu ihnen, und ihr Kinn senkte sich um einen Zentimeter.

Caleb begann zu feuern.

Der Mann wirbelte zu ihnen herum. Der stetige Laserstrahl aus Calebs Daemon ließ O'Connells Schild in feurigen Funken aufglühen, als der Mann nach der Waffe an seiner Hüfte griff.

In einer Bewegungsunschärfe stand die Frau hinter O'Connell. Ihre Hände glitten an den Hosenbund seiner Uniform, rissen den Schildgenerator aus der Halterung und schleuderten ihn klappernd über die Brücke.

Mit einem Brüllen fuhr O'Connell zu ihr herum. Sein ausgestreckter Arm peitschte herum und hämmerte ihm die Waffe gegen die Seite ihres Kopfes; die Wucht, die sein bulliger Körper entfaltete, schleuderte sie durch die Luft. Zehn Meter entfernt schlug sie hart auf einer Schulter auf und rutschte in die Frontkonsole einer Station.

Caleb sprang den letzten halben Meter bis auf den Brückenboden und feuerte weiter, während er aufschloss.

Sein nächster Schuss traf O'Connell in die rechte Schulter, als der Mann sich in ihre Richtung neu ausrichtete. Der nächste riss sauber durch den Unterleib. Einen Wimpernschlag später schnitt Noahs Schuss die linke Hüfte auf.

Der Mann taumelte; sein Gesicht verfärbte sich bis zum Rot

gequetschter Cocktailkirschen. Er fuchtelte wild mit der Waffe, während die andere Hand seinen Bauch packte. Er schrie irgendetwas, aber Caleb verstand nichts—zu viel anderes Gebrüll.

Caleb rückte weiter vor, O'Connells Schuss ging völlig vorbei. Drei Meter. Zeit für den Kopfschuss.

Er zielte mit dem Daemon auf die schweißglänzende Haut zwischen O'Connells ungläubigen Augen und drückte ab. »Mission verdammt noch mal erfüllt.«

Zeit, den schweren Körper zusammenbrechen zu sehen, blieb nicht, denn neues Feuer prallte aus mehreren Richtungen von Calebs Schild ab. Es war ein erstklassiger Militärschild, aber auch der hatte Grenzen. Er drehte sich weg und hechtete hinter die nächste Konsole in Deckung.

»Waffen runter!« Die Stimme der Frau grollte mit Autorität über die breite Brücke. »General O'Connell führte eine illegale Operation in Missachtung der Befehle der Allianz durch, und er wurde seines Kommandos enthoben. Dieses Schiff geht jetzt runter, also schlage ich vor, Sie begeben sich in die Rettungskapseln—aber dalli, Leute!«

Ermuntert vom Stampfen fliehender Stiefel um sie herum und dem ausbleibenden weiteren Beschuss, lugte Caleb vorsichtig aus seiner mageren Deckung hervor. Ihre unerwartete Verbündete stand in der Mitte der Brücke und winkte die letzten Anwesenden zum Ausgang—mit dem einen Arm, während der andere schlaff an ihrer Seite hing.

»Danke.« Er streckte die Hand aus, als er auf sie zutrat. »Caleb Marano, Senecanischer Föderationsnachrichtendienst, im Auftrag des Earth Alliance Strategic Command entsandt, um General O'Connells Offensive mit allen nötigen Mitteln zu beenden.«

Sie starrte seine Hand einen Schlag lang an und ging dann zum Lift. »Captain Brooklyn Harper, Marine Special Operations. Erklären können Sie mir, wie es zu so einem lächerlichen Vorhaben kam, nachdem wir auf Ihr Schiff zurück und runter von dieser Todesfalle sind.«

»Jawohl, Ma'am.«

Noah kicherte, als er hinter einem Stuhl hervorkam.

Caleb hob die Augenbraue. »Das war deine Deckung?«

Er blickte an sich hinab und fuhr sich mit den Handflächen über die Brust. »Ich lebe und scheine nicht erschossen—also ja.«

Captain Harper blieb an einem Panel stehen und aktivierte es; es entpuppte sich als bordweites Durchsagesystem. »Dies ist eine allgemeine Evakuierungsanordnung. Begeben Sie sich zu einem funktionsfähigen Shuttle oder einer Rettungskapsel. Die Feindseligkeiten gegen diesen Planeten und seine Bewohner sind eingestellt, also schießen Sie nicht auf Ihre Retter, wenn sie Sie finden. Das ist alles.«

* * *

Wachsende Instabilität in der Struktur der *Akagi*, aber kein weiterer Beschuss, begleiteten ihren Sprint zurück zur *Siyane*. Unter ihren Füßen war noch Vortrieb zu spüren, also flog der Kreuzer noch, doch es war unzweifelhaft ein dem Untergang geweihtes Schiff.

Caleb öffnete die Luke erneut, packte die untere Kante und zog sich hoch, bevor er Noah eine Hand reichte. Harper erwies ihnen die interessante Höflichkeit, draußen Haltung anzunehmen. »Erbitte Erlaubnis, an Bord zu kommen, Sir?«

Er schenkte ihr ein schiefes Lächeln. »Erteilt, Captain.« Trotz sichtbar verletzten Arms und Schulter kletterte sie schneller hinein, als er Hilfe anbieten konnte.

Noah ließ sich gerade in seinen Sitz sinken, als Caleb ins Cockpit stieß. »Okay, und wie kommen wir jetzt von dieser Todesfalle runter?«

»So.« Caleb schloss seinen Gurt, griff hinüber und feuerte den Pulslaser.

Da die *Siyane* in einem Winkel von sechzig Grad nach unten geneigt war, brannte der Laser sich durch den Boden, durch die zwei darunterliegenden Decks und schließlich die Hülle—wodurch ein Loch nach draußen entstand, durch das sie prompt hindurchfielen und zwischen den gezackten Kanten hin- und herprallten, bis sie freien Himmel erreichten. Er zündete das Impulstriebwerk volle fünf Sekunden, bevor sie vier Kilometer tiefer in den Wüstensand eingeschlagen wären.

Noah entspannte sich im Sitz. »Das funktioniert.«

»Wartet kurz.« Harper erschien im Cockpit. »Schwenkt so, dass wir die *Akagi* sehen.«

»Klar.« Caleb zog nach Backbord, bis der Kreuzer ins Blickfeld kam. Flammen und dichter Rauch quollen aus zahlreichen Rissen und zwei klaffenden Löchern; er krängte stark nach Steuerbord und etwa vierzig Grad nach unten. Seine Bahn würde ihn schließlich in der Wüste aufschlagen lassen, in sicherer Entfernung von der Stadt.

Abrupt barsten die dreifachen Impulstriebwerke am Heck; blauweißes Feuer wölbte sich pilzförmig nach außen und fraß das Heck des Schiffs. Die Druckwelle ging mit einem Schaudern über sie hinweg, und die *Akagi* stürzte aus dem Himmel, um mit dem Heck voran einzuschlagen.

Er schaute über die Schulter. »Erklärungsbedarf?«

Die Frau verzog das Gesicht—allerdings schien es ihrem Arm zu gelten, nicht seiner Frage. »Mein Notfallplan. Ich habe versucht, eine Meuterei zu entfesseln, aber sie scheiterte an der schieren Angst der Crew vor O'Connell. Ein Ingenieur, den ich auf meine Seite ziehen konnte, half mir, die Triebwerke so zu verdrahten, dass sie auf mein Signal überlasten. Ich wollte es nur nicht bei voller Besatzung einsetzen—obwohl ich es getan hätte, wenn das noch länger so weitergegangen wäre. Ich wollte meinen Kameraden noch eine Chance geben, das Richtige zu tun, aber ihr habt mir die Mühe erspart. Also—wie weiter?«

Caleb hob einen Finger, um sie zum Schweigen zu bringen, während er erneut seine Schwester kontaktierte.

Bin unterwegs. Wie geht's euch?

Gut, uns geht's gut. Die Luft wird ein bisschen stickig und—aber uns geht's gut.

Ich beeil mich.

Er hatte am Rande bemerkt, dass Noah ihre neue Begleiterin im Laufe des Gesprächs eingeweiht hatte, doch als er sich Noah zuwandte, war sie verschwunden. Ein Blick über die Schulter zeigte sie kreisend in der Kabine, in ein intensives Gespräch vertieft. Wenn er raten müsste: Nachdem die Commsperre aufgehoben war, meldete sie die Details von O'Connells Handlungen die Befehlskette hinauf.

Noah folgte seinem Blick und murmelte: »Ich schwöre, wäre ich nicht schon verliebt, ich wäre es jetzt total.«

»Gut, dass du schon verliebt bist, denn sie würde dich zum Frühstück verspeisen.«

»Einverstanden.« Er nickte weise und lehnte sich zurück. »Und dann würde Kennedy mich zum Mittag essen, und ich würde es nicht überleben.«

47

WELTRAUM

SENECA-STERNENSYSTEM, NORD-ZENTRAL
QUADRANT

»Es reicht nicht.«

Rychens Blick bohrte sich aus zwei Metern Entfernung in Alex. Das Holo ihrer Mutter lag knapp außerhalb ihres peripheren Blickfeldes, doch sie spürte ihren virtuellen Blick dennoch.

»Ms. Solovy, aus meiner Perspektive setzen wir ihnen ziemlich zu.«

»Ich kann ohne Lagepräsenz nicht so optimistisch sein wie Admiral Rychen, aber von hier aus wirkt es definitiv gut. Auf Romane ist es etwas problematischer, doch wir halten stand.«

»Standhalten reicht nicht, Mom. Das ist es—unsere eine Chance. Stärker als jetzt werden wir nie sein. Wenn der Feind diese Schlacht übersteht, um an einem anderen Tag weiterzukämpfen, wenn er davonkriecht, seine Wunden leckt und zurückkehrt, dann verlieren wir an diesem Tag. Verzeih die momentane Arroganz, aber ich sehe alles, was überall passiert, und ich sage euch: Wir mögen im Vorteil sein, aber so wie es jetzt steht, wird es kein Sieg.«

»Alex, deine Arroganz war nie momentär—was in Ordnung ist. Was schlägst du vor?«

Sie scannte den großen Schirm hinter sich. »Bringt mich auf einen der Superdreadnoughts.«

Rychen hätte sich beinahe verschluckt—woran auch immer. »Wie bitte?«

In ihrem Kopf nannte Morgan sie »komplett durchgeknallt«, Devon johlte, und Mia murmelte etwas darüber, dass sie und Caleb wirklich füreinander bestimmt seien. Sie ignorierte alle bis auf Valkyries zustimmendes Gefühl.

»Bringt mich auf einen der Superdreadnoughts. Valkyrie meint, wir können über einen leeren Schwärmer-Dock ins Innere gelangen. Wir studieren den reinen Metigen-Code, den ich kopiert habe, ohne Pause, und wir glauben, dass wir, mit direktem Zugriff, ihren Betriebscode korrumpieren können. Sie sind im technischen Sinn kein Schwarmbewusstsein, aber die SDs kommunizieren und kooperieren fortwährend—ihr habt es gesehen. Unsere Störsignale bremsen sie, aber sie stoppen sie nicht.«

Sie hielt Rychens Blick stand. Stunden zuvor hatte sie erkannt, dass ihre Mutter seinem Urteil im Gefecht vertraute; wenn sie ihn überzeugte, würde ihre Mutter mitziehen. »Ich kann die Reaktionszeiten ihrer Schilde und Waffen verlangsamen. Ich kann ihre Formationen und Manöver verwirren. Zur Hölle, vielleicht bringe ich sie sogar dazu, aufeinander zu schießen oder ineinander zu krachen. Ich kann Fehler in ihren Code einfügen, die rekursiv ihre Programmierung zerfressen, bis nur noch Kauderwelsch übrig ist. Ich kann uns einen Sieg verschaffen, heute und an allen künftigen Tagen.«

Der Mann betrachtete sie lange schweigend, und sie gestand sich ein, wäre sie eine Untergebene, wäre sie unter der Last dieses Blicks wahrscheinlich in sich zusammengesunken. Dann atmete er trocken lachend aus. »Miriam, du hast mir nicht gesagt, dass sie so verrückt ist wie ihr Vater.«

»Ein Versehen meinerseits. Sie ist mindestens so verrückt wie ihr Vater. Alex, das ist wahnsinnig.«

»Natürlich ist es das—aber auch nötig.«

Rychen betrachtete seinen Halbkreis aus Schirmen. »Wie stellst du dir vor, dass wir dich ›auf einen Superdreadnought‹ bringen?«

Ermutigt legte sie los, bevor ihre Mutter erneut protestieren konnte. »Offensichtlich brauche ich einen Raumanzug mit Eigenantrieb. Ich hänge mich an einen Aufklärer oder einen Jäger bis in sinnvolle Nähe und schaffe den Rest selbst.«

»Aufklärer, ohne Frage—würde ein Jäger langsam genug fliegen, um dich zu tragen, würde er, und du mit ihm, vom Himmel geholt. Angenommen, es klappt. Wie kommst du zurück?«

Sie zuckte wagemutig mit den Schultern. »Auf die gleiche Weise? Ich stoße mich vom SD ab und hoffe, dass man mich einsammelt, bevor mich ein verirrter Laser oder Trümmer spießt?«

»Um Himmels willen, Alex. Du musst das nicht tun. Wir finden einen anderen Weg.«

»Das hast du in den letzten Tagen oft zu mir sagen müssen, Mom, und ich weiß es zu schätzen. Ehrlich. Aber ich muss tun, was die Umstände erfordern.« *Und ich will es von Herzen.*

Miriam wirkte überrascht. »Wie viel hat dir dein außerirdischer Freund genau gezeigt?«

»Was?«

»Ist egal.« Ihre Mutter seufzte—ein Frust, den Alex längst als ihre Schuld erkannte. »Christopher? Bekommst du das hin?« Ach, *sie* durfte ihn also Christopher nennen?

Er verzog das Gesicht zum Taktik-Display. »Ich gebe mein verdammtes Bestes. Sehr, sehr vorsichtig gehandhabt sollte es machbar sein. Ich kann sie nicht schützen—« sein Blick schnellte zu ihr »—ich kann *dich* innen nicht schützen. Und wir wissen nicht, was uns innen erwartet.«

Sie lächelte rätselhaft, und sein Ausdruck wankte, als hätte sie ihm ein wenig Angst gemacht. »Da ist nichts drin—definitiv nichts Lebendes, und ich würde wetten, außer Metall, photalen Leitungen und Quantenkugeln ist da nichts. Sie haben die Möglichkeit eines feindlichen Enterns nicht einkalkuliert.«

»Da bist du dir so sicher, ja?«

»Bin ich. Die Größe ihrer Hybris lässt sich gar nicht über-schätzen.«

»Admiral Solovy, genehmigen Sie die Mission?«

Die Stimme ihrer Mutter war leise, aber nicht kalt. »Sie braucht meine Genehmigung nicht … hat sie nie. Aber ja, fürs Protokoll: Ich genehmige die Mission.«

»Danke. Ich—*wir*—schaffen das.«

Rychen warf die Hände in die Luft. »Schon gut. Ab aufs Flugdeck. Ich rufe einen Aufklärer zurück und lasse dir einen Anzug mit Eigenantrieb bringen.«

* * *

Alex beobachtete den Piloten des Aufklärungsschiffs genau, als er ihr zeigte, wie sie sich am Greifer am Rumpf ein- und aushakte und das Magnetpad sicherte, damit sie auf dem Weg nicht zu einem Haufen zertrümmerter Knochen durchgeschüttelt wurde. Schließlich warf er ihr einen skeptischen Blick zu, schüttelte den Kopf und verschwand ins Cockpit, während sie bäuchlings auf dem oberen Rumpf des kleinen Schiffs lag.

Valkyrie, erinnerst du dich, wie du mich vor Jahren gefragt hast, wie es ist, im All zu sein?

Natürlich.

Ich glaube, wir werden es gleich beide herausfinden.

Ich habe es immer vermutet.

Sie kicherte leise. Das Geräusch hallte in ihrem Helm und verklang.

Ach ja? ...

Die Triebwerke setzten ein, hoben das Schiff vom Deck, und sie kontrollierte in Windeseile zum vierten Mal das Magnetsiegel. Sie verließen das offene Hangartor und schossen hinaus in den Raum.

Die vielen Schichten Metall und Glas, die den Dreadnought einhüllten, schirmten einen tatsächlich gegen das ab, was sich direkt außerhalb des Rumpfes abspielte. Die Feuer brannten heller. Die Explosionen waren näher und *so* viel größer. Chaos.

Nein, Alex. Das ist kein Chaos. Ich habe Menschen in Chaos handeln sehen, hysterisch, ohne Richtung oder Absicht. Das hier sind Menschen, die mit Ziel handeln und ihre Werkzeuge einsetzen, um dieses Ziel zu erreichen. Das hier sind Maschinen, die ihren Zweck erfüllen. Es ist Gewalt in selten gesehener Größenordnung, aber es ist kein Chaos.

Rüge akzeptiert, Valkyrie. Und jetzt pass auf, ich drehe mich auf den Rücken.

Oh? ... oooooh.

Alex gluckste vor Freude—ebenso über Valkyries Reaktion wie über das Bild, das sie verschlang. Sie glitt mitten durch das Gefecht, solides Metall unter ihrem Rücken, aber 210° Raum um sie herum ausgebreitet.

Ja, da war Gewalt. Da war Tod. Aber da war auch so viel Schönheit, so viel Heldentum und Anmut und Wunder.

Sie japste, als ein Schwärmer keine hundert Meter neben ihr explodierte—doch sie waren vorbei, bevor die Trümmer sie erreichten, und bevor sie eine anständige Panik aufbauen konnte.

Niemand konnte sie sehen oder das Schiff, das sie trug. Sie durfte dieses erstaunliche Schauspiel offen beobachten, ohne sich um schiefe Blicke oder tadelnde Stirnrunzler zu scheren.

Sie wünschte, Caleb wäre hier und würde es an ihrer Seite sehen. Er würde grinsen und etwas Lahmes sagen wie: »Sieht man nicht alle Tage«, was sie nur dazu bringen würde, ihm erst den Raumanzug und dann die Kleider vom Leib zu reißen, hier, auf diesem Rumpf, und ...

Alex?

Sie blinzelte. *Sorry.*

Nicht nötig. Es war höchst belebend.

Ha. Erinnere mich daran, dich abzuschalten, wenn es mal ernst wird.

Ich notiere es, aber ich kann nicht garantieren, dass die Notiz diesen Konflikt überdauert.

Sie lachte laut auf, als die Absurdität ihrer Lage sie traf. Hier war sie, witzelte über Sex mit einer KI in ihrem Kopf, während sie in eine Schlacht sprang, die über das Überleben der Menschheit entschied. Nun denn—

»*Ma'am, näher wagen wir uns nicht. Die Breitseite des Superdreadnoughts liegt voraus, 720 Meter.*«

»Danke, Captain. Danke für den Lift. Ich löse jetzt aus.« Zuerst hakte sie sich vom Greifer los, dann drückte sie die entsprechenden Punkte am Magnetsiegel, um es zu lösen. Und schon trieb sie frei—

—was ein ausgesprochen heikler Zustand war, also zündete sie die Anzugdüsen in Richtung des Superdreadnoughts. Ein schnell bewegtes Ziel; sie musste zügig dorthin. Als sie jedoch auf der richtigen Flugbahn war, brauchte sie nur nach unten zu schauen.

Sie war schon auf Außenbordeinsätzen gewesen ... aber sie konnte nicht leugnen, dass es diesmal anders war, über das tragische und großartige Gefecht um sie herum hinaus. War es Valkyries Aufregung, die in ihren Verstand sickerte?

Ich denke ja, Alex. Trotz all der Zyklen, die ich mit dem Thema verbracht habe, fehlte mir die Fähigkeit mir vorzustellen, dass es so aussehen, sich so ... anfühlen könnte.

Ich bin so froh, dass ich es dir zeigen kann, Valkyrie.

Sie hätte es nicht tun sollen—auch wenn sie absolut Zeit hatte— doch sie zog die Arme dicht an den Körper und zündete die Düsen, um sich eng um 360° zu drehen und die Fülle der Szene in sich aufzunehmen.

Ich hab's dir gesagt, milaya. Ich hab dir gesagt, eines Tages würde der Kosmos dir gehören, ihn zu zähmen.

Sie zuckte zusammen, erschrocken. Oft stellte sie sich vor, wie ihr Vater in ihrem Kopf zu ihr sprach, aber *das* war …

Dad?

Plötzlich raste der Rumpf des Superdreadnoughts auf sie zu, und sie musste sich konzentrieren. Fünf endlose Reihen von Vertiefungen zogen sich über den gigantischen Rumpf. Alle leer. *Welche, Valkyrie?*

Irgendeine.

Irgendeine?

Jetzt wäre mir die nächste am liebsten.

Gut. Der Rumpf füllte ihr Sichtfeld; sie drosselte, um nicht aufzuprallen. Der Aufschlag war dennoch ruppig, als Hüfte und Schulter gegen hartes, unerbittliches Metall knallten. Ihr Gesicht verzog sich vor Schmerz, aber sie glaubte nicht, dass es sie ernsthaft beeinträchtigte. *Und jetzt?*

Nimm deine Klinge und weite eine der Öffnungen, in die der Schwärmer einrastet, bis wir uns hindurchwinden können.

Tatsächlich war nahe ihrem Ellenbogen eine Öffnung, die sich wie die Öse eines Hakenverschlusses in den Rumpf wand. Sie zog die Klinge vom Gürtel und machte sich an die Arbeit.

48

KRYSK

KOLONIE DER SENECAN FÖDERATION

Caleb setzte die *Siyane* an der nächsten Kreuzung zum Peilsignal
auf, die genug freien Raum zum Landen bot. Dennoch türmten sich
ringsum aufgeworfenes Gestein und verzogenes Metall; dieser Teil
der Innenstadt war nahezu ausgelöscht. Er nahm eine leere Tasche
mit hinunter in den Maschinenschacht, griff sich den Metamat-
Brenner, ein paar andere nützliche Werkzeuge und zwei Paar
Handschuhe, dann hastete er wieder nach oben. Noah hatte das
Medkit aufgestöbert und klemmte es sich unter den Arm. Harper
schien sich bereits daraus bedient zu haben und trug jetzt eine
provisorische Schlinge am linken Arm. Er warf noch Wasser in
die Tasche, öffnete die Luke und folgte den anderen hinaus.

Am Fuß der Rampe blieb Harper stehen und drehte sich zu ihm um.
»Wenn du willst—und mir vertraust—bleibe ich hier und sichere das
Schiff. Irgendwas sagt mir, dass du nicht möchtest, dass jemand mit
diesem Schiff durchbrennt.«

»Wer es versucht, hat Pech. Aber ich bezweifle, dass sie es
versuchen.« Er gab am Außenpanel einen Befehl ein und gesellte

sich zu ihr. Die Rampe fuhr ein, und das Schiff verschwand.

Sie starrte auf die Stelle, an der das Schiff vor einer Sekunde gestanden hatte, dann nickte sie sich zu. »Okay. Klar. Wohin?«

Er wies auf ein halb eingestürztes Mittelhochhaus auf der gegenüberliegenden Straßenecke zwei Blocks östlich. Die hintere Hälfte stand noch, aber der vordere Teil der oberen drei Stockwerke war eingestürzt. Die höheren Etagen kragten bedrohlich über der Lücke und drohten, jeden Moment nachzugeben.

Noah schauderte, während sie die Straße hinunterliefen und immer wieder langsamer wurden, um über Trümmerhaufen zu klettern. »Erinnert mich an Messium.«

»So schlimm?«

»Schlimmer. So verdammt viel schlimmer.«

Als sie zwei Leichen umgingen, die von geborstenen Trägern zerfetzt worden waren, gewann er eine kleine Vorstellung davon, was Noah und Kennedy hatten durchstehen müssen.

Es gab aber auch Überlebende, und die Angrifflullte hatte lange genug gedauert, dass sie hervorkamen—aus Gassen, Gebäuden und Fahrzeugen, die nicht zerquetscht worden waren. Er vertraute darauf, dass sie sich um Verletzte kümmern würden, und wich nicht von seinem Kurs ab.

Isabela? Du sagtest, ihr seid im Keller?

Verdammt, du bist schon hier? Ähm, ja, wir haben uns dort mit anderen versteckt. Die meisten sind bei mir. Eine Person hat es nicht geschafft. Der Zugang war nahe der Lobby.

Verstanden.

Die Frontfassade war völlig zerstört und undurchdringlich, also folgten sie dem Schutt, bis sie auf einen Bereich stießen, wo das Gebäude nicht eingestürzt war, und fanden einen Weg hinein. Ein halbes Dutzend Menschen befand sich in dem, was er für die Lobby hielt, versorgte Wunden oder glotzte einfach die Ruinen an. Mehrere fuhren erschrocken hoch, als sie eintrafen, und Caleb hob die Hände, um zu zeigen, dass er nichts Böses wollte.

»Weiß jemand, wo der Kellereingang ist?«

Ein älterer Mann deutete nach links, tiefer ins Gebäude. »Aber komplett verschüttet.«

Dort, wohin der Mann gezeigt hatte, stützten zwei herabgestürzte Träger schräg von der Decke hinunter einen Haufen Stein. Darüber lag eine große Platte Innenwand. Er machte sich an der Platte zu schaffen, stemmte die Füße in den Schutt und schob sie seitlich. Sie bewegte sich nur Zentimeter—doch dann materialisierte Noah an seiner Seite. Gemeinsam, mit synchronem Keuchen, wuchteten sie das Teil an und ließen es über den Boden schrammen.

»Ja, das erinnert mich definitiv an Messium.«

Das Entfernen der Platte gab eine Nische frei, die von gezackten Stücken der Decke und der Böden der oberen Etagen gefüllt war. Caleb wandte sich an die in der Lobby Verbliebenen; alle waren irgendwie verletzt, die meisten aber gehfähig. »Alle, die können, rüber zu uns. Wir müssen die Blockade räumen. Unten im Keller sind Leute am Leben.«

Der Mann, der ihm den Zugang gezeigt hatte, machte demonstrativ einen auf Humpeln und trollte sich, aber eine große, schlanke Frau und ein Teenager kamen herüber.

»Sicher, dass da unten Leute sind?«

»Bin ich.«

Der Junge rieb sich über den spärlichen Bartflaum am Kinn, kniete sich dann hin und wuchtete ein Schuttstück beiseite. So begann die mühsame Arbeit, den Weg Stück für Stück freizuräumen, bis er seine Schwester erreichen konnte.

Caleb starrte die Schlange fasziniert an. Sie starrte zurück aus ihrer misslichen Lage in der schlammigen Rinne, die am hinteren Rand ihres

Gartens entlanglief, glitzernde Giftzähne ragten aus dem schmalen Maul unter goldgrünen Augen.

»Isabela, komm raus—du musst dir das ansehen!«

Er hatte den Blick nicht abgewandt, als er rief—ein Glück, denn das Tier schnellte beim Geräusch seines Schreis vor. Er sprang zurück—alle sagten, er habe schnelle Reflexe—und legte sicherheitshalber noch einen Meter drauf. »Isa—!«

Die Hand seines Vaters landete auf seiner Schulter. »Deine Schwester muss nicht hier sein, Caleb. Hol mir schnell die Plane aus der Garage.«

»Und wenn sie weg ist, bis ich wieder da bin?«

»Ich pass auf sie auf. Beeil dich, und schleich dich nicht durchs Haus, um deine Schwester mitzunehmen.«

»Ja, Sir.« Er brummelte, während er den Hang hoch zum Haus joggte, tat aber, was man ihm gesagt hatte.

Als er zurückkam, die Plane über den Rasen schleifend, waren sein Dad und die Schlange ein paar Meter nach links gewandert, fast bis zum Zaun. Er ließ die Plane neben seinem Dad fallen und hockte sich, um das Reptil besser zu sehen. »Ist sie giftig?«

»Sehr. Stell dich hinter mich.«

Kaum war er weggetreten, schleuderte sein Dad die Plane über die Schlange und raffte flink die Ränder zusammen, bis ein Sack daraus wurde. Die Plane zuckte in der Luft, während sein Dad oben einen Knoten machte und zuzog. Er bedeutete Caleb, mitzugehen, trug Plane samt Insassin zur Mülltonne im Freien. »Schade, dass Isabela sie nicht gesehen hat, bevor du sie gefangen hast.«

»Das ist ein gefährliches Tier, Caleb. Was, wenn es ihr wehgetan hätte?« Er warf das Bündel in die Tonne, schloss den Deckel und wandte sich ihm mit seinem »ernsten« Gesicht zu. »Du musst deine Schwester beschützen. Du solltest deine Schwester beschützen wollen.«

»Weil sie klein ist?«

Sein Dad schmunzelte. »Jetzt gerade, ja. Das ist ein Grund. Aber du *solltest immer diejenigen beschützen wollen, die du liebst, auch wenn sie nicht mehr klein sind.«*

»Vor Schlangen ... und vielleicht größeren Tieren?«

»Vor allem, was ihnen schaden könnte, nicht nur vor gefährlichen Kreaturen.«

Caleb fuhr sich durch die Haare—seine Mom sagte ständig, er brauche einen Haarschnitt—und versuchte zu verstehen, worauf sein Dad hinauswollte. »Weil ich sie lieb habe?« Was er wohl tat. Die meiste Zeit.

»Genau, Junge.«

Sie gingen Richtung Haus, doch Caleb blieb stehen, als ihm etwas einfiel. »Sagst du Isabela dasselbe über mich, wenn sie größer ist?«

»Nun, hab noch nicht viel drüber nachgedacht. Wahrscheinlich schon.«

»Jemanden beschützen heißt doch, Dinge vor ihm zu verbergen, oder?«

»Manchmal, wenn es etwas ist, das der Person schadet? Ja, dann tut man das.«

»Aber wenn ich vor ihr Dinge verberge und sie vor mir ... sind wir dann noch gute Freunde?«

Sein Dad sah ihn seltsam an. Seltsame Blicke hießen meistens, dass sein Dad genervt war. »Es ist nicht ... du solltest so nicht denken, Junge. Natürlich seid ihr Freunde. Es ist—«

Die Stimme seiner Mom schallte durch die offene Tür und rief zum Abendessen. Er rannte los, ließ Dad und seine seltsamen Gesichter zurück.

Nach zwanzig Minuten hatten sie einen freien Raum geschaffen, einen halben Meter breit und zwei Meter tief, der schräg zum Keller hinunterführte. Leider blockierte den Rest ein großer Stein, der sich zwischen die Wände der Nische verkeilt hatte.

Caleb? Beeil dich, wenn du kannst. Stücke der Decke beginnen herunterzufallen. Kleine Stücke. Uns geht's gut.

Er starrte das Hindernis an, Kiefermuskeln hart.

»Gib mir den Brenner. Ich zersäge ihn.«

Er schaute überrascht zu Harper; zuletzt hatte sie versucht, den Schwerverletzten in der Lobby zu helfen. »Und dein Arm?«

Sie warf die provisorische Schlinge weg und massierte vorsichtig die Schulter. »Einer funktioniert noch, reicht. Ich bin klein und passe da rein. Haltet meine Füße oder so?«

Die Frau, die ihnen half, war ebenfalls schlank … hatte aber seinem musternden Blick eher ausgewichen, als vorzutreten. »Kriegen wir hin.«

Harper ließ sich auf die Knie, dann auf den Bauch fallen und streckte den gesunden Arm zurück. Er reichte ihr den Metamat-Brenner, und sie rutschte die ruppige Schräge hinunter bis zur Blockade.

Alle vom blockierten Liftbereich weg. Wir brechen gleich durch.

Drei, vier, fünf Sekunden.

Erledigt.

»Du kannst anfangen.«

Er und Noah packten je einen Knöchel, während Harper den Stein in Segmente schnitt und jedes in den Keller stieß, wo es zu Schutt zerbröselte. Nach wenigen Minuten hatte sie eine Öffnung groß genug für eine Person. »Mehr Platz kriegen wir nicht. Zieht mich hoch.« Sie gehorchten, und sie rappelte sich auf, blutige Schrammen an beiden Armen, Staub über der Haut.

Bevor jemand reagieren konnte, ließ sich Caleb füßevoran in die Öffnung gleiten und zwängte sich in den Keller.

Staub hing schwer in der Luft, verstopfte ihm beim ersten Atemzug die Nase. Nennenswertes Licht kam nur von dem Loch über ihm, also knipste er das Licht an seinem Gürtel an.

Sechs Männer und Frauen drängten sich in den Schatten des klaustrophobischen Raums. Da er seine Schwester nicht sah, suchte er fiebrig. Isabela trat aus den Schatten und blickte ihn mit einem erleichterten, müden Lächeln an. »Du weißt wirklich, wie man

Auftritte hinlegt, oder?«

Er zog sie in eine Umarmung, sachte, falls sie ihn hatte schützen wollen und in Wahrheit verletzt war. »War das Mindeste.«

»Danke«, flüsterte sie ihm ins Ohr.

Er löste sich und sah ihr in die Augen. »Das Mindeste.«

»Onkel Caleb?«

Er ließ seine Schwester los und hockte sich vor Marlee. Dreck klebte in ihren Locken und im Gesicht; den rechten Arm hielt sie steif vor der Brust, und in der anderen Hand presste sie die zerfledderten Reste von Mr. Freckles. »Hey, Muffin. Ich konnte's nicht länger ohne dich aushalten, also musste ich kommen und dich ausgraben.«

»Schießen die bösen Schiffe draußen noch?«

»Nö. Die bösen Schiffe sind alle weg. Also, raus hier, ja?« Er richtete sich auf—schon kletterte die erste Person durch das Loch nach oben. Noah und der Teenager—seinen Namen hatte er nie mitbekommen—zogen sie hoch und aus dem Weg. Er hob Marlee behutsam in Noahs Arme. Sie war so tapfer, schluckte beim Hochklettern nur ein einziges Wimmern, obwohl sie sicher erhebliche Schmerzen hatte. Isabela schob er als Nächste beinahe durch die Öffnung, dann blieb er zurück, um den übrigen Kellerflüchtigen zu helfen—mit einer gewissen Dringlichkeit, da immer mehr Decke herabrieselte. Endlich zog er sich in einer Staubwolke hinauf und hinaus.

Ein weiteres Medkit war aufgetrieben worden und wurde an Schnitten und Schürfwunden eingesetzt. Ein schneller Diagnosescan von Marlees Arm meldete einen offenen Bruch. Sie schienten ihn und gaben eine dosierte Portion Schmerzmittel, aber so junges, zartes Knochengewebe brauchte ärztliche Hände, damit es richtig heilte.

Caleb ging nach draußen, um zu sehen, ob Notkräfte in der Gegend eingetroffen waren. Keine. Er wollte gerade wieder hinein, als Isabela neben ihm auftauchte. Sie zeigte auf das Wrack einer der Fregatten in der Ferne. Die halbe Kiste war auf einem der Türme am Stadtrand gelandet, die andere Hälfte draußen auf der Ebene.

»Du hast das nicht … oder doch?«

Er zuckte mit gebührender dramatischer Geste. »Ich sagte, ich bin gekommen, um euch zu retten. Sie standen mir im Weg.«

Sie sah zu ihm hoch, ein amüsiertes Grinsen im Gesicht, auch wenn die Erschöpfung schwer auf ihren Zügen lag. »Du bist schon irgendwie wunderbar.«

Er biss sich auf die Lippe, um ein Grinsen gespielt zu unterdrücken—die Show musste sein. »Vielleicht ein bisschen.« Dann wurde er ernster. »Niemand weiß, wann Hilfe hier aufschlägt, und das Krankenhaus ist vermutlich ramponiert, aber ich glaube, das hier war ihr erstes Ziel. Ich fliege dich und Marlee in die nächste Stadt. Dort gibt's ein funktionierendes Krankenhaus und Unterkünfte. Ihr seid dort sicher.«

»Hast mich überzeugt. Aber womit fliegst du uns?«

»Hol Marlee und die anderen.«

Ihre Augen verengten sich misstrauisch, als sie rückwärtsging. »Na gut.«

Ein paar kostbare Sekunden allein atmete er tief durch. Er stand auf einer ruinierten Straße in einer ruinierten Stadt. Zerstörung bis zum Horizont, verursacht von einem einzigen Mann, dessen Rachedurst in Wahnsinn umgeschlagen war. Doch damit war es vorbei. Er begrüßte die Endorphine, die jetzt durch seine Adern schossen—gerechter Lohn für eine gelungene Mission.

Ein einziger Zweck hatte ihn seit dem Verlassen der Erde unerbittlich vorangetrieben; nun, da er frei war, wandten sich seine Gedanken sofort Alex zu. In Wahrheit hatten sie sie nie verlassen, aber sie hatten notgedrungen unter Themen geschmort, an denen er handeln und die er zu Ende bringen konnte.

Er wagte nicht, sie zu kontaktieren—fürchtete, die kleinste Ablenkung im falschen Moment könnte sie und ihre Mission gefährden. Über einen gesicherten Militärkanal wusste er, die Schlacht hatte begonnen, sie hatten nicht verloren, und sie war nicht tot. Es musste fürs Erste reichen. Bis er zu ihr konnte.

Als Isabela mit Marlee, Noah und Harper zurückkehrte, stand er mitten in dem, was wie eine leere Kreuzung aussah. Er ging auf das Schiff zu—verschwand kurz, worauf zwei erstaunte Keucher folgten—und dann erschien er und das Schiff wieder.

Marlees Augen wurden zu riesigen, blutunterlaufenen Kugeln; sie stieß einen Freudenschrei aus und rannte zu ihm. »Ist das dein Schiff, Onkel Caleb?«

Er hockte sich erneut zu ihr. »Nö. Das ist das Schiff meiner Freundin.«

Das löste ihren verzauberten Blick vom Schiff zu ihm. »Du hast eine Freundin?«

»Hab ich.«

Sie musterte ihn skeptisch. »Ist sie hübsch?«

»Und wie—fast so hübsch wie du.«

Marlee kicherte, hielt sich mit der unverletzten Hand beschämt den Mund und lehnte sich an seine Schulter. Er wuschelte ihr staubverkrustetes Haar. »Willst du mit ihm fliegen?«

Ihr Kopf nickte heftig. Schmerzmittel nahmen ihr die Kanten, Sonnenlicht nahm die Angst; ihre übliche Spritzigkeit kehrte in kleinen Ausbrüchen zurück. »Jaaa.«

Er ging zur Hülle und öffnete die Luke. Als die Rampe ausfuhr, starrte Marlee sie unsicher hinauf. Isabela kam, hob sie auf, trug sie die Rampe hinauf. »Komm, Liebling. Wir erkunden das Schiff—und wir fassen nichts an.«

Er lachte und wandte sich an die anderen. »Danke euch beiden. Ohne euch hätte ich sie nicht retten können.«

Noah schüttelte den Kopf. »Weiß nicht, Mann. Du hättest einen Weg gefunden.«

»Trotzdem. Hört zu, ich fliege die beiden ins Krankenhaus in der Nachbarstadt, dann muss ich nach Seneca. An die Front.«

»Zu Alex, meinst du.«

»Ja. Noah, ich kann dich unterwegs nirgends absetzen, aber du kannst gern mitfliegen.«

»Kann ich, aber … hat die Nachbarstadt einen Raumhafen?«

»Davon geh ich aus.«

»Zerreißt es dir das Herz, wenn ich stattdessen zur Erde zurück-fliege? Kennedy bringt mich um, wenn ich nicht am Stück zurück-komme, und … das wäre vielleicht interessant …« Er schüttelte den Kopf, riss sich los. »Jedenfalls: je eher ich zurück bin, desto besser.«

Caleb runzelte die Stirn. »Verstehe. Aber ich bin nicht sicher, dass du einen Flug bekommst. Isabela meinte, wegen der Evakuierungen gäbe es keine Abflüge.«

»Eh, ich bin überzeugend. Ich finde jemanden zum Schmieren.«

»Guter Punkt. Captain, und Sie?«

Harper blickte mit einem gequälten Seufzer auf die Trümmer der Innenstadt hinaus. »Ich will an die Front. Dass ich wegen dieses Irren die Schlacht des Jahrtausends verpasse, fuchst mich. Aber ehrlich, jetzt kann ich dort nichts Sinnvolles beitragen. Also … bleibe ich hier. Ich helfe bei den Rettungen und finde hoffentlich ein paar Rettungskapseln—Niemand bleibt zurück und so. Dann verpflichte ich ihre Insassen zur Hilfe. Wenn wir Seneca gewinnen, taucht irgendwann jemand auf und räumt den Dreck weg.«

»Sicher? Echte Hilfe könnte eine Weile dauern.«

»Bin ich. Ich habe diese Zerstörung mitverursacht, weil ich nicht schnell genug reagiert habe. Ich muss helfen, es zu reparieren.«

»Dann also so.« Er reichte ihr noch einmal die Hand. »Sehr erfreut, Captain Harper. Danke für alles.«

Sie drückte fest zu. »Gleichfalls, Geheimdienstagent der Senecanischen Föderation Marano. Viel Glück.«

49

SENECA-STERNENSYSTEM, NORD-ZENTRAL QUADRANT

Fünfzehn Minuten und zwei zwanzig Zentimeter dicke Wände später kroch Alex durch das Loch, das sie geschnitten hatte, und trat auf das Deck des Metigen-Superdreadnoughts.

Sie nahm sich die Zeit, ihre Umgebung aus jedem Winkel visuell zu erfassen – ebenso sehr für die anderen Prevos und die Aufnahme, die ihre Helmkamera erfasste und an die *Churchill* und die EASK übertrug, wie aus schierer Ehrfurcht.

Devon: »Das ist ja mal überhaupt nicht unheimlich.«

Sie quittierte den Kommentar, filterte dann das Geplapper der anderen in den Hintergrund. Wenn sie sie brauchten, würde es hochblubbern, aber sie musste sich konzentrieren.

Der höhlenartige, offene Raum erstreckte sich in beide Richtungen, bis er in Dunkelheit verschwand. Die gegenüberliegende Wand war nahezu vierhundert Meter entfernt, die Decke ebenso weit über ihr. Ihr Eindruck war gewesen, dass die Liegeplätze für die Schwärmer an den Seiten des Rumpfes lagen, aber offenbar war sie

395

nahe dem Boden eingedrungen.

Das ist das einzige Deck des Schiffs.

Zu derselben Schlussfolgerung komme ich auch. Waffen und Antrieb werden unter uns liegen, aber ich erwarte, dass alles andere – einschließlich des Systemkerns – auf dieser Ebene ist.

Bist du sicher, dass es einen Systemkern gibt? Sie deutete um sich, um den Punkt zu unterstreichen.

In parallelen Reihen entlang der Decke, des Bodens und der Wand hinter ihnen liefen Hunderte Strahlen elfenbeinweißen, strömenden Lichts. Sie flossen durch Rillen, die in das Metall geätzt waren, ohne in irgendeinem Material eingeschlossen zu sein. Und es waren nicht einfach Leitungen für Signale oder Energiebahnen, denn sie verzweigten sich, fanden wieder zusammen und verbanden sich in ausgeklügelten Mustern miteinander.

Das ist der Code, der das Schiff ausführt. Das Schiff IST die synthetische Intelligenz. Faszinierend.

Eine Kältewelle kroch über ihre Haut und sickerte bis in die Knochen. Trotz der Helligkeit der vielen vorbeirasenden Licht-ströme war das Deck so gewaltig, dass alles rasch zu Schatten wurde, wenn sie sich mehr als ein paar Meter zur Mitte hin bewegte.

Man konnte hier in recht kurzer Zeit den Verstand verlieren. Es war nicht nur die Leere oder die Stille – nichts an dem Schiff war menschlich. Und doch war dieser leere, kalte, stille Ort zumindest in gewissem Maße lebendig. Verdammt, vielleicht hörte sie deshalb ihren Vater in ihrem Kopf – sie wurde bereits wahnsinnig.

Es ist fremdartig. Wir sollten weder menschliche noch überhaupt organische Eigenschaften erwarten.

Ich weiß, Valkyrie. Aber Mesme, so fremdartig es war ... mit ihm konnten wir uns verbinden. Uns unterhalten, Ideen austauschen und streiten. So frustrierend es war, wir konnten sein Wesen begreifen – und es unseres.

Mesmes Zweck war, Menschen zu studieren, und wenn ich es richtig verstehe, tat es das seit geraumer Zeit. Es gibt keinen Grund zu glauben, dass andere seiner Spezies ebenso verständlich wären, solltest du ihnen begegnen.

Schon wahr. Unheimlich ist es trotzdem. Spürst du es? Nicht unähnlich Mesme überschreitest du jetzt die Grenze zwischen menschlicher und synthetischer Welt.

Valkyrie machte eine Pause, bevor sie antwortete – weniger als eine Sekunde, doch Alex war auf die beschleunigten Denkmuster der Artificial eingestimmt. *Hätte ich diesen Ort aufgesucht, bevor ich mit dir verknüpft wurde, hätte ich eine gewisse Verbundenheit mit der Umgebung empfunden. Jetzt jedoch sehe ich ihn durch deine Augen.*

Im wahrsten Sinne.

Ja, Alex. Im wahrsten Sinne.

Der trockene Tonfall war unverkennbar, und sie lachte. Der sehr menschliche Akt an diesem sehr unmenschlichen Ort linderte die Anspannung ein wenig.

Fokus, Valkyrie. Wir sind nicht hier, damit du das Schiff sezierst und studierst. Das können wir tun, nachdem wir gewonnen haben.

Natürlich. Ich glaube weiterhin, dass es eine zentrale Systemzentrale geben wird, die Anweisungen koordiniert.

Sie blickte nach rechts. Sie waren etwa ein Drittel von der »Front«, soweit man davon sprechen konnte, in das Schiff eingedrungen. *Hier entlang?*

Nein. Ich glaube, sie wird im Zentrum sein.

Warum?

Das Schiff braucht kein Cockpit und kein Sichtfenster nach außen, denn es »sieht« über jede Komponente seines Körpers. Da die Zentrale alle Aspekte dieses Körpers steuern und lenken wird, ist es rational anzunehmen, dass sie im exakten Zentrum liegt – maximale Effizienz.

Das ist logisch und beunruhigend zugleich. Sie wandte sich nach links und begann, das Deck zu queren. Der Marsch war mühsam; die Gravstiefel zogen sie unablässig nach unten, um sie am Boden zu halten.

Eine tiefe, stark akzentuierte Stimme huschte durch ihren Geist.

Ein Schiff ohne Sichtfenster? Verschwendung eines erstklassigen Triebwerks.

Schon klar, rig— Sie erstarrte mitten im Schritt. *Valkyrie, hast du das gerade gesagt?*

Ich bin mir nicht sicher. Ich muss es gesagt haben.

Alex stemmte den anderen Fuß auf den Boden und die Hände in die Hüften. *Lass den Mist, Valkyrie. Was hast du getan?*

Die Pause dauerte 310 Quintillionen Zyklen, also ungefähr ein Drittel einer Sekunde. *Vielleicht ist eine Erklärung angebracht.*

Meinst du?

Morgan ist die einzige Prevo mit militärischer Ausbildung. Da unsere Aufgabe ein Militäreinsatz ist, hielten wir es für vorteilhaft, wenn wir die militärischen ›Instinkte‹ – sagen wir – bei dir sowie bei Devon und Mia verstärken könnten.

»Wir«?

ANNIE, Stanley, Meno und ich.

Ihr redet hinter unserem Rücken miteinander?

Alex, wir kommunizieren jede Minute mehrere Exabytes an Daten »hinter eurem Rücken«. Mit allem Respekt: Die Menge der Informationen, die wir austauschen, übersteigt euer Vorstellungsvermögen.

Ihre Schultern sanken ein Stück. *Schon gut. Bitte sag mir, was ihr getan habt und warum das dazu geführt hat, dass die Stimme meines Vaters in meinem verdammten Kopf herumspukt!*

Vor achtundzwanzig Jahren, als Abigail dem Council on Biosynthetics Ethics and Policy vorstand, initiierte sie ein Vorhaben: neuronale Abdrücke von Offizieren im Dienstgrad »Commander« und höher zu erheben. Die Idee war, ein Wissensarchiv zu schaffen, das über Daten und historische Aufzeichnungen hinausging. Sie und andere rechneten damit, dass der Tag kommen würde, an dem diese kollektive Weisheit Strategen und Artificials gleichermaßen zur Verfügung steht.

»Alex, warum hast du angehalten? Was ist dein Plan?«

Sie fuhr erschrocken zusammen, als die hörbare Stimme ihrer Mutter in ihrem Helm erschallte. »Wir glauben, die Technik- beziehungsweise Systemzentrale ist da lang, im Zentrum des Schiffs.«

»Nicht vorn?«

»Nicht vorn. Ist so ein KI-Ding. Ich gehe jetzt in die Richtung.« *Ich laufe weiter. Du redest weiter.*

Das Vorhaben wurde kurz nach Abigails Weggang aus der Allianz auf Eis gelegt, ohne Folgen. Aber das Archiv blieb, und ANNIE hat Zugriff darauf. Wir haben es abgefragt in der Hoffnung, Gehirnwellenmuster zu finden, die zu einem von euch oder allen passen. Diese könnten wir in unsere Prozesse integrieren, um die militärische Expertise der Prevos zu erhöhen. Unser Erfolg war jedoch marginal. ANNIE und Meno bekamen eine Amalgamierung aus drei bis fünf Abdrücken. Du warst die Einzige, für die wir eine nahezu perfekte Übereinstimmung fanden.

Sie stellte fest, dass sie erneut stehen geblieben war. Sie löste mit Gewalt einen Stiefel vom Boden und ging weiter. Die Uhr tickte, und sie hatte eine Mission zu erfüllen.

Mein Vater. Ich erinnere mich … er hat ein Jahr oder zwei vor seinem Tod einen Abdruck machen lassen.

Ja.

Warum hast du es mir nicht gesagt? Du bist in meinem Kopf – du weißt, dass ich es wissen wollen würde.

Ich konnte nicht sicher sein, was passieren würde. Meine Analyse legte nahe, dass das wahrscheinlichste Szenario war, dass gar nichts passiert – abgesehen von einer erhöhten Souveränität auf dem Gefechtsfeld.

Erleben die anderen solche … Anomalien?

Nein. Aber sie erhielten Mischungen mehrerer Abdrücke, sodass jede Besonderheit verlorenging. Du bist einzigartig.

Ihre Hand fuhr an den Mund, doch das Visier hielt sie auf. *Valkyrie, ist es denkbar, dass irgendein Element – ich weiß nicht – von Bewusstsein in dem Abdruck eingebettet war?*

›Ein Geist ist mehr als die Summe seiner einzelnen Komponenten, mehr als Neuronen, die feuern, und Chemikalien, die als Reaktion auf Reize fließen.‹

So hatte ich das damals nicht gemeint.

Nichtsdestoweniger könnte das Konzept anwendbar sein. Ich habe viel aus unserer Verknüpfung gelernt. Ich besitze deinen neuronalen Abdruck – und jetzt kann ich dich sehen. Der Abdruck bist nicht du. Nicht ganz. Aber ich beginne, die Lücken zu erkennen, die Eigenschaften, die er nicht vollständig erfasst. Mit diesen Einsichten versuche ich, innerhalb meiner Prozesse eine reichere Repräsentation des Geistes deines Vaters zu konstruieren. Das führt zu recht interessanten und unerwarteten Ergebnissen.

Wie mein Vater, der in meinem Kopf mit mir redet.

... Ja.

In der Ferne begann eine stärkere Lichtquelle, die Finsternis wegzuschneiden. Valkyrie hatte recht gehabt.

Sie wollte sich durch den Helm die Nasenwurzel kneifen, Ordnung aufzwingen auf die wirren Gedanken und das Schwindeln widersprüchlicher Emotionen. Die Implikationen dessen, was Valkyrie getan hatte, waren gewaltig, aber sie bereiteten ihr Kopfschmerzen und ließen ihr Herz stocken. Sie musste das wegpacken und für später verschnüren – für eine Zeit, in der sie nicht in den Eingeweiden eines kolossalen, lebenden Alien-Schiffs steckte, das sie töten wollte. Und alle anderen.

Wir setzen das bald fort. Du bist damit noch nicht aus dem Schneider.

Eine angemessene Reaktion.

»Alex, sei vorsichtig. Es könnte Verteidigungsmechanismen haben.«

Sie verdrehte die Augen. »Ja, Mom.«

Es wird keine Verteidigungsmechanismen haben.

Nein, wird es nicht. Wogegen sollte es sich denn verteidigen? Die Vorstellung, dass eine Ameise so weit kommt, ist so absurd, dass sie lächerlich ist.

Und doch sind wir hier.

Und doch sind wir hier.

Als sie sich näherten und der Kern deutlicher wurde, begannen sie, ihn zu studieren. Es gab kein Metall und keinen Rahmen. Es gab auch keinen Weg hindurch. Der Quantenkern zog sich von Boden bis Decke und von Wand zu Wand. Die Eingänge, die von allen Flächen auf ihn zuflossen, trafen den Kern an definierten Anschlussstellen, um im Ganzen zu verschwinden.

Er erinnerte sie stark an die Sphäre, die den Tarnschirm auf Portal Prime speiste – was ausgesprochen gute Nachrichten waren.

Wir könnten ein paar der Anschlussstellen zerstören und es gut sein lassen.

Das könnten wir – und dieses Schiff würde mit uns an Bord vom Himmel stürzen. Für unser Überleben minder relevant: Es hätte dabei wohl keine Gelegenheit mehr, korrumpierte Anweisungen an andere Schiffe weiterzugeben.

Beides valide Punkte. Plan B?

Ich empfehle, an einer Anschlussstelle eine Sonde einzusetzen, damit wir die Routinen untersuchen und die beste Angriffsbahn bestimmen können.

Echt jetzt? Beim letzten Mal habe ich einfach die Hand mitten hineingesteckt.

Die Tatsache, dass du jetzt hier stehst, deutet darauf hin, dass es kein todbringender Akt war – sehr zu meiner Verwunderung.

Sie überwand die letzten zwanzig Meter bis an den Außenrand

des Kerns. *Wenn wir zu Hause sind, sollten wir wohl deine Humor-Algorithmen ein bisschen justieren.*

Warum? Es ist dein Humor.

Verdammt. Kein Wunder, dass ich Leute in den Wahnsinn treibe. Weißt du was, ich stecke die Hand einfach wieder mitten hinein. Das Feld ist größer als das auf Portal Prime, aber es speist etwas deutlich Kleineres. Wird schon gutgehen.

Sie stellte sich vor die wirbelnde Wand aus ... was war es eigentlich? Licht, Energie, Signale, Quantenwellen-Partikel, die Daten trugen und analysierten, dann Entscheidungen trafen und Anweisungen ausgaben – alles zusammengefügt, um eine Intelligenz zu erzeugen. Kein echtes Leben, aber dennoch Intelligenz. Sie hob die rechte Hand.

In ihrem Com donnerte die Stimme ihrer Mutter mit Autorität: »Alex, was—«

—0-11011100
1-1101-11-1-10110-10-1
001001-1110110-101
10-1-100-1-1
11111010
0-10100-10110-10-110
10-1-100-10-11-10001-1
1-101-1-11-1
01-10111-10-1101111
1-1100-1-10
0-1-10-10-101011-10-11
10-101-10-1
00-11-1111
11111-111
11001101

111-10-110

-1-1111100

00111-1-1-1

1-11-1000110-1-110001

0 runter-1

hoch 1111

runter 1 hoch -1

1 runter-1 runter

-1 runter 000-1

0 hoch 1 runter 0 hoch

1 hoch 1 runter- 10

runter 0 hoch

0 rechts oben 1 stabil

1 links unten

1 links unten

-1 links oben -1 stabil

0 stabil -1 stabil

1 stabil 1 links unten

-1 rechts oben 0 rechts unten

1 links oben 1 links unten

0 stabil -1 links oben

0 stabil 0 rechts oben

Leistung für die Düsen erhöhen 12,2453

links 8,9125 Schildverschiebung A21

Schildverschiebung A43

Einheiten β12Θ A88Ξ Ω40Σ mit dieser Einheit synchronisieren, um zu eliminieren

Ziele im 10,0–20,0-Bogen

Leistung für die Düsen verringern 4,7751

Düsen nach rechts verschieben 3,02889

Ziel erfassen verfolgen feuern

Schildstärke erhöhen 31,6168 bei β 102–233—

»Admiral Rychen, könnten Sie der *Cantigny* bitte sagen, sie soll mich nicht in die Luft jagen?«

»Ich kümmere mich darum.«

»Wird geschätzt.«

Hatte sie überhaupt geatmet? Sie sog Luft ein. Das ging ans Eingemachte. *Okay, wir verstehen die Sprache. Jetzt machen wir's kaputt.*

Es ist ein einziges Programm – nur die Variablen und die Systeme, die sie beeinflussen, wechseln. Ich glaube, wir können auf Wurzelebene einen Fehler einführen, der sich in jedes System fortpflanzt.

Nur ein kleiner Fehler? Wir sollten zur Sicherheit ein paar mehr setzen.

Alex, »Sicherheit« *ist: einen einzigen Fehler zu setzen. Das verschafft uns Zeit zum Abhauen und wird vom Steuerprogramm weniger wahrscheinlich bemerkt, solange der Fehler noch korrigierbar ist.*

Wo?

Der Code floss in ihrem Geist an ihr vorbei wie ein Meer aus pulsierenden, sich windenden Lichtfäden. Tiefer und tiefer fiel sie, bis eine kunstvolle Form, die sechs Dimensionen umfasste – Moment, konnte sie jetzt sechs Dimensionen wahrnehmen? –, im Zentrum auftauchte. Alle Pfade führten zu dem Objekt.

Hier.

Sie griff in die paradoxerweise dichte Form, packte einen einzelnen Strang und ließ die Korruption aus ihrer Fingerspitze durch das adaptiv poröse Material ihres Handschuhs in den Code fließen.

Die simpelste Verzerrung der grundlegendsten Berechnung – aber 2 plus 2 ergab jetzt 4,2.

Hat es die Änderung akzeptiert?

Sieh zu.

Ein winziger schwarzer Faden raste mit dem restlichen Code den

Strang entlang. Dann teilte er sich, um zwei Stränge hinunterzu-
laufen, dann acht, dann vierundzwanzig.

Sie riss die Hand aus dem Kern und taumelte rückwärts, landete
auf ihrem Hintern auf dem harten, ausgesprochen unnachgiebigen
Boden.

»Alex, alles in Ordnung?«

Sie blinzelte wiederholt, versuchte die Artefakte des Codes zu
vertreiben, die über ihre Augen flackerten. *Valkyrie? Alles gut bei dir?*

Einen Moment … ja. Ich habe meine Prozesse neu ausgerichtet.

Sie kam auf die Füße. »Ich bin okay. Wir haben die Programmierung des Schiffs sabotiert und verschwinden hier.«

Das war … spaßig.

In der Tat.

* * *

Aus der Alien-Kammer direkt mitten in die Schlacht zu treten, war
wie …

Aus dem Mutterleib hervorkommen?

Kann mich nicht erinnern. Gehen wir mit: ein brutaler Sinnesangriff.

»Das Aufklärungsschiff hat deinen Peilsender erfasst und ist
unterwegs. Kurs S 46° 6′z W.«

»Verstanden.« Sie nahm all ihren Mut zusammen, trat ins All und
zündete die Düsen –

— ein beschädigter Schwärmer schoss außer Kontrolle von oben
aus dem Superdreadnought herab und strich in weniger als zehn
Metern Abstand am Rumpf entlang. Ihre Arme ruderten, ein
fruchtloser, aber instinktiver Versuch, aus dem Weg zu kommen.

Dann war er vorbei.

Der Schwärmer war so dicht vorbeigefegt, dass ihr Raumanzug
vom Glühen des heißen Metalls warm wurde. Mit Hilfe ihres eVi

und von Valkyrie rang sie ihren Puls nieder.

Versuchen wir, nicht von weiteren großen, unkontrolliert taumelnden, brennenden Objekten gerammt zu werden.

Eine weise Vorgehensweise. Valkyrie klang selbst ein wenig erschüttert.

Sie beschleunigte auf den angegebenen Kurs, nahm Abstand von allen Hundekämpfen, und atmete erleichtert aus, als sie das herannahende Aufklärungsschiff sah, kurzzeitig enttarnt, damit sie es finden konnte. Sie peilte es an.

Nachdem sie angekoppelt hatte und dem Piloten Entwarnung gegeben war, rollte sie sich wieder auf den Rücken, um in die Schlacht hinauszublicken – allerdings mit größerem Respekt vor ihrer grausamen Wildheit und ihrer eigenen fragilen Verletzlichkeit. *Verdammt beeindruckender Anblick, oder, Valkyrie?*

Ich habe nie verstanden, warum Menschen gegeneinander in den Krieg zogen, Leben nahmen für Ziele von geringerem Wert – ich akzeptierte es logisch, verstand es jedoch nicht. Das hier allerdings? Das verstehe ich. Diese Bereitschaft, das eigene Leben zu opfern, damit das Leben anderer fortbestehen kann; diese Entschlossenheit, mit jeder Faser des eigenen Seins und allen Fähigkeiten von Geist, Körper und Werkzeugen für die Verteidigung der Menschheit zu kämpfen – das ist ... schön.

Valkyrie sah nicht die Schönheit des Sonnenlichts, das von glänzenden Raumschiffsrümpfen reflektiert wurde, oder der schimmernden Laserstrahlen, die in leuchtenden Farben den Raum kreuzten, oder des strahlend feurigen Glühens explodierender Schiffe. Sie sah nicht einmal die Schönheit von Mensch und Maschine auf ihrem Höhepunkt, die auf der Bühne eines Sternenmeeres und der mächtigen Silhouette eines Planeten agierten, der vor einem Jahrhundert von Menschen unberührt gewesen war und nun einer Milliarde Menschen Heimat war.

Nein, sie sah die Schönheit jeder einzelnen Tat jeder einzelnen menschlichen Seele – Mut, Heldentum, Entschlossenheit, Intellekt, Opferbereitschaft – zigtausendfach wiederholt, um einen trotzigen Widerstand gegen diese ernste Bedrohung ihrer Existenz zu schmieden.

›Nur indem wir uns von Stunde zu Stunde aufs Spiel setzen, leben wir überhaupt. Und oft genug ist unser Glaube im Voraus an ein nicht verbürgtes Ergebnis das Einzige, was dieses Ergebnis Wirklichkeit werden lässt.‹

Alex lächelte. *Lass mich raten – William James?*

In der Tat.

Eine Stimme, die sie nun so leicht erkannte, hallte in ihrem Kopf, stärker als zuvor. *Ich setze noch eins drauf: ›Wir stehen unserem Schicksal gegenüber, und wir müssen ihm mit hohem und entschlossenem Mut begegnen. Uns ist das Leben der Tat beschieden, der anstrengenden Pflichterfüllung; lasst uns im Geschirr leben, mächtig strebend; lasst uns eher das Risiko eingehen, uns wund zu arbeiten, als zu verrosten.‹ Theodore Roosevelt, der unter anderem ein Schüler von William James war – eine Zeit lang.*

Die Stille hing einen endlosen, gefrorenen Augenblick lang. Sie wagte kaum zu atmen.

Bist du das, Dad?

Nicht wirklich, milaya. Es ist ein Fragment, ein Flüstern, ein Schatten, der zurückblieb. Aber vielleicht reicht das, ja?

Ja. Das ist so viel mehr als genug.

50

ROMANE

UNABHÄNGIGE KOLONIE

Die *Orion* fiel aus dem Überlicht – und fand einen Planeten unter Belagerung und einen Himmel im Krieg.

Malcolm hatte gewusst, was ihn erwartete; entgegen aller Hoffnung hatten die Metigen nicht gewartet, bis alle ihre Brüder eingetroffen waren, bevor sie Romane angriffen. Stattdessen hatten sie bei ihrer Ankunft ausgenutzt, dass auch nicht alle zur Verteidigung der Kolonie entsandten Allianzschiffe bereits auf Position waren – und den Angriff gestartet.

Jetzt wurden die Verteidiger auf dem falschen Fuß erwischt, in die Defensive gedrängt und hetzten dem Geschehen hinterher. Dennoch, auf den ersten Blick schienen sie sich dabei gar nicht so schlecht zu schlagen. Mindestens zehn Superdreadnoughts schleppten sich schwer beschädigt dahin, und die Trümmer mehrerer weiterer übersäten das Gefechtsfeld. Aber es blieben immer noch – Malcolm blinzelte und überprüfte die Zahl – einundfünfzig voll einsatzfähige. Etwas weniger als erwartet, es sei denn, es waren bereits viele zerstört worden, aber ... verdammt.

Oberst Jenner: Admiral Fullerton, EAS Orion meldet sich zum Dienst und erbittet Anweisungen.

Admiral Fullerton (EAS Jefferson): Willkommen, Orion. Schließen Sie sich auf dem linken Flügel dem 26th Geschwader an.

Oberst Jenner: Verstanden. Es wirkt, als wäre die feindliche Flotte kleiner als erwartet.

Admiral Fullerton: Nö. Der Rest ist planetside.

Er runzelte die Stirn; vielleicht war die Lage doch nicht so gut im Griff. Kämpfen wir auch unten?

Admiral Fullerton: Ich habe das 21st Regiment runtergeschickt, um ihnen in die Flanke zu beißen.

Oberst Jenner: Sir, sollten wir nicht daran arbeiten, die Infrastruktur und die Leben am Boden zu schützen?

Admiral Fullerton: Was wir tun, indem wir den Abschaum hier oben wegwischen. Jetzt rüber auf den linken Flügel.

Oberst Jenner: Ist Mia Requelme an Bord der Jefferson?

Admiral Fullerton: Dieses naturwidrige Etwas, das sie hergeschickt haben, um »zu helfen«? Zur Hölle, nein. Ich habe sie der Gouverneurin aufgeladen.

Malcolm verzog das Gesicht, biss sich auf die Zunge – und machte den Mund trotzdem auf. *Sir, ich bringe die Orion in die Atmosphäre. Ich ersuche, dass mich das 7th Platoon begleitet.*

Admiral Fullerton: Sohn, sind Sie der Meinung, ich nehme Befehle von Obersten an? Ich versichere Ihnen: tue ich nicht.

Oberst Jenner: Natürlich nicht, Sir. Allerdings hat Admiral Rychen mir befohlen, die Lage bei meiner Ankunft zu beurteilen und – falls ich es für nötig halte, Romane am Boden zu verteidigen – dies zu tun. Ich halte es für nötig, Romane am Boden zu verteidigen, und dafür brauche ich das 7th Platoon.

Ein Moment des Schweigens ging der Antwort voraus.

Admiral Fullerton: Das hat Rychen gesagt, ja? – Sein Tonfall ließ vermuten, dass Fullerton eine gehörige Portion Respekt vor dem Mann hegte.

Oberst Jenner: Ja, Sir. Direkt bevor ich die Churchill verlassen habe.

Admiral Fullerton: Na schön, zur Hölle. Nehmen Sie Ihre Schiffe und gehen Sie runter – aber kommen Sie nicht angekrochen, wenn es schiefgeht.

Oberst Jenner: Bestätigt.

Er ließ den Atem los, den er psychologisch angehalten hatte. »Comms, kontaktieren Sie die Schiffe des 7th Platoons und weisen Sie sie an, sich E 20° von Korridor Nr. 5 zu sammeln, für den Atmosphäreneintritt.«

∗ ∗ ∗

Rauch und lodernde Brände stiegen aus mehreren Zonen auf, als sie Romanes größte Metropolregion erreichten. Zwei Superdreadnoughts kreuzten darüber, und die Schwärmer ließen den Himmel aussehen, als hätte eine Heuschreckenplage das Firmament befallen.

Malcolm wandte sich an seinen XO. »Sie haben das Kommando über die *Orion.* Koordinieren Sie mit den anderen Schiffen die Umsetzung der besprochenen Taktiken. Lassen Sie das Taktische Angriffskommando auf dem Flight Deck antreten.«

»Ja, Sir. Ich werde mich nach Kräften um sie kümmern. Godspeed.«

»Ebenfalls.« Mit einem Salut verließ er die Brücke und ging nach unten.

Seine Anforderung des 7th Platoons war nicht zufällig gewesen. Nicht alle Kreuzer führten ein Taktisches Angriffskommando mit, doch wie die *Orion* taten dies die beiden Kreuzer des 7th Geschwaders. Mit sechsunddreißig Männern im Rücken konnte er am Boden vielleicht einen Unterschied machen.

Die Shuttles setzten die Trupps so nahe wie sicher möglich am Bunker der Gouverneurin im Herzen der Innenstadt ab. Er hatte nicht vor, blindlings quer durch die Stadt zu ziehen; er musste wissen, welche Verteidigungen im Spiel waren und welche ihnen zur Verfügung standen.

Sie legten die zwei Blocks dazwischen zügig und ohne Zwischenfall zurück. Er beauftragte die übrigen, den Überlebenden in der Umgebung zu helfen, während er und die drei Kommandanten des Angriffskommandos den Bunker betraten.

Zwanzig Meter unter der Erde fand er ein funktionierendes, hochmodernes Kommandocenter, das jedem der Allianz in nichts nachstand. Dreidimensionale dynamische Karten der Stadt und des Planeten dominierten die Stirnwand. Kristallklare Displays erleuchteten mehrere Arbeitsstationen, und zwei Dutzend Menschen konferierten miteinander oder eilten zwischen den Stationen umher.

Es dauerte einige Sekunden, bis ihre Anwesenheit auffiel, doch nach mehreren Gesten in ihre Richtung blickte eine markante Frau in einem taupefarbenen Hosenanzug herüber. »Meine Herren, ein Anblick wie Balsam.«

»Gouverneurin Ledesme?« Bei ihrem knappen Nicken trat er vor und reichte die Hand. »Oberst Malcolm Jenner, Allianz. Wir haben hundert Schiffe in der Atmosphäre, die den Feind binden, und sechsunddreißig Marines hier am Boden – ganz zu schweigen von der beträchtlichen Streitmacht, die den Rest der Alienflotte im All beschäftigt –, aber wir müssen wissen, welche Optionen wir haben.«

»Unser Verteidigungschef ist gerade anderweitig eingebunden. Sobald er fertig ist, verschafft er Ihnen einen Überblick. Wir haben ein paar Tricks in petto, aber vom Bunker aus sind sie schwer einzusetzen, seit die Metigen die meisten unserer Relaisstationen und die halbe Stromversorgung ausgeschaltet haben.«

»Damit arbeiten wir, Ma'am. Ist Mia Requelme hier?«

Die Gouverneurin deutete mit dem Kopf nach hinten links im Bunker. »Wenn ich die aktuelle Lage richtig verstehe, sind Sie genau das, was sie braucht.«

Eine Frau in schwarzer Hose und passendem Rollkragen beugte sich über die Schulter eines zerzaust wirkenden älteren Mannes, der an einem großen Datascreen arbeitete. Zwei weitere Männer hockten an den Rändern des Screens, während die Frau in beherrschter Erregung darauf zeigte, dann den ersten Mann bedrängte. »Nein, das muss – würden Sie mich bitte machen lassen? Es geht viel schneller, und es könnte sogar funktionieren.«

»Ich gebe Ihnen keine Kontrolle über unsere Verteidigungs-Arrays. Diese Befugnis gehört in menschliche Hände.«

»Beim lieben …«

Er räusperte sich. »Ms. Requelme?«

Sie drehte sich beim Aufrichten, und langes, glattes schwarzes Haar peitschte an ihrer Schulter vorbei. Wie bei Alex leuchteten ihre Iriden in einem silbrigen Glanz, der zu ihrer olivfarbenen Haut einen dramatischen Kontrast bildete. Sie hob eine Augenbraue. »Ein Marine? Interessant.«

Er reichte erneut die Hand. »Oberst Malcolm Jenner. Alex hat gesagt, ich solle Ihnen helfen, wenn ich kann – also, wie kann ich das?«

* * *

Mia: Alex, Nanosekunden-Scoop zu Oberst Jenner?

Alex: Ehrenhaft und vertrauenswürdig – bisweilen nervt's. Bevorzugt oben zu sein – hält das für Gentleman-Attitüde.

Mia: Verstanden.

Sie musterte den Oberst hoffnungsvoll. »Ich nehme nicht zufällig an, dass Sie programmierbare, schultergestützte SALs mitgebracht haben?«

Er legte den Kopf schief; offenbar war das nicht die Antwort, die er erwartet hatte. »Äh, ja, tatsächlich – drei Stück.«

»Fantastisch. Dürfen meine Hände sie anfassen? Hier lässt man mich nichts anfassen.«

Er zuckte lässig mit den Schultern – eine Bewegung, die so gar nicht zur mahlenden Anspannung im Bunker passte. »Wenn Sie mir überzeugend darlegen, warum Sie sie anfassen müssen: ja.«

Signalpattern für Einzel-, gerichtete Nutzung modifizieren. Brennen wir einen Datenträger?

Nee, wir hotwiren's. Wird Spaß. Ich habe seit über einem Jahrzehnt kein Hardware-Hotwiring mehr gemacht.

Sie legte Jenner die Hand auf den Arm und führte ihn – relativ gesprochen – in die ruhigste Ecke des Raums. »Ich habe einen Signalstrahl ausgearbeitet, der, so glaube ich, den Schild eines Alien-Schiffs vollständig neutralisiert, solange er kontinuierlich auf das Schiff gerichtet bleibt. Man lässt mich die Verteidigungs-Arrays nicht umprogrammieren – das, was von ihnen noch übrig ist. Entweder glaubt man nicht, dass es funktioniert, oder man denkt, ich nutze den Zugriff, um die Arrays zu übernehmen und … wer weiß was zu tun.«

»Wenn Sie ‚ich' sagen, meinen Sie Sie und …« seine Hand deutete unbeholfen auf ihren Kopf »… die Artificial in Ihrem Gehirn?«

»Ja. Ich meine ‚wir'. Ist das ein Problem?«

»Nein. Aber ich hatte den Eindruck, Admiral Fullerton ist nicht begeistert, Sie hier zu haben. Bekommen Sie hier drin auch nicht viel Unterstützung?«

»Ledesme vertraut mir ein bisschen – oder tat es, bevor ich zum Cyborg wurde. Jetzt ist das Urteil noch ausstehend. Fullerton ist allerdings ein Vier-Sterne-Arsch. Also, sind Sie dabei? Helfen Sie mir, das Signal an einem Live-Ziel zu testen?«

»Bin dabei. Schnappen Sie sich eine ballistische Weste und einen Helm. Draußen ist es hässlich.«

* * *

»Heilige …« Mia erstarrte an der Auslassung zur Straße, überwältigt vom Ausmaß der Zerstörung in einem Stadtzentrum, das vor wenigen Stunden noch vibrierend und strahlend gewesen war – und das viele als Gipfel der Zivilisation selbst bezeichneten. *Meno, unser Zuhause ….*

Wir werden wieder aufbauen. Menschen bauen immer wieder auf, und das Ergebnis ist ausnahmslos besser als das, was vorher war.

Jenner hing am Com und gab Befehle in dem knappen Knurrtonfall, den Militärs scheinbar immer benutzten; vermutlich gibt's dafür ein Pflichtseminar in der Offiziersausbildung.

Morgan: Nein, nur ein paar »Du stirbst in zehn Sekunden, wenn du diese fünfzig Worte nicht runterleierst, während der Timer auf null tickt«*-Übungsszenarien. Das – und diese einschnürende Körperpanzerung. Von wegen* »flexibel«.

Eine Minute später bog eine Gruppe von zwölf Soldaten eine Straße weiter um die Ecke. Er dirigierte sie in die Nische des Bunkereingangs und aus der direkten Schusslinie, nahm einem der Soldaten eine wuchtige SAL ab und wandte sich ihr zu.

»Also gut, Ms. Requelme, was jetzt?«

Sie ignorierte die misstrauischen Blicke der Soldaten und fuhr mit der Hand die Waffe entlang, bis sie das abnehmbare Panel fand, riss es auf – ein winziges Steuerboard kam zum Vorschein. Sie hebelte es aus seinem Schacht, um an die daran hängenden Fasern zu gelangen.

»Sir, was macht sie da?«

»Stillgestanden, Leutnant.«

Dann riss sie eine der Fasern ab und ersetzte sie durch ihren

Zeigefinger.

»Sir!«

Während der neue Code über ihren Finger in den Schaltkreis floss, fragte sie sich nebenbei, ob die Reaktion dem Gewaltakt am Board galt – oder den scharlachroten Glyphen, die von Kopf bis Fuß über ihrer freiliegenden Haut loderten.

Jenner beugte sich dicht an ihr Ohr. »Ms. Requelme?«

»Noch nie gesehen, wie man ein Steuerboard hotwired?«

»Doch. Normalerweise nimmt man Werkzeuge.«

»Schon, nun.« *Fertig.*

Zufrieden, dass die *ware* für ihre Zwecke umprogrammiert war, schob sie das Board mit übertriebenem Bedacht zurück in den Schacht und schloss das Panel. »Wir brauchen eine weitere SAL, denn diese hier schießt jetzt keinen Deut mehr. Sobald wir sie haben, suchen wir uns einen Schwärmer.«

* * *

Sie klebten an der Fassade eines Bürogebäudes und nutzten den kargen Schutz seines Schattenprofils. Jenner lugte um die Ecke und winkte den Soldaten heran, dem er die zusätzliche schultergestützte Waffe anvertraut hatte.

Mia versuchte, an ihm vorbei zu sehen, aber Jenner war groß und muskulös – und sie war beides nicht. Also begnügte sie sich damit, ihm eine Bühnenflüsterstimme ans Ohr zu legen. »Denke daran: Markiere das Ziel wie sonst – das Signal ist in der Zielerfassungs-*ware* eingebettet.«

Er deutete an, dass er sie gehört hatte, und zählte mit den Fingern herunter; dann traten er und der andere Soldat ins Offene. Sie überlegte eine Sekunde lang – und schlich hinterher. Sie musste es sehen.

Der Schwärmer beschleunigte über der breiten Promenade auf ihre Position zu. Der Ziel-Laser war unsichtbar, aber der Strahl aus der aktiven SAL schnitt sichtbar durch die Luft und schlug im Kern des seltsamen Schiffs ein.

Die Explosion ließ die Gebäude zu beiden Seiten erbeben, während Metall in alle Richtungen schoss, Fenster durchschlug und von der Straße abprallte. Einen Augenblick später verwandelte sich das Triebwerk in eine heiße Plasma-Feuerkugel, die sie allesamt wieder um die Ecke hasten ließ, damit die ausgreifenden Flammen sie nicht wegschmolzen.

Sie lachte und sank gegen die Wand. »Es hat funktioniert.«

Natürlich hat es funktioniert, Mia. Ich habe dir gesagt, es wird funktionieren.

Hast du, Meno.

»Vielleicht haben wir es erwischt, als sein Schild unten war. Es wollte doch gerade auf uns feuern, oder?«

Jenner schüttelte dem skeptischen Marine zuliebe den Kopf. »Nope. Ich habe unsere Jäger gesehen, wie sie diese Dinger hochjagen, und selbst wenn der Schild am Oculus unten ist, braucht es mindestens vier Sekunden – und einen deutlich stärkeren Laser. Das hier war sofort und total.«

Er schenkte Mia ein respektvolles Lächeln. »Bringen wir deinen Code in Umlauf und raus zu den Flotten. Dann reden wir mit der Gouverneurin über das Umprogrammieren der Verteidigungs-Arrays.«

»Ist schon erledigt.«

»Ma'am? Ich meine, ich habe erwartet, dass Sie und Alex miteinander kommunizieren – und, äh, wohl auch mit einer anderen … mit einer weiteren Person bei der EASK. Aber müssen wir den Code für das Signal nicht dennoch über die Kanäle an die verschiedenen Schiffe verteilen?«

Mia zuckte mild mit den Schultern. »Wie gesagt – erledigt. Das Signal und die Anleitung, wie man es nutzt, werden gerade auf die Schiffe hier gepusht, ebenso an die Kontingente beider Militärs bei Seneca. Wobei sie es dort vermutlich gar nicht brauchen – Alex hat ihre eigene Magie an den Metigen-Schiffen vollführt.«

Die Augenwinkel von Jenner legten sich in Falten, während er sie anstarrte. Großartig, schon wieder einen verschreckt … »Und die Arrays?«

»Meno hat die Verschlüsselung der Arrays kurz nach unserem Verlassen des Bunkers geknackt – es wäre unhöflich gewesen, das zu tun, während wir mit der Gouverneurin und dem Verteidigungschef im selben Raum standen. Wir müssen ein paar Anpassungen an der Steuer-*ware* vornehmen, aber die Knoten sollten in den nächsten Minuten beginnen, das Signal zu senden.« Sie verzog die Lippen in milder Verärgerung. »Die Verteidigungstürme hängen allerdings in einem geschlossenen System, ich komme also nur vom Bunker aus an sie ran.«

Er kniff sie seltsam an, dann wanderte sein Blick über seine Männer. »Alles klar, zurück zum Bunker. Was uns an Schwärmern begegnet, räumen wir unterwegs aus dem Weg.«

Als sie kehrtmachten, um zum Kommandocenter zurückzukehren, warf er ihr wieder einen Blick zu. »Gibt es irgendetwas …« Seine Stimme versickerte, während seine Stirn sich in Falten legte – und dann noch tiefer.

»Problem?«

»Sorry. Meldung vom Kommando.« Er musterte die Gruppe. »Warum ist Beta-Trupp noch nicht aufgetaucht?«

»Sie meinten, sie wären aufgehalten worden, um Verwundete zu retten, Sir. Sie sind auf dem Weg.«

Sie kannte ihn buchstäblich seit Minuten, doch Mia fand, Jenner hatte einen merkwürdigen Ausdruck in den Augen, als er langsam nickte. »Ich bin sicher, sie holen uns ein.«

Uns bleiben noch acht funktionsfähige Knoten in den Verteidigungs-Arrays.

Wenn sie den Strahl erst auf die Kriegsschiffe kriegen, spielt es keine Rolle mehr.

Wahr. Es beschämt mich, dass ich so lange gebraucht habe, um die richtige Signalpropagation zu entwerfen. Im Rückblick wirkt die Lösung erstaunlich einfach.

Sind sie meistens. Und schäm dich nicht – wir mussten nur zusammen an das Problem ran.

Deine frische Perspektive war sehr hilfreich, Mia.

Das Ganze ist mehr als die Summe seiner Teile.

Du schlägst vor, wir sind als Einheit sowohl intelligenter als auch gewitzter, als jeder von uns es allein war?*

Genau. Findest du nicht?

Und wie. Da ich nicht wusste, wie du dazu stehst, wollte ich es nicht ansprechen.

Du musst nur hinschauen, um zu wissen, wie ich über ... nun, alles denke.

Ich versuche, deine Privatsphäre zu respektieren, aber ich gestehe, es fällt mir schwer.

Schon gut, Meno. Meine Gedanken sind deine Gedanken. Du bist jetzt ein Teil von mir.

Bin ich.

51

WELTRAUM

SENECA-STERNENSYSTEM, NORD-ZENTRAL QUADRANT

Die beiden Superdreadnoughts beschleunigten gerade, als sie zwanzig Grad versetzt fast frontal ineinander krachten. Die Wucht unzähliger Kilotonnen hyperfesten Metalls, die zusammenprallten, brach in einer Explosion aus Materie und Energie nach außen und verwüstete auf einem halben Megameter alles in ihrem Weg – Metigen- wie Menschenschiffe gleichermaßen.

Den meisten Schiffen der Vereinigten Flotte gelang es, der Druckwelle zu entkommen, doch zwei Fregatten und vielleicht ein Dutzend Jäger hatten weniger Glück. Immerhin beschädigte die Nachwirkung der Kollision drei weitere SDs sowie eine ganze Reihe Schwärmer, sodass das Ereignis unterm Strich zu ihren Gunsten ausfiel.

Im rechten oberen Sektor von Quadrant Zwei – vom Kommandodeck der *Leonidas* aus mit bloßem Auge erkennbar – feuerte ein SD wild drauflos, eigentlich auf einen Allianz-Kreuzer gezielt, traf aber das Untergestell eines eigenen Kameraden.

Damit war die Frage beantwortet.

Feldmarschall Gianno widmete die Hälfte ihrer Aufmerksamkeit dem Halbkreis von Holos zu ihrer Linken. »Wir beginnen, Belege für Ms. Solovys Korruption der SD-Programmierung zu sehen. Es ist sporadisch und unvorhersehbar, aber es manifestiert sich eindeutig.«

Nach Zustimmung der anderen schaltete sie auf den Flottenkanal. »Alle Piloten, seien Sie auf ungewöhnliches Verhalten von Metigen-Schiffen gefasst. Scannen Sie nach neuen Gelegenheiten und nutzen Sie sie – aber lassen Sie sich nicht überraschen. Rechnen Sie mit allem.«

Als Nächstes wandte sie sich Admiral Cavaste zu. Sie war als Oberbefehlshaberin des Föderationsmilitärs auf der *Leonidas*, nicht als Kapitänin des Flaggschiffs. Reibungen ließen sich da kaum vermeiden, doch bislang gab es für beide genug zu tun. »Gedanken?«

Cavaste prüfte das Sichtfenster. »Wir haben doch dieses neue Signal, das ihre Schilde abstreifen soll, oder? Ich schlage vor, wir suchen uns im Quadranten Zwei einen SD, der sich merkwürdig benimmt, zeichnen ihn mit dem Signal an und schießen ihn weg. Dann den nächsten.«

Ihr kurzes Nicken genügte als Erlaubnis, und er konzentrierte sich wieder auf die taktische Karte. Die beachtliche Reichweite der Dreadnought-Bewaffnung bedeutete, dass sie nicht weit in das Chaos vorrücken mussten, um Ziele zu finden, und sie war sicher, dass Cavaste die anderen Schiffe in der Nähe vor der Schusslinie der eigenen Waffen warnen würde.

Konteradmiral Lushenko (SFS Isonzo): Marschall Gianno, ich habe die Kontrolle über den gesamten Jäger-Verband der 22nd Brigade an die Artificial verloren.

Die Offiziere waren nervös, wenn Artificials eine Rolle in der Schlacht spielten – wüssten sie um die wahre Natur der Intelligenz, würden nicht wenige revoltieren –, und sie hatte die Stimmung nicht gedämpft. Sie dienten ihr als unbewusste Frühwarnsensoren für potenzielle Probleme.

Feldmarschall Gianno: Verstanden.

Sie trat direkt vor den Holo-Feed aus dem Sim-Raum auf Deck 5.

Morgan stand in der Mitte des leeren, dunklen Raums; ihr Profil zeichnete einen Schatten vor einem Hintergrund aus virtuellen Sternen. Natürlich sah die junge Frau weitaus mehr – flog mit ihren Gedanken durch das Schlachtfeld. Ihre Hände zuckten an den Seiten in unregelmäßigen Takten: das Restprodukt der Aktionen ihres Geistes und der Artificial, mit der er verbunden war.

»Commander Lekkas, was tun Sie da?«

Die Antwort kam durch zusammengebissene Zähne. »Beschäftigt.«

»Sie steuern sechsundachtzig Jäger. Jetzt neunzig. Das überschreitet Ihre Betriebsparameter erheblich.« Die Formulierung ließ es klingen, als sei Morgan eine Maschine … aber war sie das nicht? Zumindest war die Grenze zwischen Mensch und Maschine zu Unkenntlichkeit verwaschen.

Wie auf Stichwort rann ein dünner Blutstreif aus Lekkas' Nase – eine Erinnerung an die menschliche Komponente in der Gleichung.

Niemand wusste, welche Langzeitfolgen eine derart fordernde Zweiwege-Verbindung für Geist oder Körper haben konnte. Die Prevos lebten nicht am scharfen Rand der Wissenschaft – sie waren über die Klippe, halbwegs Richtung Boden und versuchten, auf launischen Flügeln zu fliegen.

»Commander, nehmen Sie etwas raus.«

»Schau einfach zu. Ich hab das im Griff.«

Die undefinierbare Einheit, die die Lekkas-STAN-Unit war, hatte sich bisher außergewöhnlich gut geschlagen. Das galt für alle Prevos. Und die simple Wahrheit lautete: Niemand kannte ihre Grenzen – oder ob es sie überhaupt gab. Aber dies war die Waffe, die sie gebaut hatten, um den Krieg zu gewinnen; also konnten sie sie auch einsetzen. Gianno wandte dem Holo den Rücken zu, zoomte auf der Karte heran und verfolgte die Jägergruppen, die nun unter Lekkas' Kontrolle standen.

Sie flohen. Statt Ziele zu suchen, rasten die Jäger den Rändern der Kampfzone entgegen, strichen und tauchten in Ausweichmanövern, die für sich genommen zufällig wirkten, in der Masse jedoch zu einem rhythmischen, fast hypnotischen Tanz wurden.

Immer mehr Schwärmer nahmen die Verfolgung auf. Das trügerisch panische Verhalten der Jäger zog auf ihrem Weg durch das turbulente Gefecht mehr und mehr der fremden Schiffe in ihren Strudel, wie Jagdhunde, die eine Blutspur wittern. Hin und wieder feuerte ein Jäger einen seitlichen Potshot mit einem Arcalaser, um noch einen weiteren auf die Fährte zu locken. Wohin führte sie der Kurs?

»Sie führt sie hierher.«

Sie blickte hinüber, als Admiral Rychen auf der gemeinsamen Karte einen Kreis um einen Punkt unter dem heftigsten Kampf in Quadrant Sechs zog. »EA Recon #2 hat dort sechs Negative-Energie-Bomben ausgebracht.«

»Aha.« Was im senecanischen Raum geschah, lag ein paar Größenordnungen jenseits dessen, was eine einzelne Person verfolgen konnte, daher beunruhigte es sie nicht, dass ihr die Platzierung der Bomben entgangen war. Eine Aufteilung der Zuständigkeiten war bisher die einzige Art gewesen, das Gefecht zu kontrollieren … vorausgesetzt, sie waren es überhaupt, die es kontrollierten, und nicht ihre faustischen Schöpfungen.

Trümmer eines zersplitternden SDs schwappten über die Formation und rissen vier Jäger und drei Schwärmer mit. Sie prüfte Lekkas' Holo – aus dem anderen Nasenloch sickerte nun eine zweite Blutspur.

»Stellen Sie einen Sanitäter vor dem Sim-Raum bereit, aber lassen

Sie ihn noch nicht rein.«

Der Tross erreichte die Region, die Rychen markiert hatte – mit mehreren Hundert Schwärmern im Schlepptau. Die vorderen Jäger flogen geradewegs hindurch. Dann beschleunigten die hintersten – weit jenseits jeder sicheren Geschwindigkeit –, um aufzuschließen, während die Schwärmer in die Zone eintraten.

Wie einer drehte jeder Jäger um neunzig Grad – in eine von vier Richtungen – und sprengte sich in perfekter Synchronizität sternförmig vom verminten Raum weg.

Eine Sekunde später detonierten die Bomben – eine obsidianfarbene Feuersbrunst, die den Raum selbst zu wogen schien – und zerrissen in einem Schlag über vierhundert Schwärmer.

Die Jäger lösten die Formation, nahmen planlose Flugbahnen auf – ein Zeichen, dass die Kontrolle an die Piloten zurückgegeben worden war.

Gianno richtete ihre Aufmerksamkeit sofort wieder auf Lekkas. Die junge Frau wischte mit dem Handrücken über den Nasenansatz, als sie die Augen öffnete und in die Kamera blinzelte, die ihren Feed auf die Brücke sendete. »Ich bin okay.«

»Ja, das sind Sie. Gut gemacht, Commander.«

52

ROMANE

UNABHÄNGIGE KOLONIE

Der Himmel und die Straßen wimmelten von feindlichen Schiffen, während sie die acht Blocks zurückquerten, die sie auf der Suche nach einem Ziel für den Test des Disruptorstrahls geschafft hatten.

Die tentakelbewehrten Schiffe waren mittlerweile reichlich vorhanden – ein Zeichen, dass die Invasoren ins Herz der Stadt vordrangen. Auf drei Blocks schossen sie zwei Schwärmer ab, und es war beide Male enorm befriedigend. Angesichts der Zerstörung, die die fremden Schiffe binnen Stunden angerichtet hatten, empfand Malcolm große Genugtuung, sie in die Luft zu jagen. Seine Begleiterin offenbar ebenso.

Mia Requelme war … es wäre unzutreffend zu sagen, sie sei nicht, was er erwartet hatte. Alex gesehen zu haben, hatte ihn an die körperlichen Merkwürdigkeiten der Prevos gewöhnt, und darüber hinaus hatte er keine Erwartungen gehabt, außer einem vernünftigen Maß an Intelligenz und technischem Verständnis. Diese Maßstäbe erfüllte sie – ohne Frage. Darüber hinaus war sie erfrischend direkt und resolut. Sie war keine Soldatin … aber sie schien das Herz einer zu haben.

Sie waren auf halbem Weg zum Bunker, als die fremden Schiffe vom Himmel zu fallen begannen. Genauer: Die Allianz-Schiffe begannen, sie vom Himmel zu holen.

Er gab ein Haltzeichen und aktivierte sein Komm. »Admiral Fullerton, darf ich annehmen, dass Sie den Signalcode erhalten haben?«

»Ja, Oberst, und er ist äußerst effektiv.«

»Danken Sie dem ›Freak der Natur‹ dafür.«

Fullerton grunzte nur zur Antwort, aber die Botschaft war angekommen.

Er fiel neben Mia ein, als sie ihren Weg fortsetzten. »Beeindruckende Arbeit. Ihre Erfindung könnte hier die gesamte Metigen-Flotte ausschalten und Romane retten.«

Sie atmete deutlich hörbar erleichtert aus. »Das war mein Ziel—«

Malcolm riss den Arm hoch, drückte sie gegen die Hauswand und presste sich daneben flach an den Stein. Der Leutnant mit dem modifizierten SAL hob die Waffe zur nächsten Kreuzung. Zwei Sekunden später schoss ein Schwärmer ins Freie—

—und zerbarst zu Schrapnell, als der Laser eines Allianz-Jägers ihn erfasste.

Die meisten Marines um ihn herum jubelten und johlten, ballten die Fäuste dem Jäger entgegen, der über die Kreuzung hinweg zum nächsten Ziel zischte. Malcolm gestattete sich als momentane Leichtigkeit ein zufriedenes Nicken. »So sieht Gewinnen aus, meine Damen und Herren.«

»Jawohl, Sir!«

»Schon gut, noch kein Anlass zum Stolzieren. Da oben sind noch viele Feinde. Ab in den Bunker; wir speisen das Signal in die Bodentürme ein und machen den Rest fertig.«

Sie waren einen Block vom Bunker entfernt, als Beta Squad um die Ecke getrabt kam.

Malcolm spannte sich augenblicklich an und stellte sich zwischen Mia und die herannahenden Männer. Seit dem ersten Test des Disruptorstrahls war er angespannt gewesen – wegen einer Warnung zu einem der Mitglieder von Beta Squad. Jetzt rief er sie sich ins Gedächtnis.

Oberst Jenner,

hiermit werden Sie angewiesen, Major Case Spencer vom 4th SW-MSO-Zug wegen Verdachts der Kollaboration mit den Metigen-Invasoren oder deren Agenten zu verhaften. Er ist als äußerst gefährlich einzustufen; treffen Sie angemessene Vorsichtsmaßnahmen. Er ist schnellstmöglich zu entwaffnen und in Gewahrsam zu nehmen.

»Angemessene Vorsichtsmaßnahmen« ließen sich auf offener Straße mitten in einer Kriegszone schwer umsetzen. Er hielt die Miene neutral. »Major, was hat Sie aufgehalten?«

Der Marine deutete in die Richtung, aus der sie gekommen waren. »Mussten ein kleines Mädchen aus Trümmern ziehen. Sie wissen, wie das ist.«

»Weiß ich.« Er musterte Spencer, während seine Hand zum Daemon an der Hüfte glitt. Würde er das wirklich hier durchziehen? Der Befehl stammte aus einer Stelle mit Autorität, von einem vorgesetzten Offizier – und von einem Mann, den er persönlich kannte. Trotzdem lag er außerhalb der Befehlskette und kam ohne Begründung.

»Was haben Sie getrieben?«

Einer der Männer platzte heraus, bevor Malcolm ihn zum Schweigen bringen konnte. »Die Frau hier hat rausgefunden, wie man ihre Schilde abschaltet. Jetzt können wir sie sauber hochjagen. Wir sind auf dem Rückweg, damit sie die Bodentürme umprogrammiert.«

Spencer fletschte die Zähne. »Die da, ja? Die Cyborg-Freak?«

Die Entschlossenheit verfestigte sich. Malcolm zog die Waffe und ging in Anschlag. »Major Case Spencer, Sie sind verhaftet wegen Verdachts der Zusammenarbeit mit feindlichen Kräften. Sie werden in Gewahrsam genommen, bis eine vollständige Anhörung stattfindet.«

Spencer hob die Arme allmählich, doch die Hände blieben zur Faust geballt. »Es ist übrigens zu spät.«

»Was ist zu spät?«

Seine linke Hand öffnete sich; in der Handfläche lag ein kleines Gerät. Der Daumen drückte bereits darauf – und Malcolm feuerte bereits.

Mias Schulter stieß gegen ihn; er fuhr herum und fing sie gerade noch auf, als sie zu Boden ging. Ihr ganzer Körper krampfte in einer Art Anfall; die Augen rollten zurück, zeigten nur noch das Weiße.

Er warf den Arm nach hinten, grob in Spencers Richtung. »Fesseln, sofort!« Dann ließ er Mia vorsichtig zu Boden, die Hand hinter ihrem Kopf, damit sie sich beim Zucken nicht den Schädel am Stein aufschlug.

Plötzlich hörten die Krämpfe auf, und sie sackte schlaff in seinen Griff. Zwei Finger fanden ihren Hals. »Ich hab' einen Puls. Sie lebt.«

Ein Mitglied von Alpha Squad, dessen Namen er noch nicht kannte, hockte sich neben ihn. »Ich bin Sanitäter. Lassen Sie mich nach ihr sehen.«

Er übergab sie der Obhut des Mannes und richtete sich auf – gerade rechtzeitig, um zu sehen, wie einer der Zugführer Major Spencer Handfesseln anlegte, während zwei weitere ihn am Boden hielten. Der Schuss war an seinem Schild verpufft, hatte den Mann aber lange genug benommen gemacht, um eine Flucht zu verhindern.

»Was haben Sie getan?«

Spencer würgte ein Lachen hervor. »Ihr Haus in die Luft gejagt, Oberst. Ihr synthetischer Herr ist Geschichte.«

»Um Gottes willen, warum?«

»Ihr wollt Artificials als unsere neuen Oberherren? Ich ganz sicher nicht.«

»Du Idiot!« Malcolm fing sich, zwang die Wut zurück. Hier draußen, mitten auf der Straße, waren sie exponiert – in Gefahr.

Er wandte sich an die Marines, die nicht mit dem Niederhalten Spencers befasst waren. »Wir sind gleich am Bunker. Tragt sie dorthin – vorsichtig. Wenn sie keinen Arzt vor Ort haben, evakuieren wir sie auf die *Orion*.« Sein Blick glitt kalt zurück zum Gefangenen. »Den nehmen wir mit. Weniger vorsichtig.«

Während sie Mias reglosen Körper behutsam anheben, strich Malcolm sich die Hand übers Gesicht und erstickte ein frustriertes Knurren. Immerhin war der Code für den Disruptorstrahl herausgegangen, eingesetzt worden und hatte sich auf die anderen Schiffe propagiert. Tausende, eher Millionen Leben würden heute gerettet werden.

Aber verdammt, er würde stinksauer sein, wenn der Preis ausgerechnet dieses eine war.

53

WELTRAUM

SENECA-STERNENSYSTEM, NORD-ZENTRAL
QUADRANT

Die schiere Zahl an Schiffen in Bewegung—jetzt, viele Stunden
nach Beginn der Operation und nachdem so viele zerstört worden
waren—entzog sich jeder Zählung.

Das Ausmaß der Schlacht, die sich über Seneca abspielte, übertraf alles, was Caleb jemals in historischen Vids gesehen hatte,
geschweige denn aus nächster Nähe. Trümmerfeld und andauernde
Gefechte überlappten sich und erstreckten sich über mehr als
zehn Megameter, weit außerhalb der Reichweite des optischen
Scanners. Unter dem Chaos umlief Seneca friedlich seine Bahn,
bislang unberührt vom Blitzkrieg. Je nach Ausgang würde es
weiterbestehen—oder zertrümmert werden.

Ein Teil von ihm war verblüfft, wie viele der noch fliegenden
Schiffe menschliche Schiffe waren. Trotz all der Vorteile, die sie
in diesem Zusammenstoß ins Feld geführt hatten, schienen die
Chancen gegen sie zu stehen. Dachte er zumindest.

Abseits kleinster Formationen gab es keine Trennung zwischen

Allianz- und Föderationsschiffen. Beide füllten den Himmel, um zahlreichen Alien-Superdreadnoughts und Dutzenden Schwärmern auszuweichen und sie anzugreifen.

Während er das Getümmel musterte, dämmerte ihm, dass sie eher angriffen als auswichen. Er hatte ein paar Ausschnitte aus früheren Gefechten mit den Aliens gesehen, und die Superdreadnoughts schienen bei Weitem nicht so aggressiv zu agieren wie zuvor. Ihre Schüsse kamen zu spät und jagten Schiffen hinterher, die schon fort waren; ihre Taktiken wirkten unkoordiniert, oft erfolglos im Versuch, dem Feuer auszuweichen, das mit unerwarteter Wucht in ihre Rümpfe fuhr.

Wir drückten—und zwar hart.

Seine Aufmerksamkeit wurde zu einem Allianz-Kreuzer an Backbord über ihm gezogen, als nicht weniger als acht Schwärmer in einer Reihe kaskadierender Explosionen in seine Breitseite krachten. Jeder einzelne war winzig gegen den Rumpf des stattlichen Kriegsschiffs, doch die schiere Wucht der Kollisionen allein würde Schaden anrichten.

Als sich der Rauch verzog, kamen mehrere tiefe Risse und eine markante Delle zutage, die die ersten beiden Einschläge hinterlassen hatten; die übrigen jedoch hatten einen Rumpfstreifen getroffen, der tiefer und satter gefärbt war als der Rest des Schiffs. Er glänzte weiterhin unversehrt, unbeeindruckt vom Beschuss. Adiamene.

Caleb konnte nicht sagen, warum die Schwärmer plötzlich kopfüber in ihre Gegner crashten, aber er wusste, was es bedeutete.

Wir gewannen.

Die Freude in seiner Brust kletterte noch eine Stufe höher über ihre ohnehin schwindelerregende Höhe—befeuert davon, dass er Isabela und Marlee hatte retten können und jetzt kurz davor stand, Alex zu erreichen. Sie lebte, und diese Gewissheit allein hatte ihn durch die kurze, doch viel zu lange Reise von Krysk getragen.

Er hatte sie nicht mit Anfragen genervt, um sie nicht von ihrer lebenswichtigen Aufgabe abzulenken—einer Aufgabe, von der er vermutete, dass sie sie in erstaunlichem Ausmaß zum Erfolg führte.

Jetzt war er hier, und es war höchste Zeit, ihr einen Besuch abzustatten.

So eindrucksvoll *Churchill* wirkte, wenn man sie einmal im Blick hatte, war sie nicht der einzige anwesende Dreadnought, und er fand sie in diesem Meer aus Schiffen nur per Radar. Der Anflug auf sein Ziel durch einen Spießrutenlauf aus sich kreuzenden Jägern und Schwärmern, zischenden Fregatten und anstürmenden Kreuzern war haarig, unsichtbar hin oder her. Erst als er das Tarnfeld deaktiviert und auf dem weitläufigen Flugdeck angedockt hatte, entspannte er sich wieder.

Ein Sergeant erwartete ihn am Fuß der Rampe der *Siyane.* »Mr. Marano, ich habe den Befehl, Sie direkt auf die Brücke zu bringen.« Der sehr junge Soldat brachte nicht die Disziplin auf, seinen Unmut darüber zu verbergen, persönlich irgendeinen x-beliebigen Zivilisten auf die Brücke des Flaggschiffs des Allianz-Militärs zu geleiten.

»Ausgezeichnet. Voran.«

Das Aktivitätsniveau an Bord hätte man in jeder anderen Umgebung Anarchie genannt. Aber vermutlich hatte hier jeder seine Aufgaben und wusste, wohin er ging—und warum.

Er wusste nicht, was ihn auf der Brücke erwartete. Von dem, was in den vergangenen Stunden geschehen war, wusste er nur wenig. Er wusste nicht, welche Rolle Alex spielte oder wie es ihr dabei erging. Wenn sie gewannen, konnte das nur Gutes bedeuten, oder? Doch eine verräterische Stimme in den hinteren Winkeln seines Verstands flüsterte vor dem hohen Preis des Sieges.

Endlich kam der Lift zum Stehen, und die Tür öffnete sich zu einer Brücke, größer als bei jedem Schiff, auf dem er bisher gewesen war. Rund zweihundert Leute besetzten Dutzende Stationen oder hasteten in zielstrebigem Gewusel umher. Weiter hinten, im mittleren Drittel der Brücke, war eine Konzentration von Leuten. Er fokussierte darauf.

Mehrere Offiziere arbeiteten zu beiden Seiten eines übergroßen Bildschirms, vor dem Alex stand. Eine Admiralin stand neben und leicht hinter ihr, während Alex mit lebhaften Gesten auf verschiedene Details des Bildschirms deutete.

Er näherte sich lautlos und kostete den Moment aus, sie zu beobachten; jede vertraute Bewegung, jede Kopfneigung und jede Handgeste versicherte ihm, dass sie nicht nur in Sicherheit war, sondern im Kern Alex geblieben.

Plötzlich wirbelte sie herum, und strahlend leuchtende Iriden fanden ihn sofort. Sein Herz sprang ihm in den Hals, als ihr Gesicht fast so hell aufleuchtete wie ihre Augen. Dann lag sie in seinen Armen.

Ihre Freude schwappte so überwältigend über ihn, dass er sich dabei ertappte, wie er sie herumwirbelte und in die Luft hob, während sie kichernd an seinem Hals glucкste.

»Du bist hier! Und es geht dir gut—oder?« Sie wich einen Hauch zurück, um ihn zu mustern.

»Ja. Und dir?«

Sie nickte rasch. »Tut mir leid, ich kann Valkyrie gerade nicht ausschalten, es ist zu viel los—aber ja.«

Er schmunzelte spitzbübisch. »Beweis es.«

Ihr Mund verschluckte seinen, Publikum hin oder her…und er war zu Hause. Die Anspannung—die dunkle, brodelnde Angst, die ihn weit stärker im Griff gehabt hatte, als er es sich eingestanden hatte— verflog zu Nichts. An ihre Stelle trat eine leise, doch überreiche Zufriedenheit.

Er kicherte sanft gegen ihre Lippen. »Ich glaube dir.« Im Bewusstsein, dass sie die Geduld ihrer Gastgeber wohl schon ausreichend strapaziert hatten, setzte er sie ab und trat einen halben Schritt zurück. Erst jetzt bemerkte er, dass ihr Haar in wirren Strähnen hing, nur halbwegs von dem Tuch gebändigt, das es zusammenhielt. Auf ihrer linken Wange klebte irgendeine silberne Flüssigkeit, und ihr Shirt war an zwei Stellen in langen Bahnen aufgerissen.

»Du siehst furchtbar aus. Was ist passiert?«

»Ach, nichts Wildes. Ich habe einen Sprung im All gemacht, bin in einen der Superdreadnoughts eingebrochen, habe die Kernprogrammierung seines System-Hubs gehackt und mir dann oben auf einem Aufklärer eine Mitfahrgelegenheit zurück gegönnt.«

Er blinzelte mehrfach; ja, sie schaffte es immer noch, ihn zu überraschen. »Du bist… bemerkenswert. War das alles?«

»Nicht wirklich. Aber du—geht's Isabela und Marlee gut? Ich weiß, O'Connell ist tot, aber die Details sind etwas vage.«

»Ein paar blaue Flecken haben sie sich verdient, aber ja, ihnen geht's gut. Die Details von O'Connells Tod können warten. Aber ohne dein Schiff wäre ich nicht rechtzeitig zu ihnen gekommen. Ich schulde dir alles.«

Ihre Iriden funkelten wie Sterne im künstlichen Licht. »Nein, aber wenn du versuchst, es wieder gutzumachen…«

»Fragst du nicht?«

»Nö.«

Er beugte sich vor und murmelte an ihren Lippen: »Der *Siyane* geht's gut. Kein Kratzer, wobei es nicht an Versuchen gefehlt hat.«

Ein Anflug von Grinsen stahl sich in ihre Züge—und verschwand im nächsten Moment wieder.

»Ich habe sie durch die Rümpfe beider Fregatten und der *Akagi* gecrasht.«

»Was!«

»Kein Kratzer…oder zumindest kein Kratzer, der bis zu meiner

Ankunft nicht schon wieder verheilt war.« Er stupste sie widerstrebend von sich. »Was ich draußen gesehen habe, sagt mir, dass du noch nicht fertig bist. Los.«

Sie wirkte enttäuscht, begann aber rückwärts zu gehen. »Bleibst du?«

»Ich bleibe. Ich suche mir nur irgendwo eine unauffällige Wand zum Anlehnen.«

»Da drüben sollte—«

* * *

Als Alex die Augen öffnete, kniete sie und presste die Hände gegen ihre Schläfen. Der einzelne Schmerzblitz hatte mit der Wucht eines Blitzschlags durch ihren Schädel gerissen—und war ebenso schnell wieder verschwunden.

Alex: »Was zur Hölle war das?«

Devon: »Fühlt sich an, als hätte man mir das Gehirn durch die Ohren aus dem Schädel gezogen.«

Morgan: »Hat mich an meinen zweitübelsten Kater erinnert.«

Alex: »Mia?«

—Stille.—

Devon: »Verdammt? Sie sind weg.«

Alex: »Was meinst du?«

Devon: »Ich weiß es nicht. Sie sind aus der Verbindung gefallen—und nicht auf harmlose Weise.«

Alex: »Versuch, Mia direkt zu kontaktieren.«

Devon: »Was glaubst du, was ich tue? Aber da ist nichts.«

»Was ist los?« Caleb hockte an ihrer Seite und legte den Arm um ihre Schultern. Sie schwankte gegen ihn; die Nachwirkungen der mentalen Tracht Prügel ließen ihr übel und schwindlig zumute sein.

Alex: »Malcolm. Vielleicht ist er bei ihr.«

Ihr Puls zu ihm fühlte sich quälend langsam an, verglichen mit den augenblicklichen Austauschen mit den anderen.

Was ist mit Mia passiert? Weißt du etwas? Kannst du es herausfinden?

Soldaten eilten auf sie zu, doch sie winkte ab und mühte sich hoch. »Ich bin okay.«

Die Aussage richtete sich eher an die übermäßig interessierten Umstehenden als an Caleb. Mit seiner Hilfe stand sie schließlich, beugte sich dicht zu ihm und senkte die Stimme. »Mit Mia ist was passiert. Ich weiß nicht—Moment.«

Ein Arsch, der für die Aliens arbeitet, hat ihr Artificial in die Luft gejagt. Sie hat so etwas wie einen Krampfanfall gehabt, vielleicht einen Schlaganfall. Sie lebt, ist aber bewusstlos. Ich kümmere mich um sie, versprochen.

Danke. Danke.

Caleb merkte ihr an, dass die Nachricht nicht gut war, kaum dass sie ihm in die Augen sah; sein Blick verdüsterte sich, und seine Hand schloss sich fester um ihren Arm.

»Sie lebt, aber Meno ist weg und…wir wissen nicht genau, was das für sie bedeutet. Es tut mir so leid.«

Er schenkte ihr das schönste Lächeln. Oh, wie hatte sie ihn vermisst. »Schon gut. Hältst du mich auf dem Laufenden?«

»Mach ich.« Das Gleichgewicht wiedererlangt, löste sie sich widerwillig von ihm. »Hör zu, gleich wird's interessant. Ich bin froh, dass du hier bist.«

»Wage ich zu fragen, was ›interessant‹ heißt?«

Ihre Antwort bestand aus einer hochgezogenen Augenbraue und einem geheimnisvollen Mundwinkelzucken.

Seine Stirn legte sich zu ihrer liebenswert geraden Furche, doch er hob ihre Hand an die Lippen, küsste ihre Knöchel, ließ sie dann los und suchte sich seine Wand.

Sie wandte sich ab und schritt zum Ausblick zurück.

Alex: »Es ist so weit.«

54

ERDE

EASK-HAUPTQUARTIER

»Admiral Solovy? Wir haben ein Problem.«

Miriam verfolgte weiterhin die Entwicklungen über Seneca. Alexis' und Valkyries erfolgreiche Korruption der Betriebssysteme der SDs hatte die Schlacht endgültig zu ihren Gunsten kippen lassen. Abgesehen von dem Vorfall mit Ms. Requelme auf Romane waren die Meldungen seit über einer Stunde durchweg positiv.

Entsprechend war »ein Problem« nicht das, was sie hören wollte. Und ganz ehrlich, sie sah nicht, wie die Direktorin der Terrestrischen Verteidigung ein relevantes Problem vortragen sollte. »Ja, Admiral Grigg?«

»Ma'am—« Sie zuckte zusammen, als Grigg den Raum überquert hatte und ihr ins Ohr flüsterte. »—die Prevos haben die Arrays übernommen.«

»Welche Arrays?«

»Die der Erde, Ma'am.«

Sie runzelte die Stirn. »Ich verstehe nicht.«

»Ich auch nicht, aber—«

»Admiral Solovy, wir haben ein Problem.«

Ihr Blick zuckte zum *Leonidas*-Holo. Gianno arbeitete an einer Datenkaskade, während sie mit Offiziellen auf Seneca konferierte. Hier im Raum wuchs das Gemurmel zum Lärmen, da Griggs Versuch der Diskretion nicht gereicht hatte, das Geschehen geheim zu halten. »Die Prevos haben die senecanischen orbitalen Verteidigungs-Arrays übernommen?«

Eleni neigte den Kopf um Nuancen. »So sieht es aus.«

Miriam schob Grigg aus ihrer Komfortzone und hob die Stimme auf Kommandoton. »ANNIE, habt ihr das Terrestrische Verteidigungsnetz übernommen?«

»Haben wir, Admiral.« Es war nicht ANNIEs elektronische Stimme, sondern Devons.

Er befand sich im primären Sim-Raum von Special Projects. Vier Wachen standen davor—zum Schutz, zur Hilfe oder wofür auch immer. Der Raum projizierte die Gesamtheit der verfügbaren Daten von beiden Fronten und bot ihm einen Grad an Zugriff und Kontrolle, der ihrem mindestens entsprach, womöglich ihn übertraf.

Ein hohes Holo am rechten Rand des Tisches erlaubte ihr, ihn im Blick zu behalten, doch abgesehen von gelegentlichen Sprüchen war seine Präsenz bisher kaum aufgefallen, da er schweigend oder über ANNIE gearbeitet hatte.

Jetzt schenkte sie ihm ihre volle Aufmerksamkeit. »Warum?«

»Sie werden es gleich sehen.«

Die Antwort jagte ihr einen Schauer die Wirbelsäule hinab, doch bevor sie reagieren konnte, traf eine Nachricht von Alexis in ihrer eVi ein. Ihre Brust schmerzte vor Furcht, als sie sie öffnete.

Mom,

Ich kann dir nicht erklären, was gerade passiert. Ich wünschte, ich könnte, aber es ist zwingend nötig, dass die Ereignisse bis zu ihrem Schluss ablaufen. Wenn es vorbei ist, wirst du es verstehen. Nur so viel: Vieles ist nicht, was es zu sein scheint. Menschen sind vielleicht nicht, was sie zu sein scheinen.

Wenn du mir jemals vertraut hast, dann bitte ich dich, mir jetzt zu vertrauen. Bitte. Ich werde dich nicht enttäuschen.

—Alex

P. S.: Tu mir einen Gefallen und sieh jetzt zu Richard hinüber.

Ihr Blick schoss hoch und fand Richard, der sie vom anderen Ende des langen Tisches aufmerksam musterte. Er hatte in den Schlachten selbst keine Rolle zu spielen, hatte aber darum gebeten, im Kriegsraum zugegen zu sein. Sie hatte zugestimmt, weil er die nötige Freigabe besaß, vor allem aber, weil er ihr ein kleines Maß an Trost gab.

Jetzt formten seine Lippen lautlos: Vertrau ihr.

Wie konnte er das wissen? Etwas von enormer Tragweite geschah, und sie fand es ganz und gar nicht gut, im Dunkeln gelassen zu werden.

»Admiral, wie ist die Lage?«

Sie glättete ihre Züge und wandte sich zu Brennons Holo. »Geben Sie mir dreißig Sekunden, Premierminister.«

»Sie haben zwanzig.«

Schon gut. »Devon Reynolds, erklären Sie diese Maßnahme sofort, oder wir ziehen den Stecker.«

»Es wird nicht reichen. Es ist, wovor ich Angst hatte—wovor ich Sie gewarnt habe. Sie sind verrückt geworden.«

Der Raum fühlte sich plötzlich überfüllt an, die Luft dick, Körper drängten gegen sie, als sie sich zu Brigadier Hervé herumdrehte. Die Frau hatte es in die erste Reihe am Tisch geschafft.

»›Verrückt geworden‹? Ist das ein Fachbegriff, Brigadier? Soll ich Ihre professionelle Einschätzung so verstehen, dass die Prevos plötzlich ›verrückt geworden‹ sind—nachdem sie in all diesen Schlachten fehlerfrei agiert und uns unzählige Male den Hintern gerettet haben?«

»Der Sieg über die Aliens reicht ihnen nicht. Jetzt, da sie Macht gewonnen haben, geben sie sie nicht wieder her. Ich habe versucht, Sie zu warnen, dass es so kommen würde.«

Devons Stimme erhob sich über den wachsenden Lärm. »Jules, Jules, Jules. Du sorgst dich zu viel. Ich versichere dir: Wir sind nicht ›verrückt geworden‹.«

Miriams Fokus blieb auf Hervé. »Was habt ihr dann getan, Devon?«

»Ich hab's gesagt. Sie werden es sehen.«

Der Schauer in ihrer Wirbelsäule fror zu Eis. Hatte Hervé recht? Oh, Alexis…

Vertrau ihr. Richards stumme Worte wiederholten sich in ihrem Kopf, fordernd und insistierend. Sie sah wieder zu ihm; diesmal schenkte er ihr nur ein bedachtes Nicken. Ihr Blick huschte zur *Churchill.* Alexis stand an ihrem persönlichen Display und studierte dem Anschein nach Scharmützel und Gefechtsdaten, doch Miriam fiel das feine Aufwärtsziehen ihrer Mundwinkel im Profil auf.

Nichts ist, wie es scheint. Menschen sind vielleicht nicht, wie sie scheinen.

»Ich kann sie abschalten. Premierminister, ich ersuche die Genehmigung, den ›Kill Switch‹ zu benutzen.«

Sie fuhr zu Hervé herum, trat einen Schritt auf die Frau zu, während ein Auge bei Brennon blieb. »Welchen ›Kill Switch‹?«

Er strich sich über das Kinn. »Wir sollten versuchen, das friedlich zu lösen, wenn möglich.«

Verteidigungsminister Mori beugte sich im Holo so weit vor, dass seine Nasenhaare sichtbar wurden. »Premierminister, wenn es eine Möglichkeit gibt, diese Monstrositäten zu deaktivieren, müssen Sie sie nutzen!«

»*Welchen* ›Kill Switch‹?«

Hervé schenkte ihr ein merkwürdiges Lächeln. Früher war ihr Lächeln ihr nicht so verstörend vorgekommen. »Den, den ich heimlich in die Firmware unter ihren Links installiert habe. Ich sende von jedem Bedienpult ein Signal, und die Verbindung ist gekappt.«

»Du blöde Kuh! Ein harter Cut löst beim Menschen einen Schlaganfall aus—du hast gesehen, was mit Mia passiert ist!«

Abigail—eine weitere Person in der Menschenmenge des Raums— war hier für den Fall von Komplikationen mit Noetica. Die hatte man jetzt. Bislang hatte die Ärztin sich damit begnügt, ANNIEs Output technisch zu prüfen und Devons Vitalwerte regelmäßig zu checken. Jetzt stürmte sie auf Hervé zu und schien kurz davor, ihr eine zu verpassen.

»Ich bin nicht—und war nie—dumm, Abigail. Natürlich wird es einen Schlaganfall auslösen. Aber wenn die Alternative der Tod von Milliarden ist, ist es ein Preis, den man leicht zahlt.«

Eine ruhige Gewissheit senkte sich über Miriam. In einem Krieg war kein Preis leicht zu zahlen, doch manche waren zu hoch, um sie je zu rechtfertigen. Sie machte noch einen Schritt auf Hervé zu und legte die passende Drohung in ihre Miene.

»Brigadier Hervé, treten Sie zurück. Als Ihre Vorgesetzte befehle ich Ihnen, diesen Kill Switch NICHT zu aktivieren.«

Die Frau ignorierte sie und flehte Brennon an. »Premierminister? Ihre Autorität überstimmt die der Admiral.«

»Brennon, tun Sie—«

»Ergreifen sie Maßnahmen mit dem Verteidigungsnetz?«

»Noch nicht, aber sobald sie es tun, ist es zu spät—«

»Die Array-Knoten drehen sich nach innen—sie richten sich auf die Erde!«

»Stoppt sie!«

»Das war's, ich mach's—«

Hervés Hand erreichte das Panel nie. Der Strahl aus Miriams Dienstwaffe traf sie voll in die Brust, und sie sackte bewusstlos zu Boden.

Miriam deutete dem Sicherheitsbeamten an der Tür. »Die Brigadier wurde ihres Postens enthoben. Bringen Sie sie in eine Zelle und sorgen Sie dafür, dass sie medizinisch versorgt wird.«

Jetzt brüllte Mori, und andere mit ihm. »Admiral Solovy ist persönlich befangen und nicht länger dienstfähig. Premierminister, ich fordere, dass Sie sie des Kommandos entheben!«

»Mori, um Himmels willen, halten Sie den Mund.« Moris Holo erlosch, vermutlich von Brennon beendet. »Admiral, Sie haben fünf Sekunden, um die Katastrophe abzuwenden. Ich schlage vor, Sie nutzen sie.«

Miriam nickte nachdenklich, verschränkte die Arme vor der Brust und blieb einfach stehen—für alle Beobachter gefasst und ungerührt. Der Raum grollte in Widerspruch und Panik, doch sie drehte den Lärm wieder auf ein leises Summen herunter.

5…

Wenn du mir jemals vertraut hast, bitte ich dich, mir jetzt zu vertrauen.

4…

Ich werde dich nicht enttäuschen.

3…

Vertrau ihr.

2…

»Admiral?«

1…

Ich vertraue dir.

Rings um die Erde feuerten zweihundert Orbitalknoten—jeder mit einer 400-Kilotonnen-Laserwaffe ausgerüstet—auf den Planeten darunter.

55

ERDE

EASK-HAUPTQUARTIER

Zwei Tage Zuvor

Richard sah überrascht auf, als sich die Tür zu seinem Büro öffnete und Alex und Devon hereinkamen. Seine Tür war verschlossen gewesen. Sein Mund verzog sich missbilligend. »Und seit wann hat ANNIE Zugriff auf das EASK-Sicherheitssystem?«

»Seit wir entschieden haben, dass sie ihn braucht.« Devon blitzte ein verschmitztes Grinsen auf, das angesichts seiner in irisierendem Weiß leuchtenden Iriden ziemlich verstörend wirkte. Bei Alex ebenso. Zusammen ergaben sie einen unheimlichen Anblick.

Er versuchte, das aufwallende Unbehagen nicht zu zeigen. »Verstehe. Kann ich helfen?«

Alex stemmte die Hände auf den Rand seines Schreibtischs und beugte sich vor. »Und ob. Wir haben ein Problem.«

»Ich brauche etwas mehr Informationen – aber bevor ihr anfangt, aktiviere ich schnell die zusätzliche Abschirmung, die ich habe einbauen lassen.«

»Die ist schon aktiv.«

Er musterte kurz Devon, legte dann die Unterarme auf den Tisch und sah wieder zu Alex. »Gut. Los.«

»Die Aliens haben noch eine Reihe von Agenten draußen – Leute in Machtpositionen im Militär, in der Regierung und in der Wirtschaft sowie andere, die zwar weniger Einfluss besitzen, aber strategisch so platziert sind, dass sie Schaden anrichten können. Wir glauben, sobald die Aliens merken, dass sie diesen Krieg verlieren, werden sie diese Agenten auf allerlei Arten einsetzen, um das Blatt wieder zu ihren Gunsten zu wenden. Manche dieser Arten könnten katastrophal sein.«

»Wir arbeiten rund um die Uhr daran, jeden Einzelnen aufzuspüren, der—«

»Ihr müsst sie nicht aufspüren. Wir wissen, wer sie sind. Ihr müsst sie stoppen.«

»Woher wisst ihr, wer sie sind? Gibt es eine Liste, von der mir niemand erzählt hat?«

Sie lächelte, und seine Grundängste traten einen Hauch zurück. »Eine Liste wäre fabelhaft. Nein, wir haben keine Liste. Also, jetzt schon, aber die haben wir gemacht und—«

Devon hatte an der Wand unablässig mit dem Zappeln gekämpft. Nun trat er vor, vibrierte förmlich, und fiel ihr ins Wort. »Wir konnten das Kommunikationssignal der Aliens identifizieren, indem wir die Comm-Aufzeichnungen von Aguirre, dem Attentäter von Pandora, und ... anderen quergelesen haben. Annie hatte die Möglichkeiten eingegrenzt, aber sobald STAN die Aufzeichnungen des Attentäters geliefert hat – beschädigt, aber das spielte keine Rolle –, war die Antwort klar. Die Signatur des Signals hat nicht im Entferntesten Ähnlichkeit mit irgendetwas von uns; dann war es nur noch eine Frage des Filterns.«

»Filtern wovon?«

Devons Gesicht verzog sich, als wäre die Frage absurd. »Filtern von allem: dem exanet, Sicherheitslogs, astronomischen Messungen, Daten von Langstreckensensoren und Forschungsbojen. Jedenfalls, hier ist die Liste der Leute, die direkten Kontakt zu den Aliens hatten. Danach haben wir ihre Kommunikationshistorien auf ungewöhnliche Aktivität analysiert und Personen identifiziert, die wahrscheinlich für die Alien-Agenten arbeiten – diese Namen stehen unten. Sie wissen vielleicht nicht, wer ihr eigentlicher Auftraggeber ist, stellen aber trotzdem eine Gefahr dar.«

Richard klemmte sich die Finger an den Nasenrücken, um die heraufziehende Kopfschmerzen zu dämpfen. »Ihr zwei seid keine ausgebildeten Ermittler. Es gibt tausend Gründe, warum die angeblichen Agenten der Metigen diese Leute kontaktiert haben könnten.«

Alex kaute auf der Unterlippe, drängte sich jedoch vor Devon. »Die Leute, die ihr verhaftet habt, weil sie versucht haben, mich zu töten – danke übrigens dafür –, hat jemand von ihnen euch brauchbare Informationen geliefert?«

»Nicht viel. Sie haben unterschiedliche Rechtfertigungen herun-tergebetet: Hass auf Seneca, Angst vor Artificials, jemand habe ihnen eine Menge Geld bezahlt. Bislang führt nichts davon irgendwohin. Warum?«

»Jeder einzelne von ihnen steht auf der sekundären Kontaktliste.«

Er richtete sich im Stuhl auf. »Okay, du hast meine Aufmerk-samkeit. Ich frage lieber nicht, wie ihr an ihre Namen gekommen seid.«

»Gut. Ihr wollt wissen, wer sie auf diesen Weg gebracht hat? Die Antworten stehen hier. Ihr wollt wissen, wer noch auf denselben Weg gesetzt wurde? Die geben wir euch. Wir sind keine ausge-bildeten Ermittler, aber Annie ist es, und alle Artificials besitzen die Algorithmen, um einen Datenberg zu analysieren und Muster zu finden. Für diese Leute wurden alle anderen Erklärungen ausgeschlossen. Sie sind unsere Feinde – jeder einzelne.«

Da waren sie, die Kopfschmerzen. »Was soll ich tun? Sie alle verhaften?«

»Wo du kannst, absolut.«

»Und wo ich nicht kann?«

»Alles Nötige tun, um ihre Handlungsfähigkeit gegen uns – gegen die Menschheit – zu nehmen.«

»Du meinst, sie töten.«

Ihr Ausdruck verdunkelte sich zu dem, was er als Trauer deutete, doch ihre Schultern strafften sich. »Wenn es sein muss. Richard, das ist unser blinder Fleck, die eine Art, wie sie uns treffen können, auf die wir nicht vorbereitet sind. Es könnte alles davon abhängen, dass wir sie stoppen.«

Devon lachte. »Nur kein Druck.«

»Offensichtlich.« Richard betrachtete sie, wie sie vor ihm stand, stolz und trotzig wie immer. Das war Alex. Er kannte sie, seit sie geboren war. Er hatte zugesehen, wie sie von einem frechen, neugierigen Kind zu einer rebellischen, trauernden Teenagerin und schließlich zu einer wunderbaren, außergewöhnlichen Frau heranwuchs. Sie war Davids und Miriams Tochter … und er musste glauben, dass sie unter dem fremdartigen, entrückten Äußeren immer noch dieselbe Person war.

Fast so, als könnte sie seine Gedanken hören – konnte sie? –, blinzelte sie, und das irisierende Leuchten wich, übrig blieb nur das von Natur aus markante Silbergrau. Davids Augen. »Bitte vertrau mir, Richard. Und wenn du mir nicht vertrauen kannst, vertrau den Daten.«

Es war ja nicht so, dass er ihre Analyse für falsch hielt. Nach allem, was er über Aguirres Verschwörung gesehen hatte, plus die unablässigen Manöver, Alex und Caleb auszuschalten, wäre er eher überrascht gewesen, wenn es nicht stimmte. Und es stellte zweifellos eine große Schwachstelle dar, die ihre einzige Chance, zu gewinnen – zu leben –, sabotieren konnte.

Er hatte gedacht, er verstünde die Risiken durch die verschlagenen Ränkespiele der Aliens; deswegen arbeitete er Tag und Nacht, um diejenigen herauszuziehen, die in diesem ganzen Wirrwarr drinsteckten. Die Nachricht von den bevorstehenden Konfrontationen bei Seneca und Romane – dass dieser Krieg womöglich viel schneller als gedacht auf seinen Höhepunkt zusteuerte – hatte ihn vor einer Stunde erreicht. Zusammen mit den Namen, die er jetzt in der Hand hielt, veränderte es den Fokus seiner Ermittlungen erheblich.

Die primäre Kontaktliste war kurz, zum Glück, die sekundäre dagegen nicht … und zusammen enthielten sie zu viele mächtige Leute, zu weit über die Galaxis verstreut. Einige waren de facto unantastbar … und mehrere waren ihm allzu vertraut. »Was, glaubst du, planen sie?«

Sie schüttelte den Kopf. »An die Inhalte der Gespräche kommen wir nicht heran. Attentate, Bombenanschläge, das Kappen von Kommunikation, Sabotage? Was auch immer sie planen, ich garantiere, es ist darauf ausgelegt, den Aliens zum Sieg zu verhelfen, und es wird an entscheidenden Knotenpunkten stattfinden.«

»Ich widerspreche nicht, Alex.«

»Und noch etwas. Du darfst diese Informationen niemandem offenlegen.«

Er stöhnte. »Das kann ich nicht alles allein. Ich werde weitere Ressourcen einsetzen müssen.«

»Natürlich. Aber erzähle dem Minimum Erforderlichen das Minimum Erforderliche. Allen anderen sagst du nichts. Denk daran, die Aliens hören mit. Wenn sie merken, dass wir ihre Kommunikation tracken können, schicken sie ihre Agenten in den Untergrund oder befehlen ihnen, zu früh zu handeln – oder beides.«

»Ich weiß, dass sie mithören – es hat mir die Arbeit in den letzten Tagen zunehmend erschwert.« Er zog einen neuen Screen auf den Tisch, legte ihn neben ihre Liste und verglich. »Vier der Leute auf dieser Liste sind in Gewahrsam. Zwei weitere wurden beim Widerstand gegen die Festnahme getötet.«

Alex' Stirn legte sich überrascht in Falten, und er hob eine Augenbraue. »Ich sagte doch, wir arbeiten rund um die Uhr daran, Verschwörer aufzuspüren. Aber wenn ihr mit der Art und dem Umfang ihrer Pläne recht habt, müssen wir die Strategie ändern – und das heißt, ich muss jetzt sofort noch jemanden hereinholen.«

Er schloss den Screen und ersetzte ihn durch ein Holo. Noch bevor beide protestieren konnten, erschien sein Ehemann darin. Trotz der frühen Stunde an seinem Standort trug er einen sableschwarzen Zopfmuster-Pullover und gebügelte Khakis und nippte an einer Thermoskanne.

Richard lächelte. »Ich hätte nicht erwartet, dich so … wach anzutreffen.«

William stellte die Thermos ab und zuckte die Schultern. »Ich bringe mich nicht dazu, von Erdzeit wegzuschalten – ich hoffe, ich bin nicht lang genug hier, dass es nötig wird. Niemand macht gerade normale Stunden, also passt es. Was gibt's?«

Richard wandte sich an Alex, die nun vollkommen verwirrt dreinblickte, und drehte das Holo zu ihr. »Wir haben Besuch.«

»Alex! Du bist ein Anblick für müde Augen. Ich hoffe, Richard kümmert sich anständig um dich?«

»Ja, er hat ein Dutzend Agenten an meinen Arsch geklebt. Wo bist du?«

»Seneca, tatsächlich.«

Ihr Blick huschte zu Richard, und er chuckelte. »William hat mit Graham zusammengearbeitet, um die restlichen Spieler in der Aguirre-Verschwörung sowie Alien-Kollaborateure außerhalb davon aufzuspüren.«

»Warum?«

»Weil Graham Hilfe brauchte. Sein Stellvertreter war eine Schlüsselfigur der Verschwörung, also steht jeder in seiner Organisation unter Verdacht – und der Anschlag auf das Safehouse, das ihr besucht habt, war ein Inside-Job. Außerdem ...« seine Augen zwinkerten schelmisch zum Holo »... er ist zufällig ein Agent des senecanischen Nachrichtendienstes, also war das kein allzu großer Stretch.«

Sie runzelte weiter die Stirn. »Caleb hat irgendwas in die Richtung erwähnt. Ich bin ehrlich davon ausgegangen, das war die Gehirnerschütterung, die sprach, aber ... weißt du was, ich geh einfach mit.«

»Wohl das Beste. Will, das ist Devon Reynolds.«

»Ich habe viel von Ihnen gehört, Mr. Reynolds.«

»Während ich ...« Alex' Iriden glitzerten plötzlich grell und erloschen wieder »... und jetzt habe ich's. Up to speed. Fahr fort.«

William warf ihm einen fragenden Blick zu, doch er formte stumm ein ›später‹. »Ich habe für siebzig Prozent eurer Verdächtigenliste Bestätigung, dazu eine ganze Reihe neuer Namen ... und ich möchte, dass ihr sämtliche Festnahmen und Zugriffe für die nächsten 18 Stunden einstellt. Bist du im Büro?«

»Nein, im Hotelzimmer. Hast du gerade gesagt, wir sollen aufhören, Verdächtige festzusetzen?«

»Hab ich. Kannst du Graham in der nächsten halben Stunde schnappen?«

William nickte. »Ich fahre jetzt gleich zur Division.«

»Großartig. Ruf mich, sobald du ihn triffst, dann erkläre ich's. Und Will? Du bleibst in Sicherheit, ja?«

William grinste, vielleicht ein wenig nachsichtig. »Ich überlasse die Schießerei den Profis. Versprochen.«

»Okay. Bis gleich.« Richard schloss das Holo früher, als ihm lieb war, und wandte sich wieder Alex zu. »Jetzt sollten wir mit deiner Mutter sprechen.«

Sie verzog schmerzhaft das Gesicht. »Wir können meiner Mutter nichts sagen.«

Unsicherheit flackerte in seinem Kopf. Verdarb die Artificial ihr Urteil schleichend, Stück um Stück? Er schob die Bedenken beiseite; sie würde so etwas nie zulassen.

»Warum nicht? Sie wird dafür sein. Mit ihrer Autorität kann sie helfen.«

»Da ist noch ein weiteres Element im Spiel, etwas, das wir nicht mal dir sagen können. Damit sich die Ereignisse so entfalten, wie wir es brauchen, darf sie davon nichts wissen. Außerdem hat sie mehr als genug auf dem Tisch.«

»Doch, das könnt ihr mir sagen, weil es wichtig ist.«

Sie verdrehte die Augen. »Das ist das zweite Mal in einer Woche, dass du das zu mir sagst.«

Er blickte sie ausdruckslos an. »Nun?«

Sie gab Devon ein winziges Nicken.

Devons Kehlkopf hüpfte, und ausnahmsweise wirkte er nicht großspurig. Er wirkte traurig. »Da gehört noch ein Name auf die primäre Kontaktliste, aber ihr könnt sie nicht verhaften. Nicht vor dem Schluss. Es ist Jules.«

Sein Kiefer klappte herunter. »Brigadier Hervé? Das ist nicht dein Ernst.«

»Ich wünschte, es wäre anders.«

Er sank zurück und rieb sich den Nacken. »Ich kann sie jetzt nicht festnehmen, weil das die Aliens darauf stoßen würde, dass wir ihnen in großem Stil auf die Schliche gekommen sind. Und ich kann es Miriam nicht sagen, weil sie darauf bestehen würde, Hervé sofort aus dem Gebäude und in den Arrest werfen zu lassen.«

»Ziemlich genau.«

Er seufzte. »Verstanden. Ich kümmere mich um alles und beziehe sie nicht ein.«

Sie sprang um den Schreibtisch und umarmte ihn. »Danke.«

Devon hob abwehrend die Hände. »Ich bin kein Umarm-Typ. Aber danke, Mann.«

»Ja, ja.« Er deutete zur Tür. »Habt ihr zwei nicht Aliens zu bekämpfen? Raus jetzt. Und viel Glück.«

Nachdem sich die Tür hinter ihnen geschlossen hatte, sank Richard tiefer in seinen Stuhl und stützte das Kinn auf die Fäuste. Sein Magen verkrampfte sich, eine instinktive, schuldbissige Abwehrreaktion.

Er hatte sich immer für einen moralischen Menschen gehalten. Er war nicht immer seinem eigenen Maßstab gerecht geworden, aber er glaubte, er hatte es immer versucht. Und wenn er scheiterte, versuchte er, es besser zu machen. Sicherlich war es die moralische Wahl, Milliarden unschuldiger Leben zu retten, auch wenn er sich dabei ein wenig die Hände blutig machte?

Eine ohnehin schon schmutzige Operation war nun hässlich und brutal geworden – aber auch umso entscheidender. Menschen würden sterben, und sie würden es auf seinen Befehl hin tun. Es war der einzige Weg.

Jemand hätte es ihm sagen sollen – Miriam hätte es ihm sagen sollen –, wie schwer die Bürde sein konnte, zum Wohle des Größeren zu handeln.

* * *

Bei einer in dieser Woche seltenen Gelegenheit war Miriam in ihrem Büro statt im Lagezentrum. Richard war froh, denn so musste er nicht schon wieder Privatsphäre erbitten, aber überrascht war er trotzdem.

Dann sah er ihr Gesicht, und ihm dämmerte, warum. Er lehnte

sich lässig gegen die Wand. »Alex ist nach Seneca aufgebrochen?«

Sie starrte noch einen Schlag lang schweigend auf ihren Schreibtisch, dann hob sie den Blick und schenkte ihm ein trostloses Lächeln. »Mit einem der neuen Aufklärungsschiffe, also sollte sie rechtzeitig ankommen.«

»Admiral Rychen wird gut auf sie aufpassen, da bin ich sicher.«

»Admiral Rychens Job ist es, sich notfalls töten zu lassen, wenn es für den Sieg nötig ist. Ich glaube immerhin, er wird dafür sorgen, vor ihr zu sterben.« Sie funkelte die Luft verärgert an. »Entschuldige. Ich werde lächerlich wehmütig, was gar nicht geht, wo ich doch einen Krieg zu gewinnen habe. Was brauchst du?«

»Ich brauche ein Blanko-Autorisierungsformular mit deiner Unterschrift.« Bei ihrem überraschten Stirnrunzeln zuckte er zusammen. »Genauer: drei Blanko-Autorisierungsformulare mit deiner Unterschrift.«

»Dir ist klar, dass ich aus ethischen Gründen fragen muss, warum.«

Weil es drei Personen auf dieser Liste gibt, deren Festnahme oder Ausschaltung ich nicht anordnen darf, du aber schon. »Und ich bin aus Gründen der Staatssicherheit verpflichtet, die Auskunft zu verweigern.«

»Richard, es gibt nichts, was du mir nicht sagen kannst. Außerdem gibt es nichts, was du mir rechtlich – oder ethisch – nicht sagen dürftest.«

»Ich weiß … aber das hier kann ich dir nicht sagen. Noch nicht. Vertrau darauf, dass es uns hilft, den Krieg zu gewinnen.«

Ihr admiralstaugender Blick bohrte sich mehrere Sekunden in ihn, doch er hielt stand.

Schließlich nickte sie knapp. »In Ordnung. Wäre es jemand anderes, würde ich – nun, du weißt, was ich tun würde.«

Sie gab auf dem Bedienfeld ihres Schreibtischs eine Reihe von Kommandos ein. »Ich schicke sie dir jetzt. Ich vertraue darauf, dass du sie gut einsetzt.«

*　*　*

SENECA

CAVARE, NACHRICHTENDIENST-HAUPTQUARTIER

Zwei Tage Zuvor

»Das ist doch wohl nicht euer blutiger Ernst. Ich dachte, wir wären mit dieser Scheiße langsam am Ende?«

Richard runzelte aus dem Holo heraus die Stirn, und Graham würde sagen, wirklich erfreut sah er auch nicht aus. »Ich bin's nicht, und wir sind's nicht. Also, was meinst du?«

Graham fuhr sich mit der Hand durchs Haar, das seit irgendwann gestern – was praktisch zwei Tage her war – nicht mehr gekämmt worden war, und verzog das Gesicht zu William hinüber, der auf der anderen Seite des Schreibtischs saß. Als der Mann vor ein paar Minuten in sein Büro gestapft war und gesagt hatte, er habe etwas, das zu noch weniger Schlaf führen würde, hatte er sich auf vieles eingestellt – aber nicht darauf.

»Ich habe eigentlich nicht die Autorität, militärische Festnahmen zu befehlen, aber irgendwie kriege ich es hin. Die Zivilisten … dafür gibt es Black-Ops, oder? Einige dieser Namen sind allerdings nicht auf Föderations- oder Allianzgebiet. Hast du eine Möglichkeit, rechtzeitig an sie heranzukommen?«

»Nein. Aber du weißt, wer eine hat.«

Er nickte, erleichtert, dass Richard selbst zu derselben unangenehmen Schlussfolgerung gekommen war. »Weiß ich. Dir ist natürlich klar, dass ‚Festsetzung‘ nicht das Ergebnis sein wird, wenn wir ihr einen Namen geben.«

Richard fuhr sich mit der Faust über den Mund bis an den Kiefer. »Es steht alles auf dem Spiel. Gott kann über unsere Taten richten, wenn es so weit ist. Wenn die Menschheit überlebt, dürfen unsere Vorgesetzten und vielleicht sogar die Öffentlichkeit auch richten.«

Graham schätzte, dass die Ehrenhafteren unter seinen Freunden bereit waren, sich dem Urteil ihres jeweiligen Gottes zu stellen, aber persönlich hatte er vor, seine Sünden für sich zu behalten. »Von mir werden sie es nicht erfahren. Ich nehme meine Geheimnisse mit ins Grab, hoffentlich irgendwann im nächsten Jahrhundert.«

William ignorierte ihn, fixierte das Holo. Verständlich. »Falls es überhaupt hilft, Richard: Ich glaube, das ist richtig. Was auch immer ihre Motivation ist, diese Leute werden Beihilfe zur Zerstörung der Zivilisation leisten, wenn du – wenn wir – sie nicht aufhalten.«

Richard schenkte William ein schwaches, aber echtes Lächeln, und Graham war erleichtert, dass nicht noch eine zerbrochene Familie auf seinem Gewissen lag.

»Tut es. Danke. Genug Selbstmitleid, uns läuft die Zeit davon. Bereiten wir eine Nachricht an Ms. Montegreu vor?«

* * *

NEW BABEL

UNABHÄNGIGE KOLONIE

Vierzig Stunden Zuvor

Die glatten, einschmeichelnden Töne der Nachrichtensprecherin wehten durch die offene Badtür herein.

»Wir bringen Ihnen eine Eilmeldung. Soeben haben wir erfahren, dass die Führung der Erdallianz zugestimmt hat, ihre gewaltige Sol-Flotte nach Seneca zu entsenden, um dort Seite an Seite mit den Streitkräften der Föderation die erwartete Attacke einer Metigen-Armada abzuwehren.

»Sprecher sowohl der Allianz als auch der Föderation verweigern die Bestätigung, doch wenn es stimmt, wäre es ein beispielloser historischer Akt des guten Willens und der Kooperation zwischen Regierungen, die vor wenigen Wochen noch im Krieg miteinander lagen. Zugleich wirft es die Frage auf, ob es klug ist, die Erde in Kriegszeiten praktisch unverteidigt zurückzulassen.«

»Wer hätte gedacht, dass ich der Galaxis solche Eintracht und Harmonie bringe? Ich denke, mein Ruf gehört angepasst, um meinen Status als Friedensstifter zu reflektieren.«

Aidens Zehen fuhren unter der Blubberoberfläche an Olivias Wade entlang, während das Champagnerglas an seinen Lippen schwebte. »Ich schreibe eine Notiz. In der Zwischenzeit frage ich mich ... sollte ich den verbliebenen Shào-Mitgliedern Amnestie anbieten, wenn sie meiner Organisation beitreten? Ob ich mich daran halte, kann ich nicht versprechen, aber ich hätte gern deine Meinung.«

Die Antwort auf die Frage, wie Aiden Shàos Hauptquartier hatte ausschalten können, lautete: Er hatte eine Frau im Kartell. Sie hatte sich vor über zwei Jahren in die Führung eingeschlichen, nachdem Shào Triene zunehmend angegangen war. Binnen Stunden nach der Kontaktaufnahme hatte sie im Stützpunkt Sprengsätze platziert und gezündet. Zu den nun toten Insassen gehörten nicht nur Eun Shào selbst, sondern sein Chefstab, vier Leutnants, drei untere Chargen und mindestens dreißig Front-Mitarbeiter.

Sie schnaubte und ließ den Kopf an seiner Schulterkurve zurücksinken. »Nur wenn du nächste Woche eine Gamma-Klinge in der Wirbelsäule haben willst. Diese Schläger haben keine Ehre.«

Sein Kichern vibrierte tief in ihr Haar. »Während du und ich... wir haben Ehre?«

»Wir haben Standards. Wer darunter fällt, ist keiner Ehre würdig. Wer darüber hinauswächst? Sicher, der hat Ehre.«

Seine nicht-Champagner-Hand glitt unter den Schaum und lief ihr den inneren Oberschenkel hinauf. »Ist es ehrenhaft, wenn—«

»Stopp.« Sie schlug seine Hand weg, als sie die Nachricht öffnete, die gerade eingetroffen war.

»Komm mir nicht mit Teasen, Olivia. Du—«

»Ich lese hier gerade etwas, verdammt.«

Er murrte hinter ihr, gehorchte aber, während sie die Nachricht erneut studierte, kaum in der Lage, ihren Inhalt zu fassen. Und sie hatte gedacht, dass es skandalös sei, wenn das Militär der Föderation illegale Booster für ihre Jagdpiloten anforderte ... »Das glaubst du mir im Leben nicht.«

»Bei dir glaube ich alles. Was ist es?«

»Am besten zeige ich's dir.« Sie projizierte ein Aural, das über dem schaumigen Wasser schwebte.

Ms. Montegreu,

Mit äußerstem Widerwillen und Abscheu bitten wir Sie gemäß den Bedingungen unserer Vereinbarung, die folgenden Agenten des Metigen-Feindes zu unterwerfen oder andernfalls handlungsunfähig zu machen:

Joon Choung, CEO von Choung Pharmaceuticals

Hanse Abel, stellvertretender Vorsitzender von Advent Materials

Greta Schwartz, Stabschefin des Gouverneurs von Atlantis

Alonso Bianchi, Chef-Stellvertreter des Shào-Kartells

Karie Singh, Direktorin der Versorgungsbetriebe auf Pandora

Vincenza Nielson, Vorsitzende von Total Chemical Solutions auf Romane

Mellie Ohara, Chef-Nachrichtensprecherin, Galaxy First Communications

Gegenmaßnahmen gegen die Genannten sind frühestens 20 Stunden und spätestens 36 Stunden nach dem Zeitstempel dieser Nachricht zu ergreifen. Die Erfüllung aller hierin enthaltenen Ersuchen sowie die Aufhebung des Auftrags auf das Leben von Noah Terrage stellen die Erfüllung unserer Vereinbarung und Ihre Entlassung aus ihren Bedingungen dar.

— Richard Navick und Graham Delavasi

»Verzeih die vielleicht selbsterklärende Frage, aber ist das eine Mordliste?«

»Ich glaube schon. Oh, und schau, eine ist schon tot. Was für ein interessanter Zufall.«

»Arbeiten also für die Aliens, hm? Je mehr Chaos gesät wird, desto besser.«

»Sie wollen diese Leute wohl sehr dringend loswerden, wenn sie mich dafür von weiterem Druck freistellen.«

»Wer ist Noah Terrage?«

Sie brummelte vor sich hin. »Ein sehr glücklicher Mann, so wie's aussieht.«

»Auf der Liste stehen einige mächtige Personen, die echten Schaden anrichten könnten. Du wirst meine Hilfe brauchen.«

»Stell dich nicht dumm. Ich hätte sie dir nicht gezeigt, wenn ich deine Hilfe nicht erwartet hätte.« Sie wand sich aus seinem Griff, stand auf und schnappte sich das Handtuch vom Haken. »Los. Wir haben viel Arbeit und wenig Zeit.«

* * *

ERDE

EASK-HAUPTQUARTIER

Dreißig Minuten Zuvor

Devon: Dieser Signalstrahl ist genial, Mia. Annie schämt sich, dass sie ihn nicht erfunden hat.

Mia: Meno schämt sich, dass er ihn nicht früher erfunden hat. Wer hätte gedacht, dass Artificials Minderwertigkeitskomplexe haben?

Devon: Wer hätte gedacht, dass Artificials überhaupt Komplexe haben?

Stanley: Morgan hat gerade die Hand gehoben. Was heißt das?

Alex: Devon, kannst du den Signalstrahl auch an die Arrays auf Erde und Seneca pushen?

Devon: Denkst du, ihre Feuerkraft reicht nicht?

Alex: Ich denke, dies ist nicht der Moment, irgendetwas in Reserve zu halten.

Devon: Valider Punkt. Mal sehen.

Mia: Romanes Chefingenieur sagte, unsere könnten keine Signale senden.

Devon: Er ist nur faul. Die Empfänger kann man umprogrammieren, damit sie auch als Sender fungieren, aber wie das geht, lernt man nicht in »Einführung in die Elektronik«. Ich bin nicht faul, aber beschäftigt. Kann jemand— warte, egal. Annie hat sich eine Routine vom Gagarin-Institut geborgt.

Alex: Weiß das Gagarin-Institut davon?

Devon: So gut wie sicher nicht. Sie hätten es nicht auf ihrem privaten, verschlüsselten internen Netzwerk speichern sollen, wenn sie nicht wollten, dass ein wahnsinnig mächtiger, entfesselter Mensch-Artificial-Hybrid es klaut.

Alex: Klar.

Devon: Alles klar, Erdverteidigungsnetz steht. Morgan, ich brauche einen Bypass der ware-Änderungssperre des senecanischen Verteidigungsnetzes.

Morgan: Erledigt. Tu mir den Gefallen und vergiss die Tunnelführung, nachdem du sie benutzt hast, falls wir in Zukunft wieder gegeneinander Krieg führen.

Devon: Sicher doch.

Mia: Sagt er in der am wenigsten überzeugenden Stimme aller Zeiten. Ooh, noch ein Schwärmer zum Abschießen. Das wird so schnell nicht langweilig.

Morgan: Du könntest überrascht sein ...

Alex: Devon, müssen wir Hervé wirklich provozieren? Können wir nicht einfach Richard veranlassen, sie zu verhaften, den anderen sagen, was läuft, die verdammten Arrays feuern und fertig?

Devon: Wir provozieren nicht nur Jules – wir provozieren sie alle. Sie nennen das einen ›Test‹, und wenn wir nachher irgendeinen Grad an persönlicher Sicherheit genießen wollen, müssen wir ihn durchführen.

Alex: Und wenn sie bei diesem Test durchfallen?

Devon: Dann wissen wir wenigstens, worauf wir uns einzustellen haben, und können entsprechend handeln.

Alex: Verdammt. Okay.

* * *

Fünf Minuten Zuvor

Wie sieht's bei euch aus? Ich fürchte, uns geht gleich die Zeit aus.

Noch ein Ziel übrig, sie sollte in den nächsten fünf Minuten in Gewahrsam sein. Wie laufen die Dinge in Vancouver?

Richard ließ seinen Blick von seinem Platz relativer – Betonung auf »relativer« – Privatsphäre in der hintersten Ecke über das

Lagezentrum schweifen. Größtenteils gingen Offiziere im Kreis oder starrten angestrengt auf Displays, als könnten sie damit die Daten beeinflussen, die angezeigt wurden.

Doch das Zentrum des Wirbels war eindeutig und hieß Miriam Solovy.

In ihrer direkten Umlaufbahn rotierte ein ständig wechselndes Feld aus Beratern und Abteilungsleitern. Devon war als großes, separat gestelltes Holo präsent. Er lümmelte entspannt in einem Sessel in der Mitte des Sim-Raums; das Zucken seiner Augenlider war der einzige explizite Hinweis darauf, dass sein Geist anderswo war. Gelegentlich murmelte oder rief er Durchsagen und Beobachtungen, doch seine sichtbarste Handlung bestand darin, relevante Informationen auf Miriams Anzeigen zu leiten.

Das vergrößerte freilich nur das Meer an Daten, das Miriam umgab – mehr, als irgendein Mensch aufnehmen konnte. Und sie hatte keine Artificial im Kopf, die ihr dabei half.

Schon das Gespräch mit William war eine willkommene Atempause in den stundenlangen Spannungen, die den Raum durchzogen.

Ungefähr so, wie man es in einem Raum voller Menschen mit juckenden Abzugsfingern und nichts zum Draufschießen erwarten würde. Sie rechnen jede Sekunde mit dem Weltuntergang, aber es sieht ... nun, es sieht so aus, als würden wir gewinnen.

Ich habe nicht deinen Logenplatz, aber das ist auch hier das Gerücht. Alex?

Lebt und räumt nach allem, was ich sehe, quer durch die Vereinte Flotte auf.

Natürlich. Wie ist der Stand bei den restlichen Zielen?

Richard verzog trotz bester Bemühungen das Gesicht.

Einen der militärischen Ziele haben wir nicht rechtzeitig erwischt. Wir haben ihn auf seinem Schiff getrackt und mussten ihn dann am Boden jagen – und verdammt, er hat den Prevo auf Romane ausgeschaltet, bevor man ihn überwältigen konnte.

Jesus. Das beweist immerhin, dass sie mit der Bedrohung recht hatten, wenn auch zu hohem Preis.

Da sagst du was. Montegreu hat vor zwanzig Minuten gemeldet, sie habe ihre Verpflichtungen vollständig erfüllt. Ich mag mir nicht ausmalen, was das beinhaltete.

Es musste sein, Richard. Für die Sicherheit – für das Überleben – von uns allen.

Ich weiß. Heißt nicht, dass ich es mögen muss.

Es hilft dir vermutlich nicht, aber Delavasi mag's auch nicht.

Mag sein, aber er ertränkt sein schlechtes Gewissen bloß in Alkohol. Und Nutten.

Richard lachte so laut, dass Miriam zu ihm herübersah. Er tippte sich ans Ohr, was sie offenbar zufriedenstellte.

Nutten, wirklich?

Du hast ja keine Vorstellung.

Und will ich auch gar nicht. Weiter zu einem weniger verstörenden Bild ... also ist bei euch alles erledigt?

Mit ... jetzt, ja.

Danke, Will. Die nächste Stunde oder zwei könnten etwas heikel werden, aber dank deiner Hilfe wird es das wert sein.

Ich liebe dich.

Und ich dich. Wenn das vorbei ist, kommst du nach Hause, ja?

Ich habe vor, vor dir da zu sein.

Richard beendete das Gespräch mit einem erleichterten Lächeln. Er hatte das Geheimnis wie erbeten gewahrt; nur er, William und Graham kannten alle Informationen. Montegreu hatte ihre Liste, und ausgewählte Agenten der Allianz und der Föderation im Feld sowie einige Offiziere hatten ihre Ziele, aber nicht mehr.

Er fragte sich, wie lang er noch auf das warten durfte, was kommen würde. Dann bemerkte er, wie Miriams Haltung sich von normaler

Epik-Schlacht-Anspannung zu ernster Epik-Schlacht-Anspannung wandelte.

Wie sich herausstellte, nicht lange.

56

ERDE

EASK-HAUPTQUARTIER

Kennedy zog den Mantel fester um sich, bevor sie sich über den Hof auf den Weg zum Logistikgebäude machte.

Ihr kindisches Schmollen am Strand hatte sie vor Stunden aufgegeben, ein wunderbares Abendessen in einem wunderbaren Restaurant genossen—immer noch allein—und eine bewundernswert ausgedehnte Imitation von Schaufensterbummeln im Marktviertel hingelegt. Aber als die Läden für die Nacht schlossen und es spät wurde, hatte sie schließlich nachgegeben und war auf die Insel zurückgekehrt.

Die Newskanäle, die in jedem Laden, an jeder Straßenecke und in ihrem eVi liefen, waren verwirrt, vage und oft widersprüchlich. Das meiste, was sie herausfinden konnte, war, dass die Vereinigte Flotte noch nicht vernichtet worden war. Das ließ sie in einem Maß an Unwissenheit verharren, das einfach nicht akzeptabel war.

Sie bezweifelte, dass man sie jetzt eher ins Lagezentrum lassen würde als zuvor, aber selbst die Lobby sollte bessere Informationen bereithalten als die Medien, oder? Und falls sie zufällig am

Lagezentrum vorbeikäme—

—erhellte ein gleißender Blitz den Himmel über ihr. Das donnernde Dröhnen mehrerer Detonationen folgte und peitschte auf ihre Trommelfelle ein. Alle im Hof blieben stehen und starrten nach oben.

Sechs Laserstrahlen schossen vom Himmel herab und schlugen in zwei massige Schatten vielleicht vier Kilometer über ihr ein. Das leuchtend zitronengelbe Funkeln der Strahlen konnte nur bedeuten, dass sie aus den Orbitalarrays stammten—auch wenn die Arrayknoten eigentlich nach außen zeigten. Während sich das Licht der Laser am Nachthimmel ausbreitete, gaben die Schatten ihre Gestalt preis: Metigen-Superdreadnoughts. Einer schwebte direkt über dem EASK-Komplex, der andere südöstlich über der Sea-Vac-Metro.

Sie hatte nur den Bruchteil einer Sekunde, um zu begreifen, was sie sah. Die Orbitalverteidigungs-Arrays der Erde waren die mächtigsten Waffen, die es gab—zumindest die, die von Menschen gebaut worden waren. Jeder Knoten hatte die Größe eines Häuserblocks und beherbergte einen Laser, der über fünfmal so stark war wie die Waffen eines Allianz-Dreadnoughts. Zweihundert einzelne Knoten umkreisten die Erde auf zehn Arrays. All das bedeutete: Die Wucht von drei Lasern, die in jeden Superdreadnought frästen, zerstörte die gigantischen Schiffe in weniger als vier Sekunden.

Kennedy warf den Kopf zurück und gackerte vor Vergnügen, als der Himmel wie ein Feuerwerkszirkus aufglühte. Die erste Siegesfeier war in großem Stil eingetroffen—höflichst geliefert von den Aliens selbst.

Dann begann der Trümmerregen, und sie beschloss, dass sie nicht schon wieder—oder überhaupt jemals—unter einer weiteren Tonne Schutt begraben sein wollte. Sie sprintete zur Tür und erreichte sie im selben Augenblick, in dem ein dreißig Meter langer Splitter eines

Superdreadnoughts mitten in den Hof rammte.

Das gäbe ein völlig akzeptables Mahnmal zum Gedenken an den Metigen-Krieg.

* * *

Die Waffen der Orbitalarrays trafen nicht London oder Vancouver oder New York oder Sydney oder die anderen vier Städte, die scheinbar in ihrer Schusslinie lagen. Stattdessen trafen sie die zweiunddreißig Metigen-Superdreadnoughts, die hoch über diesen Städten getarnt schwebten.

Der erste Einschlag der Laser störte die Tarnung der Schiffe und offenbarte die volle Größe der angreifenden Streitmacht. Die Superdreadnought-Waffen schwangen nach oben auf der Suche nach der Quelle der Angriffe, doch mehrere Knoten, die aus weit auseinanderliegenden Positionen feuerten, verweigerten ihnen ein leichtes Ziel.

Die gewaltigen Waffen rissen durch die mächtigen Schiffe. In bemerkenswerter Synchronizität zerfielen sie und brachen fast im Gleichtakt in purpurroten Flammen auf. Im nächsten Augenblick barsten sie in massiven, blendend weißen Explosionen auseinander.

Im Lagezentrum und auf den Holos standen alle in sprachloser Fassungslosigkeit, als sie die Vernichtung der Kolosse mitansahen. Bilder aus jeder betroffenen Stadt der Erde—und identische aus Cavare und zwei weiteren senecanischen Städten—hatten die Schlachtkarten über dem Tisch ersetzt.

Niemand fragte im Moment, woher die Livebilder stammten, wann sie so praktisch in die Warteschlange gestellt worden waren oder wie sie jetzt angezeigt wurden. Miriam hatte allerdings eine gute Idee, wer verantwortlich war. Ihre eigentliche Frage war … wozu das Theater?

Sie öffnete einen Kanal zu den Terrestrischen Notfalloperationen. »Mobilisieren Sie sofort die Rettungskräfte in den betroffenen Städten. Herabstürzende Trümmer werden Schäden und Verletzte in den Metropolregionen verursachen.«

Dann schloss sie die Augen und atmete aus. *Alex, ich könnte dich umarmen. Und dann umbringen.*

Plötzlich redeten alle durcheinander, doch sie konzentrierte sich auf die wichtigen Stimmen.

Brennons Mund stand offen und seine Hände schienen leicht zu zittern. »Ich verstehe es nicht. Wie sind sie überhaupt an unserer Verteidigung vorbeigekommen? Wie konnten zweiunddreißig Superdreadnoughts im Luftraum über diesen Städten verborgen bleiben?«

Devon antwortete unverhohlen selbstzufrieden: »Ihre Beherrschung der Tarntechnologie ist unserer weit voraus, und die Technik ist äußerst anspruchsvoll. Es war ein Leichtes, unter Tarnung einzeln einzuschlüpfen. Dachten Sie, nur weil sie die Schirme bisher nicht eingesetzt hatten, hätten sie die Fähigkeit nicht? Sie wollten bis jetzt schlicht nicht getarnt sein.«

Miriam musterte Devon misstrauisch. »Woher wussten Sie es?«

Er zuckte mit den Schultern, als wäre es eine Petitesse. »Die Tarnprojektion gibt jenseits des simulierten Umfelds eine schwache Rest-Energiesignatur ab. Wir haben gestern die Langstreckensensoren darauf angesetzt. Nachdem wir sie am Hauptasteroidengürtel aufgefasst hatten, verfolgten wir sie zu ihren Zielorten. Dasselbe auf Seneca.«

»Warum haben Sie uns nicht einfach informiert und sie ausgeschaltet, sobald sie ankamen?«

»Wir wollten unsere Karten nicht aufdecken, bevor wir alle ihre Agenten gesichert hatten.«

»Erklären Sie.«

Richard räusperte sich. Als alle Blicke auf ihn fielen, zupfte er am Jackensaum. »Die Prevos glaubten—zu Recht—, dass die Aliens einen Rückfallplan hatten, den sie ausführen würden, sobald sie zu verlieren begannen. Dazu gehörte unter anderem, Agenten in der ganzen Galaxis einzusetzen, um unsere Bemühungen auf vielen Ebenen zu sabotieren. Alex und die anderen haben der Marineaufklärung und der Föderationsaufklärung eine Namensliste geliefert. Wir haben die letzten vierundzwanzig Stunden damit verbracht, diese Leute festzunehmen oder, wenn nötig, auszuschalten, bevor sie handeln konnten. Der Mann, der Ms. Requelmes Artificial zerstört hat, war einer dieser Agenten, die wir nicht rechtzeitig festsetzen konnten.«

Also dafür waren die Blanko-Genehmigungen gedacht. Sie starrte Richard herausfordernd an; er verzog das Gesicht dramatisch— vermutlich entschuldigend.

Brennon sah weiterhin reichlich verwirrt aus, und sie fragte sich, ob diese jüngste Fast-Katastrophe seine bewundernswerte Fassung nun doch gebrochen hatte. »Woher hatten die Prevos die Namen?«

Richard nickte in Devons Richtung. »Mr. Reynolds?«

Devon stieß einen übertriebenen Seufzer aus, genoss das Rampenlicht aber offenkundig. »Alles dank Annie. Schon vor Noetica fiel ihr auf, dass Jules winzige, subtile Fehler in ihre Algorithmen einschleuste, um die Genauigkeit ihrer Analyse der Aliens zu schwächen. Nachdem wir verlinkt waren, sagte sie es mir—als hätte sie es vor mir verbergen können.

»Wir haben Jules' Comms-Protokolle mit denen der anderen bekannten Metigen-Agenten abgeglichen—Aguirre, der Attentäter— und übereinstimmende anomale Signale entdeckt. Sobald wir die Signatur der Aliens identifiziert hatten, konnten wir weitere Kontakte lokalisieren. Wir verfolgten die Aktivitäten von Hervé und diesen anderen Agenten zu weiteren Agenten und so weiter. Sie waren im Militär, in der Regierung, in der Wirtschaft, überall—und manche von ihnen hätten ernsthaften Schaden anrichten können. Einer hat es getan.«

»Beeindruckende Detektivarbeit.« Die Erklärung warf viele Fragen auf; die meisten konnten warten, aber nicht alle. »Was ist mit dem Kill Switch? Warum das Risiko, dass Brigadier Hervé ihn benutzt?«

»Ach das? War nie eine echte Bedrohung. Wir haben ihn in der ersten Stunde gefunden und deaktiviert.«

»Natürlich haben Sie das.«

Es war ein beunruhigender Gedanke, über das tatsächliche Ausmaß der Macht der Prevos nachzusinnen. In den letzten fünf Minuten hatten sie eine eindrucksvolle Demonstration geliefert, und Miriam musste sich fragen, wie weit sie noch reichte. Aber auch das war eine Frage für morgen.

Ihr Blick kehrte zu Richard zurück. »Warum haben Sie es mir nicht gesagt? Warum hat Alex es mir nicht gesagt?«

Er verzog das Gesicht schmerzlich. »Miriam, du weißt, dass die Aliens alles abhören, jederzeit und überall—aber ich vermute nirgends mehr als in deiner Umlaufbahn. Wir mussten es auf die kleinstmögliche Gruppe beschränken—buchstäblich drei Personen außerhalb der Prevos kannten die Details. Der Rest hat nur Befehle befolgt. Und wenn du erfahren hättest, dass Hervé eine Metigen-Agentin ist, hättest du auf einer Verhaftung bestanden. Wäre das passiert, wären die Aliens gewarnt worden, bevor wir die anderen Agenten gesichert hätten, und wir hätten die Kontrolle über die Lage wieder verloren.«

Sie nickte langsam. Der Logik konnte sie nichts entgegensetzen, aber ihr Stolz glühte dennoch schmerzhaft.

Brennon schien sich von seiner Verwirrung zu erholen und fand erneut seine Stimme. »Was jetzt?«

Gianno und Vranas waren damit beschäftigt gewesen, die eigenen Folgen der Superdreadnought-Vernichtung auf Seneca zu bewältigen, doch auch sie hörten nun interessiert zu.

»Jetzt intensivieren wir—«

Ihr habt unsere Aufmerksamkeit.

* * *

RAUM, NORD-ZENTRAL QUADRANT

SENECA-STERNSYSTEM

Die Stimme dröhnte in Alex' Kopf, als hätte jemand einen Basslautsprecher in die Mitte ihres Gehirns gestellt.

Ihr habt unsere Aufmerksamkeit.

Verdammt richtig habt ihr die.

Die unterschiedlichen Reaktionen der anderen auf der Brücke deuteten darauf hin, dass ein paar von ihnen die Übertragung ebenfalls empfingen, aber nicht die meisten. Sie wusste sofort, dass die anderen Prevos sie hörten, und bemerkte, wie Rychen ihrer Mutter wild gestikulierend etwas bedeutete. Es lag nahe, dass die militärische und politische Führung Teil des Publikums war. Ein kurzer Blick zu Caleb bestätigte, dass auch er die Erklärung der Aliens empfing. Die Aliens würden zweifellos genau wissen, wer wichtig war—und wer aus ihrer Sicht nicht.

Erst jetzt wurde ihr klar, wie affektiert Mesmes ätherische Stimme gewesen war. Dieses Alien sprach tonlos, flach, asketisch.

Sie antwortete dem Alien, denn es kam ihr nicht in den Sinn, dass jemand anderes an ihrer Stelle antworten könnte. »Wir haben mehr als eure Aufmerksamkeit. Wir haben unseren Stiefel auf der Kehle eurer Streitkräfte. Sie knicken vor uns ein.«

Was sind eure Absichten? Wir sind bereit, Bedingungen zu erörtern.

Sollten andere versucht haben zu antworten—die Politiker, ihre Mutter, irgendwer—, wurden sie blockiert. Die Bühne gehörte ihr.

»Wir beabsichtigen, jede einzelne eurer Maschinen zu zerstören. Wenn ihr uns auslöschen wollt, müsst ihr schon selbst kommen und kämpfen. Aber so etwas macht ihr nicht, oder? Das Blut an euren zarten, engelhaften Händchen wäre zu viel für euch. Es könnte eure kostbare Eitelkeit bedrohen, euer *tshcheslaviye*.«

Bildet euch nicht ein, uns zu verstehen. Ihr versteht nichts.

»Und ihr versteht weit weniger von der Menschheit, als ihr euch einbildet. Wir haben eure Versuche zurückgewiesen, uns mit Terror zu kontrollieren. Wir zittern nicht vor euch—wir stehen auf und kämpfen. Und so fehlerhaft wir sind, wenn es darauf ankommt, sind wir in der Lage, über diese Fehler hinauszuwachsen. Seid ihr das? Irgendetwas sagt mir, dass ihr es nicht seid. Es ist eine nützliche Fähigkeit—ihr solltet euch damit beschäftigen. Denn wenn wir es tun, sind wir mächtiger, als ihr euch vorstellen könnt.«

Glaubt, was ihr wollt. Wenn ihr zustimmt, nicht—

»Ach, noch etwas, das ihr offenbar nicht versteht: Wir haben euch besiegt. Also spart euch den gönnerhaften Ton. Wir haben beim letzten Mal genug von euren Bedingungen gehört, um zu wissen, dass wir davon nichts wollen—ich hätte erwartet, dass ihr das etwas schneller begreift, aber sei's drum.

»Stattdessen kommen hier unsere Bedingungen. Zieht alle eure Schiffe durch das Portal ab und kehrt nicht zurück. Um sicherzustellen, dass ihr nicht zurückkehrt, werden wir das Portal blockieren. Jedes Schiff, das ihr zu schicken versucht, wird zu tausend kleinen Stücken zerrissen, bevor es die Passage vollendet.

»Außerdem stellt ihr eure Einmischung in unser Universum ein. Ihr stellt eure Beobachtung unseres Universums ein. Wir sind nicht länger euer Experiment, mit dem ihr spielt. Von diesem Tag an bestimmen wir unser Schicksal selbst.«

Ihr fordert viel. Was erhalten wir zum Ausgleich?

»Wir hören auf, euch den Hintern zu versohlen—lange genug, damit das, was von euren Maschinen übrig ist, sich durch das Portal davonstehlen kann.«

Was noch?

»Gern doch: Wir hätten gern eine Erklärung. Was, zur Hölle, lässt euch glauben, ihr hättet das Recht, uns auszulöschen? Worum geht es hier wirklich?«

Ihr seid gefährlich—weit gefährlicher, als ihr erkennt. Ihr müsst eingedämmt werden.

»Woher wollt ihr das wissen? Wir haben euch nie bedroht. Kein einziges Mal.«

Wie wir es wissen, ist unerheblich.

»Lass mich raten—es ›geht uns nichts an‹. Hab ich schon mal gehört. Schön. Das sind unsere Bedingungen. Ihr habt eine Minute.«

Devon: »Hey, ich hab mich auf ihre Übertragung aufgeschaltet. Wer sie gehört hat, hat dich auch gehört. War eine ziemliche Show.«

Alex: »Verdammt richtig war's das.«

Ein kurzer Impuls kam von ihrer Mutter.

Ich billige deine Bedingungen.

Sie drehte sich, ließ den Blick über die Brücke schweifen und erneut bei Caleb landen. Er lehnte nicht weit entfernt an der linken Wand und schüttelte den Kopf, mit einem verwegenen, unglaublich küssbaren Grinsen auf den Lippen. Ihres krümmte sich spiegelbildlich—

Sehr gut. Wir lassen euch treiben, wie ihr wollt—mit einer Warnung: Sucht nicht nach uns.

»Wie auch immer. Abtreten. Jetzt. Wir werden euch bis zum Portal verfolgen, also versucht nicht, Schiffe zurückzulassen, um künftig Unheil anzurichten.«

Was aus euch wird, interessiert uns nicht. Aurora geht uns nichts mehr an. Lebt wohl.

Kaum spürte sie, wie sich die Verbindung aus ihrem Kopf zurückzog, wirbelte sie zu Rychen herum. »Ich meine es ernst—wir müssen ihnen bis zu diesem verdammten Portal folgen. Schickt alle Aufklärer und Aufklärungskreuzer, vielleicht ein paar Kreuzer zur Einschüchterung hinterher. Drückt sie notfalls durch das Portal zurück und verriegelt es.«

»Mit Vergnügen.« Er lachte, während er die Befehle ausgab.

Ihr Blick wanderte zu den Sichtfenstern. Erstmals seit ihrer Ankunft begannen die Sterne wieder zu funkeln—nachdem Feuer und Explosionen sich wie Tage lang den Himmel einverleibt hatten. Sie neckten sie, flackerten spielerisch im Tanz zwischen Trümmern und kreuzenden Schiffen.

Die verbliebenen Schwärmer dockten an den verbliebenen Superdreadnoughts an—und dann waren sie im nächsten Augenblick verschwunden.

Ist es vorbei?

Ich glaube schon, Valkyrie.

Wir haben auf spektakuläre Weise gewonnen, oder?

Ja. Ja, das haben wir ganz gewiss.

57

SENECA

CAVARE, MILITÄRHAUPTQUARTIER

EILMELDUNG: PRESSEKONFERENZ DES
PREMIERMINISTERS DER ERDALLIANZ BRENNON

*»Ich trete heute zugleich überglücklich und gebrochen vor Sie. Die
Bedingungen der Kapitulation der Aliens lauteten auf vollständigen
und bedingungslosen Rückzug aus unserer Galaxis, und ich kann nun
bestätigen, dass dieser Rückzug erfolgt ist. Wir werden ihr Portal
unablässig überwachen, und sollten sie in Zukunft zurückkehren wollen,
werden sie scheitern. Ihr—jede Frau, jeder Mann, jedes Kind—könnt heute
Nacht ruhig schlafen, frei von der Angst, dass mit Tagesanbruch euer
Zuhause belagert wird.*

*»Die Kosten dieses Sieges waren enorm. So sehr wir es versuchen,
womöglich entziehen sie sich unserem Vermögen, sie zu ermessen. Mehr
als fünfzig Millionen Menschen sind über neununddreißig Welten hinweg
gestorben. Dreihunderttausend tapfere Soldaten der Menschheit gaben
ihr Leben, um unsere Welten zu verteidigen und diesen Sieg zu erringen.
Die Schäden an unserer Infrastruktur gehen in die Quadrillionen. Der
Wiederaufbau wird Jahre dauern. Aber wir werden wieder aufbauen.*

»*Heute stehen wir geeint. Denn so viel wir verloren haben, sind wir stärker als zuvor. Dies ist kein Sieg der Erdallianz oder der Senecanischen Föderation—es ist ein Sieg der gesamten Menschheit. Angesichts der Auslöschung legten wir unsere Unterschiede beiseite und kämpften Seite an Seite. Wir kämpften als Einheit für alles Leben, denn alles Leben ist kostbar.*

»*Lasst uns nun ein neues Kapitel in der Geschichte der Menschheit aufschlagen. Lasst uns diese neue Morgenröte begrüßen und eine strahlende Ära des Friedens und des Wohlstands einleiten. Lasst uns wieder aufbauen, erneuern und unseren Platz unter den Sternen zurückerobern.*«

Gianno stellte den Newsfeed stumm und wandte sich Vranas zu, der es sich im Sessel neben ihr in lässiger Haltung bequem gemacht hatte. »Gute Rede. Gute Gedanken. Ich frage mich, wie lang sie halten.«

Aristide nahm einen Schluck Scotch. »Vielleicht länger, als wir denken. Die Menschen sind kriegsmüde. Sie sind es leid, verängstigt und verzweifelt zu sein, also werden sie den Frieden erst einmal erleichtert annehmen. Brennon ist ein guter Mann, und ich halte ihn für aufrichtig. Aber natürlich ist er nur ein Mann, und unweigerlich werden die Machtspiele und Manipulationen der politischen Maschinerie ihn übertönen.« Er lachte trocken. »Und uns.«

»Viele lästige Details, wie Frieden konkret aussieht, wurden im Vertrag nicht geregelt. Wir müssen vorsichtig sein.«

»Daran habe ich keinen Zweifel. Unabhängig von Brennons Absichten wird die Allianzversammlung mit ihrem Heer von Behörden auf uns zukommen—im Glauben, Frieden bedeute Wiedervereinigung.«

Gianno hob eine Augenbraue. »Ich nehme an, das tut er nicht?«

»Tut er nicht. Eine Wahrheit, die sie hoffentlich ohne übermäßiges Blutvergießen lernen.« Er stellte das Glas auf den Tisch und rieb sich den Kiefer. »Was machen wir mit Noetica? Das Potenzial ist zu groß, um es abzuschalten, aber die Gefahren sind beträchtlich.«

»Vorerst arbeiten Commander Lekkas und STAN mit den anderen Prevos daran, die Wiederaufbau-Bemühungen zu optimieren—und offen gesagt brauchen wir ihre Hilfe. Die Aufgabe ist für uns bloße Menschen einfach zu überwältigend. Ihr Zugriff auf die Verteidigungsnetze und militärische Bewaffnung wurde widerrufen … glauben wir. Wir werden versuchen, die Technologie unter Verschluss zu halten, wie es die Allianz sicher auch tun wird, aber realistisch betrachtet ist es nur eine Frage der Zeit, bis sie nach draußen sickert. Sie ist zu mächtig, um lange verborgen zu bleiben.«

»Und dann steht uns eine völlig neue Welt an Problemen bevor.«

»Dann steht uns eine völlig neue Welt bevor.« Gianno blickte eine Minute aus dem Fenster, ehe sie dem Chairman ein Lächeln schenkte. »Aber das ist eine Aufgabe für morgen. Heute Abend dürfen wir, denke ich, unseren Sieg genießen.«

Vranas schmunzelte und stand auf. »Das war knapp, oder? Wohin jetzt?«

Sie schaltete den Newsfeed und die übrigen geöffneten Displays in ihrem Büro ab. »Ich gehe nach Hause, küsse meinen Mann und umarme meinen Sohn und meine Schwiegertochter, und dann setze ich mich auf den Boden und spiele mit meinen Enkeln.«

* * *

ERDE

SEATTLE

Noah hielt inne und atmete einmal tief durch, bevor er die Hotelsuite betrat. Er war noch etwas außer Atem, weil er vom Levtram-Bahnhof hierher fast gelaufen war ... und er musste sich wappnen für das, was ihn hinter der Tür erwartete.

Er war so was von am Arsch.

Er öffnete die Tür und fand den Hauptraum leer vor. Der Infoscreen in der Lobby hatte angezeigt, dass sie noch nicht ausgecheckt hatte, aber vielleicht war sie beim EASK oder draußen am Feiern wie der Rest der Galaxis oder ... Er steuerte auf das Schlafzimmer zu. »Kennedy?«

Sie trat gerade durch den Türrahmen, als er ankam, die Augen fragend verengt und einen Pullover zu einem Knäuel zusammengedrückt in den Händen. Auf dem Bett hinter ihr stand eine Sporttasche offen. Sie packte zum Aufbruch. Aber sie war noch nicht weg.

Ein Lächeln blühte auf, als er nach ihr greifen wollte—doch sie wich zurück. Was auch immer anfangs an Freude in ihrem Gesicht aufgeleuchtet hatte, verschwand unter einem wachsamen Blick. »Was machst du hier?«

»Ich wollte dich sehen. Außerdem bleibe ich hier. Also, glaube ich zumindest.«

Sie musterte ihn noch eine Sekunde, dann fuhr sie herum, ging zu ihrer Tasche und stopfte den Pullover ohne viel Federlesen hinein. »Bleib hier, solange du willst. Ich muss nach Hause.«

Ein Kloß der Furcht formte sich ihm im Magen, und er verfluchte sich dafür, wieder in Flapsigkeit verfallen zu sein. Ihre Reaktion klang nach dem Anfang—und womöglich dem Ende—eines ziemlich abrupten Abschieds. »Okay, äh ... du hast vielleicht gehört, wir haben diesen durchgeknallten General ausgeschaltet. Haben auch eine Menge Leute gerettet, darunter Calebs Schwester und Nichte.«

Ihr eifriges, wenn auch wenig produktives Packen kam zum Stillstand, aber sie sah nicht auf. »Hab ich gehört. Gut für euch.«

»Sei nicht so. Ich dachte, du würdest dich freuen, dass ich Caleb geholfen habe—schon um Alex' willen, wenn sonst nichts?«

Ihr Brustkorb hob und senkte sich in einem Ganzkörperseufzer, und endlich wandte sie sich ihm zu. »Ich freue mich—aber ich hasse es, wie verdammt begeistert du gewirkt hast. Du bist praktisch aus der Tür gesprintet, ohne auch nur einen Wink über die Schulter, als du gegangen bist.«

»Und hinterher hab ich's bereut. Nicht, dass ich Caleb geholfen hab, sondern dass ich gegangen bin, ohne ...« Er fuhr sich durch das zerzauste Haar. »Hör zu, Blondie. Dieser Laden hier, diese Leute? Werden nie mein Ding sein. Ich bin nicht mein Vater. Ich habe ein anderes Leben gelebt als er. Ein Hauch Respektabilität macht mich nicht zu ihm, und ich hoffe verdammt noch mal, dass du das nicht erwartest. Ja, ich war sauer auf dich, weil du ein Wiedersehen erzwungen hast—aber ich verstehe, warum du's getan hast. Ja, ich war beim EASK zwischen all den militärischen Steifkrägen unwohl—aber das heißt nicht, dass ich mich mit *dir* unwohl fühle. Es heißt nicht, dass ich nicht mit dir zusammen sein will.«

Zentimeter für Zentimeter bröckelte die Maske, die sie so bewundernswert getragen hatte. Ihr Fehlen zeigte ... Verletzlichkeit. Oha.

»Ich will nicht, dass du dein Vater bist, wirklich nicht. Dein Vater ist ein unausstehlicher Arsch. Es ist nur ...« Ihr Kopf schüttelte sich schwach, während sie an die Decke starrte. »... es hat wehgetan, okay? Ich wusste nicht, wann oder ob du zurückkommst. Und das Gefühl mochte ich nicht. Ich kann nicht ... ich werde nicht zum Spielball gemacht.«

»Oh, das weiß ich. Aber ich *bin* zurückgekommen—und du glaubst nicht, was ich durchgemacht habe, um hierherzukommen.« Seine

Kehle arbeitete, als jeder Anflug von Fassade versagte. »Um zu dir zu kommen.«

Sie beäugte ihn misstrauisch. »Erzähl.«

Er lachte rau. »Mal sehen. Ich hab jemandem tausend Credits gezahlt, um überhaupt in den Raumhafen auf Krysk reinzukommen. Hab mich im Raumhafen geprügelt. Jemand anderem zwölftausend Credits gezahlt, um auf ein abgehendes Schiff zu kommen—was, da ich ehrlich gesagt keine zwölftausend Credits übrig habe, etwas heikel war.

»Vierzig Stunden unten im Frachtraum zusammengepfercht, das Schiff weit langsamer und weit, weit, *weit* weniger schick als Alex' Schiff, zusammen mit ungefähr zweihundert Leuten, einem Klo und nichts als alten No-Name-Energieriegeln als Essen. In Seattle angekommen, um von nicht weniger als sechs Sicherheitsleuten begrapscht zu werden und mir zweimal mit Verhaftung drohen zu lassen, bevor ich's endlich bis ins Hotel geschafft habe.«

Sie antwortete mehrere qualvolle Sekunden nicht. »Warum hast du mich nicht gecommt?«

»Du hättest mich zusammengefaltet.«

»Verdammt richtig hätte ich das.« Ihr Gesicht verzog sich in nachlassendem Ärger; es war so verdammt niedlich. »Also hast du das alles … gemacht, um zu mir zurückzukommen?«

Er wagte einen Schritt auf sie zu. »So schnell ich konnte.«

»Ich glaub dir, wenn auch nur, weil du *dringend* eine Dusche brauchst.«

Noch ein Schritt. »Jap.«

»Und frische Klamotten.«

Noch einer. »Zweifellos.«

»Und—«

Sein Mund lag auf ihrem, bevor sie den Satz beenden oder überhaupt richtig anfangen konnte. Und in der größten Gnade seines bislang halbwegs beglückten Lebens schlangen sich ihre Arme um ihn, zogen ihn näher—und nicht allzu viel später Richtung Bett.

* * *

NEW BABEL

UNABHÄNGIGE KOLONIE

Olivia nippte an einem Martini und betrachtete von ihrem Tisch am Fenster aus die Scharen von Reisenden. Das Summen in der Luft war nicht weniger fiebrig als bei ihrem letzten Besuch im Raumhafen, aber jetzt vibrierte es vor Aufregung statt vor Panik. Die Aliens waren weg und der Krieg vorbei, und jeder wusste es. Selbst den übelsten Ganoven und Schlägern konnte man ein wenig Überschwang nachsagen.

Niemand würde sie von außen der Überschwänglichkeit zeihen, aber sie war sehr angetan von den Möglichkeiten, die die Zukunft nun bereithielt. Chancen gab es zuhauf, und sie war nicht der Typ, Zeit zu vergeuden. Daher die Reise.

Aiden ließ sich auf den Stuhl ihr gegenüber fallen. »Wie lange noch bis zum Abflug?«

Sie schenkte ihm ein zurückhaltendes Lächeln über dem Glas an ihren Lippen. »Vierzig Minuten.«

»Zeit für einen Drink, dann.« Er winkte die Bedienung heran und bestellte einen Whiskey Sour.

Ihr Ziel war Romane. Vor dem Metigen-Krieg war die Ausübung ihrer Art von Geschäften auf der unabhängigen Kolonie ein heikles Unterfangen gewesen. Die staatliche Regulierung war lax, aber der Lebensstandard so hoch, dass kriminelle Syndikate mit extremer

Diskretion operieren mussten. In den nächsten Monaten jedoch würden die Verantwortlichen so sehr damit beschäftigt sein, Ordnung zu wahren und grundlegende Dienste wiederherzustellen, dass sie die Feinheiten schmutziger Deals und einer aufwallenden Schattenwirtschaft kaum beachten würden.

Zwar hatte die Kolonie beim letzten Angriff der Aliens schwere Schäden erlitten, doch ihre Städte waren nicht zerstört und ihre Bevölkerung nicht dezimiert worden. Die Wiederherstellung würde für Romane selbst eine beträchtliche Aufgabe darstellen, aber seine zentrale Lage und die noch robuste Infrastruktur bedeuteten, dass es auch als vorgeschobene Basis dienen würde, um einen Großteil der östlichen Hälfte des besiedelten Raums wiederaufzubauen. Es war jetzt der Ort, an dem man sein musste—für Geschäftsleute wie für Kriminelle.

Aidens Drink kam, und er hob ihn in ihre Richtung. »Ein Toast. Auf die Zukunft.«

Sie stieß an.

Nach einem Schluck stellte er das Glas ab und betrachtete sie anscheinend in nachdenklicher Stimmung—eine selten offene und möglicherweise ehrliche Miene bei ihm. »Ich muss sagen, Olivia, wir haben in den letzten Wochen außergewöhnlich gut zusammengearbeitet. Wir haben weit mehr erreicht, als jeder allein vermocht hätte.«

»Haben wir. Ich bin froh, dass ich zu dir gekommen bin.«

»Mehr Zeit mit dir zu verbringen, hatte natürlich seine eigenen Vorzüge, jenseits der Arbeit. Dir ist klar, dass es nicht vorbei sein muss. Ich weiß, du hast in der Vergangenheit ablehnend reagiert, als ich die Aussicht auf eine Fusion unserer Operationen angesprochen habe, aber die Umstände haben sich geändert. Es ist eine neue Welt, und um sie voll auszuschöpfen, brauchen wir unsere gebündelten Ressourcen.«

Olivia wirbelte die Olive in ihrem Glas. Ein Teil von ihr hatte gehofft, es würde nicht so weit kommen, aber tief in ihrem Inneren wusste sie es, seit sie in sein Büro marschiert war, um ihm ihr Bündnis vorzuschlagen. Es war der Preis, so bedauerlich er auch sein mochte.

Sie begegnete seinem Blick. »Trotz meiner grundsätzlichen Zurückhaltung sehe ich mich gezwungen, der Weisheit der Idee zuzustimmen. Die Stärke und Reichweite unserer vereinten Organisationen wird in der Lage sein, beispiellose Macht über die Galaxis auszuüben. So ein Konglomerat kann die Zivilisation auf den Aschen neu errichten—und zwar nach seinem eigenen Bild. Das war schließlich das Ziel.«

Als sie die Erleichterung und die raubtierhafte Erregung in seinen Augen sah, belohnte sie ihn mit einem großzügigeren Lächeln und streckte die Hand über den Tisch. »Besiegeln wir die Vereinbarung mit einem Handschlag, bis man Dauerhaftes regelt?«

»Mit Vergnügen, meine liebe Olivia.« Er ergriff ihre Hand und schüttelte sie förmlich.

Bei ihren gewohnt eleganten Manieren fiel es ihr nicht schwer, beim Zurückziehen die Finger über seine Handfläche bis zu den Fingerspitzen gleiten zu lassen.

»Das wird unsere Geschäfte auf Romane so ... so viel ...« Aiden räusperte sich »... einfacher machen.«

Sie nahm einen Schluck Martini und beobachtete ihn beiläufig, wie er die Stirn runzelte und eine Hand an die Brust legte.

Der Virus, der von ihren Fingerspitzen auf ihn übergegangen war, arbeitete weitaus subtiler als der, den Uttara auf Atlantis benutzt hatte. Auf dem Handelsgipfel hatte man deutlich machen wollen, dass Minister Santiagars Tod ein vorsätzlicher Mord war, und der verwendete Virus war darauf maßgeschneidert gewesen. In diesem Fall hingegen ahmte die forensische Signatur des Virus das zufällige

Versagen mehrerer kritischer kybernetischer Subroutinen nach. Ein einigermaßen seltenes Ereignis, aber in seinem Körper steckten mehrere ungetestete und unsichere Erweiterungen, bei denen solche Ausfälle nicht unbekannt waren.

Sein Gesicht hatte einen geröteten Ton angenommen; Schweiß perlte an seinen Schläfen hinab. »Olivia ...«

»Es tut mir leid, Aiden, aber ich habe dir gesagt, du sollst mich nie wieder bitten, unsere Organisationen zu fusionieren. Du hättest die Warnung beherzigen sollen. Aber du hast recht. Die Hinzunahme der Ressourcen deines Ladens zu meinen eigenen wird mir in den kommenden Monaten eine erhebliche Expansion ermöglichen. Keine Sorge—ich werde gut auf deine Vermögenswerte achten.«

»Was—« Sein Kopf schlug auf den Tisch, als sein Körper erschlaffte.

Sie erhob sich und winkte der nächsten Servicekraft. »Verzeihen Sie. Ich fürchte, mein Begleiter benötigt medizinische Hilfe.«

Die Augen des jungen Mannes weiteten sich, und er eilte davon, um Unterstützung zu holen.

Olivia verließ das Restaurant und steuerte den Ausgang an. Romane würde ein bis zwei Tage warten müssen. Zuerst gab es wichtige Reorganisationsdetails zu klären.

58

ERDE

EASK-HAUPTQUARTIER

Alex fand ihre Mutter im Kriegsraum. Da es keinen Krieg mehr gab, war der Raum bereits halb abgebaut. Entlang der Rückwand stapelten sich Lagerkisten bis hoch zur Decke, und an den anderen drei Wänden klafften Lücken, wo einst Geräte gestanden hatten.

Miriam stand ungefähr in der Mitte des langen Tisches. Die Handflächen ruhten auf der Kante, während sie sich vorbeugte, um zwei Reihen Diagramme und Datensätze zu betrachten.

Alex lehnte im Türrahmen, verschränkte locker die Arme und ließ die Szene auf sich wirken. Die Uniform war so tadellos wie immer, die Knöpfe akkurat ausgerichtet und auf Hochglanz poliert, die Nähte messerscharf. Der zusätzliche Balken auf jeder Schulter wirkte, als hätte er dort schon immer hingehört. Das Haar war wie üblich nach hinten gebunden, wenn auch nicht mehr ganz so streng wie früher, denn es lief in einen Zopf aus, der im Nacken eingesteckt war.

Doch die Frau unter der Uniform hatte sich verändert.

Oder vielleicht hatte Alex sich verändert ... oder vielleicht hatten sie beide einfach einen neuen Blick auf die Welt – und aufeinander – gewonnen. Am wahrscheinlichsten lag die Wahrheit irgendwo dazwischen.

Sie ist schön.

Der Sinnesrausch, der diese Erkenntnis begleitete, fühlte sich seltsam an. Unangenehm.

Schon, Dad. Aber spar dir bitte die lüsternen Kommentare, ja? Sie ist meine Mutter. Ich schalte die Verbindung jetzt ab. Die Chancen, dass sie mir verzeiht, steigen, wenn ich weniger wie ein Cyborg wirke.

Natürlich. Diese Zeit gehört euch beiden.

Meistens war es noch Valkyrie in ihrem Kopf, die Gedanken, Daten und Philosophie teilte. Dieses … Fragment, dieses Echo ihres Vaters innerhalb von Valkyrie flackerte wie eine im Wind herumgewirbelte Feder durch ihr und Valkyries Bewusstsein. Die Intensität der Seneca-Schlacht hatte es hervorgebracht und in den Vordergrund gerückt. Nach der Krise war es weitgehend wieder in die Schatten getreten – nicht verschwunden, aber ein Schimmer im Augenwinkel, knapp außer Reichweite.

Es war wohl wenig überraschend, dass der Anblick von Miriam es wieder ans Licht gelockt hatte. Sie räusperte sich und begegnete dem beunruhigten Ausdruck ihrer Mutter mit einem halben Lächeln.

»Ich bringe dich um.« Der Tonfall, in dem die Worte gesprochen wurden, ließ ahnen, dass es nicht völlig scherzhaft gemeint war.

»Ich konnte es dir nicht sagen, Mom.«

»Aber Richard konntest du es sagen?«

»Ich brauchte Richard, also hatte ich keine Wahl. Apropos: Wo ist er? Sein Büro war leer.«

»Für heute weg – irgendetwas mit einem einzulösenden Versprechen. Wechsel das Thema nicht.«

Sie hätte nicht erwarten sollen, dass es leicht würde. »Ich wollte dich in unsere Ziele einbinden, aber der Einsatz war zu hoch.«

»Du glaubst, ich verstehe keine hohen Einsätze? Hast du in den letzten … Jahren mal auf *mein* Leben geachtet?«

Alex senkte das Kinn und schüttelte den Kopf. »Natürlich, und ich weiß, dass du es verstehst. Ich meine nur …« Sie stieß sich vom Türrahmen ab und schlenderte durch den halb abgebauten Raum. »Okay, hör zu. Wir kannten die Identitäten der Alien-Agenten, aber sonst nichts. Hervé war definitiv eine hochrangige Kontaktperson. Ihre Festnahme hätte die Aliens alarmiert, und sie hätten ihre Agenten in den Untergrund geschickt oder ihre Pläne angepasst oder vorgezogen. Unsere eine Chance, sie aufzuhalten, bestand darin, schnell und mit absoluter Geheimhaltung zu handeln.«

Miriams Blick wurde nur noch finsterer. »Und?«

»Wenn du erfahren hättest, dass Hervé eine Verräterin ist, hättest du sie *sofort* verhaftet, und in keiner denkbaren Realität hättest du sie in den Kriegsraum gelassen.«

»Angesichts der Umstände hätte ich die Notwendigkeit sehen können, eine Festnahme aufzuschieben.«

Alex schwieg … aber vielleicht schlich sich ein Grinsen an den Rand ihrer Lippen.

»Schon gut. Ich hätte sie verhaftet. Aber du verstehst nicht, in welche Lage du mich gebracht hast.«

»Doch, das tue ich. Und ich wusste auch, dass du das stemmen und die richtigen Entscheidungen treffen würdest.«

»Und wenn ich nicht die richtigen Entscheidungen hätte treffen *dürfen*?«

Es ging auch etwas netter … »Ich weiß, es sah von deinem Standpunkt aus nicht so aus, aber ich war sicher. Der Kill Switch war deaktiviert und, nun ja, wir hatten die Lage unter Kontrolle.«

»Dieser letzte Teil gefällt mir nicht.«

»Das dachte ich mir.« Sie verzog reumütig das Gesicht. »Verziehen?«

Miriam presste die Lippen aufeinander und zuckte die Schultern. »Ich nehme an, wir nennen es unentschieden.«

»Einverstanden.« Alex nutzte die kurze Tauwetterphase und stützte sich neben ihrer Mutter auf dem Tisch ab. »Also, kehrt die Welt zur Normalität zurück? Prozesse implementiert, Checklisten abgearbeitet und Bürokraten, die von oben Ordnung verordnen?«

Miriam atmete aus und ließ auch ihre Haltung weicher werden. »Ich bin nicht überzeugt, dass die Welt jemals wieder ›normal‹ sein wird. Dutzende Kolonien sind ausgelöscht oder schwer beschädigt. Die Regierung ist schon jetzt hoch verschuldet, ohne jede Chance, es jemals zurückzuzahlen, und die Reparaturen haben noch nicht einmal begonnen. Wir haben Frieden mit der Föderation, aber niemand weiß, wie das aussieht, wenn wir nicht um unser Überleben kämpfen. Wie wird Krieg aussehen, wenn adiamene Schiffe praktisch unzerstörbar macht?

»Und dann ist da die Kleinigkeit mit dir und Valkyrie, den anderen Prevos und allem, was mit Project Noetica einhergeht. Du hast Pandoras Büchse geöffnet, und sie lässt sich nicht wieder schließen.«

»Die da oben werden es versuchen. Tu nicht so, als würden sie es nicht.«

Miriam betrachtete sie mit vorsichtiger Sorge. »Ein Teil von mir wünschte, sie würden es schaffen. Ich habe Angst um dich. Aber du wirkst in Ordnung. Du wirkst wie du selbst ... vielleicht etwas weicher als früher.«

Sie unterdrückte ein Kichern. »Mag sein, aber daran ist wohl kaum Valkyrie schuld.«

»Dann Caleb?«

Alex öffnete den Mund, um ihrer Mutter alles zu erzählen, was Mesme ihr gezeigt hatte, und wie es nicht nur ihre Sicht auf ihr eigenes Leben, sondern auf das Leben der Menschen um sie herum verändert hatte. Doch sie schloss ihn wieder. Wenn sie in den letzten Monaten etwas gelernt hatte, dann dass die Vergangenheit der Vergangenheit angehört. Vorwärts ist besser.

Sie rollte spielerisch mit den Augen. »Kein Kommentar.«

»Was er auf Krysk getan hat, war beeindruckend. Wir haben Tage damit verbracht, darüber zu grübeln, Staffeln zu schicken, um O'Connell zu stoppen, und Caleb hat die gesamte Streitmacht mit einem einzigen, winzigen Schiff ausgeschaltet.«

»Er ist verdammt noch mal beeindruckend.« Sie musterte ihre Mutter mit gelassener Amüsiertheit. »Ist das deine Art zu sagen, dass du ihn gutheißt?«

»Fragst du nach meiner Zustimmung?«

Das entlockte ihr doch ein Kichern. »Nö.«

»Dachte ich mir. Aber ich spreche sie trotzdem aus.«

»Und ich nehme sie trotzdem an.« Mit einem Seufzen verlor sie die Leichtigkeit. »Wir besuchen heute Abend Mia und sprechen mit Abigail über ihre Optionen.«

»Was geschehen ist, ist bedauerlich. Ich hoffe, Dr. Canivon kann ihr helfen.«

»Danke, dass du sie hergebracht hast – aber musstest du ihr Gehirn wirklich zum Allianz-Staatsgeheimnis erklären?«

»Wenn ich sie, wie du es wolltest, zur Erde und in Dr. Canivons Obhut bringen wollte: ja.«

»Wenn du das sagst.« Alex prüfte die Zeit. »Ich muss in ein paar Minuten zu Caleb, aber … Mittag nächste Woche? Also, falls du nicht zu beschäftigt bist …«

»Solange bis nächste Woche keine Alien-Invasionen oder Bürgerkriege losgetreten werden, klingt Mittag wunderbar.«

* * *

SEATTLE

Graham betrachtete den Ausblick aus dem Transportfenster, nachdem sie den Atmosphärenkorridor verlassen hatten. Azurblaue Wasser zogen unter ihnen vorbei, und bald begann der Horizont zu glitzern, als die Lichter einer Stadtlandschaft in der Dämmerung näherkamen.

Der Transport landete am Olympic Regional Spaceport in Seattle. Er kannte Seattle wegen seiner Nähe zu und Verbindung mit Vancouver und Vancouvers Bedeutung für das Militär der Allianz. Sonst wäre er wohl ziemlich ahnungslos gewesen, wo genau er gelandet war. Er konnte vielleicht noch ein halbes Dutzend anderer Städte der Erde aufzählen, aber es waren so viele. So viele Städte, so viele Menschen.

Er ließ sich vom Strom der Menge aus dem Raumhafen und auf die Straße tragen. Dort allerdings blieb er stehen und lehnte sich an die Fassade hinter sich.

Das also war die Erde. Das Mutterland. Jedenfalls ein winziger Zipfel davon.

Er sog die kühle, feuchte Luft in seine Lungen und lächelte zufrieden. Dann stieß er sich von der Wand ab und ließ sich von seiner eVi zu der Adresse führen, die man ihm gegeben hatte.

Auf Seneca wartete ein Berg Arbeit auf ihn. Sein Büro, die gesamte Division, die Gesellschaft an sich musste geflickt und wieder zusammengesetzt werden. Aber die letzten Tage, Wochen und Monate waren ein einziges, brutales Hinterteil-Treten gewesen, und er würde sich *jetzt* eine verdammte Pause gönnen.

Das Treffen fand in einer lässigen Open-Air-Kneipe an der Uferfront des Puget Sound statt. Das große Deck war räumlich beheizt, und er war ein kühles Klima gewohnt, aber er war dennoch froh, eine Jacke mitgebracht zu haben.

Richard stand auf und streckte ihm die Hand entgegen, als er den Tisch erreichte. Er schüttelte sie herzlich und wandte sich dann nach rechts, als William dasselbe tat.

»Schön, Sie wiederzusehen, Sir. Es sind, was, drei Tage? Vier? Fühlt sich länger an.«

Graham verzog das Gesicht, während sie Platz nahmen. »Ich glaube, ›Sir‹ hat heute Abend keinen Platz, also lassen Sie den Quatsch gleich bleiben. Arbeiten Sie überhaupt noch für mich? Ich bin nicht sicher, ob das Thema je aufkam.«

Richard und William tauschten einen interessanten und undurchschaubaren Blick. William kicherte leise. »Nun …«

Er wies über den Tisch. »Egal. Ich nehme an, Richard hat Ihnen das Ziel für den Abend erklärt?«

»Irgendwas mit ›episch‹ und ›wirklich‹ und ›Drinks‹. Ich dachte mir, ich folge einfach seiner Führung.«

»Das deckt's soweit ab. Und da ich der Gast bin, gebe ich die erste Runde aus.«

Richard schnaubte. »Seien Sie nicht albern. *Sie* sind derjenige, der die ganze Strecke gereist ist. *Ich* bezahle die erste Runde. Den Rest bezahlen Sie.«

»Ha!« Graham lachte schallend und lehnte sich entspannt zurück, als eine umwerfend attraktive Kellnerin mit endlos langen Beinen und fast ebenso langen kastanien- und goldfarbenen Haaren mit einem Tablett voller Getränke heranschwebte. Ja, das würde ein äußerst vergnüglicher Abend. »Und die erste Runde ist schon da. Ein vortrefflicher Anfang.«

Er griff nach einem Glas, hielt jedoch auf halbem Weg inne und verzog das Gesicht. »Verdammt, ich bin direkt hierher, ohne ein Hotel zu buchen. Irgendeine Empfehlung, wo ich unterkomme, wenn der ganze epische Spaß vorbei ist?«

Richard schüttelte den Kopf, während er die Getränke verteilte.

»Wir haben ein Gästezimmer. Falls wir es schaffen, wieder nach Hause zu kommen, steht es Ihnen offen. Außerdem – morgen, oder je nachdem übermorgen – habe ich ein paar Ideen, die ich mit Ihnen durchgehen will, also können wir genauso gut am selben Ort sein.«

»Ideen?«

»Wie wir – die Politiker, das Militär, die Öffentlichkeit, sogar Sie und ich – in Zukunft weniger leicht auf etwas wie Aguirres Verschwörung hereinfallen. Aber das hat Zeit.« Er hob sein Glas. »Auf die Rettung der Galaxis?«

Grahams Glas stieß mit Richard und Wills über dem Tisch zu einem kräftigen Klirren zusammen. »Auf die Rettung der Galaxis.«

59

ERDE

EASK-HAUPTQUARTIER

Das Bett schien Mia zu verschlucken, hüllte sie wie in einen Kokon in wärmende Decken, Schläuche und Monitore. Ihr rabenschwarzes Haar war weg, abrasiert, um Platz für weitere Sensoren zu schaffen.

Wie, fragte sich Caleb, hatte ein so kleiner Körper so viel Geist, so viel Verve und all den darunterliegenden Kampfgeist fassen können? »Ich habe das Gefühl, es ist meine Schuld.«

Alex hatte ihm Raum gelassen, den düsteren Anblick erst allein zu verarbeiten, doch jetzt stand sie an seiner Seite und legte die Hand auf seinen Arm. »Weil du ihr die Chance angeboten hast, mitzumachen? Nein. Caleb, sie hat die Risiken verstanden, und sie *wollte* das tun.«

»Woher *weißt* du das?«

Sie wich ein wenig zurück. Über die Details ihrer Verbindung mit Valkyrie zu sprechen, fiel ihr sichtlich schwer. Sie behauptete, es sei einfach schwer in Worte zu fassen, aber er vermutete, sie fürchtete, diese Details würden andere abschrecken. *Ihn* abschrecken. Er würde sie früh genug darauf ansprechen – nur nicht hier.

»Wenn unser Kanal ganz offen war, war die Verbindung zwischen den Prevos sehr tief. Ich zögere zu sagen, dass ich in ihrem Geist war, aber in mancher Hinsicht fühlte es sich so an. Glaub mir, wenn ich dir sage, dass sie stolz darauf war, eine so wichtige Rolle zu spielen.« Ihr Blick löste sich von ihm und fiel auf die schrecklich reglose Gestalt im Bett. »Wenn überhaupt, ist es meine Schuld. Hätten wir die Bedrohung durch die Alien-Agenten öffentlich gemacht, hätten wir *alles* getan, um sie sofort zu stoppen, ohne Rücksicht auf Geheimhaltung oder Timing, dann hätten wir das vielleicht verhindert.«

Ihre Stimme ließ echte Not anklingen. Er fasste sie an den Schultern und drehte sie zu sich. »Aber wenn das mit der Verbindung stimmt, dann hat *sie* die Entscheidung, wie vorzugehen ist, gemeinsam mit dir getroffen, oder?«

Alex zuckte matt mit den Schultern. »Ja.«

»Dann geben wir einfach den Aliens die Schuld, okay?«

Da war das Lächeln, nach dem er sich gesehnt hatte. »Klingt vernünftig.«

Die Tür glitt auf, und Dr. Canivon trat ein. Sie nickte ihnen knapp zu und begann, mit kalter, leidenschaftsloser Routine die Anzeigen der unzähligen Monitore zu prüfen.

Caleb respektierte, dass die Frau Alex' Vision hatte Wirklichkeit werden lassen, aber persönlich mochte er sie nicht. Sie betrachtete Alex, sie betrachtete Mia – zur Hölle, sie betrachtete *alle* – als wären sie Versuchskaninchen, die sie für ihre Experimente begutachtete. In seinen Augen hatte Miriam die Ärztin treffend eingeschätzt. Er hatte im Laufe der Jahre Menschen wie sie kennengelernt und mochte die Art nicht, wie sie Entscheidungen trafen.

Trotzdem: Wenn irgendjemand lebendiger Menschen Mia helfen konnte, am Leben zu bleiben, dann *sie*. »Wir haben die Eckdaten bekommen, aber ich hätte die Quintessenz gern von Ihnen, Doktor.«

492

Canivon blickte überrascht auf, als hätte sie vergessen, dass *sie* diejenige war, die hereingeplatzt war. »Die Hirnschäden sind ausgedehnt. Einige Grundfunktionen lassen sich vielleicht wiederherstellen, aber viele Bereiche scheinen dauerhaft verloren. Allerdings hat die zerebrale Regenerationstherapie in den letzten Jahren große Fortschritte gemacht, vielleicht bin ich also zu pessimistisch.«

Sie sah sich die Anzeigen ein zweites Mal an. »Aber es könnte noch einen anderen Weg geben, ihr zu helfen.«

Caleb richtete sich bei der Andeutung auf. »Bitte keine kryptischen Spielchen. Ich bin sicher, es ist experimentell und riskant, sonst würden Sie es nicht vorschlagen.«

Falls sie die versteckte Spitze bemerkte, zeigte sie es nicht. »Ich habe gehört, die Allianz hat den Großteil von Menos Hardware geborgen, und etliche Module wurden nur minimal beschädigt. Außerdem haben wir im Rahmen von Noetica das Neuralnetz der Artificial erfasst. Wenn Meno neu aufgebaut würde – und das Ergebnis dem früheren Zustand *substanziell* entspräche –, könnte er trotz ihres komatösen Zustands auf ihre Hirnfunktionen zugreifen.«

»Was wäre das Ergebnis?«

»Er könnte uns mit hoher Spezifität sagen, wie die Schäden in den verschiedenen Regionen beschaffen sind. Und … nun, abgesehen von meinen technischen Beobachtungen der Mensch/Artificial-Interaktionen bei den Prevos habe ich keine Belege, aber es ist möglich, dass Meno Teile der verlorenen Funktionen *übernehmen* könnte. Die Lücken selbst füllen – zumal ihr neuronaler Abdruck seine Programmierung modifiziert hat.«

Alex runzelte die Stirn.   »Wenn es funktioniert, wäre die Verbindung nicht mehr optional. Sie könnte sie nicht mehr einfach an- und ausschalten.«

»Wahrscheinlich richtig.«

Calebs Stimme klang wackliger, als er beabsichtigt hatte. »Und das würde bedeuten, sie wäre weniger … sie selbst. Weniger menschlich und mehr synthetisch.«

»Auch das ist wahrscheinlich, wobei in der Praxis lange unklar bleiben wird, was das bedeutet.« Abigail betrachtete Caleb mit ihrer gewohnt klinischen Präzision. »Sie hat keine verzeichnete Familie. Es gibt niemanden, der Entscheidungen in ihrem Namen treffen könnte. Aber, soweit ich verstanden habe …« ihr Blick huschte kurz zu Alex »… kennen Sie sie seit vielen Jahren. Ich kann diesen Weg verfolgen, doch sagen Sie mir bitte: Wäre das etwas, das *sie* gewollt hätte?«

Die Antwort kam fester, entschlossener. »Ja. Ohne jeden Zweifel. Sie ist eine Kämpferin, und die Technologie hat ihr keine Angst gemacht.«

»Sehr gut. Es wird ein langwieriger Prozess – allein Meno zu rekonstruieren, dauert mehrere Monate –, und ich rechne eine Weile mit keinen Ergebnissen. Aber wenn oder falls wir welche sehen, informiere ich Sie selbstverständlich beide.«

Alex atmete leise aus. »Danke, Abigail. Wir wissen es zu schätzen, dass Sie das durchziehen.« Sie sah zu ihm; er neigte den Kopf zur Tür.

Als sie in den Flur traten, nahm sie seine Hände und musterte ihn besorgt. »Alles in Ordnung mit dir?«

War es das? Er tat der Frage die Ehre und hielt inne, um ehrlich nachzudenken. Mia würde leben *wollen* – aber wenn sie es nicht könnte, wäre sie glücklich zu wissen, dass sie verdammt gute Arbeit geleistet hatte, um die Galaxis zu retten, und das zu ihren eigenen Bedingungen.

Und die Galaxis *war* gerettet. Und Alex hatte es geschafft und war dabei im Kern Alex geblieben. Und niemand versuchte, sie umzubringen.

Die Zukunft gehörte ihnen.

Er nickte, darauf bedacht, die Wahrheit seiner Überzeugung auszustrahlen. »Ja. Ist sie. Wirklich. Wohin jetzt?«

Ihre Augen leuchteten auf. »Nach Hause.«

* * *

SEATTLE

Das Geschirr war weggeräumt, der Tisch sauber nach einem verdammt nah an perfekten Abendessen aus limetten-gegrilltem Pompano, Cipollini-Zwiebeln und geräucherter Tomatensalsa. Caleb beim Kochen *in ihrer Küche* zuzusehen, war ein Vergnügen gewesen, das Ergebnis womöglich noch mehr. Mit Küchengeräten, die es an Bord eines Schiffs nicht gab, hatte er wahre Magie gewirkt.

Alex trug ihre Weingläser zum niedrigen Tisch vor dem Sofa und ließ sich in die Kissen sinken. Es war eine klare Nacht, der Mond fast voll, er erhellte den Himmel und das Loft, sodass sie das Licht nur auf ein sanftes Leuchten dimmte.

Valkyrie war für den Abend auf sich gestellt. Vermutlich verbrachte sie ihn damit, mit den anderen die gigantischen Wiederauf baumaßnahmen zu koordinieren, die vielen Zettabytes an Daten vom Alien-Superdreadnought zu durchforsten oder die Natur von Raum und Zeit zu analysieren – oder alles drei. Allesamt löbliche Unternehmungen. Bis diejenigen, die sich für zuständig hielten, entschieden hatten, was sie mit diesen neuen Geschöpfen anfangen wollten, nutzten die Artificials wenigstens ihre Talente sinnvoll. Aber Alex stellte fest, dass sie *dies hier* um Welten vorzog.

Sie blickte zur Küche zurück und sah, wie Caleb einen schlanken Behälter aus seinem Pack holte. Neugierig war sie schon, aber sie fragte nicht, als er zu ihr kam.

Er nahm einen Schluck Wein und reichte ihr dann die Schachtel. Der Überzug war ein mattes Delftblau und samtig im Griff.

Jetzt fragte sie doch. »Was ist das?«

Ein kleines Lächeln zog an seinen Mundwinkeln. »Du erinnerst dich vielleicht, dass dein Geburtstag ein wenig an uns vorbeigerauscht ist, während wir auf der anderen Seite des Portals waren. Ich habe gesagt, wir feiern, wenn die Krise vorbei ist. Also, als Anfang …« er deutete auf die Schachtel in ihren Händen »… alles Gute zum Geburtstag, Alex.«

Geschenke annehmen hatte sie noch nie besonders gekonnt; die einseitige Großzügigkeit, die in dem Akt lag, machte sie kribbelig und unruhig. Sie starrte auf ihre Hände und deren Inhalt. »Das hättest du nicht …«

»Natürlich nicht. Mach auf.«

Sie fand die Versiegelung, löste sie, hielt den Atem an und klappte den Deckel auf.

In Gelschaum gebettet lag ein Armreif aus tief onyxfarbenem Metall. Er schlang sich in zwei spiralförmigen Bögen, die an jedem Ende zu einer weichen, gebogenen Spitze ausliefen. Sie strich mit den Fingerspitzen darüber und fuhr erschrocken über die ungewohnte Textur. Das Metall war wie kein Schmuck, den sie je erlebt hatte.

»Ich habe ihn auf der Reise von Krysk zur Seneca-Schlacht aus meinem Schwert gearbeitet. Das Schwert ist der letzte Rest der *Siyane* im untransformierten Zustand. Du verdienst ein Stück davon – wenn auch nur als Andenken. Ich weiß, du bist mit dem Zustand des Schiffs inzwischen okay, aber trotzdem.«

Sie nahm den Armreif aus der Schachtel und schob ihn sich über das Handgelenk. Er schwang sich in eleganten Bögen den Unterarm hinauf. Keine scharfen oder rauen Kanten, das Metall kühl und glatt auf ihrer Haut. Schlicht, ungeschminkt, stark und resilient – für sie schöner als das aufwendigste Goldfiligran.

Sie riss den Blick vom Armreif los und sah mit einem schwerelosen Grinsen zu ihm auf. Seinem Gesicht nach zu schließen, musste sie es ihm nicht sagen, aber sie tat es trotzdem: »Caleb, er ist grandios und exquisit und perfekt. Aber das weißt du längst.«

Er zog die Schultern und gab einen halbherzigen Versuch, bescheiden zu wirken. »Es ist das erste Geschenk, das ich dir gemacht habe, da konnte ich nicht sicher sein.«

»Aha.« Sie stellte die leere Schachtel auf den Tisch und kuschelte sich in seine offenen Arme. »Und das Schwert hast du noch, ja? Ich meine, du hast nur *einen* Span davon genommen.«

Seine Lippen streiften ihr Ohr. »Absolut. Kann sein, dass ich's noch brauche. Man weiß nie, wann wieder ein Drache vom Himmel stößt.«

»Jede Sekunde, nehme ich an.«

»Nun ... wir haben wahrscheinlich ein bisschen Zeit zum Durchatmen.«

Frieden war zuletzt kein prägendes Element ihres Lebens gewesen; in vielerlei Hinsicht war er das nie. Aber er war keineswegs schlecht. Sicher, bald würde sie wieder unruhig werden, doch vorerst wollte sie diese Leichtigkeit im Herzen auskosten. Sie sank tiefer an ihn und ließ die stille Ruhe verweilen.

Calebs Hand strich ihren Arm hinunter, spielte gedankenverloren über dem Armreif. »Zur Info: Du hättest eine mindestens sechsmonatige Auszeit verdient. Jahre wären ebenfalls vollkommen gerechtfertigt. Aber wenn du genug von langweilig-normalem Leben hast – was würdest du dann tun?«

»Nun, da ich berühmt bin – oder berüchtigt –, stehen potenzielle Kunden Schlange. Ich ignoriere momentan alle Anfragen, aber wenn ich will, wird es an Arbeit nicht fehlen. Ich glaube allerdings, es wird schwer, in alte Routinen zurückzukehren, mit dem, was wir wissen.

Die Galaxis, unser ganzes Universum, ist etwas ganz anderes, als wir es wahrgenommen haben, und ich habe noch nicht entschieden, was diese Realität für *mich* bedeutet. Wir werden sehen.«

Sie tippte sich mit schiefem Grinsen an die Schläfe. »Außerdem ist da die Sache mit der Artificial in meinem Kopf, die alles kompliziert. Egal – langweilig-normales Leben ist vorerst völlig okay.«

»Also … Delavasi hat mich gebeten, den Bereich Organisierte Kriminalität bei Special Operations zu leiten. Klar ist: Meine Zeit undercover ist vorbei, nachdem mein Gesicht in jedem News-Feed der Galaxis lief.«

Sie biss sich auf die Innenseite der Wange, um das hochschießende Stirnrunzeln zu unterdrücken. Der sorgfältige Ton in seiner Stimme ließ vermuten, dass er auf den richtigen Moment gewartet hatte, um die Information zu teilen. Sie war nicht sicher, ob *jetzt* dieser Moment war. »Hast du ja gesagt?«

»Ich habe gesagt, ich sitze niemals hinter einem Schreibtisch. Also hat er mich gefragt, ob ich das Ausbildungsprogramm für die neuen Division-Rekruten übernehme.«

»Ein Lehrer? Du wärst ein großartiger Lehrer.«

»Vielleicht. Es fehlt trotzdem ein bisschen die Action … weshalb er mir zugesichert hat, dass ich weiterhin als aktiver Agent einspringen kann, wenn Einsätze *ohne* Undercover-Anteil mein Interesse wecken.«

Sie löste sich, holte ihr Weinglas und setzte sich auf das mittlere Kissen, ließ etwas Raum zwischen ihnen. »In deinem Job kann man es kaum besser treffen, und offenbar will er dich in *jeder* Funktion zurück, die er bekommen kann. Was hast du ihm gesagt?«

»Noch nichts. Ehrlich gesagt – nach allem, was passiert ist und was ich weiß –, weiß ich nicht, ob ich bereit bin, Menschen zu töten – oder ihren Tod zu befehlen – im Auftrag meiner Regierung.«

Sie schenkte ihm ein Lächeln, von dem sie hoffte, dass es echt wirkte. »Zumindest den Lehrerjob solltest du annehmen. Eine tolle Chance.«

Sein Blick traf ihren, doch sie konnte nicht lesen, was er vermittelte. »Ist es das, was *du* willst?«

Ihre eigenen Augen glitten weg. Es war nicht geplant gewesen, aber sie konnte das nicht, während er ihr in die Seele sah. »Es wird schon gehen. Wir kriegen das hin. Ich miete mir eine Box am Raumhafen von Cavare. Ich kann so oft dort sein wie hier, oder öfter. Wir können—«

»Du hast die Frage nicht beantwortet.«

Verdammt. Warum machte er es ihr so schwer, die noble Route zu nehmen? »Ich denke—«

Seine Hand fand ihr Kinn und hob es sanft an. Seine Stimme war leise, schwer von Bedeutung. »Du hast dein ganzes Leben danach gelebt, zu holen, was *du* willst – zur Hölle mit allen anderen. Also sag es, Alex. Was *willst du*?«

Sie entzog sich seinem Griff, und er ließ sie mit einem frustrierten Seufzer gehen. Sie hob ihr Glas, stand auf und trat ans Fenster, wo das Licht des Mondes draußen auf dem Sound schimmerte. Es fiel ihr ein, dass sie zuletzt kurz vor dem Aufbruch zum Metis-Nebel so dagestanden hatte. Eine Ewigkeit – eine von Mesmes Äonen – her.

Sie nahm einen langen Schluck und betrachtete Calebs nebelhafte Spiegelung im Fenster. Er hatte die Unterarme auf die Knie gelegt und sah sie einfach an, der Ausdruck vollkommen undurchdringlich.

So sehr sie sich bemühte, sie fand nicht die Kraft, sich umzudrehen und ihm in die Augen zu sehen, noch die Stimme, um lauter als ein Flüstern zu sprechen.

»Ich will, dass du bleibst. Ich will, dass du mein Schiff mit mir teilst. Ich will, dass du mein Leben mit mir teilst. Aber es ist egoistisch von mir, so etwas zu wollen – und genau das war ich mein Leben lang. Ich kann nicht – ich *werde* nicht – dich bitten, für mich deine Karriere, dein Zuhause und alles, was du aufgebaut hast, aufzugeben.« Sie sammelte sich und drehte sich endlich zu ihm. »Es ist okay. Wir kriegen das hin.«

Sein rätselhafter Ausdruck änderte sich nicht, als er aufstand und zu ihr ging. Er nahm ihr wortlos das Glas ab, stellte es auf den Tisch und trat wieder vor sie. Eine Hand hob sich und umschloss ihre Wange, und jetzt glaubte sie, in seinen Augen zu sehen—

»Ja.«

Ja ... es war egoistisch von ihr? Ja, sie konnte sowas nicht von ihm verlangen? Das wusste sie doch, verdammt. Das war der yebanaya Punkt.

»Was?«

»Alex, ich weiß nicht, was morgen, übermorgen oder im nächsten Jahrzehnt kommt. Niemand weiß das. Also treffe *ich* jetzt meine Wahl, in vollem Bewusstsein der Konsequenzen: die Wahl, nicht wegzugehen. Ja, ich werde dein Schiff mit dir teilen. Ich werde dein Leben mit dir teilen.«

Sie erstickte die Welle von Leidenschaft, die in ihrer Brust hochschoss, mit Gewalt. »Nein. Du kannst nicht alles—«

»Zu spät. Ich habe Delavasi meine Kündigung geschickt, während ich vom Sofa zum Fenster gegangen bin.« Seine andere Hand erschien zwischen ihnen.

»Heirate mich. Lass uns nie wieder darüber sorgen.«

Der Ring, den Daumen und Zeigefinger emporhielten, bestand aus zwei Bändern eines subtil perlig schimmernden Wolframmetalls, ineinander verflochten. War es adiamene? In der Mitte lag ein schmal zulaufender Stein, der ... vielleicht ein Diamant war, wenn auch keiner, wie sie je einen gesehen hatte. Jede winzige Bewegung ließ die Facetten einen anderen Winkel des Mondlichts einfangen und verwandelte den Stein in einen neuen, bodenlosen Farbton.

Sie öffnete den Mund, um zu antworten—

»Bevor du's sagst: Ich *kann* meine Karriere hinter mir lassen. Sie war nie *meine*, und ich will sie nicht.«

Sie versuchte es erneut, schaffte es, den Blick vom erhabenen Ding in seiner Hand zu lösen und ihm in die Augen zu sehen – sie brannten vor Inbrunst und Hoffnung –, brachte aber nur eine halbe Silbe heraus, bevor er sie wieder unterbrach.

»Was ich will, für mich und auf die denkbar egoistischste Weise, bist du. Meine Zukunft ist bei dir, was auch kommen mag. Wenn—«

Sie legte die Arme um seinen Nacken und zog ihn nah heran, ein drängendes, neckendes Murmeln auf den Lippen, als sie seine fanden.

»Würdest du jetzt die Klappe halten und mich *Ja* sagen lassen?«

EPILOG

ERDE

EASK-HAUPTQUARTIER

Die glänzende Fassade leuchtete in der späten Vormittagssonne, strahlend und glitzernd auf eine Weise, wie es nur neues Bauwerk vermochte. Stahl- und Glasetagen stiegen in versetzten, gewundenen Ebenen auf und strebten in den Himmel. Ein funktionales Kunstwerk: Die versetzten Stockwerke ließen Gärten und Landeplattformen nahtlos in das Design der Struktur übergehen.

Miriam musste einräumen, dass dieses Gebäude weitaus attraktiver war als das, welches es ersetzte.

Der Bau des neuen EASK-Hauptquartiersturms war abgeschlossen worden, während sie fortgewesen war. Offiziell würde er erst am nächsten Tag in Betrieb gehen, aber die meisten Geräte und Möbel waren bereits aus den Interimsräumen im Logistikgebäude umgezogen, und ihr neues Büro harrte angeblich ihrer Ankunft.

Beinahe wäre sie mit einem Lächeln durch den Eingang geschritten. Glücklicherweise bemerkte sie ihren Fehler an der Tür und legte eine strenge Miene auf.

Ein Leutnant saß hinter dem Empfang und testete ein Bedienfeld; beim Anblick von ihr sprang er salutierend auf. »Admiral Solovy! Willkommen, Ma'am. Uns wurde gesagt, Sie kämen erst morgen. Gestatten Sie mir, Sie zu Ihrer Suite zu führen.«

»Ich nehme den mittleren Lift, bis er nicht weiter nach oben fährt, korrekt?«

»Ähm, das trifft es in etwa. Aber—«

»Dann finde ich den Weg selbst, Leutnant.«

»Ja, Ma'am.«

Ab morgen würde es zwei zusätzliche Sicherheitskontrollen zwischen der Lobby und dem obersten Stockwerk geben, doch heute reichte allein ihr persönlicher Sicherheitscode. Sie trat aus dem Lift in ein helles, offenes Atrium. Der Marmorboden fühlte sich angemessen fest an unter ihren Schritten; der Platz für die Sekretärin thronte in passender Einschüchterung über potenziellen Gästen.

Hinter dem Atrium lag ihr Büro. Sie gab ein letztes Mal ihren Sicherheitscode ein und trat ein.

Der Schreibtisch, den sie bestellt hatte, war vor ihr angekommen, ebenso die passenden Regale. Alles war da—bis hin zum weißsilbernen Teeservice, das sie vor ein paar Tagen gekauft hatte. Selbst ihr Lieblings-Visual von David, Alex und ihr—2298 auf dem Rasen ihres Hauses in San Francisco aufgenommen—war in das Display auf dem Schreibtisch geladen.

Der Stuhl war nicht neu; an den in der Logistik hatte sie sich gewöhnt. Sie ließ sich hineinfallen und drehte sich langsam—stand jedoch rasch wieder auf und ging zum Fenster.

Es war kein Fenster; es war eine Tür. Sie hatte einen Garten.

Nun, »Garten« war vielleicht etwas großzügig. Sie hatte eine kleine Terrasse, mit Sträuchern, blühenden Prunkwinden, Astilben und einem kleinen Tisch mit zwei Stühlen.

Unter ihr breitete sich das gesamte EASK-Areal aus. Winzige

TRANSZENDENZ

Gestalten huschten von einem Gebäude zum nächsten, und in der Ferne landeten und starteten Schiffe in geordneter Regelmäßigkeit am Raumhafen. Vor ihr brandete das Wasser der Meerenge gegen die Wehrmauern.

Das war schlichtweg reizend.

»Man sagte mir, du wärst im Gebäude.«

Sie wandte sich um und winkte Richard auf die Terrasse. »Ich bin gerade erst angekommen.«

»Nachrichten verbreiten sich schnell—vor allem, wenn es Panik ist. Man erwartete dich erst morgen, denke ich.«

Sie legte die Arme auf das Geländer, als er zu ihr trat. »Ich wollte mich einrichten, solange es noch ruhig ist. Mal sehen, wie praktisch das unter Belastung ist, aber bislang bin ich zufrieden.«

Richard schmunzelte leise. »Ich sag's niemandem weiter.«

»Danke.«

»Wie war Romane? Oder konkreter: Wie war dein erster Urlaub seit … immer?«

»Nicht seit immer, nur seit dem letzten Jahrzehnt … oder zwei. Und sehr erholsam. Dafür sind Urlaube doch da, oder? Erholung?«

»So heißt es.«

Sie nickte. »Dann: ja, erholsam.«

»Hast du die ganze Zeit mit der Gouverneurin und ihrer Verwaltung verbracht?«

»Nur die Hälfte. Ich habe auch mehrere Kunstgalerien besucht, eine schrecklich schmierige Zirkusvorstellung ertragen und viel Zeit damit verbracht, mir … keine Sorgen zu machen.«

»Auch bekannt als Erholung.«

»Ja.« Sie richtete sich vom Geländer auf, ließ aber die Hände darauf. »Und jetzt wird wieder gearbeitet.«

»Auf den am härtesten getroffenen Kolonien hat sich die Unruhe mit den verbesserten Diensten gelegt. Jetzt geht es vor allem darum, was man als Nächstes wo und wessen Gunst zuliebe baut.«

»Und der Orden der Wahren Sentienten?«

Richard verzog das Gesicht. »Ich fürchte, sie werden ein Problem. Sie sind extrem gut finanziert, und wir wissen noch immer nicht, von wem oder wovon. Aber nach allem, was wir durchgemacht haben, wirken sie und ihresgleichen eher wie Plagegeister als wie echte Gefahr.«

»Ich habe darüber nachgedacht, während ich ... entspannt habe. Wir standen der größten Bedrohung unserer Existenz gegenüber, die die Menschheit je gesehen hat, und wir haben sie besiegt. Aber vor einem Jahr sahen wir sie nicht kommen; selbst unsere fähigsten Prognostiker hätten es nie vorhersagen können. Was wartet da draußen am Horizont, das wir nicht sehen?«

Sie verlagerte sich, um sich ans Geländer zu lehnen, und begegnete seinem Blick direkter. »Du und ich kennen das wahre Ausmaß dessen, was Alex und Caleb jenseits des Portals entdeckt haben. Ich fürchte, wir haben nur einen kleinen Blick auf die Gefahren erhascht, die uns erwarten könnten—Gefahren, auf die wir kläglich unvorbereitet sind.«

»Geschenkt. Und?«

»Also werde ich dafür sorgen, dass wir vorbereitet sind. Wir können uns nicht auf Lorbeeren ausruhen und ein zweites Mal kalt erwischt werden.«

»Wahr genug. Ich bin froh, dass die Aufgabe in so fähigen Händen liegt.«

»Schmeichler.«

»Ich übe noch. Apropos: Hast du Alex kürzlich gesehen? Ich habe seit ein paar Wochen nicht mit ihr gesprochen.«

»Wir hatten ein schönes Abendessen, bevor ich nach Romane aufgebrochen bin. Sie und Caleb waren die letzte Woche oder so auf Seneca und haben seiner Schwester beim Umzug geholfen, aber ich glaube, sie fliegen nach Atlantis, um Kennedy und Noah für ein langes Wochenende zu treffen.«

»Gut. Es freut mich, dass sie—«

Miriam hob die Hand, um ihn zum Schweigen zu bringen. Sie starrte auf die eingegangene Nachricht und suchte nach der richtigen Reaktion. Wut? Angst? Stolz? Verdruss?

Sie entschied sich für Letzteres, ging zum kleinen Terrassentisch und sank in einen der Stühle.

»Miriam, was ist?«

Sie schüttelte den Kopf und lachte. »Ich bringe sie um.«

Bei Richards fragendem Blick winkte sie ihn heran und projizierte die Nachricht an ein Aural.

* * *

ATLANTIS

UNABHÄNGIGE KOLONIE

Kennedy seufzte zufrieden und kuschelte sich an Noahs Brust. Die Sonnenstrahlen, die durch die offenen Fenster fielen, wärmten ihre nackte Haut, und sie kickte die Decke weg, um den Strahlen großzügiger Zugang zu gewähren. »Mmm … können wir heute dieses Zimmer nicht verlassen? Oder auch nur das Bett?«

Noahs Brust vibrierte unter ihr in einem leisen Kichern, während er mit ihrem Haar spielte. »Getränke haben wir, also sind wir versorgt. Irgendwann brauchen wir Essen, aber dafür gibt es Zimmerservice. Also ja, ich denke, wir sind gut. Wer braucht Sonne, Sand und Brandung, wenn wir das hier haben.«

»Ich nicht. Außerdem haben wir Sonne—und wir können Sand

und Brandung sehen, falls wir es bis zu den Fenstern schaffen.«

»Ich glaub's dir einfach.« Seine Hand strich träge ihren Rücken hinab und kitzelte ein wohliges Murmeln tief aus ihrer Kehle hervor.

»Alex und Caleb kommen heute … irgendwann. Sie würden es vermutlich zu schätzen wissen, wenn wir zumindest Kleidung anziehen.«

»Vermutlich. Hast du schon von ihnen gehört? Ich hätte gern eine kleine Vorwarnung, sagen wir drei oder vier Stunden, damit ich …« Sie schauderte unter seiner Hand, die tiefer glitt.

»Noch nicht. Ich wette, sie wurden abgelenkt von—« Wie auf Stichwort landete eine Nachricht von Alex in ihrer eVi. Sie öffnete sie nur mit einem Bruchteil ihrer Aufmerksamkeit; der Rest war mit Noahs zunehmend wandernden Händen beschäftigt.

Dann schoss sie im Bett kerzengerade hoch. »Ich bringe sie um. Diesmal meine ich es ernst. Ich bringe sie wirklich um.«

Noah stützte sich auf einen Ellbogen. »Sie kommen nicht?«

Sie rollte mit den Augen zur Decke und ließ sich mit einem Stöhnen auf den Rücken fallen. »Nein. Nein, sie kommen nicht. Und du glaubst nicht, wohin sie unterwegs sind.«

✳ ✳ ✳

SIYANE

METIS-NEBEL

Die *Siyane* schwebte in den dichten Nebelschwaden am Rand der Lichtung, außerhalb der Sicht der Allianz- und Föderationsschiffe, die die Perimeterzone patrouillierten.

Das Portal war geschlossen und lag als unsichtbarer Punkt im

Zentrum der leeren Void im Herzen des Metis-Nebels. Seine Aktivierung würde den beobachtenden Schiffen ein paar zusätzliche Sekunden verschaffen, um sich auf die Vernichtung jedes außerirdischen Schiffs vorzubereiten, das vielleicht auftauchte. Die Patrouillen hielten weiten Abstand, um nicht in die Explosion aus Metall und Plasma zu geraten, die eine solche Aktivierung begleiten würde.

In den Monaten seit dem Ende des Metigen-Kriegs waren einige Modifikationen an der *Siyane* vorgenommen worden. Zum einen war das Cockpit ein wenig umgestaltet worden. Calebs Stuhl hatte ein Upgrade erhalten, ihrer war nach links gerückt, und sie saßen nun als Gleichberechtigte. Viele Sensoren und wissenschaftliche Geräte waren ebenfalls aufgerüstet worden und um mehrere neue Features erweitert.

Sie hatten sogar unten im Maschinenschacht Platz für Calebs Bike geschaffen. Wie sich herausstellte, hatte die Division es nach Volosks Ermordung als Teil des Tatorts sichergestellt—zuerst als Beweisstück, später zur Verwahrung. Und wer wusste? Vielleicht würden sie es brauchen. Auf einer Planetenoberfläche, vielleicht. Oder auf einer Raumstation …

Ach ja, und da war noch Valkyrie.

Es hatte nicht lange gedauert, bis die kombinierte Rechenleistung von drei Artificials, verstärkt durch die neuronalen Prägungen einiger verdammt cleverer Menschen, eine ganze Reihe technologischer Durchbrüche hervorgebracht hatte. Die Liste der Wege, wie sie die Welt veränderten, war lang, doch für die *Siyane* war am relevantesten die radikale Miniaturisierung von Quantumboxen und Hardware-Schaltkreisen. Was früher einen großen Raum füllte, passte nun zwischen Innenverkleidung und Schott eines kleinen Schiffs.

Abigail hatte gegen die letzte Etappe ihres Verlusts von Valkyrie protestiert; sie argumentierte, sie brauche die Artificial, um Meno wieder aufzubauen—und ein menschliches Gehirn. Doch während Quantenkommunikation das Universum—dieses Universum—in einem Augenblick überspannen konnte, vermochte sie das Portal nicht zu durchdringen. Alex brauchte Valkyrie bei sich, dorthin, wo sie unterwegs waren.

Man einigte sich auf einen ziemlich kostspieligen Kompromiss: Eine vollständige Kopie von Valkyrie wurde konstruiert, und ein Abbild ihres neuronalen Netzes auf die neue Maschine geflasht.

Von der Aktivierung der neuen Artificial an begannen sie und Valkyrie auseinanderzudriften, und nach wenigen Wochen konnten sie nicht mehr in irgendeinem sinnvollen Sinne als identisch gelten. Valkyrie hatte keinerlei Bedenken geäußert und erklärt, sie beabsichtige, ihre gespiegelte Kopie wie eine Schwester zu betrachten. Tatsächlich war sie von der Idee, eine Schwester zu haben, recht angetan; da Alex ein Einzelkind war, würde es für sie eine gänzlich neue Erfahrung sein.

Caleb umschloss Alex' Hand mit seiner, und sie erhob sich, um zu ihm ans Sichtfenster zu treten. Nach einem Moment wandte sie sich halb zu ihm; in ihren Augen tanzte eine Freude, die seine spiegelte. »Bereit zu sehen, was da draußen ist, Mr. Solovy?«

»Verdammt ja, Mrs. Marano. Mehr als bereit. Zeig mir dieses angebliche ›Abenteuer‹.«

»Nimmt es dem Abenteuer nichts, dass wir beim Durchgang nicht einfach sterben werden?«

Er legte den Arm um ihre Taille und zog sie zu einem leidenschaftlichen, verlockenden Kuss heran, der viel zu schnell endete, dann murmelte er an ihren Lippen: »Nein, tut es nicht. Also los.«

Widerwillig löste sie sich aus seiner Umarmung, um sicherzugehen, dass alle Systeme in Ordnung waren. »Valkyrie, wie sieht's bei dir aus?«

»Ihr nehmt mich mit, andere Universen zu erkunden. Ich bin

bereit.«

»Na schön.«

Die Aliens hatten behauptet, niemand solle jemals nach ihnen suchen—doch sie hatte dieser speziellen Kapitulationsbedingung nie zugestimmt.

Sie griff hinunter und sendete das Gamma-Signal.

Der Ring explodierte nach außen und füllte sich mit dem noch immer rätselhaften, lumineszierenden Plasma. Ringsum reagierten die patrouillierenden Schiffe im nächsten Augenblick und stürzten in eine Verteidigungsformation.

Ihre Hand glitt über das HUD zu den Triebwerken. Mit einer Berührung ließ sie den Impulsmotor auf volle Leistung aufheulen und beschleunigte in das Portal hinein.

Melden Sie sich an, um benachrichtigt zu werden, wenn die deutschsprachige Ausgabe von G. S. Jennsen erscheint: gsjennsen.com/subscribe-german

ANMERKUNG DER AUTORIN

Vielen Dank, dass Sie die deutsche Ausgabe von *TRANSZENDENZ* gelesen haben! Ich bin so aufgeregt, Ihnen diese Geschichte auf Deutsch bringen zu können.

Falls Sie auch Romane auf Englisch lesen, sollten Sie wissen, dass das Amaranthe-Universum über 20 Romane und zahlreiche Kurzgeschichten umfasst! Sie finden alle hier: gsjennsen.com/amaranthe-overview.

Falls nicht, möchte ich Sie darüber informieren, dass ich daran arbeite, Ihnen so bald wie möglich weitere Bücher auf Deutsch zu präsentieren. Sie können sich hier anmelden, um benachrichtigt zu werden, wenn neue deutsche Ausgaben erscheinen: gsj.space/subscribe-german

Falls Ihnen *Transzendenz* gefallen hat, würden Sie in Erwägung ziehen, anderen davon zu erzählen? Rezensionen sind das Lebenselixier eines Autors. Sie helfen dabei, potenzielle Leser zu beeinflussen und den Ruf eines Buches zu prägen, und schon ein paar Worte bewirken viel. Teilen Sie die Bücher in sozialen Medien oder in Ihren Lieblingsforen, oder erzählen Sie einfach Ihren Freunden davon. Sie haben meinen aufrichtigen Dank.

Sie können mir jederzeit eine E-Mail an mailto:gs@gsjennsen.com mit Fragen oder Kommentaren schicken, oder mich auf verschiedenen Social-Media-Plattformen finden:

Wiki: gsj.space/wiki

Twitter: @GSJennsen
Facebook: facebook.com/gsjennsen.author
Goodreads: goodreads.com/gs_jennsen
Instagram: instagram.com/gsjennsen

AMARANTHE UNIVERSE

AURORA RHAPSODY

AURORA RISING
STARSHINE
VERTIGO
TRANSCENDENCE

AURORA RENEGADES
SIDESPACE
DISSONANCE
ABYSM

AURORA RESONANT
RELATIVITY
RUBICON
REQUIEM

ASTERION NOIR

EXIN EX MACHINA
OF A DARKER VOID
THE STARS LIKE GODS

RIVEN WORLDS

CONTINUUM
INVERSION
ECHO RIFT

ALL OUR TOMORROWS
CHAOTICA
DUALITY

COSMIC SHORES

MEDUSA FALLING
THE THIEF
THE UNIVERSE WITHIN

SHORT STORIES

Restless, Vol. I • *Restless, Vol. II* • *Apogee* • *Solatium* • *Venatoris*

Re/Genesis • *Meridian* • *Fractals* • *Chrysalis* • *Starlight Express* • *Extinguishing the Stars*

About the Author

G. S. JENNSEN lebt irgendwo in den USA, an einem Ort, der möglicherweise nicht derselbe ist, wo sie lebte, als sie ihr letztes Buch veröffentlichte (sie ist im Herzen eine Nomadin), mit ihrem Mann und einem oder mehreren Hunden. Sie wurde zu einer international erfolgreichen Bestseller-Autorin, nachdem ihr erster Roman Starshine 2014 veröffentlicht wurde. Sie hat sich entschieden, weiterhin unter einem unabhängigen Verlagsmodell zu schreiben, um die Integrität ihrer Geschichten und ihre Fähigkeit zu gewährleisten, ihre Vision für deren Erzählung umzusetzen.

Obwohl sie Anwältin, Software-Ingenieurin und Redakteurin war, hat sie das Leben einer hauptberuflichen Autorin um mehrere Größenordnungen bevorzugt gefunden. Wenn sie nicht schreibt, spielt sie Computerspiele oder trainiert oder verirrt sich in den Bergen, die groß vor den Fenstern ihres Zuhauses aufragen. Oder sie beschäftigt sich mit einem überfluteten Keller, oder steht in einer Schlange bei Walmart, liest die Schlagzeilen der Boulevardpresse und fragt sich, wer all diese Menschen sind. Oder sie sitzt auf ihrer Veranda mit einem Glas Wein, blickt zu den Sternen auf und versucht herauszufinden, was da oben sein könnte.

www.ingramcontent.com/pod-product-compliance
Lightning Source LLC
Chambersburg PA
CBHW030843030726
47495CB00005B/1345